LINDA DAVIES

Dans la fournaise

ROMAN

TRADUIT DE L'ANGLAIS PAR MARIE-LISE HIEAUX-HEITZMANN

GRASSET

L'édition originale de cet ouvrage a été publiée par Harper Collins Publishers,
à Londres, en 1999, sous le titre :

INTO THE FIRE

A mon fils, Hugh,
Avec tout l'amour du monde.

REMERCIEMENTS

J'aimerais remercier tous ceux qui suivent pour leur aide inestimablc :

Le Pérou, pour sa beauté, ses présents et ses épreuves. Le professeur Glyn Davies, extraordinaire économiste, lecteur d'épreuves assidu et père bien-aimé ; Grethe Davies, lectrice d'épreuves à l'œil de lynx et mère bien-aimée ; Roy Davies, lecteur d'épreuves bilingue et frère bien-aimé ; Louise Kennedy et Steve Beecham, ceintures noires d'aïkido ; Adam Copperthwaite, Julian Hansen, Anthony Culligan et Philippe Bonnefoy, as des derivatives ; Charo Leon, Miss Bricolage et professeur d'espagnol ; Lucho Lainez Lozada, pilote intrépide dans la jungle ; Kati St. Clair, érudite en matière de psychologie ; Ernesto Gallico, explorateur et guide ; Charles ct Kate Allen, intermédiaires efficaces ; Son Excellence John Illman, ambassadeur de Sa Majesté au Pérou, partenaire de squash ; Adriana von Hagen, archéologue ; Alexander Newman, qui possède quelques très sérieux joujoux ; les hommes d'action de Bogotá ; l'amateur de curry et tous ceux qu'il m'est interdit de nommer. Ils se reconnaîtront.

Enfin, et c'est le plus important, j'aimerais remercier mon époux, Rupert Wise, avec qui j'ai marché dans la fournaise. Je le referais jusqu'à l'infini.

Pourtant, toute expérience est une voûte par laquelle
Brille ce monde encore vierge dont la lisière s'estompe
Encore et encore tandis que j'avance.

ALFRED, LORD TENNYSON, *Ulysses*.

Jusqu'à ce qu'une voix, aussi mauvaise que la
Conscience, eût sonné d'irrémédiables changements,
Sur un unique et éternel Murmure jour et nuit ressassé :
« Quelque chose est caché. Va et trouve-le.
Va et cherche derrière la Montagne –
Quelque chose est perdu derrière la Montagne. Perdu et
qui t'attend. Va ! »

RUDYARD KIPLING, *L'Explorateur*.

PROLOGUE

Elle ne se rappelait pas exactement le moment où s'était imposé à elle ce désir de fuir. Il avait semblé s'infiltrer en elle, lentement, furtivement. Au moment où elle en prit conscience, il était trop tard pour résister. Calme, impassible, il la tenait, la harcelait. D'abord, on aurait dit une voix qui chuchotait constamment à son oreille, de plus en plus fort, en langue étrangère. Cela la rendait folle, ce besoin insistant, incompréhensible. A mesure qu'il grandissait, il devint quasi insoutenable. Jusqu'à ce qu'elle décidât de s'y abandonner. Elle disparaîtrait. Exactement comme la dernière fois. Elle quitterait sa maison, ses amis, son travail et son courrier réduit à des piles de factures. Elle s'en irait, tout simplement. Le moment venu.

Pas une fois elle ne supposa que son rêve deviendrait nécessité. Mais quand ce fut le cas, elle se souvint de cet aphorisme grec : Les dieux réalisent les rêves de ceux qu'ils veulent détruire.

1

Le métro était bondé de corps secoués au rythme saccadé des vieux rails. Dix-huit heures trente. L'heure de pointe. Helen Jencks était debout au milieu de la rame, sans se tenir, parfaitement en équilibre. Avoir vécu huit ans sur un bateau lui permettait de résister aux embardées les plus violentes. Entre ses pieds, deux gros sacs de chez Marks & Spencer qui menaçaient de perdre de leur contenu à chaque soubresaut. Il ne manquait plus que la pièce de bœuf Aberdeen Angus glissât par terre dans une traînée de sang, poursuivie par des poivrons rouges bondissants et des pommes de terre nouvelles. Des corps oscillaient contre elle, certains avec moins d'inadvertance que d'autres. L'odeur de coton et de laine trempée de sueur se mêlait désagréablement à celle du camembert qui montait de son sac à provisions.

Elle détestait les transports en commun. D'ordinaire, elle allait travailler à bicyclette mais ce matin elle avait un pneu dégonflé. Les rares fois qu'elle subissait le métro, il semblait toujours y avoir un fou dans le wagon. Aujourd'hui, c'était un skinhead à l'air mauvais qui beuglait d'une voix forte des slogans de foot, refrain débile et lassant. Helen se demandait combien de personnes dans la rame avaient, elles aussi, des envies de meurtre. Les portes s'ouvrirent à Baker Street. Le gros de la foule descendit. Il en monta autant. Tous forçaient leur passage.

Le type était à l'extrémité opposée, mais Helen en avait des frissons dans le dos.

Un vieil homme grimpa en boitant. Helen sentit son cœur se serrer une fraction de seconde, la brûlure d'un souvenir. Une bonne soixantaine, environ un mètre quatre-vingts, légèrement courbé, d'épais cheveux gris, le portrait de son père, du moins pour ce qu'elle en savait. Quelque chose dans ses yeux sages et compatissants, quelque chose dans la douceur étonnée de son sourire au moment où il la surprit à le dévisager, fit surgir un éclair de mélancolie. Après des dizaines d'années, cela ne disparaîtrait donc jamais ? se demanda Helen avec désespoir. Elle le suivit des yeux quand, maladroit et discret, il se fraya un chemin parmi la foule, s'excusant au passage. Un habitué de la City garda la dernière place libre pour le vieil homme, qui remercia avec soulagement. Mais avant qu'il n'eût le temps de s'asseoir, le skinhead s'affala sur le siège. Si quelques rares personnes émirent un petit murmure réprobateur, nul ne pipa mot. Le skinhead sortit un paquet de Marlboro, alluma une cigarette et souffla la fumée au visage du vieil homme.

Helen traversa le wagon, vint se planter devant le skinhead. Il la toisa du regard. Il portait un jean et un blouson de cuir noir. Il puait la bière et le mépris. Il leva sur elle de petits yeux bleus.

— C'est un wagon non fumeur et vous avez pris le siège de ce monsieur, dit-elle, d'une voix sourde et les yeux empreints d'une rage froide.

Les conversations s'interrompirent. Toute l'attention se reportait sur elle.

— Ah ouais ? Et tu comptes faire quoi, ma jolie ?

Pour toute réponse, Helen lui arracha sa cigarette du bec, la laissa tomber et l'écrasa du talon. Le dingue bondit sur ses pieds. Il se tenait à quelques centimètres.

— Non mais, pour qui tu te prends, bordel ? éructa-t-il en penchant sur elle un visage aux veines saillantes, des perles de sueur humectant sa lèvre supérieure. La mère Teresa du Troisième âge ? Qui s'intéresse aux vieux, de toute façon ?

— Moi, connard.

— Tu l'auras voulu, espèce de garce !

Il s'apprêtait à la frapper du poing quand, d'un geste si rapide qu'il fut quasi invisible, Helen esquiva. Elle saisit la main de l'homme qu'elle retourna en lui enfonçant les ongles dans la paume. Le skinhead hurla de douleur. Il se débattit, puis beugla plus fort encore.

— Ne résiste pas, cela ne ferait qu'empirer les choses.

Elle accentua la pression, fit avancer le type à travers le wagon. Les gens s'écartaient sur leur passage, se serrant les uns contre les autres. Helen obligea le skin à gagner les portes. Il était sur la pointe des pieds, raidi, luttant contre la douleur insoutenable que lui causait sa main. Dans la rame, chacun se ratatinait comme dans l'attente d'une explosion. Il n'y en eut pas, rien pendant les deux minutes suivantes, hormis les gémissements de la brute que Helen maintenait en position. Le métro stoppa à Paddington. Les portes s'ouvrirent.

Helen accentua la pression, murmurant des paroles sourdes et menaçantes.

— Tu es un lâche, n'est-ce pas, comme presque toutes les brutes ? Voyons si tu vas apprécier.

Elle le balança dehors, lâchant prise au dernier moment. Dans un horrible craquement, le poignet du skinhead se brisa. La petite frappe s'écroula sur le quai. Curieux et méfiants, les nouveaux passagers montèrent tandis que d'autres s'éloignaient en regardant derrière eux. Les portes se refermèrent sous les applaudissements des occupants. Il y avait de l'admiration, un peu de peur et le sentiment apaisant de la dignité vengée sous leurs yeux. Avec un petit sourire gêné, Helen alla récupérer ses sacs. Elle descendit à Ladbroke Grove en sentant des paires d'yeux dans son dos.

Un étranger la suivit et la rejoignit. Il était grand,

arborait l'incontournable costume de la City et un sourire aimable.

— Bien joué. Vraiment impressionnant. Plutôt plaisant de voir pour une fois quelqu'un recevoir la leçon qu'il mérite.

— Merci.

— Comment avez-vous fait ? Cela paraissait si facile. On aurait dit que vous l'aviez paralysé.

— C'est un sankyo, répondit Helen, une prise spéciale. Bougez d'un millimètre et c'est la torture.

— Karaté ?

— Aïkido.

— Je me doutais bien que c'était un art martial bizarre. Jim Haughton, ajouta-t-il en lui tendant la main.

— Helen Jencks.

Elle attendit et, naturellement, y eut droit.

— Rien à voir avec Jack Jencks, si ?

Jack Jencks : escroc de la haute finance, supposé en cavale. Ancien directeur d'une des plus grosses banques privées du Royaume-Uni. Deux jours avant le septième anniversaire de Helen, il disparut en compagnie d'une immense somme d'argent. On ne revit ni l'un ni l'autre. Il menait une vie de patachon bien planqué avec son magot, conjecturait la presse.

— Absolument, lança-t-elle avec défi. Je suis sa fille.

Comme toujours, elle lut dans les yeux de l'étranger une rapide réévaluation – notoriété qui se reflétait sur elle, défiance. Elle entendit la voix de sa mère. *Change de nom légalement. Moi, je vais le faire. C'est préférable. Je t'assure, Helen.*

— Et vous, s'enquit l'homme, poursuivant vaillamment, que faites-vous, en dehors de l'aïkido ?

— Je suis dans la banque, moi aussi.

Elle lui décocha un sourire provocateur. Comme la plupart des gens, il cédait aux préjugés. Il sourit d'un air entendu. Une fois encore, elle était le sujet d'une plaisanterie qui la mettait hors d'elle. Après toutes ces années, il fallait encore que les méfaits de son père... La révolte était-elle dans le sang, nourrie par un climat de méfiance ? Helen l'espérait presque, mais elle ne s'était jamais perçue comme quelqu'un qui transgresse les lois, son père non plus, d'ailleurs. Même si elle pouvait donner aux autres cette impression.

Elle s'éloigna de l'homme et se perdit dans la foule, troublée de penser à son père, revoyant le visage du vieil homme dans le métro, se demandant si, en une contrée éloignée du monde, quelque endroit qu'elle n'avait pas fouillé, son père ne voyageait pas seul dans un train, scrutant les visages des jeunes femmes, à la recherche de sa fille.

En vingt-trois ans, elle n'avait eu aucune nouvelle. Le dossier d'Interpol dormait. Au fil des années, il y eut bien, pendant les périodes creuses, quelques rapports occasionnels selon lesquels on l'avait aperçu, mais tout cela avait tourné court. Aux yeux du monde, Jack Jencks était mort. La mère de Helen avait depuis longtemps abandonné tout espoir, mais quelque chose en Helen refusait de renoncer.

Elle quitta la station et s'infiltra dans le tohu-bohu nocturne des rues de Ladbroke Grove. Elle portait un de ces longs manteaux imperméables prisés des gardiens de troupeaux australiens : marron, tissu raide, fentes latérales, légère odeur d'huile imperméabilisante. Il lui arrivait aux chevilles et lui conférait un vague air de hors-la-loi. Elle était chaussée de baskets.

Sa démarche athlétique et harmonieuse tenait à la fois de la danseuse et de l'haltérophile. Il émanait de sa personne une puissante énergie. Son visage semblait avoir pris naissance sous les doigts d'un sculpteur. Nez légèrement retroussé, à peine évasé, pugnace ; lèvres pleines, un tantinet ourlées, comme si elle se moquait ; menton rond ; pommettes voluptueuses. Ses yeux étaient deux ovales bleu foncé, profonds, sous des sourcils ailés inclinés vers l'intérieur. Deux sillons, courts, creux et verticaux barraient son front au-dessus du nez. Ses yeux et ses sourcils rapprochés lui donnaient l'air pensif ou préoccupé. C'était un visage réfléchi et débordant d'énergie. Sa peau était laiteuse, ses joues rosées, son teint de sang et de lait. Son corps était robuste et compact avec son mètre soixante-huit. Ses seins étaient fermes et hauts, ses fesses rondes et musclées, des fesses de négresse. Ses jambes agiles étaient dotées de solides articulations. Elle avait les pieds cambrés d'une danseuse. Ses cheveux drus naturellement blonds étaient perpétuellement emmêlés malgré le soin qu'elle y apportait. Elle avait abandonné depuis longtemps et les laissait en liberté. Ils bouclaient en masse autour de ses épaules, se séparaient au milieu, encadrant son visage, avec de multiples bouclettes au-dessus des sourcils. Elle avait vaguement l'allure farouche des Nordiques ; cela remontait aux ancêtres vikings de sa mère danoise. Son visage était de ceux qui vous donnaient envie de la connaître, celui de quelqu'un qui amuserait, intriguerait, provoquerait, se plaindrait rarement, ne lasserait jamais. Quelqu'un qui serait férocement loyal à ceux, rares, qui sauraient mériter l'intimité de cette forte personnalité conçue, semblait-il, pour vous repousser. Elle n'appartenait qu'à elle-même, donnait l'impression d'être calme et compétente, comme si elle était capable de réparer votre pneu crevé en quatre minutes sans se soucier de se salir les mains. Il y avait aussi autre chose, visible seulement pour ceux qui s'approchaient de près, un inachèvement, une quête, des yeux étincelants qui scrutaient l'horizon.

Helen aimait rentrer à pied. Elle aurait pu prendre le métro jusqu'à Notting Hill, plus proche de son appartement, mais elle avait prévu un détour chez son fleuriste préféré, et cette promenade plus longue marquait une rupture entre son travail et sa maison à chaque mètre supplémentaire. Le chemin, familier depuis des années, offrait des bornes réconfortantes : Have It Off, le coiffeur afro ; les magasins de vidéo ; la passerelle au-dessus de Westway, grondant aux heures de pointe ; les boutiques de vins et spiritueux mieux gardées que des banques ; les grandes surfaces bon marché ; les hommes arborant de somptueuses dreadlocks – doux Jésus, celui-là était à croquer, il saisit son regard et lui fit un clin d'œil. Où était-il à l'époque où elle fréquentait les discothèques ? Il y avait aussi les adolescentes esclaves de la mode, chancelant dangereusement dans leurs chaussures à plate-forme ; les vieillards et les pauvres qui luttaient contre le froid ; et les yuppies, las et emmitouflés, se hâtant de regagner leur demeure.

Avisant la fenêtre d'un appartement donnant sur la rue, elle saisit le regard d'un vieil homme assis à observer placidement dehors, le visage doux et triste. Il émanait de Helen une douceur inattendue. Les gens accrochaient souvent son regard, des gens qui refusaient cette vie qui était la leur, ou qui, peut-être, supportaient patiemment une mauvaise journée dans une vie plutôt réussie. Elle était de tout cœur avec les paumés.

Elle passa devant une échoppe de tandoori à emporter, brûla d'y entrer acheter un rogan josh – plat de poulet assaisonné de tomates, d'oignons, d'herbes et d'épices – dont elle se régalerait seule dans son lit tout en lisant un roman à suspense. Au lieu de quoi, elle s'arrêta au Coin Fleuri, prit gaiement la longue file d'attente, la narine réjouie, les yeux gorgés de l'orange brillant des lys tigrés, des violets flamboyants, des roses luxuriants, des perroquets avec leur bec mandarine. Dieu sait d'où ils provenaient à cette époque de l'année, ou ce qu'ils coûtaient. Elle s'offrit des perroquets qu'elle arbora comme un trophée à travers les rues.

Elle passa devant les immeubles à loyer modéré au croisement de Ladbroke Grove et de Westbourne Park Road où Joyce, sa meilleure amie, habitait avec son mari et leurs trois enfants. Elle songea à monter pour donner les fleurs à Joyce, jouer des heures avec les petits, plonger avec délices dans la vie de famille, ce qui la mettrait terriblement en retard pour ce soir.

Joue le jeu, Hel, se dit-elle en poursuivant son chemin jusqu'à la colline raide, pénétrant dans les quartiers embourgeoisés de Notting Hill, où les voitures et les occupants étaient plus jeunes et les maisons plus blanches. Elle bondit chez elle, Dawson Place.

Chez elle, c'était le rez-de-chaussée d'une grande maison à façade de stuc. Un grand chêne très vieux projetait des ombres sur les marches claires. La façade étincelante accueillait immanquablement Helen, comme un refuge. Les lumières de l'appartement en sous-sol étaient violentes ; elle vit la silhouette penchée de sa voisine de quatre-vingt-huit ans, Mrs Lucas, qui lui faisait un signe de la main, debout dans l'encadrement de la fenêtre. L'air réjoui, elle lui rendit son salut et descendit les marches. Mrs Lucas ouvrit la porte avec un sourire édenté.

— 'soir, mon p'tit. Comment ça va-t'y ?

— Super, Mrs Lucas. Et vous ?

La vieille femme leva les pouces.

— Pas trop mal. La poitrine me joue bien un peu des tours. Vivement l'été.

— Je n'aurais pas mieux dit.

Helen posa ses sacs à provisions sur la table.

— Je vous ai pris votre morceau préféré. De l'Aberdeen Angus. C'est sans Creutzfeld-Jacob, vous ne tournerez donc pas à la vache folle.

— Ah vous alors ! s'exclama Mrs Lucas, poings sur les hanches. Vous devriez avoir honte ! Et en plus c'est vrai ! ajouta-t-elle en fouillant dans le sac pour en sortir la viande. Vous devriez pas. Ça coûte une fortune, ce bœuf.

Elle se mit en quête de son porte-monnaie. Helen prit doucement ses mains dans les siennes.

— Mais non, voyons, c'est inutile. Je fais assez honneur à votre gin. La viande a déjà mariné et il y a des pointes d'ail dedans. Vous avez juste à la coller au four à 180° pendant une heure.

— Vous restez en manger un morceau ?

— J'aimerais bien mais j'ai un dîner.

— Chez quelqu'un de sympa ?

— Ce n'est pas le mot. Je préférerais rester ici.

— Ben alors, pourquoi y aller ?

— Je vais peut-être rencontrer un homme divin, qui sait ?

— C'est lui qu'aura de la chance.

Helen souhaita bonne nuit à Mrs Lucas et grimpa chez elle pour s'abandonner à l'accueil bruyant de Munza, son chat persan.

— Salut, beau gosse, comment ça va ? demanda-t-elle en le prenant dans ses bras pour caresser sa fourrure délicieusement douce. Tu as faim ?

Elle le reposa, ouvrit une boîte de Kit-e-kat, versa de la crème fraîche dans une soucoupe et, la hanche contre le plan de travail de sa cuisine, le regarda manger. Satisfaite, elle disposa les perroquets dans un grand vase en verre, envisagea de quitter sa tenue de travail pour décider finalement de ne pas se casser la tête. Elle choisit une paire de chaussures à talons aiguilles de quinze centimètres de haut, les fourra dans un sac plastique et partit retrouver son ancien amant.

Elle longea lentement Notting Hill Gate, jetant un regard aux vitrines, poursuivit par Holland Park Avenue et traversa jusqu'à Campden Hill Square. Elle grimpa la colline raide, laissant à ses pieds la place délimitée par des grilles foncées et alambiquées. Les arbres projetaient des ombres noires sur le trottoir. Dans les riches demeures, des lumières raffinées brillaient. De scintillantes voitures étincelaient, sinistres, dans les rues, les yeux rouges de leurs systèmes d'alarme clignotaient sur son passage. L'odeur de travaux et de poussière lui piquait le nez car ces maisons parfaitement entretenues subissaient une énième remise à neuf de la part de propriétaires las des aménagements intérieurs de l'année précédente.

Helen se dirigea vers les maisons hautes et étroites perchées au sommet de la colline. Nombre d'entre elles étaient ornées de plaques bleues signalant que des écrivains ou dramaturges célèbres y avaient vécu. Ici, la place était tranquille car le grondement de la circulation dans Holland Park Avenue était atténué par les frondaisons. Ici, les gens seuls ne s'installaient pas à leur fenêtre pour regarder dehors. Il n'y avait rien à voir, hormis la couleur sombre ou claire d'une BMW. C'était un autre monde, séparé par un gouffre de millions de livres sterling.

2

Roddy Clark, l'ancien amant de Helen, évoluait dans tous les cercles convenables. Enfant prometteur, il avait été à la hauteur des grandes espérances. Bénéficiant d'un talent précoce, il avait mis au jour une énorme fraude dans la City, ce qui lui avait valu d'être nommé à vingt-huit ans à la tête d'une équipe d'enquêteurs dans un grand journal national, le *World,* poste qu'il occupait toujours trois ans plus tard. Son titre ronflait agréablement, mais la liberté et l'étendue de son job pouvaient être aussi bien une malédiction qu'une bénédiction. Dévoiler les scandales constituait une tâche inégale ; ils ne se produisaient pas en flot régulier et l'on pouvait passer des mois à courir après des chimères. Roddy avait connu un an et demi de vaches grasses suivi d'un an et demi de vaches maigres. Les caprices de son métier contribuaient à son caractère inconstant et à son humeur changeante.

Il n'était pas attirant au sens conventionnel du terme, mais cela était largement compensé par la force de sa personnalité. Roddy était comme le soleil, sitôt levé, il brillait. Il avait d'épais cheveux crépus acajou, coiffés en arrière, courts au-dessus des oreilles et juste au-dessus du col en une ligne nette. Ses yeux sombres et étroits avaient presque toujours l'air inquisiteur. Habituellement, il inclinait légèrement la tête de côté et un demi-sourire s'attardait sur ses lèvres fines. Un corps mince, vêtu à la mode, mais à part cela son aspect passait au second plan. En fait, on s'attachait essentiellement à son esprit, débordant d'une intelligence mordante, amusante à observer, déconcertante à subir.

La maison de Roddy était orientée au nord. Tout en hauteur, elle semblait dominer la colline avec arrogance. Six étages, y compris le sous-sol que Roddy occupait depuis que son oncle, mort cinq ans plus tôt, le lui avait légué. C'était une bonne adresse mais le logis proprement dit pas tout à fait au goût de Roddy. Un sous-sol, pour commencer. Les mauvais jours, il se sentait troglodyte, mais cela lui permettait de consacrer une large part de son salaire à un mode de vie qui eût autrement été au-dessus de ses moyens : mets de choix, vêtements à la mode, voyages exotiques, objets d'art coûteux. Un style de vie que ses parents et ses grands-parents auraient trouvé étriqué, jusqu'à ce que les pertes de la Lloyds et trop de confiance en soi n'érodent la fortune familiale. Roddy avait tellement répété qu'il méritait mieux que Helen en avait acquis la vague impression que c'était un peu sa faute. Sa faute et celle de tout l'argent qu'elle gagnait à la City comme si plus elle gagnait moins il gagnait. Roddy dilapidait la fortune, elle la séduisait. Il était en partie jaloux d'elle, en partie extrêmement fier.

Il l'aimait, affirmait-il. Il voulait l'épouser. Elle appréciait son intelligence, son esprit acéré, sa fascination pour les limites extrêmes. Il lui donnait accès à l'arène de l'actualité et de la presse, monde qu'elle méprisait tout autant qu'il la fascinait. Mais elle ne voulait pas l'épouser. Ni personne d'ailleurs, à ce compte-là. Un jour, si le bon se présentait, mais pas maintenant. Voici quatre mois, elle avait plaqué Roddy. Il n'y avait eu ni drame ni cataclysme, simplement, elle s'était éveillée un matin sans trouver la moindre raison de continuer. Ses étreintes ne la transportaient plus. Il n'avait guère réussi à l'émouvoir plus d'un an. Au cours des six derniers mois, elle était restée avec lui par habitude. C'était confortable, cela l'aidait à définir les frontières d'une vie sans racines mais, après un temps, l'agitation naturelle de Helen avait émoussé cet apaisement. Helen lui avait dit bien tranquillement que c'était fini. Roddy avait plongé son regard dans ses yeux voilés de tristesse, ce chagrin qui avait le don de le mettre en rage car il savait depuis longtemps qu'il n'y était pour rien. Il avait ruminé pendant deux mois puis était revenu, en ami. Helen était heureuse de l'accepter pour tel. Elle lui conservait son affection et pouvait désormais goûter sa compagnie sans se sentir enfermée dans une relation insatisfaisante. Roddy parlait encore occasionnellement de mariage, mais Helen avait l'impression qu'il abandonnait espoir avec grâce. Cela ne manquait pas de la surprendre. Roddy était tristement célèbre. Ce qu'il voulait, il l'obtenait, grâce à un savant mélange de ruse et d'intelligence. Il détestait qu'on lui rappelât ses échecs et pourtant, il semblait être assoiffé de la présence de Helen.

Elle sortit ses clefs. Roddy avait insisté pour qu'elle en conservât un trousseau pour le cas où il se trouverait enfermé dehors, ce qu'il s'arrangeait pour faire de temps en temps. Elle sonna un petit coup pour l'avertir de son arrivée et entra. Il téléphonait dans le salon, assis sur le bras d'un fauteuil, penché en avant, une boucle de cheveux dans l'œil.

— Ne quitte pas. Ne quitte pas je te dis !

Il bondit sur ses pieds, traversa la pièce à grands pas, saisit Helen par la taille et l'embrassa sur la joue.

— Salut beauté. Tu as l'air toute petite, ajouta-t-il en regardant son ensemble et ses chaussures de sport.

Puis, avec un large sourire, il fit semblant d'esquiver un coup puis retourna près du téléphone.

— Il faut que j'y aille. Hel les talons aiguilles est là.

Helen lui fit la grimace.

— Helen la divine, alors ?

Ils s'étaient rencontrés deux ans auparavant au cours d'un dîner donné par Hugh Wallace, son patron. Il l'avait abordée par une mise en boîte. Oubliant la lassitude de ce bas monde, elle lui avait répondu aimablement. Il avait été terrassé. Chacun était une nouveauté pour l'autre ; il était journaliste

– un comble –, de la catégorie qui avait traîné son père dans la boue. Il était de bonne naissance, avait fait d'excellentes études, appartenait à la haute société, se serait qualifié de raffiné. Elle était sauvage, avait peu étudié, était issue de sang célèbre, mais ne manquait pas de compassion à laquelle se mêlait une étrange passivité, comme si la douleur et la tragédie n'étaient pas là pour qu'on les combatte mais pour qu'on pleure avec elles avant de les quitter sur un sourire. Pour Roddy, elle évoquait *If*, le poème de Kipling. Il le lui avait dit dès le premier soir. Elle avait avoué en riant qu'elle avait été élevée avec. Pendant des années, son père lui avait lu *If* tous les soirs. C'était sa nourriture de base, à laquelle il ajouterait Dylan Thomas, Oscar Wilde, Enid Blyton et les légendes galloises du Mabinogion.

Roddy trouvait qu'elle aurait été la parfaite héroïne de Kipling, que *If* aurait dû être dédié à une fille plutôt qu'à un fils. Elle semblait traiter sur le même pied le triomphe et le désastre – avec un sourire narquois, un hochement de tête, et quelque chose de sardonique dans le regard qui semblait dire « voyons ce qui suit ». Elle était capable de frayer avec ses amis titrés aussi bien qu'avec l'éboueur. Elle avait donné huit ans à la mer, travaillant comme cuistot sur un bateau, et s'était dégotté un job à la City où, chaque jour, elle entassait des gains qu'elle risquait à quitte ou double. Elle jouait son argent et celui de son employeur avec un égal sang-froid. Comme elle aurait perdu sans sourciller ses maigres économies, elles faisaient des petits au point qu'elle eut bientôt assez pour s'acheter un appartement d'un demi-million de livres Dawson Place, cependant que lui, Roddy, devait faire avec l'héritage des talents des autres. Il avait toujours le sentiment que c'était le genre de femme qui dormait avec une valise prête au pied de son lit, tout à fait capable de disparaître un matin sans un regard en arrière. La perspective d'un abandon lui était grisante. Comme elle l'avait finalement laissé, il ne lui pardonnerait jamais tout à fait.

Il était obsédé par les sculptures. Il en possédait

d'ailleurs une collection qui emplissait son appartement et s'éparpillait dans son jardin. Helen aimait la douceur de leur marbre. Elles semblaient attendre le baiser ou l'étreinte qui leur donnerait vie. Elle ouvrit la porte-fenêtre, sortit dans le jardin et caressa la silhouette nue d'un homme.

— Rude journée ? demanda Roddy en la rejoignant pour mieux observer ses mains évoluer sur le marbre.

— Normale.

— Combien as-tu fait ?

— Suffisamment. Et toi ?

— Ne dévie pas la conversation. Tu as le regard d'une lionne qui vient de tuer et qui se demande si elle dévore son butin sur-le-champ ou si elle le garde de côté.

Dans un éclat de rire, Helen retourna à l'intérieur où elle s'assit sur le canapé afin d'ôter ses chaussures.

— Il y a eu un petit problème dans le métro.

— Quel genre ?

Elle enfila ses hauts talons. Les yeux de Roddy s'attardèrent sur ses mollets tandis qu'elle croisait les jambes et se calait dans le canapé.

— Un type complètement barge qui s'est montré agressif. Je l'ai maîtrisé d'un sankyo et...

— Un sankyo ? Qu'est-ce que tu vas encore inventer ? Explique, veux-tu ?

— C'est une prise utilisée par les commandos d'enlèvement de l'armée en Irlande du Nord. Ils scrutent une foule hostile, repèrent les meneurs puis foncent dans le tas, s'emparent du meneur grâce à cette prise et le sortent du lot. La douleur est insupportable. Fais un sankyo à n'importe qui, il te suivra n'importe où.

— Pas besoin d'aïkido pour ça. Eh, écoute, je peux m'en servir ? Chronique de la City. Ce serait parfait.

— Fais ça et tu es un homme mort. Tu sais ce que je pense des journaux.

Comment pourrait-il oublier ? Elle lui avait raconté au début de leur liaison. Il se rappelait le ton froid et sans passion avec lequel elle avait relaté le comportement des médias lors de la disparition de son père. Il savait que sous le calme apparent couvait une tempête rageuse.

Ils volent ton anonymat, ta liberté, ils détournent ton âme. C'est arrivé à mon père, et comme il était introuvable, ils ont crucifié ma mère et moi. Peux-tu imaginer ce qu'on éprouvait ? Presque tous les amis de ma mère lui ont tourné le dos, les gens la montraient du doigt et chuchotaient chaque fois qu'elle sortait de la maison. A l'école, tout le monde se moquait de moi, jusqu'au jour où j'ai appris à me battre. Il y a eu des caméras dehors pendant ce qui m'a paru durer des années encore qu'il faille sans doute compter en mois. Nous étions obligées de vivre dans l'obscurité, rideaux tirés jour et nuit. C'était comme une prison, et tout ce temps-là, les actualités télévisées et les journaux disaient des choses sur mon père, on voyait sa photo partout, sauf où il aurait fallu. Avec nous, à la maison. A cause de ça, j'ai eu une enfance pourrie.

Derrière le regard voilé de Helen, il la revoyait débiter cela d'une traite.

— C'est génial, ton histoire, Hel.

Il maudit sa loyauté à son égard. Cette fille était un coup en soi. Il rêvait depuis longtemps de faire une série d'articles sur elle et Dieu sait qu'il aurait bien besoin d'une pause. *Jencks surgit des cendres de la réputation de son père,* petit phénix d'or s'il en fut.

— Ouais, comme toujours. Imprime ça et oublie-moi.

— Je pourrais de temps en temps avoir envie de te tuer, Hel, mais t'oublier, jamais.

— Voilà qui est réconfortant. A quelle heure sommes-nous supposés faire ce pèlerinage à Hampstead ? ajouta-t-elle en consultant sa montre.

— Roz a demandé d'y être aux alentours de neuf heures.

— Il faut être sadique pour recevoir un mardi soir.

— N'y va pas, si c'est ça.

— Connais ton ennemi.

— Arrête, veux-tu ? Tu mangerais Roz au petit déjeuner.

— Elle a sûrement appelé des renforts, rassure-toi. Un comité de mangeurs de lentilles.

— Tu adores les lentilles.

— Oui, mais il ne me viendrait pas à l'idée d'en offrir à mes invités.

— A Roz non plus.

— Parfait. On n'aura vraiment pas besoin de ça.

3

La soirée chez Roz et Justin commença tard, Helen l'avait parié. Au bout du compte, ils mangèrent une des mixtures végétariennes de Roz à vingt-deux heures trente, au moment précis où les journalistes et les architectes assemblés, plus Roz, heureuse bénéficiaire de fonds de pension s'encanaillant comme assistante sociale, s'échauffaient en évoquant les salaires proprement scandaleux de la City. Tous les convives avaient des postes leur permettant de ne pas se lever avant neuf heures et demie, excepté Helen et celui qu'on avait invité spécialement pour « lui tenir compagnie », comme disait Roz, trouvant sans doute inconcevable qu'elle pût s'entendre avec les autres. En voulant la traiter avec condescendance, Roz était tombée dans le mille, sans le vouloir, bien sûr. Le « chevalier servant » de Helen s'appelait Reece Douglas. Il avait trente-deux ans, était parfaitement désabusé et occupait à la Grindlays Bank un poste de trader de derivatives d'Extrême-Orient. Placé à côté d'elle, il avait murmuré « Faites-leur plaisir, c'est sans danger et s'ils se sentent mieux quand ils nous critiquent, nous aurons rempli un rôle social ».

Helen lui avait souri et avait regardé les autres avec un air espiègle.

— Je ne suis pas assistante sociale, moi. Je ne saurais promettre de me tenir comme il faut.

Chaque membre du clan de Roz s'exprimait avec un mélange d'ignorance et d'envie qu'il tentait vainement de dissimuler sous le masque de la « conscience ». Helen songea un moment à s'attaquer à la contribution des architectes à la migraine publique ou au voyeurisme des journalistes, mais un reste de bonne éducation l'en empêcha.

— Je veux dire, c'est vrai quoi, que font-ils au juste ? s'exclama Roz, comme si ni Helen ni Reece n'étaient présents. Ils passent, hurlent dans des téléphones et attendent leur bonus de plusieurs millions de livres. Je veux dire, quand même, ça n'a rien à voir avec la science de l'espace, hein, ou sauver la planète. C'est comme si n'importe qui capable de supporter ce métier se débrouillait mieux qu'un bandit. Combien tu gagnes, Helen ?

— Un million c'est uniquement pour les nuls, Roz ; je veux dire, les vraiment nuls. Si tu es seulement un peu longue à la détente, tu peux te faire minimum deux millions. Passe-moi le vin, veux-tu ?

— Justement, l'autre truc c'est qu'ils se pintent au déjeuner. Comment vous ne perdez pas encore plus de fric que vous ne le faites, ça, ça me dépasse.

Helen but une gorgée de vin et reposa tranquillement son verre.

— Je n'y comprends rien, Roz. Je croyais qu'on en faisait.

— Faisait quoi ?

— De l'argent, Roz. Du pèse, du flouze, ce truc que ton fonds de pension recrache. Tu sais que ça doit être génial, tu peux être à jeun ou bourrée, c'est pareil, ce bon vieux fonds de pension crache au bassinet. Tu pourrais même être bête, encore plus bête que le plus bête des traders qui eût jamais existé – et n'ayons pas peur des mots, ils sont sacrément cons – que tu te ferais encore du fric. Ça, c'est quelque chose, ça m'impressionne. Vraiment.

Elle fit un clin d'œil à Reece, but un autre verre de vin rouge, excellent, Dieu merci, puis se carra sur son siège pour écouter la diatribe qui suintait de nouveau. A minuit moins le quart, elle se leva de sa chaise.

— Roz, Justin, vous voudrez bien m'excuser, j'en suis sûre. Il faut que je file. Je me lève tôt pour gagner mon salaire gonflé à l'excès.

Reece eut un sourire réjoui et se leva à son tour.

Roz hocha la tête et fit la moue. Justin tenta de réprimer un sourire.

Roddy quitta son siège et dit au revoir. Tous trois hélèrent un taxi. Roddy se glissa prestement sur le siège arrière, séparant Helen et Reece. Helen avait sommeil, les hommes étaient peu enclins au bavardage. Le trajet se fit en silence. Helen descendit la première. Reece lui glissa sa carte. Elle l'empocha sans un mot, geste naturel, sans conséquence, pensa-t-elle sur le moment.

4

Le réveil sonna à six heures moins dix.

— Merde !

Helen tendit un bras nu et, après avoir cherché à tâtons, fit taire la sonnerie d'un grand coup de la main. Elle aurait bien balancé le réveil par la fenêtre. Emettrait-il une dernière et pathétique sonnerie en s'écrasant sur le trottoir ? Elle y rêva un moment puis le reposa sagement sur sa table de chevet. Elle s'extirpa de son lit et s'attarda devant la croisée ouverte. La brise fit frissonner sa peau nue mais elle resta un moment, respirant profondément. Elle avait besoin d'air et dormait fenêtre entrebâillée, même en hiver.

Elle gagna la salle de bains, évitant soigneusement le miroir. Si elle paraissait seulement la moitié de ce qu'elle se sentait, mieux valait s'abstenir. Elle prit une rapide douche brûlante suivie par un jet glacé.

Elle y demeura suffisamment longtemps pour apaiser le choc avant la sensation agréable. Puis elle sortit et enfila sa tenue beige, presque son uniforme – aujourd'hui un tailleur de laine à la coupe stricte dont la veste longue était à fermeture Eclair. Elle réfléchit devant les rangées de flacons de parfum et opta pour Fracas. Elle aspergea sa gorge et ses poignets. Sa peau tressaillit au contact de l'alcool. Exacerbée par la buée, l'odeur de tubéreuse et de gardénia se répandit.

Au moment de sortir, elle ne put résister à jeter un bref coup d'œil à son miroir, observant avec amusement l'élégant camouflage beige, son allure de femme d'affaires responsable de son destin. La bonne coupe des vêtements ne pouvait masquer le poids qu'elle avait pris l'année dernière. Elle était encore bien, mais pas aussi élancée qu'elle l'eût souhaité. Elle buvait plus de vodka qu'auparavant. Ses yeux étaient légèrement injectés de sang, comme souvent ces temps-ci, et de petites rides apparaissaient autour de ses yeux. Nuits courtes, alcool, lever tôt, trading acharné, tout cela ne faisait pas bon ménage. Son métier et sa vie ne s'accordaient plus.

Elle avait oublié de réparer son pneu, aussi dut-elle se contenter du métro. Il lui fallut presque une heure car il y eut une demi-heure d'attente à Notting Hill Gate. Un passager sur la voie, entendit-elle. En principe, ils s'en tenaient à la Northern Line, comme si la vie aux abords de Hampstead et au-delà était particulièrement intolérable. Un suicide à six heures et demie du matin ? Pourquoi se lever et s'habiller pour mourir ? Pourquoi ne pas sombrer dans le sommeil à coups de pilules au cours de la nuit, le pire des moments de toute façon ? Elle se gaussa de sa propre morbidité, ouvrit rapidement le *Financial Times* et se perdit dans le réconfort des colonnes de chiffres.

Elle descendit à Liverpool Street et se dirigea vers Birley's. Même à sept heures dix, de nombreux traders affamés faisaient la queue, l'œil hagard, pour acheter leur ration de caféine. Il montait une odeur de sandwich au bacon. Helen en était friande les bons jours, mais avec la gueule de bois, elle ne pouvait faire autrement que patienter sans tourner les talons en quête d'air pur. Elle essaya d'oublier l'odeur en s'imaginant sur le pont d'un bateau en mer. Elle commanda un double express et deux petits pains grillés au miel pour elle, un grand cappuccino et deux autres petits pains pour Hugh Wallace, son éternel affamé de patron.

Son sac en papier se balançant contre sa hanche, elle sortit dans les rues où s'engouffrait un vent glacial. Elle coupa dans Broadgate Circle, énorme zone urbanisée dans les années quatre-vingt, où Goldsteins, qui l'employait depuis quatre ans, possédait ses bureaux. On y trouvait également le siège de certaines des plus grosses banques d'affaires du monde, dont la Grindlays, où travaillait Reece Douglas. Elle songea à lui avec un sourire.

Le Circle était déjà animé, peuplé de vendeurs et de traders se précipitant pour échapper à la froidure, le visage sinistre et déterminé.

Excitation et peur. Chaque matin. Elle se sentait toujours en partie prisonnière au milieu des gratte-ciel, du caractère impitoyable et incessant du rituel que seules brisaient de rares vacances épuisantes, libératrices car elles cassaient le rythme, et les maladies peu fréquentes et bienvenues qui octroyaient une journée vautrée au lit avec un bon grog et un roman à suspense sur le grand large signé Bernard Cornwell. Pourtant, elle aimait le flux d'adrénaline inhérent à la spéculation. Elle aimait jeter un regard froid sur les événements, soupeser, distiller, puis s'abandonner à l'intuition, somptueuse soumission à l'irrésistible, comparable à se laisser séduire par un étranger. Puis l'attente. Suivie par la perte ou le gain, la victoire ou la défaite. C'est cette excitation qui la maintenait en ce lieu, même si son pouvoir s'affadissait et si la claustrophobie empirait.

Elle se préparait pour le jour où elle s'en irait pour ne jamais revenir. Elle avait conscience que, pour elle, la City était au mieux un substitut. Pendant ses huit années en mer, elle avait sporadiquement cherché son père. Après tout ce temps, elle se savait incapable de poursuivre, d'affronter d'incessantes désillusions et, plus sa vie s'épuisait dans l'esclavage envers un fantôme absent, plus elle redoutait de le trouver. Et s'il n'était pas ce qu'elle croyait ? S'il avait vraiment détourné des fonds ? S'il refusait de la voir ? Alors, à l'âge de vingt-six ans, elle avait abandonné toute recherche. Quatre ans plus tard, son père lui manquait toujours autant. La City n'avait rien émoussé et n'avait apporté aucune réponse à ces questions. Maintenant qu'elle avait tâté de cette vie enracinée qu'elle jugeait décevante, elle était plus fébrile que jamais.

Elle passa devant une des nombreuses sculptures qui ornaient le Circle. C'était un grand cheval, peut-être ailé, aux yeux hagards et terrifiés, qui donnait l'impression qu'un serpent l'étranglait.

Elle ne pouvait déjà entrer chez Goldsteins. Il lui fallait encore cinq minutes de calme et de grand air. Elle contourna lentement le Circle, levant les yeux vers les tours rosées qui l'encerclaient. Granit, métal et verre, s'érigeant en panneaux successifs pour former de gigantesques cours intérieures baignées d'une lumière grise. Une partie de cette immense étendue de fenêtres était protégée par un treillage extérieur semblable à des stores vénitiens géants. Plusieurs édifices possédaient d'étroits balcons d'où se répandait une masse de lierre. Incontestablement, les plantes étaient là pour adoucir la dureté des lignes, mais aux yeux de Helen, elles conféraient à cet endroit un air sauvage. On aurait dit une jungle aux aguets prête à étouffer la jungle financière qui régnait en maître à l'intérieur. Leurs racines briseraient le béton, s'entortilleraient, étrangleraient les câbles des ordinateurs. Peut-être, dans les siècles à venir, les archéologues d'une autre planète découvriraient-ils ces temples au dieu Mammon sous des monticules recouverts de lierre. Tant de pouvoir était concentré en ce lieu. Une si grande part de la masse monétaire globale était contrôlée, investie et manipulée dans ces tours de couleur rose. C'était un empire comme un autre, et tout aussi vulnérable.

A contrecœur, Helen pénétra dans le hall de chez Goldsteins à sept heures vingt. Elle fut agressée par une vague d'air chaud et confiné. Elle marmonna un « bonjour » migraineux aux gardiens qui la saluèrent avec enthousiasme, compatissants et complices devant sa mine défaite. Elle se rua vers les portes d'un ascenseur qui allaient se refermer.

Tapi dans un coin, une main dans la poche, l'autre s'agrippant à un sac de petit déjeuner, se tenait Hugh Wallace. Avec une agilité surprenante, il se précipita et appuya sur le bouton pour rouvrir les portes.

— Merci, dit Helen en se faufilant à l'intérieur.

Wallace avait l'air en aussi piteux état qu'elle. Il semblait avoir dormi tout habillé, il plissait des yeux rougis en direction de Helen. Des boucles de cheveux s'échappaient de sa casquette de base-ball et s'attardaient, tout gras, sur son col de chemise. Sa veste ouverte révélait une brioche curieusement petite si l'on considère qu'il se nourrissait exclusivement de trucs à emporter. Il était chaussé de Reeboks blanc et noir. Il respirait comme un soufflet de forge. Helen était au courant de sa claustrophobie, de sa terreur des ascenseurs ; mais en tant qu'asthmatique et patraque chronique, il était exclu qu'il grimpât les sept étages à pied. Il devait donc se soumettre chaque jour à la torture de l'ascenseur. Ce n'est que lorsque Helen et lui eurent quitté cet enfer qu'il leva les yeux du plancher. Arborant son plus beau sourire, il coula à Helen un regard mou. Ses lèvres pleines et d'un rouge délicat contrastaient avec la pâleur de son teint. C'était un hybride de garçon perdu et de Cupidon dégénéré. Ces temps-ci, son karma semblait être de faire de l'argent. Chez Goldsteins, il était chargé de la mise au point des derivatives, poste qu'il décrivait aux néophytes comme s'apparentant à celui de bookmaker. Il prenait les paris sur des gens qui prennent des paris. C'était un génie des mathématiques renforcé par une thèse de doctorat soutenue à Oxford sur la théorie du chaos et un intérêt monomaniaque pour les derivatives.

— La nuit a été longue ? s'enquit Helen lorsqu'il eut retrouvé son souffle.

Wallace s'était récemment mis à jouer au blackjack dans les casinos. Tel un drogué, il passait de nombreuses nuits à faire la même chose que dans la journée, mais dans un environnement plus scintillant. La semaine précédente, il avait emmené Helen et Roddy aux Ambassadeurs dans Mayfair. Helen et lui avaient gagné sous le regard désapprobateur d'un Roddy accablé par cette criante injustice : ceux qui se faisaient de l'argent comme par accident n'en avaient nul besoin.

— J'ai surfé jusqu'à trois heures du matin, dit Wallace qui ouvrit le couvercle de son gobelet et se brûla les lèvres. Merde, éructa-t-il avant de s'essuyer la bouche. J'étais alpagué par deux lesbiennes qui voulaient une partie à trois. J'ai passé des heures à essayer de les convaincre que j'étais une superbe blonde d'un mètre quatre-vingts appelée Trish.

Helen faillit s'étouffer de rire en essayant d'imaginer son patron rase-bitume d'un mètre soixante-cinq et ses soixante-dix kilos en longiligne déesse blonde.

— Et alors ?

— Ça marchait au poil quand elles m'ont demandé ce que je faisais.

— Pas de chance. Qu'as-tu répondu ?

— Acheteuse dans la mode.

Helen s'écroula de rire. Les gens avaient du mal à croire aux titres universitaires de Wallace. Ils ne percevaient pas l'humour dans sa modestie pince-sans-rire qu'ils prenaient pour un manque d'assurance.

— Et toi ? demanda Wallace. En ville avec Roderick ?

— Un dîner chez des amis à lui.

— Mais pas à toi, c'est ça ?

— Je ne traverserais même pas la rue pour eux.

— Méchante fille.

— Ce serait plutôt le contraire. Tiens, je t'ai pris un cappuccino et des toasts.

— J'y avais pensé.

— Prends quand même. Tu as besoin de renfort.

— Tu me gâtes, Hel.

Il s'empara du sac et ses yeux se posèrent sur ceux de la jeune femme. Il paraissait triste. Ces derniers mois, quelque chose d'étrange lui était tombé dessus. Il avait commencé à se comporter en amant adultère, avec son regard parfois absent.

Ils insérèrent leur carte à puce, les portes de sécurité s'ouvrirent dans un cliquetis et tous deux se dirigèrent vers la salle des marchés : deux cents mètres carrés de technologie chauffée à blanc et quatre cents prima donna, dont quatre-vingt-quinze pour cent d'hommes – une des salles des marchés les plus rentables de Londres. Les bénéfices nets de l'année passée s'élevaient à deux cent cinquante millions de livres sterling. L'atmosphère s'électrisait. Helen entendait presque la clameur qui commencerait bientôt, percevait presque le furieux besoin d'argent, l'ambition, la cruauté et la compétition de ce qui n'était jamais un combat à la loyale à ciel ouvert mais dans une salle de conférences en plastique, ou dans le calme âcre d'un urinoir. Elle portait à cette ambiance l'amour d'une pute pour le propriétaire de bordel qui l'a sortie du trottoir.

Ils déambulèrent entre les bureaux, se dirigeant vers le desk des derivatives, rebaptisé « aire de lancement des rocket scientists » ou, plus couramment, « si ça bouge, fais un prix ».

Les derivatives sont des contrats financiers au même titre que les actions ou les obligations mais aux caractéristiques plus complexes. Ils ne possèdent pas de valeur intrinsèque, celle-ci dérivant d'un sous-jacent qui peut aller du soja à un indice comme le FT100, indice des valeurs industrielles publié par le *Financial Times*. Les contrats de derivatives les plus simples sont les opérations à terme. A l'origine, elles ont été mises au point pour protéger les fermiers contre les fluctuations de la valeur de leurs récoltes.

Un fermier pouvait se protéger en acceptant, disons en décembre, le prix auquel il vendrait sa récolte au mois d'octobre suivant. Lorsqu'on demandait à Helen ce qu'elle faisait, c'était généralement ce qu'elle leur expliquait. Wallace, lui, passionné par son job, était capable de se lancer dans un récit historique. Il semblait lire à peu près tout ce qui paraissait sur les produits dérivés. A ses heures de loisir, il écrivait un ouvrage sur le développement de ce marché. La veille, il avait annoncé à Helen et à Paul Keith, qui débutait, qu'il existait un marché à terme du riz à Dojima, près d'Osaka, dès la fin du XVIIe siècle.

Les marchés à terme modernes se sont développés dans les années 1850 avec l'ouverture du Chicago Board of Trade, mais c'est seulement vers le milieu des années 1980 que les marchés financiers à terme concernant les actions et les obligations ont véritablement décollé. Wallace était là lorsque cela s'était produit. Il avait grandi avec un marché qui avait explosé et qui aujourd'hui, en ne comptant que les produits négociés sur des échanges organisés, valait plus de six cent cinquante mille milliards de dollars l'an. Wallace adorait citer l'exemple des derivatives du XVIIe siècle comme si l'âge donnait au marché un aspect plus familier, plus sympathique. Helen, quant à elle, n'y voyait rien de tout cela. Ce genre de marché vous arrachait les tripes en une nuit, comme cela avait été le cas pour la Barings quand un trader solitaire avait à lui seul fait un trou de sept cent quarante millions de livres sterling sur les derivatives, anéantissant ainsi la banque. C'était le marché le plus gros, le plus potentiellement lucratif et destructif du monde. Wallace en était tout bonnement amoureux. Helen gardait ses distances, le respectant comme un adversaire dangereux.

Cent personnes travaillaient au desk des derivatives, aidées de cinquante assistants. On comptait cent quarante hommes et dix femmes. Sur ces dix femmes, six travaillaient dans le fond comme assistantes ou secrétaires. Les âges s'échelonnaient entre dix-huit et trente-sept ans, les salaires et avantages complémentaires entre vingt-deux mille et un million quatre cent mille livres par an. Quant aux qualifications, elles étaient inexistantes ou allaient jusqu'au doctorat en mathématiques. Le groupe négociait des derivatives fondés sur les taux d'intérêt, les devises, les participations financières et les matières premières. Ils étaient assis, à soixante centimètres les uns des autres, devant d'étroites rangées de bureaux, chaque rangée tournant le dos à l'autre comme une image inversée, traders entassés, bureaux encombrés d'écrans d'ordinateurs, de panneaux de lignes téléphoniques directes, dans une odeur de sueur, un parfum de tension, une marée bruyante.

Helen s'installa devant un petit bureau en T situé à l'extrémité d'une rangée comportant une vingtaine de traders de chaque côté. A sa gauche, était assis Andy Rankin, spécialiste des marchés d'actions en Extrême-Orient ; à sa droite, on avait ajouté une console pour accueillir un stagiaire qui venait de rejoindre l'équipe, Paul Keith. Le bureau de Wallace se trouvait derrière. Quatre ans auparavant, lorsque Helen était entrée dans l'équipe de traders, on l'avait placée aussi près que possible du bureau de son patron. Au début, elle avait détesté cet arrangement, car elle se sentait sous surveillance. Si elle arrivait en retard, partait plus tôt ou jouait profil bas un mauvais jour, Wallace s'en apercevrait. Avec le temps, Helen avait pourtant constaté qu'il ne voyait pas grand-chose et en enregistrait encore moins tant il était obsédé par son rêve de derivatives nouveaux et meilleurs. Il pouvait gaillardement passer douze heures enfermé dans son bureau, stores baissés, à jouer avec ses modèles mathématiques tordus et dangereusement complexes. Quand il émergeait, il fondait automatiquement sur Helen et sur Rankin, accordant peu d'attention au reste de l'énorme machine des derivatives. Ils formaient désormais un trio autonome à l'écart du gros de la troupe.

Wallace s'arrêta devant sa porte et se tourna vers Helen, plissant les yeux, sourire aux lèvres.

— C'est bien ce soir, n'est-ce pas, le dîner chez toi ?

— Absolument. Ça tient toujours ?

— Tu plaisantes ! Roddy sera là ?

— Il a intérêt, tu ne crois pas ?

Roddy et Wallace venaient dîner une fois par semaine. Cette tradition n'était rompue que par les vacances. L'autre exception avait été due à la période érémitique de Roddy à la suite de sa rupture avec Helen.

— Roddy serait-il jaloux si nous dînions en tête à tête ?

— Est-ce une proposition ?

Wallace eut un rire embarrassé. Avec Helen Jencks, il n'aurait su où commencer.

Paul Keith leva vers Helen et Wallace un regard inquiet. Cela ne faisait que huit jours qu'il avait rejoint l'équipe. Vingt-deux ans, diplômé de mathématiques de l'université d'Edimbourg, il passait six mois dans chaque secteur principal de la salle des marchés – initiative récemment imposée par Zaha Zamaroh, la maîtresse des lieux. Elle appelait cela la « fertilisation croisée ». Keith n'avait pas l'air à son aise. Son arrivée avait contrarié le trio. Helen l'avait accepté avec grâce, Rankin l'avait toléré, tandis que Wallace avait résisté à sa présence avec fureur, le traitant d'espion à la solde de Zamaroh, et se montrait parfaitement ignoble à son égard, ce qui ne lui ressemblait guère. Lorsque Helen le lui reprochait, il demeurait évasif mais continuait à persécuter le pauvre garçon. Le torturé devenu tortionnaire. Wallace avait sûrement été une cible de choix à l'école. Trente ans plus tard, il obtenait vengeance.

— Bonjour, Paul, dit Helen avec un large sourire. Ça va ?

— Pas du tout, répondit-il l'air misérable. Bonjour, Hel.

— Tiens, c'est Hel, maintenant ? lança Wallace. Seuls ses amis l'appellent ainsi, on ne te l'a pas dit ?

— Ne l'écoute pas, dit Helen. Il se languit pour un couple de gouines électroniques.

Sur quoi elle lui décocha un regard noir et lourd de reproches auquel il répondit par un sourire avant de filer dans son bureau.

Il y eut un bruit sourd dans le fauteuil voisin. Helen se tourna pour voir Andy Rankin essayer de se rapetisser et de passer inaperçu.

— Andy ! Qu'as-tu fait à tes cheveux ?

Les magnifiques cheveux bruns d'Andy Rankin, qui lui descendaient dans le cou, avaient subi la pire des attaques.

— Attends que je sente l'effet que ça fait, dit Helen en tendant la main.

Il ne restait qu'un bon centimètre de long. Rankin piqua un fard terrible.

— Eh, mais c'est tout doux ! On dirait une brosse à ongles.

— Merci du compliment.

— Allez, Andy. Tu ne t'es pas fait tondre pour l'esthétique. Je suis sûre que tu as perdu un pari.

Il hocha la tête d'un air dégoûté. Helen imaginait aisément la scène. Andy Rankin lâché pour un soir avec ses copains de beuverie d'Epping Forest qu'il avait dû abandonner au moment de son mariage avec une snobinarde de Knightsbridge dont les aspirations excluaient totalement un mari skinhead.

— Qu'en dit Karen ?

Il eut un air de chien battu. Rankin, qui mesurait un mètre soixante-douze et pesait quatre-vingt-cinq kilos, avec un nez bulbeux et une lourde ossature, aurait eu dans le meilleur des cas l'air d'une brute épaisse. Il était sauvé par des yeux de biche couleur noisette, veloutés et vulnérables. Comme maintenant.

— Zut ! fit Helen. J'ai oublié mes sèches. T'en as une ? demanda-t-elle avec un sourire désarmant.

Rankin lui rendit son sourire, visiblement soulagé qu'on oublie un sujet qui ne le quitterait pas d'une semelle pendant des semaines.

Laisse tomber, voulait lui dire Helen. Ne les laisse

pas t'embêter. Mais tout conseil aurait souligné sa détresse et sa gêne. Il lui jeta un paquet de Camel sans filtre.

— Voilà qui devrait éliminer toute trace de vanille.

— Très drôle, Andy, la glace à la vanille pour les gentilles filles. Mais je ne suis pas gentille, tu devrais le savoir, depuis le temps.

— A force de le répéter, il se trouvera bien quelqu'un pour commencer à te croire.

En dépit de ses affirmations, elle l'était effectivement. Au-delà de ces yeux sardoniques qui semblaient si bien percevoir, si bien comprendre la fragilité humaine et sourire quand même, il y avait une débauche de générosité et de douceur. Cela n'était visible que pour ses amis, pour les autres c'était bien caché. Dans la salle des marchés, l'accent était mis sur l'argent, pas sur l'âme.

5

Wallace reparut soudain dans la salle des marchés et s'affala sur un siège vacant.

— Bon, Jencks, si tu n'as pas détruit toute ta matière grise à boire avec des personnages peu recommandables, ce sera quoi cette semaine ?

Il décocha à Helen un regard à la fois taquin et admiratif. Ils s'étaient sentis liés dès le départ. Il s'était attendu à en vouloir à cette jeune femme qui s'était imposée à lui dès qu'elle avait mis le pied dans son territoire, quatre ans plus tôt. Pas de diplômes, pas d'antécédents, rien qu'une apparence intrépide et sachant déjouer les dangers de la rue, un incroyable désir d'apprendre, une insatiable curiosité et le cerveau adapté à la réalisation des défis qu'elle se forgeait. Ses talents surpassèrent ses réserves. Ce qui tissa le lien entre eux ce fut la perception qu'il eut de son mal de vivre : il voyait les cicatrices qui la marquaient, la solitude qui l'écrasait ; et il savait qu'elle percevait son malaise, son incapacité à construire une relation avec autre chose qu'un ordinateur. Jusqu'au jour où elle vint lui offrir son amitié.

Une seule chose la gâchait. Il avait la certitude qu'il imploserait, que ce n'était qu'une question de temps, qu'il serait détruit par ses propres infirmités tandis que Helen, malgré ses innombrables faiblesses, possédait le cran des survivants. C'était comme s'il savait que, d'une certaine manière, dans le jeu de la vie, elle le vaincrait, trahirait l'amitié qui aurait dû lier deux êtres semblables. Helen lui rendit son sourire, apparemment oublieuse de la lente corrosion qui rongeait l'esprit de Wallace.

— Je n'aime pas le tour que prennent les choses dans le Golfe, dit-elle avec enthousiasme. Je crois que les marchés en ont marre de l'Irak, je crois que ça passera au second plan, mais je suppose qu'ils vont bientôt avoir besoin de quelque chose pour les affoler. Quand cela arrivera, le marché sera encore plus volatil, le pétrole augmentera, l'or chutera. Je leur donne quelques mois pour se préparer. Je veux faire du stellage : acheter des options d'achat à trois mois sur le Brent brut, acheter des options de vente à trois mois sur l'or.

Elle se tourna vers Keith.

— Les options de stellage confèrent à l'acheteur – moi en l'occurrence – le droit, mais pas l'obligation, d'acheter et de vendre un indice ou une matière première à un prix déterminé, appelé cours d'exercice, sur une période donnée. Si je ne me trompe pas sur l'évolution des marchés, dans trois mois je pourrai acheter du pétrole à un prix inférieur au cours du marché, ou vendre immédiatement et dégager un bénéfice, ou me contenter de vendre l'option d'achat sur le marché des options. Elle grimpera avec le cours du pétrole et je tire un bénéfice plutôt coquet.

— Génial ! intervint Rankin.

Helen lui offrit un regard indulgent. Pour l'instant,

elle avait fait cette année plus de trois millions de dollars. Rankin était à deux millions en dessous.

Elle revint à Keith.

— Si je devine bien pour l'or, je pourrai livrer, ou vendre, mon or à mon prix prédéterminé qui serait au-dessus du cours du marché. Je peux le faire si c'est ce que je choisis, ou bien acheter la quantité nécessaire d'or à livrer et empocher la différence. Plus simple encore, je vends mon option, dont la valeur aura monté avec la chute du prix de l'or, et prends mon bénéfice là-dessus.

Wallace se mit à tambouriner sur la table.

— Quand tu en auras terminé, professeur Jencks...

— Il se trouve que je n'ai pas terminé, alors du balai. Bon, si je me suis trompée et que les marchés évoluent dans le sens contraire à ce que j'ai prévu, je n'aurai pas envie d'utiliser mon droit de stellage. Disons, par exemple, que le cours du pétrole chute, je ne souhaiterai pas lever l'option et acheter au cours d'exercice quand je peux acheter moins cher aujourd'hui sur le marché au comptant. Tu suis ?

— Ouais, enfin, je crois, répondit Keith, l'air torturé.

— Ne t'en fais pas. Ça va venir. Ce n'est qu'une question de temps. Quoi qu'il en soit, tout le plaisir des options réside dans la flexibilité. Je peux exercer si c'est ce que je choisis, mais je n'y suis en aucun cas obligée. Bien. Le coût de l'option, pour moi, sera limité au prix du put et du call. Nous appelons cela la « prime ». La prime est déterminée, entre autres choses, par la volatilité du sous-jacent, que ce soit matière première ou indice. Il existe un nombre incroyablement sophistiqué de modèles d'évaluation, tous dérivés de quelque chose qu'on appelle le modèle Black Scholes de fixation des prix des options, modèle mis au point au début des années soixante-dix par trois rocket scientists très sérieux. Hugh t'expliquera, n'est-ce pas, Hugh ?

— Plutôt crever, tonna Wallace, qui passa deux doigts dans son col et tira violemment.

— Au fait, ce soir c'est tourte à la viande.

— Si j'ai le temps, marmonna Wallace.

— Bon, dit Helen en se tournant à nouveau vers Keith. Le prix ne s'élève normalement qu'à une infime fraction du dernier prix coté du sous-jacent. Je peux acheter le droit d'acheter cent millions de dollars de pétrole à trois mois pour une mise de fonds initiale de six millions.

— Ouah !

— Je dirai même plus ! On appelle cela l'effet de levier. Pour quelques petits millions, je prends des risques colossaux.

— Et tu te fais un max, remarqua Rankin.

— Ou je fais sauter la prime, dit Helen. En ce cas, je suis en position longue sur les options, mais si je suis en position courte, autrement dit si je vends mes options à des contreparties et que je doive livrer le sous-jacent et que je me trompe dans la lecture des marchés, je perds ma chemise. La salle des marchés est jonchée de cadavres de traders qui se sont écrasés et ont péri carbonisés sur le marché des options.

— Tu peux couvrir tes risques, n'est-ce pas ?

— Bien sûr. C'est ce qu'on fait en principe, mais on a parfois envie de prendre un pari directionnel sur un indice, auquel cas on ne se couvre pas. C'est ce qu'a fait Nick Leeson avec le Nikkei quand il a fait sauter la Barings.

Keith eut l'air calmé à souhait.

— Combien veux-tu négocier ? lança Wallace, agressif.

— Le maximum sans bouger le prix, répondit Helen uniment. Ce n'est pas le capital qui nous manque, n'est-ce pas ?

— A moins que la puissante Zamaroh n'ait l'intention d'acheter la totalité de l'émission du trésor américain.

Sourire unanime. Zaha Zamaroh, responsable de la salle des marchés, princesse iranienne, suivie d'un cortège de diplômes : Harvard avec félicitations du jury, MA d'Oxford, MBA de Wharton. Elle régnait sur l'étage avec le despotisme, la passion et le charisme sanglant hérités de ses ancêtres mogols. C'était la seule personne de l'étage dont le cerveau pouvait rivaliser avec celui de Wallace. Elle le terrifiait, comme elle terrifiait presque tout le monde.

— Tout est possible, remarqua Helen.

— Andy ? Que comptes-tu faire ? s'enquit Wallace.

Chaque jour, Helen et Rankin prévenaient Wallace de leurs intentions d'achat et de vente. Ces derniers temps, Rankin semblait négocier de moins en moins. Helen supposait qu'il avait perdu son peps à force de revers successifs au début de l'année. Il s'était brûlé les ailes avec des Topix à terme. Il avait perdu deux millions en trois semaines. On avait toujours du mal à remonter après un coup pareil. Il fallait du cran et avoir foi en son propre jugement, savoir quand tenir bon et quand faire la part du feu. Ces jours-ci, Rankin paraissait justement avoir perdu ses repères. Les adversaires flairent l'incertitude au même titre que les chiens flairent la peur. On se trouve exclu. Rankin avait trente-six ans, presque trop vieux pour la violence du trading. On trouvait rarement des plus de trente ans parmi les plus performants. Les yeux voletant entre les lignes tremblantes donnant des infos sur quatre écrans différents, une oreille au téléphone, l'autre absorbant les hurlements des collègues, douze heures à calculer en une fraction de seconde, à se juger et à être jugé sur le résultat à la fin de la journée. Ces hommes et ces femmes vivaient et respiraient le marché. Et les outsiders pensaient avoir une chance. A ceux qui posaient la question, Helen répondait toujours : ne jouez pas les marchés, placez votre argent en bon père de famille et pensez à autre chose. Votre argent fera des petits si vous le laissez tranquille, mais si vous intervenez sans arrêt, vous vous ferez démolir par les professionnels et le grand roi marché lui-même qui ne vous pardonnera jamais votre manque de dévotion. Laissez ça aux pros. Même pour eux ce n'était pas une partie de plaisir. A trente ans ils en paraissaient quarante. Nombre d'entre eux disparaissaient de la circulation. Pour quelle destination, Helen ne le savait pas. Les plus mondains pouvaient gravir les échelons et terminer à la direction d'où ils regardaient les autres tomber. Les autres, s'ils avaient de la chance, réussissaient à se retirer à la campagne. Helen se demandait parfois ce qu'il adviendrait de Wallace. Il n'avait nul besoin de travailler pour l'argent. Il devait bien s'être fait huit millions de livres en quatorze ans de présence sur les marchés. Sa présence s'expliquait par le fait qu'il était intoxiqué.

Rankin triturait maladivement son stylo.

— J'ai deux ou trois fers au feu, marmonna-t-il, je suis en liaison avec un gars. Je vais peut-être faire quelque chose sur le KOSPI.

Le KOSPI est l'indice des valeurs boursières coréennes ; maints traders se sont grillés sur ce marché complètement fou.

— Et ?

— Je ne suis pas tout à fait prêt.

Wallace repoussa son fauteuil et se leva.

— Que répètent sans arrêt les vautours ? Remplis des tickets ou t'es un homme mort. Au vu de tes résultats à ce jour, tu es bon à enterrer.

— Et toi, Hugh, tu es un mort vivant ? plaisanta Helen. Quand vas-tu nous inventer un nouveau produit bien juteux ?

Wallace regagna son bureau, une main en l'air, troisième doigt pointé.

— C'est tout ce qu'on t'a appris à l'école ? s'exclama Helen.

— Un jour, tu iras trop loin, commenta Rankin.

— Le tout est de savoir quand. Comment se fait-on virer d'ici quand on est une fille ?

Rankin la regarda, interloqué. Wallace et lui l'avaient secrètement surnommée « le couperet ». Dans la salle des marchés, elle était révérée pour sa capacité à couper une position qui tournait mal. Il semblait maintenant qu'elle voulût couper son propre job. Rankin éprouva un éclair de panique mêlée d'envie. Le côté déraciné de Helen la rendait libre. Lui, était piégé par son travail, par son mariage, et pis encore. Il détourna les yeux et appela Keith.

— Eh, Paul ! Va me chercher un cappuccino et du bacon ! Voilà cinq livres.

Keith prit le billet sans un mot. Au bout de six mois dans la salle des marchés, il s'était accoutumé à être traité en esclave par d'impérieux traders soucieux de consolider leur ego fragile.

— Hel, tu veux quelque chose ?

— Non merci, Paul.

Keith s'éloigna, silhouette spectrale et inconsolable d'un mètre quatre-vingt-quatorze. Helen se demanda combien de temps il survivrait à ce régime.

Helen porta son attention sur ses écrans et tenta de repérer l'événement dans les colonnes de chiffres, une irrégularité, un slot, quelque chose qui ne devrait pas exister, qui pourrait s'accroître, s'élargir, se déchirer, effrayer les frileux du porte-monnaie, permettre à Helen d'entrer, tous dollars dehors, de les acheter, de les écœurer et de gagner. Par nature et par inclination, elle nageait à contre-courant. Elle opérait à intervalle quasi régulier des transactions énormes et spectaculaires contre le marché, gagnant, perdant parfois, des millions de dollars pour le compte de Goldsteins. Elle terminait généralement en tête. Elle avait une intuition acérée. Elle observait, attendait, flairait les marchés, guettait les signes de changement, achetait en avance, conservait, puis vendait quand cela arrivait ; cela, ce pouvait être n'importe quoi. Parfois ce n'était qu'une simple rumeur, parfois un plan Brady pour renflouer les républiques bananières, parfois, c'était une guerre. Mais aujourd'hui, les chiffres la raillaient de leur supériorité silencieuse. Ils se confirmaient. S'il y avait des anomalies, elle ne parvenait pas à les détecter, si une guerre couvait, elle ne la sentait pas. Peut-être n'était-elle pas d'humeur. Elle ne tenait pas en place et avait l'esprit troublé.

Les axes de trading qu'elle avait annoncés à Wallace étaient juste histoire de parer à l'imprévu. Une seule chose était tabou dans la salle des marchés : répondre à une question par *je ne sais pas.* On savait toujours, on était toujours allègrement sûr de soi. On avait toujours une vision de la situation. L'hésitation était l'apanage des perdants, les paroles équivoques celui des maîtres d'études d'Oxford. Tous les matins, parler aux clients ou aux contreparties se résumait à : « Qu'avez-vous à me raconter ? » Chacun tissait des contes – déstabilisait les opposants, jouait au plus fin avec eux. Mais il fallait savoir quand le bluff se muait en transaction, faute de quoi on était le dindon de la farce.

Elle eut une brève pensée pour Roddy et Roz et leurs invités de la veille. Ils dormaient encore profondément. Elle se rappela les jérémiades de Roz qui, pour couronner le tout, parlait du nez.

La City, c'est l'argent facile. Ils passent, hurlent dans des téléphones et se font des millions de livres. C'est ça, Roz, pensa Helen, viens essayer, chérie. Elle jeta un coup d'œil au tableau de bord de son téléphone et vit un témoin clignoter. Elle mit son casque et parla dans le minuscule micro placé devant sa bouche.

— Oui, Bernie ?

— Qu'est-ce qui est gros, gras et affamé ?

— Bernie Greenspan à huit heures du matin.

— Il va falloir que je me mette aux histoires cochonnes.

— Tu crois que je ne comprendrais pas ?

— Bon, d'accord. Oublie ça. Qu'est-ce que tu fais ?

— Pas grand-chose. Et toi ?

— Que dalle. Tu as encore l'intention de jouer les Goldfinger ce matin ?

— Je suis plutôt dans les salons de massage, Bern.

Les traders donnent des surnoms à tout. Un salon de massage signifie le pétrole. Helen imagina avec amusement les clients maculés de Brent de la mer du Nord.

— Que veux-tu ? Du six mois ?

— Trop long.

— Trois ?

— Peut-être. Un prix pour six mois, put et call.
— Tu veux un put ?
— Ne me fais pas rigoler, Bern.
— Combien ?
— Oh, Bernie, géant, comme toujours.
— Ouais, bon, excuse-moi de te poser la question, mais géant, c'est quoi, pour toi, ce matin ?
— Des contrats de cinq mille.
— Cours d'exercice ?
— A la monnaie. Dix-huit quarante.
— Je te rappelle.

Cinq minutes plus tard, il était de nouveau en ligne.

— 1,10 à 1,30 pour le call, 0,97 à 1,17 pour le put.
— J'achète cinq mille calls à trois mois sur le brut à 1,30.

Bernie réprima un petit cri. Il s'attendait qu'elle allât dans l'autre sens et vendît des options d'achat.

— Fait, dit-il de mauvaise grâce.
— Fait, répéta-t-elle. Allez, Bern. Tu es un ange. Je t'offre un verre.
— Quand ?
— Jeudi.
— Promis ?
— Marché conclu.

Il simula un cri d'horreur à la perspective d'une nouvelle transaction avec Helen Jencks. Helen ôta son casque en éclatant de rire.

— Pétrole long, hurla-t-elle pour être entendue de Wallace. Quatre-vingt-douze. Trois mois.

A un mètre de là, Rankin avait tout entendu en direct. Wallace fit signe de la main qu'il avait saisi. Helen remplit le ticket d'exécution. Cinq mille contrats d'option d'achat à 1,30 $ multipliés par la taille du contrat de 1 000 barils aboutissaient à une prime de 6 500 000 $ qu'elle devrait payer le lendemain. Cette prime lui conférait le droit d'acheter, dans trois mois, 5 000 calls de 1 000 barils chacun. Cela donnait un total de cinq millions de barils de pétrole, position qui valait, au cours d'exercice pour du Brent brut à 18,40 $, soit quatre-vingt-douze millions de dollars. Pour le péquin moyen, beaucoup de pétrole. Helen éprouva le bref frisson de la transaction mais, au-delà, un manque total d'émotion. Elle avait joué dangereusement, conclu un marché tout en étant incertaine quant au succès de l'opération, mais elle naviguait en eaux poissonneuses. Elle avait eu six semaines bénéfiques et avait le sentiment que cela durerait encore un petit moment.

Le desk fut soudain bien calme, ce qui était inhabituel. Helen leva les yeux pour voir Zaha Zamaroh debout à côté d'elle observant Paul Keith comme si c'était un spécimen de laboratoire. Keith rosit légèrement, un sourire indécis aux lèvres comme il rendait son regard à Zamaroh. Un mètre soixante-douze et quatre-vingts kilos en tailleur Chanel rouge pompier avec rouge à lèvres et talons assortis. Jamais il n'aurait cru cela possible si cela ne lui crevait pas les yeux. Elle semblait sortir tout droit d'un livre d'enfant mâtiné de magazine pour adultes : l'horrible marâtre et Jessica Rabbit en une seule personne, avec un cerveau à faire sauter une unité centrale.

— Bonjour, Paul. Comment vont les choses ?

— Bonjour. Euh, bien, je vous remercie. Helen me donne un coup de main.

— C'est une chance.

Elle se tourna vers Helen. Les deux femmes se respectaient courtoisement, mais conservaient leurs distances.

— Helen.

— Zaha.

— Je note avec plaisir que quelqu'un remplit des tickets, dit Zamaroh en désignant du menton la fiche d'exécution bleue que Helen avait en main. Pour notre bénéfice à tous, faut-il supposer.

Sur quoi elle se tourna vers Rankin.

— Mais que vois-je ici ? Une balayette ambulante. Vous pourriez louer vos services, Rankin. Cela vous rapporterait davantage que ce que vous avez gagné pour le desk.

Helen frémit. Rankin regarda droit devant lui et ne souffla mot.

— Deux mille livres à l'heure serait une modeste contribution, poursuivit Zamaroh en se rapprochant pour se pencher sur Rankin. Vous êtes à moins deux millions, Rankin, et je vais bientôt arrêter de compter.

— Il faut qu'elle massacre quelques esclaves chaque matin, commenta Helen en regardant Zamaroh s'éloigner. Ça lui fait du bien.

Paul Keith essayait de se rendre invisible. Rankin s'absorbait dans la contemplation de ses écrans, sa veine temporale battant furieusement.

— Cette femme devrait être mise à pied. C'est une vraie psychopathe.

— Andy, tu aurais peut-être l'air un peu bizarre si les ayatollahs avaient étranglé ton père, rétorqua Helen.

Rankin ricana et fila dans le bureau de Wallace. Tous deux restèrent enfermés pendant plus d'une heure. Ils essayaient sans doute de sauver la carrière de Rankin, supputa Helen.

6

A midi, on téléphona de la réception. Joyce Fortune, la meilleure amie de Helen, l'attendait en bas. Helen s'empara de son manteau et de son sac. Selon son habitude, Joyce était d'une élégance irréprochable. Adossée à un pilier de marbre, elle prenait la pose, recevant avec un sourire nonchalant la succession d'hommages muets qu'elle attirait immanquablement chez Goldsteins. Ses cheveux décolorés à la perfection étaient relevés en une longue queue de cheval ; une lourde frange surmontait des sourcils qui n'auraient pas déparé une duchesse. Ses yeux bleu clair étaient mystérieux, pétillants d'un soupçon d'humour et de malice. Sa peau était pâle, légèrement maquillée avec un soupçon de blush sur de fines pommettes. Elle avait peint d'un rouge extravagant et souligné d'un trait de crayon assorti ses lèvres, évitant toute bavure sur sa peau blanche. Il en résultait un surprenant mélange d'impudeur et de discipline. Joyce n'était pas d'une beauté conventionnelle, ses lèvres étaient trop étroites et son nez aquilin – son trait le plus frappant – était trop long, mais elle avait le port d'une déesse.

Elle se redressa en apercevant Helen.

— Tiens, voici la beauté beige en personne.

Elle portait un jean moulant, des boots en daim noir et une veste cintrée en cuir noir.

— Il faut vivre avec son temps, ma belle. Je t'imagine attifée de la sorte à quatre-vingt-dix ans dans une maison de retraite. Tu pourrais donner un sens prophétique à l'expression « s'habiller dernier cri ».

— Tu as fait de l'argent, aujourd'hui ? demanda Joyce, l'air malicieux.

Elle savait toujours dans les trente secondes comment ça s'était passé pour Helen.

— À peine assez pour payer des Reeboks à tes têtes blondes.

Les deux femmes échangèrent un sourire complice, enchantées de ce jeu qu'elles avaient entamé dès leur première rencontre, à l'âge de douze ans, au collège d'enseignement général de Holland Park. Helen avait repoussé le désir de sa mère de l'inscrire dans une école libre et avait insisté pour aller à l'école du quartier avec presque toutes ses amies. Toutes deux achevèrent leur scolarité à seize ans et, même si leur vie avait pris un tour différent, elles étaient restées très proches. Joyce était entrée dans l'entreprise de transports routiers de son oncle, passant de secrétaire à chauffeur de poids lourd avant de se marier, d'avoir trois enfants et, peut-on supposer, de se ranger dans sa HLM de Ladbroke Grove. Chaque fois qu'elle était à court d'argent ou que le besoin d'échapper au foyer était trop fort, elle reprenait le volant pendant une semaine, sa mère veillant alors sur les enfants et sur Brian, le mari de Joyce. Cette vie paraissait lui convenir mais à ses yeux,

Helen en banquière, Helen « devenue respectable », tout cela n'allait pas plus loin que le camouflage beige dont elles plaisantaient immanquablement.

— Tu as intérêt à te remuer, ma fille, dit Joyce. C'est bientôt l'anniversaire des jumeaux et ils s'attendent que leur marraine leur mitonne quelque chose de rudement spectaculaire.

— Ce sont des sacripants et des voraces. Dis-leur que s'ils sont sages ils auront un Mars pour deux.

Joyce éclata de rire. Helen gâtait ses enfants à la moindre occasion et, grâce à un savant mélange de charme et d'intimidation, ils étaient sages comme des images à chacune de ses visites.

Les deux amies prirent la direction de Blomfield Street et descendirent l'escalier qui menait chez Balls Brothers. Pour l'instant, c'était calme, mais le restaurant battrait son plein dans quelques minutes. Elles saluèrent Claudio, le patron, qui les accompagna à une table d'angle et les abandonna pour revenir prestement avec deux bières. Il observa avec satisfaction Helen engloutir la sienne d'un trait. Il apporta une seconde bouteille et prit la commande.

— Deux steaks frites, Claudio, dit Helen. Quand es-tu rentrée de déplacement ?

— Cette nuit. Je devais rentrer ce matin, mais Brian dépérissait.

— Où es-tu allée ?

— Londres, Newcastle, Cornouailles, Londres.

— Duraille, dis donc. C'était comment ?

— Bien. Je me suis fait draguer par un super beau mec dans un fish & chips de Newcastle. Tu ne croiras jamais ce qu'il m'a dit...

Helen lui décocha un sourire coquin.

— Vas-y, essaie.

Joyce se rapprocha de Helen et baissa la voix.

— Il a dit qu'il connaissait un photographe, qu'ils faisaient ensemble un calendrier pour les routiers. Il voulait que je pose sur le toit de la cabine de mon camion en bustier de cuir rouge avec des cuissardes noires et un fouet. Il a dit que je ferais une dominatrice d'enfer.

— Il a raison.

On leur apporta leur commande : frites dorées et croquantes et steaks saignants. Les deux amies mangèrent avec appétit.

— Comment va Dai ? demanda Joyce.

Dai était le parrain de Helen, sans doute celui qui la connaissait le mieux de toute la planète.

— Bien, marmonna Helen, la bouche pleine.

— Et Munza ?

— Bien aussi.

Joyce ne fit aucune allusion à Roddy. Elle ne pouvait pas le saquer. D'ailleurs, elle faisait toujours comme s'il n'existait pas.

— Le boulot ? s'enquit Joyce, des frites plein la bouche.

— Ça va. Wallace se transforme en démon tourmentant un nouveau stagiaire.

— La brute tyrannique.

— Exactement.

Joyce posa ses couverts et dévisagea Helen.

— Que se passe-t-il, Hel ? Ça a l'air d'aller en surface, mais je vois bien qu'à l'intérieur c'est autre chose. Tu émets des ondes d'anxiété. Je les sens d'ici.

Helen leva les yeux et repoussa les cheveux de son visage.

— Oh, Joyce. Je ne tiens plus en place, ça empire de jour en jour. Tous ces vieux sentiments que je croyais enterrés depuis quatre ans.

— Tu veux tout balancer.

— Oui.

— Je ne comprends pas. Tu travailles cinq jours par semaine dans un domaine où tu excelles et qui paie bigrement plus que tout ce que je peux imaginer de légal.

— Tu me connais. Je suis incapable de tenir en place. Je veux franchir les limites, voir ce qu'il y a au-delà.

— Tu veux repartir à la recherche de ton père ?

— Je ne sais pas. Je n'ai jamais enquêté à fond, je veux dire, de façon méthodique. Je me suis contentée d'aller où mon bateau me conduisait. Non que j'aie un plan précis en ce moment. C'est seulement que j'ai le sentiment qu'il existe quelque chose, juste hors de portée. Il faut que je me remue, que je l'attire dans mon orbite ou que je me mette sur la sienne.

— Encore ton intuition ?

— Oui, ça approche, Joyce, je le sens.

— Bon ou mauvais ?

— Aucune idée. Mais c'est de taille.

Un court instant, Joyce eut envie de supplier Helen de rester là où elle était, en sécurité. Mais elle fut frappée de mutisme au moment de formuler cette frayeur soudaine.

7

Helen quitta Goldsteins à dix-sept heures trente, réfléchissant au menu définitif de ce soir pour Wallace et Roddy. La torture du cuisinier professionnel, c'est les espérances des autres. Le fait qu'elle eût cessé d'exercer ce métier depuis quatre ans ne constituait pas une excuse. Elle était qualifiée, diplôme de cordon-bleu à l'appui. Quatorze années auparavant, alors qu'elle venait, à seize ans, de quitter l'école, sa mère avait pensé que six mois de cours de cuisine ne seraient pas inutiles, que cela l'aiderait même à gagner sa vie avant de se trouver, le moment venu, un mari convenable. Le romantisme n'avait aucune place dans ses calculs exclusivement pragmatiques. Tout en détestant l'admettre, Helen devait reconnaître que sa mère avait eu raison, sauf sur les prévisions. Son cordon-bleu lui avait obtenu un billet comme cuistot sur un voilier de trente mètres baptisé *Escape,* et huit ans de croisières paradisiaques. Il avait aussi mis sur son chemin James Savage, président-directeur général de Goldsteins, quand il avait affrété l'*Escape.* Sur rien de plus qu'un défi, un pari, et une habileté diabolique, elle avait extorqué à Savage sa chance de devenir « banquière ». Cuisinière/banquière, quand il s'agissait de dîner, elle était cuisinière et jugée comme telle.

Elle prit le métro, descendit à Queensway vingt minutes plus tard et se dirigea vers le centre commercial Whiteleys. L'air ravi, elle entra chez Marks & Spencer. Elle n'allait pas se gêner et leur jouerait un tour à sa façon. Personne ne s'attend qu'un cordon-bleu serve un repas tout fait. Elle déambula entre les rayons, à son bras un panier métallique qu'elle remplit avec amusement : Tourte à la viande et aux pommes de terre, sachets de roquette, crumble aux pommes et crème anglaise préparée avec de la vraie crème. Elle servirait ses meilleurs vins parmi une sélection offerte par Dai, verserait un trait de cognac dans la crème anglaise, dresserait les plats avec une garniture dans sa plus belle porcelaine et les garçons seraient au septième ciel sous la béate illusion qu'elle avait œuvré des heures pour leur plaisir. Pour sauver ce qu'il lui restait de bonne conscience, elle acheta chez Dewhurst une livre de bœuf à braiser puis rentra chez elle.

Elle se mit Billie Holiday chantant « Lady in Satin » sur son lecteur de CD portatif, ouvrit une boîte de Kit-e-kat que Munza avala avec voracité. Après quoi elle sortit la nourriture des sacs qui en trahiraient la provenance, cacha ces derniers et mit la viande à mijoter.

Elle alla dans sa chambre enfiler un jogging et des baskets. Puis elle répara son pneu, s'échauffa pour son jogging avec cinq minutes d'étirements et fonça enfin en direction de Kensington dans le soir qui tombait.

Elle adorait l'exercice nocturne. Elle aimait le pouvoir que cela donnait, la sensation de frôler le sol, presque en silence, abritée derrière l'écran de la nuit. L'histoire considère toujours la femme seule comme une proie. Helen, elle, se sentait chasseresse quand elle courait la nuit. Cela conjurait sans doute quelque lointain souvenir profondément enfoui dans ses gènes. Si elle admettait devoir théoriquement éprouver inquiétude ou peur à l'idée de se trouver dans un parc obscur, ce n'était jamais le cas ; d'ailleurs, elle s'écartait systématiquement des zones bien éclairées. Sa pratique de l'aïkido lui donnait confiance, mais il y avait autre chose. Des années auparavant, elle avait appris à aimer la nuit, se portant volontaire pour les quarts de nuit chaque fois qu'elle le pouvait ; elle demeurait alors assise sur une mer d'encre, les étoiles lumineuses et gigantesques au-dessus d'elle. La nuit était devenue son amie, pas une source de frayeur. Un état où elle pouvait s'épanouir, où nul ne l'observait, où elle était libre.

Helen courut jusqu'au lac, privé à cette heure des oiseaux, canards et oies qui s'étaient, pour la nuit, pelotonnés à l'abri. Elle contourna l'eau et traversa la pelouse vers le kiosque à musique dont le dais vert-de-gris scintillait.

Les endorphines commencèrent à se propager en elle. Une fois encore elle quitta le chemin pour évoluer entre les arbres. Elle avait presque l'impression de courir dans la campagne, autour de la propriété de Dai, dans le Wiltshire. Le bruit de la circulation se réduisait à un grondement distant mais, avec un peu d'imagination, elle pouvait se persuader que c'était une chute d'eau.

Elle courut en petites foulées jusqu'à sa statue préférée entre toutes celles de Londres. C'était un cheval et son cavalier en bronze battu par les vents. Le cheval luttait contre le mors, son cou somptueusement musclé ramené, ses postérieurs tendus en avant en prévision de l'élan. Le cavalier, réplique d'une antiquité grecque, scrutait l'horizon, main au-dessus des yeux. Cette sculpture, intitulée *Energie physique,* reflétait parfaitement la puissance ramassée du cheval et la souveraineté de son cavalier. Helen s'y arrêta un moment avant de poursuivre sa course en direction de la Serpentine. Elle passa devant la statue de Peter Pan, se demandant l'effet que cela produirait d'être piégé dans le temps avec la jeunesse éternelle. Puis vint l'heure de faire demi-tour et de couper vers le lac. Elle laissa derrière elle l'imposante sculpture d'aiguilles commémorant une expédition sur le Nil en 1864. Elle était si intensément élégante avec son marbre rose évocateur de terres lointaines. Elle imagina un instant les vents du désert l'envelopper de leur chaleur, éprouvant alors ce brusque désir de s'échapper qui l'assaillait si fréquemment. Comment pouvait-elle prétendre que sa soif d'errance l'avait abandonnée ? Quatre ans dans la City n'avaient rien changé sauf qu'elle pouvait désormais voyager en première classe.

Helen quitta le parc pour subir l'agression de l'agitation et du brouhaha londoniens comme elle traversait Bayswater Road. Elle plongea dans les rues latérales pour rejoindre St. Petersburgh. Il régnait dans ce coin de Londres un étrange anonymat, avec cette musique d'une douzaine de langues et les odeurs d'une vingtaine de cuisines différentes. Elle rêva un instant de pouvoir se glisser sous le manteau de l'incognito, de quitter sa propre culture pour s'asseoir seule à la table d'un restaurant inconnu où personne ne l'aurait cataloguée. Etrangère en un lieu étranger. Laisser ses bagages sur un autre continent, rien ni personne pour l'entraver.

Courant toujours, elle longea l'église St. Matthew : gigantesque, faite de pierres jaunes noircies de suie ; hauts vitraux trop sombres ; imposantes portes en chêne. Elle tourna dans Moscow Road vers l'église grecque avec ses dômes de cuivre vert-de-gris. Le parfum de l'encens flottait. Elle ralentit dans Pembridge Square, délicieusement vert et feuillu, pour marcher les cent derniers mètres autour de Dawson Place.

Contrairement à son habitude, elle prit une grande douche chaude. Elle se lava les cheveux, les sécha vaguement pendant cinq minutes puis abandonna pour les laisser se placer naturellement.

Helen n'avait jamais consacré des heures à son apparence. Elle ne se maquillait pas, exception faite du rouge à lèvres, toujours des couleurs brunes naturelles, mais elle ne lésinait pas sur les crèmes les plus onéreuses censées supprimer les rides qui avaient surgi depuis qu'elle travaillait à la City. Elle réfléchit longuement devant sa rangée de flacons de parfum et opta pour Nahema dont elle s'aspergea généreusement.

Elle enfila un jean et un chemisier de coton blanc, consacra bien cinq minutes à la préparation du repas puis alla dans la penderie de sa chambre prendre un long étui de cuir. Elle le posa doucement sur le lit, l'ouvrit avec précaution et sortit du velours noir un saxophone ténor scintillant de couleur bronze. Le seul héritage positif de ses trois ans avec Caz, son petit copain musicien d'antan. Elle se demanda ce qu'il était devenu. Toujours à ramasser des adolescentes qu'il attirait avec des nuits jazzy, des clubs enfumés et les attentions irrésistibles de l'artiste. Toujours à les tabasser quand elles étaient déçues par son monde diurne de tabac froid, de café froid et de blues post-spectacle en tous genres. Tu t'es trompé de numéro, dit-elle dans un souffle en revivant la dernière fois qu'elle l'avait vu, la dernière fois qu'il avait essayé de la frapper.

Dans ses bons jours, il lui enseignait le saxo ténor. Lorsqu'il s'était aperçu qu'elle montrait des dispositions naturelles, il lui avait offert celui qu'elle avait entre les mains. Helen se révélait incapable de pleurer sur ces années, incapable de formuler ses sentiments, d'ailleurs elle ne voulait même pas essayer. Toute sa douleur, sa solitude et sa joie vagabonde se déversaient sous l'alchimie du saxo en une somptueuse sonorité. Helen se souvenait de l'appartement HLM au dixième étage, Belzise Park ; elle se tenait debout devant la fenêtre, laissant jouer son âme tandis que, baignée de la lumière orange des lampadaires, Londres dormait à ses pieds.

Elle éteignit la lumière de sa chambre, gagna la fenêtre, resta immobile un long moment, serrant son instrument contre sa poitrine, avant de porter l'embouchure à ses lèvres comme la main d'un amant. Le son s'échappa de l'instrument lamento insoutenable. Helen pencha la tête en arrière et laissa la musique couler en elle. Elle joua « Lily was here », encore et encore, douleur lancinante.

8

Confortablement installés dans la lumière tamisée du salon, Hugh Wallace, Roddy Clark et Helen savouraient à petites gorgées un consommé arrosé de vodka en guise d'amuse-gueule. Les deux hommes affichaient cette familiarité si parfaite des amis de longue date devenus rivaux. Ils étaient allés à l'école ensemble, leurs familles se fréquentaient, leur vie aurait pu se dessiner en lignes parallèles, à ceci près que l'un aimait les chiffres et l'autre les lettres. Il manquait à Wallace le brio mâtiné d'assurance, mais il avait de l'argent, ce dont Roddy était assoiffé. Il avait même imité et, dans son esprit, surpassé celui-ci dans sa passion pour la sculpture, acquérant une pièce qu'il aimait autant pour ses qualités que pour la simple raison que Roddy n'aurait jamais les moyens de se l'offrir. La supériorité financière de Wallace maintenait entre les deux hommes un équilibre fragile. Non que Wallace témoignât jamais pour Roddy la moindre affection ou la moindre confiance. Ne fais confiance à personne. Ne laisse entrer personne. Attends-toi à être rejeté. Tôt ou tard, cela arrivera. Voilà ce qu'il avait appris de son enfance dans la demeure glacée des Highlands, enfant unique de parents toujours absents, expédié à l'école dès que possible, contraint de débarrasser le plancher.

Wallace et Helen papotaient au sujet des transactions de la journée. Roddy s'évada, regardant autour de lui avec envie. Il adorait cette pièce. Il regrettait de ne plus partager, même si cela avait été fugace, tout cela avec Helen. Murs d'un rubis intense, canapés et fauteuils foncés et accueillants, parois et sols ornés d'une collection de tapis persans en lainc et soie. Il y avait beaucoup de Helen, dans cette pièce, tant de bricoles et autres babioles, boîtes de couleur, bouts de bois tordus taillés en serpents, dessins au charbon, le tout réuni au petit bonheur quand elle bourlinguait et balancé en un méli-mélo exotique avec les pièces particulières offertes par Dai : les tapis, l'argenterie et certains des tableaux. L'enfant collectionneur et la femme sophistiquée face à face. Tandis qu'il observait tout cela, il eut le brusque et douloureux pressentiment qu'il allait perdre davantage encore et s'aperçut qu'il était en train de mémoriser la pièce dans ses moindres détails, une photographie de Helen et Dai jouant avec des dobermans, une paire de chandeliers en argent ciselé, un tableau représentant une felouque voguant sur le Nil.

— Alors, quoi de neuf dans le monde des scribouillards ? lança soudain Wallace, interrompant ainsi Roddy dans sa rêverie. Qu'est-ce qui est au goût du jour ?

— Entretien avec Mrs Stewart Watts, répondit Roddy, redescendant sur terre avec difficulté.

— Qui diable est-ce donc ?

— Epouse d'un député coureur de jupons, expliqua Helen.

— Je ne vois vraiment pas ce qu'elle peut avoir à raconter hormis son envie de lui couper les couilles.

Helen observait les deux hommes, prenant conscience du fait que les journaux dits respectables autant que la presse à scandale se nourrissaient d'un curieux mélange de fascination et de rejet, abreuvant une foule de drogués de l'info, journalistes et lecteurs se repaissant de la douleur, de l'humiliation et de la violation de l'âme d'autrui.

— Tu serais surpris, rétorqua Roddy. Donne la parole à n'importe qui dans un des grands journaux nationaux, tu ne peux plus l'arrêter.

— Tu veux dire qu'ils mordent à l'hameçon ? demanda Helen.

— Quel hameçon ?

— Tu leur racontes qu'ils auront enfin la possibilité de donner leur propre version, de dire ce qu'ils ont à dire, de transmettre les faits.

— Exactement.

— Comme si les faits étaient inaltérables !

— Helen, où veux-tu en venir ?

Parfois, il était furieux du regard hautement moralisateur qu'elle portait sur son métier de journaliste.

— Oh, ça va ! Tout le monde sait comme vous êtes experts dans l'art de dénaturer les faits, de leur donner plus ou moins d'importance, d'intervenir avec un commentaire émanant d'une source qui les rend ridicules, ou naïfs ou trompeurs, selon votre angle de vue.

Helen remarqua l'air contrarié de Roddy qui frémit sous l'affront, et les brefs regards échangés en douce avec Wallace.

— Eh bien ? lança-t-elle avec défi.

— Les faits parlent d'eux-mêmes, dit Roddy.

— Tu veux parler de vérité objective ? repartit Helen avec une ironie manifeste.

— Essaierais-tu de me dire que cela n'existe pas ? demanda Roddy.

Wallace intervint avec désinvolture et légèreté.

— Je crois que c'est le duc de Wellington qui rejetait avec dédain la simple idée de pure objectivité. « Relater une bataille ? Autant me demander de relater un bal », disait-il, si ma mémoire est bonne.

Helen et Roddy rirent en chœur et leurs yeux furibonds s'adoucirent au spectacle d'un Wallace souriant de sa petite victoire au nom de la paix.

— On passe à table ? s'enquit Helen en se levant.

— Et comment ! fit Roddy.

— Je meurs de faim ! s'exclama Wallace.

Helen les abandonna et alla dans sa cuisine.

Roddy la regarda s'éloigner, puis se leva à son tour afin de se resservir un peu de vin. Il engloutit un demi-verre et parla sans se rasseoir.

— Je ne sais pas ce qui lui a pris. Elle est à cran en ce moment.

— Elle en a sans doute marre d'entendre des conneries, répondit Wallace.

— Elle devrait être vaccinée depuis le temps !

— Je trouve normal, dit Wallace sans prendre la peine de relever la vanne, qu'elle sorte les colts de temps en temps.

— Pour tourner mon métier en dérision ?

— Ton métier a cloué son père au pilori.

— Oh, ça va !

— As-tu seulement lu ce qu'on a écrit sur lui ?

— Et toi ?

— Oui, figure-toi. Arnaqueur, escroc, détourneur de fonds, tu serais surpris du nombre de gens qu'ils sont allés dénicher pour affirmer qu'ils l'avaient toujours tenu pour un type qui cachait son jeu, un tantinet douteux, pas tout à fait dans l'axe, bref, une brebis galeuse. Il n'y a même jamais eu de procès.

— Non, il a préféré déménager à la cloche de bois.

— Il n'a jamais été jugé, il n'a jamais été reconnu coupable. Pourtant, il a été traîné dans la boue par la moindre feuille de chou.

— Sa fuite est un aveu, non ? L'argent a disparu de la banque. Cela doit correspondre à soixante millions de livres sterling d'aujourd'hui. Et la veille de la découverte du vol, il se fait la malle avec le fric. C'est un fait.

— C'est une conjecture. Qui connaît toute l'histoire ?

— Est-ce bien utile ? La presse en savait assez.

— Du moins le croyait-elle, murmura Wallace, ce qui revient au même. Tu sais, Roddy, la pire chose qui soit arrivée à ta profession est le Watergate. Vous avez destitué un président. Vous n'êtes pas le quatrième pouvoir, vous êtes le premier. Dieu aide qui tombe entre vos pattes !

— Tu prendrais fait et cause pour n'importe quel paumé. Cas typique de psychologie de la victime.

S'il n'avait craint d'aller trop loin Roddy aurait même parlé de dysfonctionnement.

— On appelle cela l'empathie. Ajoute ce mot à ton répertoire.

Hugh s'extirpa du canapé et gagna la cuisine.

Roddy se rendit à la salle de bains. Il avait toujours

éprouvé le besoin de se blinder avant une soirée avec Hugh Wallace. Il trouvait que l'humour de Wallace avait quelque chose de sournois. Tant de prétendue maladresse cachée derrière un mur de fric. Helen et lui parlaient une langue de points de pourcentage, de facteurs bêta, de volatilité, idiome impénétrable qui le réduisait, lui le journaliste, à l'illettrisme. Il avait beau se répéter qu'il abhorrait ce langage, ne supportait pas ce qu'il représentait, le monde inhumain de l'argent, la guerre sanglante engagée par des mercenaires financiers qu'il n'aurait jamais acceptés à sa table, il passait la soirée avec ces deux-là. Il aurait pu être Wallace, tant leurs mondes s'apparentaient, n'étaient les millions de livres qui les séparaient. Et Helen aurait dû lui appartenir.

Il tira le verrou et s'appuya contre le lavabo. Il se tourna vers les rangées d'étagères en verre dont Helen avait orné un panneau entier. Une planche était réservée aux lotions diverses, les deux autres à des flacons de parfum. Helen les achetait sans réserve. Elle possédait plus de parfums qu'elle n'en consommerait dans une vie – et tous étaient griffés : Chanel, Dior, Givenchy, Guerlain. Elle avait aussi découvert des spécialistes récents qui travaillaient à plus petite échelle : Jo Malone dans Walton Street ; l'Artisan Parfumier dans les ruelles de Chelsea. Elle achetait du parfum comme d'autres achètent du vin. Elle en changeait tous les jours en fonction de son humeur. Le résultat était une salle de bains qui faisait voyager : chèvrefeuille dans des jardins d'été, jasmin par une chaude nuit espagnole, bosquets de tilleuls dans la Grèce automnale. Masquée dans ses effluves, Helen conjurait la magie. Roddy pouvait établir la carte de leur relation selon les senteurs qu'elle arborait. Violette, ce devrait être un parfum de violette en ce moment, pour le souvenir. Il s'aspergea le visage d'eau fraîche et retourna au salon.

— Tiens. Tu peux prendre les assiettes si tu veux.

C'était la voix de Helen en provenance de la cuisine. Quelques instants plus tard, elle parut avec Wallace, les mains chargées d'assiettes emplies de tourte et d'un immense saladier. Ils s'installèrent pour manger et trop boire une fois de plus – havre de paix loin du monde. Dehors, il commençait à pleuvoir. La buée voilait les vitres.

9

D'ordinaire, Helen adorait se rendre au bureau à bicyclette, s'infiltrer dans les rues encore désertes, bercée par le calme du petit matin. Mais ce matin, elle se sentait curieusement agitée. La sensation empira lorsqu'elle approcha de chez Goldsteins.

Elle s'acheta un petit déjeuner et s'installa de mauvais gré à son bureau. Elle trempa dans son thé un toast dégoulinant de beurre. Dieu qu'elle avait envie d'être ailleurs ! Elle avait l'étrange sentiment que quelque chose allait mal tourner. Peut-être était-elle au bout de sa période faste. Décidant de se fier à son intuition, elle se promit d'opérer avec prudence. Plus que deux jours. Demain était vendredi, début d'un long week-end qu'elle comptait passer avec Dai dans sa maison du Wiltshire. Trois jours de liberté avant de reprendre le collier le mardi. Trois jours pour se ressourcer. Elle avait juste envie de ficher le camp, d'être libérée de cette brusque sensation d'oppression.

La ligne de la AZC au Luxembourg sonna ; c'était une des contreparties régulières de Rankin. Helen avait parlé cinq ou six fois à Carlos, le trader de Rankin chez AZC. Elle le tenait pour un type douteux mais c'était un partenaire important pour Rankin et, sur les marchés, il avait une réputation de grosse pointure. Aussi, en l'absence de Rankin, Helen n'avait-elle pas le choix.

— Oui, Carlos.

— Helen ! Quel plaisir inattendu !

— Flatteur. Andy n'est pas là.

— Ah. Tu peux peut-être lui demander de me rappeler.

— Il est en congé jusqu'à mardi, si tu appelais pour opérer, ce que je suppose.

— Tu supposes bien. Il s'agit de quelque chose qui ne peut attendre.

Helen coupa le haut-parleur du téléphone et hurla à l'adresse de Wallace :

— Hugh, AZC veut opérer.

Wallace sortit de son bureau.

— Keith ! Va me chercher un cappuccino. Avec beaucoup de chocolat.

Sur quoi il lui tendit deux pièces de monnaie avant de s'asseoir à côté de Helen.

Keith s'éloigna avec un regard résigné. C'était bien sa veine d'être absent au moment précis où les choses allaient enfin bouger.

— Que veulent-ils ? s'enquit Wallace.

— Puis-je faire quelque chose ? demanda Helen à Carlos.

— Sans le moindre doute.

— Quel est le marché ? demanda Helen, ne sachant s'il fallait rire ou vomir.

— Andy avait un call KOSPI que je pourrais avoir envie d'acheter.

Helen appuya de nouveau sur la touche « S ».

— Il veut acheter un call sur le KOSPI. Tu sais quelque chose là-dessus ?

— Ouais, on l'a évalué hier. Prends les détails pendant que je vérifie qu'il s'agit de la même chose.

— Qu'est-ce qu'Andy t'a pricé ? demanda Helen à Carlos dans le pur jargon des traders.

Wallace s'empara d'un combiné afin d'écouter la conversation.

— Quinze pour cent sur deux ans, option européenne, à la monnaie, un demi-million d'unités, répondit Carlos.

Helen jura en silence. C'était colossal.

— Dollars ? demanda-t-elle, impassible.

— Dollars US le point, confirma Carlos. Soit

quatre-vingt-onze soixante-cinq à un cours d'exercice de six onze.

Helen tapa rapidement le tout sur une calculatrice afin de vérifier les calculs, puis se tourna vers Wallace.

— Vas-y, murmura-t-il.

— D'accord. Je te vends cinq cent mille calls option européenne à deux ans sur le KOSPI, cours d'exercice six onze, à quatre-vingt-onze soixante-cinq, un dollar US le point, date de valeur demain.

— Fait. C'est génial d'opérer avec toi, déclara Carlos.

Helen raccrocha.

— Je déteste opérer sur ce putain de KOSPI. Ce n'est pas mon marché. Je n'y connais strictement rien. Comment se fait-il que Rankin soit toujours absent quand ce trop poli pour être honnête de Carlos se pointe avec un trade sur le KOSPI ? J'ai toujours l'impression qu'il me roule dans la farine.

— Question de chance au tirage, voilà tout, fit Wallace en se levant.

— Très drôle ! s'exclama Helen en arrachant à la souche un ticket qu'elle commença à remplir.

Un demi-million d'unités à 91,65 dollars US chaque. Elle fit le calcul : 45 825 000 dollars, tel était le coup global payé d'avance pour Carlos, montant qui serait versé dès demain au compte de Goldsteins. En échange, la banque accorderait à Carlos et AZC l'option de leur acheter, dans deux ans, 500 000 unités de l'indice des valeurs boursières coréennes à la monnaie, soit au niveau courant de l'index qui était de 611. Le prix à l'unité auquel Carlos négociait en était une fraction – quinze pour cent – ce qui, à sa connaissance, semblait correct. Cela signifiait que le KOSPI devrait grimper de plus de quinze pour cent au cours des deux années à venir pour que Carlos s'y retrouve. Goldsteins serait bénéficiaire tant que l'index KOSPI ne monterait pas de plus de quinze pour cent ; ajusté de la valeur temps de l'argent, puisqu'elle toucherait des intérêts sur quarante-cinq millions de dollars sur deux ans. Ce type de négociation dépendait du fait que les deux contreparties avaient des visions différentes de l'avenir ou, plus complexe encore, elles pourraient simplement compenser une transaction égale et opposée engagée avec une autre contrepartie, exercice appelé arbitrage en couverture de risques.

— Merde, c'est gigantesque, marmonna Helen à voix haute, cette fois, avec une brève nausée.

Elle acheva de remplir la fiche, la vérifia, puis la tamponna à la date et la balança dans le plateau des transactions. La valeur sous-jacente de l'obligation de Goldsteins était de 611 multiplié par 500 000, soit la somme colossale de trois cent cinq millions cinq cent mille dollars. Il faudrait acheter un demi-million de contrats à n'importe quel prix supérieur à 611 où se situait le KOSPI dans les vingt-quatre mois à venir. Il les vendrait ensuite à Carlos à 611 l'unité, si bien que son risque réel (position) résidait dans la différence entre 611 et le prix à deux ans de là, multipliée par 500 000 unités. De quelque manière que vous établissiez le calcul, c'était fichtrement gros, songea Helen. Ils couvriraient la transaction. Dès que les marchés afficheraient une nouvelle tendance, elle, ou plus probablement Rankin, achèterait la position qu'elle venait de vendre pour peut-être quarante millions de dollars. Théoriquement. Mais avec une transaction aussi énorme et aussi risquée, l'étendue des problèmes et des pertes potentielles était gigantesque.

Helen passa son heure de déjeuner à déambuler dans les rues de la City, essayant vainement de se débarrasser de sa sensation de malaise. Elle s'était réveillée avec ; et la transaction avec AZC n'avait fait qu'empirer les choses. Elle avait à ce sujet un mauvais pressentiment qu'elle jugeait hors de proportion. D'ordinaire affamée à pareille heure, elle réussit tout juste à avaler la moitié d'un sandwich en s'agitant sur un banc de Finsbury Circus. Quelque chose clochait quant au côté humain de l'affaire. Carlos et Wallace semblaient impatients, pressés au-delà du raisonnable. L'approche logique consistait à cuisiner Wallace à propos de cette transaction mais, une fois encore, son instinct l'en empêcha. Il lui fallait l'avis d'une tierce personne, qui connaissait le KOSPI. Malheureusement, il s'agissait d'un marché extrêmement spécialisé. Tout à coup, elle pensa à Reece Douglas, le type du dîner de mardi. Elle portait le même tailleur que l'autre soir et trouva donc dans une poche sa carte de visite.

— Bingo ! s'exclama-t-elle en souriant pour la première fois de la journée.

Sur quoi elle sortit son téléphone portable et composa le numéro.

— Grindlays.

— Reece ?

— Oui. Qui est à l'appareil ?

— Helen Jencks. Nous nous sommes rencontrés mardi soir.

— Ce dîner atroce, dit-il dans un éclat de rire. Comment allez-vous ?

— Bien, mentit-elle. Dites, je sais que je vous prends de court, mais j'ai besoin d'un avis professionnel. Auriez-vous une demi-heure ce soir pour prendre un verre ? Cela m'arrangerait.

Ce serait simple, rapide, une ou deux vodkas, apaisement, esprit en repos et retour à la normale. Mais elle avait beau dire, elle ne parvenait pas à s'en convaincre tout à fait.

10

Ils s'installèrent au Corney & Barrow dans Broadgate Circle. Le bar était bondé. Reece sirotait une Guinness, Helen chauffait entre ses doigts un ballon de cognac dans l'espoir de calmer son estomac.

— J'ai foulé votre territoire, aujourd'hui, dit Helen.

— Le KOSPI ?

— Oui.

— Il faut être prudent avec celui-là, il peut être très, très méchant.

— Ah oui ? Strictement entre nous, ajouta-t-elle en regardant autour d'elle, je suis vaguement inquiète, justement.

— Quel prix ?

— Quatre-vingt-onze soixante-cinq.

Reece but une grande gorgée de bière. Il se tut un moment. Helen le voyait réfléchir à ce qu'elle lui avait raconté.

— Vous voulez bien répéter ?

— Qu'est-ce qui ne va pas ?

— Rien. J'ai sans doute mal entendu.

Helen raconta donc une seconde fois.

— Vous dites au trader KOSPI où vous avez négocié ?

— Il est en congé, mais le type qui organise les transactions KOSPI était là. Il a approuvé. Pourquoi ? Qu'est-ce qui cloche ?

— J'ai fait une transaction, aujourd'hui, pratiquement identique, à cent vingt-deux.

Helen fit le calcul en silence.

— Vous êtes en train de me dire que mon prix était de plus de trente en dessous ?

Elle eut mal au ventre.

Reece la regarda dans les yeux et hocha la tête.

— Mais c'est impossible ! Wallace l'a approuvé. Il avait organisé la transaction hier avec le trader KOSPI.

— Vous avez négocié cinq cent mille unités, c'est ça ?

Helen approuva d'un signe.

— Ça fait...

— Merci, je sais compter, interrompit-elle en se passant la main dans les cheveux. Si vous avez raison, nous nous sommes plantés de quinze millions de dollars. Dieu du ciel. Il faut absolument que vous ayez tort.

— Wallace ne se plante pas de quinze millions de dollars. Ni moi.

Seigneur ! C'en était fini de sa carrière. Une petite voix murmura à son esprit terrifié que c'était plus que cela.

11

Helen et Joyce pénétrèrent dans le dojo du Ladbroke Centre. Les murs blancs familiers, les tatamis épais de couleur crème recouvrant le sol attirèrent Helen dans un autre monde, conçu comme un refuge. Elle huma l'air frais parfumé de feuilles de laurier et tenta de se contenir.

Les deux femmes enfilèrent leur *gis* blanc sur lequel elles portaient un pantalon noir plissé, privilège des ceintures noires. Joyce était premier dan, Helen deuxième dan. Elles abandonnèrent leurs sandales à l'extérieur du dojo, pointes à l'extérieur, entrèrent, s'agenouillèrent et s'inclinèrent devant une photographie de O Sensei, Morihei Ueshiba, fondateur de l'aïkido moderne. Ueshiba s'était inspiré d'un art ancien, dont les origines remontaient au Bushido du XIVe siècle au Japon, pour en tirer une philosophie de la vie autant qu'un art martial défensif du plus haut niveau. Les élèves apprennent à maîtriser l'attaquant au lieu de mutiler ou tuer ainsi que dans certains des arts martiaux les plus agressifs comme le tae kwon-do ou le karaté ; mais certaines prises peuvent se révéler mortelles, en particulier celles qui utilisent la pression sur des centres nerveux vitaux. *Aïkido* signifie « voie de l'harmonie spirituelle ». Ceux qui le pratiquent apprennent à lutter pour atteindre la sérénité mentale et le contrôle du corps afin de contenir l'attaque d'un opposant.

Helen et Joyce rejoignirent le cours, soit dix autres élèves et leur sensei, ou professeur, Dave. Joyce salua chacun, se déplaçant de l'un à l'autre en bavardant. Helen se tenait debout à l'écart, silencieuse, ses deux sillons creusant son front. Le cours débuta à vingt heures précises. La concentration était absolue, faute de quoi il pouvait en résulter de sérieuses blessures. D'abord, ils s'échauffèrent avec des balancements de bras, des étirements debout, faisant appel à leur énergie chi. Puis ils passèrent au Jumbi Dosa, mouvement de rameur accompagné de respiration intense et d'incantations, conçu pour attirer l'élève hors de son quotidien vers le rivage de l'aïkido. Helen respirait lentement et profondément dans l'espoir de s'échapper du monde extérieur. Ils pratiquèrent ensuite une douzaine d'exercices divers, mises à terre et prises d'immobilisation. Helen commença par être l'ukemi, récepteur de mises à terre et de prises, avec Joyce pour tori, puis tout le monde changea de rôle et de partenaire.

— Utilisez votre centre, dit Dave en tournant autour des élèves, prenant la place d'un ukemi ou d'un tori pour faire la démonstration d'un point précis.

« Amène-moi en toi ou passe derrière moi, dit-il à Helen. Pense contact. C'est ça. Où que ça aille, tu y es.

Helen saisit par le bras son professeur qui s'apprêtait à frapper, lui fit un rokkyo et le projeta, apparemment sans effort mais avec force, sur le tatami. Dave roula, se releva, puis ils se saluèrent. Il traversa alors le dojo à enjambées à la fois lentes et prestes, commentant à voix douce, les yeux brillant d'énergie et de sourires.

— Tori, engage-toi, donne aux ukes l'énergie avec laquelle travailler. Plus il essaie de me faire mal, plus c'est facile. Déplace ton centre, continue de bouger, ne sois jamais statique. Il faut qu'il te voie puis pouf, tu disparais.

Des corps volèrent pour retomber en rapide roulé-boulé sur le tatami. Des paumes claquèrent le tapis. Un néophyte aurait pu croire que ceux qui tombaient le faisaient volontairement. Ils étaient projetés sans grande force visible. Les élèves maintenaient cette impression. Ils étaient typiquement modestes quant à leur activité. Dans la rue, rien ne suggérait l'extraordinaire habileté qui sous-tendait leur puissance.

— Abaisse ton centre, soulève celui de ton adversaire. Cesse de danser.

Dave poursuivait ses commentaires. Parfois, le dojo semblait empli de derviches tourneurs. Helen essuya son visage du revers de la manche ; la sueur coulait le long de son corps. Elle retint son souffle comme Joyce s'apprêtait à l'agresser. Helen avança vers elle et Joyce l'envoya tournoyer en l'air. Helen roula maladroitement, se trompant dans son calcul d'une fraction de seconde. Une douleur fulgurante lui traversa l'épaule. Elle réprima une grimace, s'obligea à bondir sur ses pieds et salua Joyce qui la dévisagea avec inquiétude. Dave surgit, crachant presque de rage froide.

— Si elle s'engage dans une attaque, tu ne dois pas être là. Tu te feras tuer. Si tu crois que tu vas être touchée, avance et lève, c'est tout. Ton bras inflexible encaissera le coup. Cherche le contact, pas le contrôle.

Au bout de cinquante minutes, ils achevèrent par des exercices d'équilibre et de respiration, emmagasinant du chi tout frais, puis ils s'agenouillèrent en ligne et saluèrent O Sensei et Dave avant de quitter le dojo en file indienne.

Une fois qu'elles se furent douchées et changées, Joyce offrit un jus d'orange à Helen qu'elle prit à part.

— Que se passe-t-il ?

— Comment cela ?

— Oh, ça va ! Tu as mal calculé ton coup. Une vraie veine que tu t'en sortes aussi bien.

Helen laissa échapper un profond soupir.

— Je ne sais pas. Bizarre journée au boulot

— Tu allais bien hier, pourtant.

— Il s'est produit un drôle de truc ce matin.

— Quoi ?

— Je ne sais pas exactement. J'essaie encore de comprendre.

Joyce hésita.

— Tu as l'air terrifiée.

— Je le suis.

12

Le lendemain matin, Helen s'éveilla mal en point. Elle enfila son survêtement, mit son tailleur, son chemisier et ses chaussures dans ses sacoches et partit à bicyclette, essayant de prétendre que tout était normal.

Elle arriva au bureau aux alentours de sept heures. Les yeux rivés sur son petit déjeuner, elle chipotait plus qu'elle ne mangeait. Keith l'observa avec inquiétude.

— Ça va, Hel ?

— Hein ? Oh oui, ça va. Mal à l'estomac, c'est tout.

Wallace surgit à son tour.

— Salut, Hel, lança-t-il.

Elle fit semblant d'être absorbée par la lecture d'un article sur les syndicats à Hong Kong et se contenta d'un signe de la main. Puis elle lui laissa le temps de se plonger dans ses ordinateurs. Tout ce temps, elle s'attendait à voir le service des règlements se pointer, le visage grave, en compagnie de Zaha Zamaroh qui lui fondrait dessus. Le sac-poubelle noir, cinq minutes pour vider son bureau, la honte d'une sortie ignominieuse devant tout le monde. Echec. Perdante. Sinistre drame d'une exécution publique au bénéfice de la foule se gargarisant de commentaires. Qu'on en finisse. C'est-à-dire, si elle avait bel et bien commis une bourde. Si ce n'était pas elle, alors Wallace et Robin s'étaient plantés de quinze millions, erreur difficilement compréhensible de la part d'un expert du KOSPI et d'un génie des derivatives.

Elle observa Wallace s'installer dans son fauteuil pivotant, allumer ses écrans et se pencher au point que ses lèvres semblaient effleurer ses ordinateurs. Il était immobile, envoûté. Seuls ses yeux se déplaçaient tandis que ses doigts couraient sur le clavier. On aurait dit un charmeur de serpents jouant sur quelque instrument électronique, dressant des reptiles de chiffres qui auraient sucé le sang de n'importe qui d'autre. C'est cet instant qu'elle choisit. Elle entra dans son bureau en brandissant le fameux ticket d'exécution. Il ne leva pas les yeux. Elle lâcha le bon sur le bureau et fit demi-tour.

— Tu ne pourrais pas jeter un coup d'œil là-dessus ? dit-elle par-dessus son épaule. C'est seulement que je ne suis pas habituée à rédiger ces tickets-là. Je suis terrifiée à l'idée d'avoir mal inscrit la contrepartie ou quelque chose.

Pour toute réponse il émit un grognement. Elle retourna à son bureau et attendit.

Tout dépend de ces quelques secondes, songea-t-elle. Son nom, sa carrière, les carrières de Wallace et de Rankin ou leur intégrité et, au-delà, cette chose invisible dont elle ne faisait que deviner les vagues contours. Et la peur.

Elle sursauta en entendant un son et leva les yeux pour voir Wallace sortir de son bureau, étudiant le ticket. Elle ne voyait pas son visage. Il avançait pas après pas, sourcils froncés, le teint pâle, les épaules tombantes. D'un geste rapide du poignet, il lança le ticket qui atterrit par terre près de Helen. Wallace ne la quittait pas des yeux.

— C'est parfait.

Il retourna dans son antre. Helen se pencha pour ramasser le bout de papier qu'elle tint par un coin comme s'il était contaminé. Les joues en feu, elle roula le ticket d'exécution, le glissa dans sa manche et quitta son bureau.

Elle traversa la salle des marchés pour gagner la machine à café. C'était plus calme. Il y avait des plantes vertes, une fenêtre, un peu d'espace et de lumière. Elle resta là, debout, quelques minutes, à boire son café allongé à petites gorgées, le regard lointain. Une armée de traders menait une guerre financière contre des adversaires identiques assis dans des dizaines de salles identiques à travers la planète. Qui avait gagné ? Goldsteins ou Carlos ?

Son cœur se serra. Elle avait l'impression que son corps reculait instinctivement devant quelque chose que son esprit refusait d'admettre. Elle, plus que quiconque, avait une sainte horreur de la moindre erreur financière, bien ou mal intentionnée. Reece devait se tromper. Il le fallait. Bizarrement, elle ne parvenait pas à s'en convaincre tout à fait. La peur ne la quittait pas. Elle photocopia le ticket d'exécution et fourra les deux exemplaires dans sa manche.

13

Helen retrouva Reece dans Broadgate Circle. Il faisait si froid que l'hiver semblait revenu. Le ciel était d'un gris ardoise et le vent traversait les vêtements. Hormis quelques silhouettes filant au bureau, Reece et Helen étaient seuls. Elle ouvrit son sac à main d'où elle sortit le bon de transaction qu'elle lui tendit.

Il ne lui fallut qu'un instant pour le lire.

— C'est le mauvais prix, Helen.

Elle le dévisagea, horrifiée.

— Pas un mot, d'accord ? murmura-t-elle dans un souffle.

— Que se passe-t-il ?

Mais elle s'en allait déjà, le vent fouettant ses cheveux.

Elle regagna directement son bureau. Wallace était penché sur ses écrans. Helen se glissa dans son fauteuil et déroula machinalement les titres des nouvelles sur son écran Bloomberg.

Avec la soudaineté d'une commotion cérébrale, deux pensées se heurtèrent dans son esprit. Rankin semblait toujours parti quand Carlos téléphonait pour d'énormes transactions sur le KOSPI. Et si ce n'était pas une erreur ? Il n'existait que trois possibilités : Reece se trompait, Wallace se trompait, ou alors Wallace avait délibérément mal pricé l'indice, s'était arrangé pour que Rankin fût absent et l'avait amenée à opérer. Y croire était pure folie.

Le moyen d'agir normalement quand les soupçons s'infiltrent en vous comme autant de virus ? Quand le plus infime frémissement, la plus petite étincelle ou le plus pâle rosissement aux joues est immédiatement repéré par vos voisins de bureau ? Combien de temps peut-on fixer du regard un écran d'ordinateur ? De combien de mises à jour des news a-t-on besoin en une heure ? Le cœur au bord des lèvres, elle sauta le déjeuner.

Wallace sortit de son bureau à quinze heures trente et suggéra à Keith et à Helen de rentrer chez eux. Keith ne se le fit pas dire deux fois et fila immédiatement. Helen eut un regard absent.

Wallace l'observa.

— Tout va bien, Hel ?

— Oui, juste un peu de fatigue.

— Allez, file. A mardi. Profite de ce long week-end pour te reposer.

— D'accord, Hugh. Bon week-end.

Elle rassembla ses affaires. Elle commençait à traverser la salle des marchés lorsqu'elle s'arrêta brusquement pour regarder autour d'elle. Elle s'aperçut que Wallace l'observait toujours, se tenant droit pour une fois, afin de mieux suivre son départ au-delà des rangées de tables. Il paraissait étrangement attentif. Elle garderait longtemps cette image à l'esprit : les derniers instants de sa vie passée.

14

Helen rentra à bicyclette. Elle la rangea dans la chambre d'amis, s'assit en tailleur sur le tapis et commença à mettre au point sa contre-attaque. Pas question d'attendre mardi. Elle n'allait pas rester passivement à espérer que tout irait pour le mieux et à faire semblant de croire préférable de ne pas savoir la vérité sur ce qui se tramait. Elle était toujours allée à la rencontre des ennuis sans attendre qu'ils lui tendent une embuscade. Elle décrocha le téléphone et composa le numéro de Reece. Ça n'en finissait pas de sonner. Elle n'avait pas son numéro personnel. Peut-être était-il déjà parti. Une voix répondit.

— Grindlays.

— Reece, je vous prie.

— Il vient de partir.

— Vous êtes sûr ?

— Absolument. Il est presque arrivé aux ascenseurs.

— Rappelez-le. Je vous en prie.

— Et qui êtes-vous, si ce n'est pas trop demander ?

— Peut-être quelqu'un avec un gros deal à lui proposer.

L'attente fut une véritable torture. Helen imaginait parfaitement ce connard en train de se demander si ça valait la peine de se lever pour rattraper Reece ou s'il valait mieux envoyer aux pelotes cette pouffiasse de mes deux avec son offre à la noix.

— Reeeeece ! Une femme.

Helen eut pitié de toute personne assise à cinquante mètres dudit connard, mais elle l'aurait volontiers embrassé. Elle entendit le combiné retomber violemment sur le bureau puis un silence.

— Oui ?

— Reece, Helen à l'appareil.

— Helen. Vous avez failli me rater. Comment ça va ?

— Pas trop bien. Je suis inquiète. Peut-on se voir ce soir ?

Le bref silence qui suivit parut une éternité.

— Où et quand ?

— Chez moi. Vingt-deux heures.

— J'y serai.

15

Reece arriva à vingt-deux heures cinq. Fine silhouette vêtue d'un jean et d'une parka, visage étroit, yeux inquiets. Il portait un pull irlandais qui avait l'air tricoté main avec tous ces fils rugueux qui dépassaient. Elle se sentait attirée par cet étranger. En un autre lieu, en un autre temps, se dit-elle. La part d'elle-même toujours prête à voir la vie comme une plaisanterie cosmique en voyait là une colossale.

Curieusement, ils se saluèrent comme en abrégé ; cette façon dont il entra, ôta sa parka et sut exactement où s'installer, sans éprouver le besoin de combler le silence. Helen lui offrit un verre. Il opta pour un whisky. Elle se prépara un café noir.

— La transaction KOSPI ? demanda Reece.

Helen hocha la tête.

— Et si ce n'était pas une erreur ?

Reece but une gorgée.

— Vous pensez que Wallace a délibérément mal calculé le prix ?

— Ce n'est pas le genre à se tromper de quinze millions de dollars.

— Alors quoi ?

— Je me le demande. A vrai dire, je redoute la réponse, mais j'ai besoin de comprendre.

— De quelle façon ?

— J'ai fait environ huit trades sur le KOSPI au cours de l'année écoulée, tous en l'absence de Rankin. Je veux aller au bureau maintenant, retrouver ces transactions et vérifier le prix avec vous.

Il hocha imperceptiblement la tête, comme si son aide allait de soi.

— Vous avez un portable ? s'enquit Helen.

— Oui.

— Je prends aussi le mien, mieux vaut éviter d'utiliser les appareils du bureau. Tout est enregistré. Si par hasard quelqu'un se branche sur nos portables, il ne saura pas de quoi nous parlons, mais autant se montrer prudent.

Ils vidèrent leur verre et prirent un taxi direction la City. Reece laissa Helen chez Goldsteins et poursuivit jusque chez Grindlays.

La salle des marchés était plongée dans l'obscurité. Helen alluma une rangée de néons qui éclaira violemment la pièce. Surfaces scintillantes, odeur de poussière chauffée par les consoles restées branchées et le silence, étrange, inquiétant. Sa présence avait beau être parfaitement naturelle – les traders venaient à toute heure de la nuit opérer sur des marchés lointains – Helen se sentait à découvert, à nu, comme si, toute innocente qu'elle fût, elle allait d'un instant à l'autre se faire prendre pour un délit qu'elle était incapable de nommer. Réprimant un frisson, elle traversa la salle déserte menant au desk des derivatives. Elle déverrouilla son tiroir à dossiers suspendus et chercha les chemises sur le KOSPI. Aucune trace. Le bureau de Rankin. Ses tiroirs étaient fermés à clef.

— Zut de zut !

Exaspérée, elle se cala un instant dans le fauteuil, puis se releva pour aller chercher un coupe-papier. Elle l'inséra dans la fente du tiroir supérieur, poussa à fond et réussit à ouvrir, non sans abîmer la serrure. Elle consulta fébrilement les classeurs de tickets d'exécution. Il lui fallut une demi-heure pour trouver les huit transactions sur le KOSPI qu'elle avait exécutées pour le compte de Rankin, toutes sur instructions de Wallace. Helen alla jeter un coup d'œil dans la salle des marchés ; un vigile se tenait près des portes. Elle lui fit un signe de la main et se rassit dans l'espoir qu'il ne s'attarderait pas.

Puis elle appela Reece sur son portable.

— Désolée. J'ai mis un temps fou mais j'avais des tonnes de fiches à fouiller. J'ai les huit sous le nez.

— Bien. Je vous écoute.

— On y va. 8 juillet de l'année dernière. J'ai vendu 400 000 calls à trois mois, à un cours d'exercice de 512 pour une prime de 76.

Helen perçut le froissement de papiers, puis le cliquetis des touches du clavier de l'ordinateur. Dans quelques instants, elle saurait.

Le cliquetis s'interrompit.

— Mauvais prix. J'ai 97.

Helen fit le calcul. Sur 400 000 unités, une erreur de prix de 21 coûtait 8,4 millions de dollars à Goldsteins.

Reece et elle se taisaient. A cet instant, le monde de Helen changea. L'axe s'en trouvant modifié, il se mit à tournoyer à telle vitesse qu'elle eut l'impression que tout ce qu'elle connaissait allait être détruit, l'emportant avec lui dans un tourbillon.

— Transaction suivante, réussit-elle enfin à murmurer. 12 septembre, j'ai vendu 500 000 puts à deux ans à 590 pour 88.

Reece revint.

— 112.

Douze millions de dollars de perte.

Ils passèrent ainsi les huit transactions en revue. A la fin Helen calcula que les pertes totales pour Goldsteins s'élevaient à cinquante millions de dollars. Cinquante millions de dollars expédiés sur sa seule signature. Selon l'évolution des marchés, cela conduirait soit à une perte soit à un manque à gagner.

— Je veux vérifier au hasard quelques transactions de Rankin sur le KOSPI, suggéra Helen qui avait du mal à maîtriser le tremblement de sa voix. Celles qu'il a exécutées lui-même.

— Bonne idée.

Ils effectuèrent dix pointages. Dans chaque cas, l'écart entre les prix pratiqués et ceux de Reece se situait dans un mouchoir de poche. Les seules transactions frauduleuses étaient celles de Helen.

— Qu'allez-vous faire ?

— Je ne sais pas. Il faut que je réfléchisse. Rentrez chez vous, Reece.

— Vous êtes sûre ?

— Oui. Et... Reece...

— Mm ?

— Merci.

— Pour avoir fait écrouler le monde qui vous entoure ?

— Ne vous inquiétez pas, Reece, il est toujours debout et moi aussi.

Elle raccrocha et s'affaissa dans son fauteuil. La peur l'enveloppait, telle une tornade. Helen jeta la frayeur comme on jette l'ancre ; elle se retrouva à mille miles de là, la nuit, sur un bateau en plein Atlantique Sud, par vent de force neuf, avec des vagues de quinze mètres de haut, et le bateau qui tournait à 360° si bien qu'elle ne savait plus ce qui était en haut ou en bas, ce qui était la vie ou l'enfer.

Après cela, elle pouvait survivre à tout. Lentement, elle ramena son esprit à la réalité, l'obligeant à se calmer jusqu'au moment où elle se sentit capable de réfléchir avec un semblant de lucidité.

S'emparant à nouveau de son coupe-papier, elle retourna au bureau de Wallace et s'installa. Une par une, elle força les serrures et passa le moindre dossier en revue. Elle ne savait au juste ce qu'elle cherchait mais, une heure plus tard, elle avait trouvé. Indubitablement. Tandis qu'elle s'acharnait sur un tiroir, elle lâcha son coupe-papier qui rebondit sous le bureau. Helen se mit à quatre pattes et glissa la main dans l'interstice entre les dossiers et le sol. Tâtonnant, elle tira une feuille de papier. Elle essaya encore et ses doigts effleurèrent son coupe-papier. Tandis qu'elle le récupérait, ses yeux se posèrent sur la feuille. Caractère gras sur papier crème de fort grammage. Coûteux.

Helen Jencks.
Numéro de compte : 247 96 26 76 2BV
Renseignements sur compte, tél. : 246 5525.

Elle ramassa la feuille. Elle portait l'en-tête de la Banque des Alpes, une banque suisse des plus discrètes. Cela lui était adressé à un numéro de boîte postale qu'elle ignorait posséder et signé par un certain Konrad Speck, dont elle n'avait jamais entendu parler. Elle n'avait jamais été en contact avec la Banque des Alpes, ni à titre personnel, ni à titre professionnel. Elle referma le tiroir endommagé du bureau de Wallace et regagna sa place. Méthodiquement, elle sortit un paquet de cigarettes neuf. Elle prit son briquet et, la main tremblante, alluma une cigarette, prit une longue bouffée et, s'emparant de son portable, appela la Banque des Alpes. Un message enregistré, d'abord en français puis en allemand et en anglais, dit « Bienvenue sur le service d'empreinte vocale ». Les interlocuteurs y faisant appel, expliquait le message, pouvaient obtenir des renseignements sur leur compte en déclinant leur nom et numéro de compte au moment indiqué. Si les détails et l'empreinte vocale correspondaient aux données préenregistrées dans le système de sécurité de la banque, les renseignements seraient alors transmis par téléphone. D'une voix claire et posée, Helen indiqua son nom. La réponse fut : « Désolé, empreinte vocale non identifiée, veuillez recommencer. »

Elle attendit quelques instants puis répondit avec la voix chaude et animée qu'elle utilisait naturellement au bureau pour ses coups de fil professionnels.

« Empreinte vocale acceptée. Veuillez donner votre numéro de compte », dit le message. Elle fit comme on le lui indiquait et attendit.

La voix grêle et métallique ne tarda pas : « Solde à la clôture d'aujourd'hui : dollars US, un million quatre cent quatre-vingt-treize mille deux cent cinquante-deux. »

Helen raccrocha, attrapa la corbeille à papier sous son bureau et vomit. Pliée en deux, elle était secouée de violents soubresauts. Peu à peu, les choses se calmèrent. Elle s'essuya la bouche et le visage avec un mouchoir et s'effondra.

Reconstituer le puzzle de cette tromperie élaborée fut un jeu d'enfant et elle ne vit que trop clairement l'inévitable conclusion : Helen Jencks, coupable au plus haut degré. Tel père, telle fille. Qui croirait ses protestations d'innocence, qui croirait au piège tendu ? Qui croirait qu'elle avait signé les tickets d'exécution en toute innocence, que le milliard et demi de dollars sur un compte suisse à son nom, activé par sa propre voix, n'était pas son propre argent, fruit d'un détournement de fonds ? Tous les documents la désignaient comme coupable.

Simple. Irréfutable. Elle savait ce qui allait suivre : les kilomètres d'articles de journaux faisant resurgir les méfaits supposés de son père. La honte du père revivrait à travers la culpabilité apparente de la fille. Son portable sonna. Elle répondit.

— Encore là ? demanda Reece.

— Non, mentit-elle. Je viens de rentrer.

— Qu'allez-vous faire, Helen ?

— Rien. Je ne peux rien faire. Je vous en prie, ne me demandez pas pourquoi et ne parlez de tout cela à personne.

— C'est grave, Helen. On ne peut faire comme si rien ne s'était jamais passé.

— Laissez tomber, Reece, je vous en prie. Faites comme si vous ne m'aviez jamais rencontrée.

Helen s'empara de son sac, prit le coupe-papier et, dans un brusque mouvement de révolte, fractura son propre bureau avant de quitter Goldsteins pour toujours.

16

Helen se servit un grand verre de vodka dont elle but la moitié d'un trait. Elle marcha de long en large dans son appartement – élégant, coûteux, payé de ses deniers. Tableaux, argenterie, tapis persans, certains offerts par Dai, d'autres durement gagnés. Tout cela semblait maintenant la narguer et elle observait ses biens à travers l'œil d'un accusateur : luxueux fruit d'une fraude.

Elle acheva sa vodka et appela Dai. Il répondit à la troisième sonnerie, vif et alerte comme toujours.

— Dai, c'est moi. Il faut que je te parle.

— Que se passe-t-il, Hel ? Où es-tu ? Cela fait des heures que je t'attends. Qu'est-il arrivé ?

— Oh, Dai, je suis désolée, j'aurais dû téléphoner. Il s'est produit quelque chose, c'est... je... Oh, mon Dieu. Pas au téléphone.

— Où es-tu ? J'arrive.

— Non. C'est moi qui viens.

— Je t'attends. Conduis doucement, ajouta l'homme après un instant.

Helen prit son saxophone. Il l'avait accompagnée dans le monde entier. On aurait dit qu'elle savait ne jamais revenir.

Elle roulait à cent cinquante sur l'autoroute quasi déserte. Cette nuit, le vide semblait régner partout où elle allait, comme si tout le monde sauf elle était déjà au courant, y compris la police de la route. La circulation de ce week-end prolongé s'était depuis longtemps dissipée et elle avait pour ainsi dire toutes les files pour elle. Longue et noire, sa voiture glissait tranquillement dans l'obscurité. C'était la voiture de son père, une BMW haut de gamme de vingt-quatre ans sur laquelle louchaient les collectionneurs. Elle fleurait le vieux cuir et le tabac et, par les nuits humides comme celle-ci, Helen aurait juré percevoir le parfum délicat de l'after-shave de son père.

Dai mettait le même. Helen pensait rarement à

l'un sans penser à l'autre. Ils avaient grandi ensemble dans les vallées galloises. Tous deux avaient été des lycéens accomplis qui avaient répondu à tous les espoirs, inspirés par un professeur théâtral, un arabisant qui s'était hissé jusqu'à Cambridge. Ils avaient tous deux obtenu une bourse pour Pembroke College, à Cambridge, afin d'y faire de l'arabe. Le père de Helen était ensuite entré à la City où il s'était constitué une vaste base de clientèle au Moyen-Orient. Dai était parti vivre à Dubai où il avait créé une affaire d'antiquités moyen-orientales. Brillant commerçant, il possédait l'instinct de la rue et un œil d'esthète. En trente ans, il avait amassé des millions et sa maison ressemblait à une véritable caverne d'Ali-Baba. Il ne s'était jamais marié et n'avait pas d'enfants. Il affirmait ne pouvoir imposer son style de vie à une femme et considérait que Helen était à elle seule tous les enfants dont il aurait jamais besoin. Hélas, il était désormais seul et solitaire et Helen savait qu'il regrettait l'égoïsme dont il avait fait preuve dans sa jeunesse. Il payait aujourd'hui le prix d'années de liberté.

La pluie se mit à tomber, d'abord hésitante, comme si les nuages refusaient de s'engager. Puis, soudain, les cieux lâchèrent un véritable déluge. Helen sentit sa voiture patiner légèrement quand elle ralentit. Malgré les essuie-glaces à vitesse maximale, elle distinguait tout juste à travers les torrents d'eau. Elle se concentra plus fort encore, maintenant sa vitesse à cent trente.

Elle ralentit enfin pour quitter l'autoroute, suivit une succession d'embranchements jusqu'à un étroit chemin tournicotant pour déboucher dans la grande allée familière. De hautes grilles barraient le chemin. Helen arrêta sa voiture, appuya sur le bouton du poteau et parla dans l'interphone. Derek, à la fois majordome et vieil ami de Dai, répondit et actionna l'ouverture des grilles. Helen les franchit et accéléra dans l'allée de près de deux kilomètres de long, flanquée de chênes, invisibles pour l'instant hormis les brefs instants où la lune émergeait des nuages qui filaient pour en argenter les branches.

La BMW écrasa les graviers devant la demeure. Son arrivée déclencha l'allumage d'une rangée de lampes de sécurité qui éblouirent la jeune femme quand elle sortit. Elle s'avança, vit les grandes portes s'ouvrir et son parrain s'avancer à sa rencontre sous la pluie, ses quatre dobermans dans son sillage. Ils coururent vers Helen, lui tendirent la patte en gémissant.

Dai descendit les marches. Il était, comme à l'accoutumée, vêtu de tweed à la coupe délicate et à la douceur incomparable. Ses épais cheveux gris foncé étaient coiffés en arrière avec une ondulation sur la tempe droite. Il avait de hautes pommettes sensuelles, d'épais sourcils, des yeux noisette vigilants et avisés, une bouche austère. Il était deux heures vingt du matin, mais Dai ne trahissait pas le moindre signe de fatigue. Son pas était assuré. A soixante-cinq ans, c'était encore un homme attirant. Helen le voyait comme un James Bond vieillissant. Sean Connery en tweed.

— Cariad.

C'était le petit nom qu'il lui donnait - chérie en gallois. Dai tendit les bras, la serra contre lui puis l'accompagna à l'intérieur.

Ils gagnèrent immédiatement son bureau où ils s'installèrent dans des fauteuils avachis au tissu râpé. Normalement, Helen s'étirait sur de vieux tapis persans, mais cette nuit, elle replia ses jambes et serra ses bras autour de ses genoux comme si elle était gelée. Un feu brûlait dans une immense cheminée, avivé par le vent qui grondait, tourmentait les arbres et faisait tourbillonner les feuilles. Les dobermans étaient allongés en silence au pied de leur maître.

Helen observa Dai. Il connaissait son père mieux qu'elle. Est-ce ainsi que son père serait s'il était assis en face d'elle en ce moment ? Chaque fois qu'elle voyait Dai après une longue absence, elle se posait la question, cherchant dans ses traits quelque indice.

Dai versa deux bonnes rasades de cognac et tendit un verre à Helen. Il semblait plus profondément ridé que d'ordinaire. Ses yeux étaient inquiets et compatissants. Sa bouche esquissa un mouvement qui resta en suspens. Helen voyait bien qu'il réprimait ses interrogations, attendant qu'elle fût prête à parler.

Elle avala une gorgée de cognac dont la chaleur la réconforta.

— Je suis allée à la banque, ce soir, histoire de vérifier quelque chose. Sans cela, j'aurais du mal à me croire moi-même. Je l'ai trouvée dans le meuble de rangement de Hugh Wallace, précisa-t-elle en lui tendant la lettre de la Banque des Alpes.

« J'ai téléphoné là-bas, donné mon nom et ce numéro de compte. Un message enregistré m'a dit que mon empreinte vocale était acceptée puis m'a indiqué le solde de ce compte. Apparemment, je possède un million quatre cent quatre-vingt-treize mille deux cent cinquante-deux dollars.

Dai écarquilla les yeux sans broncher.

— Jamais je n'ai ouvert un tel compte. Je ne possède pas cet argent. Hugh Wallace et Andy Rankin ont monté un petit scénario. Ils ont siphonné cinquante millions de dollars à Goldsteins. Et ils m'ont piégée. Je suis un bouc émissaire de rêve, il faut dire.

Dai l'observait tandis qu'elle parlait, comprit que son calme contenait un torrent d'émotions.

— Comment cela, au nom du ciel ?

Helen vida son verre, puis alla les resservir.

— Simple, répondit-elle avec amertume. Rankin négocie quelque chose appelé le KOSPI, peu importe ce que c'est, tu n'as qu'à imaginer que ce sont des bicyclettes. Je ne connais rien au prix des bicyclettes, je suis spécialiste en saxophones, Wallace et Rankin s'arrangent donc pour que Rankin soit indisponible quand un client téléphone pour une bicyclette. Je prends l'appel, le client me demande le prix pour la bicyclette dont il a discuté ce matin avec Rankin ; Wallace me donne un prix, je le transmets au client et nous opérons la transaction. Le problème est que le véritable prix est de vingt pour cent supérieur à celui auquel nous avons vendu. Le client n'a qu'à revendre notre bicyclette, empocher les vingt pour cent de différence pour en reverser la moitié à partager entre Wallace et Rankin.

— Comment croyaient-ils pouvoir s'en tirer ?

— Facile. Peu de gens dans la salle des marchés connaissent le « vrai » prix du KOSPI, mettons la bicyclette, et il existe tant de milliers de choses négociées que c'est un jeu d'enfant. Chaque jour, on imprime toutes les transactions de Goldsteins, soit en moyenne deux mille cinq cents. Une fois reliée, cette sortie imprimante quotidienne est épaisse comme un annuaire téléphonique. Comment diable contrôler tout ? A fortiori vérifier que chaque prix est correct ? En outre, ils s'assurent qu'il n'y a personne dans le coin au moment où j'opère. On a ce nouveau, avec nous. Wallace a toujours été contre. Zamaroh nous l'a imposé. Pas étonnant que Wallace fût hors de lui. Il aurait pu être témoin au moment où il me donnait un faux prix. Hier, il l'a envoyé lui chercher un cappuccino au moment précis où j'allais faire ce que j'ai découvert par la suite être une des transactions avec un prix incorrect.

— N'existe-t-il pas un autre système d'alarme pour ce type de fraude ?

— Pas vraiment. Cela revient à savoir si oui ou non quelqu'un décide de vérifier cette transaction particulière en comparant avec des transactions similaires. Wallace et Rankin ont dû travailler sur l'hypothèse logique que personne n'aurait la moindre raison de vérifier la transaction et que, dans le cas improbable où quelqu'un s'aviserait de jeter un coup d'œil, il ne connaîtrait sans doute pas le prix correct. Si, par quelque lointaine possibilité, quelqu'un vérifiait la transaction et relevait l'erreur de prix, ils s'assureraient que je serais là pour encaisser. Mon nom apparaît sur chaque ticket de transaction illicite, sur un compte en Suisse gros d'un million et demi de dollars qui, incidemment, est conçu pour qu'on le trouve. De nos jours, on évite la Suisse quand on veut planquer son fric. On va à Panama, aux Caïmans ou encore dans quelque improbable île des Caraïbes.

— A ton avis, comment se sont-ils procuré ton empreinte vocale ?

— La première fois que j'ai donné mon nom, le message enregistré m'a indiqué que l'empreinte vocale ne collait pas. J'ai alors utilisé l'intonation que je prends en répondant au téléphone chez Goldsteins. Tu connais, tu l'as entendue suffisamment, le genre éclatant, éthéré et hyper confiant. Ça a marché. Tout ce que les deux larrons avaient à faire était de m'enregistrer au téléphone.

— Et le numéro de compte ? Il comportait aussi ton empreinte vocale ?

— J'y arrive. Un jour, il y a environ six mois de cela, Rankin s'est pointé et m'a dit qu'il avait une telle gueule de bois qu'il était incapable de lire les chiffres notés sur ce bout de papier et aurais-je la gentillesse de le faire pour lui. Je me rappelle parfaitement m'être demandé comment il parviendrait à opérer ; les chiffres étaient parfaitement lisibles.

— Si bien qu'il a pu t'enregistrer pendant que tu lui lisais les chiffres ?

— Je n'en doute pas une seconde. D'une simplicité diabolique, non ? Et naturellement, il y a mon père. Escrocs de père en fille. Les gens en sont déjà persuadés quand tout va bien, alors tu penses ! Maintenant, ils vont sourire d'un air satisfait et proclamer « On vous l'avait dit ! Vous n'auriez jamais dû lui faire confiance ».

Elle rejeta violemment ses cheveux en arrière avant de poursuivre.

— Je n'ai pas l'ombre d'une chance. Seigneur ! Je n'ai jamais eu peur de me battre, mais comment gagner cette bataille-là ? Je suis vaincue d'avance. Tu imagines les journaux ? Ils m'auront jugée et condamnée avant même que je n'aie pu m'exprimer devant un tribunal. Je serai crucifiée. Quatre années de travail, quatre années à faire la sourde oreille aux sarcasmes et aux quolibets prononcés juste assez haut pour que j'entende, quatre années à essayer de redorer le blason des Jencks. Tout cela pour quoi ? Mon père m'a tout gâché il y a des lustres. Et tu sais quoi ? J'ai toujours essayé de croire qu'il n'avait rien fait, qu'il était innocent, qu'il avait dû s'enfuir pour une autre raison, que l'argent était dans d'autres mains. A l'école, je me bagarrais contre toutes celles qui le traitaient de voleur. Je me suis battue toute ma vie pour sa réputation. Et pour quoi ? Tout ce qu'il a su faire c'est m'abandonner et faire de moi la proie idéale pour Wallace et Rankin.

Horrifiée par sa propre violence, aiguillonnée par les frayeurs que même Dai et son havre de paix ne pouvaient chasser, Helen fondit en larmes. Courbée en deux, le visage dans les mains, elle murmura entre deux sanglots :

— Il a toujours été un voleur, n'est-ce pas ? Et il nous a abandonnées, ma mère et moi, au moment précis où ça l'arrangeait. Je me suis menti toute ma vie.

— Oh, Cariad.

Dai perçut la rage sourde dans la voix de la jeune femme comme autant de coups portés à la mémoire du meilleur homme qu'il eût connu. Son cœur saignait d'entendre Helen lacérer son ami, essayant de se convaincre que les mensonges qu'elle avait repoussés toute sa vie n'en étaient pas. La douleur faillit le submerger. Il entendit alors sa propre voix briser délicatement le silence.

— Non, Cariad. Cela ne s'est pas passé ainsi.

17

Dai avait la gorge brûlante de douleur. Il avait tenu parole ; pendant vingt-trois ans, il s'était tu. Désormais, il devait rompre son vœu. Son silence risquait de détruire Helen et le pire était que la vérité, s'il la disait, pouvait la détruire aussi. Nul besoin de lui rappeler que les réactions de Helen étaient imprévisibles au dernier degré et souvent tumultueuses. Elle s'était sauvée de chez elle, avait pris la mer pendant huit ans, s'épuisant en vaines recherches puis, n'y tenant plus, elle avait mis ses espoirs dans une carrière dans la City aujourd'hui anéantie. Cependant, au fond de lui, Dai avait conscience de lui devoir la vérité, de ne pouvoir plus longtemps la protéger de la violence du destin. Wallace et Rankin avaient utilisé son père pour la piéger ; elle devait donc savoir la vérité si elle pouvait ne fût-ce qu'espérer les combattre. Peu importe les secrets qu'il allait répandre, les ordres qu'il s'apprêtait à trahir, Helen passait loin devant la loyauté à une cause depuis longtemps oubliée, à des gens dont il s'était toujours moqué éperdument.

Pourquoi trouvait-il si difficile de parler, de prononcer les mots, quand il se rappelait chaque instant comme si c'était hier ?

Son esprit remonta le cours des années jusqu'en 1976, en cette nuit venteuse d'octobre où Jack Jencks était arrivé chez lui, maigre et tremblant, fantomatique. La vérité avait été enterrée si profond, pendant si longtemps, qu'on aurait plus aisément fait confiance à un roman. Mais les émotions étaient tenaces. Lorsqu'il songeait à cette nuit-là et – Dieu lui pardonne – il faisait tout pour l'oublier, elles reprenaient vie avec toute leur force.

Vas-y, parle, pas à pas, mot à mot, comme un enfant qui apprend à marcher. Helen l'observait, lisant le chagrin sur son visage, guettant la suite avec une quasi-horreur.

— Ton père s'est assis là, il y a vingt-trois ans, dans ce même fauteuil où tu te trouves. Il avait quarante-deux ans et s'apprêtait à tout perdre ; c'était cela ou mourir.

— Oh non, par pitié, non ! gémit Helen.

— Il te faut tout entendre, désormais. Dans le moindre détail.

Dai but un long trait de cognac.

— Tout a commencé dans les années cinquante,

lorsque nous étions à Cambridge. Nous étions des linguistes, des arabisants, comme tu le sais, et possédions tous deux l'arabe à un degré de perfection. Nous avons attiré l'attention de certaines personnes qui nous ont approchés, tous les deux. Le SIS, alias les Services secrets de Sa Majesté, alias la Firme. Conversations autour d'un thé et de crumpets, devant un feu de bois, dans les chambres poussiéreuses de Pembroke College. Puis à Londres. Nous serions utiles. Et nous le fûmes. La reine et le pays, ce genre de choses, un sport de gentlemen délicieusement excitant. Nous n'avions aucune idée d'où cela mènerait. Ensemble, nous avons opéré au Moyen-Orient. Mon commerce me servait de couverture, lui c'était la banque. Il avait de l'entregent, se frayait un chemin n'importe où grâce à son charme et faisait des merveilles. Un des premiers banquiers occidentaux à véritablement réussir en Arabie. J'achetais des tapis et des antiquités, ton père vendait des services bancaires. Nous avons négocié avec des trafiquants d'armes, des ministres du gouvernement, des terroristes. Nous nous sommes prélassés des soirées entières dans les Majlis avec un hookah et du thé à la menthe. Le SIS l'a envoyé suivre la piste de terroristes, de leur argent, leur offrir un sauf-conduit. Il est devenu proche du FPLP, le Front populaire de libération de la Palestine, mené par un certain George Habach. Toi, Cariad, tu étais un bébé, un bout de chou, une petite de la maternelle. Tout ce temps, il approchait du but jusqu'à ce qu'un jour, vingt millions de livres appartenant aux terroristes disparurent. Ils ont cru que c'était ton père. Il se trouvait au mauvais endroit au mauvais moment, mais il n'y était pour rien. Je ne crois pas que le FPLP ait jamais mis la main sur le coupable. Peut-être l'un d'eux. Quoi qu'il en soit, il n'existait aucun moyen de prouver l'innocence de ton père sans faire sauter sa couverture. Il a dû se planquer. Il est venu à moi. Il voulait vous emmener, ta mère et toi, mais c'était encore plus risqué. Ta mère refusait de partir, rien n'est parvenu à la décider. Je crois que le choc l'avait paralysée. Elle ignorait tout de ses activités secrètes. Elle exigeait de te garder, il avait conscience de ne pouvoir le lui refuser, pourtant il pleurait – Seigneur, de toute ma vie je n'ai jamais vu tant de douleur.

Dai vacilla. Il tendit la main et fixa ses chiens du regard.

— Il devait partir, très loin. Nous avions un ami, un autre homme de Cambridge, appartenant lui aussi à la Firme, qui lui offrit l'hospitalité. Un autre continent. Il s'est rendu au Pérou. La presse a eu vent de quelque chose, a lancé des ballons sondes avec une histoire de détournement de fonds appartenant à des clients. Personne n'ayant apporté le moindre démenti, les journaux y sont allés plein pot. Ils ont détruit sa réputation mais ton père a réussi à s'en tirer. La presse ne l'a jamais retrouvé. Pour ce qui est du FPLP, je ne saurais dire. Je n'ai eu vent de rien, en tout cas. Cela fait vingt-trois ans. Je n'ai jamais revu ton père ni entendu le son de sa voix.

Helen respirait bruyamment comme si chaque inspiration était une épreuve. Elle observait le feu et Dai ne voyait pas ses yeux. Elle se souvint du terrible silence cette nuit où son père avait disparu. Elle avait attendu son retour, guettant comme toujours le bruit de la porte claquant à sept heures, puis ses pas dans l'entrée. Elle dévalerait l'escalier pour se jeter dans ses bras, sentant la laine rugueuse de son costume ou le doux coton de sa chemise contre sa joue, et tous trois évoqueraient leur journée au cours du dîner. Mais cette nuit-là, sept heures sonnèrent, les minutes s'étirèrent comme des jours dans un silence jamais rompu depuis. Jusqu'à ce soir. Ses yeux se fermèrent violemment comme si Helen voulait échapper à ces vingt-trois ans de douleur. Le temps ne guérissait rien, pas cela, en tout cas. Il empirait les choses, avec chaque anniversaire sans lui, chaque étape sans lui dans son chemin vers la vie adulte, chaque après-midi sans lui pour sécher ses larmes.

— Pourquoi ? Dis-moi seulement pourquoi il a été obligé de partir, supplia-t-elle, les yeux accrochés aux siens, sans comprendre.

— Il le fallait. C'était pour le mieux.

— Comment peux-tu croire une chose pareille ?

— Parce que c'était le seul moyen.

Il se leva et serra Helen dans ses bras. Elle s'effondra, sanglota en silence, le corps secoué de convulsions, torturé par les mots qui refusaient de jaillir.

Au-dehors, le vent grondait, secouant les fenêtres ; la pendule y allait de son tic-tac impassible, les chiens grondaient.

Enfin, avec lenteur, elle se cala dans le fauteuil. Dai demeura assis sur le bras, les yeux posés sur elle.

— Il était innocent, toutes ces années. O mon Dieu !

L'idée tourbillonna dans son cerveau comme un orage soudain dans toute son irrésistible violence. Helen sut alors qu'elle ne trouverait le repos que si elle la suivait. Elle essuya ses larmes du revers de la main.

— Il est encore vivant ?

— Qui ?

— L'ami, celui qui lui a offert un asile.

Dai saisit avec horreur où elle voulait en venir.

— Hel, non, je t'en prie.

— Je veux aller au Pérou, Dai.

— N'importe où sur terre...

— Au Pérou.

— Ton père est peut-être mort depuis des années.

— Je l'ai cherché toute ma vie. Traîné mes guêtres sur la plus petite île du Pacifique Sud. Tu sais, je n'étais pas certaine d'avoir envie de le retrouver, j'avais peur qu'il fût coupable, qu'il nous eût abandonnées volontairement, peur qu'il me haït, me rejetât si jamais je lui mettais la main dessus. Alors j'ai laissé tomber. J'ai trouvé mon job à la City, tenté d'oublier, tenté de croire qu'il n'y avait pas ce trou béant dans ma vie, et tu sais quoi ? Ça n'a pas marché. Le manque, le désir ne m'ont jamais quittée. Je sais enfin pourquoi. Il était innocent, devait sauver sa peau et je sais où il est allé. Bon sang, Dai, comment puis-je rester plantée là ? Ce doit être un vieil homme, peut-être est-il mourant. Il faut que j'y aille.

Il éprouva une douleur aussi forte que s'il s'était agi de sa propre enfant.

Dai se leva.

— Ils sont probablement tous morts depuis longtemps.

Ses yeux bruns étaient pâles, tellement plus pâles que dans son souvenir, comme si le chagrin en avait lavé la couleur. Elle se leva à son tour.

— Je veux marcher dans ses traces, je veux aller où il était allé, dit-elle en prenant sa main qu'elle serra vigoureusement. Je n'ai rien de lui. Je veux voir ce qu'il voyait. Et s'il vit encore, je le retrouverai.

— En partant, tu confirmes ta culpabilité, Hel.

— C'est fichu de toute façon. Comment puis-je rester et me battre maintenant ? Si je me contente de disparaître, j'ai le sentiment que cela ne s'ébruitera pas. Goldsteins ne voudra pas passer pour dupe aux yeux de la City. Mon départ lui offrira un coupable sur un plateau d'argent et la banque voudra étouffer l'affaire. La presse n'en saura rien.

— Mais tu es innocente, Cariad.

— Quelle importance si je retrouve mon père ?

— Ainsi tu comptes les laisser s'en tirer indemnes ?

— Pas du tout. J'aurai ma revanche sur Wallace et Rankin, ne t'inquiète pas. Mais je dois d'abord retrouver mon père.

18

Dai et Helen prenaient leur petit déjeuner dans un silence pesant.

Helen regardait les collines dans le lointain. A flanc de coteau, des moutons paissaient, véritable tableau champêtre.

— Pourquoi n'est-il jamais revenu ? demanda Helen en redescendant sur terre. Il aurait pu, tu ne crois pas ? La menace de mort a dû s'estomper au bout de tant d'années, non ?

— Probablement, mais je pense qu'il y avait déjà eu trop de dégâts. On avait traîné son nom dans la boue. Il a sans doute pensé que ta mère avait déménagé, que tu l'avais oublié, un nouveau père, peut-être. Comment risquer d'anéantir une deuxième fois votre existence ?

— Il m'aurait redonné goût à la vie, au contraire, mais j'imagine qu'il ne pouvait pas le savoir.

— Il s'est en toute hypothèse bâti une nouvelle vie au Pérou, difficile à quitter. L'âge venant, surtout. Une fois en exil, revenir au bercail est la chose la plus ardue qui soit.

— J'espère que tu as raison et qu'il est heureux.

— Il est peut-être mort depuis longtemps, Cariad. Tu dois l'envisager sérieusement.

— Je sais.

— Songes-tu toujours à partir ?

— J'ai pris la mer sur un coup de tête, j'ai gagné mon poste à la City au backgammon. Si je ne le fais pas maintenant, alors quand ?

Dai se tortura la matinée entière. Cette situation échappait à la raison pour obéir à la pure nécessité. Au bout de vingt-trois ans, l'histoire bouclait la boucle. Restaient pourtant la sagesse, la prudence, les arguments en faveur du besoin impératif d'éviter la douleur. A l'opposé, il avait vu la résolution dans les yeux de Helen. Dieu sait s'il avait peur pour elle, cependant il ne contrarierait pas ses projets. Il lui fallut encore de nombreuses heures pour se lancer, pour réprimer l'angoisse qui l'étreignait chaque fois qu'il imaginait sa filleule au Pérou.

Finalement, le pas lourd, il se dirigea vers son bureau, fouilla dans ses vieilles boîtes de dossiers et mit la main sur une relique de leur passé.

Il tourna les pages du vieux carnet d'adresses en cuir rouge abîmé. C'était un cadeau que son père lui avait fait plus de quarante ans auparavant. Tous les numéros étaient inscrits au stylo à plume. L'encre bleue était passée, mais encore lisible.

Victor Maldonado, mère écossaise, père péruvien, était arrivé à Cambridge pour étudier l'archéologie et briser les cœurs. Il avait rencontré Dai et Jack en cours d'Egyptologie ancienne ; par la suite, le trio avait partagé les mêmes travaux dirigés. Cheveux de geai, peau de miel, yeux noirs et souriants, prêt à tout. Un cercle d'amis, l'innocence curieuse des étudiants. Seul Maldonado n'était jamais innocent ; il avait perdu sa virginité dans un bordel de Lima le jour de ses seize ans, son grand-père occupant la chambre voisine. Séducteur, espion et fournisseur d'asiles. Vingt-trois ans, une vie avant.

C'est trop me demander, Helen, je ne peux pas t'envoyer à quelqu'un que je ne connais plus. A l'époque, il était déjà limite. Qu'ont pu faire le temps et les déceptions sur un homme qui a tout eu si jeune ? Elle partirait de toute façon.

Il fixa longuement le numéro du regard, comme s'il tentait d'y déchiffrer l'avenir. Les chiffres se brouillèrent et Dai se sentit mal. Il secoua la tête pour repousser la sensation d'oppression qui l'assaillit soudain.

Il composa le numéro. Le destin était suspendu aux lignes téléphoniques.

— Grande promenade ? s'enquit Dai tandis qu'il s'installait avec Helen pour déjeuner d'un filet de bœuf Aberdeen Angus.

— Je crois que j'ai crevé les chiens, répondit-elle en désignant du menton les quatre corps noir et feu roulés en boule devant le feu.

— J'ai appelé le Pérou. Je suis tombé sur le frère de Maldonado à qui j'ai expliqué que j'étais un vieil ami de Cambridge. Il a refusé de me donner ses coordonnées mais a dit qu'il transmettrait le message, que son frère était un homme très occupé.

— Oh, Dai, murmura-t-elle en effleurant sa main, quand était-ce ?

— Juste avant le déjeuner. Il nous faudra sans doute un peu de patience.

— De toute façon je pars, avec ou sans l'aide de Maldonado. Ils découvriront le pot aux roses mardi. Ils s'apercevront que j'ai forcé les serrures et entameront une enquête interne. Tôt ou tard ils repéreront l'erreur de prix. Et je te parie tout ce que tu veux que mon empreinte vocale fera surface.

— Tu pourrais te battre, Hel, je t'aiderais.

— Je n'en doute pas, Dai, mais bizarrement, ils m'indiffèrent à un point, tout d'un coup ! Je veux quitter tout ce gâchis et retrouver mon père, un point c'est tout.

— Wallace était ton ami, Hel. Chaque semaine il dînait chez toi. Je donnerais n'importe quoi pour lui régler son compte sans attendre.

— Je l'étriperais volontiers de mes propres mains, et Rankin avec, en les regardant droit dans les yeux. Et après ?

— Tu te sentirais mieux. Je ne supporte pas l'idée qu'ils s'en tirent sans bobo.

— Ce ne sera pas le cas. Le moment venu, je frapperai dans mes mains. Un papillon bat des ailes et un empire s'écroule. J'ai deux ou trois choses à apprendre au sieur Wallace sur la théorie du chaos.

La nuit arriva et le saxo de Helen pleura dans la maison comme une mélopée funèbre. Le dimanche matin, Helen et Dai s'attardèrent autour de leur petit déjeuner. Ils lisaient avidement la presse et guettaient la sonnerie du téléphone.

— Parle-moi de Maldonado, demanda Helen. Quel genre d'homme est-ce ?

— Je l'ai rencontré il y a quarante-sept ans. Nous étions encore des gamins. En tout cas, Jack et moi. Victor, c'était autre chose. Grand, athlétique, bien bâti. Cette magnifique chevelure rejetée en arrière, ces grands yeux, avisés et rusés. Il avait vu le monde entier alors que nous quittions à peine notre vallée. Un charmeur. Tout le monde succombait à sa magie, les hommes comme les femmes. Aimant la vie, vaguement mélancolique, comme les Gallois. Sentimental, ajouta Dai en souriant. Il était chaleureux, drôle, généreux. S'il avait une dent contre toi, c'était une autre histoire ; s'il pensait que tu lui avais porté tort, alors Dieu te vienne en aide. Il aimait à dire que la vengeance courait dans ses veines, conquistador avec une bonne dose d'Inca. Chez lui, il n'aurait jamais admis être un sang-mêlé. Il prétendait que c'était la plus grande honte, mais je reste persuadé qu'il en était secrètement fier. Il se croyait descendant d'un roi inca, affirmait que de là venaient ses pommettes hautes, sa large poitrine. C'était un véritable ami, un peu tête brûlée, que sa beauté et son argent risquaient de pourrir. Sa famille fut fabuleusement riche à une époque, encore que j'aie l'impression que l'argent filait sacrément vite. Voilà comment il était, acheva Dai en ouvrant les mains, mais c'était il y a près d'un demi-siècle.

— Il n'a peut-être pas changé. As-tu changé, toi ?

— Oh, Cariad ! s'esclaffa Dai. Comment veux-tu que je le sache ? Je me sens le même au fond de moi. Un peu plus fatigué, aimant la vie plus que jamais, peut-être un tantinet plus raisonnable. Mais je suis toujours le gosse de la vallée, j'aime toujours autant l'herbe verte, les arbres, le fromage sur le pain grillé, le thé au lait bien fort et Dylan Thomas.

Helen éclata de rire.

— Tu vois bien !

— Cela ne me rassure aucunement. C'était un ami, un ami cher, mais pas comme Jack. J'aurais confié ma vie à ton père. Je n'en dirais pas autant de Victor.

— Je ne lui confierai pas ma vie.

— Comment peux-tu le savoir ? Le Pérou est un pays dangereux. Tu seras seule là-bas, sans même la protection de l'ambassade de Grande-Bretagne.

Helen sentit vibrer à nouveau la peur indicible.

— Je sais me débrouiller toute seule.

— L'aïkido ne sert pas à grand-chose contre une arme à feu.

— Ni l'innocence quand on t'a tendu un piège.

— Sais-tu ce que c'est qu'être traqué, Hel ? Peux-tu imaginer la presse à tes trousses ? Admettons que tu partes vraiment au Pérou, tu seras sur toutes les caméras de sécurité d'Heathrow, il y aura des enregistrements de ton vol. Tu ne seras pas difficile à suivre.

— Vaut-il mieux laisser les journalistes camper devant ma porte ?

— Ils pourraient ne rien trouver sur toi.

— Impossible de rester à me ronger les sangs, Dai.

— Bon, alors si tu pars, joue profil bas. Demeure à l'écart des circuits touristiques. Du moins pour un temps.

— Voilà donc que je deviens un fugitif, comme mon père. J'imagine, ajouta-t-elle, sarcastique, que c'est ce qu'on appelle combattre le feu par le feu.

— Ouais, tâche au moins de ne pas te brûler.

— Ecoute, Dai, je serai prudente. J'utiliserai le nom de mon faux beau-père. Mon passeport est sous ce nom-là, mon billet le sera aussi ; la presse aurait à creuser profond pour me retrouver, et les autorités aussi.

— Parfait. Mais ne va pas te présenter partout comme Helen Jencks. Que ce soit bien Williams.

Elle fit la grimace.

— Et si Maldonado appelle, s'il propose de m'aider ?

— Même chose. Tu t'appelles Helen Williams. Pas un mot sur ta véritable identité.

— C'est grotesque, voyons ! Ce n'est pas avec un faux nom qu'il me sera utile.

— Soit. On va passer un marché, toi et moi, tu adores ça. Si Maldonado appelle, je lui demande de te donner un coup de main. Je n'effleure pas le sujet d'un lien quelconque entre Jack et toi. Et tu feras de même. Pas durant un certain temps, peut-être des semaines, voire des mois. Pas avant de l'avoir jaugé correctement. Alors, alors seulement, si tu as le sentiment de pouvoir lui faire totalement confiance, tu lui raconteras et lui demanderas un coup de main.

— Quel mal pourrait-il me faire ?

— Filer le tuyau à la presse ou aux autorités. Rien que ça.

— Mais, bon sang, à quoi ça l'avancerait ? Quel motif aurait-il ?

— Ce n'est pas cela qui manque. Les gens ont toutes sortes de motivations. On ne s'en aperçoit que trop tard. Ce n'est pas parce que tu ne vois le mal nulle part qu'il n'existe pas.

Le téléphone sonna. Les chiens aboyèrent. Dai frémit et traversa le parquet grinçant de son bureau. Il s'empara du combiné. Une voix remonta le temps.

— Dai, mon vieux. Victor Maldonado.

— Victor. Cela fait une éternité !

— Plus un jour. Comment vas-tu ?

— Pas mal, quelques rhumatismes, chaque jour est un bonus.

— Ah, Dai, toujours aussi optimiste !

— Il faut bien, non ?

— Au Pérou ? Nous avons eu trop de trahisons par ici. Nous buvons la prudence au sein maternel.

Toujours cette grandiloquence, mais améliorée, bâtie sur quelque chose.

— Tu ne te montrais pas aussi défiant à Cambridge, si je ne m'abuse.

— C'était le temps de l'innocence pour tous, non ?

Comme un regret. Le fantôme de Jack Jencks dans cette allusion. Il n'existait aucun moyen intelligent de s'en sortir, pas de biais, pas d'astuce, comme par exemple une proposition commerciale. Leur intimité, tissée d'amitié et de chagrins, aurait éventé la ruse.

— Il vit toujours ?

Longue pause, sceau du silence brisé.

— Je ne sais pas. Je ne l'ai pas vu depuis six ans.

— Pourquoi cela ?

— Nos chemins se sont séparés. L'âge nous change, non ?

— C'est effectivement la grande inconnue.

— En quoi puis-je t'être utile, Dai ? demanda Maldonado avec la confiance tranquille d'un homme habitué à accorder des faveurs et à les refuser.

— Un refuge, pour un proche.

La tension fut perceptible alors que l'histoire semblait se répéter.

— Puis-je demander pourquoi ?

— Un service, en souvenir du bon vieux temps.

Le Péruvien se trouva involontairement replongé dans l'univers des chambres éclairées au feu de bois, des bouteilles de porto et de la complicité par les nuits froides de Cambridge.

— Ah, Dai, le bon vieux temps. C'était une autre vie.

— Je comprends, excuse-moi.

— Si tu penses que je refuse de t'aider, tu te trompes. Combien de temps doit-il rester ?

Il fallait improviser.

— Trois mois. Et, au fait, c'est une femme. Elle te plaira.

— Qui est-ce ?

— Une excellente amie, Victor. De longue date.

— Quand doit-elle arriver ?

— Elle décolle aujourd'hui si possible.

— Pas de problèmes dans ses bagages, si ?

— Elle les laisse ici.

— Les problèmes, ça a la sale manie de voyager.

— Ce ne sera pas le cas.

C'est toujours le cas, pensa le Péruvien en étudiant ses mains. Comme la contagion.

Une vie balayée d'une pichenette. Trahison, découverte, histoire ancienne ; quelques coups de fil, l'invocation d'une vieille amitié, l'appel au sens de l'honneur d'un homme dont la conduite en fut forgée. La sentimentalité excessive d'un coup de téléphone à une agence de voyages, la négociation pour le billet qui emmenait Helen.

Le regard dans le vide, Dai se massait les tempes. Il se leva et se dirigea vers son coffre mural dissimulé derrière une toile représentant les vertes vallées galloises traversées par les mines de charbon. Il prit un tas de billets – livres sterling, deutschmarks, yen et dollars mais ne garda finalement que ces derniers. Il compta vingt mille dollars, referma le coffre et plaça l'argent dans du papier kraft qu'il ferma avec du papier collant.

Les murs du bureau étaient couverts de livres. Il les connaissait comme de vieux amis et savait où chacun était rangé. Il en choisit trois, écouta la respiration de ses chiens, attendit le bruit des pas de Helen. Ils arrivèrent, rapides, athlétiques, comme ceux d'une danseuse, rythmés sur les dalles de l'entrée. La poignée de la porte tourna, le visage de Helen apparut, battu par les vents. Elle sourit, le front plissé, percevant le changement. Il la vit comme elle était à dix ans, une courageuse petite femme.

— As-tu ton passeport sur toi ?

Elle hocha la tête. C'était une vieille plaisanterie entre eux car il ne la quittait jamais. Toujours prête à s'envoler.

— Tout est arrangé, alors ?

— Tu décolles dans cinq heures. American Airlines. Direction Lima. Via Miami. Maldonado t'hébergera.

— Oh, Dai !

— Tiens.

Il lui tendit trois livres d'espagnol, expressions et verbes, grammaire et dictionnaire, tous bien cornés.

— Tes livres de première.

— Tu les as gardés !

Il avança vers elle. Pour la première fois, elle remarqua combien les mouvements lui étaient pénibles. Il vieillit, songea-t-elle, horrifiée. Comment ne s'en était-elle jamais aperçue ? Elle l'avait comme fixé dans son esprit sans lui permettre de changer. Les enfants sont si égoïstes ! Nous n'accordons pas aux parents l'autorisation de changer ou de prendre de l'âge sans notre permission. Ils brûlent, nous nous consumons.

— Allez, fit Dai en lui touchant l'épaule. Il est temps de plier bagage.

Il lui donna une valise de cuir usée constellée d'étiquettes. Elle y mit son saxo. Ses mains bougeaient mécaniquement. Elle décrochait, pliait, se concentrait sur ses gestes, réprimant tout sentiment. Elle descendit sa valise au pied des escaliers. Dai sortit de son bureau.

— Aimerais-tu que je te conduise à l'aéroport ?

— Il est préférable que ce soit Derek, si cela ne t'ennuie pas.

Ni l'un ni l'autre ne supportait de prolonger la torture des adieux. Dai la serra dans ses bras. Elle voyait qu'il retenait tellement son souffle qu'aucun son ne s'échappait. Et il était si maigre ! Alors refoulant ses larmes, elle étreignit son parrain. Ils eurent l'impression d'échanger leur courage réciproque.

— Explique à Joyce, veux-tu ? Elle comprendra.

— Et ta mère ?

— Elle ne remarquera pas mon absence.

Dai lui saisit les mains. Elle percevait l'effort qu'il faisait pour être gai, sa lutte pour masquer douleur et colère afin de ne témoigner que compassion et amour.

— Bonne chance, Cariad. Je serai toujours là, tu le sais. Tu peux revenir à la maison à toute heure. Je t'aiderai à combattre ces salopards.

La volonté de Dai était perceptible derrière les mots, la détermination que l'âge n'avait pas tempérée.

— Je sais.

— Si tu retrouves ton père, embrasse-le pour moi.

— Promis. Prends soin de toi, Dai.

Helen l'embrassa sur la joue et s'éloigna.

Elle avait envie de faire demi-tour, mais elle savait qu'en ce cas jamais elle ne connaîtrait le repos.

Derek prit le volant et la voiture fila sur l'autoroute entre des paysages de prairies verdoyantes égayées par des arbres printaniers. Une fine brume tremblotait au-dessus des ruisseaux qui serpentaient. Ce paysage était si doux, si plein de promesses. Il semblait vous prendre dans ses bras. Rien de rude ou d'imposant, nulle beauté agressive, aucun danger, seule une douceur apaisante et réconfortante qui laissait place aux rêves, un havre qui engendrait des explorateurs, prêts à tous les risques, connaissant la quiétude qui les attendait au retour. Mais ce baume-là n'existait pas pour elle. D'ailleurs, reviendrait-elle jamais ? Elle n'avait pas eu le temps de faire ses adieux. Elle voyait maintenant le paysage comme quelqu'un habité par la conscience à la fois angoissée et limpide de sa mort imminente.

19

Aéroport Jorge Cavez. Lima, Pérou

La chaleur collait à la peau. On aurait dit du miel. Puis ce furent les mouches. Les voix bourdonnaient, les bras grouillaient, les talons se pressaient sur son chemin, les mains se tendaient vers ses sacs. L'air résonnait de multiples « *Señorita, Señorita* », tandis que les porteurs espéraient sa clientèle. Immobile, elle s'accrochait à ses bagages avec un sourire tout en scrutant autour d'elle. C'était la nuit et le ciel de Lima se colorait sous la légère pollution. Helen ne distinguait pas la moindre étoile. On respirait la poussière, les vapeurs, la fumée et l'excitation. Les gens étaient petits et carrés avec des visages de survivants. Elle les dominait nettement, pâle au milieu de la foule magnifiquement hâlée. Certains souriaient avec une sympathie instinctive, d'autres la soupesaient mentalement. Combien de repas chauds leur aurait-elle payés ?

Deux hommes s'avancèrent, la trentaine, grands, bien bâtis. L'un portait un costume, l'autre un jean et une veste de cuir. La foule s'écarta à leur approche.

Peut-être à cause de leur démarche à la fois athlétique et nonchalante, ou bien la dureté de leur visage. Imperméables au monde extérieur, rien ne semblait pouvoir les menacer.

Ils s'arrêtèrent à un pas.

— Señorita Williams ? demanda aimablement l'homme en costume.

Avec ses muscles qui bougeaient sous ses vêtements, il avait tout d'un adepte des salles de gymnastique.

— *Sí ?* répondit Helen avec un sourire interrogateur.

— *Buenas noches. Soy el chofer de Doctor Maldonado,* répondit l'homme.

— Ah. Très bien. *Y Doctor Maldonado ?*

— *No se encuentra, Señorita. Mañana. Por favor, venga al carro.*

D'un geste, il désigna le parking. Veste de cuir étudia Helen avec intérêt.

Helen conclut qu'elle verrait son hôte le lendemain. Une soudaine vague de frayeur l'envahit. Helen eut envie d'abandonner ces étrangers pour disparaître dans la foule. Revenant rapidement à la raison, elle laissa Veste de cuir s'emparer de sa valise et emboîta le pas à Muscles, qui la conduisit à une grande Landcruiser Toyota noire. Avec une galanterie ostentatoire, il lui ouvrit la portière. Elle grimpa. La porte claqua derrière elle avec un bruit sourd, comme si la voiture était tout en plomb. La condamnation des serrures s'opéra discrètement. Veste de Cuir était au volant, Muscles, le prétendu chauffeur, était assis à la place du mort et regardait dehors.

Ils quittèrent l'aéroport pour s'infiltrer dans le grouillement de la circulation. La voiture lambinait ; Muscles pianotait sur le tableau de bord. La Landcruiser zigzaguait en douceur entre les voitures mais ballottait tout de même dans les nids-de-poule. Les lampadaires éclairaient faiblement le revêtement effrité. Des néons criards brisaient ponctuellement l'obscurité, vantant le Coca Cola, l'Inca Cola, Shell ou encore Toyota. Le long des rues bordées de tombereaux d'ordures faisant la joie des chiens pelés, se dressaient de vagues configurations brinquebalantes de maisons en ciment aux toits de tôle ondulée, avec du linge qui claquait dans l'air vicié. Par-delà, des collines recouvertes de ce qui s'apparentait à des boîtes accrochées tant bien que mal aux flancs. Bidonvilles.

Après avoir patienté une dizaine de minutes, Veste de cuir actionna son Klaxon, vira dans les files de voitures à contresens, coupa à gauche et quitta la route principale pour se faufiler dans une étroite ruelle. Helen distingua une bande de garçons jouant au football au beau milieu de la chaussée. Les phares de la voiture vacillèrent sur les silhouettes en mouvement. Les joueurs se faufilèrent dans l'ombre, furibonds et maussades alors que la voiture roulait sur leur but improvisé. La Toyota tourna à droite pour emprunter une rue beaucoup plus large. De chaque côté, des murs d'environ huit mètres de haut, surmontés de rouleaux de fil de fer barbelé. Pas d'autre voiture, pas le moindre piéton, pas de footballeurs non plus, juste cette lumière orange et poisseuse diffusée par les lampadaires, suspendue comme un dais radioactif au-dessus de la ville.

Helen entendit sa propre voix. Te voilà chez toi, ma fille, débrouille-toi pour que cela te plaise. Portant le regard à l'extérieur des vitres teintées, elle fut prise d'une muette hilarité. C'est là qu'est arrivé ton père. C'est ce qu'il voit. Observe avec ses yeux. Elle scruta les rues tandis qu'ils pénétraient dans une zone résidentielle. Elle trouva une beauté décadente et branlante dans la peinture ocre écaillée et les balcons de bois, une grâce évanescente dans les rangées de mimosas étendant leurs branches comme un baldaquin de dentelle au-dessus des trottoirs.

Indifférente aux feux rouges, la voiture filait au son du Klaxon. Au bout d'un moment, ils se mirent à grimper. La route serpentait sur une colline surmontée d'une immense parabole. Helen regarda derrière elle les lumières de la ville filtrées par une brume marine.

Au sommet de la colline, l'air était pur. Mais déjà, la voiture dévalait l'autre versant. Il y avait de larges espaces vides, des taches obscures. Les maisons semblaient plus grandes de ce côté, du moins de ce qu'elle en distinguait. En effet, presque toutes étaient dissimulées derrière de hautes murailles surmontées de grillage électrique avec des senseurs à infrarouges dont les yeux clignotaient implacablement au moindre passage de voiture.

Ils roulèrent encore cinq minutes avant de tourner brusquement pour approcher à grande vitesse d'une grande grille fichée dans un haut mur. Le chauffeur appuya sur le bouton d'une petite télécommande, la grille coulissa rapidement, manquant la voiture d'un cheveu, se referma aussi vite, tout cela avec un synchronisme parfait. Ils s'arrêtèrent. Helen descendit et observa sa nouvelle demeure.

20

Helen s'éveilla à l'aube. Elle supposa que c'était dû au roucoulement des colombes, mais peut-être était-ce plutôt la lumière qui filtrait à travers les persiennes, dessinant sur le sol des rayures mordorées. Ou bien l'air chaud sur ses épaules nues. Elle s'étira voluptueusement, s'assit sur son séant et repoussa ses draps. Du lin, vieux, épais et doux. Le lit était en acajou avec des ciselures compliquées et le doux matelas de crin appelait à la rêverie.

La chambre de Helen était vaste et le sol était en parquet. Le long d'un mur de pierre blanche, une penderie et une commode de couleur crème ornées de fleurs au pochoir. La peinture était craquelée par endroits. Nue, curieuse, Helen se déplaçait comme un explorateur. Trois chambres, trois salles de bains, une cuisine, une salle à manger, un salon, le tout dans l'ombre. Toutes les fenêtres étaient munies de volets clos de l'extérieur.

Elle enfila prestement un jean propre et un tee-shirt blanc, puis ouvrit la porte d'entrée qui donnait sur le paradis. Un lever de soleil hésitant, une brume infime. Des jacarandas dispensant une pluie de fleurs violettes. Des feuilles de bananiers claquant délicatement sous la brise. Des perroquets jacassant dans les flamboyants. Un aigle tournoyant au-dessus d'elle au gré des courants ascendants. Par-delà l'oasis du jardin, dominaient des montagnes désertiques – les contreforts des Andes – si proches qu'elle aurait pu traverser l'air chaud et les toucher.

Les dalles autour de la piscine chauffaient ses pieds nus. Une féerie d'arbres croulant sous l'abondance des fruits mûrs : bananes, figues, prunes, noix pécan, avocats géants. L'aurore s'ébranlait autour de Helen.

Avisant un énorme ficus avec ses éblouissantes feuilles couleur d'émeraude et de mousse tremblant sous la brise, elle songea à l'histoire que son père lui racontait lorsqu'elle était enfant, d'une petite fille qui traverse un royaume enchanté où même les feuilles des arbres sont des joyaux.

Un cri rauque déchira la quiétude. Helen pivota sur elle-même et éclata de rire à la vue d'un ara turquoise et jaune vif qui la dévisageait du haut d'une grande cage ouverte. Elle s'approcha.

— Bonjour ! Sais-tu parler ?

— Pepelucho, crut-elle entendre.

— Pepelucho, hein !

Le perroquet s'avança en crabe, avec la démarche d'un homme dont le pantalon est tombé sur les chevilles. Les plumes de sa tête et de son cou étaient dressées. Il trembla légèrement avant d'émettre un autre cri aussi puissant que déchirant.

— Ainsi vous avez fait connaissance avec Pepelucho ?

Helen se retourna. Devant elle se tenait un homme, si près qu'elle en sentait presque le souffle. Sa peau était brune et ravinée et il avait des méplats quasi mongols. Ses yeux étaient deux diamants taillés en navette. Il ne lui manquait que la coiffe pour parfaire son allure de roi inca.

— Victor Maldonado.

Il roulait les R avec exagération. Sa voix était basse et profonde et il s'exprimait avec lenteur, ce qui n'empêcha pas Helen de discerner des échos de Cambridge.

Elle lui tendit la main qu'il serra avec fermeté. Sa peau était fraîche et lisse.

— Helen Williams, annonça-t-elle en ravalant in extremis le « Jencks ». Je ne vous avais pas entendu.

— L'herbe est silencieuse.

— Il dit son nom.

— Et un tas d'autres choses si cela lui chante. Si nous le testions avec votre nom ?

— Pepelucho, peux-tu dire Helen ?

— Ou señorita Williams, ajouta l'homme en marquant une légère pause entre señorita et Williams, comme s'il doutait de la combinaison.

Il scruta son visage quelques instants, remarquant les yeux bleus perçants, le front précocement ridé, les sourcils en forme d'ailes, le nez volontaire.

— Que diriez-vous d'un petit déjeuner ? proposa-t-il, enjoué.

Il l'accompagna à une table en bois sur une grande terrasse jouxtant la maison principale. Tandis qu'il la précédait légèrement, elle observait sa démarche à la fois pesante et assurée. Il tira une chaise pour elle et s'installa en vis-à-vis. Sa peau plissait autour des yeux. Ses paupières étaient à moitié tombantes, comme si rester ouvertes était trop fatigant mais, dessous, les yeux étincelaient.

— A propos, nous possédons d'autres animaux dans le jardin que vous pourriez ne pas trouver aussi sociables que Pepelucho. Des chiens de garde que nous lâchons à minuit. Mieux vaut alors ne pas rôder dans le jardin. Ils sont entraînés à tuer.

— Quelle race ?

— Doberman.

Helen réprima un sourire.

— Qu'est-ce qui vous ferait plaisir ? Un véritable petit déjeuner anglais ?

Elle avait l'air de ce genre de fille qui adore manger.

— Ce serait parfait.

Maldonado fit un signe de tête à une petite femme en tablier blanc amidonné qui s'affairait à dresser un second couvert.

— Carmen, ma cuisinière.

Carmen mesurait environ un mètre cinquante et avait le teint cuivré et les traits quasi asiatiques des Indiens d'Amérique du Sud : face de pleine lune, nez épaté, pommettes hautes, petits yeux intelligents. Beauté sauvage.

— Elle s'occupera de vous et vous procurera tout ce dont vous aurez besoin. Quel est votre niveau en espagnol ?

— Inexistant, répondit Helen en s'abritant derrière la traditionnelle litote britannique.

— Mieux vaudrait vous y mettre, remarqua Maldonado en versant pour tous deux du café d'une cafetière en argent.

Il but une petite gorgée, dévisageant Helen pardessus le rebord de sa tasse qu'il posa ensuite sans bruit, sans quitter la jeune femme des yeux.

— Ecoutez, je ne sais pas ce que vous avez fait, et pour le moment cela ne m'intéresse pas, mais dites-moi une chose. Pourquoi le Pérou ?

Helen but à son tour, avec lenteur. Maldonado rompait les règles de ce jeu nouveau pour elle avant même qu'elle n'eût une chance de commencer la partie. Il ne lui donnait pas le choix : la vérité ou un mensonge. La vérité traversa son esprit comme un éclair. Elle l'enferma à double tour. Elle aurait aimé se contenter de la cracher, de sentir que c'était le meilleur moyen de se lancer à la recherche de son père sans perdre un instant. L'urgence, la nécessité faillirent la submerger. Elle les refoula grâce à un immense effort de volonté. Elle avait promis à Dai de temporiser et son instinct lui dit que des aveux précipités seraient malavisés. Il lui fallait se poser, concevoir un plan, puis agir sans jouer les Saint-Jean-Bouche-d'Or.

— Là ou ailleurs, dit-elle avec aisance.

— Soit, mais le Pérou ? Pourquoi pas la France, la Scandinavie ou même les Etats-Unis ? Un endroit confortable, pas trop loin de chez vous.

Il entreprit de couper une épaisse tranche de papaye qu'il mangea avec une fourchette, souriant tout en parlant. Il aurait aussi bien pu lui parler du temps qu'il faisait en Angleterre.

— Je ne tiens pas à être près de chez moi.

— Etes-vous déjà venue ici ?

— Jamais.

— Vous avez juste vu Lima, alors ?

— Oui.

— Qu'en pensez-vous ?

Il questionnait comme il mangeait : rapidement et avidement.

— On se croirait dans un roman de Kafka.

Maldonado éclata de rire et lui décocha un bref regard approbateur.

— Fantastique ! Vous avez parfaitement raison. Cette pauvre Lima est une piètre publicité pour le Pérou. On la surnomme la revanche des Incas sur Pizarro, mais vous savez, sans vouloir faire un mauvais jeu de mots, Lima n'est pas le Pérou. Vous voulez être à des lieues de chez vous, attendez donc de voyager, si toutefois c'est dans votre intention. Enfoncez-vous dans la Sierra, regardez vivre les Quechuas, ou partez en Amazonie et observez les tribus. C'est un autre monde. Vous voulez fuir quelque chose, vous n'auriez pu choisir meilleur endroit.

— C'est ce que je pensais.

Derrière l'amabilité courtoise, il y avait chez Maldonado une humanité rude, une franchise étrange dans sa façon de se lancer directement dans des interrogations dont Helen pensait qu'elles resteraient taboues.

— Mais pourquoi pas le Chili ou l'Argentine, ou encore l'Equateur ? Ou même la Colombie ? insista-t-il.

— Qui sait ? J'ai sans doute pensé que le Pérou serait plus intéressant.

— Attendez de l'approcher. Vous n'avez pas vécu tant que vous n'avez pas vu la lune se lever sur les ruines du Machu Picchu, tant que vous n'avez pas survolé la jungle à l'aube et vu les macaques voler comme des bijoux dans le soleil, ou vu un seiba en fleur, ou escaladé l'Alpamayo pour vous tenir debout en haut du sommet enneigé comme si vous étiez sur le toit du monde.

Maldonado s'exaltait.

— Il y a tellement plus. Je suis intarissable.

— Voilà pourquoi je suis venue, dit Helen.

Après que son regard eut erré dans le vague, Maldonado observa la jeune femme. C'était crispant au plus haut point, mais elle soutint son regard. Puis il se lança dans un curieux discours où se mêlaient étrangement le professeur, le prêtre, le psychologue et le zélote.

— Ecoutez, Helen, je pourrais vous dire « Bienvenue dans ma maison, vous êtes ici chez vous », je pourrais préciser que nous sommes à votre disposition, tout mon personnel et moi, je pourrais vous traiter comme une invitée ordinaire et m'en tenir là, mais si j'agissais ainsi, je ne rendrais service ni à vous ni à notre ami Dai. Ne vous méprenez pas sur le sens de mes paroles, vous êtes la bienvenue et nous sommes à votre disposition, mais vous feriez bien d'apprendre quelques règles domestiques, pour votre bien autant que pour le mien. Vous fuyez manifestement les ennuis. Pour que Dai Morgan me téléphone après tant d'années, vous n'y êtes sûrement pas allée de main morte. Cessez de courir. Planquez-vous un moment. Laissez les problèmes là où ils sont. Ne les invitez pas ici. Vous êtes visiblement blessée. Remettez-vous, et vite. Le Pérou n'est pas le lieu où récupérer. Ce pays vous tuera si vous montrez la moindre faiblesse.

Il sourit avant de poursuivre.

— Vous me trouvez mélodramatique et plein d'emphase, n'est-ce pas ? Ainsi réagiraient beaucoup d'étrangers, et beaucoup de Péruviens. Il nous est difficile de comprendre notre propre pays, c'est aussi le cas des étrangers. Mais je le connais.

Maldonado inspira profondément et plissa les lèvres comme s'il venait de goûter quelque breuvage âcre et déplaisant.

— Je le connais bien, insista-t-il. Je consacre ma vie à le comprendre. J'ai étudié l'archéologie à Cambridge - c'est là que j'ai rencontré votre ami Dai, comme vous le savez.

Helen retint son souffle mais l'homme ne fit aucune allusion à son père.

— Mais on n'apprend rien sur son pays dans les livres, il faut en faire l'expérience.

Il se leva de table et ses traits retrouvèrent leur douceur.

— Quand vous aurez vécu un moment ici, demandez-moi, et je vous parlerai du Pérou.

Il prononça le nom de son pays comme il aurait murmuré celui d'une amante : avec passion et possessivité, culpabilité et duperie, admiration et crainte. On y décelait aussi une tristesse obstinée, comme s'il acceptait d'avance tous les coups portés tant était fort son désir de comprendre.

— Pourquoi rester, demanda Helen, si ce pays se montre aussi terrible, aussi brutal ?

— Parce qu'il coule dans mes veines, parce qu'il est ma drogue. Parce que c'est le plus beau pays du monde.

21

Le soleil de midi se reflétait sur les façades blanches de Dawson Place, aveuglant Dai. Il plissa les yeux et gara sa voiture à l'abri d'un grand chêne. Derek et lui se dirigèrent vers l'appartement de Helen. La porte s'ouvrit sur le vide, l'absence, l'horreur. Pas de pain chaud, ni de bœuf Wellington, nul petit plat dont elle les régalait immanquablement. Rien que Munza, qui rôdait, battant de la queue, sachant de son insondable manière de chat que quelque chose clochait et que c'était leur faute. Le félin refusa de s'abandonner à leurs mains tendues et aux appels flatteurs de la crème fraîche.

— Allez viens, maudit chat ! pesta Dai. Bénis soient les chiens chaque jour que Dieu fait !

Munza s'éloigna avec élégance, non sans avoir griffé Dai au sang. Ils réussirent enfin à coincer Munza qu'ils bouclèrent dans son panier d'osier.

— Satané chat ! Je le lancerais volontiers sur ce Hugh Wallace.

— Et moi donc ! renchérit Derek.

— Mieux vaut téléphoner à Joyce et lui demander de passer, me semble-t-il. Difficile de parler tranquillement chez elle.

Après deux jours dans son camion, Joyce passait son lundi férié à profiter goulûment de Brian, son mari, et de leurs trois enfants. Ils regardaient des cassettes, mangeaient des currys et faisaient tous ensemble un immense puzzle. Apparemment banal, l'appel de Dai était plus qu'alarmant.

— Je sors faire quelques courses, annonça Joyce en s'emparant de sa veste. Je ne serai pas longue, ajouta-t-elle en posant un baiser sur la joue de Brian.

Dix minutes plus tard, elle était chez Helen, ses joues rouges contrastant avec ses longs cheveux blonds.

— Que se passe-t-il ? demanda Joyce dont les craintes se confirmèrent à la vue du panier à chat. Où est Helen ? Oh non ! Ne me dites pas qu'elle a eu un accident !

— Elle va bien, ne t'inquiète pas. Elle a dû partir, ajouta Dai, elliptique. On l'a piégée au bureau, Joyce. Elle a découvert la supercherie et elle s'est trouvée incapable de l'affronter. Elle a filé. Au Pérou. Personne ne doit savoir. Sauf toi, a-t-elle dit.

Dai lui raconta toute l'histoire en omettant simplement la vérité concernant Jack Jencks.

Silencieuse, Joyce pâlissait au fur et à mesure. Un seul mot résonnait dans sa tête, « piégée », et les visages surgissaient dans sa mémoire, Wallace, Rankin. Regardant autour d'elle, elle posa les yeux sur la table où ils avaient si souvent dîné ensemble.

— Roddy est-il au courant ?

— Non.

— Alors quoi ? Vont-ils découvrir la magouille, chez Goldsteins ?

— Sans doute. Il va bien falloir qu'ils enquêtent quand ils s'apercevront que Helen a disparu sans laisser de trace.

— Oui, probablement.

— Alors Wallace et Rankin vont s'en tirer sans une égratignure ?

— On dirait bien.

Joyce planta ses yeux dans ceux de Dai, refusant d'y croire.

— La banque voudra couvrir l'affaire, expliqua-t-il, et jouer profil bas. Cela l'arrangera sur tous les plans de faire comme si Wallace et Rankin étaient innocents, même si elle soupçonne le contraire. Helen disparue, il n'existe aucune raison de les soupçonner. Goldsteins ne peut se permettre le moindre scandale. Une banque vivant sur sa réputation, elle fera tout ce qui est en son pouvoir pour la préserver.

— Oh, Dai ! s'écria Joyce en se jetant dans ses bras.

Son corps menu était durci par la colère. Elle recula.

— Elle a l'intention de ne pas broncher ?

— Elle affirme qu'elle leur réglera leur compte le moment venu.

— Alors que fabrique-t-elle au Pérou ?

— Oh, tu la connais, elle vadrouille, plante sa tente en pleine montagne. Elle regarde des trucs.

— Elle cherche des trucs, plutôt. Elle veut toujours retrouver son père.

Dai commença à paniquer, mais Joyce ne montrait

pas le moindre signe qu'elle avait deviné avoir tapé dans le mille.

— Il faut que je file. Brian va se demander où je suis passée.

— Que vas-tu lui dire ?

— A ton avis ? Qu'elle est repartie en mer ?

— Pourquoi pas ?

Joyce y réfléchit comme si elle testait le mensonge.

— D'accord. Si on me demande, c'est ce que je dirai.

— Uniquement pour Brian et les enfants. Pour les autres, tu ne sais rien.

Joyce rentra chez elle à pied et se versa un whisky. Elle acheva le puzzle, câlina son mari et prépara le dîner, en donnant à tous l'impression que les choses suivaient leur cours normal. A dix heures, elle se changea.

— Je passe voir maman, dit-elle à Brian. Je rentre dans deux heures maximum.

Brian lui décocha un drôle de regard mais s'abstint de tout commentaire. Il était accoutumé à ses sorties inopinées, à ses brusques besoins d'espace.

— Tu es superbe, dit-il en l'attirant contre lui. On dirait Catwoman, comme ça, tout en noir. Il ne te manque que le masque.

Après un long baiser, elle se glissa dans la chambre des enfants dont elle embrassa le visage endormi et prit une cagoule dans le tiroir.

Elle dévala les quatorze étages et se retrouva dans Ladbroke Grove. Les gaz d'échappement se mêlaient à un léger brouillard. Bon sang, qu'est-ce que c'était que ce temps pourri ? On se serait cru en plein hiver. Elle remonta la fermeture de sa parka noire, grimpa dans sa vieille Ford Capri direction Dawson Place. Elle put se garer juste en face de chez Helen. Les clefs de l'appartement tintaient dans sa poche. Ce trousseau de secours était soudain bien utile. Joyce entra et referma doucement la porte derrière elle.

La lumière des lampadaires éclairait légèrement. Elle y voyait suffisamment pour ne pas allumer. Elle fouilla cinq minutes, cherchant en vain le carnet d'adresses de Helen. Puis elle s'interrompit pour réfléchir. Sers-toi de ta cervelle, il y a forcément une solution. L'ordinateur ! Prévoyante, Helen avait sûrement tout enregistré. Joyce savait explorer la bécane. Ian, son fils aîné, lui avait tout expliqué l'année dernière sur son cadeau de Noël. Cela n'empêchait pas Joyce d'être à l'agonie. L'écran afficha une liste d'adresses. Enfin ! Elle la fit défiler, arbora un sourire triomphant, prit un stylo-plume et nota.

Armée de deux adresses, elle se glissa dans sa voiture et roula dans la nuit à vive allure, traversant les tourbillons de brouillard qui semblaient là justement pour la rendre invisible.

Hugh Wallace avait passé tout le week-end enfermé chez lui à travailler à son livre, surfant sur le net et commandant des pizzas. Lundi soir, les prémices d'un épouvantable mal de tête s'annonçaient. Il entendait déjà la voix de sa mère : tout ce qu'il te faut, c'est un bon bol d'air. Il enfila son anorak et sortit.

Garée en face, Joyce l'observait. Se déplaçant comme un chat dans sa tenue noire de la tête aux pieds, elle lui emboîta le pas et ne tarda pas à le rattraper. Il avançait comme une limace, spectre dans le brouillard, oublieux du monde alentour. Joyce remonta sa cagoule. Wallace n'était qu'à quelques pas. Lorsqu'il sentit sa présence, il était trop tard.

Joyce lui tapota d'abord gentiment l'épaule et s'arrêta tandis qu'il pivotait pour lui faire face. Elle voulait le regarder dans les yeux, elle voulait voir sa peur.

On ne l'avait pas entraînée à cela. L'aïkido était défensif, pas agressif, mais la rage avait transformé Joyce. Après un rapide coup d'œil autour d'elle, elle reporta son attention sur Wallace, se pencha sur lui et planta ses yeux dans les siens.

— Espèce de salopard. Elle te donne son amitié et tu la trahis.

Wallace ouvrit la bouche mais ses paroles se perdirent dans un cri au moment où Joyce le frappa au visage. Même alors, elle eut du mal à le blesser. Le petit garçon perdu la regardait comme si elle avait détruit son monde. Elle le frappa encore à deux reprises. Il plongea pour esquiver, trébucha sur le trottoir et s'affala sur la chaussée, tête la première. Joyce attendit mais il ne bougeait plus.

Elle se pencha sur lui, prit son pouls et courut jusqu'à la cabine téléphonique la plus proche. Elle demanda une ambulance, donna les coordonnées de l'endroit et se fondit dans la nuit.

Dix minutes plus tard, Wallace était conduit aux urgences de l'hôpital St. Mary à Paddington. L'interne qui l'examina appela un neurologue car Wallace demeurait inconscient. Le scanner ne révéla rien d'anormal. Le patient émergea une heure plus tard. Il lui faudrait passer au moins une nuit à l'hôpital. Allongé dans son lit, il vomissait et essayait en vain de se lever.

22

Maldonado partit après le petit déjeuner.

— Je pars en fouilles, dit-il. Je serai de retour pour le déjeuner. Nous aurons droit à un menu spécial, une spécialité péruvienne. Sentez-vous à l'aise dans votre petit bungalow. Appelez Carmen avec l'interphone si vous avez besoin de quoi que ce soit. C'est le 5.

Helen entendit une voiture démarrer, une portière claquer puis, hormis le gazouillis des oiseaux dans le jardin, ce fut le calme plat. Elle regarda autour d'elle, jouissant pleinement de la chaleur de l'air caressant sa peau. Elle songea à la fraîcheur qui régnait à Londres, au crissement métallique de la pollution dans sa bouche. Là, dans ce jardin, l'air fleurait le jasmin. Londres, si présente dans la violence qui l'avait conduite jusqu'ici, semblait si loin, maintenant. Elle eut soudain conscience d'être passée dans un autre monde. Elle sentait bien qu'elle devrait payer le prix de la facilité trompeuse avec laquelle elle en avait franchi la frontière ; que, désormais, le voyage la conduirait en une terre vierge où aucun chemin ne guiderait ses pas, si l'on exceptait Maldonado. Cet homme était le premier repère véritable qu'elle croisait depuis le début de sa longue quête pour retrouver son père. Mais son instinct lui dictait de l'approcher avec une extrême prudence. Elle avait eu la vision fugitive de son regard insaisissable.

Il lui fallait un plan. Songeant malgré elle à Wallace et Rankin, elle s'obligea à se concentrer sur le Pérou. En ce qui les concernait, elle ne pouvait rien faire pour le moment. Plus tard, elle essaierait de joindre Dai afin de savoir s'il y avait des retombées de son « crime » et de sa disparition. Peut-être, pour ce faire, serait-elle obligée de se rendre à Lima. Elle doutait du bien-fondé d'appeler de chez Maldonado. Pas de risques inutiles.

Elle rangea Londres dans une petite case de son cerveau, minuscule au regard de l'émotion violente à la pensée d'être si proche de son père.

Elle repoussa les assiettes du petit déjeuner et contempla le jardin. Ses yeux distinguaient à peine les plantes et les fleurs tant son esprit était accaparé par la scène qui se déroulait dans son imagination. Elle avait conclu un pacte avec Dai. Elle devait d'abord jauger Maldonado, décider si elle pouvait lui faire confiance, puis lui avouer sa véritable identité et lui demander de l'aider à retrouver son père. Peu importe combien elle brûlait de le croire éminemment digne de confiance sous prétexte qu'elle avait besoin de lui, elle se jura d'être prudente. Elle se contraignit à faire appel à sa raison et non à ses rêves. Vois les choses comme s'il s'agissait d'un trade, se dit-elle, réunis tous les renseignements possibles, soupèse les risques, puis coupe et fonce. Même alors, elle savait qu'elle ne pourrait jamais couper, quels que fussent les risques. Elle mènerait cette quête-là à son terme.

Autant se familiariser dès maintenant avec les lieux. Et autant commencer par les chiens tueurs. Armée de quelques restes de bacon, elle partit à leur recherche. Elle les trouva dans un chenil situé au fond du jardin, près de la rue.

Quatre femelles alignées au bord du chenil, nez au vent, en alerte. Helen se mit à fredonner. Les dobermans écoutaient, oreilles dressées.

— C'est ça, mes jolies. Je suis une amie, une amie.

Grâce aux barreaux, elle était en sécurité. Dans un éclair de frayeur, elle imagina les animaux lâchés sur elle. Deux des chiennes grondèrent. Helen ralentit sa respiration dans l'espoir d'apaiser ses craintes. Les grognements s'interrompirent comme elle recouvrait son calme. Elle avança lentement afin que les chiens s'imprègnent de son odeur. Ils reniflaient le bacon. A la façon dont leurs yeux allaient de son visage à ses mains pour s'y attarder, Helen sut qu'ils avaient faim, mais ils étaient trop bien entraînés pour mendier. Helen attendit cinq minutes. Ils finiraient par se lasser de ce jeu d'observation. L'une des chiennes se détourna et alla s'asseoir dans un coin. Une autre suivit. Vint le tour de la troisième femelle. Helen ne cessait de parler. Cinq minutes plus tard, le chef de meute décida qu'elle ne constituait pas une menace et lui tourna le dos. Elle déchira alors les tranches de bacon en deux et en jeta un morceau. La chienne pivota et le dévora en un élégant mouvement de la tête. Helen lança alors les autres morceaux à l'intérieur, visant de sorte que chaque chienne en eût. Les animaux attendaient, debout.

— C'est tout pour aujourd'hui, annonça-t-elle, souriante. A demain, mes belles.

Elle fit le tour du jardin pour regagner son bungalow. Elle se lava les mains puis fouilla dans ses bagages à la recherche du guide du Pérou qu'elle avait acheté à l'aéroport d'Heathrow. Elle tira un fauteuil sur la petite terrasse et s'installa pour lire à l'ombre d'un flamboyant. Chaque fois qu'elle tournait une page, montait de ses doigts l'odeur tenace du bacon.

Elle leva brusquement les yeux, alertée par un mouvement. Un homme surgit du flanc de la maison principale, à une centaine de mètres de là. Il se dirigeait vers elle, balançant un bras, tenant un fusil dans l'autre. Elle se figea mais, alors qu'il s'approchait, il pivota avec un parfait naturel pour s'éloigner vers l'extrémité du jardin. Il marchait lentement, vérifiant sa droite et sa gauche. Un autre homme armé surgit de derrière les buissons à l'autre bout du jardin. Les deux hommes échangèrent un signe de tête, s'arrêtèrent pour deviser brièvement puis reprirent leur ronde. Helen se sentit vaguement soulagée, mais sans plus, par le calme apparent avec lequel ils patrouillaient et l'impression que les hommes faisaient partie des lieux. Elle les observa jusqu'à ce qu'ils disparussent de sa vue. Son pouls mit un temps fou à battre normalement. Maldonado aurait tout de même pu la prévenir, ou bien les sentinelles s'incorporaient-elles naturellement au paysage ? Sa frayeur s'amplifiait. Le jardin était un paradis gardé par des chiens d'attaque et des hommes en armes. Quelle était la menace ? Qui Maldonado craignait-il ? Et pourquoi ? Dans quel foutu guêpier s'était-elle fourrée ?

23

A vingt heures, Carmen frappa à la porte. Elle accompagna Helen jusqu'à la demeure principale. Tout parut si différent, si étrange. Les yeux brillants de curiosité, Helen scruta le décor. Carmen et elle traversèrent un immense hall d'entrée en marbre ; leurs pas résonnaient dans le silence. Des spots à faible voltage fixés au plafond diffusaient une lumière orange sur les murs blancs. Des tableaux représentaient des chevaux robustes à haute encolure et aux yeux fiers.

A intervalle régulier, des portes fermées, qui le restèrent Carmen s'arrêta devant la dernière, la plus foncée, la plus lourde, aux sculptures les plus chargées. Le couvert était dressé pour deux, mais Maldonado ne parut pas. Helen dîna et but donc seule. Elle débuta par un pisco sour servi par un valet affable. Cela ressemblait à une version sérieuse de whisky sour, quelque chose de sauvagement fort dans lequel on avait fait macérer du citron vert. Cela s'avalait facilement. Elle en engloutit trois, un peu plus guillerette à chaque fois.

A vingt et une heures trente, elle avait achevé un dîner constitué d'un bouillon de poulet, de porc frit avec de la peau croquante, des pommes de terre au four et des asperges, le tout suivi d'un délicieux gâteau de riz. Après quoi elle resta assise quelques minutes, seule à cette table étrangère, plutôt pompette, trouvant la situation rigolote. Elle se leva tranquillement, quitta la salle à manger sans bruit et, enhardie par les pisco sours, entreprit son exploration. Elle essaya la première porte à sa gauche. La poignée s'ouvrit sur une salle de bains en marbre avec, sur une table basse, de vieux numéros écornés du *Spectator.* Proprement ahurissant ! Elle essaya la porte suivante. Elle donnait dans un bureau. Helen entra, alluma une lampe, referma la porte sur elle et s'assit dans un fauteuil de cuir derrière un bureau d'acajou. Elle jeta un rapide coup d'œil autour d'elle et ouvrit quelques tiroirs. Papier à lettres, enveloppes, stylos, correspondance, une lettre à en-tête du Banco de Panama. Helen aurait dû la laisser de côté, mais un esprit malicieux l'empêcha de résister. Ses yeux passèrent rapidement sur un numéro de compte et le solde dudit compte : quatre millions de dollars.

— Merde !

Eh bien ! Dai avait dit que la famille Maldonado

était riche. Son regard s'attarda sur la teneur de la lettre. Avec son obsession maladive des chiffres, elle mémorisa automatiquement tous les détails. Elle entendit alors le bruit distant de pas feutrés dans le corridor de marbre. Elle rangea la lettre, bondit du fauteuil et éteignit la lumière. Les pas dépassèrent le bureau et Helen entendit une porte s'ouvrir. Elle ouvrit celle du bureau et passa le nez dehors. La porte de la salle à manger était entrebâillée. Elle se faufila hors du bureau, referma la porte en silence puis ouvrit et claqua la porte de la salle de bains adjacente. Elle regagna alors la salle à manger en fredonnant une chanson. Carmen se retourna.

— Ah, Carmen. *Baño,* dit Helen en désignant le couloir. Pipi.

Carmen hocha la tête pour indiquer qu'elle comprenait, puis l'escorta en silence jusqu'au bungalow.

— *Hasta mañana,* dit-elle avant de disparaître.

Helen s'endormit bercée par le rythme du ventilateur et l'appel des hiboux terrifiant leurs proies avant de fondre dessus.

24

Andy Rankin s'éveilla vaseux, affamé et déprimé à l'idée de retourner travailler après trois jours de repos. Son unique consolation était dans les sandwiches au bacon qu'il avait prévu d'avaler dès son arrivée à la City. Il embrassa son épouse endormie et gagna la rue. L'aube s'était levée, mais à six heures du matin, rien ne bougeait sauf un chat noir qui détala à son passage. Il se figea sur place quand une silhouette toute de noir vêtue lui barra le chemin.

— Qui diable êtes-vous ?

Il était incapable de dire si c'était un homme ou une femme. Les yeux du visage cagoulé semblaient lui sourire.

— Une amie de Helen.

C'était une voix de femme, grave, féroce, étouffée par la cagoule.

— Mais que...

— C'est l'heure des règlements de comptes.

Rankin eut soudain une vague idée de ce qui allait se produire et trembla de peur. Peur d'une femme, incroyable ! Il leva le bras pour frapper. La silhouette en noir avança vers lui, lui balançant les deux bras loin du corps et du même côté, saisit sa tête et son bras droit. Il eut tout juste le temps de se rendre compte de la vitesse, de la force qui le tenait, avant de s'apercevoir qu'il tournoyait, pivotait autour de son bras, la douleur montant jusqu'à l'épaule. Il entendit un craquement sinistre et la douleur le submergea. Son bras était cassé avant l'atterrissage. Pendant quelques secondes, il resta là, luttant pour retrouver son souffle. Fou furieux, il parvint à se redresser pour battre violemment des mains et des pieds.

— Sale petite garce !

— Tu n'es qu'un minable, mon gros, rétorqua Joyce en bondissant hors d'atteinte.

Elle resta un moment à l'observer, imaginant tout le mal qu'elle pourrait lui causer, affolée par sa propre violence. Mets-le sur le carreau tout de suite. Marque son visage. Débrouille-toi pour qu'ils s'interrogent. Elle attendit qu'il plongeât à nouveau, le saisit par le poignet, replia son bras sous son aisselle. Le sankyo déclencha chez l'homme un hurlement horrible. Joyce maintint sa prise puis balança, tête la première, l'homme réduit à l'impuissance dans une voiture garée tout près. Il s'écroula ensanglanté au fond du véhicule.

Joyce s'éloigna à petites foulées. Elle ôta sa cagoule, tourna dans une rue adjacente et poursuivit dans Kensington Church Street, au pas, cette fois. Elle respirait plus calmement. A quelques mètres de là, un homme d'une trentaine d'années, élégamment vêtu, descendait d'un pas alerte l'escalier extérieur de chez lui dans ses chaussures à crampons. Joyce esquissa un sourire au moment où elle passa devant lui. Il lui rendit un sourire incertain. Avec son halo de cheveux blonds, ses joues roses et l'éclat redoutable de ses yeux, Joyce avait l'air d'un irrésistible angelot des ténèbres.

25

Paul Keith arriva au bureau à sept heures cinq. Il posa son attaché-case et ôta le couvercle du café fumant de chez Birley's. Ces trois jours loin de Goldsteins avaient été enchanteurs. Il était tellement malade à l'idée de reprendre le collier qu'il n'avait même pas acheté son habituel muffin complet. Il but une gorgée de café, ouvrit ses tiroirs et prit son Hull sur les derivatives. Il allait ouvrir le livre lorsqu'il remarqua les éclats de bois au bureau de Rankin. Tirant le tiroir, il vit des rangées de classeurs vides normalement remplis de dossiers. La bile monta dans sa bouche comme il cherchait frénétiquement autour de lui la présence de Wallace, Rankin ou Helen. Il vérifia le bureau de Helen. Là aussi, des traces d'effraction. Il vérifia celui de Wallace : fracturé lui aussi. Il s'assit, sous le choc, et regarda le flot des traders s'installer. A sept heures et demie, aucun signe des autres. Il voulait aller avertir que personne n'était arrivé, mais il savait que Wallace et Rankin le tueraient s'il prévenait que le desk était désert.

Les lignes commencèrent à sonner. Bientôt, ce fut un concert assourdissant. Il essaya de répondre à un ou deux appels mais fut vite débordé.

A huit heures trente, la panique menaça de le submerger. Il se demanda si le desk entier n'avait pas déménagé à la cloche de bois. S'emparant de l'annuaire du personnel de la banque, il appela Helen, Rankin puis Wallace à leur domicile respectif. Bredouille.

A neuf heures moins le quart, la personne qu'il redoutait le plus au monde pénétra dans la salle des marchés. Il aurait juré que le sol tremblait sous l'effet du pouvoir qui émanait d'elle, cela avant même qu'il n'osât lever des yeux affolés sur une Zaha Zamaroh s'avançant vers lui, toutes voiles dehors, rouge à lèvres scintillant. Elle remarqua immédiatement que Keith se battait avec tous les téléphones. Elle s'arrêta brusquement et lui décocha un regard de Méduse.

— Que fabriquez-vous là tout seul ? Où sont les autres ?

Sa voix avait cette puissance et cette autorité naturelles d'un chef habitué à s'adresser à la foule sur les places antiques. Si elle était capable de crier d'un bout à l'autre de l'immense pièce, elle s'exprimait pour l'instant avec tranquillité, dans cet anglais irréprochable fruit de l'enseignement dans les meilleures écoles privées de Grande-Bretagne. Subsistait une infime trace d'accent, des sifflantes un peu trop appuyées.

— Ils ne sont pas là.

— Je le vois bien. Où sont-ils ?

— Je ne les ai pas vus.

— Etes-vous en train de me dire que Wallace, Jencks et Rankin n'ont pas montré le bout de leur nez et tous les trois le même jour ?

— Euh, oui.

— Où sont-ils ?

— Aucune idée. J'ai essayé chez eux et ça ne répond pas. Ils sont sans doute partis aux sports d'hiver. S'ils font du ski sur glacier et que la météo est mauvaise, ils n'ont pas dû pouvoir rentrer.

— Ils auraient téléphoné, en ce cas. Continuez d'appeler chez eux. Quand des traders téléphoneront, répondez que vous êtes navré, qu'il n'y a personne. Qu'on les attend. Et quand ils daigneront montrer leur face de rat, envoyez-les-moi.

Zamaroh pivota sur ses talons aiguilles et s'éloigna. Keith répondit aux téléphones, débita son compliment, regard fureteur, priant sans cesse pour que les autres se pointent avant que Zamaroh n'explose.

Elle surgit à onze heures trente. Paul Keith était toujours seul, les yeux rivés sur les écrans. Les sonneries avaient retenti sans arrêt jusqu'au moment où les correspondants en étaient arrivés à la conclusion que Wallace, Jencks et Rankin s'étaient octroyé un petit congé maladie.

— Alors ? lança Zamaroh comme si le pauvre Keith était responsable de cette absence générale.

— Toujours rien. J'ai appelé toute la matinée.

— Il n'y en a pas un seul chez lui ?

Keith secoua la tête.

— Et vous n'avez pas la moindre idée de l'endroit où ils pourraient se trouver ?

— Non.

— Ils n'ont laissé aucun numéro où les joindre ?

— Helen et Andy étaient les seuls à partir et ils n'ont donné aucune coordonnée.

Zamaroh contenait mal son exaspération.

— Ne bougez pas d'ici. Continuez à répondre qu'ils ne vont plus tarder.

Keith acquiesça d'un signe, piqua du nez et se racla la gorge.

— Euh, avant que vous ne partiez, il y a autre chose.

Zamaroh s'approcha, dominant Keith de toute sa hauteur.

— Trois bureaux ont été forcés. On dirait que certains dossiers ont disparu.

Zamaroh écarquilla les yeux comme des dionées. Les bruits de la salle des marchés s'éloignèrent. Pendant quelques instants, Keith n'entendit que le sang battre dans ses oreilles.

— Montrez-moi, ordonna Zamaroh entre ses dents.

Keith désigna du doigt les éclats de bois.

— Pourquoi ne m'avoir rien dit auparavant ?

Keith ouvrit la bouche mais Zamaroh ne lui laissa pas le temps de s'expliquer.

— Qui est au courant à part moi ?

— Personne.

— Alors pas un mot. Sécurité maximale. Une idée de qui aurait fait le coup ?

— Euh, non, pas vraiment.

Zamaroh le jaugea du regard, puis regagna son bureau d'où elle appela James Savage.

— James, ici Zaha. Il faut qu'on parle.

— On m'attend pour déjeuner à la Banque d'Angleterre. Cela ne peut-il attendre ?

— Impossible.

Savage eut un soupir las.

— Soit. Montez.

Savage regardait par l'immense baie vitrée de son bureau en angle lorsque Zamaroh entra. Comme toujours, le PDG portait un costume à la coupe impeccable, Savile Row, bien sûr. Mais il émanait de sa personne un je ne sais quoi de désinvolte qui cadrait mal avec l'establishment. Peut-être était-ce la richesse du bleu marine, à la couleur impeccable, sans le moindre faux pli, qui semblait porté pour la première fois, comme tous ses costumes, ou encore le fait que les rayures étaient un soupçon trop larges. Peut-être était-ce simplement les épais cheveux argentés rejetés en arrière à la Tarzan. Cet homme dégageait une puissance qui emplissait la pièce, même lorsqu'il donnait l'impression de s'intéresser au ciel londonien.

Savage se retourna avec lenteur et offrit un bref sourire à Zamaroh. Etrange, songea-t-elle, cette tendance à garder les yeux presque fermés. Comme s'il voulait laisser le monde à l'extérieur. Curieux chez quelqu'un si ostensiblement homme du monde ; sophistiqué, avisé, cynique. Peut-être trop cynique, peut-être en avait-il trop vu. Savage s'avança lentement, ses yeux de lézard posés sur Zamaroh. Chez Goldsteins, il était un des rares qu'elle n'intimidât pas.

— De quoi s'agit-il ?

— Trois membres du desk des derivatives sont absents, ce matin. Leur stagiaire les a appelés toute la matinée. Ça ne répond nulle part.

— Trois sur cent. C'est fâcheux mais en rien remarquable. Où voulez-vous en venir ?

— Hugh Wallace, Andy Rankin et Helen Jencks. Ils constituent une sorte de triangle dont Wallace est le sommet. Incestueux, se mêlant difficilement au reste du desk.

— Etes-vous en train de suggérer qu'ils sont passés à l'ennemi ?

— Leurs trois bureaux ont été fracturés. Il manque plusieurs dossiers.

Savage fit une grimace et plissa les yeux qu'il planta sur Zamaroh.

— Qui est au courant à part vous ?

— Uniquement le stagiaire qui m'a tout raconté. Paul Keith. Il affirme ne rien comprendre. Visiblement, il est sonné. Le choc.

Savage appela sa secrétaire.

— Evangeline, dites à Michael Freyn que je l'attends dans mon bureau.

Le bureau du responsable de la sécurité était au même étage que celui de Savage. La proximité de la Sécurité et de la Direction révélait l'importance nouvelle de la fonction à une époque où la fraude internationale, les défections en masse des personnes aux postes clefs, les écoutes, les piratages électroniques et le blanchiment de l'argent constituaient des menaces croissantes.

Freyn apparut dans la minute. Il salua Zamaroh d'un hochement de tête et prit un siège. Il avait ce regard sombre et vif de celui qu'on n'appelle qu'en cas de problème.

Savage se tourna vers Zamaroh.

— Faites monter le stagiaire.

Zamaroh composa le numéro adéquat. Keith répondit avec un lugubre « Produits spéciaux ».

— Montez au bureau de Mr Savage. C'est au dixième étage.

Keith arriva et se tint nerveusement devant la porte du couloir jusqu'à ce que Savage lui fît signe d'entrer. Sa longue silhouette décharnée franchit l'encadrement et, à l'invitation de Savage, s'installa dans un fauteuil. Freyn parcourut Keith des yeux.

— Il semble y avoir un problème, commença Savage. Zaha m'informe que Hugh Wallace, le derivatives structurer, ainsi que les traders de derivatives Andy Rankin et Helen Jencks ne sont pas venus travailler ce matin.

Freyn hocha légèrement la tête à la mention du troisième nom.

— Ils n'ont pas prévenu et ça ne répond pas chez eux. Paul Keith, que voici, a dit à Zaha qu'il n'avait pas la moindre idée de ce qui se passait, mais à en croire la tête qu'il fait et le tremblement de ses mains, il est persuadé qu'il se trame des choses bizarres, dont, et ça n'est pas des moindres, le fait que les trois bureaux ont été forcés. Il manque des dossiers.

— Quand cela s'est-il produit ? demanda Freyn en quittant son siège pour s'approcher de Keith, qui se ratatina à vue d'œil.

— Je ne sais trop. Tout était normal quand je suis parti vendredi. Je m'en suis aperçu ce matin en arrivant.

— A quelle heure ?

— Sept heures cinq.

— Est-ce votre heure habituelle ?

— Approximativement, oui. A dix minutes près. Je voulais commencer de bonne heure.

— Quand avez-vous averti miss Zamaroh ?

— Euh, je crois qu'il devait être onze heures.

— Vous avez attendu quatre heures !

Keith inspira profondément, un peu comme s'il s'apprêtait à courir.

— Les choses allaient déjà assez mal comme ça avec les traders qui n'arrivaient pas. Il fallait que je réponde à tous les téléphones. Je sais que j'aurais dû prévenir plus tôt. Mais je me doutais que ça ferait tout un cirque. J'ai essayé de temporiser.

Zamaroh eut soudain pitié de Keith qui semblait prêt à pisser dans son froc. Freyn était une des rares personnes de l'organisation pour qui Savage ouvrait les yeux. Un mètre quatre-vingt-dix, tout en muscles, quarante-deux ans, ancien para. Colérique. Peau blanche, cheveux roux épars.

— Avez-vous mentionné cela à quiconque dans la salle des marchés ? s'enquit Savage.

— Seulement à miss Zamaroh, répondit Keith.

— Pas un mot ne sort d'ici. Compris ?

Keith hocha la tête.

— Avez-vous quelque chose à ajouter ?

— Euh, non.

— Parfait. Redescendez. Regagnez votre poste, tenez-vous prêt à nous aider dans notre enquête, mais ne répondez pas au téléphone.

— Cela sent-il mauvais, à votre avis ? demanda Freyn à Savage après le départ du stagiaire.

— On dirait.

— Jencks ?

— Ce pourrait être les trois.

— Que voulez-vous que je fasse ?

— Prenez trois hommes ; que chacun se rende à un domicile. S'ils sont bel et bien chez eux, amenez-les, sauf s'ils sont sur leur lit de mort.

Freyn hocha la tête. Savage se tourna alors vers Zamaroh.

— Trouvez-moi le patron des Opérations...

— Kevin Anderson, précisa Zamaroh.

— Qu'il passe au peigne fin les livres du desk ainsi que les tickets. Repérez les dossiers manquants. Dégagez des secrétaires pour se charger des téléphones. Qu'elles disent que les traders sont malades. C'est une piètre excuse, mais nous n'avons guère le choix.

Zamaroh et Savage échangèrent un regard. Le spectre de la Barings planait.

— Et si on prévenait le Compliance[1] ? suggéra Zamaroh.

— Assurons-nous d'abord que c'est de leur ressort

1. Service existant dans les banques anglaises dont la fonction consiste à repérer tout manquement, toute procédure anormale et à en avertir l'autorité de tutelle. *(N.d.T.)*

avant de remuer ce nœud de vipères, dit Savage, défiant la femme d'oser le contredire.

Zamaroh acquiesça. C'était parti : politique courtisane, la réputation de la banque, la tête de Savage et la sienne.

26

Karen Rankin administrait un analgésique et des tranquillisants à son mari quand la sonnerie de l'interphone retentit. Elle décrocha en pestant.

— Oui ?

— Mrs Rankin ?

— Qui est-ce ?

— Mon nom est Bill Pittam. Je travaille chez Goldsteins, Mrs Rankin, à la Sécurité. Je me demandais si je pouvais vous dire un mot.

— Ecoutez, je suis occupée. Que voulez-vous ?

— Voudriez-vous venir à la porte, s'il vous plaît ? Je n'entends pas très bien à travers l'interphone.

Pittam avait été caporal sous les ordres de Freyn. L'allure d'un bouledogue, adouci par l'église pentecôtiste, inflexible dans son devoir. Il attendit patiemment, entendit finalement un juron suivi du bruit ténu du commutateur que l'on raccroche. Puis ce furent le claquement de hauts talons sur le dallage et la porte qui s'ouvrait brutalement. Karen Rankin se tenait dans l'encadrement, une hanche en avant, le visage durci par la colère.

— Bon. Qu'est-ce que vous voulez ?

— Je me demandais si vous saviez où je peux joindre votre mari.

— Oh, super. Il ne se pointe pas au boulot une seule journée et on m'envoie carrément un putain de garde de la Sécurité. Qu'est-ce que ça veut dire ?

— Je suis désolé, Mrs Rankin. Je sais que cela

constitue une légère intrusion, mais il faut absolument que je parle à votre mari.

— Bon d'accord, brailla-t-elle en reculant d'un pas. Entrez donc puisque vous y tenez. Vous constaterez par vous-même qu'il ne fait pas l'école buissonnière.

Elle traversa le hall d'entrée à grandes enjambées, grimpa l'escalier tout en s'écriant :

— Andy, il y a un type de la Sécurité de chez Goldsteins qui veut te parler.

Pittam lui emboîta prestement le pas pour s'arrêter au moment où, en haut de l'escalier, elle se tourna vers lui.

— Je vous donne cinq minutes. Et après, du balai.

— Merci, Mrs Rankin.

Il la suivit dans la chambre et sursauta au spectacle d'un Rankin couché avec un œil au beurre noir, des lèvres tuméfiées et un bras dans le plâtre.

— Que vous est-il arrivé ?

— Qui êtes-vous, nom de Dieu ? marmonna faiblement Rankin.

— Veuillez m'excuser. Mon nom est Bill Pittam, Mr Rankin. J'appartiens à la Sécurité de chez Goldsteins. Nous étions un peu inquiets de ne pas vous voir ce matin.

— Trop aimable.

— Puis-je vous demander ce qui s'est passé, monsieur ?

— A votre avis ? Je me suis fait agresser ce matin en allant bosser.

Pittam désigna du menton le plâtre au bras de Rankin.

— Je vois que vous avez reçu les soins médicaux appropriés, n'est-ce pas, monsieur ?

— Putain, vous voyez bien que oui ! s'exclama Karen. Je l'ai emmené aux urgences. Bras cassé, nez fracturé, contusions au cuir chevelu. Les médecins disent qu'il est en état de choc. Que cela nécessite un repos complet de plusieurs jours. C'était le cas jusqu'à votre arrivée. Vous ne nous avez toujours pas expliqué la raison de votre présence.

Son mari craignait de ne savoir que trop pourquoi cet homme s'était pointé. Il tourna le visage sur l'oreiller et hurla de douleur.

— On m'a demandé de vous prier de venir au bureau, Mr Rankin.

— Pour l'amour du ciel !

— C'est bon, Karen, dit son mari. Je crois que vous feriez mieux de me dire ce qui ne va pas, ajouta-t-il avec un regard en coin vers Pittam.

— Je ne sais pas, monsieur. Tout ce qu'on m'a dit c'est de venir chez vous, de voir si vous y étiez et de vous demander de m'accompagner au bureau. Mr Savage a demandé à mon patron et mon patron m'a demandé à moi. Je suis censé vous ramener sauf si vous êtes sur votre lit de mort.

— Parfait. Vous avez délivré votre message. Je ne vais nulle part aujourd'hui. Je peux à peine marcher et je n'arrête pas de gerber. Je vais appeler le bureau pour savoir de quoi il retourne.

— Qui a fait le coup, monsieur ? Des voyous ou quoi ?

— Comment voulez-vous que je le sache ? rétorqua sèchement Rankin.

— Bon. Ça suffit, maintenant, déclara Karen en montrant la porte.

Puis elle fit sortir Pittam de la maison.

Andy Rankin fixa des yeux le plafond blanc, tendit le bras en grimaçant et s'empara du combiné pour appeler le bureau. Une voix inconnue, féminine, répondit. Il résista au besoin de lui demander qui elle était.

— Hugh Wallace, je vous prie.

— Qui le demande ?

— Un ami.

Rankin n'avait nulle envie de s'identifier avant de savoir ce qui se passait.

— Je suis navrée. Mr Wallace est absent aujourd'hui.

Affolé, Rankin fut pris de nausée.

— Euh, alors Helen Jencks.

— Miss Jencks n'est pas au bureau aujourd'hui.

— Paul Keith ?

La panique lui oppressait la poitrine.

— Mr Keith n'est pas disponible.

— Mais où diable sont-ils ?

Légère note désapprobatrice dans cette voix neutre et officielle.

— Je crains qu'ils ne soient souffrants.

— Andy Rankin aussi ? s'enquit-il en hâte.

— Andy Rankin aussi, répondit la voix guindée.

Rankin raccrocha et s'écroula sur les oreillers. Sa femme entra à ce moment-là et remarqua la tête qu'il faisait.

— Qu'est-ce qu'il y a ?

— Wallace et Jencks ne sont pas au boulot non plus.

— C'est bizarre mais ça n'est tout de même pas la fin du monde.

Rankin haussa les épaules, ce qui le fit grimacer de douleur.

— C'est tout ? demanda-t-elle.

— C'est tout.

Karen le dévisagea, transparent dans sa façon de mentir, avant de tourner les talons et de quitter la pièce, sentant que c'était une de ces occasions où le mensonge est préférable à la vérité, faisant confiance à son mari pour régler en quelques jours le problème qu'il dissimulait.

Rankin regarda douloureusement le dos de sa femme, puis s'empara une nouvelle fois du téléphone pour appeler Wallace chez lui. Il tomba sur le répondeur.

27

Helen s'éveilla brusquement. Le parfum du citron, mêlé à celui d'encens, se diffusait à travers les persiennes. Elle connaissait cette odeur forte et piquante d'après-rasage. Celui de son père.

Elle sauta du lit, s'enveloppa dans une serviette, se rua vers la porte, l'ouvrit et regarda dehors. Le soleil levant éclaira la silhouette de Maldonado qui s'éloignait du bungalow pour rentrer chez lui. Elle referma la porte, ne laissant qu'un petit interstice par où elle l'observa jusqu'à ce qu'il disparût. Elle fit le tour du bâtiment, pieds nus dans la rosée, riant aux tours que lui jouaient ses sens.

Elle regagna alors sa chambre, laissa tomber par terre sa serviette de toilette et se tint devant son miroir, renvoyant un reflet de sa nudité. Elle avait cinq kilos de trop. Sa peau était pâle, ses yeux étaient gonflés et injectés de sang. Elle avait la gueule de bois et savait pertinemment que, si elle partait courir, cela provoquerait la toux : son paquet de clopes quotidien.

Mais elle était désormais libérée de l'esclavage du bureau et n'était plus obligée de boire en compagnie de Roddy et de ses amis dont la seule présence la poussait à s'anesthésier pour oublier. Elle n'avait plus besoin du baume de la nicotine pour soulager la tension d'un mauvais trade ou l'aider à se lever. Ses anciennes béquilles étaient débilitantes et elle n'avait plus la moindre excuse à les utiliser. Elle pouvait aisément s'en fabriquer de nouvelles, mais l'idée de continuer ainsi la répugnait. Sa nouvelle liberté comportait un champ infini de destruction, ou l'occasion de repartir de zéro, de se réinventer.

De retour à Londres, elle s'était retrouvée piégée dans un personnage – même si c'était bien le sien – à cause de la façon dont ses amis et ses collègues la percevaient. Une accumulation d'objets inanimés contribuaient à la définir : appartement, voiture, vêtements, livres qu'elle lisait, papier à lettres dont elle se servait, tout cela faisait partie d'un code utilisé par des observateurs de la société tels que Roddy. Puis il y avait des pièges plus voyants comme sa façon de prononcer les voyelles, véritables claquements secs au bureau, même si, une fois dehors et détendue, sa voix se mettait elle aussi en vacances pour adopter une paresseuse douceur ; alors, des fragments d'intonation galloise s'infiltraient en dansant, reliques de la voix de son père. Et puis il y avait sa façon de s'asseoir, dos droit, corps en alerte. Tout cela faisait qu'elle ne pouvait s'éveiller un matin pour revêtir d'emblée une nouvelle personnalité, se réinventer à la dernière mode comme elle l'avait fait, tant de fois auparavant, avec Joyce.

Du temps de leur adolescence, elles étaient expertes dans l'art de changer d'apparence. Helen se rappelait leur virée chez Miss Selfridge où elles faisaient la course à qui trouverait la tenue dernier cri. Elles passaient des heures à se tortiller et à se pavaner devant un miroir et pour les autres filles des salons d'essayage communs. Puis elles émergeaient enfin, triomphantes, images parfaites et neuves balançant des sacs plastique aux couleurs criardes. Grâce à quoi, elles réussissaient parfois à se glisser malgré leur âge dans des pubs d'Oxford Street où elles prenaient une demi-pinte de bière, faisaient de l'œil aux garçons, pouffaient de rire et rêvaient.

Plus tard, le même soir, elles mesuraient l'effet de leurs nouvelles tenues qui représentaient davantage que de simples vêtements : symboles d'argent, d'indépendance (sa mère ne lui aurait jamais autorisé un tel choix) et de féminité. Robes de magiciennes qui transmuaient et ensorcelaient, offrant à ces femmes en puissance un avant-goût du pouvoir du sexe. Leur corps magnifique était lisse et sans taches, déjà dissonant par rapport à la réalité. Les signes de lassitude, le coût de la vie ne se voyaient que si on regardait de près le coin de leurs yeux ou la commissure de leurs lèvres. Mais elles avaient su, avaient constaté les changements, connu les limites du déguisement.

Plus tard, en mer, elle avait eu l'occasion de se réinventer, mais son champ d'action était limité par son nom, apparemment connu d'un bout à l'autre de la terre. Elle avait décidé de ne jamais renier son père. Tout ce qu'elle représentait ou faisait était perçu comme une réaction, une nécessité et non un libre choix, comme si elle était inévitablement le résultat de la notoriété de son père, fatalement marquée et, jusqu'à ce jour, elle n'avait jamais délibérément entrepris d'expérimenter les contours cachés de sa personnalité. L'exil s'accompagnait d'une sorte de liberté, solitaire et grisante.

Helen enfila un maillot de bain et un short et se dirigea vers la piscine discrètement aménagée dans un coin de l'immense jardin. Debout sur la pierre couleur de sable, elle s'étira, laissant l'air frais du matin glisser sur sa peau cependant que les rayons du soleil passaient au-dessus du sommet des arbres pour la réchauffer.

Elle commença ses exercices de yoga. Ses muscles douloureux protestèrent. Le vol depuis Londres avait été interminable et la veille, hormis le tour du parc, elle n'avait fait que manger et dormir. Au bout d'une demi-heure, elle put enfin bouger et respirer sans difficulté. Lorsqu'elle s'arrêta, ses membres la picotèrent comme si le sang circulait pour la première fois. Elle fit alors un quart d'heure d'exercices au sol, ôta son short et piqua une tête dans la piscine.

L'eau était un délice sur son corps en sueur. Helen fit trente longueurs, passant du crawl au dos crawlé et à la brasse. Puis elle se hissa sur la pierre en un mouvement preste et rapide et resta debout dans le soleil, dégoulinante.

Elle contemplait la beauté du jardin immobile et accueillant. On n'entendait que le clapotis de l'eau et le chant des oiseaux dans les bananiers. Tandis que Helen regagnait le bungalow, elle fut pétrifiée par le bruit assourdissant d'eau bouillonnante. C'était sauvage et inattendu. Elle s'avança vers des buissons en forme de croissant arrivant à hauteur d'homme, échappant de justesse à l'eau jaillissant violemment d'un tuyau. Fascinée, Helen observa un jardinier orienter un autre conduit parmi un entrelacs de tuyaux crachant de l'eau.

— *Qué pasa* ? demanda Helen qui se sentait comme un figurant dans un western spaghetti.

— *Inundación de agua,* répondit le jardinier.

Grâce à cette inondation, le parc restait vert. Helen était fascinée par les lacs qui recouvraient l'herbe pour être absorbés en quelques instants, comme si le sol souffrait d'une soif inextinguible. Elle s'approcha de la grande maison et s'étonna d'avoir de l'eau jusqu'aux chevilles. Une zone entière, environ vingt mètres carrés, était détrempée. Curieux que le jardin n'absorbe rien à cet endroit, songea-t-elle en pataugeant jusqu'au moment où la mare cédait brusquement place à de l'herbe plus sèche.

Elle rentra chez elle et prit une grande douche chaude qu'elle acheva par un jet d'eau glacée. Le sang rua dans son corps et ses joues rosirent. Elle fouilla rapidement dans ses vêtements beiges ou noirs – son uniforme anglais. Risible dans cette profusion de couleur !

Helen dressa mentalement une liste de ce dont elle aurait besoin, y ajoutant ce dont elle avait envie : shorts, pantalons, robes, pulls, jupes, crème pour le visage, parfum, livres, tout, et tout différent. Aujourd'hui, elle irait à Lima, téléphonerait à Dai, explorerait et s'achèterait des trucs neufs. Grâce à ses exercices physiques et à la beauté du jardin, la frayeur de ces derniers jours s'estompait peu à peu.

Elle enfila une robe de coton couleur sable et, cheveux humides, sortit. Pepelucho, somptueux dans sa robe azur et or, criait pour le plaisir. C'était bien la première fois qu'elle était surpassée par un ara. Elle s'avança en signe d'allégeance.

— Comment vas-tu, mon beau ? Tu es vraiment magnifique, mais tu le sais, n'est-ce pas ?

L'ara se pavanait de long en large dans sa cage géante, indiquant qu'effectivement, il était au courant. Il l'observait, intruse dans son domaine, la jaugeant, comme s'il se demandait si elle serait rebutée ou conquise.

— Bon, au revoir.

Dans la jungle domestiquée du jardin, elle marcha parmi les palmiers et les azucenas dont les fleurs blanches pendaient comme des lys à l'envers, emplissant l'air de leur parfum entêtant, frôlant sa chevelure. Elle passa la main dans les frondaisons douces comme du velours.

Helen s'installa seule devant un petit déjeuner sur la terrasse de la résidence principale. Carmen la servit avec une efficacité souriante. Il y avait du café, des œufs sur le plat avec du bacon et des tomates, des toasts, le tout suivi d'un immense jus de fruits blanc et sucré qu'elle n'avait jamais vu, du *chirimoya,* d'après Carmen. Une fois restaurée, elle se faufila jusqu'au chenil avec des morceaux de bacon.

Les chiennes étaient alignées le long des barreaux, à peine moins agressives que la veille.

— Alors, mes jolies, comment ça va ? murmura Helen en s'approchant. Au fond, vous êtes de braves toutous, n'est-ce pas ? Pas plus psychopathes que moi.

Une branche remua dans la brise chaude, effleurant sa joue. Elle la tira à elle, en respira les fleurs blanches étoilées qui sentaient bon comme le paradis. Ce parfum avait quelque chose de quasi narcotique. Les chiennes l'observaient en inclinant la tête. Elle détacha une fleur qu'elle tint sous la narine frémissante de chaque animal. L'odorat des chiens était mille fois supérieur à celui des humains, lui avait expliqué son père quand elle était petite. Les chiennes reculèrent. On aurait cru les voir sourire.

— Ça vous a fait sauter la cervelle, hein ? demanda Helen.

Baignée de lumière et de senteur étourdissante, elle tint compagnie aux chiennes sans cesser de chuchoter. Des pas lourds retentirent. Elle se tut, ne distingua rien, mais attendit que le son disparût pour jeter le bacon aux chiennes.

— Voilà, mes beautés, régalez-vous. Et à demain.

Une fois dans son bungalow, elle prit son sac, son portefeuille, son passeport et gagna la maison principale d'un pas décidé.

Carmen sursauta quand Helen entra dans la cuisine. Elle leva les yeux sur cette jeune femme qui la dominait de toute sa hauteur avec un mélange de curiosité et de méfiance.

— *Señorita ?*

— Doctor Maldonado ?

Carmen secoua la tête.

— Taxi, dit Helen.

Au diable Maldonado et ses avertissements quant aux dangers du Pérou. Mensonges pour mieux se planquer. Carmen l'avisa, mi-figue, mi-raisin, donnant l'impression de chercher de l'aide.

— Téléphone, dit Helen. Taxi.

Carmen secoua à nouveau la tête.

— *Sí* ! insista Helen.

Elle posa alors les yeux sur la table de travail où elle vit une lettre adressée à Maldonado. Elle mémorisa rapidement l'adresse, se rappelant pour la première fois qu'elle était dans un endroit baptisé La Molina. Cette pensée la rasséréna, même si cette adresse ne lui disait rien, si ce n'est qu'elle se situait à quarante minutes de l'aéroport de Lima en faisant le trajet de nuit. Helen s'empara du téléphone tout en coulant un regard à Carmen.

— *Número*. Pour taxi.

28

Une coccinelle Volkswagen d'une vingtaine d'années, vert vif, et striée de poussière rouge attendait sur la route. Helen grimpa, s'installa et ouvrit son livre de conjugaison. En espagnol rudimentaire, elle expliqua qu'elle voulait se rendre à San Isidro, que son guide décrivait comme un des quartiers les plus élégants de Lima, avec des boutiques, des restaurants et des bureaux. Le taxi démarra dans un soubresaut. Le chauffeur roulait comme un fou, mais avec une incontestable efficacité puisqu'ils réussirent à éviter ce qui, à Londres, aurait constitué une série de collisions. Aux carrefours, il n'y avait manifestement aucun système de priorité ; le truc consistait à se faufiler au cul de la voiture de devant.

Ils grimpèrent une colline où Helen reconnut la parabole qu'elle avait remarquée en arrivant. Au-dessous, le centre de Lima s'étendait sous un dais de brume. A La Molina, il faisait soleil. C'était comme si elle quittait un pays pour un autre, le satellite marquant la frontière.

Ils roulèrent dans de vastes avenues grouillantes, typiques des pays du tiers-monde : minibus bourrés faisant la navette, taxis branlants, dont certains ne s'identifiaient que par un écriteau à la main sur le pare-brise, tandis que d'autres en maraude s'arrêtaient sur un signe de la main. Il y avait d'énormes américaines des années cinquante et soixante, véritables suceuses d'essence qui, à Londres, auraient été rénovées à grands frais et considérées comme du dernier chic. Ici, elles ne constituaient pas le summum de la mode mais une nécessité. Puissantes au milieu de la mêlée, serpentaient de longues et onéreuses voitures japonaises, bleu foncé, vitres teintées, quatre roues motrices. Occasionnellement, une Porsche, inévitablement noire, d'où s'échappait le rythme d'une musique disco, filait à vive allure.

Chaque fois qu'ils s'arrêtaient à un feu, une horde de vendeurs de rues surgissait, proposant tout, de l'avocat aux livres en passant par des perroquets et des plans de la ville. Helen remarqua qu'un des titres était *El Típico Idiota Latinoamericano*. Génial. Eût-elle été l'héroïne d'un film surréaliste français, cela eût signifié un message qui lui était directement destiné.

De minuscules échoppes flanquaient la route. On y vendait de vieux matelas, des meubles en bois, des paniers d'osier. Puis il y avait les enseignes omniprésentes – tailleurs, laveries, pharmacies, dont l'une était baptisée « Jésus de Nazareth ». Elles donnaient l'impression d'être là depuis des générations, le flambeau passant de père en fils dans la famille dont les membres survivaient au travail non rémunéré et aux maigres profits. Ponctuant de façon incongrue les étals de nourriture pour pauvres, des magasins de hi-fi, télévisions et ordinateurs ostensiblement protégés par des vigiles en uniforme marron et gilet pare-balles, armés de fusils à pompe.

Au bout d'un moment, les artères semblaient plus structurées et les bâtiments s'alignaient dans des rues plus étroites. La voiture passa devant des boutiques de design, des librairies et des banques. Les gens étaient mieux habillés mais semblaient toujours avoir froid sous la grisaille. Ils déambulaient les yeux dans le vague, comme s'ils souhaitaient être ailleurs. La ville leur paraissait aussi inamicale qu'à Helen. Ce n'était pas l'Amérique du Sud qu'elle avait imaginée. Nul ciel bleu, nulle couleur vive, nulle vibration parmi les promeneurs de ces rues grises. Au lieu de cela, vacarme de la circulation, puanteur de la pollution, sentiment d'oppression. Pas de flâneurs. Chacun allait quelque part tout en donnant l'impression que cela n'en valait pas la peine. Dieu du ciel, où était le Pérou ?

C'est alors que Helen entendit la voix sonore de Maldonado : *Lima n'est pas le Pérou.* Curieusement, elle l'imaginait lui décocher un sourire sarcastique tandis qu'elle regardait par la vitre, désespérée, balayant la foule des yeux, scrutant. Se moquant de son optimisme, elle chercherait tout de même son père dans ces rues étrangères.

Soudain, le chauffeur se retourna, quittant dangereusement la route des yeux.

— San Isidro.

— Combien, en dollars ? s'enquit Helen.

— Douze.

— En voilà dix.

Ne jamais payer le prix demandé, encore une règle

du tiers-monde. Et nul doute qu'à ce tarif-là, elle se faisait arnaquer.

Le chauffeur hocha la tête et prit l'argent avec un plaisir évident. Helen descendit, mit son sac en baudrier pour ne pas se le faire arracher et s'éloigna. Se trouvant devant un hôtel jouxtant un petit parc rempli d'oliviers tourmentés, elle entra et demanda en anglais à la réception si elle pouvait appeler l'Angleterre de chez eux.

— Je vous laisse un dépôt en liquide, proposa-t-elle en souriant à l'employé.

Il avait une vingtaine d'années, était beau garçon et, à en croire son badge, s'appelait Carlos.

Ledit Carlos lui rendit son sourire et s'exprima dans un anglais irréprochable.

— Cela n'est pas très régulier car vous n'êtes pas cliente, mais nous avons une salle de conférences inoccupée. Cinq minutes. D'accord ?

— Fantastique. Merci beaucoup.

— Dès que vous aurez fini, passez me voir, la facture sera déjà prête sur mon ordinateur et nous pourrons régler nos comptes.

Helen le suivit au deuxième étage et s'installa devant le téléphone de la pièce mise à sa disposition. Dai Morgan répondit à la troisième sonnerie.

— C'est moi.

— Cariad ! Comment vas-tu ?

— Très bien. C'est superbe, chez Maldonado. Ça s'appelle La Molina, à environ une heure du centre. Le jardin est époustouflant.

— Et Maldonado ?

— Ça va, je suppose.

— D'où appelles-tu ?

— D'un ravissant petit hôtel en plein centre. Je n'avais pas très envie de téléphoner de chez lui.

— Non ? Parfait. Et tout se passe bien avec lui, n'est-ce pas ?

— Il se montre tout à fait charmant lorsqu'il est là, ce qui n'est pas fréquent. Du nouveau ?

— Oh, une broutille.

— Quoi ?

— Il semble que Wallace et Rankin aient eu de petits ennuis ces dernières vingt-quatre heures.

— Quel genre ?

— Du genre qui vous expédie aux urgences.

— Oh, Dai ! Qu'as-tu encore fait ?

— Je n'y suis pour rien. Joyce a tout vu. Apparemment. Elle m'a fait un rapport complet au téléphone ce matin.

Helen éclata de rire.

— Elle a tout vu, et comment ! Cette fille est ahurissante.

— C'est bien ce qu'ont pensé Wallace et Rankin. Joyce a presque admis leur avoir refait le portrait. Je doute qu'ils se montrent au bureau avant un ou deux jours. Et lorsqu'ils arriveront en boitant, ils devront s'expliquer sur l'origine de leurs blessures.

— Qu'ils se tortillent comme des vers de terre. Je vois d'ici James Savage plissant le nez. Tu sais que Wallace est son neveu ?

— Tu plaisantes ?

— Du tout. Mais inutile de t'inquiéter. Oncle James n'est pas du style à faire du népotisme, pas quand il s'agit de gros sous ou de la réputation de Goldsteins. Joyce est une vraie Jeanne d'Arc. On va remuer de la boue et il y aura sûrement des retombées sur Wallace et Rankin.

— On récolte ce qu'on a semé.

Helen se tut.

— Cariad ? Tu es toujours là ?

— Oui, oui.

Son cerveau bouillonna furieusement.

— Je réfléchissais, reprit-elle. Tu viens de me donner une idée.

— Laquelle ?

— Tu sais, l'argent, sur mon compte vocal.

— Oui, oui.

— Eh bien, si Wallace et Rankin sont hors de combat pour quelques jours, c'est l'occasion rêvée. Il faudrait être fou pour la laisser passer.

— J'espère que tu ne suggères pas ce que je pense que tu...

— Et comment ! Je voudrais virer l'argent sur plusieurs comptes, tu vois, dans ces endroits ensoleillés où on ne pose pas trop de questions.

— Tu veux le voler ? Mais tu es devenue folle !

— Comment puis-je voler mon propre argent ?

— Prends garde, Hel. L'argent n'a jamais signifié grand-chose pour toi. Tu ferais mieux de laisser tomber.

— Ce n'est pas tant pour l'argent, Dai, encore que je mentirais si la perspective de posséder un million et demi de dollars ne me réjouissait pas. C'est juste un peu de vacherie. Histoire de voir la tête de ces deux salopards quand ils découvriront que le fric s'est envolé. Ils gagnent la première manche en me piégeant. Je gagne la deuxième. C'est le début de ma vengeance.

— J'avoue que c'est assez séduisant, mais il ne te suffira pas de claquer des doigts pour bouger l'argent.

— Je sais.

— Alors qu'as-tu en tête ?

Dai éprouvait une sorte d'horreur mêlée de fascination en s'apercevant que s'éveillait en lui son vieux penchant pour la sédition.

— Tu disposes d'un réseau, répondit Helen. Toutes ces structures off-shore dont tu me parlais lorsque tu me conseillais sur la façon de placer mon argent. Je savais bien que tes grands discours me serviraient un jour.

— Tu écoutais ?

— Je buvais tes paroles.

— Et, laisse-moi deviner, tu aimerais suivre mes conseils ?

— En fait, si je virais l'argent à une de tes banques, tu pourrais le redéplacer pour moi, où tu jugerais bon, pour que ça aboutisse à un lieu anonyme muni d'un secret bancaire cent pour cent imperméable.

Dai réfléchit un moment. Helen n'entendait que son souffle.

— Attends une seconde, dit-il enfin.

Il revint en ligne au bout de deux minutes.

— Bon. J'ai trouvé un moyen. Tu as de quoi noter ?

Helen prit un papier et un crayon dans son sac.

— Vas-y, je t'écoute.

— Bien. Passons les détails en revue. Comment prévois-tu de faire le virement à mon compte ?

— J'appelle dès maintenant la Banque des Alpes.

— Tu as leur numéro ?

— Dans mon sac, avec mon passeport et tous les trucs que je trimbale toujours avec moi. Heureusement, d'ailleurs ! Il est passé seize heures là-bas, mais je devrais les obtenir. Je leur donnerai mon numéro de compte et déclinerai mon identité.

— Il leur en faudra davantage.

— Une signature, de toute évidence.

— Oui. Ils en ont sûrement une dans leurs dossiers. Peut-être ton nom, peut-être un autre.

— Je parierais pour le mien, en vertu du principe que nos amis se sont assurés que tout portait clairement mon nom. Ils ont probablement photocopié ma signature sur mes papiers au bureau et appris à l'imiter.

— Possible. Si tu es prête à risquer le coup, nous agirons sur cette base. Mais si tu as des ennuis, s'ils ont l'air soupçonneux ou te disent de ne pas quitter, raccroche immédiatement et laisse tomber. Dès que tu leur auras donné mes coordonnées bancaires, ils tiendront une piste.

— Compromettante pour toi.

— Le numéro de compte que je viens de te dicter ne permet pas de remonter jusqu'à moi, mais cela pourrait tout de même créer des complications. Et ce n'est pas tout. La Banque des Alpes peut avoir reçu pour instructions, dès l'ouverture de ton compte vocal, d'adresser tout courrier à nos amis, via une boîte postale, par exemple. Avec les relevés, ils sauront tout.

— Il y a effectivement une boîte postale. C'est le numéro 793 475, dans le W8. Peux-tu faire suivre l'argent de façon qu'il n'y en ait plus trace ?

— Naturellement. Cela ne restera que quelques

secondes sur le compte que je t'ai indiqué. Puis je le ferai voyager dans le monde entier. Tout le monde perdra le fil sauf moi, jusqu'à ce qu'il atterrisse quelque part à t'attendre.

— Es-tu certain que cela ne les ramènera pas à toi ?

— Je peux m'en assurer. Mais il faut pour cela que tout se passe bien quand tu téléphoneras en Suisse.

Helen regarda par la fenêtre le parc aux oliviers. Elle prononça son nom plusieurs fois à voix haute pour s'entraîner, puis composa le numéro de la Banque des Alpes.

— J'aimerais faire un virement de mon compte, dit-elle à l'opératrice. Pourriez-vous me passer quelqu'un, je vous prie ?

Qui était le quelqu'un en question, elle n'en avait aucune idée, mais elle s'était exprimée avec une parfaite maîtrise et l'opératrice réagit sans l'ombre d'une hésitation.

— Ne quittez pas.

Au bout d'une quinzaine de secondes, un homme répondit, plein de sollicitation et d'une correction inquiétante.

— Konrad Speck à l'appareil. Puis-je vous aider ?

— Absolument. J'aimerais clôturer mon compte et en virer les fonds.

— Virement du total ?

— Du total.

— Votre numéro de compte, je vous prie.

Helen le donna, percevant en même temps le faible cliquetis du clavier de l'ordinateur.

— Empreinte vocale, je vous prie.

— Helen Jencks, déclara-t-elle avec vigueur.

Il y eut une nouvelle pause et Helen imagina l'ordinateur allumant ses signaux d'alarme. Finalement, Konrad Speck demanda :

— Où désirez-vous transférer vos fonds ?

Tout se déroulait-il normalement ? Devait-elle donner le numéro de Dai ?

— J'aimerais connaître mon solde, s'il vous plaît.

— Certainement, miss Jencks. Votre compte est créditeur d'un million quatre cent quatre-vingt-treize mille quatre cent cinquante-sept dollars et douze cents, intérêts compris.

— Euh, virez la totalité, se lança-t-elle. Au numéro de compte suivant.

Il répéta les coordonnées.

— C'est parfait.

— Une dernière chose, miss Jencks.

Oh non, par pitié, non.

— Vos intérêts...

— Oui ?

— Si vous souhaitez retirer votre argent maintenant, vous perdrez un mois d'intérêts sur six mille deux cent vingt dollars à quoi s'ajoutent trois cents dollars de frais administratifs pour la clôture du compte.

Elle faillit rire de soulagement.

— Je comprends parfaitement.

— Quand pouvons-nous espérer votre lettre de confirmation ?

Et merde !

— Cela pourrait prendre un moment.

— Le virement sera effectué à réception de votre lettre. Bonne journée, miss Jencks.

— Euh, un instant je vous prie, se hâta-t-elle d'ajouter.

Wallace et Rankin reprendraient bientôt le boulot, peut-être demain. Le transfert ne pouvait attendre.

— Ne pouvez-vous effectuer le virement sur mes instructions verbales ?

— Certainement pas. Il nous faut votre signature et une preuve écrite de vos instructions. Vous apprécierez, pour un montant de cette importance, que nous respections la procédure de sécurité.

— Et un fax ? Si je vous l'envoie maintenant, pourriez-vous opérer le transfert immédiatement ?

— Eh bien...

Helen entendit de nouveau le cliquetis du clavier.

— Ce n'est pas la première fois que nous opérons sur votre compte selon des instructions faxées, mais nous préférerions ne pas le clore sans une lettre originale.

— Je vous serais reconnaissante de vous contenter d'un fax...

Nouvelle attente atroce.

— A votre guise, miss Jencks. Si vous expédiez le fax tout de suite, la transaction se fera aujourd'hui même. Vous avez ma ligne directe.

— Mm, elle est quelque part, mais cela vous ennuierait-il de me la redonner, au cas où ?

Elle nota rapidement.

— Merci, Herr Speck.

Helen raccrocha, tremblant de tous ses membres, et appela Dai.

— Comment cela s'est-il passé ?

— Bien, je crois. Juste une chose. Il dit qu'il ne peut rien faire sans instructions écrites. Je ne peux attendre aussi longtemps.

— Alors ?

— J'ai dit que j'enverrais un fax.

— On saura d'où il vient.

— Pas si tu le fais.

— Je ne peux pas imiter ta signature.

— Bien sûr que si. Tu t'es entraîné des tonnes de fois dans ton bureau. Je t'ai vu. D'ailleurs, tu le sais parfaitement.

— Oh, Hel-len !

Quand il était exaspéré, il coupait toujours son nom en deux avec la cadence galloise.

— Il faudra que je faxe les instructions ailleurs et que je leur demande de faxer à leur tour à la Banque des Alpes, autrement ils remonteront jusqu'à moi.

— C'est possible ?

— Donne-moi leur numéro de télécopie.

29

A quinze heures trente, Bill Pittam était de retour chez Goldsteins. Il fonça droit dans le bureau de Michael Freyn.

— J'ai trouvé Rankin. Pas beau à voir.

— Un instant.

Freyn appela Savage.

— James. Bill Pittam est dans mon bureau. Il a vu Rankin. Très bien. Parfait.

Cinq minutes plus tard, Freyn, Pittam et Zamaroh se réunissaient dans le bureau de Savage.

— Bien, commença Pittam. Je me suis rendu chez Rankin. C'est sa femme qui a répondu, elle ne voulait pas me laisser entrer. Le genre qui vous prend de haut. Elle m'a accompagné à l'étage. Son mari était au lit, un vrai petit déjeuner pour chien. Bras cassé, nez cassé, en état de choc. Il dit qu'il s'est fait agresser ce matin en allant au bureau. Sa bourgeoise l'a emmené aux urgences. Je lui ai demandé de m'accompagner mais je ne crois pas qu'il en aurait été capable. Il affirme vomir sans arrêt. Il avait l'air vraiment mal en point.

— Il s'est fait tabasser ? Que s'est-il passé au juste ? s'enquit Zamaroh.

— Il n'a pas précisé. Je lui ai posé la question, mais il s'est contenté de répondre qu'il n'avait pas la moindre idée de qui avait fait le coup.

Zamaroh lui décocha un regard dégoûté.

— Mrs Rankin était d'une énergie ! dit-il à Savage sans s'occuper de Zamaroh.

— Mrs Rankin ferait bien de ne pas oublier qui paie ses robes, ricana Zamaroh, acerbe. Je vais aller y faire un tour.

Savage se caressa le menton et plissa les yeux vers Zamaroh et Freyn comme s'ils étaient des pierres brutes et lui le tailleur.

— Emmenez Michael, ordonna-t-il.

Zamaroh leva les sourcils, Savage baissa les siens.

Zamaroh lui concéda un doux sourire, puis regagna son royaume situé au septième étage.

— Ne la quittez pas des yeux, dit-il à Freyn. Elle parlera tout le temps, se lancera dans la bataille, essaiera de le terrifier. Vous aurez alors tout loisir d'observer le gars. Faites le bon et elle le méchant. Je sais que ce n'est pas votre rôle habituel, mais j'ai du mal à imaginer Zamaroh dans la peau du gentil. Et vous ?

— Pourquoi tire-t-elle toujours son épingle du jeu ?

— Parce qu'elle est géniale. Elle comprend ce qui se passe en bas, elle est au-dessus de la mêlée, c'est elle-même un trader bourré de talent et elle ne craint personne. La plupart des responsables ont une trouille bleue des traders doués. Zamaroh sait qu'elle est plus forte, plus brillante et plus garce qu'eux. Ils le savent aussi. Et elle comprend les systèmes et les opérations. Elle a la main sur tout.

Je trouve qu'elle a une fâcheuse tendance à les refermer sur le cou des autres, ses mains, se dit Freyn.

Zamaroh et Freyn partagèrent un taxi sans échanger trois mots. Elle avait passé la journée entre la City et Kensington, parlant sur son portable, vérifiant avec Kevin Anderson, le responsable des Opérations, s'il avait découvert quelque chose de suspect dans les tickets d'exécution de Rankin et de Jencks.

— Qu'a-t-il dégotté ? demanda Freyn.

— Rien. Il cherche sans doute trop mollement.

— Peut-être n'y a-t-il rien à trouver.

— Vous le pensez vraiment ?

— Si vous voulez mon avis, nous ne savons pas encore tout, dit Freyn en affrontant le regard de Zamaroh aussi longtemps qu'il put.

Il détourna enfin les yeux pour regarder par la vitre, se disant qu'il aurait bien aimé porter sa tenue de combat nucléaire et biologique.

Le taxi se gara dans Vicarage Gardens.

— Un million neuf, évalua Zamaroh d'un simple

coup d'œil sur la maison de Rankin. Ça fait un peu beaucoup.

Elle se régale, songea Freyn. Toute cette putain de salle des marchés pourrait être en feu qu'elle danserait la danse de guerre pour conquérir les flammes.

— C'est l'heure de l'interrogatoire, lança Zamaroh. Sonnez.

— Sonnez vous-même, à moins que vous n'ayez peur de vous casser un ongle.

Estomaquée, Zamaroh marqua le coup avant de se décider à sourire. Elle offrit à Freyn un regard admiratif, l'observant de haut en bas comme si elle le voyait pour la première fois. Freyn crut bien qu'il allait piquer un fard.

— Vous ne manquez pas de coffre ! commenta-t-elle en appuyant sur le bouton d'une griffe violette.

Après un long silence, la voix furieuse de Karen Rankin retentit.

— Oui.

— Mrs Rankin ?

— Bon sang, mais qui est-ce cette fois ?

— Zaha Zamaroh, répondit celle-ci d'un ton sec et glacé. De chez Goldsteins.

— Pas la peine de préciser.

Zamaroh prit un air bégueule en s'approchant de l'interphone, comme si elle voulait imiter son interlocutrice. On avait raccroché. Karen Rankin se matérialisa enfin.

Elle ouvrit la porte, coula un regard en direction de Freyn, décida qu'il faisait de la figuration et reporta son attention sur Zamaroh. Légèrement à l'écart, il observait les deux femmes. Chacune jaugeait l'autre. Leur regard impassible et leur silence mutuel dissimulaient le fait qu'elles évaluaient leurs chances respectives : *Est-elle plus belle que moi, est-elle meilleure au lit, est-elle plus intelligente ?*

En quelques secondes elles parurent en arriver à une sorte d'entente réciproque, comme si chacune savait avoir affaire à un adversaire loyal. Freyn était abasourdi. Karen Rankin était grande, mince, garce et branchée. Une bourge qui ne foutait rien de la journée. Zamaroh n'en ferait qu'une bouchée. Pourtant, ces deux femmes étaient là avec leur sourire voilé. Il ne percevait pas ce que Zamaroh devinait en Karen Rankin : la farouche détermination, le calcul, des dents de loup.

— Pourquoi ne pas entrer un moment ?

Karen s'effaça devant Zamaroh. Freyn tendit la main.

— Je suis Michael Freyn, Mrs Rankin, responsable de la Sécurité.

Il remarqua un infime frémissement d'inquiétude sur son visage. Elle lui serra la main et lui fit signe d'entrer.

— Veuillez attendre un instant que je demande à Andy s'il souhaite vous recevoir.

Freyn réprima un sourire. C'était le début des hostilités.

— Il est extrêmement mal en point, vous savez, ajouta Karen par-dessus son épaule.

— Une agression est généralement nuisible pour la santé, rétorqua Zamaroh.

— Si vous le dites, répliqua Karen. Pour ce qui me concerne, ce n'est pas mon sport préféré.

Elle grimpa l'escalier pour aller réveiller son mari.

— Andy, fit-elle avec douceur, cette garce de Zamaroh est en bas. Elle est accompagnée d'un certain Michael Freyn. Il se prétend responsable de la Sécurité.

— Oh non ! s'exclama Andy en se frottant les yeux.

— Tu n'es pas obligé de les recevoir.

— Bien sûr que si, voyons.

Karen s'accroupit près du lit, fixant son mari du regard.

— Ecoute, je ne sais pas ce qui se trame, je ne sais pas ce que tu as fait ou pas fait, mais reprends-toi, bon sang ! Je suis là et je te soutiens. Je vais jouer mon rôle. Mais bordel, tâche de jouer le tien ! Vu ?

Rankin plongea les yeux dans ceux de sa femme.

— Fais-les monter.

Zaha et Freyn suivirent Karen en haut des marches. Elle les laissa entrer dans la chambre et se tint près de la porte, prête à les virer à tout moment. Zamaroh envisagea de la prier de sortir mais en repoussa aussitôt l'idée.

— Zaha, siffla Rankin.

— Que diable se passe-t-il ?

— Je me suis fait tabasser ce matin. Mais vous êtes déjà au courant.

— Vous ne pouvez seulement prétendre imaginer ce que je sais ou non. Avez-vous une idée de l'endroit où se trouvent Wallace et cette satanée Jencks ?

— Ils ne sont pas au bureau ?

— Etes-vous commotionné ?

— On m'a jeté la tête la première contre une voiture, si cela vous intéresse.

Joli coup, songea Zamaroh, pleine de gratitude pour l'assaillant.

— Vous ne savez donc pas où se trouvent Wallace et Jencks ?

— Ils ne sont pas au boulot ?

— Vous n'avez pas la comprenette bouchée, aujourd'hui, dirait-on. Effectivement. Ils ne sont pas à leur poste. Ils n'ont pas téléphoné et ne sont pas chez eux.

Rankin se frotta le front du revers de la main.

— Je n'ai pas la moindre idée d'où ils pourraient être.

— Y a-t-il quoi que ce soit dont vous aimeriez me faire part ?

— Du genre ?

— Du genre de ce qui se passe au bureau.

— A quel sujet ?

— Avez-vous des problèmes ? Des problèmes de trading. Des pertes que nous ignorerions ?

— Absolument pas. Comment osez-vous...

— Du calme, du calme, coupa Zamaroh. Et Jencks ?

— Non. Pas à ma connaissance.

— Et Wallace ? A-t-il eu un comportement étrange ?

— Du tout. Enfin, vous savez bien qu'il est toujours un peu bizarre. Ecoutez, j'ai affreusement mal au crâne.

— Le sommeil est réparateur. Je vous attends demain au bureau à sept heures.

Zamaroh se tourna vers Freyn.

— Que s'est-il passé exactement, ce matin, Mr Rankin ? demanda Freyn.

Rankin soupira profondément.

— J'ai quitté la maison à six heures...

— Est-ce votre heure habituelle ? s'enquit Freyn.

— En gros, oui.

— Et après ?

— J'avais à peine fait cinq pas que cette femme émerge du sous-sol d'à côté.

— Une femme ?

— Oui. Une enfoirée de femelle.

— Qu'a-t-elle fait au juste ?

— Oh, pour l'amour du ciel ! Je suis malade rien que d'y repenser. Je vous raconterai tout, coup par coup, demain, si c'est vraiment ce que vous voulez. Mais là, il faut que je me repose.

Freyn acquiesça d'un signe.

— Soit, Mr Rankin. Nous reprendrons cet entretien demain au bureau.

— A quoi ça rime, de toute façon ? Que se passe-t-il ? Qu'advient-il des positions ouvertes du desk, Zaha ?

— C'est moi qui les gère. Peut-être allons-nous enfin gagner de l'argent.

— Ecoutez, miss Zamaroh... intervint Karen Rankin en s'avançant.

Zamaroh leva la main.

— Désolée. J'ai franchi la frontière. On est chez vous.

— Que se passe-t-il au juste, merde ! Je n'apprécie guère les visites à domicile du responsable de la salle des marchés et du responsable de la Sécurité.

— Des traders ont disparu, Mrs Rankin, répondit Freyn.

— Je vois. Vous croyez qu'il s'agit d'un nouveau

Nick Leeson. En ce cas, je peux vous rassurer tout de suite. Mon mari n'a rien d'un Nick Leeson. C'est un type correct. S'il tramait quelque chose, vous pouvez parier votre foutue banque que je le saurais. Et je n'ai eu vent de rien.

Zamaroh et Freyn étaient assez d'accord.

— Parfait, Mrs Rankin, dit Freyn. Nous allons vous laisser. Navrés de cette intrusion, ajouta-t-il en se dirigeant vers la porte.

Zamaroh décocha à Rankin un long regard scrutateur.

— Nous poursuivrons cela demain. A sept heures. Je vous enverrai un taxi.

Karen les regarda partir.

— Elle enverra un taxi. Une vraie mère poule !

— Elle croit que je n'irai pas.

— Oh si, tu iras, même si je dois te porter !

Zamaroh et Freyn rentrèrent à la City.

— Qu'en pensez-vous ? demanda Zamaroh.

— Il s'exprime comme un homme qu'on a tabassé. Groggy, lent.

— Il est toujours comme ça.

— Alors quelle impression vous fait-il à vous ?

— Trop bête pour tramer quoi que ce soit.

Elle rappela Kevin Anderson.

— Du nouveau ? demanda-t-elle sans prendre la peine de se présenter.

Elle écouta un moment.

— Creusez-vous la cervelle.

Puis elle appela Savage.

— Rankin est sous le choc. Encore plus obtus qu'avant.

— Pourrait-il avoir tramé quelque chose ?

— Le back-office n'a encore rien trouvé. A mon sens, Rankin est trop stupide, de toute façon.

— Méfiez-vous, Zamaroh. Vous n'avez pas le monopole de l'intelligence. Et Helen Jencks ? C'est loin d'être une idiote.

— Exact, répondit-elle, songeuse.

Elle n'avait jamais apprécié Jencks si ce n'était sa

capacité de rapporter chaque année quelques millions de dollars. Pas de pedigree universitaire, juste ce calme et ce sens aiguisé qu'elle avait à l'évidence appris dans la rue, ou sur un bateau, ou en jouant au poker, ou Dieu sait comment dans sa jeunesse dévoyée.

— Des nouvelles de Jencks ou de Wallace ?

— Non, et c'est bien ce qui m'inquiète. La combinaison des deux.

— Ils s'entendent bien. Toujours à plaisanter ensemble. Visiblement, elle est la seule à le comprendre. Elle pourrait aisément l'influencer, suggéra Zamaroh. Et nous connaissons tous les domaines de prédilection de sa famille.

30

A dix-sept heures, Wallace réussit tant bien que mal à quitter son lit d'hôpital pour téléphoner d'un point-phone situé à l'extérieur du service. Il appela le bureau et, sans avoir décliné son identité, apprit que Rankin et Jencks étaient en congé maladie. La nouvelle, ajoutée à l'effort de rester debout, faillit provoquer une nouvelle nausée. Il lutta pour retrouver dans sa mémoire confuse le numéro de Rankin qu'il composa aussitôt.

Karen Rankin répondit.

— Karen, fit une voix rauque qu'elle ne reconnut pas.

— Oui ?

— C'est Hugh. Andy est là ?

— Oui.

— Il faut que je lui parle.

— Il est censé se reposer, Hugh.

— En quel honneur ? Pourquoi n'est-il pas au bureau ?

— Et toi ? Tu as une voix épouvantable. Qu'est-ce qui ne va pas ?

— Je me suis fait tabasser hier soir.

— Allons bon ! Toi aussi !

— Qu'est-ce que tu veux dire ?

— Il est arrivé la même chose à Andy ce matin.

— Oh, merde ! Ecoute, Karen, j'ai besoin d'aide. Je suis à l'hôpital St. Mary Paddington. Il faut que je sorte mais je suis incapable de me débrouiller seul. C'est à peine si je tiens debout. Peux-tu venir me chercher ?

— Mais que se passe-t-il, bon sang ? Pourquoi est-ce si urgent ? Si tu es suffisamment mal en point pour être à l'hôpital, restes-y donc !

— Ecoute, Karen, je ne peux pas parler maintenant. Je t'en prie, viens me chercher.

Avec cette inébranlable force de caractère et cette efficacité alerte qui terrorisaient et ensorcelaient son mari, Karen Rankin obtint d'une surveillante de porter Wallace sortant, non sans protestations véhémentes : ce n'était vraiment pas une bonne idée. La surveillante ne céda que sur la promesse réitérée que Karen veillerait personnellement au bien-être du patient. Il était alors dix-huit heures trente. Karen aida Wallace à se hisser dans le taxi à qui elle avait demandé d'attendre.

— Il faut que j'aille au bureau, annonça-t-il.

— Oh, pour l'amour du ciel ! Tu tiens vraiment à dégobiller sur tes claviers chéris ? Redescends sur terre. Tu rentres à la maison et, pour mon malheur, il est préférable que ce soit la mienne.

— Allez, Karen, je ne vais pas si mal.

— Ecoute-moi bien, gros malin, tes caresses de chat impressionnent peut-être les infirmières, mais ce n'est pas à moi que tu vas la faire. Si je ne t'avais pas tenu jusqu'ici, tu serais déjà tombé.

— Attends, j'ai quelque chose à te dire.

— Je ne veux rien entendre. J'ai une vie très agréable et n'ai pas l'intention d'en changer. Toi et ton pote, vous avez la nuit pour vous remettre ; demain matin vous filez bosser et régler vos putains de problèmes. Et vous avez intérêt à le faire correctement. Le responsable de la Sécurité et celle de la salle des marchés de chez Goldsteins se sont pointés chez nous aujourd'hui.

— Quoi ! Zamaroh est venue !

— Tais-toi et dors. Andy te racontera.

31

A dix-huit heures, Paul Keith rassembla son courage et demanda à Kathy, la secrétaire de Zamaroh, si elle pensait qu'il pourrait bientôt rentrer chez lui.

— Pas avant que ma chef ne me le dise.

— Ça peut prendre des heures !

— Ça peut.

— Ecoutez, il faut que je m'achète de quoi dîner avant la fermeture des magasins. Puisque je risque de rester coincé ici... j'aimerais faire un saut chez Marks & Spencer.

Kathy lui décocha un regard où le mépris le disputait à la pitié. Ce n'était pas le genre de mec à recevoir ou à savoir cuisiner. Elle ne l'imaginait pas non plus au coin du feu avec une fille devant un saumon en croûte, de la salade de roquette et une bouteille de chablis bien frais, le tout de chez Marks & Spencer. Elle le voyait comme un homme seul en chaussettes douteuses piquant dans une tourte au steak haché et aux rognons avec pour toute compagnie une bouteille de bière et *Coronation Street,* le feuilleton le plus ringard du monde.

— Un instant, dit-elle en appelant Zamaroh.

« Pardonnez-moi de vous déranger, miss Zamaroh, mais le stagiaire aimerait rentrer chez lui. D'accord, je lui dis.

Elle raccrocha et se tourna vers Keith.

— Faut pas rêver.

A dix-huit heures trente, le responsable du back-office, Kevin Anderson, gratta à la porte en verre du bureau de Zamaroh. Taille moyenne, genre coureur de marathon, cheveux noirs frisés et lunettes sans monture. Il possédait cette tranquille confiance en soi qui émanait de l'excellence de son travail et d'une nature bienveillante. Seul bémol, il lui arrivait de piquer des crises dues au surmenage et au mépris des traders qui considéraient toute personne du back-office comme un parasite ; jusqu'au jour où ils commettaient eux-mêmes une erreur et voulaient alors être votre meilleur ami. Anderson frappa de nouveau. Zamaroh finit par lever le nez et, de ses yeux de prédateur, lui fit signe d'entrer. Il lui avait téléphoné toutes les demi-heures pour la tenir au courant de ses recherches. Des visites régulières auraient éveillé les soupçons.

— Fermez la porte. Du nouveau ?

— Rien du tout. Pas la moindre bizarrerie pour l'instant.

— Cherchez mieux que ça. Passez-y la nuit s'il le faut.

Elle consulta sa montre et ajouta :

— Disparaissez dans une heure afin que personne ne s'étonne. Allez manger des frites ou ce que vous voulez. Revenez après vingt et une heures. Nul ne devrait vous remarquer. Travaillez jusqu'à cinq heures du matin, rentrez chez vous, faites-vous présentable et passez me voir à sept heures. Si vous tombez sur quoi que ce soit, voici mon numéro personnel, dit-elle en lui lançant un bout de papier. S'il y a bel et bien quelque chose et que vous ne le trouviez pas, vous serez viré pour incompétence, sans indemnités, sans références et grillé à la City.

Anderson lui décocha un regard haineux. Elle soutint son regard jusqu'à ce qu'il dût baisser les yeux.

— Ce n'est pas si simple. Bien caché, cela peut prendre des jours. Il y a des dizaines de milliers de tickets à consulter.

— Alors mieux vaudrait faire fissa, non ?

Zamaroh le renvoya d'un signe et appela Savage.

— Le back-office ne trouve rien.

— Dieu soit loué.

— Ne vous réjouissez pas trop vite. Ce pourrait être bien caché.

— Me voilà rassuré.

Une heure plus tard, Zamaroh montait dans le bureau de Savage pour le tenir au courant. Y trouvant Freyn, elle se demanda ce que Freyn avait sur Savage, pourquoi les deux hommes étaient si proches. Savage n'avait pas le temps de tousser que Freyn arrivait avec un vaccin. Savage avait sans doute demandé à Freyn de fouiller à la recherche d'éléments qui discréditeraient ses rivaux pour la présidence. De toute façon, Savage était le meilleur, mais autant assurer le coup.

— Les Opérations n'ont toujours rien trouvé d'anormal, les informa-t-elle. J'ai dit à Anderson d'aller avaler quelque chose et de revenir quand la salle des marchés serait plus calme. Ça jacasse bien assez comme ça. Toujours aucun signe des deux autres ? demanda-t-elle à Freyn.

Il secoua la tête.

— Mais que diable se trame-t-il ? s'écria Zamaroh pour elle-même, furieuse d'être confrontée à un problème que ni l'intellect ni l'intimidation ne parvenaient à résoudre.

— Navré de mettre ça sur le tapis, déclara Freyn, mais ne devrions-nous pas informer l'autorité de tutelle ?

Savage frissonna.

— Ne prononcez pas ce mot.

Il se leva et fit le tour de son bureau pour se planter devant Freyn.

— Nous n'avons rien à leur dire. Un trader s'est fait tabasser, deux autres sont probablement au fond de leur lit au beau milieu d'une sieste crapuleuse.

Zamaroh hurla de rire.

— Jencks et Wallace ! Elle est un peu vulgaire, mais elle n'est pas désespérée.

— Fermez-la, Zamaroh, ordonna Savage. Son père était peut-être un escroc, mais du moins n'a-t-il pas pillé un royaume.

— Comment osez-vous...

— J'ai eu ma dose de votre cinéma pour la journée. Taisez-vous et concentrez-vous. Freyn soulève un point important. Si nous soupçonnons des malversations, nous sommes tenus de le notifier au Compliance officer et à la Banque d'Angleterre. Je vous demande très formellement et très officiellement – et votre petit royaume de l'étage en dessous dépend de votre réponse – si vous avez connaissance d'irrégularités suggérant que nous ayons un problème dans nos livres.

Zamaroh refoula toute émotion et offrit à Savage un regard froid et calme.

— Pas encore. Mais je ne puis vous donner un non inconditionnel. Nous sommes peut-être passés à côté de quelque chose dans toute cette paperasse.

— Pensez-vous que de l'argent appartenant à Goldsteins ait disparu, avec l'aide de Helen Jencks, Andy Rankin ou Hugh Wallace, ou encore une quelconque combinaison de ces trois-là ?

— C'est possible. Manifestement, il y a un os. Peut-être que Rankin s'en est pris à Helen et Wallace, a menacé de raconter Dieu sait quoi et qu'ils ont payé un sbire pour lui administrer une correction. Peut-être cela n'a-t-il même rien à voir avec de l'argent ou avec nous. Peut-être avez-vous raison de dire que Jencks avait une liaison avec l'un ou l'autre ou les deux. Peut-être tout cela n'est-il qu'une histoire de sexe.

— Et les serrures fracturées, et les dossiers manquants ? demanda Savage. Cela nous ramène à la case départ, au trading.

Il s'interrompit pour regarder d'un air entendu Freyn puis Zamaroh.

— Pour le moment, nous n'avons rien à rapporter. A qui que ce soit. Est-ce clair ?

Ils hochèrent la tête.

— Cette histoire ne doit être diffusée qu'en cas de stricte nécessité, poursuivit Savage.

— Kevin Anderson s'est arrangé pour que les serruriers viennent réparer à deux heures du matin afin d'éviter les ragots, dit Zamaroh.

— Parfait. Il semblerait qu'il y ait au moins une personne à utiliser son cerveau, commenta Savage. La dernière chose dont nous ayons besoin est une fuite. Miséricorde, si la presse s'en emparait...

32

Zamaroh regagna son étage et libéra Paul Keith. Elle l'observa avec dégoût, le jugeant coupable ne serait-ce que d'ignorer les exploits de ses supérieurs. Dans la salle des marchés, mieux valait passer pour un escroc que pour un crétin. Le premier provoquait souvent une admiration cachée tandis que le second était l'objet d'un mépris universel.

Keith fonça chez Marks & Spencer acheter son tikka marsala au poulet, ses carottes en rondelles et des haricots verts. Puis il prit le métro direction Chalk Farm, au nord de Londres.

Il arriva dans son studio à vingt heures trente et appela Helen Jencks. Personne. Puis il essaya Andy Rankin. Karen répondit.

— Il faut que je parle à Andy.

— Et vous êtes ?

— Paul Keith. Je travaille avec lui.

Karen ne l'avait jamais rencontré et se sentait peu encline à lui accorder le moindre privilège.

— Vraiment ?

— C'est urgent.

— Ça l'est toujours, n'est-ce pas ? Attendez.

Quelques instants plus tard, il entendit un clic suivi d'une voix brumeuse.

— Salut, Paul.

— Ecoutez, je m'en voudrais de paraître indiscret, mais que se passe-t-il ? Il y a le feu, au bureau.

— Où es-tu ?

— Je viens de rentrer.

— Prends un taxi et amène-toi.

Rankin lui donna les indications nécessaires et raccrocha. Keith arriva quarante minutes plus tard. Karen Rankin l'introduisit au salon. Wallace était allongé sur le canapé dans un survêtement d'emprunt, blessé au visage, visiblement choqué. Rankin était affalé et en piteux état dans un fauteuil profond, les ombres de la pièce ajoutant à son air morbide. Keith les observa, ébaubi. Karen Rankin regarda les hommes l'un après l'autre puis, exaspérée, tourna les talons. Elle s'installa seule à la table de la salle à manger, le regard perdu dans la nuit citadine.

Dans la pièce d'à côté, Keith retrouva sa voix.

— Que vous est-il arrivé ?

— J'aurais cru que c'était évident, lança Wallace d'une voix hachée et froussarde. On nous a agressés. Et au bureau ?

— D'abord, vous n'étiez pas là, aucun des trois, et vos bureaux ont été forcés.

— QUOI ? beugla Wallace. Le mien et celui d'Andy ?

— Oui. Et celui de Helen. On dirait qu'à peu près six dossiers ont disparu du tiroir d'Andy.

Rankin ne réagit pas. Avec ses paupières tombantes et son regard absent, Keith lui trouva l'air d'un drogué...

— Personne d'autre ? s'enquit Wallace.

— Je ne crois pas.

— Tu l'as raconté ?

— A Zamaroh. Fallait bien. Elle avait déjà grimpé aux rideaux en constatant que vous étiez tous les trois absents.

Wallace grogna.

— Qu'a-t-elle dit ?

— J'ai bien cru qu'elle allait me transformer en statue de sel. Elle est devenue calme et glaciale et m'a emmené, quasi manu militari, voir James Savage et le type de la Sécurité, Freyn.

— Merde !

Les paupières bleues de Wallace commencèrent à remuer.

— Si je comprends bien, Helen Jencks n'a pas montré son nez ?

Allongé, dépouillé de son armure de petites manies, le visage tuméfié, la voix rauque, Wallace avait l'air dépiauté. Ils se connaissaient depuis peu, mais Wallace n'avait jamais perdu de temps à être aimable, ni essayé de dissimuler son mépris. Désormais, l'équilibre des pouvoirs s'était inversé. Wallace donnait l'impression d'avoir besoin de lui. Keith ne l'en détesta que davantage.

— Non. J'ai appelé chez elle. Ça ne répond pas.

Wallace ne pipa mot.

— Que se passe-t-il ? insista Keith.

— Nous ne savons pas. Ecoute, rentre chez toi et avale ton dîner. On te verra demain. Et, euh, merci d'être venu.

Keith lui coula un regard soupçonneux, puis se leva, mal à son aise.

— Bon, d'accord. Bonne nuit.

Karen Rankin le raccompagna puis, plantée dans l'encadrement de la porte du salon, elle regarda son mari droit dans les yeux, sans ciller. Wallace s'aperçut qu'il était en train de penser à Hillary Clinton et combien, aussi souvent qu'il y paraissait, épouses et maris feraient bien d'échanger leurs rôles. Karen referma la porte et disparut.

Son époux gardait les yeux rivés au sol.

— On est dans la merde.

— La salope qui m'a arrangé le portrait a précisé que c'était de la part de Helen.

— Elle m'a dit la même chose, répondit Rankin.

— Six dossiers disparus. Helen Jencks envolée.

Il semblait effectuer quelque calcul mental.

— Crois-tu qu'elle a découvert notre petit trafic ? suggéra Rankin.

Wallace pâlit davantage, si cela était possible.

— As-tu la cassette de la voix ? demanda-t-il.
— Quoi ? Celle avec la voix de Helen dessus ?
— Oui.
— Elle ne quitte pas mon attaché-case. Et je le ferme toujours à clef. Il y a une combinaison sur le...
— Appelle la Banque des Alpes et mets le haut-parleur. Passe le message enregistré.

Rankin obtempéra. La voix de Helen déclinant son nom et le numéro de compte résonna comme un fantôme. Rankin appuya sur la touche 1 du combiné pour connaître le solde du compte. La voix métallique de l'ordinateur leur répondit.
— Balance à 10 h 30 heure locale : zéro.

33

Ian Farrell et Tess Carlyle s'entretenaient à Vauxhall Cross, palais de glace constituant le nouveau quartier général du Secret Intelligence Service. Coût : deux cent trente millions de livres sterling. Rebaptisé par les habitués Riverside ou Gloom Hall (sinistre demeure), il se situait sur la rive sud de la Tamise dans Vauxhall et semblait toiser ses maîtres de Whitehall, plus au nord.

Farrell était directeur du Counter Narcotics, alias Brigade des Stups. A cinquante-deux ans, il était solidement bâti avec un torse de lutteur. Ses cheveux argentés, ponctués de noir, étaient drus avec une tendance à la rébellion. Moustache et barbe fournie lui conféraient l'air d'un loup de mer. Ses yeux étaient brun foncé, intelligents, prompts à l'humour autant qu'à l'agacement. Lorsqu'il était détendu, son regard lointain et pensif montrait qu'il avait assisté à trop de déchéance. D'épais sourcils alourdissaient les paupières. Il avait un nez de boxeur. Sa lèvre supérieure, totalement dissimulée par sa généreuse moustache, soulignait son air songeur déjà marqué par les profonds sillons creusés entre ses sourcils. Il était sujet aux ulcères, ce qui l'avait obligé, deux ans plus tôt, à renoncer à la moindre goutte d'alcool. Le whisky lui manquait terriblement et cette privation était une punition quotidienne.

Tess Carlyle était son assistante. Elle avait le visage régulier, légèrement marqué et le teint cireux. La trentaine bien sonnée, il émanait pourtant de sa personne une étrange jeunesse. Son énergie rayonnait comme si elle était en tout début de carrière avec tout l'avenir devant elle. Ses cheveux en bataille étaient châtains et lui effleuraient les épaules. Son nez légèrement busqué lui conférait un air d'oiseau de proie. Ses yeux étaient imperturbables et lucides. Ces yeux-là, qui avaient regardé, vu et contenu toute compassion, étaient à mi-chemin entre la sainteté et l'hérésie. On y distinguait une lueur de sagesse et de douleur remontant à la nuit des temps.

C'était mardi, à l'heure du déjeuner. Farrell et Carlyle achevaient leur briefing quotidien, prolongé, après ce long week-end, par l'arrivée d'un surcroît de rapports émanant des antennes du monde entier. Installée dans un fauteuil de cuir noir, Carlyle tenait une enveloppe mince, légère, au contenu apparemment sans intérêt. Malgré toute son intuition et sa finesse, Carlyle sourit gaiement, inconsciente des destins qu'elle renfermait.

— Ça vient de Favour, dit Carlyle. Il refait surface après un mois dans la jungle.

— Que dit-il, cette fois ?

— Nouvel avertissement codé.

— Concernant Maldonado ?

Carlyle acquiesça d'un signe de tête.

— Il y a un mois, une opération conjointe des services antidrogues américains, péruviens et colombiens a eu lieu dans la jungle dans un endroit appelé Leticia, à la frontière des trois pays : Pérou, Brésil et Colombie. Quelque chose a foiré, les trafiquants avaient été prévenus. Tous les narcos sauf deux se sont échappés ; deux types de la DEA, trois Péruviens et un Colombien y sont restés. Et un « observateur » anonyme. Un ami de Favour, semble-t-il, du temps qu'il appartenait au SAS ; sauf que le gars, lui, y était toujours.

— Merde. Favour va vouloir la peau du type qui est derrière tout cela. Laisse-moi deviner, il songe à Maldonado.

Carlyle hocha la tête.

— Il est persuadé qu'il a averti les narcos. C'était le syndicat el Dólar. Cela fait des mois que Favour suggère que Maldonado était comme cul et chemise avec.

Favour était le nom de code d'Evan Connor, ancien du SAS, travaillant désormais à son compte en Amérique du Sud. Favour était contrôlé par Carlyle. Il avait passé les quatre derniers mois à envoyer des messages répétés concernant ses doutes quant à la loyauté de Maldonado.

— Tu crois qu'il pourrait y avoir quelque chose là-dessous ? demanda Farrell.

— N'oublie pas que Favour et ceux de son espèce adorent affronter directement les narcos. Il adore renifler le mal, qu'il rêve d'anéantir, d'ailleurs. Je ne suis pas certain qu'il soit aussi à l'aise que nous à l'idée de souper avec le diable. Il voudrait étiqueter Maldonado comme « ordure », point final. Naturellement, c'est en partie le cas. C'est lui le véritable chef des stups dans un pays qui fournit soixante à quatre-vingts pour cent de la coke dans le monde. Il possède le pouvoir, l'influence et les relations. Il a pouvoir de vie et de mort. Evidemment, il est pourri. Impossible de jouer correctement notre jeu dans ce pays. La question est de savoir s'il va au-delà du degré acceptable de corruption.

— Il est toujours de notre côté ? s'enquit Farrell.

— Je suis bien obligée d'admettre qu'il ne l'est pas inconditionnellement.

— Bon, oublions un instant le relativisme moral. Ton homme nous avertit de ne pas lui faire confiance. Crois-tu qu'il ait raison ?

— Favour a entendu que Maldonado achetait pour des millions d'objets Moche au marché noir ;

selon lui, cet argent provient de ses transactions avec les narcos. Pour l'instant, ce ne sont que des rumeurs. L'avenir nous le dira. Entre-temps, Maldonado est beaucoup trop utile pour qu'on le lâche. A moins, bien sûr, que Favour ne nous apporte une preuve irréfutable. Si on veut lutter contre la drogue, il faut traiter avec Maldonado. On a besoin de lui, qu'on l'adore ou qu'on l'abhorre.

— Si seulement on pouvait l'approcher de plus près, savoir vraiment à quoi s'en tenir. Les informations de Favour sont toutes indirectes. Il nous faut quelqu'un avec Maldonado, dans sa forteresse.

34

— Cigarette ? proposa Maldonado à Helen, en ouvrant son étui où vingt cigarettes s'alignaient à la perfection.

Helen les regarda avec envie. Elle en sentait déjà le contact entre ses doigts, imaginait le rougeoiement rassurant, le goût âcre de la fumée s'infiltrant dans ses poumons.

— Non, merci.

— Un verre, peut-être ?

A côté du maître de maison, Carmen portait un plateau contenant des verres remplis d'un liquide opaque.

— Pisco sour, annonça Maldonado. C'est une tradition nationale.

Helen en prit un.

— Je sais, j'en ai bu trois hier soir.

Maldonado émit un petit rire.

— Eh bien, on ne le dirait pas, vous êtes superbe. A quoi buvons-nous ?

Helen réfléchit un moment.

— A un passage sans encombre.

— Pour qui ?

Mon argent et moi. Elle eut la vision fulgurante des visages tuméfiés de Wallace et Rankin, de Joyce s'éloignant subrepticement et se sentit merveilleusement audacieuse.

— C'est fort.

Maldonado sourit. Une sentinelle passa devant la fenêtre sous l'œil attentif de Helen.

— Qui est-ce ? demanda-t-elle avant de boire une deuxième gorgée.

— Un garde.

— J'ai l'impression de voir des hommes armés à tous les coins.

— Il y en a quelques-uns, en effet, vestige de jours plus violents.

— En ce cas, pourquoi les conserver ?

— Le Pérou n'est pas Londres.

— J'ai beaucoup voyagé et je n'ai jamais été le témoin d'une telle présence armée auparavant.

Il haussa les épaules avant de boire à son tour.

— Il y a beaucoup de crimes crapuleux.

— Au point qu'il vous faille deux gardes en armes patrouillant en permanence dans votre jardin ?

Il posa son verre et dévisagea Helen avec un sourire. A cet instant, un autre garde apparut, armé lui aussi. Helen le désigna du menton.

— Une mitraillette ?

— Keckler & Koch MP5, si cela vous intéresse.

— Pas vraiment. Je n'aime pas les armes.

— Encore une coutume à laquelle vous devrez vous habituer. Ainsi que vous le dites, il y en a beaucoup au Pérou. C'est inévitable. C'est une pépinière de crimes, un pays avec de tels extrêmes de pauvreté et d'opulence. Avez-vous remarqué les bidonvilles sur la route de l'aéroport ?

— Oui.

— La plupart n'ont ni eau, ni électricité, seulement la typhoïde, la dysenterie et le choléra. Les autorités rasent régulièrement les pathétiques baraques en carton, à cause du spectacle désolant qu'elles constituent.

— Mon Dieu !

— C'est de lui que nous avons besoin. Pas assez d'écoles, pas assez de travail, aucun moyen de s'en sortir. Beaucoup survivent honorablement, Dieu seul sait comment. Les autres meurent, se tournent vers le crime sous toutes ses formes ou vers le terrorisme.

— Le contraire serait surprenant, commenta Helen.

— N'est-ce pas !

— Et que faites-vous à ce sujet ?

— Ha !

Maldonado étudia ses mains, secoua la tête, puis accompagna Helen à la salle à manger.

Ils s'installèrent à une vieille table d'acajou. Toujours méfiante à l'égard de Maldonado, Helen était curieusement avide de sa compagnie. Il était charmant, plein de sollicitude, cultivé, irrésistible, comme un conteur, tissant des récits au sujet de fouilles ici et là, de choses qu'il avait découvertes.

— Il n'y a rien de plus passionnant que de s'accroupir, de brosser de la terre vieille de plusieurs siècles et voir un trésor qui gît là depuis deux mille ans, intact. On le touche, on l'effleure du bout des doigts. C'est fascinant.

La lourdeur qui hantait ses traits disparaissait lorsqu'il parlait d'archéologie.

Dès le repas achevé, il bondit sur ses pieds.

— Venez avec moi. Je veux vous montrer quelques-unes des choses les plus belles que j'aie jamais exhumées.

Il la conduisit dans son bureau, actionna un interrupteur et deux étagères s'éclairèrent, le reste de la pièce demeurant dans l'obscurité. Helen ne les avait pas remarquées dans son exploration de la veille au soir. Une vingtaine de silhouettes en terre cuite l'observaient, avec des expressions si humaines, si réelles qu'elle crut bien les voir cligner de l'œil. Silencieusement éloquentes, elles racontaient leur propre histoire de chagrin et de joie, de maladie et de naissance, de maître et d'esclave. Deux d'entre elles étaient mutilées, l'une sans mains et l'autre qui semblait dépouillée et avoir eu les yeux arrachés par la bête ailée posée sur son épaule.

— L'art Moche, expliqua Maldonado, les plus belles céramiques précolombiennes. Ce sont des vases-portraits, tellement plus fascinants que des toiles, ne trouvez-vous pas ?

Il les caressa, l'une après l'autre, s'adoucissant peu à peu comme s'il s'agissait d'êtres vivants. Helen songea à Roddy, tellement passionné de sculptures, mais il y avait dans les yeux de Maldonado quelque chose de plus que de l'obsession. Il y avait de l'amour, et une tristesse empreinte de désir.

— Je vous présente mon armée d'amis privés. Ne sont-ils pas magnifiques ?

— Si.

— On les appelle des *huacos,* ce qui veut dire « objets sacrés ». On en a pillé des dizaines de milliers dans des tombes. Ceux-ci sont parfaits, mais on reconnaît en général ceux qui ont été volés au fait qu'ils ont un trou à travers le crâne. Les *huaqueros,* pilleurs de sépultures, sondent le sol avec de fines baguettes appelées *sondas*. Ils prétendent qu'un simple sondage de ce type leur indique la présence d'une tombe ; mais en plongeant leur sonde dans le sol, ils percent les *huacos* qui se trouvent à l'intérieur. Ce scandale désespère les archéologues, mais que faire quand c'est une question de gros sous ?

— N'existe-t-il pas des malédictions sur les sépultures ? Il y en a dans la plupart des cultures.

— Bien sûr que si. Les témoins ne manquent pas, mais les *huaqueros* ont faim, alors ils préfèrent oublier.

— A quand remontent ces *huacos* ?

— Le royaume Mochica s'étend de l'an Un après Jésus-Christ jusqu'à environ l'an 700. Autrement dit, il est quasi contemporain de l'époque Maya.

— Que leur est-il arrivé ? demanda Helen en effleurant d'un doigt les lèvres souriantes d'une figurine.

— Ils ont été anéantis par el Niño.

— Qui ça ?

— Il existe chez nous un étrange phénomène météorologique que nous appelons el Niño, l'enfant Jésus, parce qu'il se produit d'ordinaire aux environs de Noël. Plaisanterie de mauvais goût car el Niño apporte le désastre et non le salut. On en subit un plutôt violent à peu près tous les dix ans et un cataclysme par siècle. Certains affirment que cela se produit lorsque les eaux chaudes du courant de l'Equateur remplacent les eaux froides du courant de Humboldt qui se situent normalement au large de la côte péruvienne. C'est une théorie parmi tant d'autres. L'origine de ce phénomène reste un mystère, avouons-le. Il cause de terribles ravages. Sécheresse et incendies par endroits, pluies torrentielles et inondations dans d'autres. Nous pensons qu'el Niño a détruit les canaux d'irrigation et que les Mochicas sont morts de faim.

Sa voix tomba comme s'il parlait pour lui-même.

— Une tragédie. Ce furent les artistes les plus talentueux que le Pérou possédât jamais. Perfectionnistes, sensibles, pleins d'humour...

— N'auraient-ils rien pu faire pour se sauver ?

— Oh, si ! Ils ont essayé, croyez-moi !

— Comment cela ?

— Sacrifice humain. Une des choses les plus atroces que j'ai trouvées fut dans la huaca de la Lune. Nous avons découvert dans ce temple les restes de plus de quarante hommes âgés de quinze à quarante ans. Ils étaient allongés sur une épaisse couche de sédiment prouvant qu'ils ont été sacrifiés au cours de lourdes pluies, voire durant le dernier Niño qui a effacé le royaume ou même au cours d'un de ses désastreux signes avant-coureurs. Nous pensons qu'ils ont été poussés d'un affleurement rocheux derrière la huaca de la Lune. Certains squelettes étaient écartelés comme s'ils avaient été attachés à un poteau. Chez beaucoup, le fémur était arraché à l'articulation de la hanche et plusieurs victimes étaient décapitées. Les Mochicas avaient leur propre divinité appelée le Decapitator. Nous pensons que certains des hommes ont été sacrifiés pour arrêter les pluies et d'autres après la fin des pluies.

— Plutôt brutal.

— A l'image de ce pays. Tenez, laissez-moi vous montrer quelque chose qui va vous faire sourire. En principe, je m'en abstiens, mais vous n'avez pas l'air de vous choquer facilement.

Maldonado prit dans sa poche une clef qu'il ficha dans la serrure d'un grand placard mural. La lumière se fit à l'ouverture des portes. Helen pouffa de rire. Assises et allongées sur les étagères, des figurines de terre cuite mimaient l'acte sexuel dans toutes les positions possibles et imaginables. Les visages étaient aussi expressifs que ceux offerts au public. Helen y déchiffra la lubricité, le choc, la satiété, le désir, la confusion. Une statuette était assise, seule, agrippant son phallus qui arrivait à hauteur de ses yeux quelque peu ahuris.

Helen observait attentivement les statuettes.

— Ils sont hystériques. L'expression de leur visage...

— La plupart des archéologues affirment que les céramiques Moche étaient destinées à des cérémonies à caractère sacré, funérailles, rites spéciaux. C'est probablement le cas pour l'essentiel d'entre elles, mais je suis persuadé que celles-ci ont été faites pour le plaisir. Chacune provoque le rire. Elles sont à la fois réelles et comiques.

Le regard de Maldonado s'attarda une dernière fois sur les céramiques. Puis le placard fut refermé à clef.

— Impossible de déprimer longtemps avec un tel spectacle sous les yeux, n'est-ce pas ? dit-il en la reconduisant au salon. Bon, il suffit. Je suis un incorrigible bavard et j'en deviens rasoir.

Maldonado leva la main pour couper court aux protestations de Helen.

— Parlez-moi de vous, Helen Williams.

Elle se rappela James Savage lui posant la même question quatre ans plus tôt. A un monde de là : *Parlez-moi de vous, Helen Jencks. Qui êtes-vous vrai-*

ment ? Elle n'avait pas répondu alors, elle ne répondrait pas davantage aujourd'hui.

— J'ai trente ans. J'ai laissé ma vie derrière moi. Ici, elle ne compte pour rien, il n'y a donc rien à dire.

Maldonado partit d'un grand rire.

Helen leva un sourcil interrogateur.

— Vous auriez pu me prévenir que j'accueillais une sophiste sous mon toit, dit-il en posant sur elle un regard amusé. J'ai l'impression qu'on pourrait bien s'amuser, tous les deux.

— Ah oui ?

— Je suis archéologue, ne l'oubliez pas. Je reconstitue les vies à partir de fragments.

35

Helen était assise dans l'obscurité embaumée de jasmin, sur la terrasse de pierre devant le bungalow où la chaleur s'attardait. Tout en buvant de longues gorgées d'eau minérale, elle réfléchissait à sa soirée avec Maldonado. Plus elle passait de temps avec lui, plus elle était fascinée et déconcertée. Il se dévoilait par éclairs fugitifs et saisissants. Elle avait le sentiment que cet homme dissimulait mille choses qu'elle ne découvrirait jamais ; que, tôt ou tard, elle devrait se contenter de suivre son instinct, se jeter à l'eau, lui faire confiance. Elle brûlait d'entreprendre la recherche de son père et Maldonado était clairement le point de départ ; malheureusement, malgré son attirance pour le sombre charisme de ce dernier, tous les signaux d'alarme étaient au rouge. Elle aurait voulu connaître le secret de cet homme qui l'avait recueillie. Si elle avait pu se projeter en esprit jusqu'à Londres, dans les dossiers du SIS, elle se serait aidée d'une fiche rédigée par Tess Carlyle.

Victor Manuel Maldonado de la Cruz, pour donner son nom entier, autrement dit ceux de son père et de sa mère. Soixante-sept ans. Né à Cajamarca, dans les Andes, dans l'hacienda familiale. Etudes à Chapagnat et à l'Universidad Católica de Lima, puis troisième cycle d'archéologie à Cambridge. Dans un geste qui surprend ses professeurs, il s'engage dans l'armée péruvienne à l'âge de vingt-trois ans, obtenant vite le grade de colonel. A vingt-neuf ans, il quitte définitivement l'armée pour intégrer à plein temps le Servicio de Inteligencia Nacional (SIN). Il travaille pour l'antiterrorisme dont il prend bientôt la tête. En 1989, ses deux fils, Enrique et Emilio, respectivement âgés de dix-huit et dix-neuf ans, et sa fille Charo, six ans, sont tués par une bombe placée dans leur voiture par le Sentier Lumineux, bombe qui lui était destinée. Un an plus tard, sa femme se suicide. Maldonado se lance dans la poursuite acharnée du Sentier Lumineux jusqu'à la capture de son chef, Abimael Guzman, en 1991. Depuis, il a officiellement pris sa retraite.

En réalité, il est toujours conseiller du SIN à titre officieux. Malgré cette position en retrait, il exerce davantage de pouvoir que la plupart des officiels. C'est lui qui, en 1997, conseille au président Fujimori d'attaquer l'ambassade du Japon à Lima, aux mains du MRTA depuis la fin 1996 avec plus de cinq cents otages. Le MRTA relâche immédiatement quatre cents otages mais en garde quatre-vingts pendant six mois. Sur l'avis de Maldonado, donné directement au président, sans intermédiaires, l'armée péruvienne, la police et des forces spéciales suivent un entraînement dispensé par le SAS et la Force Delta. L'assaut est donné, l'ambassade envahie, les otages libérés. Les seules pertes seront un otage et deux membres des forces spéciales. Les quatorze terroristes sont tués. En termes militaires, l'opération est un succès total pour Maldonado et les forces spéciales.

Au Pérou, Maldonado est un personnage obscur et omniprésent, considéré comme l'éminence grise de

Fujimori. Ses sources sont légion, ses liens parfaits, avec les grands comme avec les petits, pour autant qu'on puisse faire la différence. Rien de si grand ni de si petit que les industriels bien nourris dont les empires sont bâtis sur l'argent de la drogue. Maldonado sait qui sont les intouchables, pourchasse ce qui peut l'être, pratique la politique du cynisme, rêve périodiquement d'une autre façon de vivre, ce qui semble constituer une quasi-rébellion contre soi. Il est extrêmement utile, on peut raisonnablement le penser instable, et excessivement dangereux.

36

A l'extrémité opposée, assis à son bureau, Maldonado voyait les lumières s'éteindre dans le bungalow de Helen. Un homme se tenait à côté de lui, ses yeux sombres soulignés par l'éclairage de la lampe. Un mètre soixante-cinq, menu, cheveux noirs soyeux, un peu trop longs, couvrant le lobe de ses oreilles. Son visage d'un brun terne était complètement grêlé. Ses yeux avaient l'air taillés dans son visage : profonds, fentes en alerte, surmontant des pommettes hautes, sous les longs sourcils effilés qui montaient et descendaient aisément sur son visage expressif. C'était sûrement un joli bambin aux yeux magnifiques, mais l'homme portait aujourd'hui les marques du destin, comme s'il avait trop vu de ce que le monde avait à offrir de laid, et ses yeux étaient mobiles, scrutant de droite à gauche, chassant, vérifiant, comme s'ils cherchaient le danger. Il parlait aussi vite que ses yeux bougeaient.

— Qui est-ce ?

Maldonado se tourna vers son numéro deux, Angel Ramirez Malpartido.

— L'amie d'un ami. Je lui offre un asile temporaire.

— Ici ! Croyez-vous pouvoir lui faire confiance ?

— Non. D'ailleurs, je ne lui fais pas confiance.

Angel sourit.

— Pourquoi ?

Maldonado sourit à son tour.

— C'est la fille de quelqu'un que j'ai connu et aidé il y a bien des années.

— Qui ça ?

— Un type qui se mettait à l'abri des ennuis, exactement ce qu'elle prétend faire.

— Que lui est-il arrivé, à ce type ?

— Nous étions amis. Nous nous sommes brouillés. Nous avons perdu contact depuis des années. Si cela se trouve, il est mort.

— Comment savez-vous que c'est sa fille ?

— Son visage, répondit Maldonado dans un soupir. Ce dessin, ces yeux d'un bleu limpide, les sillons sur son front, la forme de sa bouche. Quel choc quand je l'ai vue ! J'ai su immédiatement qui elle était.

— Quelle est donc la raison de sa présence ici et pourquoi mentirait-elle ?

— Ce pourrait être une vipère introduite en mon sein, n'est-ce pas ? J'ai suffisamment d'ennemis qui paieraient pour l'introduire. Comme par hasard, elle a surgi quelques jours après le fiasco de l'opération Leticia qui a conduit à la perte d'un Britannique et de deux types de la DEA. Je ne puis me permettre de croire aux coïncidences. Nous ferions bien d'enquêter sur miss Helen Jencks, ne pensez-vous pas ? Elle appartient peut-être à la CIA, au SIS ou à Dieu sait quoi.

37

Le mercredi matin, Hugh Wallace et Andy Rankin arrivèrent à cinq minutes d'intervalle. Wallace se faufila discrètement, yeux baissés, casquette de baseball vissée sur le crâne, dissimulant mal ses bleus. Il ne parla à personne et chercha refuge dans son bureau. Rankin pénétra dans la salle des marchés tel un malabar franchissant le premier la porte d'un pub. Karen lui avait supprimé les tranquillisants et préparé deux grandes tasses de café bien fort. Elle l'avait obligé à ingurgiter un laïus d'encouragement. Il était tendu à craquer. Il tenta son habituelle démarche nonchalante, mais son bras en écharpe gênait le rythme. Fulminant intérieurement, il sourit et s'arrêta pour faire de petites courbettes, acceptant avec un air quasi triomphant les questions qui fusaient de toute part. Dans la salle des marchés, pas de sujets tabous. Les joueurs se repaissaient des mésaventures d'autrui. Les traders imaginèrent tous les prétextes pour s'approcher du desk des derivatives avec une curiosité de prédateur. Contrairement à Wallace, Rankin n'avait nulle part où se réfugier. Il fit face à ses inquisiteurs en exhibant ses blessures.

— Ski sur glacier. Piste noire, Val d'Isère. Vous auriez dû voir ça, tellement à pic qu'elle disparaissait. J'ai accroché le bord, heurté un rocher... J'allais au moins à cinquante à l'heure.

Puis, large sourire, comique sur ce visage tuméfié, immédiatement suivi par une grimace de douleur. Impossible à éviter, alors autant l'exagérer.

— Mais les infirmières, ah, les infirmières, vous avez raté ça. Passer entre leurs mains expertes et mourir !

Les inquisiteurs s'éloignèrent à grand renfort d'obscénités et de sourires entendus.

Dans son bureau, Wallace manipulait ses ordinateurs, demandant des tonnes d'informations imprimées qu'il ne lisait pas.

Il se leva et cria à Keith par la porte ouverte :

— Va chercher deux cafés et deux sandwiches au bacon pour Andy et moi. Prends-en pour toi pendant que tu y es.

Il brandit un billet de vingt livres et fit signe à Keith de filer.

A peine eut-il disparu que Rankin rejoignit Wallace.

— Encore une minute et c'est la nuée de sauterelles, annonça Wallace. Il faut rester calme et ne rien admettre. On observe et on attend. Et si tu fais ce que je dis, on va s'en tirer.

Il regarda le bureau de Helen, si manifestement vide. Je ne voulais pas qu'on en arrive là, songea-t-il. Elle était juste un pion, qu'on ne comptait pas utiliser. Nous étions amis. Elle a tout foiré en découvrant le pot aux roses, en fouillant nos bureaux. Si elle était venue me trouver, on aurait imaginé une solution. Mais il a fallu qu'elle joue au plus fin, se sauve, pique l'argent à la Banque des Alpes et qu'elle se dresse contre moi. Il avait toujours su qu'un jour, malgré la solitude qui les rapprochait, ce serait lui contre elle. Il en allait toujours ainsi, surtout avec les amis. Ne jamais faire confiance, toujours s'attendre au pire. Il avait appris cela dès sa petite enfance.

Une fois de plus il avait raison, et toutes ses précautions s'étaient révélées géniales. La fuite de Helen était un bonus inattendu.

— Plus longtemps elle s'absente, murmura-t-il à Rankin, mieux cela vaut pour nous. Si elle était innocente, pourquoi disparaîtrait-elle ? Elle s'est piégée encore mieux que je ne l'ai piégée moi-même. S'il le faut, nous avouerons que c'est une amie de Helen qui nous a roués de coups. Cela contribuera à la désigner comme coupable, et de toute façon il faut bien qu'on s'explique là-dessus. Savage ne croira jamais à une coïncidence. Ces enfoirés marcheront du moment que cela les amuse, ajouta-t-il en désignant du menton la salle des marchés. Qu'ils y croient ou non.

— Ah ! Je me demandais quand nous aurions le privilège de voir vos blessures !

James Savage se tenait dans l'encadrement de la porte, resplendissant dans son costume de prix et ses cheveux argent rejetés en arrière. Il pénétra dans le bureau et fit face aux deux hommes.

— Je ne m'attendais pas à vous voir arrangés de la sorte. Vous donnerez-vous la peine de monter dans mon bureau afin de me donner votre version des faits ? Oh, empruntez donc l'escalier de service, vous avez suffisamment attiré l'attention comme cela.

Ils s'assirent dans le bureau de Savage, côte à côte dans le grand canapé de cuir vert. Savage était absorbé dans la lecture d'un document comme s'il n'avait pas remarqué leur présence. Il leva les yeux lorsque se profila l'ombre de Michael Freyn. Malgré sa carrure, Freyn se déplaçait comme un chat et faisait immanquablement sursauter ses collègues. Savage lui sourit.

— Connaissez-vous Hugh Wallace et Andy Rankin ? demanda Savage en désignant les deux hommes d'une main qui semblait caresser de loin leur visage tuméfié.

Freyn s'avança vers eux. Rankin se leva sans trop de difficultés, même si les analgésiques lui donnaient la nausée, mais Wallace se débattit en vain, provoquant la pitié de son oncle.

Freyn donna aux deux hommes une poignée de main étonnamment délicate, prenant son temps, examinant leurs blessures d'un œil professionnel. Il s'attarda sur Wallace.

— Sales blessures. Vous avez vu un médecin ?

— Evidemment.

— Asseyez-vous, tous les deux, leur dit Freyn. Dans votre état !

— Vous parlez comme si nous étions des femmes enceintes, grimaça Rankin.

— Qu'est-il arrivé ?

La voix de Freyn atteignit le cerveau de Wallace

comme un coup de fusil. Il leva les yeux sur l'homme debout au-dessus de lui et une lueur de colère passa dans ses yeux.

— Cela vous ennuierait de vous asseoir ? Vous me donnez littéralement la migraine à me dominer comme ça de toute votre hauteur, lança Wallace qui tira violemment sur son col de chemise.

Freyn prit plaisir à imaginer combien de temps il faudrait pour régler ce merdier si on lui confiait, à lui et à ses potes para, Rankin, Wallace, Jencks – et un terrain vague. Puis il se tourna sans un mot et alla s'asseoir en face de Wallace.

— C'est plutôt embarrassant, fit Wallace en s'adressant uniquement à Savage. Euh, que voulez-vous savoir exactement ?

— Ce que vous avez à dire.

— Parfait. Mais je suis un peu gêné. Ce pourrait être incriminant.

Rankin étudia ses souliers.

— Ecoutez, Andy a dit aux gars de la salle des marchés que c'était un accident de ski et j'ai raconté que j'avais été agressé. C'est faux. On nous a tabassés.

Freyn hocha la tête.

— Qui ?

— Une femme.

Wallace remarqua la mine réjouie de Freyn. Savage, lui, explosa de rire.

— Pareil pour Andy, ajouta Wallace.

— Cela, je le sais et, hormis l'aspect croustillant de la chose, je ne vois pas en quoi le sexe de l'agresseur a un intérêt, remarqua Savage en se tournant vers Freyn. Après tout, nous respectons la parité hommes femmes dans cette banque.

Les deux hommes échangèrent un bref sourire.

— Irrésistible. Rappelez-moi de plaisanter la prochaine fois que vous vous ferez balancer sur le trottoir, tête la première, lança Wallace, hors de lui.

— Balancé sur le trottoir ? s'enquit Freyn. Comment cela, au juste ?

— Demandez donc à Andy. Elle le lui a fait. Je suis juste tombé, enfin je crois.

— Bien. Andy, comment cette femme s'y est-elle prise exactement ?

— Pas la moindre idée. Elle a attrapé ma main et m'a projeté, et je me suis retrouvé en train de voler. C'est peut-être idiot, mais je n'ai rien pu faire.

— On dirait une sorte d'art martial, intervint Freyn. Quoi d'autre sur cette femme ? ordonna-t-il.

Wallace prit la parole, conscient que Freyn mordait à l'hameçon.

— Nous pensons qu'il s'agit de la même femme.

— Vous la connaissez ? pressa Freyn.

— Non, répondit Wallace, mais elle nous a suggéré la même chose : de la part de Helen.

Savage et Freyn échangèrent un regard.

— Etiez-vous au courant, dit Savage en quittant son fauteuil, que vos bureaux ont été forcés ?

— Seulement ce matin, mentit Wallace ; Paul Keith nous l'a dit.

— Deux personnes attaquées, trois bureaux fracturés, une personne disparue. Auriez-vous l'obligeance de me dire ce que je dois en conclure ? s'enquit Savage.

— Comment le saurais-je ? protesta Wallace en tirant de nouveau sur son col, ce qui commençait à agacer sérieusement Freyn.

Savage plissa les lèvres puis se tourna vers Rankin.

— Retournez au desk, couvrez ou fermez vos positions, ne parlez de rien. Chute de ski. Jencks est en arrêt maladie.

Rankin réfléchit un moment.

— Aucune position nouvelle ? demanda-t-il d'un ton cassant.

Interdire toute transaction équivalait à priver un drogué de sa seringue.

— Vous avez parfaitement compris.

Savage s'adressa alors à Wallace.

— Enferme-toi avec tes ordinateurs et concocte

une nouveauté quelconque. Joue profil bas. Tiens-t'en à ton histoire d'agression.

— Qu'allez-vous faire ?

— Démêler l'écheveau.

Freyn passa un coup de fil dans le bureau de Savage. Il écouta en silence, grommela un au revoir et se tourna vers son patron.

— Les caméras placées dans le hall d'entrée et dans la salle des marchés ont enregistré Helen Jencks. Elle est arrivée vendredi dernier à vingt-deux heures quarante et repartie à minuit et quart.

— Pourquoi ce délai de vingt-quatre heures ?

— Je n'aime pas le type qui était de garde hier. Je ne voulais pas éveiller sa curiosité. Si je lui avais demandé une recherche, tout le monde l'aurait su.

Savage approuva d'un signe de tête.

— Une heure trente-cinq sur place. Largement le temps de forcer les serrures et voler les dossiers. Cette fille ferait une parfaite arnaqueuse. Elle a le bon pedigree, non ?

— Son bureau aussi a été fracturé, observa Freyn. Bluff ou intox ?

Savage fit les cent pas, s'arrêtant un instant pour regarder au loin, dans sa posture favorite de contemplation.

— Je n'ai aucune confiance en ces enfoirés. Et vous ? C'est le problème avec les traders, les bons comme les mauvais. Ils sont tous obsédés par l'idée de faire du fric. Il en faut peu pour franchir la ligne.

— Vraiment ?

— Quelqu'un l'a franchie, en tout cas.

Savage alla se rasseoir et s'empara du combiné.

— Je crois qu'il est temps que nous appelions Breden.

Freyn ne broncha pas. Du moins Savage avait-il dit « nous » et non « je ». Ancien espion devenu détective privé, Dick Breden était le rival de Freyn et la mascotte de Savage. Freyn commença à protester, puis se tut.

Breden répondit avec son inévitable accent traînant.

— Dick ? Ici James Savage. Il s'est produit quelque chose. Pourriez-vous passer ? C'est urgent. Parfait. Je vous attends dans une heure.

Dick Breden arriva avec cinq minutes d'avance. Pour satisfaire à l'exigence de Savage en matière vestimentaire, il avait troqué son habituel pantalon de velours et son blazer contre un costume. Le sien était du prêt-à-porter, mais il n'avait nul besoin d'un tailleur habile dans l'art de la dissimulation. Son complet soulignait avantageusement son corps long et musclé. Toutefois, Breden avait suffisamment l'air d'un financier pour masquer le véritable but de sa visite chez Goldsteins. Seuls Savage et Freyn connaissaient son métier. Ils avaient fait appel à lui en maintes occasions afin qu'il enquêtât sur des clients potentiels, des collègues, des rivaux, soit dans le cadre de la banque, soit à l'extérieur. Le rare respect que Savage témoignait pour les capacités du détective, à quoi s'ajoutaient les secrets partagés entre Savage et Freyn, faisait taire la petite brute en lui ; aussi accueillit-il Breden avec un sourire de conspirateur. Breden, lui, appréciait Savage pour sa férocité affichée, que son costume de Savile Row ne dissimulait en rien.

Les deux hommes se serrèrent la main et Breden se tourna vers Freyn. Quand l'espionnage rencontre l'armée... chacun connaissait le genre de l'autre bien avant leur rencontre. Ils devaient faire fi de leur instinct et de leur susceptibilité. Breden cherchait encore une déférence subreptice de la part de Freyn, un éclair furtif dans le regard eût suffi. Freyn le savait et y répondait avec une hostilité mal contenue. Mais, pour sa plus grande satisfaction, Freyn tenait les rênes. En l'occurrence, c'était son service qui avait fait appel au détective, lequel avait pour lui que Savage lui avait téléphoné directement. L'équilibre du pouvoir était donc délicat. Savage percevait la tension entre les deux hommes et s'autorisa à trahir une pointe d'amusement. La compétition et le conflit étaient à son métier ce que le guano était aux roses de son jardin. Savage le répandait avec libéralité.

Evangeline, la secrétaire de Savage, tendit à son patron un dossier chamois, servit du café et se retira. Les trois hommes buvaient leur café noir ; Savage à cause de sa ligne, Freyn parce qu'il était allergique au lait et Breden parce qu'il l'aimait fort.

— J'ai besoin que vous me retrouviez une femme qui travaille ici, commença Savage. Voici deux jours qu'elle est absente. Elle n'est apparemment pas chez elle et on la soupçonne de malversation. Son nom est Helen Jencks, annonça-t-il en lui glissant le dossier personnel de la jeune femme.

— Il faut également que vous sachiez que son père est Jack Jencks.

— Le financier qui a disparu ?

— Au milieu de rumeurs de fraude.

— Tel père telle fille ? demanda Breden.

— L'explication la plus simple est parfois la meilleure.

— Ou la plus commode. Vous voulez que je découvre ce qu'elle a pu trafiquer ?

Savage secoua la tête en signe de dénégation.

— Michael et moi prenons en charge ce côté de l'affaire. Je veux que vous mettiez la main dessus.

— Parlez-moi d'elle. Qui est-elle ?

Savage s'esclaffa.

— Je lui ai posé la même question une nuit en plein Pacifique.

Breden leva un sourcil, flaira la bonne histoire et se cala dans son fauteuil pour l'obtenir grâce à ce sourire tranquille de l'homme qui a tout son temps. Freyn comprit qu'il allait découvrir une facette de son patron qu'il n'avait jamais soupçonnée et écouta en silence.

Savage n'avait rien oublié. C'était une de ces occasions où, même à l'époque, on a la sensation précise d'une évidence, d'une rencontre. Votre cerveau s'en régale avec un tel délice que sa mémoire en conserve une copie parfaite afin de pouvoir la repasser à volonté.

— C'était en janvier, il y a quatre ans. J'avais affrété un yacht appelé l'*Escape*. Nous naviguions depuis quinze jours dans le Pacifique Sud. Nous avons mouillé à Rarotonga, Aitutaki et Atiu, dans les îles Cook ; Mopelia, Bora Bora, Huahine et Moorea, dans les îles de la Société. C'était somptueux. Helen Jencks était le cuistot du voilier. Elle cuisinait remarquablement et gardait ses distances. Elle paraissait très solitaire. Nous l'avons tous remarquée. Elle était physiquement attirante mais il y avait autre chose. On percevait sa présence. Ce n'était pas agréable, mais c'était fascinant. Certaines nuits, elle jouait du saxophone. Elle ne le faisait pas pour nous, mais nous montions sur le pont et nous nous asseyions près d'elle pour écouter. Elle jouait en transe, comme un ange en pleurs. C'était comme si nous n'étions pas là. Bref, un soir que je n'arrivais pas à dormir, je suis monté prendre l'air. J'ai trouvé Helen assise en tailleur sur le teck en pleine partie de backgammon avec le capitaine. Je lui ai proposé une partie à mon tour.

Savage eut un sourire et reprit :

— Elle a accepté et le capitaine est descendu, nous laissant seuls.

A peine avait-il prononcé ces mots qu'il se retrouva en pensée sur le pont du grand et long yacht amarré sous les cieux tropicaux en compagnie d'une jolie femme assise sous les étoiles.

— Quel est l'enjeu ? demanda Helen avec un sourire. Méfiez-vous, je ne renonce jamais ni ne manque à ma parole.

— Excellent, je suis pareil. Pour quoi aimeriez-vous jouer ?

— Vous dirigez une banque, n'est-ce pas ?

— Oui.

— Si je gagne, je voudrais du boulot. Dans la salle des marchés. Comme trader.

Il éclata de rire et la dévisagea un moment. C'était

un pari intéressant, pure hypothèse d'école, mais néanmoins révélatrice.

— D'accord. Cela peut s'arranger.

— Et vous ? Que souhaitez-vous de moi ? s'enquit-elle avec un large sourire nonchalant, les yeux plantés dans les siens.

Il posa les yeux sur son visage, ses lèvres, sa gorge, ses seins, ses jambes en tailleur, bronzées, lisses et souples.

— J'aimerais vous faire l'amour.

Elle sourit.

— A défaut, j'aimerais passer le reste de ma vie à manger votre cuisine et à vous écouter jouer du saxo.

Elle eut un petit rire tranquille.

— Cela n'arrivera pas.

Savage se tourna vers Breden.

— Elle était si sûre d'elle. Je me croyais en sécurité. Huit ans auparavant, lorsque j'avais encore du temps à consacrer à autre chose qu'au travail, j'avais gagné le championnat de Grande-Bretagne.

Il sourit brusquement.

— Elle m'a mis la pâtée. Cette ravissante petite cuisinière m'a flanqué une dérouillée. Je n'arrivais pas à le croire. Nous avons veillé toute la nuit, nous avons bu et joué, backgammon et black-jack, et nous avons parlé. Elle paraissait tellement plus que ce qu'elle était que je lui ai demandé : « Qui êtes-vous vraiment, Helen Jencks ? »

Son esprit retourna une fois encore sur le pont du voilier.

— Il serait plus simple de vous dire ce que j'ai fait, répondit-elle.

— Soit. Si je dois vous embaucher, autant que j'en sache un minimum sur vous.

— Je suis née il y a vingt-six ans au milieu des vallées galloises, dans la maison de ma grand-mère. J'ai grandi à Londres. J'avais sept ans quand mon père est parti pour toujours. J'ai vécu avec ma mère jusqu'à l'âge de seize ans. Elle est allée habiter dans le Devon avec un autre homme avec qui elle a eu des enfants. Je suis restée seule à Londres. Quand elle a déménagé, j'ai quitté le collège d'enseignement général du quartier. Elle a vendu la maison et m'a donné de quoi payer un loyer. J'ai emménagé dans un endroit meilleur marché et dépensé le reste de l'argent à me payer des fringues, des verres et des entrées en boîte. J'ai réussi tous mes examens haut la main et je suis entrée dans une école de cuisine parce que c'est ce que ma mère voulait. Une fois diplômée, j'ai vécu avec un saxophoniste de dix ans de plus que moi. Il jouait dans des clubs de jazz, pas très bien, mais je l'ai, un temps, cru extraordinaire. Je me suis plus ou moins retrouvée piégée. Je n'avais pas le droit de sortir sans lui. Je devais être mal fagotée, comme cela il était sûr que les hommes ne me regarderaient pas. J'avais parfois l'impression qu'il ne voulait pas que je vive, et il me battait.

— Qu'avez-vous fait ?

— J'ai pris la mer.

— Et vous voulez quitter tout cela pour un poste dans une salle des marchés ?

— Je veux essayer quelque chose de nouveau.

— Mais tout le monde rêve de vivre comme vous !

— Je vous retourne le compliment.

— Nous voulons tous réaliser nos rêves.

— Alors répondez aux miens, ou laissez-moi découvrir que je me trompe.

— Une chose, d'abord. Je n'ai jamais vu personne jouer comme vous et jamais je n'ai été battu à plate couture. Où diable avez-vous appris à jouer de la sorte ?

— Sur ce bateau. Le bruit se répand toujours que je sais jouer. L'*Escape* a été affrété une saison par un vieil homme. Il m'a appris à gagner.

— Son nom ?

— Sandy Goldsmith.

Savage partit d'un grand rire incrédule.

— Ancien champion du monde.

— Lui-même.

— Il vous a aussi appris à compter les cartes ou était-ce une carambouille ?

— Je préfère le terme d'habileté.

— Utile dans une salle des marchés, je dois le reconnaître. Mais seriez-vous capable de vous soumettre à des horaires réguliers après tant de liberté ?

— Je suis capable de tout, du moment que je le décide. Vous n'avez pas l'air de comprendre. La liberté peut se révéler une malédiction pour qui ne sait qu'en faire.

— C'est votre cas ?

— Non. Mais j'ai envie de changement. Je veux gagner suffisamment d'argent pour décider de mon emploi du temps et dire aux connards d'aller se faire foutre.

Il sentait bien qu'elle avait d'autres motivations, mais elle n'entra pas dans les détails.

— Tout cela semble si sûr et si parfait. Mais peut-être n'est-ce qu'un autre chant des sirènes.

— Non. C'est la Toison d'or. Et je la veux.

Il éclata de rire au souvenir des paroles de Helen. Vérité inconsciente dans le jeu de mots ?

La voix de Breden le ramena au présent.

— Peut-être vous a-t-elle bel et bien tondu la laine sur le dos ?

— Peut-être. Trouvez-la et nous le saurons.

— Avez-vous essayé de reprendre votre parole, sur le bateau, sachant qui elle était ?

— Non. J'avais promis.

— Vous agiriez encore de même ?

Savage ne répondit pas mais Breden déchiffra la réponse dans cette douceur rare embrumant ses yeux.

38

Helen s'éveilla de bonne heure, frémissante d'excitation. Si tout s'était déroulé comme prévu, près d'un million et demi de dollars serait en route. Son plan était de se rendre à l'hôtel Bolivar pour appeler Dai et d'apprendre si l'argent était à elle et si sa vengeance commençait à prendre corps.

Elle entama la matinée par une longue séance de yoga, des exercices de musculation et de la natation. Aucun signe de Maldonado. Elle prit donc son petit déjeuner seule sur la terrasse chauffée au soleil. Puis elle alla bavarder avec les chiennes à qui elle donna du bacon, appela un taxi qui arriva au bout de dix minutes. C'était encore une Volkswagen en piteux état. Elle grimpa à l'arrière et indiqua le Bolivar. Elle ne remarqua pas le vieux break Toyota qui démarra et la suivit à quatre voitures de distance, ni la Ford Bronco noire qui s'engouffra trois voitures devant.

Le taxi de Helen traversa La Molina et, cinq minutes plus tard, roulait sur la crête de la colline surmontée d'une parabole. En contrebas, Lima tremblait dans la brume de chaleur, s'étendant devant eux pour disparaître dans l'océan. Au Bolivar, le sympathique réceptionniste, Carlos, était encore de service et la salle de conférences était libre. Helen appela Dai.

— Bonne nouvelle, Cariad. Tu es riche.

Elle rit sauvagement.

— Super ! Ça apprendra à ces ordures. Tu es génial, Dai. Merci.

— Ne t'inquiète pas, je me suis bien amusé. Je crois que nous sommes timbrés, remarque, mais c'est ainsi.

Ils évoquèrent le Wiltshire, les chiens et la venue du printemps. Puis Helen lui dit au revoir avant que la conversation n'accentue la douleur de la séparation. Elle descendit payer sa communication. Elle tendit vingt dollars à Carlos ; un de ses meilleurs investissements. Elle sortit sous le soleil étincelant, protégeant ses yeux de la main. Elle ne remarqua pas les deux hommes postés en bordure du parc de l'autre côté de la rue, ne remarqua pas qu'on l'observait, ni n'entendit les commentaires chuchotés dans les puissants talkies-walkies. Elle héla un taxi pour regagner La Molina, discrètement filée par la Ford Bronco noire.

Un des guetteurs du parc rangea son talkie-walkie et fonça au Bolivar. Carlos leva sur lui des yeux inquiets. L'arrogance nonchalante de l'homme et le renflement sous sa veste dissimulant mal une arme lui firent craindre des ennuis avant même que l'homme n'exhibât sa plaque.

— Service national de renseignement. Je vais prendre un peu de votre temps, *por favor,* annonça l'homme.

Carlos se dirigea en hâte vers le bureau de derrière. L'homme du SIN désigna du menton une secrétaire en train de taper du courrier.

— Allez donc prendre un petit café, Juanita, suggéra Carlos.

Elle coula un regard en coin vers l'étranger avant de disparaître.

L'homme prit place au bureau vacant et alluma une cigarette du paquet de la secrétaire.

— Cette femme, qui est sortie il y a cinq minutes, la gringa aux cheveux blonds. Que voulait-elle ?

Carlos planta les yeux sur l'épaule de l'homme, éprouvant une peur et une inimitié à son égard aussi fortes que la soudaine loyauté qu'il ressentait à l'égard de la blonde étrangère.

— Et ne me raconte pas qu'elle est venue demander son chemin, ajouta l'homme comme s'il lisait en Carlos. Cela prendrait à peine deux minutes, même avec un âne bâté de ton espèce.

Carlos ne connaissait que trop les récits de ce qui arrivait à qui résistait au SIN : chambre des tortures, chambres d'hôpital. Morgue.

— Elle est venue passer des coups de téléphone.

— Que disait-elle ?

— Aucune idée. Elle appelait de la salle de conférences.

— Gratuitement ?

— Non.

— Comment a-t-elle payé ?

— En liquide.

— Montre-moi le reçu, à moins que tu n'aies eu l'intention de te remplir les poches, mon salaud.

Carlos retourna à la réception où il prit le reçu auquel était agrafée la sortie imprimante de l'ordinateur. L'homme lut le tout qu'il empocha.

— C'est la première fois qu'elle vient ?

— La deuxième. Egalement pour téléphoner.

— Le reçu... ordonna l'homme en tendant la main.

Carlos fouilla dans ses dossiers et lui donna le papier.

— Sois aimable avec elle la prochaine fois qu'elle vient passer un coup de fil. Assure-toi qu'il y a toujours un téléphone de libre. Et pas un mot de notre petite conversation.

39

Angel tendit les deux quittances à Maldonado.

— Un de nos gars les a obtenues du réceptionniste du Bolivar. La senorita Jencks s'y est rendue pour passer deux coups de téléphone, un hier, un aujourd'hui. Tous deux au même numéro, Royaume-Uni.

Maldonado étudia les documents, puis les rendit à Angel.

— Pourquoi ferait-elle tout le chemin jusqu'à San Isidro pour un simple appel ?

— Par discrétion ? suggéra-t-il avec un sourire narquois. Cela l'ennuie de vous faire payer ses communications.

Maldonado ouvrit le tiroir de son bureau d'où il

sortit un carnet d'adresses bleu marine. Il feuilleta les pages jusqu'à la lettre « M », eut un léger sourire et referma le carnet.

— Elle a appelé son parrain. Cet ami qui m'a demandé de l'héberger.

— Normalement, elle aurait dû vous demander l'autorisation de l'appeler, remarqua Angel, songeur. Que trame-t-elle donc, cette Helen Jencks ?

— Nous n'allons pas tarder à le découvrir, n'est-ce pas ? Peut-être est-il temps que j'appelle Tess Carlyle pour lui demander des renseignements sur miss Jencks. Mettre le SIS au pied du mur, s'ils sont derrière son séjour ici. Voir si je tire quelque chose de leur réaction.

— Peut-être est-elle simplement venue à la recherche de son père, s'il a disparu comme vous le dites.

— Alors pourquoi faire des mystères ? Pourquoi dissimuler son identité ? Pourquoi ne pas se contenter de me demander un coup de main ? Non, il y a anguille sous roche. Parfois, je me demande qui d'elle ou de moi essaie le plus de percer l'autre à jour. Et, je l'ai dit, elle est arrivée à un drôle de moment pour qu'il s'agisse d'une simple coïncidence.

— Vous êtes donc persuadé que le SIS est derrière tout cela ?

— Nous le saurons bientôt. Si c'est le cas, nous devrons la jouer finement, vous me comprenez, n'est-ce pas ? Pas d'erreurs.

— Poursuivons-nous la surveillance ? s'enquit Angel.

Maldonado fit signe que oui.

— Cela coûte cher. Dois-je prendre dans le budget spécial ?

— Ce qu'il en reste maintenant que ces putains de *norteamericanos* ont installé un radar à Iquitos. Avec leur engin, c'est tout juste si je peux pisser un coup sans qu'ils soient au courant.

Maldonado quitta son fauteuil et arpenta son bureau, s'interrompant pour caresser le visage d'une figurine Moche.

— Pourquoi ne peuvent-ils se concentrer sur le sevrage de leurs camés au lieu de nous harceler ? Pas de demande, pas d'offre.

— Parce que certaines personnes, dans leur gouvernement comme dans le nôtre, veulent éliminer les *droguistas,* répondit Angel.

— En ce cas, les gringos feraient bien d'acheter le coton péruvien. Ça ferait monter les prix et donnerait vraiment le choix aux fermiers.

— Je ne crois pas que les électeurs de Louisiane apprécieraient beaucoup.

Maldonado leva la main lorsqu'il aperçut Helen qui traversait la pelouse.

— Disparais. Je dîne avec elle dans une minute.

Angel observa la jeune femme qui approchait.

— Regardez-la. Elle se déplace comme un chat en maraude. Et ses cheveux blonds. D'ici je vois ses yeux briller.

— Tu ne l'aimes pas.

— Je l'aimerais beaucoup, déclara Angel en se léchant les babines.

Il regarda Helen s'approcher, écrasa sa cigarette et se glissa au-dehors.

40

Helen traversait la maison de Maldonado, projetant des ombres sur les murs blancs. Cela sentait la cigarette et l'après-rasage. Elle suivit Carmen dans le grand hall qui menait au salon. Hormis le bruit de leurs pas, sa démarche féline contrastant vivement avec les coups de talon de Carmen, le silence régnait. Elles passèrent devant les lourdes portes en bois. Toutes étaient fermées. Helen eut l'étrange impression que, malgré l'apparence, il y avait quelqu'un derrière.

Carmen abandonna Helen au salon. Des vases en

argent ciselé étaient emplis de lys blancs qui répandaient leur lourd parfum dans l'air du soir. Helen se pencha pour en respirer l'arôme, puis regarda lentement autour d'elle. Au fil des ans, elle avait fréquenté bien des endroits inconnus mais, invisibles et en mouvement, ils appartenaient à un vaisseau fantôme. Cette fois, elle était dans une maison, avec un homme dont elle ignorait tout. Il lui apparut soudain qu'elle n'avait pas vu la moindre photographie. Nulle histoire excepté celle du bois torturé sculpté par des mains mortes depuis longtemps. Dans ce salon, le passé n'existait que grâce aux antiquités. Tout était mort. Où étaient les portraits sépia des ancêtres ? Où étaient les portraits de famille en noir et blanc, ou ceux en couleurs des frères et sœurs, de l'épouse et des enfants ?

— Vous cherchez quelque chose ?

Helen pivota sur elle-même. Maldonado se tenait dans l'encadrement de la porte et l'observait.

— Des photos, répondit-elle avec simplicité. Vous n'en possédez aucune.

Maldonado entra et lui posa un petit baiser sur la joue.

— C'est vrai, n'est-ce pas ?

Ses grands yeux noirs étaient impénétrables.

— Aimeriez-vous un verre ? ajouta-t-il.

Après un pisco sour, Maldonado et Helen se rendirent à la salle à manger.

— *Salmón con mango y ají rojo* – autrement dit, haricots rouges. C'est légèrement piquant. Pas trop pour vous, j'espère ?

— J'adore la cuisine épicée, dit Helen. Le curry, la cuisine thaï, la cuisine indonésienne. J'ai un estomac en béton.

— Cela vous sera utile, ici.

— J'ai beaucoup voyagé, commenta Helen en songeant à ses expéditions en Asie du Sud-Est. Je crois que mon malheureux estomac s'est habitué à presque tous les parasites existants.

— Vous êtes retournée explorer Lima, je crois.

— Oui. Juste une petite balade.

— Soyez prudente.

— Pourquoi ? Si l'on oublie les hommes armés à tous les coins de rue, Lima ressemble à n'importe quelle capitale. Gratte-ciel et mendiants, boutiques de décoration et vendeurs des rues.

— Ne simplifiez pas à outrance, dit Maldonado. Ici, il y a le Sentier Lumineux, le Mouvement Révolutionnaire Tupac Amaru, et j'en passe. Rappelez-vous, ce sont eux qui ont occupé l'ambassade du Japon.

Le ton de Maldonado se fit étrangement pesant. Désemparée, Helen le scruta du regard.

— Comment pourrais-je oublier ? J'ai vu l'assaut à la télévision.

— Il y a eu une autre attaque, moins célèbre. Tout près. Le MRTA s'est emparé d'une maison à deux cents mètres de là. Echange de coups de feu, quatre morts. Autant que vous sachiez dans quel pays vous avez mis les pieds.

— Je croyais le terrorisme éliminé.

Maldonado eut un petit rire amer.

— Oh non ! Pas ici. Maîtrisé oui, éliminé, jamais. L'histoire est trop forte pour balayer le terrorisme aussi rapidement. Vous voyez les gratte-ciel, les Mercedes, les femmes qui se mettent sur leur trente et un pour un simple déjeuner et vous êtes persuadée de savoir dans quel monde vous évoluez. Mais détrompez-vous. Ce n'est que la partie visible de l'iceberg. Dans l'ensemble, l'abîme entre la vie en surface et ce qui se passe en dessous est énorme. Bien des gens, surtout les étrangers, ne savent jamais qu'en fait ils titubent au bord du gouffre. D'ailleurs, c'est aussi bien.

— Pourquoi ne puis-je voir de l'autre côté ?

— Croyez-moi, Helen, mieux vaut éviter.

— Bon, alors ne me donnez pas de détails, si cela vous gêne. Contentez-vous de m'en brosser les lignes générales.

— Ma femme m'a quitté. Voilà pourquoi il n'y a aucune photo.

Cette étrange réponse n'expliquait rien. Il y eut

dans les yeux de Maldonado un éclair de chagrin fou vite maîtrisé.

Qui est cet homme ? se demanda Helen. L'avertissement de Dai lui revint à l'esprit. Attends, observe, ne lui fais confiance que lorsque tu seras certaine. Elle devait trouver en lui quelque chose de sûr et d'immuable, quelque chose à quoi se fier, mais plus le temps passait, plus elle se disait que se fier à lui équivalait à se fier à une galerie des glaces. Et par moments, quand elle s'y attendait le moins, elle était assaillie par la peur qu'elle avait espéré laisser à Londres. Elle voulait ardemment s'ouvrir à Maldonado, décliner sa véritable identité, lui demander de l'aider à retrouver son père, mais son instinct l'exhortait à une extrême prudence. Les hommes en armes, les chiens d'attaque et tout en cet homme l'obligeaient à se taire sur le véritable but de son séjour.

— Parlez-moi du Pérou, demanda Helen qui cherchait à se raccrocher à quelque chose de concret au milieu de cette myriade de suggestions, d'avertissements et d'émotions.

Maldonado contemplait la jeune femme assise en face de lui, la lumière des chandeliers faisant virer à l'or ses cheveux blonds, son sourire chaleureux, ses yeux empreints de sympathie. Il eut la brusque envie de parler, de parler de son monde à une étrangère sans préjugés, qui s'abstiendrait de tout jugement. Il discerna ses vieux fantasmes avec amertume. Il but une longue gorgée de vin, s'adossa à sa chaise et la regarda fixement.

— Quel Pérou aimeriez-vous connaître ? La terre du Machu Picchu et des Incas ? Une carte postale pour innocents ? La beauté dans un cadre ? L'Amazonie, la quinine, l'*uña de gato,* la destruction de la forêt de la Pluie, les anciennes tribus, les Machiguengas, les Piras, les guerriers de la jungle gardant les cités perdues, l'Eldorado et ses chasseurs de trésor, les *pueblos jovenes* où les gens meurent de faim, le FMI, le plan Brady et les banques pétrolières, les tremblements de terre dans le Yungay, les milliers de personnes enfouies. Les *Brujos* et les chamans, la magie blanche, la magie noire. Les mineurs à cinq mille mètres d'altitude qui creusent sous les glaciers. Les prétendus Péruviens espagnols, ou vrais Péruviens, les Indios, si contents d'eux-mêmes. Les dames de la société chez l'esthéticienne, bavardant chacune dans sa cabine, échangeant des nouvelles de leurs enfants à l'université de Miami, évoquant ce qu'elles porteront le jour de la remise des diplômes. Ou aimeriez-vous plutôt que j'évoque les camps de terroristes en pleine jungle, les visites de l'OLP, ou les narcos, ou ceux qui les combattent, ou encore les juges masqués copieusement insultés par les éditorialistes du *New York Times* assis bien tranquillement à Manhattan. Il n'y a pas un Pérou, Helen, il y a un bâtard aux innombrables pères, choisissez celui que vous voulez.

— Il existe sûrement quelqu'un qui le comprend. Qui voit le schéma d'ensemble.

Maldonado esquissa un sourire ambigu. Il s'exprima d'une voix douce, comme s'il se confessait.

— Moi, je le comprends, Helen, dit-il, les yeux éclatants d'orgueil, et tristes, cependant, devant l'étendue du mal.

« Ce pays est complètement fou. Il est comparable à une femme magnifique qui a été violée plusieurs fois. Elle est désormais incapable de répondre à la plus douce des caresses. Brutalisée, elle a encore conscience de ce qu'elle était, ce qu'elle est, ce qu'on lui a fait et elle se venge à chaque occasion. Ce pays est dévasté par la violence, par la colère divine. Séismes, éruptions volcaniques, glissements de terrain, raz de marée, inondations, sécheresses, incendies. Allez dans les Andes, si vous en avez le loisir, vous comprendrez la violence des montagnes. La beauté n'y est pas apprivoisée. Allez au Festival de la glace dans les glaciers, regardez bien et vous serez peut-être témoin d'un sacrifice humain.

Il pointa le doigt vers Helen.

— Et prenez garde de ne pas être la victime. Chaque année, plusieurs personnes « disparaissent » dans les crevasses glaciaires. Rendez-vous sur le

Machu Picchu, faites l'ascension du Wayna Picchu, de l'Ausangate, projetez-vous loin en arrière, imaginez que vous êtes une jeune Inca, belle et pure. On vous sacrifierait aux dieux de la montagne en vous promettant l'immortalité. Mais les corps gelés que j'ai découverts étaient figés sous l'effet de la terreur, enivrés et drogués afin qu'ils glissent dans la mort sans lutter. Couverts de vomissures et d'excréments. Ils ne voulaient pas de l'immortalité, seulement la vie sur terre et la mort le plus tard possible. La mort règne en ces lieux. Les actes de Dieu sont plutôt des actes du diable. Vous me tenez pour un vieil homme qui finit par trop aimer ses histoires et a pris des libertés avec la réalité. Quittez cet endroit et vous comprendrez ce que je veux dire. Restez suffisamment longtemps derrière ces murs et vous le constaterez quand même. Vous vous croyez en sécurité ici, n'est-ce pas, mais vous vous méprenez. Rassurez-vous, c'est pareil pour moi. Hauts murs, sentinelles armées, cela ne change rien. Restez au Pérou assez longtemps et vous verrez de quoi je parle.

— Que fait-on, alors ? Comment se bat-on contre la mort ?

— Je doute qu'on le puisse. On l'invite. On en voit trop. Si vous avez de l'imagination, cela cause votre perte. Rien à faire contre la mort à part l'affronter.

41

Wallace contre-attaqua dès le jeudi matin.

— Il faut qu'on s'en serve, insista-t-il en désignant par-dessus son sandwich au bacon une feuille blanche A4 posée sur la table entre Rankin et lui. Cette satanée Jencks doit avoir mis la main sur le relevé de compte au 30 avril, impossible de le retrouver. C'est ce qui a dû lui mettre la puce à l'oreille. Peu importe, cela fera l'affaire.

— Tu crois qu'ils vont marcher ? demanda Rankin.

— Tout ce qui est mauvais pour Jencks est bon pour nous.

— On joue au chat et à la souris. Ils nous tomberont dessus tôt ou tard. Pourquoi ne pas en finir tout de suite ?

— Parce que c'est inutile. Tu n'as pas l'air de comprendre que plus longtemps on nous permettra de rester dans le coin, plus il sera compromettant pour eux d'agir publiquement contre nous. Si nous avions détourné des fonds, ils auraient dû s'en apercevoir et nous virer sur-le-champ. Nous laisser traîner ici alors qu'ils nous croient compromis mettrait en péril la banque et sa réputation. Conclusion : on continue d'enfoncer Helen et de protester de notre innocence. Le temps joue pour nous.

— Ils vont nous laisser travailler ? s'enquit Rankin.

— Oui. A condition qu'on se montre astucieux. Ecoute, c'est eux contre nous, d'ailleurs ça a toujours été le cas, sauf qu'aujourd'hui c'est plus évident. Nous gagnons si nous sommes plus malins qu'eux et encore plus dénués de scrupules. Tu piges ?

La sueur perla sur la lèvre supérieure de Wallace. Rankin acquiesça d'un signe de tête.

— Parfait, reprit Wallace. On répète une dernière fois.

Ce qu'ils firent dans le calme du bureau de Wallace. Après quoi ils appelèrent Savage.

— Justification ! s'exclama Wallace en grimpant avec Rankin l'escalier de service. Liberté. Contente-toi de jouer le jeu.

Rankin le suivit en tremblant.

Ils pénétrèrent l'un après l'autre dans le bureau du président et s'assirent. Wallace avait le souffle court d'avoir monté trois étages à pied. Savage et Michael Freyn attendaient. Wallace poussa la feuille de papier sur le bureau vide de Savage.

— Andy a trouvé ça il y a dix minutes dans le bureau de Jencks, dissimulé sous un tiroir.

Savage lut à voix haute.

— Banque des Alpes. Compte numéro 247 96 26 76 2BV. Titulaire du compte Helen Jencks. Solde au 28 mars, un million quatre cent vingt-deux mille cinq cent quatre-vingt-neuf dollars.

Ses yeux passèrent d'un visage à l'autre, mais il ne pipa mot.

— Cela fait beaucoup d'argent pour un trader de trente ans, remarqua Wallace.

Savage tendit la feuille à Michael Freyn, puis se carra dans son fauteuil.

— Mais pas nécessairement pour la fille de Jack Jencks, fit-il, songeur. Peut-être possède-t-elle cette somme depuis des années. Un compte en Suisse ne prouve en rien qu'il y a eu malversation. Tu en as sans doute un aussi, Hugh. Quand on veut cacher de l'argent sale, il faut vraiment manquer d'imagination pour le mettre en Suisse, à son nom et laisser les coordonnées au bureau.

— Bien sûr, nous ne savons pas au juste d'où proviennent ces fonds, nota Wallace dont les ecchymoses étaient de plus en plus visibles. Nous nous sommes dit qu'il fallait vous tenir au courant.

— J'apprécie l'attention. Bien, voyons ce que nous avons. Helen Jencks est une femme riche qui disparaît du jour au lendemain. Ainsi que six dossiers dans le tiroir de Mr Rankin. C'est alors que ce bout de papier surgit. Et n'oublions pas les deux agressions. Aimeriez-vous me dire comment tout cela s'emboîte ?

— Je ne vois aucune explication logique, dit Wallace.

— Trouves-en une illogique, alors.

— Helen Jencks ne nous a jamais vraiment aimés, intervint Rankin. Peut-être a-t-elle voulu nous faire un cadeau d'adieu.

— Ce qui laisserait entendre un niveau d'antipathie que je qualifierais de colossal et, franchement, je doute qu'elle compte parmi ses amies des experts en arts martiaux. Mais admettons qu'elle soit derrière tout cela, que diable lui avez-vous fait pour qu'elle vous déteste à ce point ?

Ils regardèrent Savage sans broncher.

— Retournez à votre place, ordonna Savage avant d'appeler Dick Breden par l'interphone.

— Du nouveau ?

— Rien. Helen Jencks a virtuellement disparu de la surface de la terre.

42

— Maldonado a établi le contact, annonça Tess Carlyle à Ian Farrell. Il nous a envoyé la photographie d'une femme pour identification.

— On la connaît ?

— Il n'y a apparemment rien au fichier. Tu veux voir ? proposa Carlyle en tendant l'enveloppe.

— Pourquoi pas ?

Farrell prit l'enveloppe d'où il extirpa le cliché. Il ne laissa rien paraître mais Tess Carlyle savait déchiffrer ses expressions. Son intérêt s'accrut.

— Tu sais qui c'est ?

Farrell reposa la photo.

— Pourquoi veut-il l'identifier ? demanda-t-il les yeux baissés.

— Il ne l'a pas dit.

— Demande-lui en quoi cela l'intéresse.

— Victor ? Ici, Tess Carlyle.

— Quelle rapidité !

— Pas encore de réponse. Quelques renseignements complémentaires nous aideraient.

— Du genre ?

— Nous avons un nom, Helen Williams, et une nationalité, britannique, mais j'ai le sentiment que cette fille n'est pas au Royaume-Uni.

— Qu'est-ce que cela change ?

— Voyons, Victor, nous n'avons qu'à demander au chef d'antenne adéquat de jeter un œil.

Maldonado se sentit envahi par une vieille lassitude familière. Rien n'était jamais direct, tout se négociait, on vous crachait les services rendus à la gueule.

— Qui veut savoir ? demanda-t-il.

— Moi.

— Et ?

— Peut-être Ian. C'est tout.

— Elle est au Pérou.

— Quel est le lien ? La drogue ?

— Non, répondit Maldonado en guettant dans les réponses de Tess Carlyle les intonations trahissant mensonge ou omission.

— Elle a sûrement fait quelque chose qui...

— Elle est vivante, coupa Maldonado avec une trace d'ironie.

Etre vivante au mauvais endroit au mauvais moment, cela peut suffire, songea Carlyle.

— Merci, Victor. Je vous recontacte.

Carlyle se rendit dans le bureau de Farrell qui jouxtait le sien.

— Elle est au Pérou.

— Que fabrique-t-elle là-bas ? Quel est l'intérêt de Maldonado ?

— De quel droit n'y serait-elle pas ? Et qui est-ce, d'abord, insista Tess.

— C'est une longue histoire.

Farrell alla se planter devant la fenêtre surplombant la Tamise endormie. Carlyle attendit en silence, percevant dans l'attitude mesurée de Farrell le début d'une de ces vieilles histoires remontant à l'époque où le service grouillait de gentlemen cambrioleurs mythiques, où la bavure n'était pas même le rêve des adolescents boutonneux qui, devenus hommes politiques ou hauts fonctionnaires, transpiraient aujourd'hui dès qu'ils perdaient un trombone. C'est dire leur réaction s'ils apprenaient qu'on avait flanqué un coup de poing à un tueur à gages.

Farrell se tourna vers Tess.

— La femme mystérieuse de Maldonado. J'ai tout de suite reconnu la photo. Mais tu le sais déjà, bien sûr. Dieu protège ceux qui essaient de te cacher quelque chose. Elle est fichée chez nous. Pour moi, elle s'appelle Helen Jencks, pas Helen Williams. C'est la fille de Jack Jencks et la filleule de Dai Morgan. C'était il y a vingt-trois ans, j'appartenais à la Firme depuis sept ans.

Farrell arpenta la pièce de long en large, le visage marqué de souvenirs douloureux. Il relata à Tess Carlyle l'histoire de gens qu'il avait connus autrefois et les événements qui refusaient de s'effacer.

Quand il eut fini, il se rassit et revint brusquement au présent.

— La question est donc de savoir pourquoi diable Helen Jencks a filé à toute blinde au Pérou vingt-trois ans après son père.

— Pour le retrouver.

Farrell approuva d'un signe de tête.

— Forcément. Mais pourquoi maintenant ? Et pourquoi, en ce cas, dissimuler son identité à Maldonado ? C'est le meilleur guide possible. Jencks/Williams, ou Dieu sait comment elle choisit de s'appeler, a dû se mettre en cheville avec lui, Dai Morgan établissant le lien. Morgan, un vieux du SIS, l'appelle sans doute à brûle-pourpoint. Maldonado va se montrer soupçonneux comme pas deux, qu'il connaisse ou non la véritable identité de Jencks. Et de toute façon, il ne va pas tarder à la découvrir. Il est sur sa piste et il va à la pêche chez nous. Il pense à tout coup que c'est nous qui l'avons envoyée, que la quête de son père, si et quand elle la lui révèle, constitue une parfaite couverture. Et s'il n'en sait rien, il doit se demander plus encore ce qu'elle trame au Pérou.

— Quelle petite idiote ! Crois-tu qu'elle ait la moindre idée du guêpier dans lequel elle s'est fourrée ?

— Elle ne serait jamais partie si elle avait été au courant pour Maldonado. Morgan ne peut rien savoir. Il n'est plus dans le coup.

Farrell tira sur sa barbe et regarda, par-dessus l'épaule de Carlyle, le bleu embrumé de la Tamise.

— Tu crois aux coïncidences ? fit-il au bout d'un moment.

— Non.

— La main heureuse du hasard, alors ?

— Une coïncidence qui tient du roman.

— Que dirais-tu d'un roman noir ?

— Comment cela ? s'enquit Carlyle en le scrutant. Son sourire décidé était signe qu'une idée avait déjà surgi.

— Ah, je vois ! reprit Carlyle. Tu veux te servir de Helen Jencks pour obtenir des renseignements sur Maldonado.

— Procédons d'abord à quelques vérifications à son sujet. Essayons de tirer au clair cette histoire de séjour au Pérou. Autant savoir à qui nous avons affaire.

43

Tess Carlyle fit son rapport à Farrell dès le lendemain soir tout en triturant une grosse bague en topaze ornant sa main osseuse. Farrell avait rarement vu Tess tenir en place. Elle était investie d'une colossale énergie qui nécessitait un certain nombre de soupapes de sécurité par où s'échapper. Tripoter perpétuellement quelque chose en faisait partie.

— Bien. Voici ce qu'on a sur Helen Jencks, dit-elle, les yeux pétillants d'enthousiasme. Travaille à la City, rusée comme un renard, prend un congé sans solde à durée indéterminée, selon Goldsteins, son employeur. Trader hautement appréciée ; leur fait gagner un fric fou. D'après moi, si Helen Jencks veut une année sabbatique, Goldsteins accepte. Pourquoi envoyer promener cette poule aux œufs d'or dont ils espèrent qu'elle reviendra au poulailler leur pondre des millions ? J'ai vérifié sa note de téléphone. Appels réguliers à un certain Roddy Clark, journaliste au World, excusez du peu. Je l'ai rencontré à cinq occasions ; il fouinait à la recherche de coups ; à deux reprises je lui ai débité des bobards dont la publication nous a bien rendu service.

Carlyle leva une main.

— Pas de panique, s'empressa-t-elle d'ajouter. L'idée que j'ai pu l'utiliser ne l'a même pas effleuré. Affligé d'un ego démesuré, il est persuadé d'être le plus malin de tous et, de surcroît, il est trop occupé à poursuivre ses ambitions pour s'occuper de celles des autres. La commère rêvée. Plus puant tu meurs. Bref, j'ai organisé une entrevue, évoqué un tas de choses et amené Helen Jencks sur le tapis. Elle l'a plaqué il y a quatre mois. Il semble toujours rudement accroché, si bien qu'il est gai comme un pinson quand il s'agit de chanter sur elle et, mieux encore, comme il lui en veut, ce n'est pas la loyauté qui l'a étouffé quand j'ai commencé à creuser. Apparemment, retrouver son père est chez elle une véritable obsession ; elle s'est engagée comme cuistot sur un bateau pendant huit ans rien que pour naviguer à travers le monde à sa recherche. Roddy n'est pas loin d'affirmer qu'elle a pris un job à la City dans l'unique but de se faire assez d'argent pour repartir. Son départ l'a plutôt étonné. Apparemment, elle a filé en week-end sans faire ni une ni deux, sans même lui dire au revoir, ce qui ne l'a pas surpris outre mesure. Il prétend que ce genre de bonne femme a toujours une valise prête au pied de son lit. Je n'ai pas téléphoné à Dai Morgan. J'imagine que si nous envisageons d'utiliser Helen Jencks, autant éviter qu'il ne devine nos intentions. En outre, s'il se mettait à fureter d'un peu trop près, il découvrirait inévitablement le genre de personnage qu'est devenu son vieil ami Victor Maldonado et tenterait d'arracher la fille du Pérou avant que nous n'ayons seulement commencé avec elle. Inutile de perdre un agent potentiel, surtout quand tout semble prouver que Helen Jencks est au Pérou en quête de son père. Elle est partie un peu brusquement, en dépit des affirmations de Roddy. Je pourrais creuser de ce côté, si tu le souhaites, mais cela peut tout bonnement s'expliquer par le fait que Morgan lui a soudain avoué la vérité, pour des raisons qui lui sont propres, et que la fille a choisi de n'en rien dire à Roddy. Elle l'a largué après tout, elle ne lui doit aucune explication. Si on regarde les choses du point de vue de Morgan, il a soixante-cinq ans, ce n'est pas vieux, mais admettons qu'il vienne d'apprendre que sa mort est proche, ou quelque chose de ce genre, ou qu'il se sente menacé par l'âge, peut-être cela l'aura-t-il décidé à dire la vérité à sa filleule pendant qu'il était encore temps.

Farrell réfléchit longuement avant de prendre la parole.

— Un peu tordu, mais à cheval donné, on ne regarde pas la bouche. Helen Jencks est à mon sens le meilleur chemin jusqu'à Maldonado, à un moment où nous en avons un besoin vital. Combien de nouveaux cadavres nous faut-il avant de prendre au sérieux l'avertissement de Favour ?

Il s'interrompit avant de demander :

— Tu l'utiliserais ?

— Oui.

— Alors c'est entendu. On fonce. Reste à trouver la personne idoine pour la recruter, un type déjà sur place, qui connaisse bien le pays et sache distinguer les gens fréquentables des types dangereux. Il doit aussi évoluer à son aise dans la société. Savoir charmer une femme. Etre son ami. Bref, un dur au cœur tendre, si cela existe.

— Cela existe, rétorqua Carlyle avec un sourire sensuel. Favour est notre homme.

— Je doute qu'un guerrier aussi redoutable soit notre meilleur outil, en l'occurrence. Il est sans doute débordé. N'oublie pas : il est persuadé que Maldonado a tué un de ses amis. Il s'agit là d'une opération de renseignement excessivement délicate, mettant en jeu de nombreuses vies, dont celles de Jencks et de Favour. Et ce ne sont pas des moindres. Il n'est pas question de la survie de notre agent ou de la neutralisation d'un ennemi. Je les connais, les gars du SAS. Ils sont capables de réfrigérer la banquise. Il n'y a pas plus machos. Ils considèrent les femmes comme de faibles créatures à qui on ne saurait pardonner de ne pouvoir crapahuter soixante-dix kilomètres par jour sans manger. Les seules femmes qu'ils daignent regarder sans une totale condescendance sont celles qui ont assez de force pour les affronter, assez d'intelligence pour les comprendre et assez de beauté pour les séduire. Autrement dit, c'est une espèce rare. Si Helen Jencks n'en fait pas partie, elle et votre type ne se supporteront pas et il la renverra droit dans les bras de Maldonado.

— Je ne suis pas d'accord. Tu ne connais pas Favour, même en photo. Ecoute un peu cela : un mètre quatre-vingts, châtain clair, Robert Redford en plus grand, plus jeune et plus dur. Il est somptueux. Et d'une efficacité à toute épreuve, ajouta-t-elle en hâte. Quant à son emploi du temps, pas de souci à se faire. Favour est sous mon contrôle. Je réglerai cela. Je suis parfaitement optimiste sur ce coup, dit-elle avec plus d'assurance qu'elle n'en éprouvait.

Farrell la jaugea du regard.

— Soit, je décide de te faire confiance. Mais Favour en confident, tout de même !

— Il a fait des études de lettres à Oxford. Il adore la poésie. Crois-moi, c'est le mélange parfait du dur et du tendre, du fer et du velours.

— Tu crois aux conversations sur l'oreiller.

— Peut-être ce genre d'homme t'est-il plus étranger que tu ne le crois, Ian.

— Possible. Je n'en dirais pas autant de toi ! C'est ton meilleur atout ?

— Ce serait un vrai miracle de mettre la main dessus, répondit Carlyle en prétendant ne pas avoir remarqué le sarcasme. La question est de savoir comment il va réagir à l'idée de faire la nounou de Helen Jencks.

— File à Bogotá dès que possible. Débrouille-toi pour le persuader.

44

Ce matin-là, Roddy Clark ne prit pas la tasse de lapsang souchong qu'il buvait habituellement en la compagnie paisible de ses sculptures. Il s'empara de son attaché-case en cuir fin et fonça au journal. Il n'en croyait pas sa chance. Un an et demi sans scoop, dix-huit mois à subir les regards appuyés dans la salle de rédaction, les suggestions à peine voilées que s'il n'était pas fini, il en prenait le chemin. C'était vraiment le comble. Depuis sa rencontre avec Helen, son flair pour repérer les bons sujets s'était amolli en même temps qu'il la poursuivait avec acharnement. Aujourd'hui, tout cela aboutirait à un coup médiatique qui assurerait sa résurrection. Les deux années entières où il avait connu Helen, il avait rêvé d'une série d'articles sur elle. Il avait juste attendu le catalyseur. L'intérêt témoigné pour Helen par Tess Carlyle et le SIS le lui fournissait. Il tenait son sujet et cela allait être colossal. Tous ses sens journalistiques étaient en alerte. Peu importe si une petite voix se baptisant conscience lui murmurait à l'oreille, c'était sa responsabilité, envers lui et envers sa carrière menacée, de ne pas laisser une fugitive échapper à la presse qu'elle avait toujours méprisée. Peu importe ce qu'il avait éprouvé pour Helen. C'était sa faute : elle l'avait dégagé de toute responsabilité en s'évaporant sans un mot. Si elle avait été correcte avec lui, rien de cela ne serait arrivé.

Il traversa la salle de rédaction et pénétra dans le bureau du rédacteur en chef. Il exposa son histoire en cinq phrases confuses. Le manque de réaction de Roland Mudd le laissa perplexe.

— Il y a sûrement une histoire là-dessous, insista Roddy dont le visage s'éclaira.

— La plus vieille histoire du monde, répliqua Mudd. Une fille quitte un garçon.

— Oh, par pitié ! Faites-moi confiance. Je raisonne encore en professionnel.

— Personne ne songerait à vous accuser de raisonner avec votre cœur ou tout autre organe inférieur, lança Mudd en griffonnant sur une feuille un cœur qui saigne. Qu'avons-nous ? Helen Jencks disparaît.

— Le SIS commence à fouiner. Vous ne croyez pas que je tiens un scoop ?

— Pour en être sûr, il nous faut le pourquoi du comment.

— Bon, alors écoutez la suite. J'ai appelé la salle des marchés le mardi suivant le long week-end. En principe, soit Helen, soit Andy qui est à côté d'elle, répond au téléphone. Cette fois, une voix inconnue émettait des grognements. J'ai demandé à parler à Helen, on m'a répondu qu'elle était absente. J'ai voulu savoir quand je pourrais la joindre, le type m'a répondu avec beaucoup de maladresse qu'il ne saurait dire. J'ai essayé après plusieurs heures, mais toujours aucun signe de Helen, j'ai donc demandé au ronchon si je pouvais parler à Hugh Wallace. Aucun signe non plus et lorsque j'ai voulu savoir quand on l'attendait, ronchon s'est contenté de répondre euh, plus tard, comme s'il n'en avait aucune idée. Alors, je ne sais pourquoi, j'ai réclamé Andy Rankin. Vous n'allez pas le croire, mais il était absent, lui aussi. J'ai rappelé dans l'après-midi ; cette fois, une voix féminine peu à son aise m'a répondu que Helen, Wallace et Rankin étaient tous trois souffrants. Puis, évasive, elle m'a demandé qui j'étais, si elle pouvait m'aider. J'ai décliné l'offre. Ce soir-là, je suis allé faire un tour chez Helen histoire de lui parler, mais il n'y avait personne et l'appartement était plongé dans l'obscurité. J'ai appelé la salle des marchés toute la semaine. Toujours pas de nouvelles de Helen. Mais Andy Rankin était revenu. J'ai soudain pensé qu'elle était peut-être là et qu'ils filtraient ses communications.

Mudd éprouva un éclair de sympathie pour Clark.

— Hier après-midi, je me suis donc décidé à aller chez Goldsteins pour l'attendre dans le hall. Les traders quittent de bonne heure, j'y étais donc aux alentours de cinq heures moins le quart. Pas de Helen, mais Wallace et Rankin sont sortis ensemble de l'ascenseur.

Roddy décocha à Mudd un sourire satisfait, comme s'il donnait, après l'avoir lanterné, le mot de la fin.

— Ils avaient tous les deux les yeux au beurre noir. A quoi s'ajoute, pour Rankin, le nez cassé et un bras dans le plâtre. Il est en piteux état.

— Vous leur avez parlé ?

— Naturellement. Ils étaient surpris de me voir, m'ont paru fuyants, encore que ce soit difficile à dire pour Wallace vu qu'il est mal dans sa peau ; mais j'étais à l'école avec lui alors je le cerne assez bien. Ils m'ont raconté qu'ils s'étaient fait agresser, à douze heures d'intervalle.

— Cela arrive, commenta Mudd en se levant pour aller redresser une aquarelle qu'il avait peinte lors de ses vacances en Toscane l'an passé.

Il observa avec attention les cyprès avant de retourner s'asseoir en souriant.

— Peut-être se sont-ils bagarrés ou étaient-ils ensemble là où ils n'auraient pas dû être et se sont fait dérouiller en même temps.

— Non. Ils mentaient, j'en suis certain, ou du moins dissimulaient-ils la vérité. Je leur ai demandé s'ils savaient où était Helen, apparemment injoignable. Ils ont alors eu l'air pas francs du collier. Wallace s'est contenté de sourire avant de faire semblant de croire que je l'avais enlevée. Quand je l'ai poussé dans ses derniers retranchements, il a prétendu qu'elle avait pris quelques jours de vacances. Puis il m'a regardé d'un air compatissant, comme si la vérité était qu'elle avait pris provisoirement ses distances avec moi.

— Ce pourrait être le cas, dit Mudd avec douceur.

— Ça fait des mois qu'elle m'a largué ! hurla Roddy. Ça n'a donc rien à voir ! Pour l'amour du ciel, je ne cherche pas à lui filer le train ! Nous sommes restés amis et elle me voit encore avec plaisir. L'idée qu'elle ait disparu uniquement pour mettre des kilomètres entre nous est grotesque.

— Bon, bon, du calme.

— Pourrions-nous nous concentrer sur les détails ? exigea Roddy.

— C'est ça, concentrons-nous, excellente idée.

— Pourquoi Rankin et Wallace se sont-ils fait agresser ? Pourquoi le desk était-il sur la défensive quand on demandait où tout le monde était mardi ? Où Helen est-elle allée et pourquoi ? Et pourquoi diable le SIS fourre-t-il son nez là-dedans ?

— J'admets que c'est un peu bizarre, concéda Mudd. D'accord, Roddy. Partez en chasse, mais si je soupçonne un seul instant que vous en faites une histoire personnelle...

— Roland, franchement ! Laissez tomber ! Il y a anguille sous roche. Je flaire le scoop.

— Que faites-vous de votre amitié avec Wallace ? Il ne va sans doute pas se réjouir s'il découvre que vous êtes sur une affaire dans laquelle il est impliqué. Sans compter Helen. Comment va-t-elle réagir si vous cherchez à la débusquer ?

Mudd remarqua l'air déterminé de son journaliste. Pour Roddy Clark, l'ambition l'emportait sur la loyauté.

45

Intrépide et dégoûté, Roddy grimpa les escaliers tachés d'urine. Il s'arrêta devant la porte jaune vif de Joyce Fortune et frappa trois coups.

— Que Dieu me pile si ce n'est pas le roi des sangsues en personne !

Joyce se tenait devant lui, les poings sur les hanches, grimaçant de mépris. Deux enfants identiques d'environ quatre ans, aux cheveux noirs, coururent l'encadrer. Ils semblaient comprendre l'agressivité de leur mère et lançaient des regards furieux au journaleux.

— Salut, Joyce. Content de te voir.

— Pourquoi ne fichez-vous pas le camp, tous autant que vous êtes ?

— Tous ? fit Roddy en souriant. Qui d'autre cherche Helen, alors ?

— Des types qui valent mieux que toi, rétorqua Joyce qui le toisa avant de l'achever d'un sourire dédaigneux.

Sur quoi elle lui claqua la porte au nez.

Emoustillé par l'hostilité hors de proportion que lui avait témoignée Joyce, Clark fonça chez Goldsteins dans Broadgate. L'attachée de presse, Monica Coldburn, accepta de le recevoir avec une chaleureuse gaieté qui acheva de le convaincre qu'il y avait anguille sous roche. Elle le fit attendre dix minutes, histoire de montrer que ce n'était pas une lâche, puis le reçut avec un désinvolte :

— Bonjour, bonjour, le *World,* c'est bien cela ? Vous êtes nouveau, non ? Je croyais que la rubrique financière était tenue par Freddy Monro.

— Roderick Clark, dit-il en tendant la main. Je suis aux news. J'écris pour la première page, pas la dernière. Comme la Barings, vous voyez, les scandales qui font la une.

— Ah bon. Désolée. Nous n'avons rien à vous offrir chez Goldsteins. Je puis vous parler des transactions en cours ; nous avons traité de nouveaux dossiers ces dernières semaines, des gros, mais nous sommes à court de scandales, ajouta-t-elle en ouvrant les mains pour singer son regret.

— Je m'intéresse à la salle des marchés.

— Mm, fit-elle avec un large sourire pour témoigner de son ardeur à le satisfaire. Ils se débrouillent particulièrement bien.

— Le desk des derivatives.

— Oui ?

— Peut-être pourriez-vous m'expliquer ce qui est arrivé aux trois titulaires. Ils semblent tous avoir disparu mardi.

— Ecoutez, Roddy...

— Roderick.

— Pardon. Roderick. Vous devez savoir que nous ne faisons aucun commentaire sur les problèmes personnels et, franchement, êtes-vous à ce point à court d'articles que vous voulez en faire un sur les démêlés de Goldsteins avec ses cadres ?

Elle jeta un coup d'œil à sa montre avec juste le manque de discrétion nécessaire pour qu'il s'en aperçût.

Belle et vaine tentative.

— Si j'étais vous, j'aurais une petite conversation avec le ou la responsable de la salle des marchés. suggéra Clark d'un ton léger. Il faudrait qu'ils se mettent d'accord sur ce qu'ils racontent. La personne qui répondait aux multiples téléphones mardi ne savait pas reconnaître son cul de son coude. Elle murmurait sans arrêt que les traders n'étaient pas là, ou qu'ils arriveraient plus tard. Helen Jencks semble avoir tout bonnement disparu. Oh, j'allais oublier la raclée infligée à Hugh Wallace et Andy Rankin. On leur a arrangé le portrait à douze heures d'écart. Etrange, non, si on y réfléchit ?

— Ecoutez, Roderick, vous avez l'esprit soupçonneux, c'est le métier qui veut ça, mais bien des choses paraissent bizarres aux yeux des néophytes.

— Ah, les gens de l'extérieur ne comprennent pas, établissons nos propres règles et allons-y bien tranquillement de nos petites fraudes. Ça ne marche pas, vous savez !

— Je ne sais quel poisson vous cherchez à prendre, mais vous perdez votre temps. Bon, si vous voulez bien m'excuser...

Elle se leva. Clark hocha la tête et se leva à son tour.

— Je garde le contact.

Elle ne sourit pas quand il prit congé. En tout cas, il avait réussi à faire craquer le vernis et tous deux le savaient. A peine fut-il parti qu'elle appela Zamaroh.

Les traders ont la sale manie de terrifier tous les autres collaborateurs. Ils sont secs et agressifs par nécessité, voire par inclination. Ils donnent toujours aux non-traders l'impression que toute conversation est une perte de temps, qu'ils seraient mieux au téléphone avec ceux de leur race à faire de l'argent. Monica téléphona donc à Zamaroh avec un tremblement accru.

— Zaha, ici Monica Coldburn. Service de presse. Il faut que je vous parle.

— Les marchés se déchaînent. Cela devra attendre.

— Je crains que cela ne soit impossible. Si vous ne pouvez me recevoir, je devrai m'adresser à James Savage, mais je préférerais vous parler en premier.

Monica s'installa dans le bureau de Zamaroh. Elle vit le regard méprisant mais fit semblant de rien. Elle jubilait à l'idée de lui refiler le bébé.

— Je viens d'avoir la visite d'un journaliste du *World*. Pas un chroniqueur financier, un type qui écrit pour la une, genre Barings, a-t-il cru bon de préciser.

Monica vit les muscles du visage de Zamaroh se contracter.

— Il voulait savoir ce qui se passait au desk des derivatives. Il m'a dit que vous, à la salle des marchés, feriez bien de vous mettre d'accord sur ce que vous racontez.

Elle répéta mot pour mot les propos de Clark.

— Et franchement, conclut-elle, à moi aussi ça paraît bizarre.

— Que lui avez-vous dit ?

— Voyez-vous, si j'avais été au courant, j'aurais pu préparer une réponse. Je me suis débrouillée comme j'ai pu en lui rappelant qu'on ne faisait aucun commentaire sur les problèmes personnels et que, franchement, il ne devait rien avoir à se mettre sous la dent pour s'en prendre à notre politique du personnel.

— Excellente réponse.

— Compte tenu des circonstances. Mais il reviendra à la charge.

— Pourquoi ?

— J'ai l'impression qu'il se passe quelque chose de pas très catholique. Vous pouvez choisir de me mentir, poursuivit Monica, le feu aux joues, mais pour l'amour du ciel arrangez-vous pour que cela tienne debout. Et tant qu'à faire, si vous n'y voyez pas d'inconvénient, j'aimerais autant la vérité. Cela facilite la tâche.

— La vérité, lança Zamaroh, c'est qu'un des traders est en vacances, que les deux autres se sont probablement soûlés dans un bar, qu'ils ont poussé un type à bout et reçu une correction. Je sais que vous êtes trop prise par vos déjeuners d'affaires pour avoir la moindre idée de la vie dans une salle des marchés, là où se gagne l'argent qui paie vos somptueux repas, sans parler de votre salaire, mais laissez-moi vous mettre au parfum. La plupart des traders sont des tueurs. Il n'est guère surprenant que deux d'entre eux se soient trouvés mêlés à une bagarre ni qu'une troisième soit en congé.

Monica eut un petit sourire pincé.

— C'est bien possible, mais un journaliste du *World* pense manifestement le contraire.

Zamaroh appela Savage.

— Nous avons un problème.

Il lui ordonna de monter immédiatement au dixième. Savage et Freyn l'attendaient.

— Quoi encore ?

— Un journaliste, du *World*. La une.

Les yeux de Savage lançaient des éclairs.

— Il a cuisiné Monica Coldburn, notre attachée de presse. Elle me paraît avoir maîtrisé la situation, et peut-être la croira-t-il, mais ce scribouillard l'a paniquée.

Zamaroh savait que les journalistes étaient une torture pour Savage. Il les avait en horreur. Indépendants, incontrôlables, ils n'écrivaient jamais sur le succès, préférant s'acharner sur les échecs ou les trucs louches, réels ou imaginaires. Ils étaient comme le bouffon qui détrône le roi.

— Il faut serrer les boulons, ordonna Savage à

Zamaroh. Briefez Wallace et Rankin et ce grand singe de Keith sur ce qu'il faut dire ou non si la presse les contacte. Que leur récit soit cohérent. Pour les autres, ils la bouclent. Je ne sais pas ce qui se trame, mais nous sommes foutus si le couvercle saute. Les spéculations se nourrissent de spéculations. Si on donne aux journalistes un os à ronger, ils planteront bientôt les crocs dans les nôtres.

Il fit un geste du menton et Zamaroh quitta la pièce.

— Toujours aucun signe de Jencks ? s'enquit Savage auprès de Freyn.

— Pas l'ombre d'une trace. Mais quelque chose surgira, tôt ou tard, ne vous inquiétez pas. Tout le monde commet des erreurs, même elle.

46

Roddy Clark s'offrit des croquettes de poisson chez Sweetings, le restaurant de poisson de Mansion House. Il s'installa, seul à la fenêtre, observant les passants en toute impunité, songeant à Helen. Il était à moitié traumatisé à l'idée qu'elle était partie sans un mot, à moitié excité par les possibilités que cela ouvrait. En outre, il se sentait libéré de toute loyauté encombrante à son égard. Elle l'avait émoussée en rompant. Elle l'anéantissait carrément en disparaissant. Roddy était plus que jamais convaincu qu'il tenait un grand article. Quand il revint au journal, à quinze heures, il était remonté à bloc. Il traversa en hâte l'immense bureau et faillit se cogner dans Mudd au moment où celui-ci quittait son bureau, visiblement à bout de patience.

— Que se passe-t-il ? s'enquit Roddy en lui emboîtant le pas.

Ravi à la perspective de manifester sa colère, Mudd fonça droit sur l'équipe chargée de la mode.

Camilla Wardgrave, responsable de cette rubrique, sursauta.

— Pas moyen de vous faire entrer ça dans le crâne ? éructa Mudd. Je ne veux pas, vous m'entendez, manger mes céréales le matin et voir dans mon journal encore un de ces phasmes en phase terminale. Ça vous amuse vraiment de faire figurer une anorexique de treize ans dont les côtes devraient être au catalogue des armes offensives ?

— C'est le look actuel, repartit Camilla Wardgrave qui aurait voulu lui décocher des flèches.

— Ma parole, on nous refait le coup du nouvel habit de l'empereur. Qu'est-ce qui cloche donc chez Cindy Crawford, chez les femmes qui ont un corps, on leur reproche d'appartenir à la même espèce que nos lectrices ?

La journaliste fixa du regard un point au-delà de l'oreille droite de Mudd. Privé de sa réplique, ce dernier eut un soupir exaspéré.

— Pourquoi ne pas vous intéresser à ces femmes somptueuses qui adorent manger trois fois par jour ?

Après avoir décoché un œil furibard à sa silencieuse rédactrice, il tourna les talons. Puis il s'arrêta et s'écria par-dessus son épaule :

— La semaine prochaine, tâchez qu'il y en ait.

Wardgrave et Roddy le regardèrent s'éloigner.

— Sa femme l'a collé au régime, expliqua ce dernier.

Il attendit cinq minutes, puis alla dans le bureau de Mudd qu'il trouva en train de torturer de la pâte à modeler « spécial cadre stressé ».

— Quoi ? éructa-t-il, mauvais.

Clark prit un siège et croisa les jambes, arborant ce que Mudd appelait son air de mante religieuse.

— Helen Jencks. Je sais qu'il y a un scoop. Ça vient. Trop de dénégations, amicales et hostiles.

— Des faits ? demanda Mudd se calmant visiblement alors qu'il décapitait la grosse figurine qu'il venait de modeler.

— Il y en aura.

— Utilisez le présent, Roddy. Ou ne seriez-vous

qu'un type de plus qui se perd en conjectures à propos de Jencks qui a disparu ?

Roddy passa le reste de l'après-midi à l'extérieur. Recherche, d'un genre particulier, dans une boutique de South Audley Street spécialisée dans la vente de matériel de surveillance. Hors de prix, mais puisque Mudd voulait des faits... Cette nuit-là, il rendit visite à l'appartement. Il gara sa voiture, une Jaguar vert foncé des années soixante-dix qui consommait outrageusement, baissa la vitre, s'allongea au maximum dans son siège baquet en cuir et attendit. Les fenêtres étaient dans l'obscurité et le restèrent obstinément. Il ne savait qu'espérer au juste. Peut-être ne rien voir l'aiderait-il à accepter le départ de Helen. Il se sentait comme un mec en deuil privé de son cadavre. A vingt-deux heures vingt-cinq, il se redressa, remonta la vitre et roula.

Il prit Ladbroke Grove en direction d'Elgin Crescent. Une main sur le volant, il extirpa son portable de l'autre et composa un numéro.

— Eh, Hugh. Ça fait un bail, dit-il en prenant volontairement une voix traînante. Que dirais-tu d'un verre ?

— Il est dix heures et demie du soir, soupira Wallace. Et tu sembles déjà avoir bu pour deux.

— Très drôle. Je suis presque devant chez toi. J'ai une bouteille. Allez, rien qu'un. Vite fait.

Quel homme a jamais refusé une telle proposition ? songea Wallace, qui accepta de bonne grâce.

Une heure plus tard, Roddy était reparti. Il ne lui avait fallu qu'une brève incursion dans la salle de bains pour placer l'adaptateur à la prise et brancher le son. Un fil tendu en guise de traquenard.

47

Victor Maldonado était assis à la terrasse devant son petit déjeuner lorsque Helen émergea, dégoulinante, de la piscine. Elle ne lui avait pas parlé depuis plusieurs jours, même si elle l'avait croisé à l'occasion, de loin, évoluant dans le jardin, comme encadré par la fenêtre du bungalow. Il avait de plus en plus les caractéristiques d'un fantôme. Elle se ceignit les reins d'une serviette en guise de minijupe et s'avança vers lui.

— Bonne baignade ? demanda Maldonado dont les yeux s'attardaient sur les gouttes d'eau, multiples baisers sur ses bras et ses seins.

— Mm, répondit Helen en soutenant son regard au point qu'il fut contraint de garder ses yeux dans les siens. Délicieuse. Alors, où étiez-vous passé ?

— Oh, dans le Nord, dit-il, accompagnant sa réponse d'un geste de la main.

— C'était bien ?

Maldonado soupira et observa soudain le ciel comme s'il cherchait la réponse à une question qu'elle n'avait pas eu conscience de poser.

— Tout va bien ? s'enquit-elle.

— Tout va toujours bien, non ?

Helen essuya une goutte d'eau sur son visage.

— Vous êtes un homme étrange, docteur Maldonado. Je n'arrive pas à vous cerner.

Il eut un rire franc comme s'il était enchanté d'être surpris.

— Quelle idée !

— Un homme intelligent ne ferme pas son visage à ce point s'il n'a rien à cacher. Un crétin, oui, mais je suis certaine que jamais, au long de votre existence, on ne vous a pris pour un imbécile.

— Ne surestimez jamais l'intelligence. C'est parfois un cadeau empoisonné, ne trouvez-vous pas ?

— Jamais de la vie ! Ce peut être inconfortable, oui, si l'on perçoit des choses désagréables, mais je préfère cela à l'aveuglement.

— Vraiment ? fit-il, songeur. Je ne suis pas de votre avis. Il faut avoir connu le luxe d'une éducation dans un pays riche.

— Mais alors qu'avez-vous vu de si terrible ?

Il la regarda longuement et elle lut une étrange douleur dans ses yeux.

— Vous voulez voir ? Vous voulez vraiment voir ce que j'ai vu, ici, au Pérou ?

— On dirait une menace.

Helen avala un rapide petit déjeuner. Maldonado l'observa engloutir trois tartines grillées et deux tasses de café avec la rapidité d'un professionnel. Elle ne jouait pas nonchalamment avec sa nourriture, elle ne picorait pas avec délicatesse. Elle lui rappelait les soldats qui mangent quand ils en ont l'occasion.

Il l'emmena dans sa voiture, lança à son chauffeur, Muscles, un feu nourri d'instructions, ainsi qu'à son acolyte Veste de cuir. Helen nota avec amusement qu'il s'agissait du même tandem qu'à l'aéroport. Un troisième homme se joignit à eux. Helen l'avait déjà vu dans le jardin qui s'adressait aux sentinelles. Il s'installa à l'arrière entre Helen et Maldonado.

Pendant le trajet, Maldonado regarda par la vitre. Il était heureux en compagnie de Helen qui se trémoussait de curiosité muette. Il aimait son silence et son indépendance. Il se demandait comment elle verrait son pays, si elle était capable de l'aimer. Ce pays bâtardisé qui refusait de le laisser en paix. Quand il était allé étudier à Cambridge, l'indépendance était grisante. Il s'était même convaincu qu'elle lui donnerait pour toujours un morceau de liberté à porter avec lui ; un espace dans son esprit et dans son cœur qui ne serait ni revendiqué ni contaminé par le Pérou. Il avait oublié l'incommensurable rapacité de son pays. Que ce fût dans la peine ou dans la joie, le Pérou le réclamait, le possédait pour jamais, pris qu'il était entre l'amour et la haine la plus amère. Il craignait sa propre détestation. Telle une maladie mentale échappant à son contrôle, il lui tendait des embuscades, l'obligeait à faire certaines choses qui, passé la rage, le hanteraient. Il trouvait refuge dans le trésor Moche qu'il était sur le point de dévoiler pour Helen.

La Landcruiser s'arrêta dans une ruelle poussiéreuse au nord-est de Lima. Les passagers quittèrent le calme et l'air conditionné du véhicule pour plonger dans le brouhaha humide de la circulation et des Klaxon. Veste de cuir caracolait en tête, d'un pas alerte et rapide, œil aux aguets. Muscles fermait la marche, balayant du regard l'endroit d'où ils venaient. Le troisième homme resta dans la voiture.

— Miséricorde ! Vous craignez une invasion ?

Elle se demanda une fois de plus qui diable était Maldonado pour nécessiter une telle protection.

— Simple assurance.

— Comment font les gens ordinaires ?

— Ils ne risquent pas d'être enlevés. Je suis riche. Allons, oublions cela. Je veux vous éblouir.

Le soleil du matin jouait sur une maison chaulée blottie au fond d'une grande cour. Les bruits de la ville s'atténuèrent, Helen se crut presque en Espagne. Des pots de géraniums rouges flamboyaient contre les murs blancs. Ils avancèrent sous les frondaisons d'un jacaranda dont les fleurs violettes tombaient en pluie, grimpèrent un escalier en colimaçon pour se retrouver dans les coursives extérieures du bâtiment. Veste de cuir s'approcha d'un vieil homme rabougri assis à un petit bureau et tendit une sorte de carte d'identité. L'homme bondit sur ses pieds. Ses yeux se ruèrent sur Maldonado, s'attardèrent brièvement sur Helen et, dès lors, ne quittèrent plus le sol. Helen coula un regard à Maldonado. Il ne sembla pas remarquer l'homme chez qui il avait créé une telle panique. Son visage impassible ne trahissait rien qui pût être à l'origine de la réaction de l'homme.

— Alors nous y sommes ? demanda Helen d'un ton léger tandis que l'homme les conduisait à travers deux immenses portes.

— Mon endroit préféré au monde, annonça Maldonado. Le musée Rafael Larco, ajouta-t-il, proche de l'envoûtement. Si vous savez regarder, vous y verrez toute l'histoire émotionnelle du Pérou.

Helen mit un certain temps à s'adapter à la semi-obscurité de la salle. Devant elle, empilées du sol au plafond sur sept mètres de haut, des rangées de visages. Tous la regardaient : braves, confus, effrayés, jubilatoires, sadiques, pénitents, pétrifiés, comiques, stoïques, attendant le désastre qui brillait dans les yeux de leur chef, qui courbait leur nuque prête pour la hache.

— La plus grande collection de *huacos* Moche du monde, dit simplement Maldonado, bras ballants, regard plongé sur les figurines de céramique. On en compte cinq mille, rien qu'ici. Les artistes Mochicas ont saisi chacune des émotions humaines existantes, chaque expression possible.

Helen leva les yeux sur Maldonado. Pas de larmes dans ses yeux brillants, mais le soupçon de sanglots étouffés sous la voix grave, feutrée par l'effroi, légèrement forcée quand il tirait la tête en arrière pour observer les statuettes.

— Regardez ! Tout ce qu'un être humain a jamais fait à un autre, c'est là. Voici deux mille ans. Rien ne changera jamais.

— Pessimiste ! remarqua Helen.

— Réaliste.

Les *huacos* pénétraient avec force l'esprit. Visages lisses couleur d'ébène ; terracotta brute ; traits négroïdes – nez épaté, lèvres épaisses ; faciès asiatiques – yeux bridés, sombres pommettes hautes. Visages à vous faire sourire, et rire de leur malice espiègle, visages à contempler, riches de compassion et de compréhension, visages à vous faire pleurer, embrasés de souffrance. Pourtant, il y avait quelque chose d'intensément réconfortant et rassurant dans cette humanité rassemblée, avec toutes ses peines et toutes ses gloires. Quoi que vous puissiez éprouver, ça l'avait été auparavant. Vous n'étiez pas seul avec votre chagrin, ou votre bonheur. On avait du mal à croire qu'aucune âme ne vibrait tant l'émotion transparaissait. Peut-être les potiers Mochicas avaient-ils laissé un éclat de leur génie et de leur destin dans chacune de leurs créations.

— Elles sont époustouflantes, dit Helen.

— N'est-ce pas ?

— Laquelle êtes-vous ? demanda Helen en contemplant un visage souriant côtoyant un autre ciselé dans la tragédie.

— Je suis tous ces visages, répondit Maldonado qu'elle tira un instant de sa rêverie. Il en va de même pour le Pérou. Si vous y restez assez longtemps, ce sera pareil pour vous.

— Cela semble à mi-chemin entre une malédiction et une promesse.

— Vous avez vu ces visages. Vous connaissez donc la réponse.

48

Colombia. Cordillère orientale, est de Bogotá.

Le cheval, moitié pasofino moitié arabe, dansait. Cela faisait maintenant près de deux kilomètres qu'il grimpait, lançant ses sabots, élégant, agile, se faufilant avec aisance sur le terrain escarpé. Evan Connor était bas sur sa selle, quasi immobile, tant l'allure de sa monture était souple. Lorsqu'il parvint aux broussailles du páramo, il tira les rênes à lui pour stopper son cheval et regarda autour de lui. La végétation était rare à cette altitude, mais dans la vallée en contrebas, arbres et fleurs proliféraient. Au-dessus de lui, à près de quatre kilomètres sur sa droite, la haute sierra avec ses roches grises et ses pics de quatre mille mètres. Il était plus en sécurité dans la vallée, mais la beauté de la sierra l'attirait toujours plus haut : l'air froid et clair, l'immensité des plateaux désertés, la puissance des montagnes déchiquetées. Ici, le ciel était immense, l'horizon lointain, attirant et dangereux. Les guérilleros se cachaient dans ces montagnes. Connor les avait suffisamment pourchassés pour connaître leurs manières, leurs cachettes et leurs travestissements. D'ordinaire, ils s'habillaient comme l'armée, mais ils différaient toujours par quelque détail – bottes de caoutchouc vert au lieu des rangers réglementaires. Savoir ce genre de détail pouvait vous sauver la vie.

Les guérilleros étaient un mélange improbable d'idéologie, de cupidité et de cruauté. Leurs chefs vieillissants étaient maoïstes. Leurs adeptes comptaient des enfants de dix ans à peine. Leur position sur le capitalisme ne les empêchait pas de nourrir des intérêts mercantiles. Ils protégeaient les cartels de la drogue et prospéraient dans l'activité secondaire et néanmoins lucrative du kidnapping et du rançonnement.

S'ils avaient été au courant de sa véritable activité, Connor eût constitué une cible de prix. Mais c'étaient les ouvriers pétroliers ou les employés des grandes compagnies minières internationales qui étaient les plus recherchés. La British Petroleum payait officiellement cinq mille soldats colombiens pour assurer la protection de son personnel et de ses installations, à quoi s'ajoutait une force de sécurité privée munie d'hélicoptères armés de mitrailleuses. Si nécessaire, la BP pouvait se lancer dans sa propre guerre. Elle faisait plus d'un milliard de livres de chiffre d'affaires. Cela augmentait la valeur de son personnel. Aux mains des terroristes, ses employés pouvaient valoir des millions de dollars. Les guérilleros étaient soutenus par les paysans ou les gros bras de Bogotá. Ils connaissaient le tarif des différents collaborateurs de multinationales comme s'il s'agissait d'articles de supermarché. Les prix démarraient aux environs de cent mille dollars US pour un petit employé colombien d'une compagnie étrangère, pour s'élever jusqu'à cinq cent mille pour un Colombien de haut niveau. Un expatrié atteignait entre cinq cent mille et deux millions de dollars. Les sbires se chargeaient de l'enlèvement, livraient leurs prisonniers contre argent. Le hasard inhérent à cette activité faisait de la protection et de la détection un véritable cauchemar et ajoutait considérablement au danger.

Connor passa près d'un petit ruisseau où un paysan était assis à pêcher. Un paysan, ou un observateur qui ferait son rapport aux terroristes, ou aux autorités, ou aux deux. Il était tout à fait possible que l'homme essayât tout bonnement d'attraper une truite. Connor lui sourit et poursuivit son chemin au canter. Bientôt, la partie la plus lisse du plateau s'étendait devant lui. Il allongea les rênes et donna doucement de la jambe. L'animal réagit en partant au galop.

Ils filèrent dans l'immensité déserte, avec pour seule compagnie le grondement du vent et le claquement sauvage des sabots. Connor ralentit sa monture alors qu'ils approchaient d'un sol plus rude. L'animal s'arrêta et souffla bruyamment, narines frémissantes, aussi exalté que son cavalier. Connor caressa son encolure trempée de sueur, puis prit un autre chemin qui descendait jusqu'à la ferme.

Cheval et domaine appartenaient à un ami de Connor qui s'y rendait rarement et lui en laissait la libre utilisation. Connor y était comme chez lui. Ledit ami, connu sous le nom de Peters, vendait des jets privés, son affaire prospérait dans toute l'Amérique latine.

Deux heures plus tard, Connor était accueilli à la finca par deux des chiens de Peters, qui vivaient là, mi-chiens de compagnie, mi-chiens de garde. Ils aboyèrent, firent des bonds et l'encerclèrent lorsqu'il descendit de cheval. Pepe, le palefrenier, apparut. Connor lui tendit les rênes, puis se lança dans un jeu endiablé avec les animaux en adoration. Ils étaient toujours à ses talons lorsqu'il pénétra dans la cuisine pour prendre une bière dans le réfrigérateur. Il gagna la terrasse de pierre où il s'installa pour jouir de la vue sur la riche vallée à ses pieds avec les montagnes qui se fondaient dans le bleu de l'horizon. Sa bière finie, il se rendit à sa voiture, une Jeep noire. Il avait prévu de passer la nuit ici, préférant la fraîcheur de l'air montagnard à la pollution de Bogotá, mais décida brusquement de retourner en ville.

Il roula vite sur la piste qui s'éloignait de la finca, puis vira sur la route goudronnée. C'était un excellent conducteur, parfaitement préparé aux excentricités des chauffeurs colombiens qui tournaient régulièrement du mauvais côté de la route et doublaient sans la moindre considération pour les voitures arrivant en face. Chaque fois que Connor traversait cette contrée, il voyait dans le paysage un mélange entre le pays de Galles et la Suisse : les montagnes qui se dressaient, les pentes vertes et les chalets en bois, c'était suisse ; les petites fermes pêle-mêle avec les moutons qui paissaient à côté des moteurs de voiture, c'était gallois. L'illusion était cependant difficile à maintenir. Il tourna à un carrefour et jeta un coup d'œil dans une rue adjacente. Un char se profilait à côté d'une maison. L'armée en expédition anti-guérilleros. Les soldats en patrouille ne comptaient sûrement pas en trouver aussi bas, mais collée à la maison, une petite échoppe vendait des provisions et le propriétaire savait peut-être quelque chose. Les guérilleros devaient se nourrir. C'est l'approvisionnement qui les rendait vulnérables.

Connor poursuivit son chemin. Tandis qu'il approchait de Bogotá, il fut doublé par une succession de 4 × 4 puissants et bruyants qui intimidaient les voitures normales et presque tous les camions. Une Landcruiser Toyota faisant hurler sa musique et son Klaxon signifiait de deux choses l'une : c'était soit un narco, soit un type qui veut s'en donner l'air. On s'écartait sur son passage. Avec un sourire amusé, Connor leur fit signe de passer.

Dès qu'il entra dans son appartement sur la Transversal 1A, il remarqua que son fax clignotait. Il tapa le code secret et le fax s'imprima.

Il émanait de Tess Carlyle. Elle arrivait à Bogotá cette nuit.

49

Tess Carlyle regarda par le hublot tandis que l'avion amorçait sa descente sur l'aéroport de Bogotá. Des kilomètres au-dessous, des toits en plastique d'hectares de serres scintillaient sous le clair de lune. Elles abritaient des fleurs fraîches, une des activités colombiennes les moins connues. Les fleurs venaient au troisième rang des exportations après le café et le pétrole, avant la cocaïne, en quatrième position. Le secteur des fleurs employait plus de cent vingt mille personnes rien qu'à Bogotá. Elle éprouva pour eux un élan de sympathie. A l'extérieur, les exportateurs de fleurs souffraient d'un léger problème de crédibilité. A l'intérieur, beaucoup d'entre eux souffraient d'un léger problème de logistique, car les narcos leur demandaient souvent de leur faire un peu de place pour leurs propres produits dans leurs expéditions. Carlyle songea à ces fleurs qui duraient longtemps.

L'avion atterrit. Tess débarqua. Munie d'un simple bagage à main, elle traversa rapidement l'aérogare. L'air nocturne était frais lorsqu'elle trouva un taxi commandé spécialement, précaution contre l'enlèvement. Elle se dirigea vers le Charleston.

Bogotá était située dans une petite cuvette, à trois mille mètres au-dessus du niveau de la mer avec, à l'est, des montagnes s'élevant à près de mille mètres. Tess Carlyle distinguait les maisons parsemant la colline comme des lucioles. Quel dommage, cette violence au milieu d'une telle splendeur !

En bien des façons, Bogotá n'était pas violente aux yeux de la jeune femme, du moins le long de la route empruntée par le taxi. Pas de ruelles malfamées. Par endroits, on se serait même cru dans des quartiers huppés et snobinards. Rangées de maisons de brique rouge ornées de voilages, boutiques proposant des lits à colonnes drapés de dentelle rose, passants bien vêtus, inoffensifs, attendant leur bus. Pour autant qu'elle pouvait en juger, il n'y avait ni richesse ostentatoire, ni extrême pauvreté. Mais, alors qu'elle approchait du centre, surgissaient les habituels hommes en armes. Certains appartenaient à la police, d'autres à des milices privées, d'autres encore à l'armée. Ils se tenaient en alerte et scrutaient la circulation. Chacun était équipé à son idée. Carlyle connaissait tout cela. Fusils d'assaut Galil 7.62 et mitraillettes Uzi 9 mm. Elle s'amusa au spectacle d'un militaire, un gosse, moulé dans son treillis et arborant un chapeau de cow-boy assorti, appuyé avec nonchalance contre son camion blindé.

Le taxi quitta brusquement la grande route et serpenta dans des ruelles trouées d'ornières, flanquées d'arbres immenses et magnifiques. Après un dernier cassis et un dernier dos-d'âne, la voiture vira à un coin de rue et s'arrêta devant le Charleston.

— Bienvenue au Char-les-ton, dit un réceptionniste souriant aux longs cheveux noirs et aux yeux brillants.

Il enregistra Tess Carlyle sous le nom d'Elisabeth Armitage. Le Charleston était le meilleur hôtel de la ville : petit, discret et très cher. Tess Carlyle avait une grande chambre au quatrième qui donnait sur la rue. Elle ouvrit la fenêtre. Le bruit d'une conversation animée montait jusqu'à elle. Elle prit une douche et enfila une longue jupe de lainage souple couleur corail et un chemisier coordonné en soie lourde. Elle se glissa dans des souliers à talons, brossa ses cheveux et se vaporisa du parfum dans le cou.

Elle descendit dans le hall. Un piano à queue abandonné à son triste sort côtoyait des vitrines emplies de bijoux en or et d'émeraudes colombiennes. Elle étudia les émeraudes, ses pierres préférées, puis passa devant la réception pour gagner le bar. La lumière était tamisée, les clients chuchotaient, et un parfum d'intrigue se mêlait à l'odeur musquée des lambris d'acajou. Tess commanda un café et un cognac et s'installa confortablement pour attendre Connor.

Elle perçut sa présence avant même de le voir. Elle leva les yeux alors qu'il s'avançait vers elle avec sa démarche souple et nonchalante. Il portait un pantalon de velours chamois, outrageusement moulant, qui soulignait le moindre de ses muscles et, à en croire le regard de la serveuse, révélait un arrière-plan intéressant. Il s'approcha et se pencha pour l'embrasser.

— Comment allez-vous, Tess ? demanda-t-il posément.

— Très bien.

La lumière adoucissait ses yeux et elle eut un moment l'air calme.

— Et vous ?

— Pas mal.

Connor fit signe à la serveuse et commanda une eau minérale.

— Ça se voit, commenta Tess dont les yeux se posèrent sur sa poitrine.

— Je rentre d'une promenade à cheval à Guasca, dans la sierra. Je comptais y passer la nuit mais j'ai changé d'avis. Du coup, j'ai trouvé votre message.

La serveuse apporta un verre d'eau minérale à grand renfort de sourires. Connor la remercia d'un signe de tête et but d'un trait.

— Si on allait faire un tour ? proposa-t-il.

— Excellente idée.

Tess Carlyle rappela la serveuse, paya en liquide et sortit en compagnie de Connor. A mi-chemin, ce dernier s'arrêta brusquement, les yeux rivés sur une ornementation florale.

— Ça alors, c'est extraordinaire !

Tous deux observèrent un arrangement composé de soleils et de fleurs violettes à longues tiges d'environ un mètre cinquante de haut.

— On dirait une jungle miniature, observa Connor.

Ils sortirent.

— Nous serons en relative sécurité dans ce coin, reprit-il. C'est plutôt calme, il y a plein de gardes.

Ce disant, il désigna du menton trois vigiles armés en train de faire le planton devant un grand centre commercial.

— Beaucoup de narcos ont des appartements ici, dans la Zona Rosa. Leurs femmes et leurs enfants adorent cet endroit.

Il prit le bras de Carlyle et tous deux marchèrent un moment en silence.

— J'ai beau rêver que vous avez fait tout ce chemin sur un coup de tête rien que pour le plaisir de me voir, je suis obligé de supposer que vous avez autre chose en tête.

Carlyle s'arrêta et se planta devant Connor.

— Nous voulons que vous vous lanciez après Maldonado.

Connor fixa son regard sur le contour de Monserrate et se dit qu'il aurait bien aimé être seul là-bas, au loin, dans la montagne.

— Avec un H & K ?

— Avec une fille.

Carlyle lui tendit un dossier et deux photos. Le lampadaire projetait une lumière diffuse sur ses traits. Elle avait des cheveux d'un blond pâle et des yeux bleu marine, ironiques et sensuels.

— Qui est-ce ?

— Helen Jencks.

— Jencks...

— La fille de Jack.

En cinq minutes, Carlyle avait relaté l'essentiel de la vie de Jack Jencks.

— Que voulez-vous que j'en fasse ?

— Devenir son ami. S'arranger pour qu'elle vous parle. L'utiliser à son insu ou la recruter, ce qui marchera le mieux. Laissez tomber tout le reste.

Connor était tout à la fois incrédule, amusé et choqué.

— Vous plaisantez !

50

Connor arriva à l'aéroport de Bogotá en pleine heure de pointe matinale. Il négocia fermement avec les filles de l'enregistrement qui trouvaient toujours à redire sur son billet ou son visa, le tout se réglant à coups de billets de banque. Cela faisait partie des frais de voyage revus à la corruption. En cette partie du monde, ses notes de frais étaient rarement justifiées par des reçus. Il sourit à ce premier triomphe de la journée, puis prit son chargement de grains de café colombiens. La riche odeur s'échappant des boîtes, il sortit une biographie d'Emma Hamilton, s'assit et se prépara à une longue attente.

A sa plus grande surprise, son avion ne décolla qu'avec deux heures et demie de retard. Il arriva donc au Pérou de fort bonne humeur. A Lima, il occupait un deux pièces au douzième étage d'un immeuble moderne qui dominait l'océan, sur Malecon Cisneros. Il prit l'ascenseur, impatient de se régaler de la vue qui l'attendait. Une fois chez lui, il traversa la pièce principale à grands pas et ouvrit la porte-fenêtre ouvrant sur son balcon. Il se planta devant l'océan, les mains sur la rambarde, le regard sur le bleu infini. Cinq minutes plus tard, il rentrait. Parfois, une minute suffisait. Parfois, cela prenait des heures. Qu'il eût été absent quelques mois ou quelques heures, ce rituel était immuable.

Il gagna sa cuisine équipée dernier cri et se prépara un café grâce au stock qu'il avait apporté. Il avait le temps de vérifier son équipement radio, d'étudier la carte et de réfléchir à un plan de base avant l'arrivée d'Augusto et Toni Maralconi. Les deux frères travaillaient pour la forme dans la même agence de voyages que Connor : Amérique latine Aventure. ALA, comme on la désignait toujours, possédait un réseau de bureaux dans toute la région et offrait une couverture aux divers membres du renseignement et des forces spéciales. Augusto et Toni étaient petits, maigres et nerveux et d'une force colossale, tout aussi doués pour les opérations clandestines que pour guider dans la jungle une bande d'aspirants Indiana Jones indisciplinés.

Connor distribua des bières et écouta les derniers potins sur les touristes revenus de l'enfer. Les deux frères bavardaient avec animation, les yeux écarquillés de curiosité. Ils attendaient. Connor finit son verre.

— Nous avons un boulot de surveillance. Pas directe. Je dois établir un contact fortuit avec la cible. Aussi nous faut-il nous familiariser avec ses habitudes, si elle en a.

Il étala une carte de Lima sur la table.

— Je joue un peu aux devinettes, mais à mon avis, soit elle réside à une adresse dans La Molina, soit elle s'y rend occasionnellement. Quoi qu'il en soit, c'est notre seule piste, c'est donc de là que nous partons.

Il désigna la rue et leur tendit les photos. Les hommes apprécièrent.

— Joli petit lot.

— N'est-ce pas ? Je ne sais pas de quand datent ces photos ou si elle s'est grimée d'une façon quelconque, mais servez-vous de vos yeux. Il nous faudra deux voitures. Je serai dans l'une avec Toni, Augusto, dans l'autre. Je prendrai ma vieille coccinelle et je mettrai un autocollant taxi sur le pare-brise. Augusto, trouve un modèle plus chic. Tu peux passer pour un chauffeur de maître.

Augusto décocha à son frère un sourire triomphant.

— Si on nous observe, on nous prendra pour des chauffeurs en train d'attendre nos patronnes. J'ai une tenue toute prête.

Connor désigna d'un signe trois combinés noirs.

— Motorola UHF P10.

Il en lança deux aux frères, qui s'en emparèrent d'une main, comme des joueurs de cricket.

Connor leur fit un topo d'une quinzaine de minutes.

— Bien. On fait une première reconnaissance. Si c'est OK, on entame immédiatement la surveillance.

Il faut que je vous prévienne. C'est un boulot délicat. Nous devons être d'une prudence de serpent, et sans relâche. Si nous salopons le boulot ou si on nous détecte, nous sommes morts.

Les deux frères considérèrent Connor avec horreur. Jamais auparavant il ne leur avait lancé pareil avertissement. Ces mots, et quelque chose dans son intonation, proche d'une menace directe, leur glaça le sang.

Ils roulèrent en silence dans les rues nauséeuses de Lima. Quarante minutes plus tard, le taxi coccinelle bleu de Connor se garait légèrement à l'écart de la maison de Maldonado.

— C'est là, dit Connor en pointant le doigt derrière lui. Au 96.

Toni remarqua les hauts murs et le grillage électrique. Dans ce quartier, presque toutes les maisons étaient bien protégées, mais les murs et les grillages de Maldonado surpassaient les autres.

— Sérieux, la sécurité ! Qui habite ici ? demanda-t-il pas tranquille.

Connor avait gardé le meilleur pour la fin.

— Victor Maldonado.

— Putain ! Dieu nous aide, et Helen Jencks aussi, même si je ne sais pas qui c'est.

51

Helen acheva son déjeuner solitaire et tardif, alla donner quelques restes aux chiens, puis fila à San Isidro dans un taxi coccinelle, afin de poursuivre son exploration. Elle ne remarqua pas qu'une autre coccinelle s'infiltrait deux voitures derrière elle ; l'aurait-elle fait qu'elle n'y aurait rien vu d'inquiétant car les petites voitures grouillaient dans le coin.

Elle demanda au chauffeur de la laisser devant le

Bolivar. Elle envisagea un instant de téléphoner à Dai mais y renonça. L'entendre ne ferait qu'ajouter à la solitude qui l'étreignait dès qu'elle raccrochait ; en outre, elle ne voulait pas le tracasser. Elle se savait incapable de lui dissimuler son malaise croissant vis-à-vis de Maldonado. Alors, elle s'éloigna en direction du parc aux oliviers. Elle ne s'aperçut pas qu'on la filait.

Helen déambula parmi les bouquets de vieux oliviers. Leurs branches torturées s'étendaient, gris fané, d'une beauté particulière. Elle passa près de bancs où des amoureux enroulés l'un contre l'autre regardaient fièrement les passants. Elle s'arrêta pour contempler une mare foisonnante de poissons rouges géants qui glissaient sous des lys blancs. A l'autre extrémité du parc, un homme en short et pieds nus pratiquait le tai chi, bercé par une brise invisible.

Helen s'engouffra de nouveau dans les rues et les vapeurs d'essence. Elle longea des boutiques de luminaires à l'éclairage agressif, des vitrines regorgeant de pulls en alpaga aux motifs sinueux. Elle essaya d'imaginer ces rues ébranlées par des bombes terroristes au début des années quatre-vingt-dix. Démarche tendue, visages préoccupés, absence de sourire trahissaient le souvenir de la terreur. Les habitants n'avaient aucune confiance en l'existence.

Elle s'arrêta devant un magasin d'articles de sport, l'attention attirée par un panneau lumineux flashant le mot « Fitness ». Elle entra sans réfléchir. On y vendait des chaussures de sport, des shorts et des collants d'aérobic, spécialement coupés pour souligner outrageusement les formes et dont les couleurs vibraient. Helen sourit intérieurement et acheta trois tenues complètes plus criardes les unes que les autres. Après quoi, suivant les flèches, elle descendit l'escalier qui conduisait à un gymnase. Elle fut accueillie par les pulsations d'un rythme disco qui hurlaient de façon quasi insupportable. Elle déboucha dans un grand studio avec un parquet et des murs tout en miroir. Un cours entièrement féminin évoluait ; les élèves observaient alternativement leur reflet et le professeur qui, tel un adjudant-chef, hurlait ses instructions penché en avant, mains sur les cuisses. Helen avait déjà essayé l'aérobic à plusieurs reprises : ce n'était pas son truc. La structure du cours, le chef et les suiveurs, les battants et les flemmards, le zèle quasi messianique du professeur, cela s'apparentait à une religion trop structurée. A son grand soulagement, elle repéra sur la droite une vaste sélection d'équipement de musculation et d'haltères.

Elle demanda, en espagnol, si elle pouvait utiliser le gymnase ainsi que le prix d'une séance. Une aimable réceptionniste lui demanda dix dollars, lui tendit une clef et la conduisit aux vestiaires.

Helen enfila un cycliste vert et mauve qui lui couvrait à peine les fesses, puis un body string qui soulignait ses courbes. Vérifiant son aspect dans le miroir, elle se jugea un peu trop grosse et pas assez musclée, mais ça pouvait aller. Ravie de cette tenue voyante, elle pénétra dans le gymnase et commença à s'échauffer. Les regards curieux, et les moins subtils, qu'elle provoquait étaient essentiellement féminins. Les Limeñannes travaillaient avec délicatesse sans une perle de sueur. A quelques exceptions près, elles étaient en uniforme : minuscule cycliste moulant et body string, exactement comme Helen. Elles avaient la peau brune, de beaux cheveux et des yeux pleins d'espoir. Presque toutes prenaient sur les appareils des poses calculées, bavardaient entre elles ; regard assassin pour les femmes, œil de velours pour les hommes. Après avoir scruté Helen avec soin, elles la jugèrent peu digne d'intérêt et reportèrent leur attention sur la gent masculine.

Satisfaite de pouvoir s'exercer en paix, Helen étudia l'équipement et opta pour le step.

Evan Connor attendit cinq minutes puis, fouillant dans le coffre de sa voiture, y trouva son sac de sport qui contenait les affaires terriblement douteuses qu'il avait utilisées près d'un mois auparavant. Il jeta le sac sur son épaule, fit un signe de tête à Toni et dévala les marches menant au gymnase.

A la façon dont ces dames affinèrent la pose, Helen perçut un frisson d'excitation. Elles s'étaient tournées vers l'homme d'allure européenne qui venait d'entrer. Taille moyenne, costaud, short tire-bouchonné, tee-shirt fatigué, mais en dessous, le corps était délicieusement musclé. Les traits de son visage étaient parfaitement ciselés, agréablement symétriques, habités d'un mélange de douceur et de dureté qui semblait émaner de sa peau couleur de sable chaud. Une cicatrice montait de sa tempe droite. Ses cheveux châtain clair étaient coupés court mais revenaient sur les tempes, autour de ses oreilles pour s'arrêter juste au-dessus du col. Il avait l'air décidé, indépendant ; ses yeux ne se promenaient pas dans tout le gymnase, pourtant il donnait le sentiment d'être extrêmement vigilant. Helen connaissait ce genre. Depuis qu'elle faisait de l'aïkido, elle était familière avec cette confiance tranquille, cette sorte d'éveil permanent du corps. Il se déplaçait avec une grâce animale. Elle l'aurait volontiers imaginé rôdant dans la jungle ou gravissant une montagne. Les autres femmes le regardaient avec avidité cependant qu'il choisissait un tapis pour faire des assouplissements. Elle ne put s'empêcher de rire intérieurement lorsqu'il choisit l'appareil à côté du sien et se tourna vers elle avec un sourire.

Elle fit une série de tractions des jambes, se leva et donna un coup de pied malencontreux dans la bouteille de limonade que l'homme avait posée tout près d'elle.

Helen redressa la bouteille pratiquement vide.

— Oups ! fit-elle en levant sur lui des yeux qui n'avaient pas l'air désolés pour deux sous.

— Ce n'est rien, dit-il en anglais avec un sourire chaleureux. Je peux m'en offrir une autre.

Il désigna pour Helen un petit bar au bout de la salle.

— Je m'en charge, dit Helen. C'est le moins que je puisse faire.

— Si vous tenez vraiment à vous faire pardonner, prenez un verre avec moi quand j'aurai fini.

— Vous serez peut-être prêt avant moi.

— Nous verrons bien, n'est-ce pas ?

Helen sourit et gagna l'endroit où se trouvaient les haltères. Connor la regarda faire.

En général, c'étaient les femmes qui le poursuivaient. Avec sa vie errante, il aurait été commode et aisé de succomber. Il aurait aimé choisir une fille et avoir le temps et la liberté de lui faire la cour. Il y avait beau temps que les conquêtes faciles l'ennuyaient. Il se contentait désormais de regarder passivement mais, ne trouvant personne, il avait décidé de ne plus combler le vide par l'éphémère. Il aurait surpris ses amis qui le taquinaient avec envie sur son charme manifeste s'il leur avait avoué passer le plus clair de son temps libre dans la solitude, à lire ou à parcourir la montagne à cheval.

Il observa discrètement Helen qui s'activait aux haltères et au tapis de course. Il ne pouvait s'empêcher d'admirer son corps. Elle était mince, rebondie où il fallait, et puissante. Elle travaillait dur et avec rigueur. La sueur coulait sur son minuscule short et sur son body, ainsi que le long de ses jambes. Tandis qu'elle tirait sur les poids, les muscles se gonflaient de façon impressionnante. Surgit une série d'impressions fulgurantes et tenaces concernant la jeune femme : agilité et grâce dans le déplacement ; éclair dans le regard comme le soleil pris dans du verre ; joli visage vigilant ; longs cheveux blonds ondulés ; puissante attirance qui l'intriguait et le tracassait.

Au bout de cinquante minutes, Connor la regarda commencer sa détente. Il fut ahuri de tant de souplesse. Elle faisait le grand écart avec aisance, étirant ses jambes longues et musclées. Elle s'assit, calme et érotique, la sueur luisant le long de son dos. Connor constata non sans consternation le début d'une érection. Il fit diversion avec une épuisante série de pompes, puis s'avança négligemment vers elle.

— Fini ?

Elle le regarda en souriant.

— Presque.

— Je vous retrouve en haut après ma douche ?

Helen l'observa un moment. Il était à croquer, elle n'avait rien de précis à faire et son instinct lui dictait d'accepter.

— D'accord. Donnez-moi une dizaine de minutes.

Elle en prit vingt, mais il s'y attendait. Elle sentait le savon, le shampooing et les cheveux propres.

Lorsqu'ils sortirent, le soleil rasant de l'après-midi les éblouit.

— Au fait, dit Connor, au cas où vous hésiteriez à prendre un verre avec un étranger, mon nom est Evan Connor.

— Est-ce censé me rassurer ? demanda-t-elle d'un ton léger. Qu'est-ce qu'un nom ? Vous pourriez être n'importe qui.

— Tout comme vous.

— Je m'appelle Helen Williams.

Connor s'arrêta et lui tendit la main.

— Ravi de vous connaître, Helen Williams. C'est par là.

Ils traversèrent la rue et s'enfoncèrent par l'entrée basse et les quatre marches qui menaient à un bar étroit. Il y avait juste une petite fenêtre au fond qui voilait la lumière du jour. Des plafonniers aux abat-jour de verre coloré pendaient comme des poignées de bijoux. Les murs étaient lambrissés d'acajou ancien que le temps avait foncé, délicatement ciselé et qui sentait encore vaguement la forêt. Dans le coin du fond, deux couples de vieillards jouaient aux échecs sous l'œil patient d'un berger allemand qui remuait la queue en signe d'espoir chaque fois qu'une pièce était déplacée. Un gros homme en pull bleu essuyait des verres derrière le comptoir.

— Que prenez-vous ? demanda Connor tandis qu'ils s'installaient à une table ronde.

— Que diriez-vous d'un pisco sour ?

— *Hola, amigo,* héla-t-il.

Il commanda deux pisco sour, parlant l'espagnol avec un débit mitraillette.

— Vous vivez ici ? s'enquit Helen. Votre espagnol m'a l'air excellent.

Il revint à elle. Il avait des yeux bleus d'une pénétrante clarté. Ç'aurait pu être déconcertant, mais Helen trouvait cela intéressant.

— Je me déplace entre la Colombie et la Bolivie.

— A faire quoi ?

— Je suis guide d'expéditions, trekkings à travers la jungle, les montagnes, partout.

— Ce doit être passionnant.

Les boissons arrivèrent, mousseuses et dangereusement attirantes. Helen but une gorgée.

— Mm. Délicieux !

— Les meilleurs piscos de la ville, expliqua Connor en levant son verre. Vous avez raison, c'est passionnant, ajouta-t-il. Plutôt irrégulier – parfois je suis parti quatre mois d'affilée, parfois je reste un mois à ne rien faire.

— Pourquoi cela ?

— Tout est organisé par une amie de Londres. Elle dit que le marché est comme ça ; en fait je suppose que tout dépend de son envie ou non d'aller bosser. Il y a pire épreuve que des vacances forcées, ajouta-t-il en haussant les épaules.

— C'est le cas en ce moment ?

— Oui.

— Si bien que vous connaissez à merveille toute cette étendue.

Les vagues contours d'une idée s'esquissaient dans l'esprit de Helen. Cet homme connaissait le pays, peut-être pourrait-il l'aider à retrouver son père si elle décidait de se passer de Maldonado. Elle repoussa en hâte cette pensée. Tu viens de le rencontrer, s'admonesta-t-elle.

— Assez bien, pourquoi ?

— Oh, simple curiosité. Je me demandais à quel point on était en sécurité à Lima, répondit-elle, inventant en hâte une justification à sa question. Mon hôte me décourage de me promener seule.

— Alors pourquoi le faites-vous ?

— Je suis une grande fille. Je n'arrive pas à imaginer que c'est dangereux.

— Cela dépend de votre chance et des points de comparaison. Il y a des endroits à éviter, comme dans toute grande ville, sauf qu'à Londres vous n'avez pas à vous préoccuper de la possibilité d'être kidnappée contre rançon.

— C'est le cas ici ?

— Dans une certaine mesure. C'est pire en Bolivie et en Colombie. L'enlèvement constitue le revenu de base des organisations terroristes, auxquelles il faut ajouter les banals truands.

— Ils vous sautent dessus avec des fusils ?

— Parfois. Ou ils arrêtent les gens dans leur voiture. Ils sont attirés par un certain type de véhicule.

— Lequel ?

— Gros et beaux 4 × 4 étincelants.

— Comme par exemple les Landcruisers Toyota ? demanda Helen en songeant à celle de Maldonado.

— C'est un de leurs modèles préférés.

— Pourquoi avoir envie d'en conduire une, en ce cas ?

— Beaucoup de ministres du gouvernement en possèdent. C'est un engin robuste qui peut vous tirer d'embarras quand la conduite est mouvementée. Les narcos les apprécient pour la même raison.

— Les narcos ?

— Les *narcotraficantes.* Ces types-là aiment tellement les 4 × 4 qu'ici on les a rebaptisés narcomobiles.

Helen engrangea l'information avec un frisson d'intérêt.

— De toute façon, je suis arrivée dans un taxi pourri. Je ne pense pas qu'on aurait envie de me kidnapper là-dedans.

— Pas sûr. Méfiez-vous. Mieux vaut commander un taxi auprès d'une société connue que d'en héler un en maraude.

— Doux Jésus ! Mais pourquoi les gens essaient-ils de me faire croire que cet endroit est terriblement dangereux ?

— C'est ce qu'ils font ?

— Mm.

— Peut-être parce qu'il l'est pour qui ne connaît pas les ficelles. Ecoutez, ne vous fâchez pas, mais vous êtes une gringa et ça se voit. Vous n'avez pas l'air sûre de vous. Vous ne vous rendez pas d'un point A à un point B avec une totale assurance parce que vous n'êtes pas vraiment certaine de l'endroit où vous allez. Toute forme d'incertitude est perçue comme une invite.

— Je le sais, s'empressa-t-elle de répondre. C'est pareil à Londres.

— Oui, mais vous êtes incontestablement chez vous à Londres, et ce n'est pas le cas ici.

Elle observa Connor, songeuse.

— Effectivement. C'est la première fois que je me trouve dans un endroit aussi difficile à déchiffrer. Je suppose que c'est ça qui m'empêche d'être sûre de moi, ajouta-t-elle en pensant aux gouffres invisibles dont parlait Maldonado.

Elle s'exprimait lentement, pensive, guettant ses réactions, avec un léger détachement, comme si elle s'apprêtait à se retirer.

— J'avais toujours pensé que la confiance en soi était quelque chose que l'on possédait ou non. Je n'imaginais pas que je laisserais la mienne à Heathrow.

Il sourit.

— On trouve naturelles la plupart des choses jusqu'à ce qu'elles disparaissent.

— Je ne crois pas qu'elle ait disparu. Je dirais plutôt qu'elle est tapie dans l'ombre à attendre l'occasion de sortir sans danger.

— C'est alors que vous n'en aurez plus besoin.

— Exact. Pourquoi faut-il que nous possédions des choses superflues pour les voir s'envoler au moment précis où elles deviennent nécessaires ?

— C'est le besoin qui les fait fuir !

— Plutôt injuste, vous ne trouvez pas ?

— Disons que c'est une combinaison de « on ne prête qu'aux riches » et de « la fortune sourit aux audacieux ».

— On croirait entendre philosopher Arsène Lupin.

— Pourquoi ?

— Les forts prennent ce qu'ils veulent.

Il sourit encore.

— Possible. Cela dépend de quel côté vous vous situez.

Ils se regardèrent en silence.

— Dites-moi, demanda-t-il, décidé à ne pas la laisser s'éloigner, qu'est-ce qui vous a amenée à Lima ?

Il se carra sur le dossier dans l'attente du mensonge. Il en connaissait assez sur elle. Tess Carlyle l'avait briefé correctement. Il n'appréciait qu'à moitié cette mission où Tess jouait le rôle du maquereau et lui celui de la pute. Mais tout ce qui le rapprochait de Maldonado valait la peine et, tandis qu'il observait la prétendue Helen Williams, il sentit sa résistance mollir. Cette fille l'attirait. Elle était ravissante. Son visage trahissait un curieux mélange de défiance et de chaleur, ainsi que la solitude qui l'avait poussée à accepter son invitation.

Elle lorgna sur son verre qu'elle fit tournoyer comme un œnologue. Puis elle accrocha son regard.

— Je suis venue voir à quoi ça ressemblait.

— Et ?

— C'est encore trop tôt.

— Aimez-vous ce que vous avez vu jusqu'ici ?

Elle acheva son pisco et son regard se figea.

— Je crois que c'est un pays dangereux, mais non dénué de charme.

52

Dans une salle des marchés, une semaine était une éternité. Hugh Wallace commençait à penser qu'il allait peut-être s'en tirer. L'emporter sur Helen, sur le risque d'être démasqué, sur le système. Il avait toujours eu le sentiment profondément ancré d'être un perdant, et l'idée de s'être trompé le plongeait dans un état d'étrange excitation. Il prit l'air assuré qu'il affichait du temps qu'il possédait cinquante millions de dollars, traversa la salle en se dandinant. Sourire, salut de sa casquette de base-ball et droit dans son bureau. Ses bleus s'atténuaient en même temps que le sentiment terrifiant de sa vulnérabilité physique. Au cours du week-end, il avait inventé un nouveau système de trade purement génial. Quand il l'exposerait, peut-être son surnom réapparaîtrait-il dans le lexique de la salle des marchés : Wallace la Gagne. Il sourit intérieurement ; s'ils savaient !

Rankin débarqua avec un sac de papier kraft contenant son petit déjeuner. D'un grand geste du bras, Wallace lui fit signe de le rejoindre dans son bureau. Rankin arriva en traînant les pieds, laissant derrière lui des effluves de bacon.

— Pour l'amour du ciel ! siffla Wallace. Tu as l'air aussi coupable qu'un pédophile dans un jardin d'enfants ! Tu ne comprends rien, ou quoi ? Chaque jour est une victoire. Tu devrais être euphorique. On est en train de sauver notre peau, murmura-t-il avec un rapide regard autour de lui. Va chez les putes, fais-toi bronzer, agis comme un type heureux de vivre.

— Le jour où j'aurai besoin de ton avis là-dessus, je n'aurai plus qu'à me suicider.

— Pourquoi traîner dans le coin ?

— Va te faire foutre ! rétorqua Rankin en engouffrant la moitié de son sandwich. Tu n'as pas une once de conscience, si je comprends bien, n'est-ce pas ?

— J'ai une tête à sauver. Et toi aussi. Sors d'ici et joue ton rôle.

Survivre avait mis à mal l'ego de Wallace comme s'il prenait des doses massives de Prozac. Rankin trouvait cet état d'ébullition permanente profondément déprimant. Il faillit faire un geste obscène, se ravisa in extremis et se passa la main dans ses cheveux épars tout en obtempérant.

Wallace avala son double espresso et lut ses messages e-mail. Le téléphone sonna.

— Ouais ?

— Hugh, venez me voir, voulez-vous ? J'aimerais que nous ayons une petite conversation tous les deux.

Zaha Zamaroh tout sucre tout miel.

— Ouais. Euh, j'arrive.

Il envisagea un instant de la laisser mariner un moment et se ravisa. Son instinct lui soufflait que, cette fois, on allait le caresser dans le sens du poil. Il traversa la salle des marchés d'un pas nonchalant et arriva trois minutes plus tard dans le bureau de Zamaroh.

Elle portait du vernis à ongles vermillon et un tailleur tilleul qui aurait donné à une femme au teint pâle un air cadavérique mais qui, sur elle, était comme une lueur phosphorescente sur une mer d'encre. Elle tendit sa main griffue. Harvard, Oxford et Wharton eussent été un terrible gâchis, mais Wallace se dit une fois de plus que Zamaroh aurait fait une sacrée mère maquerelle.

— Asseyez-vous, Hugh. je vous en prie.

Il lui offrit un bref sourire carnassier et s'affala dans le canapé blanc.

Elle lui rendit son sourire, posa son menton sur ses mains croisées et le dévisagea un moment. Wallace éprouvait tout autant d'excitation que de malaise.

— Bravo, dit-elle.

— Merci, répondit il, dissimulant sa surprise.

— Vous devez être ravi.

— Euh, oui, c'est vrai.

Wallace décida de prendre l'initiative.

— Nous avons bien fait tourner.

— Il semblerait. Quel est le résultat ?

— Plus quatre-vingts millions. En quatre mois et demi.

— C'est tout ? demanda Zamaroh dont les yeux s'agrandirent progressivement.

Elle quitta son fauteuil et lissa le devant de sa jupe.

Sa main formait un arc de cercle. Wallace eut l'image fugitive de la chair voluptueuse qu'elle dissimulait.

— Zaha, vous me faites de la peine, dit Wallace, flirtant audacieusement.

Zamaroh fit le tour de son bureau et s'assit sur le coin afin que ses cuisses se dévoilent somptueusement sous une abondance de tilleul. Elle était à trente centimètres de Wallace. Elle se pencha au-dessus de lui. Le parfum de tubéreuse, capiteux, entêtant, l'envoûta.

— Hugh, que faites-vous ce soir ?

Wallace resta un bref instant paralysé de trac, sorte de terreur primale issue de l'inconscient collectif des mâles devant les déesses mangeuses d'hommes. Il devait béer devant elle car sa bouche se ferma soudain brusquement, provoquant chez Zamaroh un rire en cascade, un rire profond, un rire de gorge.

— Je me disais que je pourrais peut-être passer vous voir chez vous, disons vers dix-neuf heures ?

Le cerveau de Wallace se mit à jouer aux associations d'idées : harcèlement sexuel, oncle, refuge.

— Parfait, dit-il faiblement en se levant.

Il lutta contre l'envie de quitter le bureau à reculons.

53

Wallace était chez lui à dix-huit heures quinze. Il alla dans sa chambre où il se planta devant un miroir en pied installé dans un placard. Devait-il troquer son costume contre une tenue moins formelle ? Il se maudit de se poser seulement la question. Qu'est-ce que cela changerait ? Et pourquoi venait-elle ? Certainement pas pour le séduire. Pourquoi ne pas lui donner rendez-vous au Ritz ou dans n'importe quel troquet où elle entraînait ses proies ? Quand elle l'avait coincé dans son bureau, elle avait le regard d'une chatte s'apprêtant à bondir.

— Bordel ! hurla Wallace en se versant une double vodka.

Il resta en costume. Quand on sonna à la porte à dix-neuf heures trente, il en avait englouti trois doubles, et son foie commençait à protester.

Zamaroh s'avança lentement dans l'entrée, le regard passant de gauche à droite sur les œuvres accrochées au mur. Elle pénétra dans le salon et se figea devant une sculpture qui dominait le centre de la pièce.

— Au nom du ciel, qu'est-ce que c'est que cela ?

— Cela s'appelle *Conception.* Signé Philippe Baudoi. Conçu en 1966, exécuté en 1969.

— Conçu ? Exécuté ? Mais c'est un tas de briques !

— Cent vingt briques réfractaires, pour être précis. Treize centimètres de haut, cinquante-six centimètres de large, deux mètres soixante-dix-huit de long.

— Et ça vous a coûté ?

— Deux cent cinquante.

— Dollars ?

— Livres.

— Vous êtes fou !

— Je trouve cela superbe. C'est très fort, très ancré. J'adore.

— Je me demandais à quoi vous dépensiez votre argent, dit Zamaroh en se détournant de sa contemplation. Si toutefois vous dépensez tout. Certains vous conseilleraient de n'en rien faire, du moins pour un moment.

— Je ne suis pas certain de vous suivre, dit Wallace.

Il avait mal au ventre et était inquiet. Il s'assit sur une chaise en plastique jaune à dos droit.

Zamaroh s'installa confortablement dans un canapé framboise.

— Combien vous payons-nous ? demanda-t-elle. Aux alentours d'un million, tout compris, si je me souviens bien. C'est peu, si vous voulez être – elle eut une moue de mépris – collectionneur d'art ? Ce n'est jamais assez, n'est-ce pas ? Quel que soit le montant. C'est une partie de la question, n'est-ce pas ? Le salaire est pour les dépenses. Les bonus vont à l'épargne, mais c'est un lent processus. Nous nous ressemblons ; quand nous voulons quelque chose, c'est tout de suite.

Zamaroh se leva et se pencha sur Wallace. Ses seins touchaient presque son visage. D'un doigt, elle lui caressa la joue. Wallace ne put s'empêcher de reculer.

— Ecoutez, je me demande si c'est une bonne idée.

— Elle est excellente, au contraire, fit Zamaroh avec un sourire carnassier et, voyons les choses en face, vous n'avez pas tellement le choix, n'est-ce pas ?

— Quoi ? fit Wallace en bondissant pour se mettre hors d'atteinte.

Il fit les cent pas dans le salon.

— Je ne suis pas d'accord. Si c'est ce que les femmes doivent endurer quand...

Zamaroh hurla de rire.

— Oh, doux Jésus ! ça valait presque le coup de voir la vapeur s'inverser.

Malgré sa colère, Wallace avait du mal à imaginer Zamaroh se laisser harceler par qui que ce fût à propos de quoi que ce fût. Mais il s'abstint de tout commentaire.

— Petit crétin, vous croyez vraiment qu'il s'agit de sexe ? lança Zamaroh.

— Mais quoi, alors ? bredouilla-t-il.

— Mon cher petit garçon, ce n'est pas votre corps qui m'intéresse.

— Quoi, alors, merde ?

— Quel âge me donnez-vous ?

— Aucune idée.

— J'ai trente-neuf ans. J'ai travaillé treize ans dans ce cloaque et si vous croyez que je viens de mal agir... Avez-vous la moindre idée de ce que représente le fait d'être une femme dans ce métier ? Le paternalisme, le harcèlement, les préjugés, l'incrédulité quant à votre talent, il faut carrément leur enfoncer dans la gorge. Les commandements sont : tu seras blanche ; tu seras mince ; tu porteras des tailleurs Chanel, du beau maquillage et des collants en plein été. Que Dieu nous garde du moindre bout de peau, surtout si elle est de couleur. Tellement démodé, tellement incendiaire, tellement secrétaire, pourtant Dieu seul sait pourquoi les secrétaires n'ont pas encore fait la révolution. Puis il y a *tu n'auras pas de vie privée,* parce que tu es censée *t'investir* totalement. Dites-moi, suis-je censée baiser avec mon boulot, m'endormir dans ses bras, pleurer sur son épaule ? Tout cela me manque terriblement. Cela vous échappe, n'est-ce pas ? Tout ce que vous voyez c'est la casse-couilles de service. Et vous savez pourquoi ?

Wallace se tenait dans un silence atterré.

— Parce que s'il en était autrement, je ne durerais pas un jour. Tout ces petits connards d'Anglo-Saxons me piétineraient en souriant si je n'avais pas l'air de faire ça dix fois mieux que vous sans même m'en apercevoir. Alors vous savez ce que je veux, espèce de petit faux cul ? Je veux me tirer de là, prendre ma retraite, avoir mes maisons, mes domestiques, mes voitures et assez d'argent pour ne plus avoir jamais à y penser, ne plus me faire chier avec des minables de votre espèce. Croyez-vous vraiment que je ne sens pas les coups tirés chaque jour que Dieu fait ? Combien de débutants de votre genre louchent sur mon job ? Hein ? Combien de poison répandez-vous autour de moi ?

Elle s'avança sur Wallace et se pencha sur lui, nez à nez. Il sentait son souffle sur la figure.

— Combien vous êtes-vous fait, Hugh ? Je savais que quelque chose clochait. J'ai avalé le coup de Helen Jencks comme les autres, mais j'ai vite compris qu'il y avait un os. Alors j'ai attendu, observé et plus je vous voyais, plus j'acquérais de certitudes. Vous avez retrouvé votre ancienne personnalité, ces derniers jours, n'est-ce pas ? Wallace la Gagne. Retour à la grande forme. Ça a été la goutte d'eau, sans oublier ce petit sourire satisfait. Vous savez de quoi vous avez l'air quand vous faites cette tête-là ?

Wallace secoua la tête.

— Vous avez tout du mec qui a réussi à s'en tirer.

Zamaroh regagna le canapé rouge où elle se rassit avec le sadisme patient d'un inquisiteur.

— J'ai travaillé tout le week-end, la nuit comprise. J'avais une bonne excuse, un autre problème avec quelqu'un d'autre de la salle des marchés. Personne n'a soupçonné que je passais en revue les vieux tickets d'exécution de votre desk. Je dois admettre qu'il m'a fallu un moment pour potasser le prix des options sur les valeurs coréennes. Mais j'ai reconstitué votre sale petit trafic. Helen Jencks était le pigeon rêvé, n'est-ce pas ? Facile d'enfoncer une fille, non ? Mais c'était compter sans moi. Vous avez bien dû détourner cinquante millions, peut-être un peu moins, en fonction de la part cédée à AZC.

Elle marqua une pause et sourit. Ses dents scintillaient comme des balles de revolver.

— Je crois que je devrais empocher une belle part du gâteau.

Elle se leva et se dirigea vers la porte.

— Réfléchissez. Vous avez vingt-quatre heures. Passé ce délai, je vais trouver votre oncle.

54

Evan Connor attendit Helen à trente mètres du gymnase, dans la Calle Victor Maurtua. Afin de tout vérifier, il était arrivé avec un quart d'heure d'avance, comme il l'avait appris à l'entraînement. Appuyé contre un mur dans une pose naturelle, il fumait une cigarette et contemplait nonchalamment le brouillard qui était apparu dans la nuit pour s'étendre sur la ville comme une malédiction.

Helen surgit au coin et se dirigea vers Fitness.

Connor balaya la rue du regard. Il sentit une décharge d'adrénaline quand, à dix pas derrière Helen, il repéra deux malabars péruviens l'observer disparaître dans le gymnase. Ils s'arrêtèrent ; l'un d'eux suivit Helen, l'autre sortit un talkie-walkie, prononça quelques mots puis marcha tranquillement vers Evan. L'homme ne l'avait pas encore remarqué ; aussi, dissimulant le fait que tous ses sens étaient en alerte, Connor posa son sac de sport sur le trottoir, ouvrit la fermeture Eclair et fouilla comme s'il vérifiait son équipement. Il referma son sac, se releva d'un air satisfait au moment précis où l'homme s'appuyait sur une Ford Mustang, à une voiture de lui. Connor sentit le regard de l'homme se poser brièvement sur lui, puis se dirigea vers le gymnase à grandes enjambées décontractées.

Pourquoi diable Helen Jencks était-elle sous surveillance ? Si elle était filée, elle était compromise. Quelqu'un dans les plus hauts échelons du monde secret péruvien – il pariait pour Maldonado – considérait Helen Jencks comme dangereuse. Elle était donc en péril, ainsi que tous ceux qui avaient un lien avec elle. Connor pouvait choisir dès cet instant de saborder la mission, de tourner les talons et de se tenir en dehors de l'ouragan qui encerclait la jeune femme. Ou bien il pouvait la suivre à l'intérieur du gymnase, être observé par les guetteurs, pénétrer au cœur de l'orage et espérer que sa couverture tiendrait. Il pesta un instant contre lui-même. Si les hommes étaient en place hier – et il n'y avait aucune raison de supposer qu'ils n'y étaient pas –, il ne les avait pas remarqués. S'ils l'avaient vu observer Helen, il était grillé. Il s'approcha du gymnase, imaginant le regard de l'homme sur son dos. Il disposait de cinq enjambées pour se décider. Le sourire dans les yeux, il murmura dans un souffle :

— La fortune sourit aux audacieux.

Jamais il n'avait su résister à l'appel du chaos. En outre, il avait un compte à régler avec Maldonado. Alors il descendit les marches qui menaient au gymnase et à la tourmente.

A la réception, Helen était en train de payer sa séance et sa bouteille de limonade. Le malabar faisait semblant de lire les annonces épinglées à un panneau. Connor le mémorisa dans ses moindres détails tout en ayant l'air de ne pas l'avoir vu. Il s'approcha de Helen avec enthousiasme. Elle lui sourit, ravie de le voir. Il l'embrassa sur la joue, paya à son tour et alla se changer.

Ils s'entraînèrent pendant une heure. Connor remarqua que Helen soulevait des haltères dont le poids excédait grandement ce qu'aurait dû lui permettre sa carrure. Ses yeux passèrent d'un gymnaste à l'autre. Le malabar ne montra pas le bout de son nez. Mais lorsqu'une heure et demie plus tard, Helen et Connor déambulèrent dans la nuit, douchés et changés, ce dernier perçut un mouvement dans l'ombre. La filature reprenait.

Il emmena Helen au Sushi Ito, à trois minutes à pied.

— Merveilleux, s'exclama-t-elle en s'installant. J'adore la cuisine japonaise.

— Il y a quelques excellents restaurants japonais ici. Des pêcheurs venus du Japon au siècle dernier en quête de thon. La côte regorge de poisson. Un thon vaut une telle fortune aux yeux des meilleurs restaurants au Japon qu'une seule prise fait vivre un pêcheur péruvien et sa famille pendant un an.

Evan commanda du saké et en versa à Helen qui s'absorba dans le menu. L'appétit aiguisé par l'exercice, ils commandèrent du potage miso, des sashimi, des tempura aux crevettes, le tout accompagné de riz et de légumes frits.

— Vous êtes bien rentrée, hier soir ? s'enquit Evan.

— Oui, je vous remercie. Je me demande comment certains taxis roulent encore. Celui que j'ai pris hier doit avoir perdu sa suspension dans les années cinquante.

Connor ne sourit pas.

— Je vous l'ai dit, ce n'est pas toujours une bonne

idée de héler un taxi la nuit. Je crois préférable de vous raccompagner ce soir.

— Ça ne vous a pas tracassé outre mesure hier. Pourquoi cette brusque sollicitude ?

— Je me suis réveillé après votre départ. Rien à voir avec les taxis londoniens.

— Je sais, mais comment faire autrement ? Je ne vais tout de même pas rester bloquée à la maison.

Elle but une gorgée de saké.

— Maldonado, mon hôte, dit que je peux faire appel à son chauffeur si je veux sortir, mais il n'est pas toujours disponible, et j'avoue tenir à être indépendante.

— Ce n'est pas le cas ?

— Pas vraiment. Carmen, sa gouvernante, est toujours dans mes pattes à nettoyer, ranger, toujours dans ma roue, toujours à se déplacer en silence comme un fantôme désapprobateur. Il faut toujours qu'elle réorganise mes affaires. Elle sait ce que j'ai et où ça va mieux que moi.

— Les bonnes sont faites pour ça.

— Je sais, et je m'en veux de paraître ingrate, c'est juste que je lui trouve un zèle excessif. Et il n'y a pas qu'elle.

Evan attendit.

— C'est tout ce système de sécurité. Deux gardes qui patrouillent, mitraillette au poing, vingt-quatre heures sur vingt-quatre. J'ai vu plein de vigiles aux alentours - dans les rues, surveillant les boutiques, les hôtels, etc. Mais deux gardes carrément dans le jardin déjà protégé par un mur de quatre mètres surmonté de cinquante centimètres de barbelés et de piques, je trouve cela un peu excessif. Chaque fois que je nage ou que je me promène dans le jardin, je tombe sur une sentinelle, et leur côté amical laisse à désirer.

— Ça m'a effectivement l'air un peu outré.

— Ça l'est.

Helen avait parfois l'impression que tout le monde la surveillait, sans plus, mais la surveillait tout de même. Elle se détendait un peu avec Connor car, sans le connaître, elle se sentait sur la même longueur d'onde.

— Ce Maldonado, c'est quel genre d'homme ? demanda Evan en resservant du saké à Helen.

— Charmant, intéressant, passionné pour son pays, mais insaisissable.

— Comment cela ?

— Je ne saurais dire exactement. C'est comme s'il y avait toujours autre chose derrière le charme. Il n'est pas heureux. Et il est très curieux.

— Sans doute aime-t-il s'entretenir avec vous.

— Non. C'est plus que cela.

Comment expliquer, sans se dévoiler, qu'il semblait chercher à la prendre en faute ? Les plats arrivèrent. Helen porta le bol de potage à ses lèvres et but une longue gorgée réconfortante.

— Raccompagnez-moi, si vous trouvez que c'est préférable. Je subirai le troisième degré demain ! « Avez-vous passé une bonne soirée ? Qui est le charmant jeune homme d'hier soir ? »

— Comment le saurait-il ?

— Il est au courant du moindre de mes gestes, même s'il n'est pas dans les parages. Carmen lui raconte, je suppose. Elle me regarde partir, les gardes aussi, d'ailleurs. Ils doivent m'ouvrir quand je rentre.

Ils roulèrent dans la voiture de Connor. Assise sur le siège du passager, Helen l'observait discrètement. Elle remarqua ses mains sur le volant ; grandes, bronzées, tannées, comme s'il s'en servait beaucoup. Elle songea aux mains douces et pâles de Roddy dont la seule utilité était de se bagarrer avec un clavier d'ordinateur. Elle les revit se déplacer sur sa peau et frissonna involontairement de dégoût.

— Ça va ? demanda Connor en se tournant vers Helen.

— Très bien, répondit-elle avec sincérité.

Il reporta son attention sur la route. Elle contempla de nouveau son profil. Les rues, la circulation et les Klaxon étaient oubliés devant sa beauté.

Au repos, son visage était sensuel. Ses lèvres souriaient faiblement et ses yeux étaient doucement contemplatifs. Helen nota la sûreté des mouvements, la vigueur de la poitrine et des épaules à travers son tee-shirt blanc, et la souple puissance des biceps et des avant-bras. Son côté masculin était aussi marqué que discret ; il émanait de lui une confiance tranquille comme s'il n'avait rien à prouver, comme s'il n'avait qu'à être lui-même. Il stoppa la voiture devant chez Maldonado sans couper le contact.

— Merci d'avoir fait le détour, dit Helen en descendant du véhicule.

Connor rentra chez lui, oubliant Helen pour chercher à semer ses suiveurs. D'ordinaire, il aurait agi directement, mais il ne voulait surtout pas qu'ils se doutent un, qu'il les avait repérés, deux, qu'il savait comment les larguer. Il devait donc s'arranger pour les semer accidentellement. Autant ne pas leur fournir son adresse.

Deux heures plus tard, il était chez lui. Il se rendit sur sa terrasse où il demeura un quart d'heure dans le noir, écoutant le bruit de la mer, les yeux sur la masse sombre de l'océan. Puis il alluma son brouilleur et appela Augusto.

— Tu as repéré les suiveurs ?

— Ces ordures ne l'ont pas quittée de l'après-midi, dès l'instant qu'elle est partie de chez Maldonado. Quatre paires, des pros, mais pas aussi bons que nous.

— Tu crois qu'ils vous ont repérés ?

— Je suis sûr que non.

— Et hier ?

— Rien. Je ne crois pas qu'ils étaient déjà sur le coup.

— Pourvu que tu aies raison, dit Connor d'un ton cassant.

Il raccrocha et téléphona à Tess Carlyle. Il était six heures du matin à Londres ; elle répondit à la cinquième sonnerie.

— Il vaudrait mieux que cela en vaille la peine.

— C'est le cas. J'ai établi le contact. La première bonne nouvelle est qu'elle réside chez Maldonado.

— Vraiment ? Et la deuxième ?

— Elle est filée, par des professionnels.

— Quoi ! Par qui ?

— Maldonado, je suppose.

— Merde, il doit la soupçonner un max. Que peut bien tramer cette petite idiote ?

— Si je peux me permettre un avis autorisé, je dirais qu'elle cherche son père. Je n'y vois aucune mauvaise intention.

— C'est bien possible, mais elle va au-devant des ennuis. Les guetteurs, ils ne vous ont pas vu à l'œuvre, si ?

— Non, affirma Connor avec plus d'assurance qu'il n'en éprouvait.

— Et quand vous les avez repérés, vous avez immédiatement fait machine arrière et sabordé la mission.

— Jamais de la vie ! J'ai établi le contact.

— Bonté divine, Evan ! Helen Jencks est compromise. C'est au mieux un agent dangereux, au pire un agent mortel, pour elle et pour vous. Elle peut parfaitement appartenir à la DEA, à la CIA ou travailler clandestinement pour un narco rival.

— Elle peut tout aussi bien être une fille abandonnée qui fouille dans les vieux secrets.

— Des secrets que Maldonado préférerait voir définitivement morts et enterrés.

— Alors j'ai d'autant plus de raisons de poursuivre. Si Maldonado s'inquiète à son sujet, elle doit savoir quelque chose qui m'intéresse.

— A quel prix, Evan ? A quoi croyez-vous jouer ?

— Si quelqu'un doit se faire brûler les ailes, c'est Maldonado.

— Comment pouvez-vous en être aussi sûr ?

— Je ne peux pas, vous le savez bien. Je prends des risques, Tess. Je l'ai toujours fait. Vous voulez des renseignements, je ne les obtiens pas gratis. S'il me suffisait de faire défiler des lignes sur mon écran d'ordinateur, je m'en contenterais, croyez-moi.

— Balivernes ! Vous voulez tellement la peau de

Maldonado que je le sens d'ici, et vous êtes prêt à marcher jusqu'en enfer pour l'avoir.

— C'est précisément pourquoi vous m'avez choisi pour ce boulot, n'est-ce pas, Tess ? Vous n'allez pas vous mettre à pleurnicher sous prétexte que l'odeur de sang menace.

— Menace ! Mais je rêve, Evan ! Le sang, vous allez bientôt nager dedans !

55

Confortablement installés dans des fauteuils, Maldonado et Angel fumaient leur cigarette dans une attitude contemplative. Chaque soir, Angel venait faire son rapport sur les événements de la journée. Maldonado avait de plus en plus de mal à se rendre à son bureau de la Calle de la Crucifixión. Angel lui apportait le monde, avec sa misère noire. Les fenêtres grandes ouvertes laissaient entrer la douceur inhabituelle de la nuit, et les ronds de fumée flottaient jusqu'au jardin. Maldonado s'aperçut que son esprit vagabondait. Il coula vers Angel un regard en coin. L'homme était entièrement vêtu de noir, hormis une chemise lilas qui eût été de mauvais goût dans un bordel, avec des chaussures noires brillantes, presque sans talons. De fines semelles de caoutchouc facilitaient l'approche silencieuse. Angel apparaissait et disparaissait comme un esprit malin. Maldonado songea avec calme et horreur qu'Angel en savait probablement plus sur lui que tout autre être vivant. Sur lui, sur ce qu'il faisait, sur ce qui, telle une maladie qui s'aggrave, définissait désormais sa personnalité.

Maldonado avait le sentiment que la vie lui avait joué un sale tour. Il s'était embarqué avec une telle confiance dans ce qu'il qualifiait de petite compensation des dommages causés par le destin, qu'il pouvait en maintenir parfaitement séparées les différentes parties, empêchant le mal de gagner du terrain sur le bien. Il pensait que ce serait un exercice purement intellectuel, assujetti au contrôle de l'esprit, mais le mal était une émotion autant qu'un acte. Alors forcément, il y avait des fuites. Désormais, il était assis en compagnie de l'atrocité, d'un homme au visage vérolé dont les yeux avaient été beaux, dont le nom sonnait comme une bénédiction, dont l'âme était putride. Un homme pour qui la vie n'était qu'une succession d'avantages à négocier, supporter, perdre ou voler selon l'équilibre du pouvoir. Liberté, emprisonnement ; silence, renseignements ; fortune, dénuement ; piège, délivrance ; vie, mort. L'héritage de la feuille de coca. Leur tâche avait consisté à lutter contre cet état, pas de le perpétuer, mais les nobles buts avaient depuis longtemps été balayés par le flot d'argent coulant des plantations de coca pour passer entre leurs mains, jusqu'en Colombie où il devenait une marée capable d'engloutir le monde.

— Des nouvelles de Londres ? s'enquit Angel.

— Tess Carlyle a téléphoné aujourd'hui. Elle prétend ne rien avoir sur Helen.

— Vous la croyez ?

— Bien sûr que non.

On frappa à la porte. Carmen se matérialisa.

— *Si ?*

— On l'a ramenée en voiture, un homme en taxi Volkswagen.

— Qu'est-ce que cela a d'extraordinaire ?

— Ce n'était pas un chauffeur de taxi. C'était un gringo.

Sur un signe de tête de Maldonado, Carmen sortit à reculons.

— Vous avez une équipe sur elle ?

— La meilleure.

— En ce cas, ils me diront qui est ce gringo.

— Je les appelle dès que nous en avons fini.

— Ont-ils repéré quoi que ce soit hier ? demanda Maldonado.

— J'ai dû les mettre ailleurs le matin. Il y avait une urgence avec el Dólar. L'échange de coups de feu avec les hommes de Vaticano. Il a fallu faire le ménage. Je ne voulais pas que quelqu'un à qui je ne peux me fier vienne fouiner et pose trop de questions. J'ai dû faire appel aux suiveurs. Ils font partie de ceux en qui j'ai le plus confiance. Je n'avais pas le choix.

— Zut, fit Maldonado en s'essuyant la bouche du revers du poing. Au diable el Dólar !

— Allons-nous l'aider ?

Maldonado poussa un soupir lourd de signification.

— Pourquoi ne s'est-il pas contenté d'y aller calmement ? Il avait largement. Pourquoi s'attaquer au territoire de Vaticano ?

— Il voulait tout, répondit Angel avec la simplicité de la vérité.

— Résultat, Vaticano veut sa peau, répliqua Maldonado. Il essaie de bousiller toutes ses opérations, il fournit à la DEA tout ce qu'ils demandent et moi je suis censé l'arrêter. Comment le pourrais-je ? Il va se mettre à table et nous y passerons tous. Qui le lui reprocherait ? S'il est incarcéré, même moi je serai incapable de le protéger. Vaticano fera tout sauter si nécessaire.

Maldonado quitta son fauteuil et alla se planter devant les fenêtres ouvertes. Il respira l'air de la nuit, se régalant du lourd parfum de jasmin et de tubéreuse. Quand il se tourna vers Angel, il souriait.

— Nous pourrions procéder à son arrestation, le retenir un moment puis le laisser s'évader.

— Pas commode si nous le détenons à Canto Grande, objecta Angel.

— Non. Je pensais à ici.

— Ici ! ne put s'empêcher de protester Angel, qui n'en croyait pas ses oreilles. Et comment l'aide-t-on à se faire la belle ?

— Contre-feu. On fait semblant de perdre. On donne satisfaction à la DEA, à Vaticano et à el Dólar. Et on le perd plus tard, personne n'est parfait.

— Et la fille ?

— On lui racontera des bobards.

— Elle est dans nos pattes.

— Je sais, rétorqua Maldonado d'un ton sec. Qu'y puis-je ? Je suis obligé de croire qu'elle est envoyée par le SIS. Et si elle fait partie d'un coup monté, pas question que je l'abatte si je ne veux pas fournir au SIS toutes les preuves qu'ils cherchent.

— Preuves de quoi, que vous êtes un tueur ? Ils sont au courant.

— Mais non, voyons. Si je la fais tuer, ils sauront que j'ai peur, que j'ai quelque chose d'inhabituel à leur cacher. La tuer équivaudrait à une déclaration de guerre. Croyez-vous que le SIS se contenterait de repartir ? Il s'acoquinerait avec la DEA et le ministère américain de la Justice. Ces enfoirés d'Amerloques essaieraient de me faire extrader, exactement comme pour Noriega au Panama. Croyez-vous vraiment que j'aie envie de passer le restant de mes jours à pourrir dans un bunker ?

Le souffle court et haché, Maldonado arpenta son bureau comme un fou. Au bout d'un moment, il ralentit et finit par se rasseoir. Peu à peu, sa respiration reprit un cours normal.

— Et si je me trompe, Angel, si par quelque hasard extraordinaire Helen Jencks n'est qu'une innocente qui se trouve au mauvais endroit au mauvais moment, si elle n'est là que pour retrouver son père, elle ne mérite pas de mourir. Je ne veux pas de sang innocent sur les mains.

Trop tard, ça fait longtemps qu'elles dégoulinent, songea Angel.

— Elle mérite de mourir rien que parce qu'elle est assez bête pour se pointer ici. On ne fait pas d'omelette sans casser des œufs. Il faudra bien des dégâts si on veut que le contre-feu soit efficace.

— Ecoutez. On ne peut se contenter de...

Maldonado n'acheva pas.

— Donnez-moi un meilleur moyen et j'exécute, dit Angel.

Maldonado retourna à la nuit.

56

Roddy Clark détestait le matin. Mais celui-ci était de l'or en barre. Il était au bureau à sept heures et quart, attendant avec une impatience quasi démentielle l'arrivée de Roland Mudd.

Le rédacteur en chef arriva à huit heures. Roddy lui fonça dessus, brandissant une cassette audio.

— Vous ne croirez jamais ce que j'ai là.

— Bonjour à vous, Roddy. A première vue, je dirais une cassette Maxell de quatre-vingt-dix minutes. Arrêtez de tournoyer comme ça, vous me flanquez le tournis.

Clark exécuta une nouvelle pirouette. Mudd se dit soudain qu'il devrait peut-être s'assurer que son personnel ne se droguait pas mais y renonça aussitôt à l'idée cauchemardesque de se retrouver seul au journal.

— Asseyez-vous, vous me donnez le vire-vire.

— Vous avez un magnéto ?

— Sur l'étagère.

Clark le prit en dansant, le posa sur la table et y inséra la cassette.

— Attachez vos ceintures, lança-t-il gaiement.

Mudd écouta une voix qui aurait dominé des empires, un discours passionné, et le plus sucré, le plus glacial des chantages. Les mains sur le ventre, il écoutait religieusement les mots qui s'échappaient du magnétophone, électrifiant l'atmosphère du bureau. Il bondit sur ses pieds et fit les cent pas dès que l'enregistrement s'interrompit.

— Merde ! Qui est cette femme ?

— Zaha Zamaroh, responsable de la salle des marchés de Goldsteins.

Roddy le suivait pas à pas. Aux yeux des journalistes qui les observaient en douce de leurs bureaux respectifs, les deux hommes avaient l'air engagés dans quelque parade amoureuse au rite compliqué.

— Par tous les saints ! Comment avez-vous obtenu cette cassette ?

— J'ai mes sources, dit Roddy en se tapotant le nez.

— Foutaises, Roddy. Nous ne sommes pas au tribunal et je ne suis pas le juge, alors abandonnez vos grands airs.

— L'appartement de Hugh Wallace.

— Vous avez placé un micro ?

Roddy lui offrit un sourire étincelant.

— Comment avez-vous fait votre compte ?

— Wallace est un ami.

— Suis-je donc bête ! Un ami ! Mais c'est bien sûr ! A quand remonte cette conversation ?

— Hier soir.

Mudd s'arrêta de marcher et planta ses yeux dans ceux de Roddy comme s'il le reconnaissait enfin.

— Merde ! C'est tout chaud !

Roddy lui rendit son regard.

— Qu'est-ce que je vous avais dit ? On est sur un coup ! Et je vais écrire un autre truc sur la disparition de Helen Jencks, rappeler l'affaire de Jack l'Arnaque, m'arranger pour que tout le monde se dise que tel père, telle fille, tous deux escrocs en cavale ; il faut juste consulter nos avocats, mais je suis sûr que je peux la jouer assez finement, me contenter de suggérer pour couper court à tout procès en diffamation. Bon Dieu, je vais faire un papier d'enfer ! J'ai toujours voulu torcher un truc sur Helen.

— Pour l'amour du ciel, Roddy, calmez-vous. Vous avez entendu la cassette. Jencks est la seule à sembler innocente dans tout cela. Cette Zamaroh la décrit comme la parfaite victime. Si j'en crois ce que je viens d'entendre, elle a été piégée. Pourquoi vous en prendre à elle ?

— Pourquoi disparaître si elle n'a rien à se reprocher ? Je sais ce qu'il y a sur l'enregistrement. Je l'ai écouté toute la nuit, je pourrais le réciter par cœur. Allons, Roland, il n'y a pas de fumée sans feu. Elle a sûrement fait quelque chose.

— Peut-être a-t-elle soulevé le lièvre ; il y avait de quoi l'affoler suffisamment pour qu'elle détale.

— Possible. En tout cas, il y a une histoire et

Helen Jencks est dedans. Il suffit de trouver l'angle d'attaque. On ne peut pas se permettre de rester en retrait, sinon on se fera damer le pion.

— Roddy, en réalité vous êtes en train de me dire que vous ne pouvez pas vous le permettre. Vous cherchez le scoop avec une telle frénésie que vous êtes prêt à vendre votre petite amie.

— Ex-petite amie. Elle m'a largué, ne l'oubliez pas.

— Et vous voulez vous venger. Eh bien, laissez-moi vous dire une bonne chose, mon garçon, ce n'est pas mon journal qui sera l'instrument de votre vengeance. L'affaire est prometteuse, j'en conviens, mais ce n'est pas suffisant. Il y a des menaces, des accusations, rien que des on-dit. Il n'y a ni faits ni preuves. Il me faut le détail des transactions, les numéros des comptes en banque. Du précis. Pas question que je démarre sur ce que vous avez dégotté jusqu'ici. Je soutiendrai vos motivations tordues seulement si votre histoire est en béton ; en attendant, mettez votre désir de vengeance au congélo et trouvez-moi de quoi corroborer vos dires.

— Putain, Roland ! Ne me renvoyez pas au fond du court. Qu'est-ce qui vous gêne ? Je suis sur un coup à faire frémir et vous prétendez que c'est insuffisant ? Comment vais-je dépister le genre de détails que vous voulez ?

— Vous trouverez un moyen.

Roddy quitta le bureau en trombe et alla s'asseoir sur un banc de l'Embankment. Il posa les yeux sur les eaux tristes et grises de la Tamise. Il recouvra peu à peu son calme et mit au point son prochain plan d'attaque. Une demi-heure plus tard, il était de retour et passait des coups de fil.

Il n'eut pas trop de mal à remonter jusqu'à Dai Morgan. Un appel dans sa maison du Wiltshire lui apprit, de la bouche d'un Derek froid et distant, que Mr Morgan était à Londres. Après, ce n'était plus qu'une question d'attente.

Roddy gara sa Jaguar Dawson Place, se cala dans le siège et obtint sa récompense en moins de deux heures. Dès qu'il aperçut Dai, il quitta sa voiture, appareil photo en position et Dictaphone en marche. Dai descendait lentement les marches qui menaient à la rue, le visage douloureux comme s'il sortait de chez le dentiste.

Les yeux baissés, du courrier dans les bras, il ne remarqua pas Roddy qui se tenait sur le côté.

— Eh, Dai !

Morgan pivota sur lui-même, marquant sa surprise.

— Vous veillez sur l'appartement de Helen, n'est-ce pas ? J'en conclus que vous savez où elle est.

Roddy imagina la rage de Morgan quand il verrait l'article qu'il allait écrire sur sa filleule chérie. Il anticipa avec une joie indicible la fureur du vieil homme, il l'imagina poings levés. Il avait enduré dix-huit mois de silence désapprobateur. Dai s'avança d'un pas.

— Salut, Roddy.

Sa voix était comme toujours distante, vaguement troublée comme si l'air était vicié.

— Que faites-vous à baguenauder dans le coin ? Je croyais que Helen vous avait plaqué.

— Pas mal, Dai, mais ça ne marche pas. Si nous revenions au sujet ? Comme je vois les choses, Goldsteins a perdu de l'argent et Helen Jencks a disparu. Ça me rappelle quelque chose, ça : tel père, telle fille.

Morgan s'approcha davantage.

— Si ce n'était pas aussi pathétique, ce serait carrément comique, dit-il en pesant chaque syllabe. La vérité n'est pas aussi passionnante, n'est-ce pas ? Une fille largue un type et, à propos, il était temps, mais c'est une autre histoire. Le type encaisse mal à cause de son ego démesuré, alors il essaie de frapper avec la seule arme qu'il connaisse, sa petite plume effritée.

— Vous me flattez. Moi, je travaille avec des faits, pas avec mon imagination.

— Moi qui espérais vous démasquer ! Suis-je donc maladroit !

Dai tourna les talons et se dirigea vers sa voiture.

— Alors c'est ça, hein ? fit Clark en le poursuivant. Rien à dire sur Helen.

Morgan lui fit front.

— Rien du tout. Et si j'étais vous, je trouverais un vrai sujet d'article.

— Vous ne seriez pas en train de menacer un membre de la presse, Dai, tout de même ?

Morgan éclata de rire.

— Petit crétin bouffi d'orgueil. Vous sonnez vraiment creux, vous savez. On vous confisque votre carte de presse et vous n'existez plus.

Il s'arrêta à côté de sa Range Rover et reprit :

— Votre espèce me rappelle les prêtres du Moyen Age. Vous vous servez de votre carte de presse comme ils se servaient de leur croix. Brandissez-la et tout est sanctifié, justifié. Qui ose vous défier est un hérétique. Vous croyez que votre carte de presse vous octroie la justification morale de fouiller dans la vie d'autrui alors qu'en réalité elle ne sert qu'à couvrir votre existence pourrie.

— L'information porte sa propre justification, Dai. C'est irrésistible. Même vous ne pouvez protéger votre petite Helen chérie. J'aurai le dernier mot et des millions de lecteurs.

57

A vingt heures quinze ce soir-là, Zaha Zamaroh pénétrait dans Elgin Crescent avec sa Mercedes noire 500SL. Wallace la fit entrer. Elle traversa le salon et s'assit sur la sculpture en brique. Wallace pâlit.

Pour lui, Zamaroh symbolisait la violence, la cupidité et le plaisir malin du chat qui joue avec sa proie. Il se demandait ce qui l'avait rendue ainsi quand elle se releva, s'approcha si près qu'il ne fut plus capable de penser du tout.

— Réglons cela tout de suite, marmonna-t-il.

— Dois-je comprendre que c'est oui ?

— Vous m'avez fait une de ces offres qu'il est impossible de refuser.

Son côté pervers jubilait : son génie était reconnu et apprécié. Le crime pouvait être tellement solitaire.

— Un verre ?

Zamaroh parut un instant surprise devant le plaisir manifestement intense de Wallace. Elle s'était attendue à mener les débats de bout en bout.

Elle lui décocha un sourire paresseux.

— Pourquoi pas ? Vodka. Si vous en avez.

Wallace se rendit dans la cuisine et revint avec une bouteille glacée de Stolichnaya. Il la déboucha avec emphase, emplit deux verres et en tendit solennellement un à Zamaroh. Ils s'absorbèrent dans la contemplation de leur boisson, puis s'observèrent mutuellement. Il y avait dans cette scène quelque chose de tellement surréaliste que Wallace fut pris d'un rire communicatif. Bientôt, les deux comparses se retrouvèrent pliés en deux, se tenant les côtes, riant comme des gosses.

— A l'argent facile, dit Zamaroh entre deux gloussements.

Elle leva son verre puis avala, gorge rejetée en arrière comme un cygne.

— Une autre ? proposa Wallace en approchant, bouteille à la main.

— Merci non, déclina Zamaroh en se levant brusquement comme si elle prenait soudain conscience de sa trop grande bonté. Mettons-nous au travail.

Elle ouvrit son sac d'où elle sortit une feuille blanche sur laquelle était inscrite une longue série de chiffres.

— Banque CILD à Antigua. Quinze millions de dollars. Virement électronique. Début de semaine prochaine.

Toute gaieté bue, la réalité était insoutenable.

— Vous êtes dingue !

— Je sauve votre tête ou je la sers sur un plateau à votre bon oncle ? A vous de choisir.

— Vous prendriez-vous pour Salomé ?

— S'il le faut. Vous seriez cependant plus crédible en Judas qu'en saint Jean Baptiste. Cette façon dont vous avez piégé Jencks. Considérez cette somme comme le prix de la trahison.

— Il est excessif.

— Combien vous êtes-vous fait, Judas ? Je parierais pour une cinquantaine de millions.

— A partager.

— Avec qui ?

— Vous ne pouvez quand même pas vous en prendre à tout le monde !

— Je vais me gêner ! Laissez-moi deviner... la contrepartie, évidemment. Il vous aura reversé une partie des gains illicites. Voyons, qui encore ? Facilitez-vous les choses. Plus les autres raquent, moins vous raquez.

Elle lui donna une minute.

— Croyez-vous vraiment que je n'aie pas tout reconstitué ? Andy Rankin connaissait forcément le prix correct. Il n'aurait jamais imaginé cela tout seul, il est bien trop bête et bien trop timoré. Mais il vous aura emboîté le pas. Il sauterait dans le vide avec vous. Nous arrivons donc à... disons vingt-cinq pour vous deux, quinze pour vous, dix pour lui. Cela vous semble-t-il acceptable ?

Wallace se détourna.

— Bon, alors quinze pour moi. Dix de votre poche, cinq de celle de Rankin.

— Pas question que vous alliez le voir.

— Je ne vois vraiment pas pourquoi.

— Rien que de penser à vous il tomberait dans les pommes. Toute cette satanée enquête. Il est terrifié. J'ai peur qu'il ne craque.

— Ne vous tracassez pas pour l'enquête. Ils essaient toujours de retrouver Jencks. Ça, je m'en charge. Vous, occupez-vous de Rankin. Récupérez sa part ou payez-la de votre poche. Peu m'importe comment vous vous organisez, mais je veux trouver quinze millions de dollars à Antigua à la fin de la semaine.

58

Le lendemain, Wallace rentra du bureau à dix-neuf heures, complètement épuisé. Il se débarrassa de son costume qu'il abandonna par terre, enfila un peignoir de bain puis alla dans sa cuisine se préparer un triple espresso. Il but une gorgée hésitante et emporta sa tasse au salon. Il s'installa à son bureau et fixa son téléphone du regard, l'air las et plein de regret. Il était malade à l'idée de ce qu'il s'apprêtait à faire. Laisser filer tout ce fric. Récompense de son ingéniosité. Son triomphe dans le seul genre de bataille qu'il eût jamais une chance de gagner. Il ne trouverait jamais une épouse qu'il saurait rendre heureuse. Il ne serait jamais adulé par une femme et des enfants. Il ne serait jamais au centre de la vie de quelqu'un. Il avait placé l'argent au centre de la sienne et c'était l'unique justification de son mode de vie.

Il réfléchit un court instant à la possibilité d'envoyer Zamaroh se faire foutre, mais il ne doutait pas qu'elle irait immédiatement le dénoncer à James Savage, ruinant définitivement sa carrière. Savage était le seul parent avec qui il eût un lien, mais il n'éprouvait pas un atome de honte vis-à-vis de sa famille. Le spectre lointain de cousins et autres, ce milieu social auquel il était censé appartenir, il se fichait du tiers comme du quart de les décevoir, de souiller leur nom. Il y avait honte à se faire pincer, pas à avoir fraudé. Se faire prendre signifiait qu'il y avait plus malin que lui, qu'il avait merdé et perdu, que jamais plus il ne travaillerait à la City. Si Savage ne parvenait pas à étouffer le scandale, se faire pincer signifiait qu'il passerait un certain temps en prison, dans une omniprésente et grouillante promiscuité. Une vague de claustrophobie déferla sur lui et lui coupa le souffle. Mais s'il donnait son fric à Zamaroh, il pouvait survivre et rebâtir sa fortune sou après sou. Profiter de l'expérience, trouver un moyen encore plus sûr et plus payant de vaincre le système.

A Grande Caïman, c'était le début de l'après-midi. Wallace décrocha son téléphone, composa le numéro et, s'adressant à son chargé de compte, réussit à formuler son ordre.

— J'aimerais faire un virement.

— Vos fonds sont bloqués sur un compte à terme pour trois mois ; vous perdrez vos intérêts si nous opérons tout de suite.

— Tant pis. Virez quinze millions de dollars sur un de vos comptes intermédiaires. Puis procédez à un autre virement sur un autre compte intermédiaire dans n'importe quelle autre banque, enfin, virez cette somme à Antigua. Pouvez-vous vous charger de cela pour moi ?

Wallace indiqua alors les coordonnées bancaires de Zamaroh.

Le classique tour de passe-passe visant à brouiller les pistes, songea l'employé.

— Naturellement, monsieur.

— Combien de temps cela prendra-t-il ?

— Les fonds parviendront à leur destination en fin de semaine.

— Ne pouvez-vous accélérer les choses ?

— Si, à condition de les virer directement ; dans la mesure où nous faisons intervenir d'autres banques, nous sommes à leur merci.

Exactement comme lui avec Zamaroh.

59

Le jardin était silencieux comme un navire encalminé. La chaleur retenait les sons prisonniers. Helen tournait en rond comme un lion en cage devant le peu de progrès dans la recherche de son père. Elle se résolut à décider aujourd'hui si elle serait franche avec Maldonado et l'inclurait dans ses recherches. Elle éprouvait l'étrange impression que les événements s'accéléraient autour d'elle ; pourtant, elle était bouclée ici. Malgré la petite voix intérieure qui l'exhortait à la prudence, le désir d'agir était insoutenable. Elle se savait capable d'actes inconsidérés tant elle était à cran.

Elle bondit sur ses pieds et commanda un taxi par téléphone. Une fois à San Isidro, elle appellerait Dai du Bolivar. Elle avait besoin de se confier. Il chasserait peut-être ses doutes concernant Maldonado et lui prodiguerait de sages conseils. A force d'être coincée dans cet endroit, elle trouvait cet homme menaçant ; les agissements de Wallace et Rankin la rendaient sans doute paranoïaque. Elle connaissait les symptômes de la fièvre de la cabine ; elle savait combien la solitude, l'aliénation, l'absence d'amis dépouillaient votre personnalité du miroir nécessaire pour donner corps à un sain équilibre. Ses années en mer l'avaient accoutumée à ce phénomène, mais cela n'arrangeait rien et jamais elle n'avait autant souffert du manque d'intimité, ni été dans un pays qui lui insufflait une telle dose d'aliénation à chaque aube qui se levait.

Carlos, le réceptionniste du Bolivar, eut l'air inquiet quand il la vit.

— Salut ! Comment ça va ? demanda-t-elle avec un sourire.

Il la regarda comme s'il ne la connaissait pas.

— Très bien, dit-il avec un hochement de tête distant.

Il n'est pas dans un bon jour, se dit-elle.

— M'est-il possible de téléphoner ?

Carlos secoua la tête avec une vigueur exagérée.

— Non. Conférence.

Conclusion, il savait qui elle était.

— Oh, ce n'est pas grave.

Helen se demanda qu'ajouter. Il semblait attendre quelque chose.

— Mieux vaut ne pas revenir, fit l'homme d'une voix tranquille.

— Pardon ?

— Vous m'avez parfaitement entendu.
— Mais de quoi parlez-vous ?

Carlos jeta des regards alentour, puis parla à toute allure. Il était affolé.

— La dernière fois que vous êtes venue, un homme est entré après vous. Il voulait savoir qui vous étiez, qui vous appeliez.

Helen eut la peur au ventre.

— Continuez.

— J'ai dû lui donner le reçu avec le numéro. Il a dit que si vous reveniez, je devais l'avertir.

— De quoi a-t-il l'air ?

— Petit, foncé, moustache.

Helen élimina ses soupçons momentanés sur Evan Connor.

— Qui était-ce ?

— Le SIN.

— Le SIN ! Mais qu'est-ce que c'est ?

— Servicio de Inteligencia Nacional. Ce sont des espions, Señorita. Certains affirment qu'ils dirigent le pays. Croyez-moi, personne ne tient à croiser leur chemin.

— On dirait que c'est trop tard.

Helen quitta précipitamment l'hôtel, toute pensée d'appeler Dai, de faire confiance à Maldonado ou à quiconque dans ce pays réduite à néant.

Elle se rendit au Fitness, résistant à l'impulsion de tourner la tête en tout sens pour vérifier si elle était suivie. Elle plongeait le regard dans les yeux de ceux qui marchaient au-devant d'elle avant de passer leur chemin, guettant la culpabilité, la conspiration, l'air entendu, le désintéressement étudié, toute chose insolite. Même le ciel bleu autour d'elle, l'apparente normalité étaient menaçants. Elle avait subi assez de tempêtes pour les voir venir de loin, pour savoir que les plus dangereuses étaient parfois celles qui surgissaient, déchaînées, d'un ciel bleu qui, en quelques secondes, virait au noir.

Connor attendait à la réception.

— Comment ça va ? demanda-t-il en l'embrassant sur la joue.

— J'ai besoin d'exercice.

Helen s'entraîna à en faire trembler tous ses muscles sans réussir à oublier le spectre du SIN.

Connor traversa la salle de gym pour la rejoindre. La sueur fonçait son tee-shirt gris.

— Vous avez eu votre dose ?

Elle fit le grand écart latéral suivi d'un écrasement de la tête et de la poitrine. Elle maintint la position une vingtaine de secondes avant de se redresser et de lever le visage vers lui.

— Presque.

Un quart d'heure plus tard, ils étaient dehors.

Helen jetait de brefs regards inquiets autour d'elle. Connor se demanda si elle se savait suivie. Le brusque désir de la protéger le poussa à l'arracher d'ici pour lui offrir le réconfort de sa demeure.

— Et si je vous préparais un petit dîner ? suggéra-t-il avec un doux sourire.

Le SIN découvrirait sa tanière mais, raisonna-t-il, il ne pouvait les semer éternellement sans qu'ils découvrent ses talents de tacticien de la fuite, ce qui les amènerait à la conclusion qu'il était plus ou moins du métier. De toute façon, il avait pris la décision de patauger dans le chaos. Ce n'était qu'un pas de plus.

Helen dévisagea un moment Connor. Avec le SIN à ses trousses, était-il correct d'entraîner Connor là-dedans ? Ils allaient la suivre jusque chez lui. Mais après tout, il ne craignait rien puisqu'il était innocent. Elle plongea le regard dans l'infinité de ses yeux et sentit que, d'une façon indéfinissable, il était impliqué avec elle et mêlé à ses problèmes et qu'en outre, si quelqu'un était capable de se débrouiller de tout, c'était bien lui.

— Parce que en plus vous savez faire la cuisine ?

Ils roulaient en silence. Helen voyait bien qu'il savait que quelque chose clochait ; cependant, il ne la pressa point. Il émanait de lui une acceptation tranquille, presque comme si rien ne pouvait le choquer. Il donnait l'impression d'être prêt à tout, une confiance en soi suggérant qu'il pouvait se tirer de toutes les situations, quitte à sortir se battre. Helen était déchirée entre le désir de se confier et le refus de donner corps aux soupçons et aux frayeurs en les exprimant à voix haute. Pourquoi laisser entrer un étranger dans sa vie ? Depuis qu'elle avait pris la mer, elle s'était parfaitement débrouillée pour tenir les hommes à distance, du moins sur le plan émotionnel. C'était moins que jamais le moment de déclarer sa vulnérabilité.

Elle avait tant besoin d'oublier. Peut-être lui fallait-il cette sorte d'oubli que l'on trouve dans les bras d'un homme, quand le plaisir vous engloutit. Et après ? demanda une petite voix. Tout recommencer.

Connor tourna sur le front de mer. Par la vitre ouverte, Helen respirait l'odeur salée de l'océan. Au bout de cinq minutes, Connor ralentit et emprunta une rampe qui menait à un parking souterrain où ils prirent l'ascenseur jusqu'au douzième étage. Connor ouvrit sa porte, passa le premier et, dans un geste qui surprit Helen, parcourut la pièce du regard avant de l'encourager à entrer à son tour. Elle pénétra dans un hall aux murs blancs auxquels étaient suspendus des agrandissements de dunes du désert sous différentes lumières, camaïeu d'or pâle au brun roux. Dans le salon, d'autres clichés : chevaux arabes, crinières et queues au vent comme ils galopaient sur des plages infinies près des flots scintillants. De hautes piles de livres, branlantes. De beaux tapis persans éparpillés sur le sol. Un narguilé dans un coin. Helen se demanda quels étaient les liens de Connor avec le monde arabe, reconnaissant un pied de nez du destin dans la découverte que les totems choisis par cet homme pour orner sa vie étaient identiques aux siens.

Connor reparut à l'autre bout du couloir et l'entraîna sur une immense terrasse surplombant l'océan. Ils demeurèrent ainsi, côte à côte, à contempler la mer endormie qu'argentait un croissant de lune. Leur silence trahissait une étrange intimité. Helen se sentit plus encore attirée par Connor.

— Venez, je vais vous offrir le meilleur risotto que vous ayez jamais goûté, proposa Connor, la ramenant sur terre. Nourriture réconfortante.

— Ai-je l'air d'en avoir besoin ?

— Nous avons tous besoin de réconfort, Helen, malgré nos airs de durs.

— Même vous ?

— Même moi.

Ils se dirigèrent vers une immense cuisine regorgeant de toute sorte d'ustensiles. Helen regarda Connor avec étonnement.

— Puis-je aider ?

— Oui, en vous asseyant pour me tenir compagnie.

Il éminça ail et oignons. Bientôt, le riche parfum d'ail rissolé emplit l'atmosphère. Il ajouta du bacon en petits morceaux, puis jeta plusieurs poignées de riz.

— Et maintenant, un petit truc que j'ai préparé d'avance, dit-il, l'air ravi.

Il ajouta une rasade de bouillon de bœuf. Quand le mélange frissonna. Connor ajouta du vin blanc et le jus de deux citrons verts. Il ouvrit un placard regorgeant de sachets d'herbes et d'épices.

Helen jeta un coup d'œil par-dessus son épaule.

— Vous devriez ouvrir un restaurant.

Il sortit quatre sachets dont il secoua une généreuse quantité dans le mélange.

— Sel, cumin, cardamome et jalapeno, annonça-t-il.

Il touilla et couvrit. Quelques minutes plus tard, il soulevait le couvercle pour vérifier. Un délicieux arôme se répandit dans la cuisine.

— Parfait. Nous pourrons bientôt passer à table.

Il lava de la salade qu'il jeta dans un saladier. Il ouvrit une bouteille de vin blanc du Chili et emplit deux verres.

Lorsqu'ils s'attablèrent, Connor laissa Helen commencer et guetta sa réaction.

— Délicieux. Où avez-vous appris à cuisiner aussi bien ?

Il eut un haussement d'épaules.

— J'ai appris tout seul. J'étais dans l'armée.

Telle était la partie réservée au public. Inutile de préciser qu'il avait appartenu au SAS.

— C'est très important lorsqu'on est en opération. Ce n'est pas qu'une question de survie, mais de moral. Manger la même chose des mois durant est déprimant. Un luxe minuscule comme une épice dans le plat fait toute la différence. Beaucoup de types se promènent avec leurs sachets de condiments.

Helen imagina en souriant une cargaison de gros durs tapis dans les montagnes avec leurs petits sachets de carry au milieu de leur nécessaire à donner la mort.

— Je n'ai pas l'habitude des hommes comme vous, remarqua-t-elle de façon inattendue.

— C'est le seul genre que je connaisse. J'en ai bien fréquenté d'autres à l'école, mais je ne me suis jamais véritablement intégré. J'ai appris à faire semblant, c'est parfois indispensable, mais ce n'est pas vraiment moi.

— Vous êtes un curieux mélange de douceur et de dureté.

— C'est vrai ? dit-il en éclatant de rire.

— Vous avez une belle voix, chaude, profonde et mélodieuse, et un joli visage.

— Joli, oh non, pitié !

— Si, si, persista-t-elle.

Le regard de Helen voyageait sur ses lèvres souriantes, la courbe de ses joues, ses yeux insondables.

— Mais il est dur, aussi... Le dessin général. Il n'y a pas de bajoues, rien de ce genre.

— Pour l'amour du ciel, je n'ai que trente-sept ans !

— A Londres, beaucoup d'hommes de trente et quelques en ont. J'étais entourée de types comme ça, dans la City ; ils travaillent le jour, boivent la nuit et affichent dix ans de trop.

— Ils ne sont pas tous comme ça, quand même !

— Il y a des exceptions, quelques beaux garçons,

mais ce n'est pas l'endroit rêvé pour la beauté masculine.

— Est-ce ce que vous cherchez ?

— Non, mais ça aide.

Elle but une gorgée de vin et détourna les yeux.

— Vous êtes né là-bas ? demanda-t-elle.

— Où ça, là-bas ? En Angleterre ?

— Mm.

— Non. Je suis né au Yémen, à Mukalla. Mon père était un colonial. Je suis né dans notre maison sur la plage. Si vous saviez ! C'était magnifique ! Soixante kilomètres de sable. Pour mes trois ans, on m'a offert un âne et je passais mes journées à arpenter la plage déserte sur son dos ou à nager dans la mer.

— Tout seul ?

— Oui. Ma mère est morte à ma naissance.

Il soutint le regard de Helen, qui lut ce refus obstiné de montrer sa douleur.

— J'ai grandi en compagnie de mon père et de Harigou, mon amah. Elle s'occupait de moi. Mon père devait voyager constamment. Parfois, il m'emmenait avec lui, mais j'étais souvent abandonné à moi-même.

— N'était-ce pas dangereux ?

— Il y avait un peu de terrorisme. Mon père m'a appris à tirer dès mes cinq ans. Il y avait un garde à la maison... Mais j'avais davantage peur des requins que des terroristes.

— Il y avait des requins ?

Il hocha la tête.

— On nous enseignait à ne pas nager dans l'obscurité ou dans les eaux turbulentes. Du coup j'ai développé une sorte d'aptitude naturelle à flairer le danger. Mais ça ne marchait pas à tous les coups. Une fois, je me baignais sur une des plages les plus fréquentées. Une femme barbotait à trois mètres de moi. Elle avait de l'eau jusqu'à la taille, pas plus. Soudain elle s'est mise à hurler. Il y avait une grande queue qui battait la mer et une nageoire dorsale. Le mari de la dame a foncé pour la tirer de là.

— Que s'est-il passé ?

— La moitié de sa jambe avait disparu. Elle est morte sur la plage. Le choc, je crois.

— Mon Dieu ! Quel âge aviez-vous ?

— Six ans.

Ils gardèrent un moment le silence, Connor perdu dans son souvenir, Helen songeant à cet enfant élevé avec la mort.

— Cela a dû vous marquer.

— Oui. Et vous, Helen, qu'est-ce qui vous a marquée ?

— Moi ? Est-ce visible à ce point ?

— On l'est tous.

Elle sourit.

— En effet.

Une fois encore elle fut tiraillée entre le désir de se taire et celui de parler. Où commencerait-elle, d'ailleurs ? Connor semblait lire en elle comme dans un livre ouvert, ce qui facilitait les choses.

— Quelle est la meilleure chose que vous ayez faite ?

— Me sauver, répondit-elle du tac au tac.

— Qu'est-il arrivé ?

Helen inspira profondément, puis soupira en tremblant. L'envie de s'épancher devant cet homme qui s'était ouvert à elle la submergeait. Chaque mot l'avait rapprochée de lui. Tout ce temps, il lui avait fait oublier le spectre du SIN. Elle y repensa, brièvement, puis, avec la puissance des souvenirs qu'elle formulait, elle les chassa de son esprit. Ses yeux ne quittaient pas Connor, rendant la confidence plus intime encore.

— J'avais dix-huit ans. Je vivais avec un saxophoniste de jazz. Nous étions ensemble depuis mes seize ans. Environ un an après mon arrivée chez lui, il a commencé à me battre. Pas souvent, seulement quand il avait bu, et... oh, Seigneur, voilà que je recommence à lui trouver des excuses.

Elle s'interrompit et Connor remarqua ses yeux brillants de rage.

— Bref, il me battait et, Dieu sait pourquoi, j'ai

encaissé pendant six mois. Je pouvais me défendre, ajouta-t-elle comme pour alléger son propos, aussi s'arrangeait-il pour ne jamais me blesser. Mais une nuit, il est rentré d'humeur belliqueuse et a voulu me frapper. J'ai essayé de sauter hors de portée, mais il était tard, j'étais fatiguée. J'ai trébuché sur un tabouret, je suis tombée sur la tête. Je gisais par terre, je sentais mon crâne saigner, tout chaud et lui, il était là, au-dessus de moi, à rire. Ça a déclenché quelque chose en moi. Je me suis levée, j'allais m'en aller, juste quitter la pièce, mais il a plongé pour recommencer à cogner. J'ai attrapé son poignet droit et je l'ai tordu jusqu'à ce que ça casse. Il s'est évanoui de douleur. Il est resté une demi-heure dans le cirage. J'ai fait ma valise et je suis partie.

— Vous vous êtes enfuie.

— Oui. D'abord à Dartmouth, dans le Devon, chez ma mère. Mais, à peine arrivée, je n'ai pas supporté. Elle, ça aurait encore été, elle aurait fait bonne figure, mais son petit ami m'aurait traitée comme une espèce de délinquante. Alors je me suis installée dans un bed and breakfast. Le lendemain, en baguenaudant, j'ai vu une annonce pour un cuistot sur un bateau, je me suis présentée et j'ai eu le boulot. Deux jours plus tard, je faisais voile pour la Jamaïque.

— Pas mal comme refuge.

— C'était le paradis, approuva-t-elle, mélancolique. J'ai passé huit années en mer, jetant l'ancre, repartant à l'aube. Chaque jour de nouveaux horizons. Je n'ai jamais connu autant de frayeurs et d'excitations dans ma vie. J'ai traversé l'Atlantique Nord. J'ai navigué sur l'Atlantique Sud, rien que moi et l'équipage recruté six mois plus tôt ; j'ai sillonné le Pacifique, j'ai vu des choses que vous ne croiriez pas – des vagues hautes comme des maisons se briser sur nous, des baleines nous tenant compagnie au soleil couchant avec leur immense dos noir s'arquant dans les eaux. Les matins calmes lorsque la mer est lisse comme un miroir et le silence total. Le monde semble s'être arrêté de tourner.

Son sourire trahissait la nostalgie et la joie.

L'air se faisait lourd entre eux. Connor brûlait du désir de prendre Helen dans ses bras, rien que la tenir, et la bercer pour l'endormir.

Le silence s'installa une fois encore. Helen se disait que Connor aurait pu être assis en tailleur dans le cantonnement vide d'Arabie, avec pour toute compagnie un feu qui crépite. Il avait ce don pour le silence que seuls maîtrisent ceux qui connaissent les vastes horizons de la solitude. Dai possédait ce don, elle aussi. Toute sa vie, elle avait cherché quelqu'un avec qui elle pût se taire. Au loin, la mer roulait, grondait. La nuit s'épaississait.

Plus tard – beaucoup plus tard ? – Connor parla.

— Qu'aimeriez-vous faire, maintenant ? demanda-t-il.

Helen plongea les yeux dans les siens. Elle ne répondit pas tout de suite. Elle ne voulait pas rompre cette intimité. Elle voulait avancer d'un pas en direction de cet homme. Elle esquissa un lent sourire.

— J'aimerais danser avec vous. Dans un endroit sombre, miteux et sauvage.

Ils descendirent en ville par les rues abandonnées jusqu'à un entrepôt. Le sol vibrait quand ils entrèrent. Helen avisa un bar, des musiciens, des danseurs. Elle renifla l'odeur de drogue, sucrée, entêtante. Tout cela s'évanouit quand Connor et elle se frayèrent un chemin jusqu'à la piste où ondulaient des corps. Ils dansèrent.

Salsa rapide, rythme déchaîné, comme des chevaux piaffant, caracolant, tournoyant jusqu'à plus soif. La sueur perlait entre ses seins et le long de ses cuisses, la chaleur envahissait la moindre parcelle de son corps. Puis le tempo ralentit. Connor s'approcha et la prit entre ses bras. Elle sentit le corps de cet homme se fondre avec le sien. Ils avaient quitté la terre sèche et nageaient dans un océan de musique qui emplissait l'air autour d'elle, coulait en elle. Ils se déplaçaient dans les mêmes courants et, ces heures durant, toute autre chose fut balayée, lavée.

Roddy Clark descendait bruyamment Campden Hill Square en direction de Holland Park Avenue, ses chaussures ferrées martelant le sol comme pour une danse guerrière. Il imaginait déjà son retour, voyait le charme du fils prodigue opérer sur les yeux des femmes qu'il croisait.

Il arriva dans la salle de presse comme un acteur principal s'avance au centre de la scène. Il sentait le bourdonnement d'excitation du pourvoyeur de nouvelles qui vont faire de l'or. Pour la première fois depuis dix-huit mois, il était le roi Midas. Il éprouvait une bienveillante condescendance à l'égard de ses collègues les plus sympathiques, et plein d'arrogance méprisante pour les autres, qui constituaient la majorité. Une fois de plus, il nageait dans son propre talent. Dieu que c'était bon !

Il frappa à la porte en verre du rédacteur en chef.

— Eh, Roland, j'ai quelque chose pour vous !

Justement, son patron était de bonne humeur.

— Entrez donc, mon gars, montrez-moi un peu ça.

Clark dansait presque autour du magnétophone comme s'il avait mis un tango. Il arpentait la pièce à longues enjambées spectaculaires tandis que les voix se diffusaient dans la citadelle à air conditionné. Zaha Zamaroh ordonnant à Hugh Wallace de virer quinze millions de dollars détournés sur un compte qu'elle possédait dans une banque offshore, puis Hugh Wallace donnant instruction par téléphone de virer les fonds, coordonnées bancaires de Zamaroh à l'appui.

— Des détails, des chiffres, des faits en béton, cracha Roddy, tout excité. Ça vous suffit, cette fois ? s'exclama-t-il en coupant le magnétophone avant d'empocher la cassette. C'est pas de la corroboration, ça ?

Mudd esquissa un lent sourire.

— Vendu ! Vous avez la une. En haut à gauche. Je convoque les avocats pour quinze heures. Soyez prêt.

— Puis-je écrire aussi sur la disparition de Helen ? Rien que des insinuations, délicates et subtiles.

— D'accord. Allez-y, mon salaud. Vous êtes tellement assoiffé de vengeance que votre langue pend jusqu'à terre. Mais vous avez raison, Jencks fait partie de l'histoire, nous serions idiots de la laisser de côté. Ecrivez un joli petit ballon d'essai, évoquez son vieux père. Mais en finesse, hein ! Elle est supposée innocente. Contentez-vous de suggérer qu'elle est impliquée.

Clark pivota sur lui-même. Il était sur le pas de la porte quand la voix de Mudd l'arrêta.

— Bien joué, Roddy. Joli travail. J'ai le sentiment que ce n'est qu'un début. Qui sait où cela nous mènera ?

Roddy hocha la tête et coula un regard en coin à son patron. Il sortit, étrangement silencieux, son impatience freinée comme s'il avait reçu un avertissement des conséquences de son histoire. Il traversa la salle de presse, s'installa à son bureau et observa son écran vide un long moment avant d'invoquer les mots comme autant de Furies.

61

Helen s'éveilla tard aux alentours de neuf heures avec la vague sensation d'émerger, mais encore incapable de s'arracher à son monde de rêves. Connor et elle avaient dansé jusqu'à cinq heures du matin, puis il l'avait raccompagnée. Ils étaient restés debout, mains le long du corps, la peau rafraîchie sous l'effet de l'air nocturne, et s'étaient souhaité bonne nuit à distance prudente. Un baiser eût mis le feu aux poudres, tous deux le savaient.

Elle avait l'impression de danser immobile, sensation de légère ébriété qu'elle éprouvait une fois larguée sur la terre ferme après un long voyage en mer. Mais s'y ajoutait une sensation de trépidation écœurante, une frayeur sourde et lancinante. Il ne lui fallut que quelques secondes pour se rappeler que le SIN était bien réel. Elle fit l'impasse sur sa séance de yoga et gagna directement la piscine. Son plongeon irréprochable brisa l'eau comme de la glace. Elle nagea près d'une heure, dans le vain espoir d'oublier la menace du SIN.

Elle finit par abandonner, s'arrêta à l'extrémité la plus profonde et posa les coudes sur les tuileaux chauds. Elle contempla le jardin tout en essayant de mettre de l'ordre dans ses pensées. L'odeur de chlore se mêlait au parfum des fleurs qui tombaient des arbres, ornant la piscine d'une guirlande d'étoiles améthyste.

Comme elle voyait les choses, il n'existait que deux explications plausibles à l'intérêt que lui portait le SIN. Cela avait trait à Wallace, Rankin et Goldsteins ou encore avec le fait que Dai, son père et Maldonado avaient, un temps, tous été agents secrets. Les renseignements péruviens ne la filaient pas pour le compte de Goldsteins ou des autorités britanniques. C'était absurde. Si la loi britannique, qui avait le bras long, essayait de l'atteindre, ce serait incontestablement par l'intermédiaire de la police péruvienne. Et si cela n'avait rien à faire avec Londres, cela signifiait que, pour quelque improbable raison, les services secrets péruviens éprouvaient pour elle un intérêt particulier. Qu'avait-elle fait pour attirer leur attention ? Elle habitait chez Maldonado, point final. Le SIN devait donc s'intéresser à lui. Elle sortit de la piscine en frissonnant. L'autre explication, qui la glaça d'une terreur quasi prémonitoire, était que Maldonado appartenait au SIN et qu'en déboulant ici pour retrouver son père, elle s'était par inadvertance aventurée au cœur d'un monde secret. D'où les barrières électriques, les chiens et les gardes armés. D'où cette étrange touche de paranoïa qu'elle avait perçue dans les yeux de Maldonado, d'où la menace qu'il avait formulée que même derrière ses murs gardés elle n'était pas en sécurité. Dai l'avait prévenue : après vingt-trois ans, Maldonado avait pu changer, et pas nécessairement en mieux, mais Helen commençait à se dire que même Dai, avec sa prudence innée, n'aurait pu prévoir un changement aussi radical. Maldonado avait été un ami, il était censé être un refuge, pas un prédateur espionnant ses moindres gestes. Pourquoi se méfiait-il d'elle ? Maintenant qu'elle y réfléchissait sous cet angle, elle avait l'impression que depuis le début il s'était montré ambivalent à son égard. Elle n'avait jamais songé qu'il lui suggérerait en fait de se méfier de lui. Ses paroles lui revinrent, mot pour mot. *La mort règne en ces lieux. Vous vous croyez en sécurité ici, n'est-ce pas, mais vous vous méprenez. On l'invite. On en voit trop. Si vous avez de l'imagination, cela cause votre perte. Rien à faire contre la mort à part l'affronter.*

62

Ce soir-là, Helen retrouva Connor au Too Too Tango. Un juke-box diffusait des tangos argentins ; sauvagerie, déchaînements lents, insistants, avec un temps de décalage. Connor était assis sur un tabouret de bar, jambes moulées dans un jean délavé. De profil, il observait apparemment la foule. Elle avait l'impression qu'il rêvait ; elle aurait voulu être le témoin de ses rêves, en être le centre. Il était si beau qu'elle s'attarda un instant à le contempler. Elle eut envie de lui. Elle oublia ses peurs en imaginant les mains de Connor sur sa peau, le goût de sa bouche, son corps penché sur elle, ses yeux de rêve plongés dans les siens. Il se tourna et l'aperçut. Il posa sur elle des yeux interrogateurs, sauvages et avides. Elle s'avança. Il sourit, descendit du tabouret et embrassa ses lèvres. Leurs mains se trouvèrent, leurs doigts s'enlacèrent. En elle, ce fut une danse de joie. En même temps, elle aurait voulu courir. Certains hommes arrivaient et repartaient sans laisser de traces. Celui-là était le danger personnifié. Il ne la laisserait pas indemne, trancherait en elle dans le vif, saurait franchir les barricades qu'elle avait érigées au fil des ans.

— Comment allez-vous ? demanda-t-il.

Chancelante, brûlante, déchaînée.

— Bien, et vous ?

— Pas mal. Que voulez-vous boire ?

— Une vodka glacée.

Elle vida son verre d'un trait, ainsi que le suivant. Sur ses bras, la chair de poule était visible.

— Vous avez froid ?

— C'est l'air conditionné.

— Tenez, prenez mon pull.

Dessous, il portait un tee-shirt blanc qui soulignait la courbe de ses muscles. Elle imaginait sa peau, si lisse comme du marbre, le *David* de Michel-Ange ; sculpture de la perfection, érotisme de la vie. Connor mit son pull autour des épaules de Helen. Elle avait les nerfs à fleur de peau. Dans le bar, le calme s'installait. Le rythme du tango s'insinuait dans ses veines. Elle avait chaud, maintenant. Elle laissa le pull de Connor glisser à sa taille. Son corps était fort, incandescent, brûlant du désir de combattre cet homme puis de se rendre aux délices de l'abandon. Elle le regarda droit dans les yeux et lui décocha un sourire de défi. Il s'y agrippa, imperturbable, sûr de lui.

— On y va ?

Connor laissa un billet de vingt dollars sur le comptoir. Ils quittèrent le bar ensemble, sans se toucher, sans se parler et se dirigèrent vers l'endroit où Connor avait garé sa voiture, deux pâtés de maisons plus loin.

— Zut ! s'exclama Helen en s'arrêtant. J'ai oublié votre pull.

— Je vais le chercher, ne vous inquiétez pas, dit-il

en lui tendant ses clefs de voiture. Elle est juste au coin. Si par hasard il y a une autre Volkswagen bleue, la mienne est immatriculée VX 264.

— VX 264. C'est noté.

Elle le regarda rebrousser chemin en courant, puis marcha d'un pas lent vers le coin de la rue.

Les lampadaires projetaient une lumière d'un orangé triste sur le visage des hommes qui musardaient alentour. Ils avaient toujours l'air désœuvrés, plantés là debout à chuchoter entre eux tout en regardant ce qui se passait. Helen les dépassa, tendue à craquer.

Connor émergea du bar avec son pull juste à temps pour remarquer deux hommes tourner au bout de la rue, prenant à petites foulées la même direction que Helen. Se maudissant, il piqua un sprint.

Helen eut conscience de bruits de pas, rapides et insistants. Ils débouchaient de l'obscurité, avec quelque chose d'impitoyable dans la façon dont ils battaient sur le trottoir poussiéreux. Elle sut immédiatement qu'ils fonçaient sur elle. Le cauchemar de toutes les femmes.

Tous ses sens étaient en éveil. Elle aurait désespérément voulu courir, mais ils étaient trop près. Comme si elle ne soupçonnait rien, elle n'accéléra pas. Tout son entraînement lui revint, rappelé inconsciemment. *Respire, fais appel à ton chi, synchronisation, engagement.* Elle prépara son corps et son esprit. Au dernier moment, elle pivota, main levée, paume face aux deux hommes.

— KIAI ! hurla-t-elle.

Le chemin du souffle. *Guéris l'esprit furieux de ton adversaire dès le contact. Ou empare-t'en.* Les hommes stoppèrent sous le choc, rien qu'un instant, à quelques pas. Le plus proche réagit le premier. Il plongea vers elle. Elle recula la main puis, bras tendu, le frappa du tranchant juste sous la mâchoire. Il vacilla, bascula en arrière et s'écrasa sur la tête. Il ne bougea plus. *Ton corps doit toujours être en mouvement, jamais sur place.* Helen fit un tour sur elle-même. *Si tu crois que tu vas recevoir un coup, avance et lève. Ton bras rigide t'empêchera d'être blessée.* Elle leva le bras, tendu grâce à son chi, et se protégea du coup de poing du second homme. *Pense contact, où qu'il aille, nous y sommes déjà.* L'homme donna un nouveau coup de poing. Helen s'avança, saisit sa main qu'elle tourna vers son flanc, plaça le tranchant de son autre main sur le coude de l'homme, projeta sa propre énergie vers le haut et envoya son agresseur en l'air et en arrière. *Sumiotoshi.* Il s'écroula sur une voiture garée, sa tête faisant éclater le pare-brise. Il gémit, porta la main à son dos et essaya de bouger. Il releva sa tête ensanglantée et glissa à bas du capot pour se retrouver par terre. Helen le toisa, ses yeux lançant des éclairs rageurs. Elle revint au premier homme qui gisait prostré, yeux fermés. De ses mains, elle fit un geste en ciseaux au-dessus de chaque homme, puis se retourna pour se retrouver face à face avec Connor. Il remarqua ses yeux brûlants et ne perdit rien du spectacle derrière elle. Sans un mot, il la prit par le bras et tous deux coururent jusqu'à la voiture, grimpèrent et verrouillèrent les portes.

Connor roula à vive allure, se faufilant dans la circulation, grillant le feu rouge sur la Conquistadores. Il observa Helen du coin de l'œil. Elle regardait délibérément par la vitre. Sa poitrine se soulevait et s'affaissait rapidement en silence et elle martelait ses cuisses de ses poings serrés. Il regarda dans le rétroviseur. Personne, mais cela ne suffit guère à le réconforter. Pour Helen, il était un homme maître de soi qui filait dans les ruelles, prenant les sens interdits, décrivant des cercles. Elle observait sans un mot.

Côte à côte sur la terrasse, ils se taisaient. Helen avait le sentiment que Connor méditait.

D'un seul mouvement, ils se tournèrent l'un vers l'autre.

— Que s'est-il passé ? demanda Connor.

— Vous avez une cigarette ?

Helen l'alluma, souffla bruyamment. Les mots s'échappèrent avec la fumée.

— Ils sont arrivés derrière moi. En courant. De toute façon, on le sait d'instinct. Je savais.

— Vous les avez terrassés tous les deux ?

— Oui. Je crois même en avoir blessé un assez sérieusement.

— Si quelqu'un doit prendre, autant que ce soit le mec d'en face. Que leur avez-vous fait ?

— Je les ai estropiés.

— Où avez-vous appris, Helen ?

— Qu'est-ce que cela peut vous faire ? Pourquoi être si soupçonneux ?

— C'est légèrement inattendu, reconnaissez-le.

Les paroles de Tess Carlyle lui revinrent à l'esprit : *elle pourrait appartenir à la CIA, à la DEA, elle est redoutable.* Et pas seulement comme l'entendait Tess. Connor en avait suffisamment vu dans la rue pour être certain que, vu ses talents, Helen était capable de tuer. Son radar déclencha un signal de prudence mais, de façon perverse, cela ne fit que rendre Helen Jencks encore plus attirante. Il avait pensé que la tempête qui tourbillonnait autour de Helen, eh bien, peut-être cette tempête était-elle Helen elle-même.

— Qu'y a-t-il de tellement surprenant ? disait Helen. Bienvenue au XXe siècle. Les filles font ce genre de trucs, maintenant.

— Ce genre de trucs ? Du jiujitsu, du tae kwondo ? A ce niveau ?

— C'est de l'aïkido.

— Vous êtes ceinture noire ?

— Deuxième dan.

Connor émit un sifflement.

— Les jolies filles ne vivent plus dans un joli monde, lança Helen d'un ton sec. Elles ne peuvent ou ne veulent rester assises à attendre qu'un joli garçon vienne les tirer d'embarras.

— Moyennant quoi vous vous en êtes tirée toute seule, observa Connor avec douceur. Qu'est-ce qui vous a poussée à choisir les arts martiaux ? Que vous est-il arrivé, Hel ?

Helen eut soudain l'air distant. Au bout d'un moment, elle se décida à répondre.

— J'ai commencé l'aïkido à sept ans, juste après le départ de mon père. Ma mère m'y a encouragée ; astucieux de sa part, il faut l'avouer. J'étais pleine de colère et de rage et je me sentais inutile. L'aïkido m'a aidée à me débarrasser d'une partie de ma colère et, comme je progressais vite, j'ai fini par me sentir plutôt utile.

— Je m'en doute. C'est comme si vous aviez passé dix vitesses. Votre visage est rayonnant, vous êtes resplendissante.

Helen éclata de rire.

— L'adversité m'a toujours réussi. Mon amie Joyce affirme que j'ai un côté tranchant que je dois aiguiser sous peine de mourir. Elle a raison. Pendant quatre ans je suis rentrée à Londres, dans la City, et cela m'a civilisée, ternie. Si vous voulez une idée de ma véritable personnalité, rien ne me réjouit tant que d'être debout sur le pont d'un bateau délimité par des cordes, claquant sur la mer, un vent force huit derrière moi et des vagues de dix mètres de haut. J'adore ça, vous saisissez ? Alors deux petits merdeux qui veulent s'amuser à mes dépens, ça ne m'impressionne pas. Ce n'est pas la première fois que je dois me défendre. Lorsque j'étais en mer, j'ai rencontré quelques véritables salauds. Dans des ports douteux ou sur le pont. Ce que j'aimerais savoir à propos de ce soir, c'est pourquoi.

Elle leva brusquement la main.

— On efface. Oubliez que j'ai posé la question. C'étaient deux petits caïds en goguette.

Elle lisait l'incrédulité dans les yeux de Connor. Elle non plus n'y croyait pas une seconde. Cela ressemblait à un nouvel avertissement, peut-être un message personnel du SIN, possibilité qu'elle refusait d'affronter.

Connor alla chercher une bouteille de whisky.

— Le meilleur pur malt, annonça-t-il en emplissant de grands verres. Peut-être est-il temps de rentrer, Helen, murmura-t-il. Vous avez eu de la chance, ce soir. Ces hommes auraient pu être armés. L'aïkido n'arrête pas les balles.

Elle sourit.
— On me l'a déjà dit.
— Qui cela ?
— Mon parrain.
— Il parle en sage.
— C'est un sage.
— Alors, rentrez-vous ?

Elle le dévisagea un moment. Elle le sentait presque tourner autour d'elle, comme elle autour de lui. Tant de choses flottaient entre eux. Le désir, bien sûr, mais aussi la conscience du danger, la sensation qu'il en savait plus qu'il ne disait, et le sentiment que, tout comme elle, il taisait ses véritables buts.

Elle secoua la tête.
— Je ne vais nulle part.
— Pourquoi cela ?
— Je n'ai pas fait ce pour quoi je suis venue.

Elle lui offrit son sourire en demi-teinte. Quelque chose d'implacable s'y cachait.

— Ne posez pas de questions, ajouta-t-elle.

Combien de fois avait-il prononcé de telles paroles ? Exactement comme maintenant. Véritable écho. Connor percevait le chaos qui dominait Helen, l'accompagnait, se trahissait malgré ses yeux insondables. Il voulait la prévenir, tendre la main, l'attirer contre lui, bannir le danger qu'il savait la menacer de toute part. Mais son côté agent secret l'obligea à se tenir tranquille pour observer le destin de la jeune femme s'accomplir. Au plus profond de lui, là où nul entraînement, nulle mission ne l'atteignait, il se jura de se tenir à ses côtés, aussi près qu'elle le lui permettrait, prompt à l'arracher au danger avant le moment fatal. Car nul doute qu'il était en route. Son intuition innée du danger ne le trompait jamais.

Helen sentit les yeux de Connor se poser sur elle, lourds. Le désir que l'agression avait chassé surgit de nouveau, mais entaché. Elle le repoussa. Elle avait déjà trop de problèmes à régler. Ses jours chez Maldonado étaient comptés. Elle éprouvait une sorte de mauvais pressentiment à la perspective d'y retourner, mais elle y avait toutes ses affaires, argent, passeport et, plus que tout, elle était persuadée qu'il lui restait une dernière chance de découvrir une piste menant à son père.

— Vous feriez mieux de me raccompagner à la maison, dit-elle enfin.

Elle ne doutait pas que Connor se débattait en quelque dilemme intérieur, mais il ne pipa mot, se contentant de lui glisser de temps à autre un regard inquiet tout en conduisant.

Il l'embrassa, et lui souhaita bonne nuit en lui caressant la joue.

— Soyez prudente.

Sinistres, efficaces, les gardes laissèrent Helen entrer, sans un mot de trop, sans un sourire. Elle traversa le jardin pour regagner son bungalow.

Elle jeta un coup d'œil à sa chambre comme si elle se demandait ce qu'elle devait faire ensuite, puis se déshabilla lentement et se mit au lit. Elle s'assit, bras le long des cuisses, essayant de se calmer, de balayer ses craintes, d'effacer toute déraison. Une demi-heure plus tard, elle avait pris sa décision. Elle resterait encore une nuit, s'arrangerait pour pénétrer dans le bureau de Maldonado et le fouiller. Puis elle partirait, demanderait de l'aide à Connor et se lancerait à la recherche de son père.

63

Le lendemain matin, Maldonado observait de son bureau Helen prendre son petit déjeuner sur la terrasse. Il se retourna vers Angel.

— Elle n'a pas une égratignure. Que diable s'est-il passé ?

Angel faisait les cent pas dans la pièce.

— J'ai tout organisé, *jefe*. Deux de mes hommes s'en sont pris à elle. Elle leur a flanqué une dérouillée, ajouta-t-il en lançant par la fenêtre un regard furibond.

— Quoi !

— Côtes cassées. Inconscients. Commotion cérébrale. Elle les a laissés en sang sur le pavé.

— Qui était-ce ? Des amateurs ?

— Non, *jefe*, les meilleurs.

— Débarrassez-vous-en. Se faire battre par une fille !

— Pas n'importe laquelle, *jefe*. Ce n'est pas une invitée ordinaire. Le piège a fonctionné. Je suis désolé de l'admettre, mais mes hommes affirment qu'elle est redoutable. Chaque marque sur leur corps la trahit. Elle était incroyablement habile et puissante. Doutez-vous encore qu'elle soit un agent ?

Maldonado passa la main dans ses cheveux. Gris, épais, ils coulaient entre ses doigts. Il s'installa à son bureau, face à Angel.

— Si c'était un agent, elle aurait été suffisamment maligne pour repérer le piège.

— Elle disposait d'environ cinq secondes pour réfléchir ; après, c'était à l'instinct de jouer. Un agent dressé à se battre d'instinct. Il faut un entraînement rudement plus long pour dissimuler qu'on est entraîné.

— Donc, c'est un agent, dit Maldonado lentement, à contrecœur, comme s'il rendait une sentence. Un agent capable de tuer à mains nues.

Il fixa longuement du regard le dos de Helen avant de reprendre :

— Tout est-il prêt avec el Dólar ?

— Il est en route. Officiellement, nous l'arrêtons cet après-midi aux alentours de quinze heures pendant qu'il déjeune avec sa maîtresse. Afin de montrer à quel point nous prenons cette arrestation au sérieux, nous annoncerons que nous l'avons conduit dans les quartiers privés d'un des membres haut placés du SIN – tout le monde sait que c'est vous – afin de l'interroger. L'échange de coups de feu commencera vers minuit. Nous donnerons l'impression qu'el Dólar s'en sort, alors qu'en réalité, nous le gardons ici, clandestinement, en compagnie de votre collection particulière de céramiques Moche. Deux jours plus tard, nous le subtilisons et le faisons réapparaître en Colombie.

— En abandonnant dans son sillage une succession de cadavres, coupa Maldonado. Peut-être pourrions-nous faire d'une pierre deux coups, murmura-t-il dans un souffle. Elle ne me laisse pas le choix.

Il se leva, traversa la pièce pour gagner la fenêtre. Une fois encore il observa Helen.

— Comment a-t-elle fait son compte ? Elle, si belle, la fille d'un homme qui fut mon grand ami.

Regardant en lui-même, il dut s'avouer que la parcelle de lui qui l'empêchait de sombrer dans la folie aimait toujours Jack Jencks. C'est cette affection qui, contre tout sens commun, avait permis à Helen Jencks de se retrouver sous sa protection alors que les preuves s'accumulaient contre elle. Incandescente, le sang de son père coulant si manifestement dans ses veines, elle avait apporté vie et espoir à son bon côté de plus en plus atrophié. Et tout ce temps, elle l'espionnait. Le trahissait. A ses yeux, détruire Helen tuait le peu de vertu qu'il possédait encore. La douleur était immense. Et surprenante. Il se croyait depuis des lustres imperméable à la douleur. Il s'arracha violemment à cette sensation dangereusement humaine. Une vague déferla : amer désespoir, vanité des choses. Que restait-il si ses plus beaux sentiments ne changeaient rien à rien ? Il continuerait, comme il l'avait toujours fait. Il était allé trop avant dans ce voyage sanglant pour faire demi-tour. Personne ne pouvait nager contre ce fleuve écarlate. Comble de l'ironie, il avait, malgré le pouvoir dont il se targuait, depuis longtemps perdu sa liberté. Le moindre de ses actes était prédéterminé. Il tenta de se consoler avec cet argument qu'en tant qu'agent, Helen connaissait les risques et les conséquences. Il doutait qu'elle eût, pendant son séjour, découvert grand-chose qui pût lui nuire, mais il ne pouvait en être certain et, de toute façon, le véritable danger pour lui résidait en ce qu'elle avait réussi à pénétrer chez lui et aurait pu le tuer. Cela se saurait. L'exemple de Helen encouragerait les agents de ses myriades d'ennemis, les tentatives de meurtre et de destruction augmenteraient, à moins de prendre les mesures indispensables pour restaurer sa crédibilité. Il ne pouvait s'empêcher d'admirer Helen pour ce qu'elle avait accompli tout en lui en voulant terriblement de l'obliger à agir. Il suppliait le ciel qu'elle fût innocente, mais cela ne changeait rien. Ces derniers temps, son seul véritable désir était que, lorsque sa mort viendrait, elle fût rapide. Des années il avait atrocement souffert du désir de hâter sa propre mort, mais l'instinct de survie était trop fort et il était condamné à survivre, à poursuivre sans trêve sa route ensanglantée, tandis qu'autour, les autres tombaient.

Il se tourna vers Angel.

— Faites-la exécuter cette nuit. Par un professionnel. Pas de bêtises, cette fois.

64

Helen guetta toute la journée l'occasion de se glisser dans le bureau de Maldonado. Elle se promena dans le jardin, aussi près de la maison que possible sans attirer l'attention. Elle nagea dans la piscine dans le vain espoir de se détendre. La maison semblait elle aussi en proie à quelque suspense sans nom. Des inconnus apparurent, en conférence avec Maldonado. Il n'avait pas quitté son bureau de la journée. Quand il s'était rendu dans la salle à manger pour un bref déjeuner, Helen avait entendu les voix d'hommes inconnus s'échapper du bureau. Comme le soir tombait, sa frustration s'accrut, s'ajoutant au malaise qui l'avait tourmentée toute la journée. Le temps jouait contre elle, les rouages de quelque mécanisme invisible cliquetaient sans relâche, égrenant les secondes qui coulaient de ses doigts comme du sang. Elle résolut d'essayer une fois encore.

A vingt-trois heures, les lumières s'éteignirent enfin. Elle attendit deux minutes, histoire de s'assurer qu'il n'y avait plus personne, puis, après un bref coup d'œil autour d'elle, elle se hissa par la fenêtre. Elle atterrit à l'intérieur, accroupie, le cœur battant. Une fois habituée à l'obscurité, elle commença ses recherches sans faire usage de sa torche. Elle essaya les tiroirs du bureau. Fermés à clef. Elle examina les étagères ; son regard s'attarda sur une série de boîtes de rangement sous la planche de Moche torturés. Elle en tira une, l'ouvrit, alluma sa lampe et feuilleta les documents. Rien. Elle la replaça et en prit une deuxième. Elle en était à la moitié quand elle entendit des voix. Elle éteignit sa torche et s'accroupit sous le bureau de Maldonado, tremblant d'effroi. Elle lutta pour contrôler sa réaction dont l'ampleur, au-delà des limites de la terreur, l'horrifiait. On aurait dit que son corps savait quelque chose qu'elle ignorait. Elle imagina des mains sur elle, les agresseurs de la veille, frissonnant de plus belle lorsque les voix se retrouvèrent au niveau de la porte avant de s'éloigner.

Elle attendit encore. Une porte s'ouvrit, se referma, étouffant les sons des voix. Sortant de sa cachette, Helen se redressa. Elle n'avait qu'une envie : se sauver, sauter par la fenêtre, se ruer dans le jardin et courir, courir. Mais c'était sa dernière chance ; le secret de l'endroit où était son père se trouvait là, dans cette pièce.

Le deuxième dossier était aussi inutile que le premier. Rapports, coupures de presse, rien que l'on pût relier de près ou de loin à son père. Elle s'empara de la troisième boîte. Un quart d'heure plus tard, elle la remisait sur l'étagère. Elle consulta sa montre lumineuse. Le temps passait trop vite. Les doigts tremblants, elle prit la quatrième boîte. Quelque chose remua à l'intérieur. Elle y trouva une série de vieux agendas et des carnets d'adresses. Elle commença par ces derniers. Elle feuilleta, encore et encore. Elle avait si mal aux yeux qu'elle faillit passer dessus.

Arturo Leon, suivi, entre parenthèses, de *Jack Jencks.* Les doigts fébriles, Helen chercha de quoi écrire. Elle inscrivit l'adresse sur la paume de sa main : 268 Calle Choquechaca, Cuzco. Elle replaçait le dossier lorsque les voix retentirent de nouveau. Celle de Maldonado, sèche, basse, impérieuse. Elle repoussa le dossier au fond de l'étagère. Ça se rapprochait. Elle pivota prestement, gagna la fenêtre et se projeta au-dehors. Elle atterrit en souplesse et longea le mur juste au moment où la porte s'ouvrait. Sa torche ! Elle l'avait oubliée sous le bureau ! Elle se maudit et essaya de garder son calme. Bruits de pas dans la pièce, puis la voix de Maldonado, si proche. Il se tenait sûrement près de la fenêtre. Helen respirait comme un soufflet de forge. Pas question de rester collée au mur éclairé. Mais les gardes faisaient leur ronde avec une régularité impitoyable et tout déplacement attirerait leur attention. Les secondes martelaient son crâne. Elle entendit Maldonado s'éloigner de la fenêtre. Elle longea la maison et, ramassée sur elle-même, s'élança jusqu'au premier buisson, regarda autour d'elle puis poursuivit ainsi sa progression par bonds successifs. Une fois au bungalow, elle se glissa à l'intérieur par la fenêtre de sa chambre au moment où le garde entreprenait sa ronde autour de la maison. Elle vit sa silhouette se détacher contre la pierre et passer à quelques pas de l'endroit où elle était accroupie trente secondes auparavant.

Helen roula sur le sol, reprit son souffle et, toute tremblante, réprima son désir d'éclater de rire, exultant d'avoir trouvé l'adresse de son père et de l'avoir échappé belle. Cette dernière idée la ramena brutalement au calme. Elle eut la soudaine sensation d'être piégée. Maintenant qu'elle était en possession des coordonnées de son père, elle n'avait qu'une idée, fuir. Elle regarda l'heure. Minuit cinq. Les chiens étaient lâchés dans le jardin. Même si, par miracle, elle réussissait à les persuader de ne pas la déchiqueter, il lui faudrait risquer d'échapper une nouvelle fois aux gardes. Les statistiques étaient contre elle : gagner deux fois dans la même nuit était trop demander. Mais Dieu qu'elle avait envie de filer ! Ses jambes en tremblaient. Elle se leva et fit les cent pas dans le noir.

Des coups de feu déchirèrent la nuit. Helen se figea sur place. Le silence fit écho au bruit. Puis un claquement sec. Sans doute une sentinelle vérifiant son arme. Un troisième coup de feu retentit, nu, proche. Elle regarda fixement autour d'elle, l'esprit agité. Avant qu'elle n'eût le temps de réfléchir, une autre déflagration tonna, puis une autre, puis un chaos de coups de feu et le crépitement d'une mitrailleuse. Elle plongea à terre et rampa jusqu'au salon. Les stores étaient baissés, elle ne voyait rien, ne percevant que terreur et confusion. Elle se ruait vers la salle de bains lorsqu'un autre bruit hurla dans l'air : une alarme, aiguë, insistante. La maison de Maldonado ! Même ce vacarme, pourtant assourdissant, fut un moment dominé par le rugissement d'une explosion, profonde, vibrante, qui la secoua tout entière. Puis, tandis que cela s'apaisait, l'alarme se déclencha chez elle. Cela ne signifiait qu'une chose : on pénétrait chez elle, si ce n'était déjà fait. Elle fonça dans la cuisine pour y trouver la seule arme possible. Elle s'empara d'un couteau dans le tiroir, courut dans la salle de bains et s'y enferma.

Helen attendit, prête à frapper. L'échange de coups de feu continuait de faire rage. Elle n'entendait ni cris, ni hurlements, ni paroles, rien que les explosions écœurantes, et le bruit de sa propre respiration. Le couteau tremblait dans sa main. Elle maîtrisait difficilement son corps et son souffle. Jamais elle n'avait connu cette terreur primale, totale, jamais elle ne s'était trouvée au centre d'un chaos aveugle et démentiel. Elle imaginait des hommes à sa recherche dans le bungalow, se déplaçant arme au poing. Elle les imaginait passer d'une pièce à l'autre avant d'aboutir à la porte bouclée de la salle de bains. Piégée, elle disposait pour toute défense d'un couteau de cuisine et de l'aïkido. *L'aïkido ne peut pas grand-chose contre une arme à feu*, avaient dit Dai et Connor. Helen avait la peur au ventre. Son corps et son esprit opéraient à un niveau – inconnu pour elle – de destruction sauvage, déchaînée. Elle voulait aller au-devant des intrus, voir leur visage, agir. Contrairement à ce qu'elle avait souvent constaté chez les autres, elle n'était pas paralysée par la peur, mais aiguillonnée. Helen tendit l'oreille. Rien. Elle déverrouilla la porte et l'entrebâilla. Toujours rien. Elle regarda par l'interstice, attendit, se glissa au-dehors. Son instinct lui intima de bouger. Elle plongea sous la fenêtre aux volets clos et rampa en direction de la porte d'entrée. Un bruit l'arrêta. Une clef tournait dans la serrure. La panique menaça un moment d'aveugler Helen. En trois enjambées silencieuses, elle gagna le mur, s'aplatit, attendit. La porte s'ouvrit légèrement. Helen renifla l'odeur de sueur, d'excitation sexuelle. Souffle bref, mouvement. Quelques centimètres de plus. Un bras, muni d'un revolver. Helen se laissa guider par son entraînement. Posant le couteau à ses pieds, elle permit à l'homme d'entrer carrément. La main droite de Helen se projeta, s'empara de la main armée. Elle pivota à cent quatre-vingts degrés, plaça son coude gauche sur le coude droit de l'homme et y appliqua toute sa force. Le coude craqua et l'homme plongea à terre, tête la première. Helen s'empara de son arme, recula et l'en menaça. Il portait une cagoule noire fendue aux yeux. Son regard implacable disait qu'il ne céderait pas. Helen était tout près de lui. Il se redressa et tendit la main vers sa cheville. Helen vit l'éclair d'un holster de cheville en nylon noir, l'éclat de l'acier, le barillet d'un revolver. Elle visa l'épaule et tira. Déflagration. Onde de choc. Eclair aveuglant, jaune brûlant cerclé de blanc, avec, au centre, du rouge. Elle cligna des yeux, un instant aveugle, puis se découpa devant elle la silhouette de l'homme qui vacillait en arrière avant de tomber dans le jardin par la porte ouverte. Helen se saisit du revolver qu'il avait lâché. Les yeux fixés sur les deux armes qui le menaçaient, l'homme se releva tant bien que mal et se fondit dans l'obscurité.

Helen claqua la porte qu'elle ferma à double tour, tira la table de la salle à manger pour bloquer la porte. Ses oreilles sifflaient. Ses mains tremblaient violemment. Elle les colla sous ses aisselles, se rendit dans la pièce la plus éloignée, s'accroupit, les armes à ses pieds, et étouffa le cri qui montait de sa gorge. Cet homme était venu la tuer. D'autres suivraient bientôt. Au-dehors, les coups de feu fusaient. Helen pouvait choisir d'attendre ou de tenter sa chance au milieu du chaos. Elle rampa jusqu'à sa chambre et regarda par la fenêtre. Le jardin était illuminé par des spots. Des silhouettes courbées couraient en tout sens, des mitrailleuses crépitaient et des cris retentissaient. Helen se releva d'un bond, ferma la fenêtre et se mit à terre. Foncer là-dedans était suicidaire, mais rester ici signifiait la mort assurée.

Plutôt mourir debout. Elle s'empara de son sac de sport, y jeta les deux armes, son passeport, tout l'argent de Dai, et ses rangers. Elle remonta la fermeture, regagna la fenêtre en rampant et, centimètre par centimètre, observa au-dehors. Les coups de feu étaient de plus en plus distincts. Cependant qu'elle poursuivait son observation, les déflagrations s'espacèrent ; bientôt, elle put les distinguer les unes des autres jusqu'au moment où elles cessèrent pour laisser place à un horrible silence. Elle avait mal aux oreilles et avait l'impression d'entendre son cœur battre et ses poumons se soulever. C'était le moment. Elle saisit son sac, jeta un nouveau coup d'œil par la fenêtre et ne perçut qu'immobilité. Elle ouvrit la croisée, passa une jambe par le rebord et s'immobilisa. On l'appelait !

— Helen ! Helen ! Etes-vous là ? C'est Victor !

Il était devant la maison, à moins de dix mètres. La voix contenue et pressante à la fois, il l'appelait, encore et encore tout en approchant. Il parlait toujours, cela sonnait comme des instructions. Elle se faufila au-dehors, les muscles secoués de spasmes.

Après un rapide coup d'œil alentour, elle gagna en hâte un amas de buissons tout proches. Elle rampa à l'abri, s'écorchant le visage aux branches. Tapie au milieu, elle n'en menait pas large : Maldonado se profilait à travers les épines. Quatre hommes le suivaient, mitraillette au poing. Ils stoppèrent devant la fenêtre ouverte. Maldonado aboya des ordres. Deux hommes grimpèrent dans le bungalow. Ils émergèrent deux minutes plus tard et parlèrent à Maldonado à voix basse. Helen l'entendit jurer et, au milieu de nouvelles instructions, elle perçut le mot *perros*, chiens.

Toujours accroupie, elle observa Maldonado et ses hommes regagner la maison. Quelques minutes plus tard – elle n'aurait su dire combien car, en pareilles circonstances, le temps est suspendu – elle s'extirpa de sa cachette et alla se blottir dans le buisson suivant, trois mètres plus loin. Elle s'arrêta, souffla et reprit sa course pour s'arrêter de nouveau, le cœur battant la chamade, derrière un épais bouquet d'héliotropes. Le violet des fleurs s'illuminait sous la lumière ambiante qui continuait d'éclairer le jardin. Leur parfum emplissait ses narines, se mêlant à l'odeur de cordite, legs de la bataille rangée.

Elle entendit un bruit et tournoya sur elle-même. Les dobermans approchaient en courant. Elle s'accroupit, se faisant aussi petite que possible.

— Salut mes beautés, tout va bien. Bon chien, chuchota-t-elle.

Ses paroles étaient hachées. Les dobermans ralentirent, avancèrent avec raideur et s'arrêtèrent à moins de deux mètres de Helen, jambes arquées vers l'arrière, cou tendu, montrant les crocs en grognant.

— On vous a appris à attaquer toute personne errant dans le jardin une fois que vous êtes lâchées, n'est-ce pas mes jolies, tout le monde sauf Maldonado et les gardes, c'est cela ?

Elle obligea sa respiration à s'allonger, à repousser toute peur.

— Là, tout va bien, je ne suis pas une menace,

vous me connaissez, vous vous rappelez ? Chut, chut, tout doux.

Leurs yeux s'adoucissaient au fur et à mesure qu'elle parlait d'un ton doux et rythmé. Elle ne cessait de parler en un flot continu qui atteignait leur inconscient. Elle s'exprimait à voix basse, sachant que les gardes ou Maldonado pourraient l'entendre, sachant aussi que, si elle ne parvenait pas à calmer les chiens, elle était morte, en quelques secondes, la gorge déchiquetée. Elle repoussa cette image pour se revoir assise au coin du feu en compagnie de Dai et des chiens. Ces bêtes-là flairaient la plus infime once de peur.

— Là, venez, mes jolies, venez me voir.

Elle tendit les mains, lentement, excessivement lentement. Les grognements se muèrent en grondements, puis cessèrent. Le chef de meute arriva droit sur Helen, renifla ses doigts tendus, puis les lécha. Helen roula sur le dos, gorge exposée, et les trois autres vinrent lui lécher le visage. Elle faillit rire de soulagement, sans compter que cela la chatouillait.

— Du calme, du calme, vous êtes de bonnes petites, bons chiens. Mais je dois me relever, d'accord ? Tout va bien, ne vous inquiétez pas.

Elle se releva avec précaution tout en les caressant.

— Il faut que j'y aille, les filles, salut !

Elle jeta un rapide coup d'œil autour d'elle, puis traversa le jardin, contraignant ses jambes cotonneuses à conserver un rythme lent et régulier. Pas question de courir. En trois enjambées, l'instinct des dobermans se réveillerait. Les femelles la regardèrent s'éloigner, les yeux noisette scintillant dans la nuit.

Helen jeta un œil à droite, puis à gauche. Aucun signe de Maldonado ni de ses gardes. Ils s'étaient sans doute retirés, dans le bureau allumé, satisfaits de se dire que les chiens réussiraient là où le tueur avait échoué.

Le périmètre était éclairé comme en plein jour. Nul endroit où se cacher. Helen marqua une pause, observant attentivement les dix mètres qui la séparaient de la liberté. L'appel de la vie était si fort. Elle lutta contre la terreur qui l'empoignait, avança dans la lumière et traversa la frontière aveuglante et arriva au portail donnant sur la rue. Toujours à découvert, elle tira les verrous, ouvrit le loquet et sortit.

65

Evan Connor fut réveillé par la sonnette insistante de l'interphone. Le cadran lumineux de son réveil indiquait trois heures et quart. L'inquiétude le poignarda comme chaque fois qu'il était brutalement arraché au sommeil. Il sauta du lit et alla répondre. Dans le combiné, la voix de Helen, rauque.

— Evan, vous êtes là ?

Deux minutes plus tard, l'ascenseur s'ouvrait sur la jeune femme. Il s'était posté de côté, armé d'un couteau à découper avec une lame de quinze centimètres de long. Constatant que Helen était seule et voyant les portes se refermer derrière elle, il baissa la main et fit entrer la jeune femme. Il boucla la porte à double tour et alluma. Helen se tenait devant lui, le visage ensanglanté, terrifiée. Il ouvrit les bras. Elle s'y blottit. Il la porta au salon et l'allongea sur le canapé. C'est seulement lorsqu'il eut soigné les multiples égratignures causées par les épines et offert une grande tasse de thé très sucré, qu'il parla.

— Que vous est-il arrivé ?

Au-dessous, les énormes rouleaux de l'océan Pacifique s'écrasaient sur le rivage obscur. Helen les voyait presque, s'imaginait flotter sur l'écume blanche, toutes voiles dehors, filant au large. Elle but une longue gorgée de thé. L'amertume mêlée au sucre lui fit du bien. La tasse était brûlante.

— On a essayé de me tuer. J'étais dans mon bungalow quand un coup de feu a retenti, puis un autre. Puis ce fut un véritable enfer, une immense bataille rangée. Les alarmes se sont déclenchées, dans la maison de Maldonado et dans la mienne. Il y a eu des explosions. Je voyais des lumières balayer ma fenêtre. Je me suis cachée dans la salle de bains, puis j'ai senti que je devais sortir. Ce que j'ai fait. Je me dirigeais vers la porte d'entrée quand la clef a tourné dans la serrure. La porte s'est ouverte, une main a surgi, armée d'un pistolet. J'ai attendu, puis le type a pénétré à l'intérieur. J'ai attaqué, je lui ai fait un rokkyo, je lui ai cassé le coude, je l'ai projeté à terre et j'ai pris son arme.

— Doux Jésus ! Et après ?

— Il a tendu la main vers sa cheville. Il avait un holster placé là. Il a extirpé une autre arme. Alors je lui ai tiré dessus.

— Vous l'avez tué ?

— Juste blessé à l'épaule. Il est parti en titubant.

— Merde !

— J'ai les armes avec moi, ajouta Helen en désignant son sac de la pointe du menton.

Connor l'ouvrit et, de sa main droite, en sortit le revolver le plus gros, poussa le cran de sécurité et fit tourner le cylindre entre ses doigts.

— Smith & Wesson. 357 Magnum. Vous avez tiré un seul coup ?

Helen acquiesça d'un signe.

— Ça m'a complètement assourdie.

— Pas étonnant, c'est un sacré monstre, surtout quand on ne s'y attend pas. Il a limé la crête de chien, remarqua Connor, songeur, tandis qu'il examinait l'arme.

Il soupesa l'autre arme.

— Smith & Wesson 640. Aucune balle n'a été tirée. C'était sa deuxième arme, exact ?

— Celle du holster de cheville.

— Ouais. C'est bien un pro.

Connor prit un mouchoir et nettoya les deux armes avant de les placer dans un sac en plastique.

— Je m'en débarrasserai plus tard. Dieu sait combien de sales boulots elles ont à leur actif.

Il se retourna vers Helen.

— Que s'est-il passé ensuite ?

— Au bout d'un moment, les coups de feu ont cessé, les voix ont pris le relais. Maldonado me cherchait. Je me suis cachée dans les buissons. Comme ils n'arrivaient pas à me localiser, ils ont lâché les dobermans. Je m'en étais fait des amis dès le début, alors quand ils se sont approchés de moi, j'ai réussi à les calmer.

Connor frémit. Helen poursuivit :

— J'ai traversé le jardin en rampant, traversé la zone éclairée par des spots et j'ai pu m'enfuir. J'ai marché une heure et demie avant de trouver un taxi à qui j'ai demandé de me laisser à cinq cents mètres de chez vous.

Connor s'empara de la main de Helen.

— C'est un miracle que vous soyez encore en vie. Dieu du ciel, Helen, vous avez frôlé la mort de près. Bigrement héroïque, votre échappée.

Helen sourit. Connor lui caressa la main, tourna la paume en l'air et vit les traces d'encre rouge. Helen suivit son regard et hurla. Elle libéra violemment sa main et fixa intensément l'écriture trouble.

— Qu'est-ce que c'est ? demanda Connor.

— L'adresse de mon père. Oh non ! Ce n'est pas vrai ! Elle s'est effacée ! hurla-t-elle, folle de désespoir.

— Tout n'est pas perdu, voyons. Vous l'avez vue et vous l'avez notée, se hâta d'objecter Connor. Elle est là, dans votre mémoire. Nous la retrouverons.

— Cuzco ! s'écria-t-elle. Quelque part à Cuzco.

Connor alla quérir un petit guide de la ville. Il feuilleta l'index et lut à Helen des noms de rues qui ne lui disaient rien quand, soudain, elle se redressa, tout excitée.

— C'est ça ! Calle de la Choquechaca. Je m'en souviens, maintenant. Ça sonnait comme « choque » et « chakra ». J'y suis. Numéro 268.

Elle s'empara de la main de Connor qu'elle serra de toute la vigueur qu'il lui restait. Des larmes de soulagement se mirent à couler. Tandis que les sanglots s'apaisaient, il comprit qu'un plan prenait tournure.

Il se leva et arpenta la pièce devant Helen.

— Helen, il n'est pas question d'envisager un instant de partir à sa recherche. Vous devez quitter le pays dans les plus brefs délais.

Elle lui opposa un regard déterminé.

— Rien ne me fera bouger d'ici.

— Pas même sauver votre peau.

— Elle est sauvée, ma peau.

— Tant que vous êtes au Pérou, c'est provisoire. Je doute que vous ayez la moindre idée du guêpier dans lequel vous vous êtes fourrée.

Il s'accroupit devant elle, le visage grave.

— Helen, acceptez d'abord de m'écouter. Seulement alors vous prendrez votre décision. Savez-vous qui est Maldonado ?

— Un archéologue amateur. Un type qui a essayé de me tuer.

— Pas juste un type. Sans doute l'homme le plus puissant et le plus imbibé de sang de tout ce putain de pays sanglant. C'est le chef des services de renseignement péruviens. Il dirige la brigade antidrogue du SIN.

Helen crut devenir folle.

— Pourquoi êtes-vous venue dans ce pays, Helen ?

Les questions tourbillonnaient en elle. Dai était-il au courant ? Non, impossible. Pourquoi le SIN la suivait-il ? Que savait-il à son sujet ? Que lui importait ? Pourquoi voulait-on la tuer ?

— Qui êtes-vous ? demanda-t-elle.

— Pardon ?

— Vous avez parfaitement entendu.

— Pourquoi cette question ?

— Mon hôte, dont je pensais qu'il était archéologue, se trouve être un grand maître espion. Qui êtes-vous, nom de Dieu ?

— Dois-je absolument être quelqu'un ?

— Vous êtes en attente, comme ces gens qui ont l'air de glisser sur la vie ; un événement soudain dévoile la face cachée. Vous n'êtes pas uniquement cet homme tranquille qui emmène des touristes friands d'aventures et s'entraîne au gymnase de Lima.

— Pas plus que vous n'êtes une simple touriste qui se trouve là parce que le pays a un joli nom et qui habite chez le chef de la brigade antidrogue, comme par hasard !

Chacun jeta à l'autre un regard noir de fureur. Puis surgit en eux quelque chose d'essentiel, indépendant des circonstances, qui les contraignit à chercher dans les yeux de l'autre bien après que la colère se fut éteinte.

A cet instant, Connor décida qu'il n'y avait plus ni temps ni place pour les cachotteries. Il lui dirait ce qu'elle devait savoir, ferait ainsi sauter sa couverture, briserait toutes les règles imposées par la Firme. Mais la Firme était loin. La Firme n'avait pas essayé de sauver sa peau trois heures auparavant ; la Firme ne connaissait pas Helen Jencks. Il dévisagea cette jeune femme allongée devant lui, dont il émanait du défi, de la peur et le désir brûlant de retrouver son père. Cela conjura des sentiments qu'il ignorait posséder. Il éprouva son propre désir, une tendresse insoutenable à l'égard de Helen, le besoin irrépressible de la protéger et quelque chose qui ressemblait à l'amour naissant, mais qui l'affolait tant qu'il n'osait le nommer. Cette méfiance autant innée qu'acquise qui lui avait maintes fois sauvé la vie, il décida de l'oublier.

— Vous d'abord.

Connor détourna les yeux, réfléchit un instant puis, soufflant fortement, se lança.

— Je comprendrais que vous me détestiez. J'ai lié connaissance avec vous afin de gagner votre amitié et de vous utiliser pour fouiner chez Maldonado.

Le visage de Helen se durcit. Connor aurait voulu s'interrompre, essayer de la gagner à sa cause d'un mot, d'un geste, mais il poursuivit sans relâche.

— Je travaille pour le gouvernement britannique. Antidrogue.

— Je vois.

Elle détourna le visage. Connor crut bien avoir perdu. Il observa la ligne de sa nuque, ses seins se soulever au rythme de sa respiration de plus en plus lourde. Puis elle reporta ses yeux sur lui. Elle ne souffla mot, resta étendue sur le canapé à le regarder.

En maintes occasions, du temps qu'il appartenait au SAS, Connor avait eu besoin de soins médicaux. Il devait parfois consulter pour une simple visite de routine. Se mettre nu, tousser. La femme médecin le jaugeait, calme et distante. La façon dont Helen le regardait maintenant, non pas du coin de l'œil mais en le soupesant longuement, lui donnait l'impression qu'il était percé jusqu'aux os, qu'elle cherchait à mesurer leur intégrité, à savoir combien de fois ils avaient été cassés et s'ils avaient quelque faiblesse, comme si elle savait comment coulait son sang, ce qui y coulait, ce qui en accélérait le flux.

Les mots s'échappèrent comme le sang s'écoule d'une blessure ouverte.

— Pourquoi, au juste, vous a t-on demandé de faire ma connaissance ? Que vouliez-vous trouver au sujet de Maldonado ?

— Certains d'entre nous ont des doutes quant à son intégrité. Ce qui vous est arrivé montre que nous avions raison.

— Pourquoi voulait-il me tuer ? C'est vrai, quoi, je ne lui ai rien fait ! A ses sbires non plus, à ce compte-là !

— Vous leur avez flanqué la pâtée. Ces hommes ne se trouvaient pas dans la rue par hasard, Helen. J'ai commencé à vous suivre dès la semaine dernière, le jour où nous nous sommes rencontrés au gymnase. Le SIN était à vos basques. Je ne crois pas aux coïncidences. Ces types appartenaient forcément à Maldonado. Ils ont choisi leur moment. Ils disposaient d'environ deux minutes quand je me suis éloigné, quand les rues étaient désertes. Ils en ont profité.

— Pourquoi Maldonado voudrait-il me faire tabasser ?

— Dans le but de vous tester. Voir si vous êtes du métier, si vous êtes une sorte d'agent. On croise peu d'hommes, encore moins de femmes, qui pratiquent l'aïkido à un tel niveau. Il en va différemment des opérateurs. J'en connais un ou deux qui ne s'avoueraient pas vaincus d'avance.

— C'est quand ils veulent.

Connor sourit.

— Quand vous les avez terrassés, Maldonado a obtenu sa réponse. L'étape suivante fut un tueur franchissant le seuil de votre porte, arme au poing. Cela tient debout dans leur monde perverti. Maldonado ne pouvait se permettre le moindre risque vous concernant. Si on apprenait qu'un agent avait réussi à s'introduire dans sa demeure, réputée inviolable, qu'il avait même réussi à gagner son amitié, à lui qui est censé percer la moindre couverture, ce serait la porte ouverte à ses innombrables ennemis, sans mauvais jeu de mots. Un tel homme maintient sa position par la peur, le mythe et la cruauté à l'état pur. Vous avez menacé le côté mythique. La seule parade était de vous tuer.

Helen repensa à son arrivée à Lima, à la façon dont elle avait foncé tête baissée dans la fournaise déguisée en jardin paradisiaque, celui de Maldonado. Involontairement, jour après jour, tout en pensant qu'elle piétinait, elle tissait son destin, avançait vers son propre assassinat.

— Vous allez sans doute me croire folle, mais je suis incapable de concevoir que Maldonado veuille ma mort. Il y a chez lui un côté très dur, j'en conviens. Je l'imagine très bien ordonner qu'on presse sur la détente sur la tempe d'un ennemi redoutable, mais il me traitait en amie et semblait même en avoir besoin. Je discerne chez lui une immense solitude, un aspect tragique.

— C'est ce qu'il reste de son bon côté. Vous n'avez vu que ce qu'il a bien voulu vous montrer. Mais pour ce qui est de la tragédie, vous avez raison. Ses deux fils et sa fille ont sauté dans une voiture piégée à son intention par le Sentier Lumineux. Sa femme s'est suicidée un an plus tard. Il a sans doute pensé qu'il n'avait plus rien à perdre. Cela s'est produit en 1989. Je parie qu'il a viré de bord à ce moment-là.

— Mon Dieu !

Helen songea à la grande maison, vide de toute photographie, hantée par tant de fantômes. Elle songea au visage de Maldonado lorsqu'il lui avait montré les céramiques Moche. Recensement exhaustif des émotions humaines. Il avait certainement éprouvé chacune d'elles.

— Et avant ? s'enquit-elle. Comment était-il ?

Maintenant que Connor soulevait pour elle le voile du mystère qui avait obscurci sa vision depuis son arrivée chez Maldonado, Helen brûlait de connaître le moindre détail. Plus elle en savait sur cet homme qui avait tenté de la faire assassiner, plus cela donnait corps à sa survie.

— Déjà, à l'époque, il n'était pas totalement blanc. Il était, disons, sali de manière acceptable. De manière inévitable. Nous pouvions nous en accommoder.

— Que voulez-vous dire ?

— C'est une longue histoire. Il faut remonter loin en arrière, comprendre d'où il vient, ce qui l'a façonné, ce qui a modelé son pays.

— Racontez-moi. Je veux savoir.

— Sa famille possédait plusieurs immenses haciendas qui toutes furent nationalisées en 1969. Il était temps. Une des propriétés avait la taille de la Belgique. Quoi qu'il en soit, la famille de Maldonado a dilapidé ce qu'il restait de la fortune. Victor, sous-officier au début des années soixante, n'avait donc pas beaucoup d'argent, mais un grand passé, la certitude qu'il était un homme important, qu'on lui devait tout. Il voulait récupérer la position de la famille, tant sur le plan du pouvoir que sur le plan financier, aussi a-t-il obtenu un poste dans la jungle, dans un endroit appelé la vallée du Huallaga. La plupart des affectations durent environ deux ans ; Maldonado y resta sept. Au cas où vous ne le sauriez pas, et je ne vois pas comment vous le sauriez, environ quarante pour cent de la cocaïne mondiale provient du Huallaga. C'est là que pousse la coca et de là qu'on l'expédie sous formc de pâte de base en Colombie où elle est transformée en cocaïne. Il existe des centaines de minuscules pistes d'atterrissage éparpillées dans la jungle péruvienne, pas seulement dans la vallée du Huallaga, mais également en un lieu appelé Manu. Les pilotes reçoivent jusqu'à cinquante mille dollars pour un vol narco, soit près de mille fois leur salaire normal ; il n'y a donc pas pénurie d'avions. On parlait de trente à quarante vols par jour avant la surveillance par satellite. Bref, de nombreuses expéditions de drogue partent en fait de terrains d'aviation contrôlés par l'armée, ou alors l'armée se contente de fermer les yeux sur les pistes privées. Les officiers responsables se servent copieusement. Maldonado était le responsable.

Helen pensa à la lettre du Banco de Panama. Son esprit, qui adorait les chiffres et en jouait aisément, fonctionna à merveille : le numéro de compte, les quatre millions de dollars.

— Comment l'armée peut-elle fermer les yeux à une telle échelle en toute impunité ? s'étonna Helen.

— Elle ne ferme pas les yeux, elle finance. La chose est possible parce qu'il n'y a personne pour les défier. Ceux qui s'y sont frottés ont tendance à finir morts. Plus de journalistes ont péri dans cette région que n'importe où, exception faite du Vietnam pendant la guerre. Ce n'est pas l'endroit où poser des questions et, au cours des années quatre-vingt, elle était sous contrôle du Sentier Lumineux et du MRTA. Le gouvernement était soit trop occupé à profiter de la drogue, soit trop occupé à s'en prendre au Sentier Lumineux ailleurs pour se préoccuper du Huallaga. Fujimori vient juste de s'attaquer aux narcos, il commence à progresser. Il a interdit à l'armée de l'air et aux navires de la marine nationale de quitter l'espace aérien ou les eaux territoriales du Pérou – cela réduit le trafic assuré directement par les militaires. Mais même si ces derniers se tenaient peinards, ils n'auraient aucune chance contre les *droguistas*. Le narco business rapporte probablement quelque quatre cents milliards de dollars annuels dans le monde, soit environ huit pour cent des échanges mondiaux, plus que le marché du fer et de l'acier, ou de l'automobile. Rien que pour vous donner un petit exemple, il y a deux mille policiers dans la Policía Anti Narcóticos en Colombie, pays beaucoup plus riche que le Pérou ; il dispose en gros de vingt-deux monomoteurs à ailes fixes et de soixante hélicoptères. Comparez aux narcos colombiens qui se font au minimum vingt milliards de dollars par an, l'équivalent de huit pour cent du PNB colombien. Imaginez le nombre de personnes que cela fait, quel genre d'équipement ils peuvent s'offrir, et vous commencez à vous faire une idée de la bataille. Il y a peu, un gros bonnet de la drogue, un Colombien du nom de Parafan, a été arrêté au Venezuela. Il a été extradé aux Etats-Unis, le cauchemar de tout trafiquant. Rien qu'à lui seul, il avait douze milliards de dollars sur ses comptes bancaires privés. Le continent entier est inondé d'argent de la drogue. Environ trente pour cent de l'économie colombienne sont gérés par l'argent de la drogue. A peu près tous ceux qui croisent son chemin sont corrompus. Maldonado aussi. Dans la vallée du Huallaga, il s'est enrichi, est devenu extrêmement puissant et s'est bientôt concocté une carrière au sein du SIN. Il touchait, nous le savions, mais nous pensions qu'il pouvait équilibrer les choses, nous fournir les renseignements demandés, nous livrer quelques gros trafiquants, particulièrement en Colombie. Puis sa famille a été anéantie, et son équilibre détruit. Voilà à qui nous sommes confrontés. Voilà chez qui vous avez élu domicile. Pourquoi êtes-vous venue, Hel ?

Pour retrouver son père, c'était chose certaine, mais il voulait l'entendre de sa bouche.

— Et pourquoi habiter chez Maldonado, par-dessus le marché ? ajouta-t-il.

— J'ai du mal à encaisser, là. Je croyais me sauver la mise et je n'ai réussi qu'à marcher dans la fournaise.

— Droit en enfer.

Helen eut un sourire désabusé. Parler était plus facile, désormais. Ce monde nouveau dans lequel elle avait pénétré était si loin de Londres. Survivre à une tentative d'assassinat au Pérou l'avait en quelque sorte immunisée contre ce qu'il lui était arrivé en Angleterre. Elle ne craignait plus rien et, de même que Connor avait manifestement décidé que le temps n'était plus aux cachotteries, elle choisit la vérité.

— Maldonado devait être un havre. Il me fallait quitter Londres. Il y avait tout ce bourbier autour de moi...

— Comme ?

— Peu importent les détails. Je travaille à la City. On m'a piégée, j'avais toute l'apparence d'une coupable. Puis j'ai trouvé la réponse à quelque chose que j'ai cherché toute ma vie.

Elle détourna les yeux, craintive, soudain, à l'idée de poursuivre.

— Dites-moi, murmura-t-il avec une infinie douceur.

Elle l'affronta de nouveau.

— J'ai découvert que mon père était venu ici. Je me suis lancée à sa recherche. Il a disparu quand j'avais sept ans. Depuis lors, je ne l'ai pas revu, je ne lui ai pas parlé.

— Qu'est-ce qui vous fait penser qu'il est venu au Pérou ?

— Je le sais. Pour quel truc du gouvernement travaillez-vous ? Si vous êtes ce que vous dites, vous en avez forcément entendu parler.

Elle savait que l'homme Connor voulait répondre. L'agent Connor, lui, luttait en surface et se battait contre le silence.

— Vous avez déjà décidé de me répondre. Je sais que c'est contre toutes les règles, ajouta-t-elle d'une petite voix.

— Le SIS. Mieux connu de vous sous le nom de MI6.

— SIS, ça me dit quelque chose, depuis seulement quelques semaines, bien sûr.

— Que s'est-il passé ensuite ?

— J'ai appris la vérité à propos de ce qui est arrivé à mon père. Vous devez la connaître, cette vérité.

— Vous voulez entendre ce que j'ai appris ?

Elle acquiesça d'un signe de tête.

— Votre véritable nom est Helen Jencks, votre père est Jack Jencks.

— Allez-y, dites-le.

— Soupçonné de fraude, en fuite.

— Et la vérité ?

— Il travaillait pour nous, nous l'avons escamoté. Au Pérou. Chez Victor Maldonado.

— Le SIS a-t-il eu de ses nouvelles depuis ? demanda Helen, la voix brisée.

— Non. Il n'a pas maintenu le contact.

— Pas le moindre signe de vie en vingt-trois ans ?

— C'est ainsi que cela doit fonctionner. Si l'on veut une réimplantation réussie, il faut effacer toute trace du passé.

— Femme et enfant compris, commenta-t-elle amèrement.

— Mais vous avez décidé de vous lancer à sa recherche au bout de vingt-trois ans. Pourquoi ? Pourquoi n'être pas restée à Londres et laver votre nom de tout opprobre ?

— Je vous l'ai dit, j'étais piégée. Au cas où vous ne l'auriez pas remarqué, je suis le parfait pigeon, avec un nom pareil.

— N'empêche, vous auriez pu essayer de vous battre.

— Facile à dire. Ça tombait sous le sens, évidemment. Je travaillais pour une grande banque, certains me toléraient. On m'a gardée parce que j'étais très performante et que je rapportais des tonnes de fric, mais beaucoup de gens n'appréciaient pas mon pedigree. J'avais contre moi le neveu du PDG. Ils ont mis au point un sacré numéro. Le jugement n'aurait pas été équitable.

— Vous semblez trop forte pour vous enfuir.

— Mais je ne me suis pas sauvée ! C'était l'occasion rêvée. Toute ma vie j'ai cherché mon père au petit bonheur la chance. Quand j'étais en mer, je fouillais le moindre petit port. Je n'étais pas certaine d'avoir envie de le retrouver ; peut-être pensais-je qu'il ne voulait pas qu'on le retrouve. Quoi qu'il en soit, lorsque j'ai découvert qu'il était au Pérou, plus question d'échappatoire. En outre, j'ai appris que j'avais raison depuis le début, qu'il était innocent, qu'il avait été obligé de fuir, qu'il ne nous avait pas abandonnées de son propre chef.

Helen se troubla puis reprit :

— Sans compter qu'il doit avoir soixante-cinq ans, maintenant. Ce n'est pas vieux, mais ce n'est plus si jeune.

Essayant de garder contenance, elle changea délibérément de sujet.

— Et vous ? Qu'est-ce qui vous a lancé après Maldonado ? J'ai l'impression que vous en faites une histoire personnelle.

— Exact.

Helen percevait dans ses yeux l'ombre de la colère, et la douleur.

— Il y a quelques mois, une grande opération a été menée contre les *droguistas*. Quelqu'un les a avertis. Un de mes copains y est resté. Vous connaissez la règle. On peut mourir à tout instant. Mais tomber dans un traquenard...

— Vous croyez que Maldonado était derrière ?

— Tout comme il est derrière ce qui vous est arrivé. La seule différence est que vous êtes encore vivante. Qui a organisé votre séjour au Pérou, Helen ?

— Il n'avait aucune idée de tout cela, vu ? déclara-t-elle, furibonde.

— Ecoutez, il faut me le dire si nous voulons avoir la moindre chance de comprendre ce qui se trame ici.

— Mon parrain, dit-elle dans un souffle. Maldonado, mon père et lui étaient à Cambridge ensemble et formaient un trio inséparable. Mon père et Dai se connaissaient pratiquement depuis leur naissance dans les vallées galloises. Que voulez-vous savoir d'autre ? Allez-y, posez-moi des questions, ou bien connaissez-vous déjà toutes les réponses ?

— Je veux savoir si vous allez me permettre de vous aider à vous tirer de ce guêpier.

— C'est exclu, Evan. Je suis là pour trouver mon père. J'en rêve depuis toujours. Je pars à Cuzco.

— Vous êtes cinglée. Avez-vous idée des risques ?

— Naturellement.

— Et vous voulez quand même poursuivre.

— C'est de ma vie, dont vous parlez, Evan.

— Ou de votre mort.

— Possible.

Son visage était sombre et songeur. Connor constata avec soulagement que du moins ses mots avaient porté et qu'elle n'insistait pas, obstinément aveugle au danger qu'elle aurait foncièrement nié quelques heures plus tôt. Les êtres inexpérimentés prenaient souvent des risques qu'éviteraient ceux qui en avaient vécu les conséquences. Helen venait d'acquérir l'expérience. Si Connor constatait que ses paroles l'avaient modérée, il la voyait tout autant résolue.

— Vous êtes-vous jamais enfermé dans votre propre monde en refusant toute intrusion extérieure ? Avez-vous jamais voulu vous lancer dans une entreprise, au mépris de tout sens commun, ou de tous les risques ? demanda-t-elle.

— Très souvent.

— Lorsque vous êtes en opération militaire, j'imagine.

Connor hocha la tête.

— On vide son esprit de toute autre chose, du moins essaie-t-on et agit-on parfois contre toutes les règles, ou contre tout bon sens. L'instinct de survie entre en force.

— Je suppose que je fais cela parce que je l'aime, que je l'ai toujours aimé et qu'il m'a manqué cruellement chaque jour de ma vie. Je sais que c'est pure folie, j'ai conscience des risques encourus. Sans doute direz-vous qu'en amour comme à la guerre tout est raisonnable.

— Oh oui !

La guerre, il avait connu ; l'amour, il le découvrait à peine. Il se détourna, foudroyé par cette réalité.

Helen se méprit sur son geste, persuadée, en dépit des mots qu'il venait de prononcer, qu'il rejetait ses paroles.

— C'est ce que je veux faire. Ne croyez pas un instant que je vais rentrer en Angleterre. Je pars à la recherche de mon père.

— Avez-vous songé qu'il s'agissait peut-être d'une ancienne adresse ? suggéra Connor avec toute la délicatesse dont il était capable.

— Je sais où vous voulez en venir. Vous êtes en train de me dire qu'il est peut-être mort.

— Il ne faut pas en exclure la possibilité.

— Même ! Je dois y aller. Je veux tout tenter.

— Oh, Helen, par pitié ! s'exclama Connor, désespéré.

— Vous ne me ferez pas changer d'avis.

— Bon sang ! Puisque c'est ainsi, je vous accompagne.

— En quel honneur ? cria-t-elle. Inutile de jouer les preux chevaliers en armure.

Elle se mordit les lèvres en s'apercevant que le visage de Connor exprimait, outre la colère, quelque chose qu'elle était incapable d'appréhender. Pourquoi n'arrivait-elle pas à exprimer ses sentiments ? Pourquoi ne pouvait-elle lui dire qu'elle irait seule s'il le fallait, qu'elle s'en sortirait, mais qu'elle éprouvait l'irrépressible besoin de sa présence auprès d'elle, que chaque instant avec lui était chargé d'électricité, empli d'une joie effrénée, qu'avec lui elle se sentait insoutenablement, merveilleusement vivante, même au milieu de tout cela ?

— Voulez-vous vraiment que je mette les points sur les i ? demanda-t-il. Je n'y tiens pas mais je le ferai s'il le faut. Toute ma vie j'ai cherché une femme comme vous. Il n'est pas question que je la perde avant même d'en avoir commencé avec elle.

Lentement, Helen se leva, traversa la pièce pour

rejoindre Evan et, de ses lèvres, effleura sa bouche. Leurs souffles se mêlèrent.

— Alors autant m'accompagner.

Connor laissa échapper un profond soupir et s'écarta. Il semblait rentrer en lui-même, pris entre l'instinct et le calcul. Elle déchiffrait son regard, voyait les nuages s'accumuler. Une fraction de seconde, il parut nu, vulnérable. Elle le perçait à jour, franchissant les barrières des convenances, de l'artifice, bref, toutes ses défenses. Elle voyait un jumeau, qui pensait comme elle, choisissait comme elle, n'était pas esprit mais cœur pur. Puis, l'instant passa, vaincu par la raison.

Connor partirait avec Helen. Il s'était depuis longtemps voué au chemin du chaos. Toute sa vie il avait recherché l'excitation incomparable qui émane de la danse entre la vie et la mort. Il avait plongé dans l'intensité de la vie et les sensations ordinaires s'étaient affadies. Il était depuis longtemps devenu l'esclave de la peur et avait trouvé en Helen l'être capable d'électriser ses moments de paix. Désormais, à l'instar de Helen, il suivrait l'amour. Il franchirait largement les limites de ses attributions professionnelles en décidant de l'accompagner dans sa quête ; c'était l'homme qui décidait, pas l'agent, mais l'opérateur en lui se réjouissait du risque, de la guerre qui couvait avec Maldonado, lequel, il en était certain, se lancerait à leurs trousses. Connor attendrait, tout au souvenir de son ami, la vengeance au cœur.

Il gagna la terrasse et posa le regard sur l'océan couleur d'encre. Au bout d'un moment, il sentit à son côté la présence silencieuse de Helen et se tourna vers elle, vers ses yeux sauvages.

Le vent emportait presque ses paroles, prononcées comme un murmure.

— Il est temps.

66

Ils s'envolèrent à six heures du matin. Dans le brouillard naissant, un vol AeroPeru les emportait vers Cuzco. Au bout de cinq minutes, ils entrèrent dans une région climatique différente ; le soleil donnait sur des collines désertiques couleur d'or. Tandis qu'ils s'enfonçaient à l'intérieur des terres, le désert se mua en montagnes tantôt coiffées de neige, tantôt striées de brume. Regardant en bas, Helen distingua la petite place d'un village coincé dans une vallée étroite. Le soleil rebondissait sur les toits comme des explosions de flash. On aurait dit un paysage déchiré par une terrible colère : plis montagneux, gorges étroites creusées par un fleuve invisible. La terre vira au rouge sous le soleil, piquetée de maisonnettes. Les Andes sont jeunes. Elle en distinguait les éléments encore informes. Ils possédaient la colère des jeunes hommes : sauvage, sans retenue.

Elle se tourna vers Connor.

— Croyez-vous que Maldonado va essayer de me rattraper ?

— Oui.

— Alors il retrouvera notre trace à Cuzco. Mon nom apparaîtra sur la liste des passagers.

— Pas exactement. Vérifiez sur votre billet, vous constaterez qu'il est émis au nom de Chell Willems. Suffisamment proche de Helen Williams pour vous permettre d'embarquer sans problème en cas de vérification, suffisamment différent, du moins je l'espère, pour échapper à une recherche manuelle ou informatique.

— Comment avez-vous fait ?

— N'oubliez pas que je suis guide. Je connais les vendeurs de billets. J'ai mal épelé votre nom et ils ne m'ont même pas réclamé votre passeport.

— Ingénieux.

Comme ils progressaient, les roches étaient de plus en plus déchiquetées et la brume s'épaississait autour des pics. La terre était brun-rouge, striée par endroits de vermillon comme si un artiste fou avait jeté de la couleur en poudre du haut des sommets. Le pilote volait bas ; Helen avait l'impression qu'elle aurait pu toucher les crêtes rien qu'en tendant la main. Les monts virèrent au brun chocolat, puis le paysage changea de nouveau et pour une vallée arable piquée de carrés cultivés parfaitement délimités et de collines aux flancs mouchetés d'arbres. Plus basse, quasi apprivoisée, la montagne se courbait telles des vagues de soie soufflée au vent. Elle était d'un vert spongieux, avec de la mousse et des épineux se détachant sur le rouge de la terre. Des rangées de pics verts s'éloignaient comme une mer moutonneuse. A l'horizon, de hautes montagnes au linceul de neige se dressaient comme une forteresse qui vous encerclait.

L'avion s'approcha davantage. Dans la vallée devant eux, tandis qu'on amorçait la descente, Helen aperçut des maisons au toit rouge se fondre dans la terre. Elle plissa les yeux, comme pour voir à travers la pierre, imaginant son père assis à une table de bois rustique, prenant son petit déjeuner, buvant le café fort qu'il avait toujours prisé. Elle se sentit envahie d'excitation et d'une peur terrible. Il lui était quasi impossible de se faire à l'idée que son père pouvait être là, qu'après vingt-trois ans elle allait peut-être revoir son visage, entendre sa voix. Elle s'admonesta intérieurement. Connor l'avait suggéré, son père était peut-être mort depuis longtemps. Le carnet d'adresses de Maldonado était manifestement mis de côté car obsolète. Son père avait pu déménager. Ou encore il pourrait être horrifié de voir débouler dans sa vie la fille qu'il avait abandonnée. Helen essaya d'imaginer le choc. Elle aurait presque fait demi-tour pour ne jamais avoir à affronter sa présence ni son absence, mais en même temps, elle était certaine de suivre la seule voie possible.

Elle sentit la main de Connor sur la sienne.

— Cuzco. C'est beau, n'est-ce pas ?

— Oui.

— Ce nom signifie le nombril du monde.

— Quelle drôle d'idée !

— Les Incas croyaient que le nombril était la source et le centre de la vie. C'était le cœur de leur empire.

Il lui sourit avant de poursuivre :

— Bienvenue à Tawantinsuyi, autrement dit les quatre quartiers de la terre. Cuzco se situait au centre ; au nord, Chinchasuyu-Pérou du Nord et Equateur ; à l'ouest, le Contisuyu – régions côtières du centre sud ; au sud, le Collasuyu – l'*antiplano* du Sud Pérou et de la Bolivie ; et à l'est, l'Antisuyu, la jungle amazonienne non domestiquée. Le mot « Andes » vient des « Antis » qui habitaient là. Redoutables, ils firent connaître aux Incas la douleur infinie.

Helen sourit en songeant que Connor étalait sa science uniquement dans le but de la distraire et d'alléger ses angoisses.

Ils atterrirent.

67

La Calle Choquechaca était une ruelle étroite, pentue et pavée, flanquée de maisons de pierre à deux étages, ornées de balcons en fer forgé aux motifs compliqués, entièrement peints en bleu ciel. Tandis que Connor payait le taxi qui les avait amenés de l'aéroport, Helen se tenait dans la rue à côté des deux sacs à dos préparés par Connor. Elle leva les yeux sur la façade du 268. Elle respirait à grand-peine, sachant que l'altitude n'y était pour rien. Cuzco était à quatre mille mètres. Son cœur se glaçait de frayeur. Il lui semblait inconcevable qu'elle eût atteint le bout du voyage après tant d'années. A l'âge de sept ans, elle s'était juré de retrouver son père. Elle avait pour cela sillonné à peu près chacune des sept mers. Aujourd'hui, il lui suffisait de tendre la main et de frapper à l'huis. Ses doigts se refermèrent. Elle cogna à la porte.

Une grosse Indienne en jupe rouge ouvrit. Helen la fixa du regard, incapable de prononcer le moindre mot. Connor s'adressa à la femme en une langue étrange qui n'était pas de l'espagnol. La femme le dévisagea avec étonnement, d'abord inquiète puis, comme il souriait, faisait des gestes et parlait encore, elle parut s'adoucir un tant soit peu. Immobile, Helen observait l'échange, son esprit fusant dans toutes les directions, imaginant dix hypothèses en une seconde. Chaque instant durait une éternité. Soudain, elle s'aperçut qu'elle hurlait.

— Mais qu'est-ce qu'elle dit, bon Dieu, où est-il ?

Connor et la femme se turent immédiatement. Connor prit les mains de Helen. Les larmes coulaient sur les joues de la jeune femme, brûlantes. Sa peau était en feu.

— Il était bien là, Helen, jusqu'à hier. Il est parti ce matin.

— O mon Dieu ! Nous l'avons perdu.

— Mais non. Ecoutez-moi. Je sais où il est, je sais où il va. Dans cinq jours, ce sera Inti Raymi, le solstice d'hiver. Il y a toujours une grande cérémonie dans les ruines incas du Machu Picchu, mais cette année, a lieu ce qu'on appelle la Convergence cosmique. La configuration du soleil est censée être propice. Ce sera donc l'occasion d'une immense fête à laquelle assisteront des archéologues venus du monde entier. Votre père est parti hier pour entreprendre la Marche inca qui conduit au Machu Picchu. Apparemment, il est archéologue. Il est invité à la cérémonie.

Les larmes cessèrent.

— Il est vivant ?

Connor sourit et exerça une pression affectueuse sur les mains de Helen.

— Oui, Hel, il est vivant.

Connor remercia la gouvernante qui observait la scène avec amusement, puis conduisit Helen dans un café en bas de la rue. Ils s'attablèrent et Connor commanda deux cafés. Helen jubilait intérieurement. Elle oubliait presque le monde alentour.

— Vous savez ce que je compte faire, n'est-ce pas, Evan ?

— Faire la Marche inca. Suivre votre père au Machu Picchu.

— M'aiderez-vous ?

— Helen, il est temps que vous compreniez. Je pensais ce que je disais. On est embarqués tous les deux, désormais.

Elle lui sourit et il se demanda si ce qu'il voyait dans ses yeux était une lueur d'amour.

— Bon, fit-elle d'une voix grave. Parlez-moi de cette marche. Qu'est-ce exactement et quand partons-nous ?

— Je vais d'abord appeler un de mes amis pour qu'il nous procure l'équipement. Avec un peu de chance, il devrait pouvoir nous dégotter une Jeep. Puis nous roulerons jusqu'à Chillca, à environ soixante-dix kilomètres d'ici. Après quoi nous entamerons notre marche. Avec une bonne condition physique, il faut trois jours et demi de marche, quatre nuits de bivouac. Il y a en tout une cinquantaine de kilomètres. Et c'est magique. Si nous ne rattrapons pas votre père en chemin, nous le trouverons au Machu Picchu.

— Et si je ne le reconnais pas ?

— Ne vous inquiétez pas. J'ai engagé chaque porteur de ce trek, ou peu s'en faut. Ils nous aideront. Ils constituent un véritable service de renseignement à eux seuls, ce qui se révélera fort utile. A cause de la Convergence cosmique de l'Inti Raymi, ça va grouiller de touristes et d'archéologues. Pas commode de repérer quelqu'un dans cette mêlée.

Connor remarqua l'air découragé de Helen.

— Nous le trouverons, soyez sans crainte. D'ailleurs la foule sera précieuse, car nous nous y dissimulerons. La Marche inca fera une cachette idéale. Et s'il y a du grabuge, nous disparaîtrons dans la montagne.

— Vous êtes sûr que Maldonado nous poursuivra jusque-là ?

— Sa crédibilité est en jeu. Votre fuite l'a ridiculisé, ainsi que ses hommes. Il ne sait pas exactement ce que vous avez découvert à son sujet. N'oubliez pas qu'il vous prend pour un agent qui a osé espionner dans sa propre maison pendant quinze jours. Il n'est pas comme nous, Hel. C'est un paranoïaque. Il a vu tant de sang versé, ses enfants ont explosé sous ses yeux, sa femme s'est tiré une balle dans la tête, il a fait exécuter tant d'ennemis. Il a un autre point de vue sur la vie et la mort. L'assassinat n'est qu'une arme supplémentaire dans la guerre qu'il mène pour sa propre survie, pour les exigences de la sécurité de l'Etat, appelez cela comme vous voulez. Il est clair qu'il va essayer de finir ce qu'il a commencé.

— N'essayez pas de m'effrayer.

— Loin de moi cette intention, je vous donne des faits, voilà tout.

— Peut-être ne réussira-t-il pas à nous retrouver.

— Question de temps, uniquement. Il est à la tête du service de renseignement d'un pays rempli d'espions. Tôt ou tard, il nous mettra la main dessus. C'est lui contre nous, maintenant. Oubliez le monde d'où vous venez. La petite vie douillette. Londres n'existe plus, ni la cour d'appel présidée par un juge impartial. Nous évoluons sans filet. Seules trois choses comptent : survivre, retrouver votre père et nous tirer du Pérou vite fait. Nous devons être plus forts, plus rapides, plus impitoyables et plus rusés que les sbires de Maldonado. Vous comprenez, n'est-ce pas ?

— A merveille. Quelle est ma marge de manœuvre ? Je retrouve mon père puis je dois l'abandonner et m'enfuir ?

— Je peux vous faire sortir tous les deux. Je connais quelqu'un dans la jungle qui nous emmènera en Colombie en avion. De là, nous nous rendons à l'ambassade. Ils nous aideront à regagner le Royaume-Uni.

— A vous entendre, c'est si simple.

— Oh, ce ne le sera pas ! Ce sera épouvantablement compliqué, au contraire.

— Et s'il ne vient pas ?

— C'est un risque qu'il vous faut affronter.

Helen se tourna résolument vers la fenêtre, se demandant si, dans l'hypothèse où elle survivrait à tout cela, elle repenserait à cette histoire des années plus tard, persuadée qu'elle était complètement folle. En tout cas, elle avait entrepris quelque chose d'inéluctable. Chaque minute supplémentaire, chaque mètre parcouru l'assuraient qu'elle progressait sur le chemin qu'elle était décidée à suivre jusqu'au bout.

68

Connor téléphona à son ami Ernesto de la cabine d'un café. Une heure plus tard, un homme mince d'une trentaine d'années se frayait un chemin entre les tables. Sa moustache tombante et ses yeux doux lui conféraient une allure triste. Connor se leva précipitamment.

— *Hola,* Ernesto !

Helen lui trouvait l'air de ces pessimistes qui prévoient la fin du monde avec une facilité déconcertante et pensent que tenter de sauver l'humanité ne vaut pas tant d'efforts. Connor le présenta à Helen.

— Ernesto, voici mon amie Helen.

Ils échangèrent une poignée de main. Avec un morne sourire, il dit :

— *Encantado.* Si on allait chez moi ? Tu es pressé, si j'ai bien compris. J'ai tout ce que tu m'as demandé.

Ils roulèrent dans des rues qui rappelaient à Helen la Renaissance italienne. En route pour la maison de son père, elle avait regardé sans rien voir. Maintenant, elle remarquait les dômes, les arches, les ruelles qui disparaissaient, les galets polis par la circulation qui scintillaient au soleil, les toits de tuile rouge, les murs blancs ou chocolat, les pigeons voletant autour des églises omniprésentes.

— Cuzco fut la ville sacrée des Incas, expliqua soudain Ernesto, jusqu'à un matin de novembre 1533.

— Pizarro ? s'enquit Helen.

— Pizarro, ce boucher de fermier illettré. Le premier conquistador, s'écria Ernesto qui sortit de son pessimisme pour cracher ces mots comme une malédiction.

Il donna un coup de volant à un coin de rue et ils se trouvèrent sur une grande place.

— La Plaza de Armas et la cathédrale, dit-il en se tournant vers ses passagers, quittant dangereusement la route des yeux.

— Magnifique, fit Helen.

— Ça peut l'être, approuva Ernesto. Tout cela a été construit sur l'emplacement du palais de l'Inca Viracocha. Si seulement vous pouviez voir la splendeur de l'Empire inca. Saviez-vous que l'Inca portait un long manteau en peaux de chauves-souris vampires ?

— Vous plaisantez !

— Jamais.

Il fit le tour de la place et emprunta une petite rue adjacente.

— Voici El Triunfo, dit Ernesto en désignant une autre église. Elle a été bâtie pour célébrer la victoire des Espagnols sur les Indiens lors de la grande rébellion de 1536. Cuzco a été assiégée pendant des mois.

Il vira dans une autre rue.

— Et voici sans doute le plus grand de tous les triomphes des conquistadores.

Il ôta les mains du volant et les tendit en un geste de supplication amère vers une église à l'allure impérieuse en pur style colonial haut espagnol.

— C'est l'église de Santo Domingo. Les conquistadores l'ont érigée au-dessus des fondations de la Coricancha, le Temple inca du Soleil. C'était le complexe le plus somptueux du Cuzco inca. Ses murs étaient couverts de sept cents feuilles d'or serties d'émeraudes et de turquoises. Ses fenêtres étaient calculées pour que le soleil entre et se reflète sur l'or et les pierres précieuses. C'était tellement lumineux qu'on aurait pu s'aveugler à regarder.

Ernesto parlait comme s'il en voyait le reflet étincelant, comme si c'était hier. L'esprit des Incas vivait en cet homme, en ce lieu.

— Les conquistadores ont construit par-dessus ? s'étonna Helen.

— Ils ont bâti une église sur chaque lieu saint, chaque temple inca qu'ils ont déniché. Ils ont détruit tout ce qu'ils ont pu ; et ce qu'ils n'ont pas détruit, ils l'ont expédié en Espagne sur des galions par coffres entiers.

Ils roulaient en silence. La voiture donnait de violentes secousses comme ils filaient sur les rues pavées. Ernesto tourna et vira dans une succession de ruelles spectaculairement étroites, puis s'arrêta devant une large porte en bois. Il sauta au bas de son siège, ouvrit la porte à l'aide d'une clef, grimpa de nouveau au volant et entra.

Ils étaient dans une cour intérieure poussiéreuse. Au centre, une fontaine asséchée depuis longtemps. Les trois côtés fermés étaient constitués d'une maison de pierre ornée de balcons en bois sculpté. Le calme régnait ; les bruits de la ville étaient étouffés par des murs épais protégés par des avant-toits pentus.

Tout le monde descendit de la voiture. Un chien gris et brun courut à leur rencontre avec des aboiements enthousiastes. Ernesto ébouriffa sa fourrure puis, se tournant vers Helen, s'inclina légèrement.

— Bienvenue.

— C'est votre maison ?

— Pas uniquement. Il y a mes parents, mes grands-parents, mes frères, mes sœurs, mes cousins. Nous vivons à quarante ici, du moins au dernier comptage, qui remonte à six mois, et il y a eu des bébés depuis.

Il les conduisit dans une pièce à plafond bas dont les murs étaient blanchis à la chaux. Une grande cheminée occupait le mur du fond. Une flambée enfumait l'atmosphère. Collées dans un coin, des piles de provisions : fruits secs et noix, boîtes de boulettes de viande, paquets de riz, jus d'orange en poudre.

— Tout ce que tu as demandé, annonça Ernesto à Evan.

Profitant d'un instant où Helen regardait ailleurs, il tendit à son ami un pistolet caché dans un sac en plastique. Connor se rendit aux toilettes pour vérifier l'arme. Il revint après l'avoir coincée dans le dos de sa ceinture de jean, dissimulée sous sa liquette.

— Tu peux rendre ce que tu n'utilises pas, précisa Ernesto. J'ai préparé la Jeep. Tu n'auras qu'à la laisser à Chillca. Remets les clefs à Edda, elle tient la boutique la plus proche du pont.

— Merci, Ernesto, dit Connor en prenant le trousseau. On y va, si cela ne t'ennuie pas.

Il tendit quelques billets à son ami et entreprit de ranger les provisions dans son sac à dos. Il confia à Helen le strict minimum, juste de quoi l'empêcher d'avoir trop faim entre deux repas. Son sac était déjà assez lourd.

Le regard d'Ernesto passait de Connor à la jeune femme. Il y avait quelque chose entre ces deux-là ; il ne guidait pas une banale touriste. Ils avaient beau se montrer calmes et pleins de retenue, il émanait d'eux une excitation muette qui allait bien au-delà de la curiosité touristique. Connor semblait protéger la jeune femme mais ses yeux, lorsqu'ils s'attardaient sur elle, trahissaient de la fascination et une prudence surprenante. Ernesto saisit le message. Ni lui, ni quiconque d'ailleurs, ne savait où ils se rendaient. Parfait. Peut-être cette dame était-elle mariée. Jamais il n'avait imaginé Evan piétiner les plates-bandes d'autrui.

Quand ils sortirent dans la cour, le ciel s'était obscurci et d'énormes grêlons rebondissaient sur le sol, brûlant les joues de Helen. Elle éclata de rire, jeta son sac à dos sur le siège arrière, embrassa Ernesto et grimpa dans la Jeep. Evan sauta sur le siège du conducteur. Bientôt, la buée opacifiait les vitres.

Helen les essuya tandis que Connor manœuvrait

pour sortir. Il donna un petit coup de Klaxon d'adieu à Ernesto, qui referma le portail derrière eux. Connor se faufila dans les rues pavées grouillantes de milliers d'étudiants pleins d'assurance, encore préservés par la vie. Helen se demanda si elle avait jamais été ainsi. Il y a dix ans ? Non, elle n'était ni sûre d'elle ni en sécurité. Vaguement méprisante, elle enviait tout de même leur confiance en soi et leurs certitudes.

Evan perçut son humeur et posa la main sur son bras.

— Ça va ?

— Je regardais ces gosses.

— Oui. Cuzco devient la ville de la jeunesse et de la beauté.

Il remarqua son regard taquin.

— Ils sont un peu jeunes pour moi. Il y a des années que je ne m'intéresse plus aux terrains vierges.

Il tourna dans une large rue qui serpentait en haut d'une colline pour gagner la sortie de la ville. Un groupe de femmes descendait à vive allure. Elles arboraient des chapeaux rouge feu posés sur deux longues nattes noires dont les extrémités se rejoignaient en boucle, et de longues jupes noires tourbillonnantes aux ourlets piquetés de broderies. Helen regarda la ville en contrebas et au-delà des montagnes en face. A sept mille mètres, les champs de neige de l'Ausangate. A mi-chemin, un double arc-en-ciel plongeait dans cette blancheur immaculée.

— Ouah ! s'exclama Helen. Regardez !

Connor suivit son regard.

— Eblouissant. Vous en verrez beaucoup dans le coin. Les Incas vivaient dans un royaume d'arcs-en-ciel. Il faut dire qu'ils étaient adorateurs de l'eau. Ils y voyaient des symboles.

— De l'or en masse ?

— Non. Les femmes incas avaient peur de la pluie et encore plus des arcs-en-ciel.

Connor n'ajouta pas que les Incas y voyaient un mauvais présage.

— Pourquoi diable avoir peur d'un arc-en-ciel ?

— Parce que, selon la légende, la pluie peut vous imprégner. Il existe encore quelques *campesinas,* des paysannes, qui détestent sortir seules sous la pluie et ne prendraient jamais le risque d'uriner près d'un cours d'eau.

— Et un double arc-en-ciel, alors ?

— Double danger.

— Merci de l'avertissement.

La grêle avait cessé. Helen baissa la vitre, humant les brises montagnardes, le parfum des eucalyptus qui flanquaient la route et dont les feuilles s'argentaient au soleil.

Ils longeaient la crête. Au-dessous, de paisibles plaines, vertes et jaunes de moissons, s'étendant vers l'horizon bleu des montagnes lointaines. Ils passèrent des fermes d'adobe au toit de chaume. De petits cochons noirs fouillaient au bord de la route, des ânes broutaient, l'air satisfait. Au loin, des toits en tôle ondulée scintillaient comme des miroirs au soleil.

Ils roulaient en silence. Helen était subjuguée par tant de beauté. Seul avec ses pensées, Evan était hors d'atteinte. Au bout d'une heure, il parla.

— Nous arrivons dans la Vallée Sacrée. Les Incas la nommaient Vilcanota.

En contrebas, à cinq cents mètres, le puissant fleuve Vilcanota se faufilait à travers le paysage.

A l'extrémité occidentale de la Vallée Sacrée, ils pénétrèrent dans un grand village marqué par des arbres tortueux et d'anciennes fortifications à flanc de coteau. Ils s'arrêtèrent sur la place. Tout autour, des femmes en rouge étaient assises au bord du trottoir ; devant elles, sur des couvertures aux rayures vives, les produits qu'elles vendaient. Les hommes resplendissaient dans leur poncho rouge, les yeux rieurs, évoquant la moisson touristique, qui était bonne.

— Provisions d'urgence, annonça Evan en sortant prestement de la Jeep. Je reviens tout de suite.

Il plongea dans une des échoppes entourant la

place. Helen sortit à son tour pour s'étirer. Le soleil chauffait son visage tandis que l'air la pinçait comme de l'eau fraîche. Elle entendait Connor rire et parler espagnol à la vitesse d'une mitraillette. Autour d'elle, la place nimbée de sérénité. Elle tenta d'imaginer des hommes en armes à leur poursuite. Puis elle repoussa cette vision.

Connor sortit, muni de quatre bouteilles de bière et de quatre *empanadas*. Il ouvrit immédiatement deux des bouteilles et en tendit une à Helen. Assoiffée, elle engloutit une longue gorgée, ses yeux s'attardant sur une énorme statue dressée sur le côté de la place : un guerrier en bronze, musclé, impérieux, pommettes hautes et regard furieux. Le feu brûlait même dans ses yeux de pierre. Elle s'avança pour l'observer de près.

— Superbe. Qui est-ce ?

— Il s'appelle Ollantay. La ville porte son nom – Ollantaytambo.

— Etait-ce une sorte de roi ?

— Malheureusement pour lui, ce n'était qu'un général. Il a eu la malchance de tomber amoureux d'une princesse inca. Il voulait l'épouser mais le roi inca, son père, l'interdit. Les amoureux se sont donc sauvés pour se réfugier dans cette forteresse. Le vieil Inca les aimait tous les deux mais ne pouvait autoriser le mariage d'une princesse de sang royal avec un roturier, aussi les a-t-il pourchassés, a banni sa fille et a fait mettre Ollantay à mort. Les Incas prétendent qu'il est revenu sous la forme d'un oiseau-mouche et elle, en fleurs de montagne.

— Joli, murmura Helen en se détournant, des larmes plein les yeux.

Connor lui effleura les bras et tous deux regagnèrent la Jeep. Ils s'assirent sur le capot et déjeunèrent d'*empanadas* de viande hachée au thym qu'ils firent passer avec de la bière.

Après quoi ils roulèrent en direction du village de Chillca, s'enfonçant davantage dans l'ancien royaume inca, chaque mètre plus beau, plus sauvage.

Evan choisit un lieu de bivouac dans un champ près d'une rivière grondante. Ils étaient entourés de hauts sommets. Une collection de tentes aux couleurs vives surgissait de l'herbe. Des marcheurs excités grouillaient, servis par des porteurs. Connor les observa. Helen suivit son regard. Au bout d'un moment, il se tourna vers elle, satisfait.

— Nous camperons ici cette nuit.

— Croyez-vous que mon père s'y trouve ?

— Promenons-nous, voulez-vous ?

Ils marchèrent en direction de l'amas de tentes. Helen avait le ventre noué de peur et d'espoir.

— A quoi ressemble votre père, à votre avis ? demanda Connor.

Helen s'arrêta, se tourna vers Connor. Elle le regardait mais ses yeux étaient ailleurs.

— Un mètre quatre-vingt-trois, cheveux gris, épais, ondulés. Peut-être boite-t-il légèrement car à l'époque il avait déjà de l'arthrose au genou. Des yeux bleus légèrement rapprochés, un peu comme les miens. Un regard doux. Vous savez, j'ai l'impression de le voir, assis près du feu de camp, buvant son thé au lait bien fort en écoutant Glenn Miller. Il a toujours adoré Glenn Miller.

— Parfait. C'est un bon début. Allons jeter un œil.

Une fois au milieu de la foule, Helen écarquillait les yeux, passant d'un visage à l'autre, guettant une voix familière parmi les bavardages.

Connor salua les porteurs, parlant avec eux dans cette même langue étrange qu'il avait utilisée avec la gouvernante de son père.

Connor sourit en remarquant son air interloqué.

— C'est du quechua, expliqua-t-il. La langue des paysans.

— Comment l'avez-vous apprise ?

— Ces dernières années j'ai passé des mois dans le coin. Il me fallait bien acquérir quelques notions.

— A vous entendre, vous avez dépassé ce stade. Avez-vous trouvé quelque chose ?

— Aucun signe pour l'instant. J'imagine que vous n'avez repéré personne qui corresponde ?

Helen secoua la tête en signe de dénégation.

— C'est le tout début, Hel. Nous partons demain. Ce sera peut-être plus prometteur. Vous savez monter une tente ? s'enquit-il pour la distraire.

— Je vais essayer, répondit-elle avec un sourire.

— Génial.

Il porta l'attirail au beau milieu du champ, à un endroit entouré d'autres tentes.

— Protégés par la foule ? demanda Helen.

— Oui. C'est à peu près cela. Je vais déposer les clefs chez la tante d'Ernesto. J'en ai pour une minute.

Lorsqu'il revint, au bout d'un quart d'heure, Helen avait dressé la tente, installé les matelas en mousse et les sacs de couchage et l'eau de la rivière bouillait sur le réchaud.

Il s'assit en tailleur sur le sol sec et prit la tasse de thé qu'elle lui offrit.

— Où avez-vous appris tout cela ?

— Quand j'étais en mer, j'avais toujours avec moi une tente et de quoi cuisiner. Lorsque nous accostions et que j'avais quelques jours de libres, je partais camper.

Connor sourit et but un peu de thé.

— Vous réservez bien des surprises, Helen Jencks.

Presque involontairement, Helen laissa courir son doigt sur le visage d'Evan.

— Comment cela ?

— Je n'ai jamais rencontré une femme capable de monter une tente en cinq minutes, flanquer une dérouillée à deux tueurs sans même se décoiffer et qui, de surcroît, soit aussi belle, obstinée et douce que vous.

Helen sourit. Elle roula sur l'herbe pour s'éloigner de lui et fixa le ciel du regard. Ils étaient allongés côte à côte, à quelques centimètres de distance. Longtemps, ils se turent. Helen regardait en l'air, retrouvant son jeu d'enfant qui consistait à chercher des palais dans les nuages. Puis, la rivière et les montagnes virèrent au violet dans la lumière mourante et les premières étoiles tremblotèrent.

Helen alla se coucher après un dîner de boulettes de viande accompagnées de riz. Elle ôta quelques épaisseurs et se glissa dans son sac de couchage. Le duvet la réchauffa rapidement, mais elle sentait l'air glacé sur son visage. Immobile, elle écoutait ronfler les camping-gaz, murmurer les voix ponctuées d'éclats de rire. Elle entendait aussi Evan qui évoluait au-dehors.

Quand, un peu plus tard, il entra se glisser dans son sac de couchage à côté du sien, elle eut l'impression de sentir la chaleur de son corps. Allongée en silence, paupières closes, elle faisait semblant de dormir, douloureusement consciente du corps de l'homme à côté du sien. Elle écouta le murmure de sa respiration, rythmée, lente, profonde, attendant en vain d'être bercée jusqu'au sommeil. Elle essaya de faire surgir le visage de son père, se demandant en quoi il avait changé. Elle lutta pour conserver son image, qui vacilla pourtant et disparut, chassée par une frayeur soudaine. Une toile de tente tremblant au vent était une protection bien mince. Et si fragile, quelques coups de couteau et sa cachette était arrachée.

69

Helen s'éveilla à l'aube. Elle était seule dans la tente. Dehors, Evan sifflotait, le camping-gaz ronronnait. Elle enfila des couches de vêtements et ses rangers. Préoccupée, elle se déplaçait lentement. Elle se rappelait les mots, les bruits de la nuit, avec un vague sentiment de malaise qui se dissipa dans la beauté du matin. Elle releva la fermeture Eclair de la tente et sortit dans l'herbe humide. Les autres tentes étaient encore endormies. Helen se régala du spectacle des montagnes qui se dressaient alentour comme les citadelles d'un immense empire. Le soleil levant projetait de l'or sur les sommets enneigés. La vallée dormait dans l'ombre, nappée de rosée.

— Dieu que c'est beau !

Près d'elle, Evan suivit son regard.

— Attendez d'être au Machu Picchu.

— Racontez-moi. Comment est-ce ?

— Quasi indescriptible, répondit Connor, rêveur. Le pays des fées. Shangri-la.

— Le royaume perdu de l'éternelle jeunesse.

— D'après les Incas, on n'obtient l'immortalité que si l'on est sacrifié.

— Je vais peut-être laisser tomber, en ce cas. Allez, faites un effort, essayez de m'expliquer.

— D'accord. C'est la cité perdue des Incas, qui faisait partie du plus grand empire du Nouveau Monde. Elle a été bâtie au temps de la splendeur de l'Empire inca, entre le milieu du XVe et le début du XVIe siècle, probablement pour servir de résidence au roi inca Pachacuti et célébrer sa victoire contre les Chancas. Cela faisait partie d'un ensemble de sites de la région, tous reculés, accessibles par les pistes incas, tous dressés au milieu du paysage le plus époustouflant. Il fut bâti selon des critères incroyablement rigoureux. D'énormes blocs de pierre pesant des centaines de tonnes assemblés avec une précision difficilement concevable. Nul ne sait comment ils ont réussi à déplacer les roches, a fortiori à les sculpter avec autant de finesse. Ce lieu a été abandonné quelques années après la conquête espagnole en 1532. Nul ne sait pourquoi. Le Machu Picchu a été « perdu » pour le monde jusqu'en 1911, date à laquelle Hiram Bingham l'a découvert, malgré le fait que les populations locales en ont sans doute toujours connu l'existence. Certaines parties ont été reconstruites, mais l'essentiel, jusqu'à la ligne du toit, est intact depuis l'époque inca. Voilà en gros ce que je peux en dire, mais rien ne saurait vous préparer à ce que vous verrez. Attendez de constater par vous-même. Aucune photographie ne peut en saisir la beauté ou le mystère. Si vous croyez à la magie, vous allez être servie.

Helen se demanda un instant s'ils parviendraient jamais au Machu Picchu, puis s'installa devant le copieux petit déjeuner préparé par Connor : haricots, bacon et toasts. Tandis qu'ils se restauraient, le soleil se leva. Ses rayons inondaient les parois de la montagne jusqu'à la vallée.

— Mangez suffisamment, suggéra Evan. Nous avons quatorze kilomètres à parcourir aujourd'hui. Ce n'est pas insurmontable mais votre sac est lourd et l'altitude risque de vous incommoder.

Evan se demanda avec quelque inquiétude comment Helen s'en sortirait, à quelle vitesse elle progresserait, combien de temps elle tiendrait si jamais ils devaient prendre la fuite. Pour une citadine, elle était plus qu'en forme ; elle touchait sa bille au gymnase, mais cela ne comptait guère en haute montagne et le *soroche,* le mal des montagnes, ne respectait rien. Helen hocha la tête sans mot dire. Elle observa Evan, fort et mince, une lueur dans les yeux. Son sac pesait plus de quarante kilos. Il le portait comme s'il s'agissait d'un duvet et marchait comme si de rien n'était.

Ils longèrent les rives du fleuve Urubamba, franchirent le pont et commencèrent leur ascension sinueuse. Ils traversèrent des forêts d'eucalyptus, où les ombres tombèrent sur eux, le parfum des feuilles tel un baume. Ils émergèrent sous la lumière étincelante. C'étaient maintenant des rives de cactus, de petites fleurs roses étoilées, des baies d'un orangé chaud, et des pétales comme des flammes dorées. Un flûtiste les suivait, invisible. Helen se retourna et scruta la paroi, mais le flûtiste était toujours dissimulé.

— C'est un oiseau, expliqua Connor. Il surprend toujours les gens.

— On dirait un esprit.

— C'est ce qu'affirment les *campesinos.*

Un monde magique de couleurs, de parfums et de chants d'oiseaux. Helen était envoûtée. Elle comprenait que Connor fût ensorcelé depuis longtemps. Elle s'éloignait de son propre monde pour avancer pas à pas dans le royaume inca.

C'était le Pérou évoqué par Maldonado : sauvage, mystérieux, magnifique. Il lui avait également promis que, si elle restait assez longtemps dans ce pays, elle connaîtrait l'autre face ; le prix exigé en était la violence. Proférait-il alors une malédiction ?

Tandis qu'ils gagnaient de la hauteur, l'Urubamba s'éloignait tout en se faisant plus sauvage ; ses tourbillons qui grondaient avec violence étaient comme un avertissement.

— Vous voyez la piste, là-bas, le long des rails de chemin de fer, près du fleuve ?

— Oui ?

— C'est le chemin qu'a emprunté Pizarro lorsqu'il cherchait de nouveaux villages incas où perpétrer viols et pillages. La piste que nous suivons est restée cachée, Dieu merci, autrement il l'aurait remontée jusqu'au Machu Picchu.

Helen posa les yeux en bas, imaginant Pizarro et ses cavaliers en armure chevaucher dans la vallée. Elle devina l'effroi des Incas en voyant des chevaux pour la première fois, les étincelles voletant sous leurs sabots, les guerriers caracolant dans leur armure étincelante.

Le rugissement de l'eau emplit les oreilles de Helen. C'était comme si elle entendait les cris perçants. Où les Incas se seraient-ils enfuis, piégés qu'ils étaient entre fleuve et montagne ? Combien d'esprits assassinés hantaient-ils ces vallées ?

Elle eut une vision soudaine. Projetée dix ans en avant, elle regardait en arrière et se voyait, déambulant aujourd'hui à travers les cactus sous un soleil de plomb, l'oreille attentive au bruit de l'eau, au chant des oiseaux, calme illusoire, cependant que les descendants de Pizarro les guettaient au prochain tournant.

Elle sentit la main de Connor sur son épaule.

— Ça va ?

Helen transpirait à grosses gouttes et soufflait bruyamment. D'un mouvement de la tête elle repoussa ses cheveux de son visage, les attrapa d'une main et les maintint au-dessus de sa nuque.

— Ça va. J'ai juste un peu chaud, il faut que je m'habitue à l'altitude.

Il soulevait son sac à dos.

— Asseyez-vous et reposez-vous. Toute armée digne de ce nom s'arrête cinq minutes par heure et nous marchons depuis cinquante-cinq minutes. Tenez, ajouta-t-il en lui tendant sa gourde. Il faut boire beaucoup.

Helen s'assit en tailleur sur la piste et but, les yeux sur sa gourde, essayant d'oublier sa brusque peur. Connor la tenait toujours par l'épaule. Puis il lui reprit la gourde qu'il rangea dans son sac à dos.

— Merci, Evan, dit-elle, reconnaissante.

Il avait fatalement lu la peur dans son regard car ses yeux s'embrumèrent, eux aussi, et il se concentra sur le paysage en contrebas, scrutant, fouillant, puis revenant à elle, calme mais contrarié. Elle comprit qu'il avait, lui aussi, une vague prémonition.

— Allez, fit-il avec douceur en l'aidant à se relever. Le Machu Picchu nous appelle.

Ils grimpèrent à flanc de coteau, traversèrent de minuscules villages dont les enfants souriants avaient le visage maculé de boue et des yeux malicieux, et chatouillaient de minuscules porcelets noirs qui poussaient de petits cris aigus de ravissement. Les enfants interrompaient leur jeu pour les saluer avec des *holas* perçants et des demandes de *caramelos.* Connor fouillait dans ses poches de chemise et en extirpait des poignées de bonbons. Les enfants souriaient comme des diablotins.

Connor s'arrêtait toutes les heures pour nourrir Helen d'en-cas prélevés dans son propre sac. Fruits secs, noix, pommes, eau. Au bout de quatre heures, elle sentit la faiblesse l'envahir. Il y avait une traînée de sueur dans le dos de Connor quand il se libéra de son sac à dos, mais ce n'était pas le seul signe d'effort. Aux endroits où la piste était large, ils commençaient à dépasser de petits groupes de touristes assis au soleil, dégoulinants. Ils semblaient innocents, heureux, inoffensifs. Il n'y avait pas son père. Helen et Connor les saluaient d'un signe, tentant de dissimuler leur déception, et poursuivaient leur chemin. Chaque fois que c'était possible, ils marchaient côte à côte.

La piste se rétrécissait tandis qu'ils entreprenaient l'ascension d'une colline raide. Connor passa derrière Helen pour la laisser trouver son rythme. Comme ils approchaient de la crête, avançant l'un derrière l'autre sur une sente étroite, ils rencontrèrent un homme arborant un chapeau dur. Il s'arrêta, bloquant la route, et s'adressa à Helen.

Connor la rejoignit et s'interposa.

— *Sí ?*

Les deux hommes parlèrent cinq minutes. Connor tendit de l'argent à l'homme qui hocha la tête, jeta un regard alentour et les laissa passer.

— De quoi s'agissait-il ?

— C'était un fonctionnaire chargé de vérifier les laissez-passer des touristes. Nous aurions dû nous procurer les nôtres d'avance, mais j'ai pu les acheter sur place. Pas de problème.

— Ça a l'air rudement cher.

— C'est le satisfaire, qui coûte cher.

Ils poursuivirent en silence. Connor était préoccupé. Deux heures plus tard, il dressa le camp près d'une rivière. Ils étaient seuls, les autres touristes toujours à l'arrière. Helen monta la tente près d'un arbre couvert d'orchidées violet foncé pendant que Connor préparait le déjeuner. Tout en savourant du riz et des saucisses, il semblait relativement content, ce qui n'empêchait pas Helen de deviner son malaise. Elle voulait lui demander ce qui le tracassait, mais sa réticence était visible. Leur repas tardif achevé, elle se leva et s'étira.

— Je crois que je vais m'accorder une petite sieste.

— Excellente idée, dit Connor en souriant.

Pendant que Helen dormait, un important groupe de trekkers arriva. Connor attendit que les porteurs eussent installé leurs clients, puis alla les rejoindre.

Ils déjeunaient à ciel ouvert, près d'une luxueuse tente de l'armée sous laquelle les touristes évoquaient les rigueurs de leur première journée de marche.

Il salua les porteurs dont deux, Alejandro et Jesus, avaient travaillé avec lui. Ils se connaissaient bien. Il s'assit en tailleur dans le demi-cercle.

— *Hola flacos. Qué tal ?*

Ils échangèrent des nouvelles des touristes venus de l'enfer et de l'étonnante Scandinave, souple et somptueuse, qui compensait largement. A en croire les potins et ragots, rien d'anormal à première vue sur la piste. Pas d'étrangers posant des questions, pas de gens en train de fouiner. Cela ne rassurait nullement Connor. Maldonado était célèbre pour la subtilité, l'ingénuité et la cruauté avec lesquelles il se renseignait ou menait ses affaires à bien. S'il voulait jouer à l'homme invisible, il le pouvait. Connor opta pour une autre tactique. Il se pencha, s'appuya sur les coudes et parla à voix basse :

— J'ai besoin de votre aide.

Ils attendirent.

— Je cherche un homme, l'ami d'un ami. Il est archéologue ; peut-être certains d'entre vous ont-ils travaillé avec lui ici ou sur le Machu Picchu.

— Quel est son nom, *amigo ?*

Connor marqua une pause avant de répondre :

— Arturo Leon.

Les porteurs échangèrent des regards soupçonneux.

— Je ne lui veux aucun mal.

Simplement étonnés, Alejandro et Jesus donnèrent du mou ; mais on lisait encore de l'hostilité chez les autres.

— De quoi a-t-il l'air, ce Señor Leon ? s'enquit Alejandro, le doyen.

Connor parla à travers les yeux de Helen. Il se rebellait contre ce manque de rigueur scientifique, mais s'il s'en tenait à la science, que lui restait-il ? L'âge et le poids. L'âge n'était qu'un nombre, pas une description précise sur l'allure générale, et même le poids n'était pas une donnée fiable ; les centimètres pouvaient se perdre quand les ans vous courbaient, fût-ce légèrement. Il eut le brusque pressentiment de ce qu'on éprouvait quand on vieillissait, et c'était tellement pis quand on vous dérobait l'identité de votre jeunesse. A qui cet homme vieillissant, s'il vivait encore, pouvait-il raconter ses souvenirs ? Il n'y aurait plus personne pour se rappeler sa beauté, ou sa force, ou sa puissance. Tous ne verraient en lui qu'un vieillard. Il devrait s'appuyer sur ses souvenirs solitaires et ternis. Helen et sa mère l'avaient aimé et, lorsqu'il se remémorait leur amour, la douleur surgissait du même coup, au point qu'il n'existait pour lui nul réconfort même dans le souvenir de l'amour.

— C'est un homme d'un certain âge, dit Connor avec précaution, cheveux gris, gris et épais, peut-être une barbe grise. Il mesure un bon mètre quatre-vingts, bien bâti. Il a des yeux bleus, aimables, mais tristes, aussi. Il est amical, mais n'évoque que les événements remontant à plusieurs centaines d'années. Il n'a pas de passé, pas de famille, il semble avoir toujours été là, à travailler sur ses fouilles, explorant, marchant, peut-être plus tellement maintenant. Il est possible qu'il boite d'un genou. Il adore la musique et la danse. Et Glenn Miller.

Il scruta les visages attentifs et crut voir une lueur dans les yeux d'un des porteurs, mais l'homme ne pipa mot.

— Vous l'aimez bien ? demanda Alejandro.

Connor se tourna vers lui, ahuri. Il aimait sa fille. En prendre brusquement conscience aurait dû lui causer un choc, mais, simple comme bonjour, clair comme de l'eau de roche, inévitable comme le lever du soleil, il n'en fut rien.

Il avait l'impression de connaître cet homme, de commencer à saisir son deuil, sa solitude, son chagrin, la profonde injustice d'avoir agi par amour et non par absence.

— Oui, répondit-il. Je l'aimerais.

Alejandro le dévisagea, estomaqué, puis, au nom du groupe, parla, puisqu'il était l'ancien.

— Nous réfléchirons, nous essaierons de nous rappeler et nous poserons des questions. Si nous apprenons quoi que ce soit, nous vous trouverons.

Il commençait à faire sombre. Helen et Connor dînèrent. Connor rapporta à la jeune femme la conversation qu'il avait eue avec les porteurs.

— Vous n'avez repéré personne ? s'enquit-elle.

Il secoua la tête en signe de dénégation.

— Jetons un nouveau coup d'œil, suggéra-t-elle.

Ils débarrassèrent, lavèrent leurs assiettes dans la rivière puis déambulèrent dans le campement. Personne qui ressemblât à son père de près ou de loin. Déçue, regardant le bout de ses chaussures, Helen regagna leur bivouac.

Tandis que la lune se levait, Helen et Connor se glissèrent chacun dans son sac de couchage. Elle l'écoutait respirer. Lui aussi faisait semblant de dormir. Il sentait le cidre doux et le miel. Elle aurait voulu poser ses lèvres sur lui et le goûter. Rien que quelques centimètres, tendre la main, le toucher, effleurer sa poitrine par sa chemise ouverte. Comme elle, il dormait tout habillé. Elle imaginait le clair de lune filtrer à travers la tente, sculptant son visage en plans de marbre blanc, lisse et beau, froid sous les doigts et chaud, comme de la glace sur la peau tendre. Pourquoi ne la touchait-il pas ? Il était allongé là, comme immunisé contre elle, tandis qu'elle était piégée par l'insomnie.

Un peu plus tard, elle sentit qu'on bougeait et le vit se lever, enfiler ses rangers et sa veste, relever tranquillement la fermeture Eclair et se faufiler au-dehors. Elle ne bougea pas tout de suite, sensible à la tension qu'il avait laissée derrière lui, puis elle se leva à son tour et, chaussée et chaudement vêtue, sortit au clair de lune.

Elle repéra Connor un peu plus loin, près de la rivière, dos tourné. Elle s'approcha en silence et l'entendit. Il s'exprimait à voix grave et régulière, dominant le bruit de l'eau. Elle fit quelques pas de plus et il se retourna brutalement, choqué de sa présence, presque furieux et c'était comme s'il revenait de loin.

— Que faites-vous ? demanda-t-elle dans un murmure.

— Je prie, répondit-il, sur la défensive.

— Vous avez prononcé mon nom.

— Le mien aussi. Je demandais un passage sans encombre.

— A qui ?

— Aux montagnes, l'Ausangate et le Salcantay. Je tiens cela des porteurs. Prier les dieux de la montagne remonte à l'époque des Incas. Au début d'une longue marche, les porteurs citent, au cours d'une cérémonie spéciale, les noms des trekkers et demandent à la montagne de les protéger.

— C'est charmant.

— Ils m'ont à plusieurs reprises invité à participer à leurs cérémonies de prière. C'était un grand honneur car ils acceptent rarement la présence d'étrangers. J'étais en train d'essayer de me rappeler les paroles exactes en quechua. Je me suis sûrement trompé quelque part.

— Ne vous inquiétez pas. Je suis certaine que la montagne nous protégera quand même.

Ils regagnèrent leur tente en silence. Allongés côte à côte, un gouffre de quelques centimètres les séparait.

— Essayez de dormir. Vous aurez besoin de toutes vos forces demain, pour le Warmiwanusca.

— Le Warmi quoi ?

— C'est un mot quechua qui signifie le col de la Femme Morte.

70

Helen s'éveilla au sifflement de la bouilloire. Quelques secondes plus tard, Connor surgit dans la tente avec un « Bonjour » retentissant, un sourire et une tasse fumante de *mate de coca*.

— Arrosé de sucre, précisa-t-il en s'accroupissant près d'elle. Le porridge et les pancakes attendent dehors.

— J'ai de la chance ! s'exclama Helen en s'asseyant sur son séant.

Elle but tranquillement sa tisane, puis sortit rejoindre Evan.

— Je commence par les pancakes.

— Pas question. D'abord le porridge et les pancakes comme récompense.

— Je vais être malade. Je ne pourrai jamais engouffrer tout cela.

— Si, si. Les calories, vous les brûlerez en route.

— Ce col de la Femme Morte ne me dit rien qui vaille.

— Si vous mangez lentement et buvez suffisamment, tout ira bien.

Elle constata avec étonnement qu'elle engloutissait tout son porridge plus deux pancakes dégoulinant de miel. Connor avait fini de manger et remballait toutes leurs affaires. Elle se leva pour lui donner un coup de main.

— Vous me gâtez, vous savez, remarqua-t-elle en rangeant les piquets de tente.

— Facile.

Ils se mirent en route au moment où le soleil chassait les ombres des sommets alentour. Ils laissèrent le camp derrière eux, ayant hâte d'avancer, de reprendre leurs recherches le long de la piste. Ils longèrent le fleuve couleur d'aigue-marine pâle, lisse et ondoyant comme de la soie. Accompagnés par le chant doux et plaintif des oiseaux, ils progressaient lentement. Connor laissait Helen mener, l'exhortant à conserver un rythme qu'elle trouvait ridiculement lent.

— On est pires que des limaces, commenta-t-elle.

Lorsqu'elle voulait accélérer, elle sentait les mains de Connor enserrer ses hanches et l'obliger à ralentir.

Ils suivirent la vallée, marchant à l'ombre d'une forêt d'arbres orange vif.

— Des quenoas, répondit Connor lorsqu'elle s'enquit à leur sujet. Ils ne poussent que sur les hauteurs des Andes.

Des orchidées s'enroulaient autour des branches. La piste était bordée de fleurs jaunes pareilles à de minuscules jonquilles. Le sous-bois regorgeait de clochettes d'un bleu de porcelaine délicate. Au bout d'un moment, Helen et Connor parvinrent à un pont.

— Voici le pont heureux, annonça Connor. La vallée porte son nom. Cusichaka.

— Peut-être nous portera-t-il chance, dit Helen, songeuse.

Ils franchirent le pont, puis s'éloignèrent de la rivière, cheminant le long d'un sentier assez raide. Le soleil brillait. Un cri rauque provoqua l'étonnement de Helen, qui leva les yeux.

— Vous avez vu ? s'écria-t-elle soudain.

Des centaines de perroquets verts volaient au-dessus de sa tête comme autant de bijoux dont les ailes d'émeraude scintillaient au soleil. Les perroquets filèrent en direction de la vallée pour se poser sur le toit de la forêt des Nuages en dessous, audibles mais invisibles.

Helen transpirait. Elle s'arrêta au bord d'un courant qui plongeait en travers de leur chemin, trempa ses mains dans l'eau fraîche, s'aspergea le visage et projeta de l'eau sur sa poitrine et sur sa tête. Ses cheveux étaient rejetés en arrière, bouclés à la diable, et son décolleté, que l'on devinait par l'entrebâillement de son tee-shirt, était trempé. Sa poitrine se soulevait et retombait exagérément sous l'effort. A deux pas, Connor observait la scène. Helen lui souriait, fière d'elle, inconsciente de ce qu'elle provoquait. Il pensait aux femmes qu'il avait connues à Londres, avec leurs ongles peints, leurs yeux maquillés, leurs cheveux apprêtés à la dernière mode. Helen était en nage, son visage était maculé, ses cheveux lui collaient à la peau. Jamais il n'avait trouvé une femme aussi désirable. Il brûlait d'un désir dont l'impatience était nouvelle. Il se rappela le sermon qu'il lui avait fait. Seules trois choses comptent : survivre, retrouver le père de Helen et quitter le Pérou.

— Il faut avancer, dit-il d'une voix rauque. Si on s'arrête trop longtemps, on a du mal à repartir.

Helen se remit en route. Bientôt, ils quittèrent le flanc pelé de la montagne et pénétrèrent dans une forêt dont les arbres à l'écorce blanche étaient couverts de mousse, avec des branches courbées et tordues comme des bras suppliants aux doigts déformés par l'arthrose.

— Acceptez-vous de passer devant un moment ? demanda Helen. Il est parfois plus facile de suivre.

— Bien sûr. Juste une seconde que je prenne quelque chose dans mon sac.

Il s'assit sur un rocher, ôta son sac à dos et fouilla dans une poche d'où il sortit un sachet de feuilles. Il en tendit quelques-unes à Helen.

— Tenez, mâchez.

— Qu'est-ce que c'est ?

— De la coca.

— Coca comme cocaïne ?

— Mm. C'est de la matière brute, mais sous cette forme c'est plus bénéfique que dangereux. Cela vous procure de l'énergie, sert d'anti-douleur et aide à lutter contre les parasites intestinaux. En outre, c'est légal au Pérou et sacré pour cinq millions d'habitants.

— Sacré ? s'étonna Helen qui lui décocha un regard dubitatif.

— Cela remonte aux Incas, pour ne pas dire encore avant. La feuille de coca doit sa mauvaise réputation aux narcos. C'est ce qu'ils en font qui la rend nocive. Mélangez de l'acide sulfurique, du pétrole liquide, de la poudre de ciment, du carbonate de soude, du permanganate, de l'ammoniaque, de l'éther, ajoutez un trait d'acide chlorhydrique et fourrez-vous le tout dans le nez. La recette pour une vie rêvée.

— A vous entendre, vous sauriez vous préparer votre propre mixture.

— Je préfère m'en tenir aux feuilles. J'ai fait plusieurs expéditions de trois mois dans la jungle et j'ai survécu essentiellement grâce au yucca, à l'eau et à la coca.

Helen poussa les feuilles dans sa bouche et commença à mâcher.

— Elles ont un goût épouvantable !

— Alors elles sont forcément efficaces !

Connor marchait devant, sans effort. Il respirait régulièrement. Helen, elle, soufflait comme un bœuf. Elle voulait le rattraper, tendre la main, le prendre par la taille pour faire semblant de le ralentir, comme il l'avait fait avec elle, mais ses bras refusèrent de se tendre.

Un, deux, trois, quatre. Compte jusqu'à cent. Regarde où tu marches puis arrête-toi, souffle et redémarre. Peut-être les feuilles de coca étaient-elles de quelque secours, en tout cas c'était dégueulasse. Ils approchaient du col de la Femme Morte. Si les hommes de Maldonado surgissaient maintenant, elle n'aurait aucune échappatoire. Elle chassa ces pensées noires pour se concentrer sur sa progression.

Elle était incapable de lever les yeux tant la distance qui restait à parcourir était déprimante. Regarde par terre, compte, stoppe et respire. Elle avait mal partout. Elle se retrouva brusquement en train de prendre son petit déjeuner chez Clarke. Etre assise à Notting Hill, toute fraîche, toute propre, respirant à pleins poumons, buvant un café, mangeant un pain au chocolat et lisant un article sur les gens qui escaladaient péniblement des montagnes ! Loin de cet endroit déchaîné, magnifique et violent. Bien à l'abri dans son ancienne vie.

Un dernier effort, les poumons en feu, et ils atteignirent le sommet.

— Bravo, dit Connor. Quatre mille deux cents mètres.

— Impressionnant, dit Helen dans un souffle, courbée en deux, mains sur les genoux, respirant à petites goulées l'air ténu.

Connor ouvrit les bras, elle s'y jeta et il les referma sur elle, démonstratif.

— Comment vous sentez-vous ?

— Merveilleusement bien, répondit Helen, rayonnante.

C'était faux, mais le sentiment d'avoir réussi était exaltant.

D'un seul regard, ils contemplèrent le chemin qu'ils venaient d'escalader, le paysage rude et blafard du col. Helen se tourna de l'autre côté. Une cascade de vallées d'un vert éclatant dévalait la pente sous ses pieds.

— La vallée du Silence, dit Connor. Regardez, on distingue au loin la silhouette de la forêt de la Pluie et, au-delà, la chaîne de Vilcabamba.

Les monts se dressaient comme pour marquer le bout du monde.

Un groupe de porteurs leur jeta un bref coup d'œil tout en les dépassant en hâte pour descendre en courant un escalier de pierre de la largeur d'une rue qui semblait s'enfoncer jusqu'au cœur de la terre.

Descente à Pacaymayo. Une heure et demie d'une marche qui ébranlait le dos et tirait sur les mollets. En contrebas, dans la vallée, des arbres et des buissons, mais sur le chemin, ils étaient exposés. Le vent fouettait les cheveux trempés de Helen, la rafraîchissait d'abord, puis la glaçait. Lorsqu'elle le pouvait, elle quittait la piste des yeux pour observer autour d'elle. Repérant un groupe de tentes, elle eut pour Connor un regard plein d'espoir. Connor vérifia le campement ainsi que tous les campeurs avant de se décider à bivouaquer ici.

— Voici l'endroit où nous bâtirons notre demeure d'une nuit. J'ai cherché votre père, en vain. Nous recommencerons demain matin, ajouta-t-il en lui enserrant le bras. Nous nous sommes forcément rapprochés. Ce vieux renard doit être en meilleure forme que je ne l'aurais cru.

Helen lui offrit un pauvre sourire. Elle était trop épuisée pour s'inquiéter d'autre chose que de son corps douloureux. Mais, en même temps, le désir infatigable tapi au fond de son cœur commençait à s'éveiller sous l'effet de l'excitation comme si, Connor venait de le suggérer, ils gagnaient du terrain sur son père. En fait, ce n'était plus qu'une question de temps. Elle pria d'en avoir encore suffisamment pour mettre la main sur son père avant que Maldonado n'en fasse autant avec eux.

Connor lui caressa le visage, cherchant à la consoler comme s'il lisait dans ses pensées.

— Vous vous êtes débrouillée comme un chef aujourd'hui, Hel. Nous avons marché à vive allure, vous savez.

— C'est aussi bien, dit-elle en levant les yeux sur les nuages blancs et duveteux. Des alto-cumulus précurseurs d'orage.

— Effectivement, approuva Connor, impressionné. Nous sommes pourtant en pleine saison sèche, mais cela n'a jamais constitué une garantie contre la pluie.

Ils achevèrent leur repas et s'assirent devant leur tente, observant les trekkers épuisés se disperser dans le campement lorsque le vent se leva et que les nuages s'amoncelèrent. Connor scruta les cieux.

— À mon avis, nous disposons de dix minutes. Qu'en dites-vous ?

— Je suis d'accord.

— Abritons-nous sous la tente et roulons-nous dans nos duvets. Nous pouvons jouer aux cartes en attendant que la pluie s'éloigne.

Douze minutes plus tard, d'énormes gouttes s'abattaient sur le côté de la tente comme des volées de flèches. Le vent faisait claquer la toile. On aurait dit que des fantômes essayaient de la déchirer pour se faufiler au-dedans. Les nuages obscurcissaient le soleil et la nuit tomba de bonne heure.

Helen se taisait. Connor quitta soudain son jeu des yeux.

— Ça va ?

— J'ai un peu froid.

— Tenez. J'ai empli le Thermos de thé.

Il lui en servit une tasse et prit une bouteille dans son sac à dos.

— Arrosez-le d'un doigt de cognac.

Il l'observait avec attention.

— Doux Jésus, mais vous tremblez ! Bon, il n'y a pas trente-six solutions.

Il ouvrit la fermeture Eclair des deux sacs de couchage, puis les attacha l'un à l'autre. Allongée, elle le regardait agir. Il se glissa à côté d'elle.

— Déshabillez-vous.

— Pardon ?

— Otez vos vêtements.

Helen sentait qu'il gigotait pour se dévêtir.

— Que faites-vous ?

— Je vais vous réchauffer. Vous ne pourrez sentir la chaleur de mon corps à travers les couches d'habits et votre peau doit être tout contre le duvet pour que ce soit efficace, alors – cette fois il s'exprima avec une douceur accrue – déshabillez-vous.

Elle émit un petit rire et essaya malgré ses doigts gourds.

Elle garda sa petite culotte et Connor son caleçon. Il entoura Helen de ses bras et l'attira contre sa poitrine. Il la frottait avec vigueur. La chaleur d'Evan se diffusa peu à peu, Helen cessa de trembler. Ses mains se déplacèrent plus lentement sur elle, et il la serra plus fort. Elle avait conscience du corps de cet homme, le sentit se durcir contre elle, sans l'ombre d'un doute, exigeant, douloureux contre sa cuisse. Elle se lovait contre lui. Soudain, il s'arracha à elle.

— Helen, je suis désolé. Je ne veux pas que cela arrive.

— Pourquoi ?

— Je suis censé veiller sur vous. Je ne vous serai

pas d'une grande utilité avec mon pantalon aux chevilles.

— Vous n'avez plus votre pantalon.

— Vous savez bien ce que je veux dire.

— Parfaitement.

Ses doigts jouèrent sur la peau de Connor. Il était chaud, sa peau était lisse, comme de la soie sur les courbes dures de ses muscles. Son odeur était enivrante.

— Mais je crois que les dieux de la montagne sont avec nous. Ils nous accorderont quelques heures de protection.

Elle s'interrompit, laissant courir son ongle au bas de son ventre.

— Mais si vous n'êtes pas sûr...

Il l'attira de nouveau contre lui et l'embrassa. Elle sentait le désir d'Evan comme un grand vent s'engouffrant dans un tunnel. Elle sentait ce désir tendre son corps à elle, son cœur, son esprit aussi. Et elle s'ouvrit à Evan, corps et âme.

71

Helen s'éveilla dans les bras de Connor. Son visage était posé sur sa poitrine. Elle respirait son odeur, sa chaleur et sa force. Tandis qu'il lui faisait l'amour, elle avait perçu son énergie, son incroyable puissance, qu'il maîtrisait. Elle s'était demandé si cette force avait un côté féroce, ce qu'elle donnerait complètement abandonnée à elle-même. Il y avait eu de la douceur, aussi, et une tendresse magnétique. Elle songea aux boîtes de miel liquide Lyle qu'elle alignait sur une étagère de sa cuisine : vert et or, lion couché ventre en l'air, des abeilles qui s'en échappaient en voletant, la citation de la Bible inscrite sous l'illustration : « Et de la force surgit la douceur. »

Connor s'ébroua, ouvrit les yeux et lui caressa le visage en souriant.

— Comment vas-tu ?

— Très bien.

— Tu n'as plus froid ? Pas de mal de tête, de mal au ventre, de mal des montagnes ?

— Puisque tu poses la question, j'ai bien un peu la tête qui tourne, mais je me demande si je dois vraiment mettre cela sur le compte de l'altitude.

Il éclata de rire et l'embrassa longuement, avec une exquise lenteur.

— Es-tu certaine de n'avoir pas encore un peu froid ?

— En fait, si j'avais juste un peu plus chaud...

Elle sourit, plissa les yeux avec volupté en l'attirant sur elle.

Plus tard, allongés tranquillement, ils écoutèrent le monde s'éveiller autour d'eux. D'abord les oiseaux, puis les cuistots, puis les porteurs et les trekkers des tentes avoisinantes. Les porteurs chuchotaient ; les touristes concouraient bruyamment à qui était le plus raide, qui avait dormi le mieux, qui avait les plus belles piqûres d'insectes et qui avait les rêves les plus étranges.

— Oh non, il y en a qui mangent du bacon, je le sens d'ici ! Pas toi ?

— Si, répondit Connor en s'extirpant du sac de couchage pour se vêtir. Reste ici et repose-toi encore un moment. Je prépare le petit déjeuner et je t'appelle cinq minutes avant de servir pour que tu aies le temps de t'habiller.

Allongée, profitant de la chaleur qu'il avait laissée derrière lui, elle remonta le duvet jusqu'au menton et soupira d'aise, trop heureuse pour s'inquiéter.

Un quart d'heure plus tard, Helen émergeait.

— Où as-tu déniché du bacon ? s'étonna-t-elle en constatant, ravie, qu'il tenait à la main une poêle où rissolaient de belles tranches.

— Americo, le cuisinier du groupe là-bas, répondit-il en désignant du menton un groupe de touristes se restaurant goulûment autour d'une table. C'est un copain, nous avons travaillé ensemble en maintes occasions. Ils sont en expédition de luxe. Ils ont tellement de vivres qu'ils pourraient nous nourrir pendant des semaines sans s'en apercevoir.

— Miam, et il y a des œufs, en plus ! C'est le petit déjeuner idéal. Mais ne dois-je pas avaler des kilos de flocons d'avoine ou je ne sais quoi ?

Connor sourit.

— C'est détente, aujourd'hui. Et la journée est si belle. Je suis impatient de te montrer à quel point.

— Aucun signe, n'est-ce pas ? s'enquit Helen en examinant les groupes épars.

Connor avait entrepris une recherche systématique parmi les différentes équipes de trekking et avait interrogé Americo. En vain. Il secoua la tête.

Ils emballèrent leurs effets, passèrent devant les touristes de luxe toujours en train de manger et échangèrent des saluts de la main. Les touristes les regardèrent s'éloigner, rêveurs devant leur joie contagieuse.

— Nous sommes maintenant sur les pierres incas originales, annonça Connor. La première partie de la piste, jusqu'au col de la Femme Morte, était utilisée comme chemin de contrebande par les trafiquants d'alcool aux XVIIe et XIXe siècles. Les sabots des mules ont détruit la piste.

— De combien de routes les Incas disposaient-ils ? Je vois encore mon père me dire qu'ils possédaient un immense empire où s'entrecroisaient des pistes.

— C'est le cas. Ils ont construit au moins vingt-cinq mille kilomètres de grandes routes à travers ce qui constitue désormais le Pérou, l'Equateur et la Bolivie ainsi qu'une partie du Chili, de l'Argentine et de la Colombie. On en dénombre encore beaucoup, cachées dans les sous-bois.

Helen eut la brève vision fantomatique de guerriers incas avançant devant eux. Elle était sous le choc. Cette journée se déroulait comme un rêve, un enchantement. Ruines, brumes et arbres tachetés de mousse ; forêts, comme une orgie d'orchidées, infestées de serpents venimeux. La brume s'enroulait autour d'eux, dévoilant soudain d'imposantes buttes de granit. Le grondement lointain d'une rivière invisible les accompagnait à travers les forêts protectrices.

Ils franchirent un autre col à moins de quatre mille mètres. Cette fois, Helen trouva cela moins pénible. Son corps s'adaptait rapidement, témoignant une vigueur supplémentaire. Connor constatait avec soulagement qu'elle avait une résistance accrue. A tout instant, s'il leur fallait quitter la piste en hâte et se réfugier dans des terres reculées, Helen devrait faire appel à la moindre once de force qui lui resterait, et au-delà. Grâce à l'entraînement dispensé par le SAS, la perspective d'une endurance extrême ne terrorisait pas Connor, mais ses craintes concernant Helen étaient intenses. Son seul espoir résidait dans l'immense volonté de la jeune femme ; elle lui donnerait peut-être les ressources nécessaires là où son corps lâcherait. Mieux encore, il espérait que, d'une façon ou d'une autre, ils échapperaient à Maldonado.

Ils descendirent en direction du dais que formait la jungle : des milliers de verts, orangés et ambres, l'éblouissement d'orchidées violettes tombant des arbres. Des papillons noirs voletaient autour d'eux à mesure qu'ils approchaient de la forêt des serpents.

— Ne quitte pas la piste, avertit Connor. Qui pénètre dans la forêt des serpents n'en ressort pas vivant.

Ses yeux allaient et venaient en tous sens, en alerte maximale. C'était l'embuscade idéale ; nul endroit où se réfugier, où se cacher. Avec un vrai génie de bâtisseurs, les Incas avaient édifié la piste sur des murs de pierre afin que la forêt des serpents tombe d'un côté, avec des murs de granit extrêmement raides de l'autre. Plus ils progressaient, plus le mur s'élevait. Un pas imprudent et ils se retrouvaient morts à des centaines de mètres en dessous.

Helen s'arrêta pour regarder en bas. Les arbres

étaient semblables à ces dessins japonais à la plume, avec leurs contours flous couverts de mousse comme de la peinture qui coule. Des oiseaux dialoguaient comme des hommes sifflant quelque code secret. On se croyait dans un monde perdu. Lorsqu'ils s'arrêtèrent de marcher, le silence total s'installa, brisé par le chant souple et plaintif des oiseaux.

Helen se rappela une fois encore ce conte de son enfance, l'histoire d'une vallée enchantée et d'un homme qui devait la traverser pour rencontrer son destin après maints périls. Il traversait des forêts d'arbres dont les feuilles étaient en or et dont les fruits pleuvaient dans ses mains, diamants, rubis et émeraudes. L'homme était en sécurité au milieu des dangers de la vallée secrète grâce à son manteau qui le rendait invisible. La brume les enveloppant leur tissait un manteau d'invisibilité. Elle assourdissait tous les sons, y compris le bruit de leurs pas. Helen se sentait entourée de mythes et d'esprits comme si, avançant en silence, ils étaient des esprits eux aussi. La brume bougeait, chuchotait, spectres aux mains glacées.

Tandis qu'ils descendaient, le sentier disparut dans un tunnel taillé dans une énorme dalle de roche inclinée. Connor s'arrêta et murmura à l'oreille de Helen :

— Attends ici.

Il disparut dans le noir, resurgit quelques minutes plus tard et lui fit signe de le rejoindre à l'intérieur. Le soleil éclaira les cinq premiers pas, puis ils plongèrent dans l'obscurité pour les dix mètres suivants. Evan attira Helen contre lui et l'embrassa. La condensation leur dégoulinait dans le cou. Lorsqu'ils se séparèrent et sortirent du tunnel, ils entendirent des pas derrière eux. Ils pivotèrent mais ne distinguèrent rien hormis l'écho de leur propre passage.

Ils franchirent un autre col, de trois mille huit cents mètres. Cette nuit-là, ils bivouaquèrent au-dessus des nuages. Toujours aucune trace du père de Helen. Elle commença à craindre de ne jamais le retrouver. Ils assistèrent à la venue de la nuit et à la dissipation des nuages. Après le dîner, debout devant leur tente, ils contemplèrent la lueur magique de la Voie lactée et les milliards de poussières d'étoiles.

Le lendemain matin, ils levèrent le camp de bonne heure et se lancèrent sur la piste.

— C'est aujourd'hui que nous arrivons au Machu Picchu, annonça Connor sur un ton mêlé de frénésie et d'avertissement.

Les nuages se déchirèrent et les premiers rayons du soleil se posèrent sur une montagne couverte de neige qui dominait l'horizon.

— La face nord du Salcantay, annonça Connor. Ce nom signifie sauvage, non civilisé. Six mille deux cent soixante et onze mètres.

— La montagne sacrée ? demanda Helen. Celle que tu as priée pour un passage sans encombre ?

— L'une d'elles, oui.

Helen avait envie de dire : il semblerait que cela ait marché. Mais chaque pas qui la rapprochait du Machu Picchu voyait augmenter son excitation et sa frayeur. Ils descendirent à travers les nuages et passèrent des ruines taillées dans le flanc abrupt.

— Phuyupatamarca, dit Connor, *Ville à hauteur des nuages* en quechua, peut-être un lieu de cérémonie, ou une forteresse.

Helen étudia les terrasses délabrées autour de dômes de granit, imagina les têtes s'écrasant comme des melons sur la pierre dure.

Ils descendirent une infinité de marches, mille trois cents, mille six cents mètres de dénivelé s'enfonçant dans la forêt des nuages. La jungle s'épaississait et se réchauffait autour d'eux. Le paysage était plus abrupt et plus exubérant à chaque tournant de la piste. L'air était lourd et immobile, écœurant comme du chocolat. Plus haut, il leur avait coulé dans la gorge comme du vin blanc.

Tandis qu'ils perdaient de la hauteur, les montagnes croissaient autour d'eux, les encerclant, forteresses divines. Succession de chaînes où le vert le cédait au blanc-bleu des neiges à l'horizon. Au-dessus, des volutes de nuages scintillaient. On aurait dit qu'un artiste avait utilisé une débauche de peinture, car les feuilles des arbres étaient argentées par le soleil, le chemin dans la forêt moucheté de multiples nuances d'or, et des fleurs en forme de bottes éclairaient le sous-bois de jaune vif. L'air lui-même luisait. Les yeux de Helen et de Connor brillaient de mille feux. Des papillons noirs, blancs et orange vif dansaient autour d'eux.

Connor marqua une pause et se tourna vers Helen.

— Nous approchons de la Porte du Soleil. Les Incas l'avaient conçue comme un traquenard. Il n'existe aucun autre accès au Machu Picchu.

— Crois-tu que les hommes de Maldonado y soient ?

— Possible, mais ils ne seront pas seuls et ne pourront se permettre le moindre geste au milieu de tant de monde. Mais s'ils sont sur place, ils nous fileront.

— Que faisons-nous, alors ?

— Nous marchons à l'oreille. Peut-être aurons-nous de la chance.

— Oui, qui sait ? La Porte du Soleil. Un si joli nom. Difficile de croire qu'il pourrait nous arriver quoi que ce soit de fâcheux. Au fait, qu'est-ce exactement ?

— Un lieu de transmutation. Les Incas étaient des adorateurs du soleil, porteur de vie et de changement. Mais porteur de mort par son absence. La Porte du Soleil est considérée comme magique. On prétend que toutes sortes de pouvoirs y sont concentrés. La force la plus puissante triomphera. Les Quechuas affirment que passé la Porte du Soleil, on n'est plus jamais le même. On peut comparer cela aux Romains franchissant le Rubicon. C'est un point de non-retour.

— Peut-être est-ce ce qui est arrivé à mon père, dit Helen.

Le chemin tortueux grimpait maintenant à flanc de montagne, jusqu'au moment où ils parvinrent à un escalier qui semblait monter droit aux cieux. Debout au pied des degrés, ils ne voyaient que le bleu infini au-delà de la dernière marche.

— La Porte du Soleil se trouve au sommet, dit Evan. Tu es prête ?

Helen lui répondit par un sourire, puis démarra en courant. Elle montait, le cœur battant, le souffle court. Elle voulait tout faire d'une seule traite, sans s'arrêter. Elle était en haut. La Porte du Soleil se dressait devant elle, portail de pierres équarries. Elle s'avança, regarda autour d'elle puis, décidée, la franchit.

De l'autre côté, un monde d'une luxuriance entêtante : des montagnes recouvertes d'une mousse d'un vert éclatant qui s'étendaient à l'infini, un fleuve écumant tout en bas. Et, au centre, en équilibre sur la selle d'un faîte abrupt, les ruines du Machu Picchu.

On aurait dit qu'elles poussaient directement du sommet de la montagne. Toutes de symétrie subtile, elles s'intégraient parfaitement à la beauté environnante. Helen sentit les larmes rouler sur ses joues, elle les essuya du revers de la main et contempla le miracle qui s'étendait à ses pieds. Voilà le spectacle qui s'offrait aux voyageurs incas des siècles auparavant : une beauté incomparable qui coule en votre âme comme une rivière. Voilà ce qu'avait vu son père. Elle se déplaça lentement, caressa du bout des doigts la peau chaude des pierres de la Porte du Soleil.

Helen absorbait la vision inoubliable de ces paysages si différents qui s'étendaient en contrebas.

— C'est la vue la plus belle du monde, dit Connor.

— Je ne suis pas sûre de pouvoir repartir, fit Helen. Je pourrais rester là éternellement.

Ils se tinrent là, épaule contre épaule, les yeux fixés sur un monde inconnu qui s'étendait à des centaines de kilomètres, par-dessus les chaînes de montagnes et, au-delà, en Amazonie.

Ils ne distinguaient aucun signe de menace. Des trekkers évoluaient en tous sens, mais Connor eut tôt fait de les balayer mentalement. Il était certain que les hommes de Maldonado se tapissaient quelque part ; il l'avait affirmé à Helen, ce n'était qu'une question de temps. Il pria en silence pour que, si le père de Helen était là, ils le trouvent rapidement. Il avait une conscience aiguë de la fuite des heures.

Il tenta de repousser les craintes qui le hantaient, mais demeurait en alerte. Ils descendirent par les pierres taillées, dépassant des lamas paissant sur l'étroite sente. Ils se dirigeaient vers la citadelle, vers le pic du Wayna Picchu, qui surgissait derrière le Machu Picchu, veillant sur lui avec l'immobilité et l'implacabilité d'un garde.

72

Helen avait craint d'être terriblement déçue, que la beauté et la magie du Machu Picchu évoquées par Connor ne fussent pas à la hauteur du rêve. Mais ce qui se dressait devant elle était plus grandiose que tout ce qu'il aurait pu évoquer. Les photographies n'étaient que cendres comparées à un corps en vie. Rien ne pouvait capturer le Machu Picchu, royaume en ruine, mais royaume vivant. La puissance ne résidait pas uniquement dans la configuration des pierres, mais dans leur ajustement époustouflant. Trois cents mètres plus bas, le fleuve Urubamba bouillonnait le long des gorges taillées au pied de la montagne. Autour d'eux, un cercle de pics enneigés et de chaînes montagneuses s'élançait jusqu'au ciel étincelant. La citadelle se dressait au centre.

— On dirait un royaume caché, s'exclama Helen. Tu as raison. Cela ressemble à Shangri-la. Inaccessible. Protégé par les montagnes et le fleuve.

— C'est bien des Incas de l'avoir bâti de la sorte, au milieu de tant de beauté, répondit Connor. Ils croyaient en la grande harmonie entre l'homme et la nature.

— En tout cas, ils ont su la capturer. Comment lutter contre la nature quand on a quotidiennement sous les yeux un tel paradis ?

L'harmonie rayonnait des arches de pierre trapézoïdales, des temples et des escaliers. Où qu'elle allât, Helen se sentait attirée naturellement vers le haut. Connor la laissa errer à sa guise. Il suivait, voyant toute cette majesté à travers les yeux de la jeune femme. Ils traversèrent le quartier du Palais royal, où la construction était si fine qu'il était impossible de glisser une feuille de papier entre les pierres ajustées à la perfection. Ils regardèrent en bas les terrasses escarpées.

— Que cultivaient-ils ? demanda Helen.

— Maïs et coca.

Helen franchit une entrée de pierre qui menait à un espace à trois murs, dont un s'incurvait pour revenir sur lui-même.

— Voici le Temple du Soleil, annonça Connor, encore appelé le Torreón.

Helen s'attarda sur une énorme roche sculptée.

— On dirait une espèce d'autel.

— C'était sans doute le cas. Il servait probablement aussi aux observations astrologiques. Au début des années quatre-vingt, les archéo-astronomes ont découvert que la fenêtre qui se situe là-bas – il désigna une fenêtre rectangulaire donnant sur les gorges – était en alignement parfait avec le soleil levant au solstice de juin. Et avec les Pléiades. Le soleil se lève au-dessus de la chaîne de Veronica et les premiers rayons traversent la fenêtre pour frapper l'autel de pierre.

— Demain, remarqua Helen, nous le verrons. Je me demande si on l'a jamais utilisé pour y accomplir des sacrifices.

— Nous ne savons pas. Les Incas étaient fervents adeptes des sacrifices humains, en général des enfants à la beauté parfaite. Ils croyaient que ceux que l'on sacrifiait devenaient immortels et seraient leurs ambassadeurs auprès des dieux.

— Pas ici, je ne le sens pas. Cet endroit est si paisible.

— Tu es sans doute sensible à l'esprit de la Femme. Hiram Bingham pensait que le Machu Picchu était un sanctuaire féminin. Une légende suggère que ce fut le dernier refuge des Vierges du Soleil. Une autre prétend que c'était une université de théologie qui formait prêtres et grandes prêtresses. Les Incas n'ont laissé aucun écrit, si bien que personne ne peut affirmer avec certitude ce qu'était vraiment le Machu Picchu. Il est ce que tu veux qu'il soit, conclut-il avec un sourire.

Helen s'enfonça dans la citadelle et parvint au point culminant. Un monolithe se dressait au centre d'un espace ouvert. Il mesurait un mètre quatre-vingts. Helen y voyait une représentation abstraite du Wayna Picchu, pic quasi pyramidal surgissant derrière, imposant. Instinctivement, elle toucha la pierre chaude.

— Elle est taillée dans la roche vivante, expliqua Connor, et fait partie intégrante de la montagne sur laquelle nous sommes.

— Ça se sent, approuva Helen, enthousiaste.

— Elle est censée représenter la partie la plus puissante du Machu Picchu, continua Connor. L'Intihuatana, le port d'attache du soleil. Demain, beaucoup d'observations partiront de cet endroit.

Helen se représenta les Incas essayant d'attraper le soleil au lasso avec une corde en or. L'image laissa brusquement place à une autre, elle-même attachée à l'Intihuatana. Elle se demanda si cela amènerait son père jusqu'à elle.

— Je veux te mettre à couvert, dit soudain Connor comme s'il lisait dans ses pensées. Qu'on reste planqués un moment. Je connais un endroit où bivouaquer, juste à l'extérieur de la cité. C'est bien caché et cela nous permettra de revenir pour la cérémonie de ce soir sans ticket. C'est le pari le plus sûr, Hel ; ton père sera présent.

Helen hocha lentement la tête. Elle contempla une dernière fois la scène, scruta les hordes de touristes, puis tourna les talons et suivit Connor.

Ils plantèrent leur tente à l'abri d'un affleurement rocheux, sur un petit espace plat à flanc de coteau. La toile verte constituait un excellent camouflage.

— Le camping est interdit ici, dit Connor. Il ne nous manquerait plus que de se faire pincer par la police touristique.

— Que ferait-elle ?

— Elle nous remettrait à Maldonado. Nous devons supposer que le SIN a fait circuler ta photo et ton signalement dans tout le pays. Ecoute, Hel, il faut que j'aille faire des provisions. Si cela se trouve, on devra se sauver, cette nuit, et nous n'aurons pas de quoi tenir. Reste ici, tu es parfaitement dissimulée.

Il l'embrassa et s'apprêta à partir.

— Ne sois pas long.

— Promis. Ne te montre pas et demeure vigilante. En cas de problème, fonce dans ce bouquet d'arbres, en bas, tu vois ?

— D'accord.

— Une fois là, tu trouveras une petite grotte en contrebas. Planque-toi, je saurai t'y retrouver.

— Tu t'attends à du grabuge ?

— Règle numéro un, toujours prévoir un rendez-vous de secours.

— Tu n'as pas répondu à ma question.

— Oui, Helen, à mon avis, ça va chauffer.

Il vit alors dans les yeux de la jeune femme qu'elle aussi sentait le danger approcher.

73

Connor contourna la montagne pour se mêler au flot des touristes qui se rassemblaient dans la cour devant l'hôtel Machu Picchu Ruinas. Il se dirigea vers le groupe de porteurs dont les ponchos rouges se détachaient contre la pierre. Ils papotaient gaiement. On venait de les payer si bien que tous, ou presque, attendaient avec impatience les quelques jours d'un repos bien mérité. Connor les salua en quechua, bavarda avec eux un moment, achetant le peu de victuailles laissées par les cuisiniers après quatre jours sur la piste inca. Il pivota sur lui-même en sentant une main sur son épaule. Alejandro se tenait derrière lui, le visage grave. Il lui fit signe de s'écarter.

— Je n'ai pas de chance, mon ami, avec ce que tu m'as demandé. Mais j'ai autre chose pour toi. Des hommes ont demandé après un homme qui te ressemble beaucoup, et après une fille. Ils disent que l'homme est avec la fille.

Alejandro sortit de son poncho un journal qu'il déplia pour Connor. Une photographie de Helen s'étalait dans les pages du *World*.

Connor tendit vingt dollars à Alejandro.

— Tu ne nous as pas vus.

— Naturellement, *jefe*, mais les autres si, et ils ont parlé.

Connor se faufila hors de la foule et s'abrita dans la forêt. Avant de regagner la tente, il observa les alentours pendant quinze minutes angoissantes. Une fois certain que tout allait bien, il avertit Helen à voix basse de son arrivée puis se glissa à l'intérieur. L'estomac de Helen se souleva de frayeur quand elle vit l'expression de son visage. Connor étala le journal sur le tapis de sol. Il y avait deux articles signés *Rod Clark*. Helen et Evan lurent en silence.

> La banque d'investissements Goldsteins International a lancé une enquête internationale à la suite d'irrégularités financières dont on pense qu'elles ont été commises par un de ses traders. Certaines sources indiquent qu'il s'agirait de sommes allant jusqu'à cinquante millions de dollars. Contrairement à la Barings, ces pertes constitueraient un manque à gagner. On pense que le trader en question a réalisé ces bénéfices à partir de transactions frauduleuses sur le vaste marché des derivatives, détournant les bénéfices de ces transactions et pri-

> vant ainsi la banque des bénéfices qui sont légalement siens. Aucun des traders travaillant au desk des derivatives n'a fait le moindre commentaire.

L'article expliquait ensuite les marchés des derivatives et le détail des principales fraudes commises sur ces marchés. La colonne suivante était le second article de Rod Clark.

> Helen Jencks, trader travaillant pour le compte de Goldsteins International, est recherchée par sa famille et ses amis. Goldsteins affirme qu'elle est en vacances prolongées. On attendait Helen Jencks à Londres après le long week-end, mais elle n'a pas reparu. Helen Jencks est la fille de l'escroc de haut vol Jack Jencks, disparu en 1976, le lendemain du jour où l'on a découvert la disparition de vingt millions de livres appartenant à des clients de chez Woolson où il était directeur.

L'article s'étendait ensuite sur Jack Jencks, son détournement de fonds supposé et sa disparition.

Remarquant une photographie illustrant l'article, Helen l'étudia, serrant les poings de rage.

— Le salaud. Tout le monde comprend ce qu'il implique. C'est moi le trader coupable. Dès que je rentre à Londres, je lui fais payer, tu peux me croire ! Je le détruis, je le jure sur la tête de mon père.

— Si cela se trouve, nous n'y retournerons jamais, Hel. Les hommes de Maldonado sont à nos trousses et bien renseignés. Ils savent que nous sommes là. Il faut se tirer.

— Quoi ! Abandonner maintenant ?

— Ou mourir.

— Ce n'est pas gravé dans la pierre. Il y a forcément encore une chance.

— Détrompe-toi. Notre seul salut est dans la fuite immédiate. Si encore nous avions entrevu ton père. Mais aucun des porteurs à qui je me suis adressé ne le connaît.

— Peut-être le protègent-ils. Peut-être circule-t-il

sous un faux nom. Peut-être aussi l'avons-nous mal décrit.

— Et peut-être sa gouvernante nous a-t-elle menti. Peut-être n'est-il pas monté. Peut-être se planque-t-il chez lui depuis le début.

— Mais non. C'est impossible. Je suis sûre qu'il est là. C'est obligé.

— Le souhaiter de toutes tes forces, de toute ton âme même, ne le fera pas apparaître s'il n'y est pas.

— Il est là, merde ! Je reste ici et je passe la nuit à le chercher. J'ai fait tout ce chemin. Il est à portée de main. Rien ne pourra m'arrêter maintenant. Ni Maldonado ni toi. Pour toi ce n'est qu'une question de survie personnelle. C'est ça, hein ? Tu ne fais pas l'amour parce que tu risques d'être surpris pantalon aux chevilles. Tu ne cours pas après ce que tu as rêvé toute ta vie parce que c'est dangereux. Mais pourquoi diantre t'es-tu engagé dans l'armée ? Quelle est ta raison de vivre si tout ce que tu fais est gouverné par le désir obsessionnel d'éliminer les risques ? Pourquoi vois-tu des revenants partout ?

Sa voix se brisait de désespoir. Désespoir de l'amener à son point de vue.

— Ne comprends-tu pas ? Ce n'est pas un laboratoire stérile, ce n'est pas un jeu de rôles où nous sommes bouclés dans une pièce placée sous scellés. Non content de voir des fantômes partout, il faut que tu les invoques.

La voix d'Evan coupa net celle de Helen.

— Tu ne sais pas de quoi tu parles.

Elle eut un rire plein de colère.

— Oh, que si ! C'est toi qui ne comprends rien. Tu crois pouvoir tout contrôler, tout quantifier, tu crois que tout se réduit à rester en vie.

— Si je ne pensais pas ainsi, je serais mort au moins dix fois.

— Nous ne sommes pas en zone de guerre.

— Vraiment ? Eh bien, c'est ce que nous allons voir. Tu veux continuer, traîner dans le coin toute la journée puis te rendre à la cérémonie pour y trouver ton père.

— Exactement. Tu peux partir tout de suite si tu veux. Dis-moi juste combien je te dois.

Il pivota sur lui-même et saisit le bras nu de Helen.

— Je ne veux pas de ton fric.

Il avait raison, elle aussi. Pourtant, ils étaient face à face, séparés par un gouffre qui s'élargissait à chaque mot, déjà trop vaste pour être comblé.

— Dégage. Fiche le camp. Laisse-moi tranquille, dit-elle sèchement.

Les épaules de Connor s'affaissèrent. Puis il tourna les talons, s'empara de son sac à dos et disparut sous la tente.

Helen ne quittait pas la toile des yeux, comme si elle voyait au travers. Comment était-ce arrivé ? Trois minutes à se parler, à prononcer des mots qui les piégeaient, rendant toute retraite impossible, malgré le désir qu'ils en avaient peut-être. Ils avaient atteint le point de non-retour. Elle ne s'était pas attendue à le franchir, à cet instant surtout. Cela ressemblait à l'abandon de son père, sauf que cette fois elle avait vu s'en aller l'homme qu'elle aimait. Elle l'avait renvoyé.

Pourtant, elle fixait la tente du regard. Elle pleura. Repoussant furieusement ses larmes, elle se mit à rire, d'un rire fou et déchaîné, d'un rire incrédule, comme si la blague la plus comique du monde venait de se jouer.

— Que pouvais-je faire d'autre ? s'exclama-t-elle, plus calme, le rire mourant.

Connor pénétra dans la forêt. Il marcha jusqu'au moment où il se sentit seul, jusqu'au moment où le silence régna.

Il était livide tant sa colère était froide. Il haïssait Helen, se haïssait. Pourtant, il savait qu'il avait raison. Elle était en danger de mort, même si elle décidait d'ignorer la menace afin de poursuivre son rêve. Comme presque tout le monde, elle se croyait invulnérable. Qu'elle eût déjoué une tentative d'assassinat l'avait aveuglée davantage encore. Il avait vu trop de cadavres pour se faire la moindre illusion d'immortalité. C'était son territoire, ce qui n'avait pas empêché Helen de l'attaquer là-dessus. Mais il ne pouvait être à la fois un amant sensible et un protecteur sensé alors que les deux étaient en conflit et que l'issue serait la vie ou la mort. Des images de Helen tournoyaient en lui. Il la vit, souriante et triomphante au sommet du col de la Femme Morte. Il la vit, hors d'elle, ébranlée, s'éloignant des deux hommes qu'elle avait terrassés. Il la vit, vulnérable et emplie d'allégresse tandis qu'il lui faisait l'amour. Et il pleura. Helen avait beau dire, il savait, lui, qu'à moins d'un miracle, elle vivait ses dernières heures.

74

Helen se réfugia sous sa tente, incapable de manger ni de dormir. Connor lui manquait trop. Elle pleurait après lui, après son père, aussi. Et au milieu de tout cela, la terreur en imaginant les hommes de Maldonado tapis dans l'ombre. A minuit, elle se mit en route.

Immense, invulnérable, la nuit protégeait de son grand manteau les montagnes menaçantes. Helen en devinait presque les contours. Peu à peu, ses yeux s'accoutumèrent à l'obscurité ; elle parvint à détecter le faible scintillement de la neige sur les sommets lointains. Son chemin était éclairé par la lune, qui en était à son premier quartier, et par les étoiles qui filtraient des galaxies. Elle escalada la colline, franchit le mur et pénétra dans la citadelle. Seul en haut des ruines, un homme jouait de la flûte de Pan. Le son dégringolait, insidieux, obsédant. Des amas de gens traversaient les ruines, gesticulant, parlant bas pour réprimer leur excitation.

Les cérémonies ne débuteraient que dans plusieurs heures. Sans doute le gros de la foule arriverait-il peu avant l'aube.

Elle observait les visages. Cherchant Maldonado, cherchant son père. S'il était là, la reconnaîtrait-il ? Et elle, le repérerait-elle ? Se croiseraient-ils sans se voir, comme deux étrangers ? Ce soir-là, tout le monde se saluait sous l'effet de l'exaltation. Père et fille se contenteraient-ils d'un petit signe de tête ? Elle eut un mouvement de recul tandis que son esprit formait les mots : père, fille. Depuis qu'il était parti, elle ne se voyait jamais en tant que fille de son père, pourtant, il conservait son nom de « père », même si elle s'interrogeait sur la signification de ce vocable. Il y a vingt ans, cela voulait dire être là, être fort, être gentil, avoir raison. Etre ensemble malgré le temps qui passe. Elle se sentait écrasée par le passé qui semblait toujours mieux la définir que le présent ne saurait le faire. S'en débarrasserait-elle jamais ? Et voilà qu'elle était à sa recherche parmi ces visages inconnus, cependant qu'une sentence de mort était suspendue au-dessus de sa tête. Elle s'arrêta près d'un attroupement d'intellectuels qui écoutait avidement une femme aux cheveux blancs debout au milieu d'eux. Sa voix portait comme si elle s'adressait à un amphithéâtre du haut d'un podium.

— Vu de l'Intihuatana, il semble significatif que ces montagnes s'alignent avec les points cardinaux. La chaîne Veronica est à l'est et, aux équinoxes, le soleil se lève derrière son point culminant. Le Wayna Picchu est droit vers le nord. La ligne de sommets enneigés de la chaîne Pumasillo est à l'ouest, le soleil se couchant derrière son point culminant au solstice de décembre et la ligne d'équinoxe croisant l'extrémité nord. Le massif du Salcantay se situe au sud, son point culminant constituant un azimut de 180 degrés très précisément. Auparavant, l'Intihuatana était un point central d'où les montagnes sacrées constituaient un alignement avec les points cardinaux, et où se déroulaient d'importantes activités astronomiques.

Ses paroles dérivaient dans l'esprit de Helen tandis qu'elle dévisageait les auditeurs. Plusieurs d'entre eux sentirent son regard et se tournèrent vers elle.

Elle ne cilla pas, retint son souffle, puis les oublia. Elle s'enfonça dans la citadelle, silhouette solitaire prisonnière du clair de lune.

Connor scrutait l'obscurité comme un animal en chasse. Il déambulait dans les ruines, guettant, observant. Il avait remisé son sac à dos dans la grotte sous la roche du Temple du Soleil. Rapide et léger, il ne pensait qu'à une chose : protéger Helen. S'il était incapable de ressentir les choses comme elle le voulait, du moins pouvait-il agir. Quel fou de s'être cru doué d'émotions. Le peu de sentiments qu'il lui restait encore depuis la mort de sa mère, et une enfance placée sous le règne de la négligence paternelle, s'était atrophié avec les années d'action. Helen refusait d'admettre qu'on ne pouvait d'un simple claquement de doigts passer d'un comportement à l'autre.

Il la vit qui montait en direction de l'Intihuatana. Quelques pas devant elle, un homme. Elle devait l'observer car, malgré l'irrégularité du sol, elle ne regardait pas où elle mettait les pieds. Il était grand avec d'épais cheveux blancs. Et il boitait.

Connor vérifia l'escalier de pierre. Deux hommes grimpaient avec lenteur, les yeux rivés sur Helen.

Helen vit le vieil homme atteindre la dernière marche et marquer une pause pour reprendre son souffle. Ensuite, il monta jusqu'à l'Intihuatana et posa les mains dessus. Il demeura ainsi de longues minutes, mains refermées sur la pierre, paupières closes. Après un temps, il lâcha prise et s'assit sur le muret longeant les terrasses en à-pic. Alors, il se tourna vers Helen. Elle s'aperçut qu'elle plongeait les yeux dans les yeux d'un homme qu'elle avait vu un million de fois dans ses rêves éveillés.

Incapable de prononcer le moindre mot, Helen contemplait l'homme qui était son père. Il avait les jambes maigres et son pantalon remontait pour dévoiler des chevilles osseuses sous des chaussettes en accordéon. Il avait les traits tirés et la peau de son visage était d'un brun parcheminé ; ses yeux étaient d'un bleu plus pâle que dans son souvenir.

Jack Jencks offrit à Helen un sourire aimable et s'apprêtait à tourner la tête. Quelque chose dans les yeux de la jeune femme l'en empêcha. Il reposa les yeux sur elle. Elle le regardait toujours. Elle lui rappelait une petite fille de sept ans se jetant dans ses bras, avec ses yeux brillants et pleins d'innocence. Cette femme-ci en savait trop. Il connaissait le prix de la sagesse, de la compassion et de la rage qui consumaient son visage. Mais dans la lumière de ces yeux foncés, dans le corps de la femme qui se tenait devant lui, il voyait sa fille. Il la regarda comme s'il avait vu tous les secrets du monde en un seul et infime regard sur l'infinité. Emerveillement, horreur, stupeur, joie et tristesse bataillaient dans les yeux de Jack Jencks.

— Helen. Est-ce vraiment toi ? Je dois rêver.

Sa voix était comme dans son souvenir.

— Oui, papa, dit-elle d'une voix brisée. C'est moi.

Elle fit un pas vers lui, puis se figea sur place.

— Comme c'est touchant, fit une voix derrière elle.

Elle pivota sur ses talons pour voir Victor Maldonado debout en haut des marches. Son regard passa de Helen à son père. Son visage, éclairé par la lune, grimaçait, railleur. Derrière lui, un *mestizo* maigre et hilare.

— Quand un espion rencontre un autre espion. Quand une fille rencontre son père. Navré de cette interruption, mais Helen et moi avons une petite affaire en cours, entonna Maldonado, menaçant.

La jeune femme frémit lorsqu'il toucha son bras, et se libéra violemment.

— Je vous ai hébergée, Helen. Vous m'avez espionné, tabassé mes hommes et tiré sur eux. Pourquoi ?

— Vous avez tenté de me tuer.

— Avais-je le choix ? Je ne puis m'offrir le luxe d'espions en train de rôder autour de chez moi.

— Je ne suis pas une espionne. Je ne l'ai jamais été.

— Mais bien sûr ! Votre arrivée était purement fortuite. Pure coïncidence que vous soyez capable de battre mes meilleurs hommes, de désarmer un de mes meilleurs tueurs et de lui tirer dessus de sang-froid ; pure coïncidence que vous ayez su calmer mes chiens d'attaque et réussi à vous sauver.

— Je suis venue pour échapper à Londres. Je n'avais aucune mauvaise intention.

— Ben voyons ! Le piège. La malversation, une fugitive. Nous nous rappelons tous la dernière fois qu'on a utilisé ce scénario, n'est-ce pas ?

— Helen... mon Dieu ! Pourquoi es-tu ici ?

Helen sursauta en entendant son père. Se levant avec difficulté, il fit quelques pas hésitants vers elle. Ses paroles résonnaient dans l'esprit de Helen. Sa voix était profonde. Elle avait toujours donné l'impression de monter des profondeurs des vallées galloises, mais il y coulait désormais une rivière, comme si chaque mot était trempé de chagrin. Ils n'étaient pas nets et clairs, mais lents, alourdis par la peine.

— C'est une espionne, Jack. Peut-être même une tueuse envoyée pour me faire la peau. Elle vient avec moi, Jack. Désolé de jouer les trouble-fête.

— Comment pouvez-vous ? demanda Helen en saisissant le bras de Maldonado, se penchant sur lui en quête de ce qu'il y avait de bon chez lui. Qu'êtes-vous devenu ?

— Il y a longtemps qu'il a viré, dit Jack Jencks. Il a pris l'or. Tu as toujours eu cette faiblesse n'est-ce pas, Victor, même du temps où Dai, toi et moi étions amis à Cambridge ; te rappelles-tu que tu aimais l'argent et n'en avais jamais assez ? Je me suis toujours demandé combien de temps tu tiendrais, mais aucun de nous ne connaissait la tragédie qui t'attendait. Cela t'a changé, et Dieu sait que cela aurait pu nous arriver à tous. Mais tu n'as pas besoin de Helen.

La voix de Jencks se brisa lorsqu'il prononça le nom de sa fille et il mit un moment à se reprendre.

— Je ne sais ce qu'elle a fait ou non, mais laisse-la en dehors du coup. Tu as de quoi vivre un millier de vies.

Les paroles de son père agissaient sur Maldonado.

La carapace craquelait, les échardes de la douleur surgissaient. La montagne entière était en équilibre sur le fil de cette voix. Une fausse note et tout s'écroulerait.

Angel s'approcha du père de Helen, se planta devant lui et lui cracha au visage. Helen regarda le crachat couler sur ses yeux et sa joue. Folle de rage, elle sentit la violence l'envahir. *Soupèse, observe, apaise, analyse, puis agis,* lui murmurait son sensai.

Son père prit dans sa poche de chemise un mouchoir déchiré et s'essuya. Il s'adressa à Maldonado comme si Angel n'était pas là.

— Ce sont les ordures derrière toi que je méprise ; ils sont tous à guetter l'occasion de te retourner pendant qu'ils t'instillent du poison. Un rebut de son espèce, ajouta-t-il en regardant Angel. Si tu pouvais t'en débarrasser...

Helen voyait se préparer la réponse d'Angel. Elle voyait les muscles de ses bras se tendre, les nerfs bouger comme il reculait la main. C'est tout juste si elle ne sentait pas ce coup destiné à son père.

— Kiai !

Elle bondit, bras levé, paume vers son visage, comme pour immobiliser l'assaillant par la seule force de son esprit. Déséquilibré, Angel la saisit et ils s'écroulèrent sur une terrasse. Angel tomba sur le dos, Helen sur lui. Il laissa échapper un grognement et Helen vit qu'il avait le souffle coupé mais il lui saisit la gorge à deux mains et serra. Elle lui enfonça le genou dans l'estomac ; il finit par lâcher prise. Elle entreprit alors de le projeter sur la terrasse suivante. Au moment où il atterrissait, il lui fit un croche-pied. Il la rattrapa et ils s'effondrèrent tous deux sur la terrasse à trois mètres en contrebas. Helen bondit sur ses pieds. L'épaule sur laquelle elle s'était réceptionnée la brûlait. Angel se redressa, sortit un pistolet de sa veste et le pointa sur Helen.

Rapide comme l'éclair, Helen saisit son poignet qu'elle fit tourner par en dessous et projeta l'homme en un kokyu nage. Le pistolet vola. L'homme atterrit lourdement sur le dos. Helen s'empara de l'arme.

Angel plongea. Elle tournoya hors d'atteinte. Angel fit un vol plané jusqu'à la terrasse suivante. Il atterrit sur la nuque. Helen entendit un craquement et dut réprimer une nausée. Elle l'observa attentivement. Il ne bougeait plus. Une fois certaine qu'il restait inerte, elle regrimpa les terrasses, ses ongles arrachant la terre. Comme elle approchait du sommet, elle entendit des voix. Elle jeta un coup d'œil au-dessus d'elle. Connor se tenait là. Il maintenait Maldonado par une clef au bras. Elle éprouva un instant la joie enivrante de le voir à côté de son père. Puis l'horreur l'appela une fois encore. Elle grimpa sur la dernière terrasse, franchit le muret et s'avança dans l'espace libre près de l'Intihuatana.

— Que s'est-il passé en bas ? demanda Connor.

— Un des hommes de Maldonado, répondit Helen.

— Et ?

— Mort.

Connor percevait dans la raideur de son corps, dans ses yeux inhabituellement brillants, les prémices d'un choc.

— Il faut le tuer aussi, dit Connor en désignant Maldonado du menton.

— Non, dit Helen en regardant Maldonado droit dans les yeux. Laisse-le.

— A ta place, il n'hésiterait pas, tu peux me croire. Et si nous le gracions, nous ne nous en sortirons jamais. Il lancera ses hommes sur nous dans les dix minutes.

— Je le surveille, dit Jack Jencks. Donnez-moi une arme, ça vous fera gagner du temps.

Helen regarda son père, chancelante.

— Te laisser ? Après tout ce temps ? protesta-t-elle en sanglotant. J'ai sillonné le monde à ta recherche. As-tu idée de ce que cela représente ? Et maintenant tu dis pars, laisse-moi ?

Les larmes roulaient sur les joues de son père.

— Je donnerais le monde pour te garder ici. Pas un jour ne s'est écoulé que je n'aie pensé à toi. Je te parle dans mes rêves. J'ai tant à te dire, tant à te demander, je...

Il tituba, secoué par un sanglot plus violent. Il lutta pour reprendre contenance et réussir à poursuivre. Il fit un signe de tête en direction de Maldonado.

— Tu ne sais pas à qui tu as affaire, Helen. Par tous les saints j'ignore comment on en est arrivés à pareil cauchemar, mais nul doute qu'il ait l'intention de te tuer. J'ai entendu des rumeurs d'une recherche, d'une chasse à mort. Un homme et une femme. Je n'ai pas songé un instant qu'il s'agissait de toi. Si tu restes ici, tu meurs.

Helen s'avança et saisit son père par la main.

— Tu pourrais venir avec nous.

— J'ai du mal à marcher, objecta Jack Jencks en désignant sa jambe. L'arthrose. Je vous ralentirais. Les hommes de Maldonado vous rattraperaient en quelques minutes.

— Mais tu viens de suivre la piste Inca. Tu dois pouvoir marcher !

— Qui t'a dit cela ?

— Ta gouvernante.

— Ay, Patria ! Toujours à me protéger. Je suis arrivé en train. Je suis incapable de faire un kilomètre.

Helen laissa retomber sa main et, pliée en deux, fut secouée de spasmes. Son père la prit doucement par le bras. Apaisée, elle se redressa.

— Tu dois partir. C'est cela ou mourir. Je peux retenir Victor à la pointe d'une arme. Nous nous cacherons en bas des terrasses. Ton ami – il désigna Connor – peut m'aider jusqu'en bas. Personne ne nous verra. Je peux sans doute t'offrir une heure d'avance.

Connor prit le pistolet des mains de Helen et en menaça Maldonado.

— Le mieux serait d'en finir avec lui, dit-il.

— S'il te plaît. Non, dit Helen avec une infinie douceur. Je sais qu'il faudrait, mais tant pis.

Elle se tourna vers Maldonado.

— N'oubliez pas ceci. Nous épargnons votre vie.

La dette du sang. Vous nous êtes redevable. Vous devez nous protéger.

— Ne compte pas là-dessus, intervint le père de Helen. Ce n'est pas le sens de l'honneur qui l'étouffe.

— Alors il te tuera ! cria Helen.

— Mais non. Nous nous connaissons depuis trop longtemps, mentit Jack Jencks.

— Bon sang, cela suffit, maintenant ! siffla Connor. Reculez que je puisse tirer.

— Non, protesta Helen. Tu dois le laisser en vie. Ne me demande pas pourquoi. Je sais seulement que la dette sera payée. Un jour, quelque part. Je t'en supplie, Evan, ne le tue pas.

Connor ne quittait pas Maldonado des yeux. Une voix lui murmurait toutes les leçons de l'entraînement, de la raison ; puis cet avertissement tomba dans le piège d'une voix douce, promesse d'inconnu. Alors, lentement, il abaissa son arme et la tendit à Jack Jencks qui visa les genoux de Maldonado. Connor se tourna vers Helen.

— Ta seule chance est d'accepter l'offre de ton père.

Le regard de Helen passa de Connor à Jencks.

— Je n'y arrive pas. Je suis incapable de partir sans lui.

— Helen, par pitié, va-t'en, lui dit son père. Crois-tu vraiment que je pourrais rester là à te regarder mourir ou te faire enlever pour être assassinée ? C'est le seul moyen que j'ai de te sauver. Rien ne pourra jamais réparer le mal que je t'ai fait, mais laisse-moi cette joie.

— Tu es parti parce que tu n'avais pas le choix, objecta Helen entre deux sanglots. Je le sais, maintenant.

— Tu dois te sauver, insista son père avec une souffrance perceptible. En m'enfuyant, j'ai brisé ton cœur et le mien. Aujourd'hui, c'est toi qui n'as pas le choix. Allez, file !

— Cela nous brisera le cœur une deuxième fois.

— Il n'y a pas d'autre solution. Laisse-moi te sauver.

Helen sentit son cœur sombrer dans un torrent d'indicible douleur. Puis cette tristesse, comme si elle était en train de mourir et que son corps lui offrait un dernier cadeau.

Elle aurait voulu se blottir dans les bras de son père. Mais il tenait Maldonado en joue. Connor trépignait, chaque seconde était précieuse.

Enfin, Helen se décida, but une dernière fois l'image de son père et, dans un cri, se tourna vers Maldonado.

— Si vous touchez ne serait-ce qu'à un cheveu de sa tête, si vous ne le laissez pas partir librement, je jure que je reviens vous tuer. Je vous maudirai de chaque goutte de mon sang, de tout le sang que vous avez versé.

— Croyez-vous vraiment pouvoir me nuire ?

Les yeux brillants, Helen s'approcha encore de Maldonado.

— Vous savez parfaitement que oui. Je pourrais vous tuer sur-le-champ, à mains nues, vous briser la nuque d'un seul geste. Je suis un agent, rappelez-vous vos propres paroles, un tueur. Je trouverai le moyen de revenir. Vous avez suffisamment d'ennemis qui seront ravis de m'aider. Je vous détruirai, centimètre par centimètre.

Maldonado la fixa du regard, puis détourna les yeux. Connor observait Helen, ahuri de la voir se déchaîner à ce point. Elle recula vers son père.

— Nous nous reverrons, papa. Je te le promets.

Dans un dernier sanglot, elle tourna les talons. Connor contraignit Maldonado à descendre trois terrasses tout en aidant le père de Helen. Puis, les abandonnant là, tapis dans l'ombre, il grimpa rejoindre Helen, la saisit par le bras et tous deux coururent en direction de la volée de marches.

— Par ici. Impossible d'emprunter la sortie principale. Ça va grouiller de sbires.

Ils récupérèrent le sac à dos de Connor, puis se lancèrent sur le flanc de la montagne. Connor prit Helen par la main et tous deux descendirent dix terrasses, sautant, atterrissant avec un bruit sourd après une chute de trois mètres ou presque. Ils couraient sur les pierres qui roulaient et à travers les branches cinglantes éclairées par la lune et les étoiles.

Devant eux, un pré s'inclinait jusqu'à la forêt. Ils foncèrent à découvert et ne stoppèrent qu'une fois à l'abri des arbres. Helen s'effondra en respirant bruyamment.

Connor s'assit à côté d'elle.

— Mon Dieu, Evan. Qu'allons-nous faire ? demanda-t-elle, la voix brisée.

Il lui prit les mains.

— Nous allons survivre et tenir la promesse que tu as faite à ton père. Si tu comptes le revoir un jour, tu vas devoir te battre bec et ongles. Pas question d'abandonner maintenant. Comprends-tu ?

Connor plongeait son regard dans celui de Helen, luttant contre sa propre panique. La folie qu'il lisait en elle gagnait du terrain. Peu à peu, Helen lui revint, le feu de la survie couvait en elle pour repousser le chagrin fou.

— Oui. Je comprends.

— Parfait, dit Connor qui maintint la pression. Nous avons une alternative. Nous disposons en gros d'une demi-heure avant que l'on s'inquiète de la disparition de Maldonado et de son sbire. Après quoi ils vont ratisser le terrain. Si nous parvenons à nous déplacer assez rapidement, il faudrait nous sauver tout de suite. Je connais un chemin secret, mais c'est à au moins trois heures de là. Nous pourrions ne pas y parvenir. A notre avantage, ils nous croiront sûrement dans la direction opposée. Ça, c'est la première solution. Ou alors, nous dégottons une bonne planque où attendre la fin de la chasse. Mais si on nous trouve, c'est la fin.

Il s'exprimait calmement, mais cette fois, Helen perçut dans cette froideur apparente le désir d'exposer la vérité nue et d'en tenir à distance le côté émotionnel.

— Je ne me vois pas rester sans bouger.

— D'accord, alors on court.

— Vers où ?

— Direction la jungle. Un endroit appelé Boca Manu. J'ai un ami qui y habite, et il y a une piste d'atterrissage. Il passe son temps à acheter et vendre des avions. S'il en a un assez gros, je nous emmènerai en Colombie.

— Tu sais piloter ?

— J'ai appris à l'armée.

Devant le scepticisme manifeste de Helen, il se demanda s'ils pouvaient raisonnablement continuer. Mais, comme si elle avait saisi ses craintes, elle bondit sur ses pieds et ses yeux se durcirent.

— On y va.

Encore vacillante sous le choc, elle avançait au même rythme que Connor, luttant pour refaire surface et fonctionner, comme un accidenté réapprend à marcher. Délicat, précautionneux, chaque pas, l'air chargé de son souffle pénible. La mort qu'ils avaient laissée derrière renvoyait l'écho lointain d'un tremblement de terre qui les aurait secoués avant de passer son chemin. Connor était habitué au risque mortel. Il faisait partie de lui, aussi familier et insondable que la vie elle-même. Pour Helen, il s'éclipsait devant les retrouvailles avec son père. Et leur séparation.

— Pourquoi est-il resté ? demanda Helen dont la voix rauque déchira la nuit.

Le sang se retirait de son visage. Dans la forêt, sa pâleur contrastait avec les arbres. L'entendant pleurer, Connor s'arrêta et l'étreignit. Il sentait sa poitrine se soulever. Il la tint ainsi jusqu'à ce qu'elle recouvrât son calme. Puis il la repoussa doucement et lui donna à boire dans sa gourde.

Helen en avala la moitié tout en scrutant l'obscurité. Puis, sur un signe de Connor, ils se remirent en route. Le silence était tellement épais que Connor chuchotait dans le but de distraire la jeune femme.

— Fais comme moi. Si je cours me cacher, suis-moi. Si je me jette à terre, allonge-toi à mes côtés. Et sans bruit. Nous voulons éviter qu'on nous voie, mais si nous ne trouvons pas de cachette, alors il faut se comporter banalement, tout en se disant que chaque personne que nous croisons est un informateur potentiel. Nous parcourrons le maximum de distance, dormirons le jour et repartirons au crépuscule.

Elle hochait la tête sans un mot, buvant ses paroles.

— Nous longerons la vallée jusqu'à la jungle basse. Il existe un chemin rarement emprunté. Nous le suivrons et marcherons quelques jours pour aboutir à la route de la jungle de Cuzco. Nous pourrons la prendre et peut-être faire du stop.

— Et après ?

— Nous trouvons mon ami Alvaro, il nous prête un avion, nous nous envolons pour la Colombie et nous nous rendons à l'ambassade de Bogotá d'où on nous rapatriera au Royaume-Uni.

— A t'entendre, il n'y a rien de plus simple. Une petite balade dans la jungle, un saut de puce de l'autre côté de la frontière avec la moitié des services de renseignement péruviens à nos trousses.

— Tu as raison. C'est ça ou on y passe. Il n'y a pas plus simple.

75

Ils marchèrent toute la nuit. Au bout de trois heures, ils s'enfoncèrent dans une jungle quasi impénétrable. Ils se taillèrent un chemin entre les branches qui résistaient. Une trentaine de mètres plus loin, ils parvinrent à un sentier.

— C'est ça le chemin que Maldonado ne connaît pas ? demanda Helen.

— Oui. Nous venons de faire pencher la balance en notre faveur.

Il se garda d'ajouter que les chances étaient en réalité dramatiquement contre eux. Ils poursuivirent leur avance jusqu'à l'aube.

— Maintenant qu'il fait jour, nous devrions vraiment nous arrêter et nous allonger, dit Connor, mais si tu t'en sens la force, j'aimerais accentuer notre avance.

— Pas de problème, dit Helen avec acharnement.

Quelle ironie ! Le ciel scintillait comme un diamant contre les montagnes verdoyantes. L'air dansait en un rythme endiablé sur sa peau. La vie frémissait autour d'elle comme jamais. Et l'agonie de l'arrachement après vingt-trois ans d'espoirs, d'inquiétudes et de manques. Trouver son père, le reperdre aussitôt, connaître l'immense tristesse de son père à travers son propre désarroi. Elle titubait sous le poids du chagrin. Mais elle marchait, pas après pas, Connor à son côté, qui la guidait.

Il y a, dans une marche prolongée, quelque chose d'hypnotisant. Le corps trouve sa vitesse de croisière et s'installe dans un rythme qui libère l'esprit. Ils progressaient dans la chaleur montante, insidieuse et implacable. Ils collaient aux arbres chaque fois qu'ils pouvaient, mais de temps à autre ils devaient traverser un coteau dénudé ou des prairies. Encore et encore. Les pieds bleuissaient sur les pierres ; les chevilles tournaient mais tenaient, au rythme inviolable de son esprit, à travers la fatigue, dans la brume de l'épuisement. A la fin de la matinée, l'inconscient menait la danse. Helen s'aperçut que des pensées vagabondes se nichaient dans le vide de son cerveau, des conversations quasi oubliées remontant à des années. Peu à peu, au fil des kilomètres, surgirent Roddy, Wallace et Rankin avec leur visage mou, informe, interchangeable. Lorsqu'elle songeait à ces types adipeux, avachis dans leurs fauteuils londoniens, elle avait envie de rire. Elle se demanda d'où venait ce rire sauvage, brut, débridé, qui jaillissait comme une lame acérée.

Connor conduisit Helen plus profond dans la forêt, à l'écart de la piste. Les branches se prenaient dans ses cheveux et lui griffaient les bras. Connor s'arrêta près d'un petit monticule, puis contourna le flanc le plus éloigné et ôta son sac à dos. Il fouilla dedans et en sortit deux pommes et une boîte de corned-beef. Après s'être restaurés, ils burent de l'eau du courant. Cela fait, Connor extirpa un grand hamac en ficelle qu'il suspendit entre deux arbres. Il tendit la main à Helen et tous deux grimpèrent et s'allongèrent dans les bras l'un de l'autre. Connor l'embrassa. Elle avait une tête à faire peur. Elle ferma les yeux et le sommeil vint en elle, tel un amant.

Quelques heures plus tard, Helen s'éveilla en sursaut. Elle regarda autour d'elle mais rien ne bougeait dans l'épaisseur du feuillage. Elle scruta la jungle du regard, cherchant à s'assurer que nulle silhouette humaine ne remuait à travers les centaines d'ombres frémissantes. Elle se tourna vers Connor qui dormait toujours. Ses paumes étaient ouvertes. Comme le David de Michel-Ange, ses mains étaient disproportionnées, trop grandes. Dures et rudes. Elles pouvaient la caresser avec tendresse ou l'attirer avec une force capable de la briser ; mais pour l'instant, elles étaient sans défense. Le visage d'Evan était vulnérable : lèvres entrouvertes, pli au front rapprochant ses sourcils même dans son sommeil. Il n'avait jamais connu l'erreur, cette merveilleuse échappée belle de l'erreur. Sa vie était une paroi lisse où tout faux pas était fatal.

Elle posa un baiser sur son front, se libéra de son étreinte et s'éloigna pour faire pipi.

Alors qu'elle remontait son jean, son sang se glaça. Dans un écho de ce qui l'avait réveillée quelques instants auparavant, elle perçut le claquement précipité de voix, peut-être à vingt mètres. Elle rejoignit Connor, se déplaçant comme un animal en chasse, nerf après nerf sans un bruit. Connor était allongé dans le hamac, bien réveillé. Obéissant à son injonction muette, elle s'immobilisa contre un arbre. Ils demeurèrent ainsi comme au jeu des statues ; enfin, les voix s'éloignèrent et disparurent au milieu du chant des oiseaux, du nasillement des animaux et du bruissement des feuilles soyeuses de la forêt alentour. Un quart d'heure après que les voix se furent tues, ils étaient encore pétrifiés. Seulement alors, se permirent-ils de respirer à pleins poumons. Helen rejoignit Connor dans le hamac.

— Tu crois que c'étaient les hommes de Maldonado ?

— Non. Trop bruyants. C'étaient des villageois. Mais on les a avertis d'être vigilants. Je sais qu'ici on a le sentiment d'être seul au monde. C'est si loin, tellement inaccessible. Une heure en pleine jungle et on se croit intouchable. Mais la jungle regorge de dangers. Serpents, branches qui tombent, tarentules, mille yeux qui observent. Je ne suis pas le seul à savoir me déplacer dans le coin. Les hommes de Maldonado vont tisser une toile – gens des tribus, villageois, chasseurs, armée de la jungle du SIN, terroristes. Le MRTA et le Sentier Lumineux se terrent dans la jungle. Sans oublier les narcos. Maldonado s'arrangera pour que le jeu en vaille la chandelle. Ils vont tous se lancer à nos trousses.

— La région ratissée par des psychopathes. Peut-on y aller, maintenant ? Je ne tiens plus en place.

Des milliers de décharges d'adrénaline l'aiguillonnaient. Connor consulta sa montre.

— Dans cinq heures. On démarre à l'aube.

Combien de semaines était-il resté caché, immobile comme une pierre, à attendre et guetter ? Tellement plus facile d'être chasseur que chassé. Il attira Helen contre lui.

— Imagine que tu es un arbre endormi.

Il la tint délicatement et chuchota à son oreille jusqu'à ce qu'elle s'endormît.

Connor était excité et silencieux. Lorsque Helen s'éveilla au bout de quelques heures, il lui fit l'effet d'un jeune garçon venant de découvrir les délices du flirt suicidaire avec la vitesse : si vivant, si proche de la mort.

Le soir tombait. Les oiseaux firent bruire leurs ailes, se dirent bonne nuit et se turent. Les animaux diurnes se tapirent à l'abri du sol spongieux ou se dissimulèrent dans les plis du dais tout là-haut. Helen et Connor quittèrent leur hamac que Connor rangea dans son sac. Il tendit sa gourde à Helen. Elle but à grandes gorgées avant de la lui rendre. Brunâtre et râpeuse à cause des substances chimiques, l'eau rafraîchissait tout de même. Connor lui donna une barre de céréales dont elle fit deux bouchées.

— Tu survivrais ici des mois avec des courbes pareilles, dit Connor qui lisait dans ses pensées.

— Et toi, alors ? Avec tes muscles longs et durs ? Comment survivrais-tu ?

— Je te mangerais, dit-il en s'approchant, le regard insistant. En commençant par là.

Elle réprima un rire quand il fourra son nez entre ses seins.

— Garde ton énergie, dit-elle avec un sourire féroce. Tu pourrais avoir à me porter avant demain.

Ils se mirent en route dans la nuit épaisse. Connor en tête, se repérant entre les arbres, le long du chemin rugueux. Helen l'entendait souffler quand il s'égratignait.

— Ne peut-on se servir de ta torche ? Personne ne nous repérera.

Connor secoua la tête et Helen imagina le filet tendu alentour.

— Habitue-toi. Imagine que l'obscurité est ponctuée de trous de lumière et sens ton chemin. Essaie de voir avec ton cerveau.

Lentement, ses yeux s'accoutumèrent. Elle avait l'impression de se déplacer dans une piscine obscure dont les vaguelettes se répandaient avant de disparaître, puis l'eau se rapprochait derrière elle, effaçant toute trace de son passage.

Au bout d'une demi-heure, ils quittèrent la forêt pour les champs et les pistes. Le ciel était immense et clair au-dessus d'eux. Ils marchaient sous la lumière des étoiles. La nuit était riche du parfum des eucalyptus. Leurs feuilles se teintaient de bronze sous l'effet de la lune rousse qui montait des nuages. Ils avançaient sans parler, sous le choc de la beauté nocturne. Ils n'entendaient que le bruit de leurs pas, l'aboiement sporadique d'un chien qui déchirait le silence.

Ils descendirent une pente assez raide, manquèrent de tomber et parvinrent à une vaste plaine. L'herbe haute ondulait sous la brise. Ils avançaient à travers un paysage de rêve. Les souvenirs des songes sont privés de son, seules restent des images. Helen se dit que, si elle s'en sortait vivante, elle repenserait à cette nuit comme s'il s'agissait d'un épisode dans la vie d'une autre, car elle avait conscience qu'elle serait incapable de se rappeler la beauté silencieuse de l'herbe couleur de lune ondulant comme une mer calme, les monts enneigés qui les dominaient et cachaient, au-delà, les mystères de l'Amazonie. Envoûtés, Evan et Helen marchaient côte à côte. Elle s'étonnait de vivre intensément le souffle de la nuit tout en sentant couler la blessure vive de la perte de son père. Douleur, manque, désespoir et peur étaient si proches, la hantant comme autant de fantômes, menaçant parfois de l'engloutir. Ce qui les tenait à distance était l'exaltation brute de la survie et l'étrange magie de la nuit. Levant les yeux sur Evan, elle comprit qu'il en allait de même pour lui.

— Crois-tu que nous reverrons jamais une lune comme celle-ci, ensemble ? demanda-t-elle.

— Où aimerais-tu la revoir ?

— Sur les collines de Marlborough, à une quinzaine de kilomètres de chez Dai. Il y a, en haut d'un monticule, un petit hallier de cinq bouleaux. De là, par une nuit de la Saint-Jean.

— En ce cas, je forme le même vœu.

Connor lui prit la main en souriant et ils traversèrent la mer d'herbe. Il leur fallut toute la nuit pour franchir la plaine et, quand ils se cachèrent pour leur journée de sommeil, l'air chaud montait de la jungle.

76

Helen et Connor étaient allongés dans leur taillis de buissons au-dessus de la forêt des Nuages. Helen considérait le dôme, masse indéchiffrable de feuillages à des kilomètres plus bas. Le soleil se couchait, orangé brûlé sur le vert infini. Ils se mettraient bientôt en route. Cela faisait maintenant deux jours qu'ils étaient en cavale et Helen sentait que son corps, assailli par l'émotion et la dureté de la course, commençait de faiblir. Combien de temps tiendrait-elle ?

Elle se tourna vers Evan, prit sa main qu'elle pressa légèrement. Il répondit par un regard inquisiteur. Il paraissait si confiant, attendant sa question sans rien dire, prêt à répondre à tout. Il ne trahissait ni fêlure ni impatience quand elle avait besoin de souffler, ni gourmandise quand il lui donnait presque toute sa part de nourriture, ni crainte. Seul l'habitait un calme omniscient.

— Réussirons-nous à passer en Colombie ?

— Naturellement, voyons.

— Quelles sont nos chances ?

Pas deux fois ! Helen avait perçu son hésitation.

— Ne t'inquiète pas, dit-elle. J'ai toujours été joueuse. Ce ne serait pas la première fois que je l'emporte contre toute probabilité.

Ses yeux brillaient sur son visage maculé de poussière. Dieu qu'elle était désirable ! Connor tenta de se calmer. Ce qui les attendait épuiserait les dernières réserves de Helen avant d'exiger davantage. Il posa la tête de la jeune femme contre sa poitrine et lui caressa les cheveux tandis qu'elle glanait encore un peu de sommeil.

Une heure plus tard, ils étaient en route. Ils quittèrent la plaine, descendirent environ mille pas, rencontrèrent des arbustes épars qui devinrent des buissons, puis des arbres. Comme ils progressaient vers le bas, la végétation s'accentuait. Les arbres, d'abord à hauteur d'homme, mesuraient le double, et la forêt s'intensifiait, ralentissant leur progression. L'épaisseur pouvait abriter des centaines de visages aux aguets. Helen frémit en imaginant des terroristes ou des membres du SIN les guetter dans l'ombre.

Connor était inquiet, s'arrêtant toutes les dix minutes pour tendre l'oreille. La moindre brindille qui craquait, la plus petite tache d'ombre qui se déplaçait pouvaient révéler des poursuivants invisibles. Sa vigilance ne se relâchait jamais. Ses yeux perçants, constamment en alerte, entretenaient la peur...

— Ne va pas croire que, sous prétexte qu'on ne voit rien, il n'y a personne. Ils cherchent notre piste, sont derrière nous, ou même carrément dans notre sillage. Ils nous ont peut-être précédés pour nous attendre aux points de passage obligé. Près des ponts, le long de la route de la jungle de Cuzco, sur les pistes d'atterrissage, expliqua Connor. Ils savent que, si nous sommes encore en vie, nous nous pointerons tôt ou tard. Ils n'ont qu'à se disperser et attendre.

— Comment les éviter, alors ? fit Helen furieuse de constater qu'il ne se départait pas de son calme alors que dans sa logique ils affrontaient la mort inévitable. J'ai raté quelque chose ?

— Nous devons être meilleurs qu'eux. Nous devons penser comme eux et être plus malins, nous déplacer plus vite, dans le silence complet. Nous devons nous servir du vent, de la nuit, de la jungle et prier pour qu'on ait de la chance. Et notre fureur de vivre doit être plus forte que leur envie de meurtre.

Voilà à quoi cela se réduit, songea Helen à chaque pas qui l'enfonçait dans le territoire de l'effroi et de l'épuisement. L'instinct de survie s'apparentait à la passion de l'amour. On n'allait jamais assez loin.

A quatre heures du matin, après neuf heures de marche, Helen sentit que Connor cherchait quelque chose d'inatteignable. Il consulta sa boussole, s'arrêta pour observer de grosses pierres qu'ils venaient de dépasser. Il modifia à plusieurs reprises leur angle de marche.

— Que cherches-tu ? demanda Helen.

— Une route inca que j'ai découverte avec des explorateurs pendant que nous étions à la recherche de Paititi. Attention ici !

Connor lui fit franchir un bouquet de sous-bois particulièrement dense qui stria de sang son visage. Ils émergèrent sur une sente étroite récemment déblayée, selon toute apparence. Des dalles de pierre étaient tout juste visibles sous le feuillage du sol.

Helen essuya son visage avec un mouchoir douteux.

— Qu'est-ce que c'est, Paititi ?

— L'El Dorado, la cité perdue de l'or. Ce fut le dernier refuge des Incas. En 1536, ils se rebellèrent contre les conquistadores et se retirèrent à Vilcabamba, dans la jungle. Ils y demeurèrent trente-cinq années avant de subir la défaite finale. Après quoi, Vilcabamba a été engloutie par la forêt, et « perdue ». On prétend qu'il y existe encore un immense trésor d'or inca que les conquistadores n'ont jamais trouvé.

— Je présume que toi non plus.

Connor sourit.

— Des milliers de personnes en sont mortes. La légende suggère qu'il est gardé par des guerriers chassés de la tribu des Machiguengas, des psychopathes.

— Voilà qui me rassure, dit Helen en ôtant de ses cheveux une araignée rayée noir et jaune et se demandant si elle mordait et si elle était venimeuse. Quelqu'un l'a-t-il vu et peut-il en témoigner ?

Connor souffla l'araignée du bout des doigts de Helen.

— Impressionnante, mais inoffensive, commenta-t-il.

Inutile de lui dire que c'était un bébé tarentule.

— Il existe toutes sortes de récits sur des voyageurs perdus qui se sont endormis pour se réveiller dans un temple d'or. Ils prennent quelque chose – j'ai entendu parler d'une main d'enfant en or – et repartent. Quand ils reviennent, tous leurs efforts pour retrouver Paititi sont vains malgré l'ardeur de leur quête. Ceux qui essaient finissent presque toujours morts.

— Il existe donc une malédiction, comme celle des tombes Moche.

— Possible. En guarani, une des langues de la jungle, Paititi signifie angoisse, tristesse, affliction.

— Alors peut-être est-ce aussi bien si personne ne le trouve. Dans quel coin est-ce ? Sommes-nous proches ?

— On dit que c'est quelque part entre le Machu Picchu et le Manu, dans la jungle, à environ cinq cents mètres d'altitude. Si cela se trouve, nous n'en sommes pas loin. Qui sait, nous allons peut-être tomber dessus puisqu'on ne cherche pas, ajouta-t-il en souriant.

— Et se faire tuer par des psychopathes Machiguengas. Je suppose que ce serait une fin plus poétique que des coups de feu dans le dos par les sbires de Maldonado.

Les pensées de Helen errèrent jusqu'à son père. Elle tenta de l'imaginer dans cette touffeur, se demandant s'il avait foulé ce chemin à la recherche de Paititi, poursuivant les légendes, tandis que, chez elle, en rêve, elle le poursuivait, lui. Elle avait presque l'impression de distinguer ses yeux brillant dans la nuit.

Il ne me tuera pas ; nous nous connaissons depuis trop longtemps, avait-il dit de Maldonado. Son père lui manquait terriblement. Elle se rejoua la scène en haut du Machu Picchu, le faisant surgir, le son de sa voix, l'envie de se blottir contre lui. Les yeux de son père ravagés de douleur et d'amour. Si bon, si brave, si généreux. Echangeait-il sa vie contre celle de Helen en restant pour surveiller Maldonado ? Réparait-il de la seule façon possible ? L'avoir retrouvé au bout de vingt-trois ans et être l'artisan de sa mort. Quelle insoutenable cruauté ! Bouleversée, Helen voulait s'écrouler et abandonner, laisser la folie faire son office en elle. Horrifiée par ses propres pensées, elle sentit vite surgir en elle l'instinct de survie. Sa mort ne résoudrait rien ; elle briserait le cœur de son père s'il s'en tirait. Et trahirait Evan. A chaque pas il risquait sa peau pour elle. Il y a longtemps qu'il aurait pu tourner les talons et la planter là. Lorsqu'elle lui avait hurlé de la laisser tranquille, il était revenu et s'acharnait à lui sauver la vie. Sans lui, où se serait-elle cachée dans cette désolation ? Sans lui, comment aurait-elle pu espérer tenir la promesse faite à son père de le revoir un jour ? La souffrance ne l'empêchait pas de comprendre que son admiration et son amour pour Evan grandissaient.

— Tu n'as pas peur quand tu es dans une région reculée comme ici ?

— Je sais ce qu'il faut manger, où trouver de l'eau, et de quoi se méfier. Je me sais capable de survivre ici, mais pour certains, ce peut être un des endroits les plus effrayants du monde. Ils ne voient que des feuilles, des arbres, l'horizon à vingt pas, jusqu'à ce qu'ils tombent sur un fleuve. Certains deviennent fous sous l'effet de la claustrophobie. Pour d'autres, la jungle est neutre. Pour moi, c'est comme une amie. J'y oublie l'existence même du monde extérieur. La jungle devient mon monde. Le temps s'étire à l'infini comme si on ne mourait jamais, ou peut-être est-ce seulement qu'on cesse de s'en préoccuper. J'éprouve ici un incroyable sentiment de paix.

— On croirait que tu cherches à la protéger.

— C'est le cas. La jungle est une sorte de paradis. Il existe plus de cinq millions d'espèces de plantes et d'animaux et dont au moins dix pour cent n'ont sans doute pas été identifiés par la science. Peux-tu imaginer tout ce qu'il reste à découvrir ? On a déjà mis au point un nouvel anti-inflammatoire surprenant à partir de l'écorce d'un arbre appelé *uña de gato,* griffe de chat. On l'utilise dans le traitement des rhumatismes, de l'arthrose, du sida et du cancer. C'est en toute probabilité un des médicaments de ce siècle. Et en même temps, on détruit chaque année une zone grande comme la Suisse.

A six heures du matin, Connor accrocha le hamac entre deux ficus. Il donna à Helen un paquet de cacahuètes, sa bouteille d'eau aux trois quarts pleine, la moitié d'un bâton de pepperoni et trois bonbons acidulés. Il avala quelques gorgées d'eau et l'autre moitié du pepperoni. Il se mit en quête de quelque chose de frais et revint avec dix fruits de ficus qu'il lava à l'eau purifiée. Il en partagea quelques-uns avec Helen. C'était un repas pathétiquement mal adapté. Combien de temps résisterait-elle ? Depuis les quelque cinquante heures qu'ils étaient en cavale, elle avait déjà accompli beaucoup plus qu'il ne l'aurait espéré compte tenu des faibles rations et des frayeurs incessantes qui en auraient paralysé plus d'un.

Ils s'endormirent blottis l'un contre l'autre. Connor aurait préféré assurer la garde, mais il pesa le pour et le contre et décida de risquer le coup et de dormir.

Helen s'éveilla presque douze heures plus tard. Elle avait mal partout et la gorge sèche. Connor lui offrit ce qu'il restait de la deuxième gourde, cinq fruits de ficus et un autre sachet de cacahuètes.

Ils se mirent en route dès le crépuscule. Connor mena Helen hors de la piste dans l'épaisseur de la jungle.

— Il faut qu'on trouve de l'eau. Il y a une mare non loin, si je ne m'abuse.

Les branches freinaient leur avancée. Les racines conspiraient à les faire trébucher. Helen avait conscience de manquer de coordination. Son corps était secoué de tremblements violents.

— Que se passe-t-il ? demanda Connor en la prenant par le bras.

— Je suis dépassée. Quatre pas de travers et je suis perdue.

Elle s'imagina prisonnière d'épines, dégoulinante de sang, tandis que Connor disparaissait au loin.

— Tu ne te perdras pas parce que tu restes avec moi. Je connais la jungle, je sais m'y déplacer.

Il l'attira contre sa poitrine et l'y tint, sans un mot, jusqu'au moment où il sentit que la terreur l'avait quittée. Il calma sa douleur et son effroi, conscient de ne pouvoir trahir la moindre fissure dans sa parfaite assurance, pas même l'ombre d'un doute. Au SAS, il avait été entraîné à cela. S'échapper, s'évader, survivre n'importe où. Il avait appris à étouffer la peur et le chagrin de ses hommes, mais la souffrance de Helen tranchait à vif dans ses défenses. Il faisait le maximum pour se concentrer sur l'unique but : rester en vie.

Helen était plus calme. Au bout de vingt minutes, ils débouchèrent sur une grande clairière avec, au premier plan, une petite mare et des murs couleur d'argile se dressant au-delà. Ils burent ce qu'il leur restait d'eau et Connor emplit ses deux gourdes qu'il additionna de cachets purifiants. Ils s'assirent un moment, contemplant le spectacle, écoutant les animaux se préparer à dormir.

Un grand cri déchira l'air. Helen leva les yeux pour découvrir un couple d'aras volant au-dessus de leurs têtes. Les oiseaux se posèrent sur les murs d'argile. Un nouveau couple arriva et, dans les minutes qui suivirent, l'air résonnait de cris d'aras et le ciel se bigarra d'éclairs rouges, turquoise, or et verts.

— C'est un dépôt naturel d'argile, expliqua Connor. Je voulais que tu le voies, que tu te régales d'un peu de beauté.

— C'est prodigieux, dit-elle en se tournant vers lui pour l'embrasser.

— Ils s'accouplent pour la vie. Il existe une ravissante légende sur la façon dont les aras ont obtenu leurs couleurs. Les bleus se sont baignés dans un lac que nulle rivière ne traversait. Les rouges dans un lac de sang provenant de l'enfant d'une tribu Kadiueu. Les bruns se sont trempés dans la boue. Les verts se sont frottés contre le feuillage, et les blancs sont ceux qui n'ont jamais bougé.

L'image des perroquets tachés des couleurs de la jungle, volant dans le soleil couchant au-dessus de la silhouette de la forêt de la pluie, et le bruit de leurs criaillements exubérants, tout cela elle le garderait en elle toute sa vie.

77

A un moment donné, ils parvinrent à une piste de terre. Connor s'arrêta au bord, regarda en haut, en bas, et tendit longuement l'oreille.

— C'est la route de la jungle de Cuzco. Nous allons progresser rapidement, mais tiens-toi prête à te cacher.

Helen acquiesça. Connor partit d'un bon pas. Comme toujours, il se taisait. Il avançait, de sa démarche allongée et bondissante, dévorant les kilomètres. Ils marchèrent quatre heures à cette allure, en transe, sur la piste bordée par les ombres noires de la jungle. La boue glissait sous leurs pieds. Des crickets stridulaient sur leur passage. Des insectes bourdonnaient et leur suçaient le sang. La sueur dégoulinait sur eux en rigoles sous la chaleur de la nuit. Ils n'entendaient personne, ne voyaient rien, hormis le chemin à parcourir.

Soudain, Connor se figea sur place, aux aguets. Il fit signe à Helen de quitter la piste. Elle sentit la morsure cruelle de la peur, quasi paralysante. Elle voulait bouger plus vite, abandonner la route, fuir, FUIR. Son instinct hurlait.

Elle entendit un fracas sur sa gauche, puis un terrible déchaînement de violence. Deux hommes sautèrent sur la route. Elle vit l'éclat du métal. Deux hommes visaient son visage à l'aide de pistolets. Connor avait pivoté sur lui-même et esquissé un mouvement dans sa direction, s'interrompant net en voyant les armes pointées sur elle. Deux autres hommes surgirent de la gauche, menaçant Connor. Ils parlaient espagnol à voix grave et impérieuse. Helen voulait plonger en avant, attaquer des pieds et des mains, savait que cette fois l'enjeu était gros. Les yeux de Connor étaient posés sur elle, elle le regarda et lui offrit un sourire d'une tristesse infinie où se mêlaient tant de regrets. Il témoignait une colère implacable, mais dans les secondes qui suivirent, la colère se retira. Tout s'effaça sur son visage ; elle ne le reconnaissait plus.

— Qui êtes-vous, bordel ? éructa, hors de lui, un type à l'accent américain.

Un grand type baraqué s'approcha d'eux. Comme les autres, il portait une tenue de camouflage et une cagoule noire.

La rage froide se lisait dans les yeux cagoulés, à quoi s'ajoutait une surprenante impatience.

— Cela ne vous regarde pas, répliqua Connor. Laissez-nous partir et continuez ce que vous avez à faire.

Un des types qui menaçaient Helen eut un mouvement de mépris et appuya le pistolet, contact glacial sur sa peau.

— Je vous ai demandé qui vous étiez, bordel de merde ! insista l'homme, encore plus péremptoire.

Connor se décida pour une réponse qui leur assurerait la mort ou la liberté.

— Un excellent ami de Blair O'Patrick.

L'Américain lui lança un regard furibond.

— T'es avec les Brits ?

— Le Régiment, pour tout dire.

— Et qui c'est, elle ? demanda l'Américain en désignant Helen de la pointe du menton.

— Officier féminin, s'empressa de répondre Connor. Entraînement.

— C'est ce que tu dis. Tu ferais mieux d'être qui tu dis.

— Comment connaîtrais-je le nom d'O'Patrick, sinon ?

— Donne-m'en un autre.

— Gus Jamieson, mais peut-être ne le connaissez-vous pas. Il est d'un rang inférieur.

L'Américain tourna les talons et fit quelques pas à couvert. Fatalement, ses hommes s'y cachaient. Après une horrible attente, il revint.

— T'as du pot, mec. Toi et la fille vous dégagez vite fait et en silence. Et dis à ton putain de supérieur de vérifier que c'est OK la prochaine fois qu'il te prend une envie de t'entraîner, comme tu dis.

A contrecœur, les deux hommes qui visaient Helen s'écartèrent.

— On est partis, dit Connor en se mettant immédiatement en route.

Helen obligea ses jambes à avancer. Elle passa à côté de l'Américain costaud. Il était si près qu'elle faillit effleurer son visage. C'est tout juste s'il ne reniflait pas l'odeur âcre de la peur qui émanait de sa personne.

Dans le silence de la nuit, elle suivait Connor, bras raides de terreur, incapable de tendre la main, de toucher son bras, de le supplier de parler. Si elle marchait, c'est qu'elle était vivante. Elle avait mal au dos. Une heure plus tard, elle tremblait encore, chaque cellule de son cerveau imaginant une balle déchirant son omoplate.

Connor s'arrêta pour faire boire la jeune femme dont les mains tenaient la gourde avec difficulté. Enfin elle réussit à parler.

— Qui étaient-ils ? Pourquoi nous ont-ils laissés partir ?

— DEA. Ils étaient manifestement en embuscade. Nous sommes tombés en plein milieu. Je me doutais que quelque chose clochait. Je le sentais et nous avons plongé droit dedans.

Helen posa sa main sur le bras de Connor.

— Comment pouvais-tu le savoir ?

Il se libéra prestement.

— C'est mon boulot, de savoir. Encore heureux qu'ils ne nous aient pas tiré dessus sans sommation.

Il se maudit car il n'avait pas voulu l'affoler, mais elle poursuivit la conversation avec calme.

— Bon, on ne s'est pas fait tuer. Tu as dit exactement ce qu'il fallait, encore que le diable m'emporte si j'y comprends un traître mot, et ils nous ont laissés filer.

— J'ai prononcé le nom d'un très important agent clandestin de la DEA. Seul un type travaillant dans le secteur de la drogue ou peut-être un gros narco pouvait le connaître.

— N'aurions-nous pas dû leur demander de nous

prendre avec eux ? Je ne sais pas moi, de nous conduire à l'ambassade des Etats-Unis, ou un truc comme ça ?

— Les choses ne sont pas aussi simples. Il y avait forcément des Péruviens sur le coup, qui pouvaient ou non être au courant pour Maldonado. J'espère qu'ils sont en planque depuis plusieurs jours et qu'ils se concentrent sur leur mission. Je ne crois pas qu'ils puissent savoir pour Maldonado, sinon ils nous auraient retenus, mais cela ne saurait tarder et ils transmettront les renseignements sur nous. Désormais, Hel, il faut se déplacer à la vitesse d'une fusée.

— C'est encore loin, chez ton ami ?

— Vingt heures de marche, peut-être davantage, et nous ne pouvons nous autoriser la moindre halte.

Sentant son corps gémir d'épuisement, elle prit la gourde des mains d'Evan et but goulûment avant de la lui rendre avec un petit sourire.

— Alors en route.

78

Cette fois, pas question de bivouaquer à l'aube ou au petit matin. Connor ouvrait la marche comme s'il tirait Helen avec un palan invisible.

L'air s'épaississait, s'alourdissait. Ils avaient l'impression de respirer du miel. Au bout de quinze heures d'affilée, Helen sentait qu'elle commençait à avoir des hallucinations. Son esprit se transporta en un lieu appelé Londres, loin d'ici, irréel. Si elle n'y pensait pas, il n'existerait pas. Ici, tous les sons étaient étouffés par la forêt protectrice et, quelle que fût la direction, on n'y voyait pas à vingt pas. Seuls les animaux s'exprimaient. L'air était déchiré par les cris des aras et le rire moqueur des singes. Les oiseaux pouvaient voler, ils étaient des émissaires, des messagers, leur cri évoquait le monde extérieur, le savoir, mais les singes piaillaient, hystériques sous cette serre qui les retenait prisonniers. Ils vivaient dans le ciel de lit, ne s'aventurant que rarement sur le sol. Pour eux, le dais était vaste et inflexible comme une mer ; il s'étendait à l'infini. Au repos, les singes étaient les créatures les plus belles, idéales lorsqu'ils grimpaient tranquillement aux arbres, mais lorsqu'ils hurlaient, Helen sentait la folie toute proche, agissant sur elle comme du verre qui casse, tesson d'insanité et de destruction. Elle voulait se planter nue dans la jungle et répondre en hurlant à ces singes invisibles.

Son père lui apparut dans un cauchemar éveillé, puis se dissipa peu à peu dans ses hallucinations comme si même le désir et le chagrin cédaient à l'épuisement.

Ils s'arrêtèrent à midi. La moiteur les enserrait, la sueur détrempait leurs vêtements et leur coulait dans les yeux. Connor but quelques gorgées d'eau et laissa Helen finir. Ils n'avaient rien à manger. Connor exhiba un paquet de feuilles de coca qu'il avait conservées pour le cas où ils seraient à court de vivres et menacés d'épuisement total. Il en tendit une petite poignée à Helen.

— Merci.

Elle les mâcha à grand renfort de grimaces tant c'était amer. Dévisageant Connor, elle le trouva fatigué mais solide alors qu'elle se sentait ébranlée par des accès d'affaiblissement total.

— Encore combien ?

— Sept heures jusqu'à Shintuya. C'est la fin de la route. Nous prenons le fleuve juste avant, traversons, après quoi il reste une heure jusqu'à la Villa Carmen.

Connor la prit dans ses bras ; elle se laissa bercer.

— On y est presque, Hel, tu accomplis des merveilles. Je ne connais pas deux femmes capables d'en faire autant, même certaines spécialistes de l'armée seraient en difficulté.

— Ça vaut mieux que de mourir.

Ils se reposèrent une demi-heure puis repartirent. Cependant que les heures défilaient, ils entendirent le premier camion. On en discernait le grondement à des kilomètres. Ils avaient largement le temps de se tapir dans la jungle, face contre terre pour dissimuler leur peau noircie et leurs yeux brillants. Il y eut un va-et-vient de camions puis, avec le crépuscule, les phares serpentèrent sur la piste poussiéreuse. Helen était sûre qu'en les dépassant les passagers les scrutaient du regard.

— Il faut se montrer prudent, ici, Hel.

Helen s'aperçut qu'elle souriait de la litote.

— Nous arrivons à un goulot d'étranglement.

— Où est-il ?

— A Shintuya, à environ six kilomètres d'ici. Je vais nous arracher à cette route dès que je trouve une brèche.

Connor dévisagea Helen. Il voyait qu'elle luttait contre l'épuisement. Marcher sur la route était beaucoup plus commode que se bagarrer avec le fouillis de la jungle, mais infiniment plus dangereux. Il y resta le plus longtemps possible.

Ils s'enfoncèrent dans la jungle où ils luttèrent contre la densité du sous-bois. Helen tituba et tomba à trois ou quatre reprises avant que les arbres ne s'éclaircissent. Alors, ils descendirent la colline. L'air était plus frais. Ils aperçurent le fleuve.

Il était immense, chocolat dans la lumière des étoiles, plein de remous et de rides, transportant à l'occasion un arbre gigantesque dont la moitié des branches s'élançaient vers les cieux comme pour mendier du secours.

— Il faut qu'on trouve une pirogue, murmura Connor. Il y a un petit village de la tribu des Pirus à quelques kilomètres en aval. Ils nous emmèneront.

— On peut leur faire confiance ?

— Aux Pirus ? Ils te regardent fixement, te pouffent de rire au nez, surtout les enfants, puis ils t'aident.

Une heure plus tard ils étaient aux abords du village. Helen jeta un coup d'œil au cadran lumineux de sa montre. Huit heures. Ils avaient marché vingt-six heures avec moins d'une heure de halte. Elle toucha l'épaule de Connor alors qu'il marchait devant elle. Il se retourna.

— Evan, je n'irai pas beaucoup plus loin.

— Ça tombe bien, la rassura-t-il, ce ne sera pas nécessaire. Nous traverserons le fleuve en pirogue, puis marcherons une dernière heure, juste une. Après quoi, soit nous prenons l'avion, soit nous nous reposons. C'est promis.

Connor ne voulait pas s'approcher du village, mais traverser le fleuve à la nage était impensable. Helen était tellement à bout qu'elle coulerait dans les tourbillons en quelques secondes.

Helen ferma les yeux un moment ; son corps la suppliait de s'écrouler pour dormir. Elle songea à la promesse faite à son père. Elle écarquilla les yeux, regarda Connor, comblée de l'amour qu'elle lui portait, et le suivit en direction d'un village de huttes en roseaux. Dissimulé par la jungle, il s'arrêta et s'accroupit. Helen s'allongea près de lui et s'évanouit. Connor observa le village pendant une demi-heure avant de la réveiller.

— Je vais essayer de trouver une pirogue. Je ne serai pas long. Ne t'endors pas, j'ai besoin que tu montes la garde.

Helen hocha la tête et fit un nouvel effort pour ouvrir les yeux. Evan l'embrassa puis se dirigea vers une hutte à laquelle on accédait grâce à une échelle de bois. Helen regarda Evan disparaître. Sa vision se troublait. Elle se frotta les yeux avec frénésie mais en vain.

Elle sentait de la fumée et entendait des éclats de rire qui se mêlaient au grondement indistinct d'une conversation. Soudain, le silence. Elle imaginait Connor s'adresser à un auditoire attentif. Elle ne distinguait pas sa voix. Souvent, lorsque c'était important, il parlait si calmement qu'il fallait tendre l'oreille pour le comprendre. Elle entendit une voix grave, réfléchie puis, quelques instants plus tard, un grognement sec, et Connor apparut en compagnie de deux hommes. Ils descendirent les marches et s'avancèrent vers elle. Robes couleur de boue et rayées de rouge, larges visages attrayants, aussi sombres que le fleuve. Des yeux vifs la jaugèrent et lui sourirent chaleureusement.

— Ils vont nous faire traverser, annonça Connor en aidant Helen à se relever.

Soulagée, elle s'agrippa à Connor et serra la main des deux hommes. Ils se retournèrent et firent signe à Helen et Connor de les suivre.

Alors, la nuit explosa. Des coups de feu retentirent, des soldats armés surgirent à cent mètres de là. Les Pirus se jetèrent à terre. Connor se débarrassa de son sac à dos et saisit Helen par la main. Elle sentit son esprit et son corps renaître à grande vitesse. Avec Connor, elle traversa le village en courant jusqu'à la rive.

Ils plongèrent de concert dans les eaux turbulentes. Helen perdit la main de Connor et lutta pour remonter à la surface. Le courant s'empara d'elle, elle sentit quelque chose de lourd s'écraser contre sa tempe et inspira. L'eau emplit sa bouche et ses poumons. Elle alourdissait ses vêtements et l'attirait au fond. Helen vit des étoiles et se sentit perdre conscience.

Je suis en train de mourir, se dit-elle avec un mélange d'étrange objectivité et d'insoutenable tristesse. Elle pensait à son père, à Dai, à Evan. Elle les aimait tant. Soudain, énergique et enragée, elle lutta violemment contre les eaux déferlantes, remua vigoureusement bras et jambes, brisa la surface, toussa et inspira profondément. Elle repéra bientôt Connor légèrement en aval ; il nageait vers elle sans la quitter des yeux. Le courant emportait Helen. Des cris montèrent de la rive. Helen voyait les soldats genoux à terre, épaulant leur fusil. Elle entendit les tirs. Tout près, l'eau gicla. Helen se glissa sous l'eau, perçut d'autres explosions dans le monde au-dessus, puis remonta, les poumons en feu. Elle se déplaçait plus vite, maintenant, au milieu du fleuve, là où le courant était le plus puissant. Elle distinguait au loin les soldats grimper dans une pirogue. Elle réprima un cri en sentant une main l'attraper par les cheveux.

— Tout va bien, je t'ai attrapée, dit Connor.

Elle le sentit battre des pieds, lutter contre le courant. Centimètre par centimètre, il la tira vers l'autre rive qu'ils atteignaient presque. Elle piétinait dans la boue, pataugeait, dérapait. Connor la porta jusqu'au rivage, puis dans les buissons rabougris d'une petite plage. Il la posa délicatement sur le sable. Allongée, le cœur cognant dans sa poitrine, elle entendit les soldats de la pirogue pris dans le courant. Ils s'éloignaient.

Evan hissa Helen sur ses pieds et chercha à capter son regard. Elle essaya de bouger, se mit à tousser, le fleuve montait, elle sentait le monde tournoyer, craignit un moment que l'obscurité ne la submergeât. Elle secoua la tête, une douleur l'ébranla. La jeune femme mit un pied devant l'autre, s'aperçut qu'elle bougeait toujours, suivant Connor qui leur frayait un chemin, écoutant les mots qu'il prononçait flotter lentement jusqu'à elle, de très loin.

— On y est presque, continue, on avance, Hel, c'est bien ma grande, mon amour, continue, très bien, on approche.

Elle se cognait aux arbres, sentait une humidité plus chaude se mêler à l'eau du fleuve qu'elle rejetait. Elle eut dans la bouche le goût métallique du sang, entendit Connor jurer. Ils avançaient péniblement. Lorsqu'ils trouvèrent le sentier, Helen aurait été incapable de dire combien de temps s'était écoulé.

Il la prit par la taille, la soutenant tandis qu'ils continuaient.

— Ce sera plus facile, maintenant, mon amour. Allez, ma belle, on avance.

Ils marchaient dans la nuit. Soudain, entre les arbres serrés, ils distinguèrent au loin l'éclat d'une lumière.

Ils avançaient toujours vers le fanal. Il y avait un bâtiment. Connor fit le tour par-derrière et entra par les cuisines. Helen s'écroula sur le sol. La dernière chose qu'elle entendit fut la voix de Connor, rapide et basse, qui parlait à un homme arborant un chapeau de cuisinier.

79

Une mare de sang se répandait autour de la base du crâne de Helen. Sa joue entaillée saignait, elle aussi. Paniqué à la vue du sang, Alvaro se rua sur Connor.

— Evan, *qué ha pasado* ? Laisse-moi appeler un...

Connor se pencha sur Helen, écarta ses cheveux et observa la blessure. C'était seulement le cuir chevelu. Cela devrait pouvoir attendre. Il se releva.

— Tu as un avion ? Tu en as toujours ? s'enquit Evan avec une fébrilité peu coutumière.

— Pourquoi ? Que comptes-tu faire ?

— Ficher le camp. Tout de suite.

— En pleine nuit ? Sans autorisation ? Es-tu devenu fou ? Tu as vraiment envie de te faire tirer dessus ? Sais-tu combien d'avions se sont fait descendre l'année dernière en essayant de passer en Colombie ?

— Plus de dix. Cela nous laisse pas mal de chances. D'ailleurs, on se fera tuer si on reste ici.

— Tu te feras descendre si tu t'envoles maintenant.

— Peut-être que oui, peut-être que non.

— Ils ont un radar, une espèce d'AWACS, et une surveillance basse altitude par satellite. Tu crois pouvoir leur échapper ?

— Et toi ? Tu paies quelqu'un pour qu'il regarde ailleurs ?

— Il y a trop d'yeux, là haut, mon vicux.

— Tu sais aussi bien que moi qu'il y a cinq chances sur cent pour qu'ils se lancent à mes trousses, même s'ils le voulaient. Ils n'en ont pas les moyens.

— S'ils ne te courent pas après, tu te crasheras de toute façon. A quand remonte ton dernier vol de nuit ?

— J'ai quatre cents heures de nuit à mon actif. Je prends le risque. Bon Dieu, Alvaro, dis-moi juste de quoi tu disposes !

— King Air. C90SE.
— Oui, brailla Connor.
— Ça coûte huit cent mille dollars, mec.
— L'argent, ça va, ça vient.
— Tu ne peux pas me prendre simplement mon...
Connor saisit Alvaro par la gorge.
— Je n'ai pas envie de te faire du mal, mon ami, mais je n'hésiterai pas à te tuer, crois-moi.
Connor serra. Alvaro battit des bras. Connor accentua la pression, puis lâcha prise.
Alvaro s'effondra et reprit son souffle peu à peu. Levant les yeux sur Connor, il en perçut toute la violence contenue et comprit.
— D'accord, d'accord, dit-il d'une voix perchée.
— Donne-moi les clefs, ordonna Connor en hissant Alvaro sur ses pieds. Allons-y.
Connor poussa l'homme dans l'escalier qui menait à sa chambre. Blanchie à la chaux, fenêtres grillagées, lit défait, odeur de moisi et de sexe. Alvaro prit les clefs dans une canette de bière privée de son couvercle.
— Des cartes, exigea Connor.
— Pour où ?
— Droit sur le continent.
— Si tu voles vers la Colombie, tu fonces direct sur Iquitos, mec, tu te cognes sur le radar.
— Contente-toi de me filer les cartes. Il me faut les cartes IFR et VFR haute et basse altitudes. Je suis sûr qu'elles me seront très utiles. Combien de fois as-tu fait ce vol ?
Alvaro prit dans un placard mural huit jeux de cartes de la taille d'un sac de selle de chameau. Connor les ouvrit l'une après l'autre.
— Gros pli sur Leticia ! Comme ça se trouve !
Connor fonça retrouver Helen, ramassa le corps inerte qu'il chargea sur son épaule.
— Où est l'avion ?
— Derrière, dans un hangar.
— Passe devant.
Connor suivit Alvaro dans le noir. Ils traversèrent un champ et parvinrent au hangar.

— Ouvre la porte.

Alvaro défit les cadenas d'une succession de gros verrous, tira sur une grande porte coulissante et fit la lumière. Des rangées de néons éclairèrent un bimoteur blanc d'environ dix mètres avec une envergure de quinze mètres. Trois hublots étaient regroupés le long du fuselage derrière le cockpit et un quatrième, plus petit, se situait juste avant la queue. Sur celle-ci, on pouvait lire OB1330.

Connor eut un signe approbateur.

— OB, excellent, je suis heureux de constater que tu as une immatriculation péruvienne. HK et on nous abattait.

— Tu crois vraiment que je volerais avec une identité colombienne !

— Non, tu y apposerais un autocollant, je suppose. Allez, ouvre !

Alvaro sortit ses clefs et ouvrit la porte à l'arrière de l'avion. Connor glissa Helen à l'intérieur et la porta jusqu'au siège du copilote où il la sangla.

Il ressortit et fit le tour de l'avion pour l'inspecter.

— Dis-moi que les réservoirs sont pleins.

— C'est toujours le cas avec moi.

— Je m'en doute. Tu as fatalement dû déguerpir en hâte plus d'une fois.

Connor vérifia les réservoirs nacelles près des moteurs ainsi que les réservoirs d'ailes. Pleins tous les quatre. Il vérifia le train d'atterrissage, les ailes, la queue, les hélices, les hublots, les pare-brise et l'huile. Satisfait, il revint à Alvaro.

— Quelle est la vitesse de croisière normale ?

— Deux cents nœuds entre dix-huit et vingt mille pieds.

— Autonomie de vol ?

— Je dirais autour de onze cent cinquante nautiques avec une réserve de carburant de trente minutes.

Connor calculait en silence la distance approximative jusqu'à Bogotá : douze cents nautiques.

— J'imagine que tu es équipé du GPS.

— Evidemment.

— Tu en as un de secours ?

Remarquant le regard fuyant d'Alvaro, il reprit :

— Va le chercher. Et rapporte aussi à boire et à manger. Grouille !

Connor trompa l'attente en revérifiant l'avion. Chaque minute comptait. Mais s'il se plantait, se perdait dans le ciel, ils étaient morts. Il se contraignit à la patience. Alvaro revint enfin avec un GPS portatif et un sac de vivres.

— Distance d'atterrissage ? s'enquit Connor.

— Quatre cents mètres. Où vas-tu ?

— Je te le dirai une fois là-bas. Tu pourras y récupérer ton bébé.

— Il n'y aura plus de bébé, marmonna Alvaro.

Sur quoi Connor claqua la porte. Il vérifia la fermeture de la porte, s'installa et se sangla. Helen était toujours inconsciente. Connor déplia la première carte, sortit son routier, calcula les premières coordonnées et les inséra dans le GPS de l'avion ainsi que dans celui d'Alvaro qui servirait de contrôle. Puis il prit dans le pare-soleil la check-list avant mise en route et l'effectua. Cela faisait deux ans qu'il n'avait pas piloté de King Air. Malgré la fatigue qui l'étreignait, il s'obligea au maximum de concentration. Il vérifia la charge de la batterie, puis pressa le bouton de mise en route du moteur numéro deux. La turbine tourna. Il vérifia la rotation des pales, s'assura que le voyant jaune du moteur était allumé, puis poussa sur le levier de régime. Il vérifia la température de la turbine, puis mit le bouton de démarrage sur « off ». Il alluma la géné, attendit que la batterie se recharge, puis alluma le démarreur du moteur numéro un et refit la procédure de démarrage. Il vérifia les phares, l'air conditionné, le radar, le GPS, la pressurisation des réservoirs, les pompes de gavage et de transfert, sa planche de bord et le réglage des compensateurs. Il mit la puissance plein petit pas et l'avion s'ébranla. Connor stoppa, vérifia les freins et effectua la check-list avant alignement. Il regarda de tous côtés, s'assura que la piste était dégagée, puis accéléra et décolla dans la nuit à cent nœuds.

Il scruta la forêt en contrebas tandis que l'avion prenait de la hauteur. Les lumières de la Villa Carmen s'éloignaient. Ils étaient libres. Connor résista à l'envie de hurler de joie.

Vario positif, train rentré, réduction de puissance, check-list en montée. Il grimpa à dix-huit mille pieds, effectua la check-list croisière et ajouta de nouvelles coordonnées à son GPS.

Puis il se tourna vers Helen. Elle passait sans cesse de la conscience à l'inconscience, mais du moins ne saignait-elle plus.

Au bout d'une heure, elle s'obligea à ouvrir les yeux, regarda par la fenêtre du cockpit et vit un fleuve brun, au loin, éclairé par un croissant de lune, coulant comme du sang au milieu de la jungle. Elle volait au-dessus de l'Amazone.

Connor l'entendit remuer. Il fouilla sous son siège et en extirpa une trousse de premier secours en piteux état.

— Comment ça va ? demanda-t-il.

Elle sourit et caressa son visage de ses doigts tremblants. Visiblement, elle rayonnait de courage retrouvé.

— Tiens, dit-il en lui tendant la trousse. Il devrait y avoir de l'alcool iodé et du coton. Tu es légèrement blessée à la tête. Et ta joue est entaillée. Tu ferais bien de nettoyer tout cela.

— Merci.

Elle frissonna quand le produit la piqua. Quand elle eut fini, elle remisa la trousse sous son siège et se tourna vers Connor.

— On a réussi.

Il se pencha pour l'embrasser.

— Oui, Hel. On a réussi.

Il fouilla dans le sac de provisions et trouva des paquets de biscuits, des pommes et du Coca-Cola.

— A table. Mange, ne te gêne pas.

— Ouah ! Quel festin !

Connor coulait des regards en coin à Helen tandis qu'elle se restaurait, dominée par la faim et l'épuisement. Il rattrapa la bouteille de Coca que ses mains lâchèrent lorsqu'elle se rendormit. Elle avait accompli des miracles en crapahutant quatre jours pratiquement sans repos ni nourriture. A lui d'en faire, maintenant. Comment dire à Helen qu'on pouvait encore leur tirer dessus car ils avaient tout d'un avion narco en vol clandestin ? Autre risque : si les autorités décidaient de s'en tenir à la loi, l'armée de l'Air péruvienne pouvait les escorter et les contraindre à atterrir. S'ils avaient de la chance, ils finiraient en prison. Alors, lorsque Maldonado les aurait retrouvés, on les ferait disparaître mystérieusement pour les exécuter. Connor n'avait qu'à voler pendant douze cents kilomètres vers le nord, à travers l'Amazonie, remonter la chaîne des Andes, dans la nuit qui lui cachait les dangers sans l'en protéger. La chaleur des moteurs se réfléchissait sur le fuselage, trahissant leur passage. AWACS, surveillance satellite, radar-sol, tous ces guetteurs scrutaient l'air nocturne.

80

Seul dans un monde qui se dévoilait progressivement, Connor fouillait du regard le lointain obscur tandis qu'il caressait les manettes. Il étudiait ses cartes, vérifiait les jauges. Il calcula qu'en ligne droite, avec le vent dans le dos, il aurait juste assez de carburant pour s'approcher de Bogotá. Il atterrirait sur la piste de Peter et en assumerait les conséquences. Mais la ligne droite les menait dans le champ du radar d'Iquitos dont la portée était de deux cent cinquante nautiques. Il ne pouvait se permettre un aussi grand détour, faute de quoi ils n'arriveraient jamais à Bogotá. Où qu'il atterrît ailleurs, il ne savait comment on l'accueillerait. Presque tous les terrains d'aviation de la région étaient la propriété des narcos. S'ils voyaient un avion inconnu se poser dans la nuit, ils tireraient d'abord et poseraient des questions ensuite. En outre, il mesurait mal la gravité de l'état de Helen. Il avait vu des gens mourir d'épuisement et de choc à des degrés moindres que le sien. Et c'était sans compter sa blessure à la tête, l'eau du fleuve Manu qu'elle avait ingurgitée pouvant provoquer une dysenterie dans le meilleur des cas, voire le choléra ou la typhoïde. Bref, le pronostic n'était guère favorable.

Connor en conclut qu'il n'avait pas le choix : il fallait foncer droit devant. A deux cent cinquante nautiques d'Iquitos, il inclina son avion pour voler à deux cent cinquante pieds juste au-dessus des arbres. Plus bas, il risquait de s'écraser dans la jungle. Si le risque d'être repéré au radar était beaucoup plus faible à cette altitude, il n'était pas exclu pour autant. Evan n'avait plus qu'à espérer que d'autres vols illégaux se déroulent ce soir-là dans le ciel et que le radar s'en occupe. Lorsqu'il sentirait sa concentration faiblir, il remonterait et risquerait le tout pour le tout.

Ils volaient si près des arbres que Connor avait l'impression de voir les yeux des singes les observer avec terreur. A intervalles réguliers, il se tournait vers Helen pour s'assurer que tout allait bien. Elle errait entre sommeil et éveil, regardant alors au-dehors, le corps semblable à une poupée de son.

Connor pilotait depuis plus de deux heures et demie dont une heure à écumer le toit de la jungle. L'avion constituait maintenant une cible sans défense et Evan ne pouvait qu'user de toute son habileté et prier pour que les dieux fussent de leur côté. La mort pouvait surgir à tout instant. Des arbres qui déchireraient le ventre de l'avion. Ou d'un tir de la FAP, armée de l'Air péruvienne. Ils utilisaient des hélicoptères Backhawk armés de mitrailleuses. Ils les descendraient dans un torrent de balles. Ils s'effondreraient au sol dans une boule de feu. De combien de temps disposerait-il ? Vivrait-il une seconde dans cet enfer ? Reprends-toi, bon sang ! Il essuya la sueur de son front puis vérifia son GPS. Ils s'approchaient au maximum d'Iquitos et du radar – soixante-quinze nautiques à l'est.

Ils volaient. Vingt nautiques, cinquante, cent. A chaque nautique parcouru, l'espoir s'infiltrait en Connor comme l'air dans ses poumons. Deux cent cinquante nautiques. Hors de portée. Prier maintenant qu'il n'y ait pas d'autres satellites en train de tourner, se branchant sur lui, que l'AWACS et la surveillance regardent ailleurs et que l'armée de l'Air aux ressources limitées se contente d'observer ses écrans, les regardant se sauver, impuissante.

Il consommait trop de carburant à voler si bas. Il fit grimper l'avion. Voler à cette altitude exigeait moins de concentration car il n'avait pas à guetter le moindre affleurement pour tirer en hâte sur le manche avant de replonger. Pourtant, ses yeux le brûlaient. Il commençait à ciller et à voir trouble.

Ils volaient loin au-dessus des arbres, du plafond sombre que Helen prenait pour le parterre du monde. Sous l'éclairage de la lune, elle voyait le royaume de la forêt s'étendre à l'infini. De temps à autre, l'éclat d'un fleuve serpentait parmi la verdure. Elle frissonna au spectacle des eaux et détourna les yeux.

— Où sommes-nous ?

Connor se tourna vivement et vérifia son GPS.

— Au-dessus de la Colombie. Nous survolons un endroit appelé Puerto Leguizamo.

— Et puis ?

— Nous sommes à environ trois cent quarante nautiques de Bogotá, soit une heure et demie de vol, en gros.

— Nous atterrirons à Bogotá ?

— Oui.

Du moins l'espérait-il.

Helen replongea dans l'inconscience. Connor se dirigeait vers la Cordillera Oriental. Il passa de dix-huit à vingt mille pieds. Ses cartes indiquaient un mont baptisé Cerro El Nevado, situé à plus de quinze mille pieds. Il vérifia sa planche de bord et plus particulièrement la jauge carburant. Ils volaient maintenant depuis quatre heures quinze. Ils descendraient bientôt. Il restait suffisamment pour environ soixante-dix nautiques. Le ranch de Peter se trouvait cinq nautiques trop loin.

Il vola au-dessus du *páramo*. Il posa la main sur l'épaule de Helen, qui n'eut aucune réaction.

— Hel, réveille-toi, insista-t-il en la secouant.

— Mm. O mon Dieu, que se passe-t-il ?

— Nous allons nous poser dans une vingtaine de minutes. Il va falloir que tu m'aides à repérer la piste.

— Mais il fait un noir d'encre ! Comment veux-tu repérer quoi que ce soit ? Tu n'as pas de coordonnées ?

— On n'est pas à Heathrow. Il s'agit d'une piste non répertoriée appartenant à un ranch privé. Elle n'est pas indiquée sur les cartes. La balise la plus proche est à dix nautiques.

— Oh merde ! Je vais me croire en train de chercher un homme passé par-dessus bord en pleine tempête.

Elle repoussa ses cheveux de son visage et colla le nez au pare-brise.

— Si on ne la trouve pas, on peut se poser dans un champ ?

— Nous survolons de hautes plaines, le sol est accidenté, ponctué d'arbres et de grosses roches. En plein jour, nous aurions nos chances...

Le jour ne se lèverait que dans cinq heures. Evan prit la main de Helen.

— Nous allons nous poser, trouver le ranch ou, faute de mieux, un endroit décent où atterrir. Je te le promets.

Il lui baisa la main. Elle pressa la sienne en souriant. Il se demandait si elle se rendait compte qu'il lui avait promis la lune. Elle n'était pas novice en ce qui concernait la navigation et connaissait leurs chances de réussite. Ils se regardèrent dans les yeux et, pendant cet instant, l'amour repoussa toute frayeur.

Ils poursuivaient leur route dans la nuit implacable. Connor réduisit l'altitude à cinq cents pieds. Sa vie était entre les griffes du destin. Il s'imagina à court de carburant, s'écrasant au milieu des rochers sur le *páramo*. Ce n'était pas la peur d'être abattu, de la mort soudaine qui vient comme un atroce soulagement. C'était la torture interminable qui s'apparentait à la noyade. Chaque seconde qui passait les rapprochait de la mort. Ou bien ils avaient la mort aux trousses, et elle gagnait du terrain. Pis encore, ils étaient cette fois maîtres de leur destin. Ils détenaient le pouvoir de scruter, de trouver le terrain dégagé et celui de le rater.

— On va se poser dans le noir, observa Helen.

— Oui. La piste doit se trouver à moins de trente nautiques. Nous y serons dans moins de dix minutes.

Il jeta un nouveau regard à la planche de bord. Le voyant « transfert carburant » était au rouge. Les réservoirs d'ailes étaient vides. Seuls ceux de la nacelle contenaient encore du fuel, et fort peu. Le cœur d'Evan battait la chamade. Les yeux rivés sur la jauge, Connor déclara :

— On ne doit plus être loin.

Ils volèrent trois minutes, quatre, cinq, six. Helen balayait l'horizon du regard. Rien, aucune brèche dans l'obscurité insistante. Connor louvoya avec son avion, fouilla avec une froide intensité, guettant avidement une tache de lumière, le reflet d'une vitre sous la lune. Il vérifia la jauge. Il leur restait une minute, peut-être deux. Ils perdraient rapidement de la puissance ; à environ quatre-vingts nœuds, l'avion décrocherait. Connor décida de descendre. Ils se vacheraient, voilà tout. Le sol était le même partout. Il lui fallait quatre cents mètres pour s'arrêter. Quatre cents mètres sans le moindre rocher, arbre, fossé ou bâtiment. A la grâce de Dieu.

— Prends la position crash, tête rentrée, bras autour des genoux, dit Evan à Helen. Je vais tenter d'atterrir.

Il lui serra la main. Pour la première fois, elle vit la mort dans ses yeux.

Elle regarda au-dehors et s'écria :

— Là ! Sur la droite ! On dirait une piste !

— Il y a intérêt, sacré nom ! Si je vire et qu'il n'y a rien...

— Vas-y. Je suis sûre que j'ai vu quelque chose.

Helen eut la nausée au moment où Connor vira sur l'aile.

— Où ? Je ne vois rien !

— A droite, un tout petit peu plus loin. J'ai vu un reflet métallique et de l'espace, un noir plus foncé, comme une piste. Je suis sûre, je...

— Je perds de la puissance ! On va...

— Ecoute, c'est juste là, légèrement sur la droite.

Ils ne respiraient plus. Leur vie tenait à leurs yeux.

— Là ! hurla Helen.

— Vu ! On est droit dessus.

Une piste d'atterrissage s'étendait sous eux. A quarante mètres, Connor distinguait les faibles contours des bâtiments constituant le ranch.

— Bon ? Paré à l'atterrissage.

Connor fit son approche dans l'obscurité. Pourvu qu'il n'y ait aucun obstacle du genre vache endormie ou tracteur garé. Il sortit le train et fit un signe de croix. L'avion piqua du nez, ils eurent l'impression de tomber brutalement. Ils se posèrent avec force rebonds. L'avion trembla, Connor écrasa les freins et ils commencèrent à perdre de la vitesse. Ils stoppèrent en trépidant au bout de la piste.

Les larmes aux yeux, Connor se tourna vers Helen. Puis il jeta les bras au ciel pour remercier les Parques. Helen l'embrassa, goûta le sel de ses larmes qui se mêlaient aux siennes. Il prit sa main et tous deux s'absorbèrent dans une contemplation mutuelle. Puis Connor effectua la procédure d'arrêt moteur.

Soudain, il se raidit. Deux hommes approchaient, mitrailleuse au poing, des chiens sur leurs talons.

— Fais comme moi, dit Connor avec calme. Quel que soit le rôle que je t'attribue, joue-le.

— On sort ?

— Dans une minute. Cet endroit appartient à un

ami, mais il ne sera sans doute pas enchanté de me voir tomber du ciel.

— Pourquoi ?

— Il essaie de garder profil bas. On a pu être suivis au radar.

Les hommes s'arrêtèrent et pointèrent les Uzis sur le cockpit. Connor reconnut avec soulagement Pepe et son fils. Il attendit qu'ils l'aient reconnu à leur tour, puis leur fit signe qu'il allait sortir.

— Viens, dit-il à Helen en la tirant par le bras. Pas de mouvement brusque.

Ils se dirigèrent vers l'arrière, Helen s'accrochant aux dossiers pour garder l'équilibre. Connor ouvrit la porte, sortit les marches et descendit en portant la jeune femme.

— Señor Evan ! s'exclama Pepe, incrédule. Qu'est-ce que vous fabriquez ici ?

— Cas d'urgence. Mon amie est blessée. Il faut que je l'emmène chez un médecin à Bogotá. Peux-tu m'aider ?

— Je n'ai qu'une Jeep, répondit Pepe, incertain.

Cet homme était un ami de son patron, à qui tout le monde au ranch faisait confiance. Il savait que le Señor serait furieux qu'il se soit posé comme ça, mais il serait encore plus furieux si Pepe ne traitait pas le Señor Connor en ami.

— Une suffira. Va la chercher tout de suite, d'accord ? S'il te plaît.

Pepe resta un moment sans rien dire puis parut se décider.

— *Comó no ?* Avec plaisir.

Son fils et lui tournèrent les talons et regagnèrent la finca, suivis par Evan et Helen.

— Alors, mon amour, comment te sens-tu ? demanda-t-il en la soutenant par la taille.

— Vivante, répondit-elle dans un sourire.

Pepe entra un court instant, puis revint avec des clefs de voiture. Il désigna du menton une Jeep Suzuki garée devant.

— Mieux vaut attendre le lever du jour, avertit-il.

Il y a des *terroristas* dans le coin. Voyager de nuit n'est pas sûr.

Ils dormirent quelques heures. Lorsque, à six heures, Pepe les réveilla avec une omelette et du café, ils eurent l'impression de s'être reposés quelques minutes au plus. Luttant contre la nausée, Helen mangea autant que possible. Connor engloutit en un rien de temps le contenu de son assiette. Ils remercièrent les deux hommes, dissimulèrent l'avion dans un hangar vide, puis s'éloignèrent dans la Jeep avec un réservoir plein, trois bouteilles de Coca, du pain et deux pulls empruntés pour les protéger du froid. Helen s'accrochait au tableau de bord pour diminuer l'effet des secousses causées par les ornières. Elle avait mal partout. Elle rêvait d'un bain chaud, de draps blancs et de vêtements propres.

Le soleil se leva sur les pics environnants, projetant ses rayons obliques sur la plaine, réchauffant peu à peu la fraîcheur ambiante. Ils traversaient une vallée de verdeur pastorale où paissaient des lamas, paysage de collines ondulantes et de chalets.

Helen se pencha sur Connor.

— C'est encore loin ?

— Une heure jusqu'à Bogotá.

La circulation s'intensifiait. Ils étaient régulièrement dépassés par d'énormes 4 × 4 qui vrombissaient avec mépris, abandonnant dans leur sillage les coups sourds d'un rythme à plein volume.

Entrer dans cette métropole moderne après cette longue marche dans la jungle était irréel. Cela remontait à quand ? Le temps s'était mué en question de vie ou de mort, supprimant toute notion cohérente de durée.

Helen contemplait la ville autour d'elle, les grands immeubles, le tohu-bohu, la circulation, les femmes élégantes déambulant sur les trottoirs, les boutiques chic et, à divers croisements, des hommes aux cheveux longs et aux yeux de rapaces. Helen imaginait aisément son aspect en remarquant leurs regards se poser sur elle avant de se détourner rapidement.

Elle demanda à Connor :

— Comment diantre allons-nous entrer à l'ambassade dans cet accoutrement ?

— Je connais l'ambassadeur, ne t'inquiète pas.

La résidence de l'ambassadeur de Grande-Bretagne était une demeure coloniale sur la Calle 87, dans la profondeur feuillue des faubourgs de Bogotá. Ils virèrent au coin devant un haut mur extérieur.

— Ne sors pas tout de suite, dit Connor, sinon ils vont croire qu'il y a une bombe dans la voiture. Les véhicules piégés sont monnaie courante, ici, ajouta-t-il en guise d'explication.

Il s'extirpa de la Jeep, se dirigea vers une grille ouvragée fortement gardée et s'adressa brièvement à l'un des trois gardes dont Helen ne manqua pas de remarquer l'expression soupçonneuse.

La sentinelle disparut dans une guérite pour téléphoner. Au bout de cinq minutes, un autre homme arriva. Regard bref pour Connor, évaluateur pour Helen. Puis il serra la main de Connor. Ce dernier sauta dans son véhicule et franchit les grilles qui s'ouvraient, prit l'allée qui contournait les pelouses dont le seul aspect était rafraîchissant.

Ils se garèrent à côté d'une Range Rover d'un vert étincelant. Connor aida Helen à descendre et la prit par le bras.

Des bougainvillées tombaient en cascade le long des murs blancs de la résidence. Un chien aboyait à l'intérieur, une odeur de bacon frit se répandait. Ils grimpèrent la volée de marches, franchirent une porte de bois sculpté et pénétrèrent dans une salle de réception haute de plafond avec des tableaux accrochés aux murs et de superbes tapis. On les fit entrer dans un bureau anonyme où ils s'installèrent un moment, échangeant des regards, épuisés et exaltés d'être encore en vie.

Un homme entra. Un bon mètre quatre-vingts, rougeaud, costaud, des mains comme des battoirs. Il était vêtu d'un costume bleu marine avec des rayures beaucoup trop larges. Connor se leva, lui serra la main et se tourna vers Helen.

— Helen, voici Peter Ingram, ambassadeur de Grande-Bretagne. Peter, permettez-moi de vous présenter Helen Jencks.

L'ambassadeur enferma sa main dans les siennes. Sa voix bourrue était rassurante.

— Bienvenue à la résidence, Helen.

Elle faillit rire de cette scène incongrue.

— Je vous remercie, je suis ravie d'être là, répondit-elle.

Ingram la parcourut des pieds à la tête avec un sourire amusé.

— Ça, je m'en doute. Peut-être aimeriez-vous prendre un bain et vous étendre un moment.

Helen faillit tomber en pâmoison.

— Ce serait merveilleux.

L'ambassadeur appela dans un bureau voisin. Une femme sans attrait d'une cinquantaine d'années apparut, chaussures basses et pratiques, chemisier orné d'une lavallière et jupe à mi-mollets. Elle offrit à Connor un sourire maternel auquel il répondit par un clin d'œil.

— Hilly, voici miss Jencks, dit l'ambassadeur. Mr Connor et son amie auront besoin de deux chambres. Peut-être pourriez-vous veiller sur eux. Miss Jencks vous suit immédiatement.

Hilly leur décocha un regard approbateur, comme si elle ne remarquait ni la boue, ni le sang, ni les vêtements déchirés. Elle tendit une main à Helen.

— Venez, mon petit, c'est par ici.

Escalier en marbre, lustres étincelants, couloir douillet, pas feutrés, porte ouverte, sourire gracieux.

— Voilà. Appelez-moi si vous avez besoin de quoi que ce soit. Bouton numéro quatre de l'interphone. Reposez-vous bien. C'est confortable ici, vous vous y plairez.

Hilly disparut dans un sourire.

Helen regarda autour d'elle : grand lit de draps blancs, chaude couette à motifs, quatre oreillers moelleux. De l'autre côté d'une porte, la salle de bains, marbre couleur crème, baignoire immense et profonde, miroir au-dessus du lavabo. Elle s'en approcha avec précaution et affronta le spectacle qu'elle offrait.

Ses cheveux étaient collés de sang et de boue. Son visage strié de l'un et de l'autre. Elle avait une belle entaille à la joue droite. Ses yeux étaient injectés de sang et elle avait les joues creuses. Elle considérait son reflet comme celui d'une étrangère. Elle regarda, regarda jusqu'à ce que le choc s'atténuât. Elle chercha dans ses traits ravagés le visage de son père, tenta de le faire surgir, craignant de ne jamais le revoir en chair et en os. Elle pleura tant le manque était cruel, jusqu'à ce que toute larme fût tarie et que la joie fondamentale d'être toujours vivante surgît de nouveau en elle.

Petit coup enjoué à la porte. Hilly attendait avec une bouteille d'eau, une théière et une assiette de sandwiches.

— Je vous trouve un peu maigrichonne. Je me suis dit qu'un petit en-cas ne vous ferait pas de mal.

— Oh, vous êtes un ange. Merci, c'est très gentil, je...

Hilly se glissa dans la chambre et posa le plateau sur une table près du lit.

— Allez. Pas de manières. Finissez tout cela, prenez un bon bain et piquez un petit roupillon, et vous serez fraîche comme la rosée. Oh, j'allais oublier, je vous ai aussi apporté de l'alcool et une crème antiseptique. C'est pas beau, cette coupure.

— Merci encore. Je suppose qu'il n'y a ici que des boissons raisonnables, n'est-ce pas ?

— Vous voulez de l'alcool ? Doux Jésus, bien sûr qu'on en a. On nage dedans, pour ainsi dire. Qu'est-ce qui vous ferait plaisir ?

— Du cognac, si c'est possible. Beaucoup de cognac.

— Je vous apporte une bouteille et vous en ferez ce que vous voudrez.

— Vous me sauvez la vie. Puis-je abuser et vous demander une dernière chose ?

— Allez-y.

— J'aimerais prévenir mon parrain que je suis saine et sauve.

— Donnez-moi son nom et son numéro, je vais voir ce que je peux faire.

— Dai Morgan.

Hilly nota le tout dans la paume de sa main.

Deux minutes plus tard, elle revenait avec une bouteille de cognac et un verre en cristal taillé.

— Voilà. Je file téléphoner à votre parrain. Reposez-vous.

Helen but le thé, dévora les sandwiches-concombre et saumon fumé. Elle rinça le tout d'un verre de cognac, se débarrassa de ses vêtements et se glissa dans l'eau très chaude. L'épuisement s'empara d'elle comme une fièvre. Elle fut prise de tremblements incontrôlables. Elle posa la tête sur les genoux, respira plusieurs fois profondément pour se calmer, s'allongea de nouveau, tête sous l'eau. Toutes ses coupures la piquaient. L'eau coula, rosâtre, dans la baignoire.

81

L'ambassadeur emmena Connor dans son bureau.

— Pas question que je m'assoie, protesta Connor en désignant l'état lamentable de ses vêtements.

Ingram désigna un fauteuil de cuir vert.

— Prenez celui-ci. Il en a vu d'autres. Puis-je vous offrir un whisky, de l'eau, du café ?

— Volontiers, je vous remercie. Du café et de l'eau.

Ingram passa commande par l'interphone. Trois minutes après, une femme en tablier blanc apporta une cafetière en argent et un pichet d'eau glacée. Elle servit l'ambassadeur et Connor avant de se retirer sans un mot.

Songeur, l'ambassadeur but son café à petites gorgées.

— On m'a averti d'ouvrir l'œil. On dirait que c'est la panique à bord. Sous peu vous pourrez décrocher le téléphone et appeler vos semblables à Londres. Mais vu que vous et votre petite fugitive avez déboulé ensanglantés dans mon territoire, vous feriez bien de me dire d'emblée ce qui se trame.

Connor but un grand verre d'eau et commença de raconter. Il détestait parler. Courir lui était plus facile.

Deux heures plus tard, Ingram le libérait, sa vanité flattée et sa curiosité satisfaite par ce qu'il jugeait comme une approximation acceptable de la véritable histoire. Il accompagna Connor jusqu'à un téléphone sûr d'où il pourrait appeler Londres et le laissa seul.

Evan appela immédiatement Tess Carlyle.

— Oui.

— En voilà des façons d'accueillir les gens !

Après un instant de silence, la joie indignée de Carlyle éclata.

— Nom de Dieu ! Où êtes-vous ?

— Ambassade de Bogotá.

— La fille ?

— Aussi.

— Que se passe-t-il ? Un rapport de la DEA affirme que vous avez tous deux été repérés dans la jungle péruvienne en piteuse condition. Ou alors vous avez l'un et l'autre un sosie. La DEA prétend que le SIN vous court après.

— Je vous raconterai plus tard. Sortez-nous de là, c'est tout ce que je vous demande. Par le premier avion. Dites à Farrell d'appeler Ingram. Je ne veux pas d'ennuis.

— Il sera enchanté de se débarrasser de l'encombrant colis.

— Je n'en doute pas une seconde. J'imagine que nous prendrons le vol de nuit. Vous serez à l'aéroport ?

— Pas question que je manque cela. Oh, Evan ?
— Oui.
— Bravo.
— Pourquoi ?
— Vous êtes toujours vivant.

— Vous prenez l'avion de midi, annonça l'ambassadeur en sortant de son bureau après avoir discuté avec Farrell. Moins vous traînerez dans le coin, mieux cela vaudra. Je serais probablement aussi bon menteur que vous au sujet de votre présence ici, mais j'aime autant l'éviter.

Connor acquiesça.

— Je vais réveiller Helen. Et les passeports ? Nous avons perdu les nôtres.

— Je vais vous faire sortir avec des papiers diplomatiques, ce ne sera pas long. Le décollage est prévu à douze heures trente. Soyez prêts à midi.

— Quelqu'un pourrait-il me montrer où se trouve Helen et croyez-vous que je puisse prendre un bain ? Mon look de diplomate laisse à désirer.

L'ambassadeur appelait déjà son assistante.

— Hilly, montrez à Mr Connor la chambre de miss Jencks, voulez-vous ?

Puis, se tournant vers Connor :

— Utilisez sa chambre, j'ai le sentiment que ce ne sera pas trop pénible.

Il s'éloigna. Connor l'observa attentivement, étonné de ce changement d'attitude. Il sourit intérieurement et suivit Hilly dans l'escalier.

Helen était allongée dans le lit, draps jusqu'au menton. Elle ouvrit les yeux et sourit en le voyant refermer la porte derrière lui. Il s'assit au bord du lit.

— Nous décollons à midi et demi, Hel. Nous avons deux heures devant nous.

Elle remarqua à quel point il était épuisé et se redressa péniblement. Les draps retombèrent à sa taille.

— Helen ! C'est fou ce que tu as maigri !

Il lui caressa les cheveux, puis l'attira contre lui.

— Désolé, dit-il.

— De quoi ?

— Je n'aurais pas dû laisser tout cela arriver. Je n'aurais pas dû t'exposer ainsi.

— Tu crois encore que tu aurais pu m'arrêter ?

Elle sortit du lit et, titubant légèrement, nue, pleine d'entailles et de bleus, elle regardait ses vêtements en tas sur le tapis.

— Je vais demander à ce damné ambassadeur de te trouver des vêtements. Sa femme est grande et forte, malheureusement. Une locale bien nourrie et qui s'entretient. Autant que je m'en souvienne, je n'ai pas les mêmes goûts qu'elle.

— Après de tels oripeaux, ce sera de la haute couture. Et toi ?

— Ingram va me donner quelque chose. Nous volons avec des passeports diplomatiques, ils sont bien obligés de faire un petit effort.

— Pourquoi si vite ? J'avais espéré que nous passerions peut-être la nuit ici.

— Ils pensent sans doute que plus tôt nous aurons quitté la région, mieux cela vaudra.

On les conduisit à l'aéroport dans la Range verte. Les portes claquèrent avec le bruit étouffé d'un véhicule blindé. Les vitres pare-balles étaient bloquées en permanence. L'air conditionné dispensait un froid polaire.

On avait fait attendre pour eux l'avion de la British Airways. Ils avancèrent dans l'allée centrale, prirent leurs sièges et se tournèrent l'un vers l'autre, mains enserrées. L'avion recula et fut tiré jusqu'à la piste. Dans une dernière et bruyante accélération, ils furent soulevés, volant vers chez eux, loin de cet enfer destructeur.

82

L'aube n'allait plus tarder. Helen ne distinguait rien dans l'obscurité en contrebas, mais elle était persuadée qu'elle saurait à l'instant même quand l'avion quitterait le grand anonymat des mers pour survoler l'Angleterre. Elle essaya de calculer combien de temps elle s'était absentée. Presque un mois. Ces quelques semaines étaient une illusion d'optique. En ce court laps de temps, elle avait vécu une vie entière et rentrait chez elle une autre femme. Elle avait retrouvé son père, vu son visage. Il l'aimait et sûrement avait-il compris que c'était réciproque. Qu'elle l'eût perdu, sans doute irrémédiablement, était une blessure inguérissable avec laquelle il lui faudrait apprendre à vivre. Elle avait affronté la mort, lutté de toute son énergie pour survivre. Et elle aimait profondément Evan Connor.

Lorsque les roues touchèrent la piste à Heathrow, Connor étreignit Helen. Il enfouit son visage dans ses cheveux. Elle sentit ses lèvres chaudes sur sa nuque. Elle le serrait avec une force rageuse.

— Tout ira bien, dit-il contre son épaule.

Elle recula et le regarda dans les yeux.

— On nous attend à l'aéroport, dit-il. On te posera un tas de questions, sur ce que tu as fait, sur moi. Dis la vérité, Hel.

— Que se passera-t-il si je le fais ?

— Aucune idée, mais la vérité d'emblée, c'est mieux.

— Je ne dis pas que je vais mentir, mais pourquoi mets-tu cela sur le tapis ?

— Parce que si tu ne dis pas la vérité, ils te briseront jusqu'à ce que tu la leur dises. Ne commets pas l'erreur de croire qu'ils n'en sont pas capables. Tu as déjà traversé une sorte d'enfer, mais ils sauront t'en fournir un d'un autre genre.

Lui savait leur résister, cela se lisait dans ses yeux, dans cette froideur insondable qu'elle y avait perçue parfois.

— Pas de panique. Tes types ne m'affolent pas. Wallace, Rankin, Roddy Clark, Goldsteins, la police, tous ceux de leur putain d'espèce, c'est de la petite bière. Quel mal peuvent-ils me causer après ce que j'ai subi ? J'ai trouvé mon père et je l'ai reperdu. Que veux-tu qu'il m'arrive de pis ?

— Tu comptes vraiment les laisser s'en tirer sans lever le petit doigt ? Même ceux qui t'ont piégée, même ce journaleux de mes deux ?

— Du tout, Evan, loin de moi cette idée.

— Que vas-tu faire, alors ?

Helen lui décocha un sourire carnassier.

— Je suis un papillon. Je battrai des ailes.

— Je ne comprends pas.

— C'est ce que l'on appelle la théorie du chaos. Lorsque c'est arrivé, je me suis juré vengeance. J'attendais juste le moment opportun. L'heure est venue.

Une petite bonne femme, d'un mètre soixante maximum, les attendait dans le hall des arrivées. A l'écart, elle les observait, décidée, curieuse, imperturbable. Les néons projetaient sur ses traits une lumière jaune peu seyante. Ses yeux errèrent sur le corps de Connor, puis passèrent à Helen Jencks. Elle ne ressemblait pas du tout à ses photographies : plus creuse, plus maigre, nerveuse. Sa peau brune contrastait violemment avec le blond de ses cheveux qui lui tombaient dans le dos en boucles. Elle avait une démarche fluide et puissante, rappelant un peu celle d'un prédateur. Il émanait d'elle quelque chose de menaçant ; cette coupure qui lui tailladait la joue en deux, ce regard si dur.

Tess Carlyle les laissa approcher sans bouger. Puis, son visage se mua subtilement, un bref adoucissement de ses traits anguleux – une mère pour son fils, une amante pour son bien-aimé. Bientôt, pourtant, toute sensualité disparut, remplacée par une colère que Helen jugea quasi possessive.

— Evan, dit-elle d'un simple signe de tête.

— Tess.

Voix sourdes, regards soutenus, celui de Tess Carlyle interrogateur et scrutateur, celui de Connor, solide. Elle se tourna vers Helen.

— Helen Jencks, je présume, ou serait-ce Williams, comme l'indique votre passeport ?

Elle avait une voix puissante et roulait très légèrement les r. On aurait cru une nouvelle incarnation d'Eartha Kitt[1].

— Jencks, répondit Helen d'un ton neutre.

Puis, imitant à merveille l'intonation faussement détachée de Tess Carlyle, elle ajouta :

— Et vous êtes ?

— Tess Carlyle, répondit celle-ci, amusée.

Elles échangèrent une poignée de main ; celle de Tess Carlyle était petite et osseuse comme une patte d'oiseau. Pas un rouge-gorge ni un pinson, en dépit de sa taille. Rien d'apprivoisé. Un oiseau de proie, un petit rapace, du genre faucon pèlerin. Des yeux de tueur observèrent Helen de haut en bas. Nulle pitié dans ce regard soutenu.

— Par ici, dit-elle.

Au moment où le trio se mit en marche, deux hommes leur emboîtèrent le pas. Helen marchait à côté de Connor dont le visage était impénétrable ; peut-être discernait-on sur sa bouche un léger sourire amusé.

On les conduisit au parking où les attendait une Land Rover Discovery munie de toutes sortes d'antennes. Un des hommes muets ouvrit la portière arrière et fit signe à Helen. Elle grimpa, suivie de l'homme en question. Tess Carlyle passa par l'autre portière pour s'installer à côté de Helen, soudain bien encadrée. Connor grimpa à la place du mort et l'autre type prit le volant.

Ils filaient à travers Londres. Elle ne verrait plus jamais la ville, ni quoi que ce fût, au demeurant, avec

1. Chanteuse de jazz américaine mythique. Remarquée par Orson Welles, elle a fait du cinéma et du théâtre, outre ses apparitions dans des cabarets et ses disques. *(N.d.T.)*

les mêmes yeux ; cependant, les vieilles constructions, l'ordre caché, le côté familier n'avaient pas changé. Mais tout semblait irréel. Après la fournaise de la jungle, après l'affolant sentiment d'enfermement causé par la présence d'un million d'arbres, de terre bouillonnante, de fleuves engorgés et de myriades d'insectes grouillants, cette cité de pierre, de béton et d'air plombé semblait appartenir à un autre monde. La voiture qui se déplaçait, les piétons se rendant à leur travail, l'organisation des feux tricolores avaient tout d'une plaisanterie. C'était la vie, c'était normal, et pourtant, quelque chose en Helen hurlait tout ce qu'elle avait vu et fait. Il n'existait apparemment aucun lien entre les deux mondes. Elle avait traversé la frontière de la belle vie, sensée et douloureuse, et ne s'imaginait pas la repasser dans l'autre sens. Elle songea avec ironie qu'il y avait peut-être du vrai dans la légende de la Porte du Soleil. Elle, en tout cas, ne serait plus jamais comme avant.

83

Dans la voiture, le silence régnait. Helen se sentait observée par sa voisine. Elle soutenait parfois son regard, croisait des yeux évaluateurs et lui rendait la pareille.

Ils se garèrent devant une maison située dans une rue anodine au sud de la Tamise. Tess Carlyle commandait Connor, le guidant dans une pièce donnant sur le hall tapissé d'une moquette à fleurs. Il offrit à Helen un bref sourire rassurant au moment où Carlyle referma la porte sur eux. Le chauffeur fit signe à Helen de monter au premier où il l'accompagna jusqu'à une chambre.

— Théoriquement, il y a tout ce qu'il faut. Si j'étais vous, je dormirais pendant que c'est possible.

Il lui décocha un regard qui trahit un instant la

sympathie et la compassion, puis il redevint l'homme anonyme et passif aux cheveux gris qu'elle serait incapable de se rappeler lorsque, des années plus tard, elle essaierait de se souvenir de son retour dans les moindres détails.

Elle ferma la porte, entendit la clef tourner dans la serrure et l'homme redescendre. Helen gagna la fenêtre. Elle était munie de barreaux.

— Bien, dites-moi, qu'avez-vous réussi à faire ? demanda Tess Carlyle.

Ce faisant, elle se servit du café d'un Thermos fourni par le chauffeur et leva un sourcil interrogateur en direction de Connor qui hocha la tête. Elle le servit donc, traversa la pièce jusqu'à lui, ses hauts talons écrasant silencieusement le tapis. Gracieuse, des gestes extravagants lorsqu'elle se laissait aller, dans la mesure de ses moyens, sinon, retenue, chaque mot, chaque geste mesurés, se faisant oublier pour mieux écouter et observer.

— Qui fuyiez-vous ?

— Nous étions près de Maldonado, trop près. Si cela vous est toujours utile, je vous confirme que c'est une ordure de la pire espèce. Il a essayé de tuer Helen. Nous nous sommes sauvés, il nous a retrouvés. J'ai dû me débarrasser d'Angel Ramirez pour qu'on s'en tire.

Carlyle cherchait visiblement à le percer à jour.

— Si vous comptiez vraiment le tuer, vous avez salopé le boulot, ce qui ne vous est pas coutumier. Angel Ramirez n'est pas mort, il est tétraplégique.

— O mon Dieu !

Carlyle constata la blessure. La seule chose que les hommes de la trempe de Connor craignent plus que la mort est l'infirmité.

— Comment le savez-vous ? demanda Connor malgré lui.

Carlyle lui décocha un regard dédaigneux.

— Vous n'êtes pas mon seul agent dans la région, Connor. Ils ont essayé d'étouffer la chose, mais cela s'est su. Il y a eu un assaut. Gigantesque chasse à l'homme pour retrouver les auteurs. S'ils vous avaient mis la main dessus, vous auriez fini en chair à pâté. A quel jeu jouiez-vous, bon sang ?

— A votre avis ? J'essayais juste d'ajouter un peu d'humanité à des instructions écrites en provenance d'un bureau bien propret équipé de l'air conditionné. Vous ne prévoyez jamais la boue, hein, les emmerdes inhérentes à l'exécution de vos plans ! Pour vous, il y a juste un ordre et un objectif. Alors maintenant que votre objectif est atteint, vous voulez connaître la teneur exacte du grabuge et rendre votre verdict. Tous autant que vous êtes, avec vos visages graves et désapprobateurs, parce que j'ai brisé quelques-unes de vos précieuses petites règles.

Connor savait ce qui l'attendait. Réprimandes, avertissements, mauvaises notes dans son dossier, censure de fonctionnaires au visage gris dont le seul combat était pour un siège dans le train de 8 h 20 en direction de Waterloo Station. Ils chipoteraient sur les dépenses, exigeraient son renvoi, resteraient assis sur leur gros derrière en essayant de l'amener à supplier qu'on lui garde son job. Et tout ce temps, il verrait l'expression de Jack Jencks disant au revoir à sa fille, ou celle de Helen au moment où elle le quittait en courant. Vingt-trois ans d'agonie parce que Jack Jencks avait œuvré pour la Firme qui l'avait allègrement oublié, ainsi que l'énorme sacrifice qu'il avait consenti ; la Firme qui ne comprendrait jamais pourquoi Connor avait contrevenu au règlement pour Helen et le referait sans l'ombre d'une hésitation.

— Mettez le nez dehors, dit-il à Tess Carlyle d'une voix que la colère contenue rendait plus basse encore que de coutume. Allez voir un peu comment ça se passe de ce côté de la vie. Voyez si vous arrivez à grand-chose avec votre règlement. Ou alors contentez-vous de programmer des robots capables d'obéir à tous vos désirs.

— Voyons, Connor, ça n'a rien à voir avec ce que je veux ou non. Vous connaissez le jeu. Il faut bien qu'il y ait des règles.

— Au diable tout cela ! J'en ai ma claque. Je rends mon tablier. Les intrigues de bureau m'ennuient et l'appel du terrain a du plomb dans l'aile. J'ai suffisamment flirté avec la mort. Cela ne m'amuse plus.

Jamais il ne l'avouerait à son patron, mais depuis qu'il aimait Helen, il voyait les choses autrement. Vivre et aimer était devenu beaucoup plus excitant que de danser éternellement avec la mort.

— Ce n'est pas aussi simple et vous le savez. Si vous voulez vraiment vous extirper de ce merdier sans une éclaboussure, vous feriez mieux de jouer cartes sur table.

Connor éclata de rire.

— Vous devriez me connaître, depuis le temps ! Croyez-vous véritablement que vais perdre le sommeil à m'inquiéter des tempêtes de conneries que vous et la Firme êtes capables de soulever ? Je vais tout vous dire, Tess, parce que j'ai accepté cette mission et entends la mener à son terme. Après, pour ce qui me concerne, vous pouvez tous aller vous faire foutre.

84

Ils parlèrent jusqu'à la tombée du jour. A vingt-deux heures, Carlyle fournit une chambre à Connor. Elle se reposa deux heures puis, à minuit, ouvrit la porte de Helen et alluma la lumière. Helen émergea difficilement. Tess Carlyle mesurait l'intense volonté de cette femme qui se redressait dans son lit, repoussait ses cheveux en arrière, tout engourdie de sommeil.

— Donnez-moi une minute.

Sans attendre la réponse, Helen se dirigea vers la salle de bains contiguë et s'aspergea le visage d'eau froide. Après quoi elle descendit avec Tess Carlyle. Elles s'installèrent à une table poussiéreuse et Helen sentit le sommeil revenir. Elle se reprit et affronta l'autre femme.

— Racontez-moi tout depuis le début, avec vos propres mots, ordonna Tess Carlyle en se carrant sur le dossier de sa chaise sans quitter Helen des yeux un instant.

— Il y a d'autres façons ?

— Eh bien, vous pourriez mentir carrément, ce qui serait futile, ou par omission, ce qui constituerait une perte de temps pour nous deux...

— On m'a déjà fait le topo, interrompit Helen. Vous finirez par me briser alors autant dire la vérité tout de suite.

— Allons-y, en ce cas.

— Vous êtes certaine, n'est-ce pas, de pouvoir me briser ?

— Je puis faire appel à une machine raisonnablement efficace.

— Mon approximation de la vérité... commença Helen, qui releva ses cheveux en queue de cheval, dévoilant son visage anguleux et sa joue tailladée. Posez vos questions, ajouta-t-elle en se penchant en avant.

— Pourquoi vous êtes-vous enfuie ?

— D'abord parce que Maldonado a essayé de me tuer. Ensuite parce que j'ai tué un de ses hommes.

— Angel Ramirez.

— Oui, il me semble bien qu'Evan l'a appelé comme ça.

— Vous l'avez tué ?

Helen lui décocha un sourire sinistre.

— Connor prétend que c'est lui.

Helen ne pipa mot.

— Comment avez-vous réussi ? demanda Tess Carlyle.

— Vos cellules grises sont en panne ?

Apparemment sereine, Tess Carlyle ne trahissait aucun trouble, mais Helen perçut quelque chose dans l'air.

— Voulez-vous une petite démonstration ? Je pratique l'aïkido. Ceinture noire, deuxième dan.

Helen parla jusqu'à ce que les premières zébrures grises de l'aube brisent l'obscurité teintée d'orangé. Elle répondit aux questions avec une clarté tranchante. Goldsteins, le piège. Maldonado, son marché avec Connor, rechercher son père, le trouver, le reperdre, la dernière vision de lui, menaçant Maldonado d'un pistolet, ses yeux sur elle, déchiré, appel muet tandis qu'elle tournait les talons et s'enfuyait. Seulement alors eut-elle le sentiment d'être bientôt brisée.

— Je suis navrée pour votre père, dit Carlyle. C'est de mauvais augure.

— Maldonado n'est-il pas un interlocuteur ? Ne pourrait-il vous dire où est mon père, ce qu'il lui arrive ?

— Il refuserait. Nous n'avons aucun moyen de le contraindre à donner pareil renseignement. Il nierait simplement être au courant. Qu'a-t-il à y gagner ?

— Vous disposez sûrement d'une monnaie d'échange.

— Nous ferons tout ce qui est en notre pouvoir.

— Je ne crois guère à vos remèdes.

— Restez en dehors du coup. Il y a eu assez de dégâts comme cela.

— Oh, je sais ! Tout est ma faute. J'aurais dû laisser mon père dans sa paisible retraite où il serait mort à son heure. Je n'ai pas réfléchi. N'avez-vous jamais agi sous le coup de l'émotion ?

— Trop souvent.

— Pour une obsédée du contrôle, une légère défaillance est déjà trop, je suppose.

— Qu'allez-vous faire, maintenant ? demanda Tess Carlyle d'un ton détaché.

Helen vit sa pique rebondir sur la carapace dont cette femme se protégeait. Ce n'était pas qu'elle s'était construit une façade d'équanimité, mais plutôt qu'elle avait été forgée par les douleurs de la vie quotidienne. La mortification des saints...

— Et vous, qu'allez-vous faire, maintenant ? répliqua Helen. Les gens de chez vous ont indirectement contraint mon père à se rendre là-bas, ne croyez-vous pas de votre devoir de le tirer d'affaire ? Ou le devoir ne fait-il pas partie de votre vocabulaire ?

— Devoir envers quoi, envers qui ?

— Très malin, comme réponse. Je suis sûre que vous avez des devoirs envers bien des choses et bien des gens, mais je n'en ai qu'un en ce moment.

Elle s'interrompit et eut un sourire menaçant.

— Non, ajouta Helen. Deux. en fait.

— Vous avez eu la vie sauve. N'y a-t-il pas de leçon à en tirer ?

— Absolument.

— Nous pourrions probablement vous retenir, du moins la Brigade de répression des fraudes, sur présomption de détournement de fonds chez Goldsteins.

— Pas pour longtemps. Quoi qu'il en soit, je suis persuadée que vous surestimez votre pouvoir. Goldsteins refusera de me voir approcher la Brigade de répression des fraudes. Si j'étais vous, je ne partirais pas en guerre contre la City. Ils ont autant à cacher que votre engeance, et avec un motif supérieur. L'argent. Des milliards de livres sterling. C'est une raison beaucoup plus valable que vos devoirs éculés.

— Qu'avez-vous fait ?

— Je suis née avec le nom qu'il ne faut pas. Je me suis sauvée quand j'aurais pu rester. J'ai pris une décision que je reprendrais demain s'il le fallait. Je me suis impliquée moi-même, j'ai facilité la tâche à ceux qui m'ont piégée. Je n'ai rien fait de répréhensible.

— En ce cas, pourquoi vous cacher ?

Helen eut envie de rire. L'atroce pouvoir dans les yeux de Tess Carlyle, l'attrait du confessionnal, auraient pu se révéler irrésistibles.

— Avez-vous jamais côtoyé la mort de près ? demanda Helen.

— Vous si, remarqua Tess Carlyle, agréablement surprise, et cette expérience vous a durcie, et vous n'allez pas répondre à ma question.

— Elle est hors de propos.

Cela faisait maintenant six heures qu'elles jouaient

au jeu des questions et des réponses. On n'avait rien proposé à Helen sauf du café. Tendue, Tess Carlyle faisait les cent pas. Helen se dit qu'elles en auraient bientôt fini. Son corps commençait à s'écrouler de sommeil lorsqu'il s'éveilla à la voix doucereuse de Tess Carlyle.

— Alors comment avez-vous gagné tout cet argent ?

— Quel argent ?

Doux Jésus, sa propre voix lui parvenait de très loin et comme de la bouillie.

— Les journaux évoquent une somme de cinquante millions de dollars.

— Vous croyez ce qu'il y a dans les journaux !

— Comment avez-vous fait ?

— Moi, rien, pas un penny illégalement. Ecoutez, pourquoi ne pas plutôt continuer à me briser ? Essayez, finissez votre boulot, d'accord ? Faites ce que vous avez à faire, ça ne changera pas les réponses, mais puis-je vous faire une suggestion ?

— Allez-y.

— Si c'est vraiment ce qui vous intéresse, faites subir ce traitement à Wallace et Rankin. Bon sang, quelle importance ?

Elle s'écarta de la table et la chaise s'écrasa par terre. Elle frémit et Tess Carlyle perçut toute la rage et tout l'épuisement. C'était la femme qui avait estropié Angel, l'homme qui, de mèche avec Maldonado, était responsable de la mort d'un ami de Connor. Carlyle se dit que si elle avait été du genre sentimental elle lui aurait donné un bon point. Pour le moment, elle constatait qu'elle avait tiré de Helen le maximum de renseignements utiles.

— Peut-être nous faudra-t-il avoir une autre petite conversation, mais je vais vous faire conduire chez vous, annonça Carlyle à une Helen ahurie. Souhaitez-vous téléphoner à quelqu'un en particulier ?

— Oui, je vous remercie. A mon parrain. J'aimerais aller chez lui. Je suppose que vous savez où il habite.

— Il est sans doute aberrant de vous demander de

ne rien mentionner de tout cela avec lui, aussi vous prierai-je de vous assurer que ça n'aille pas au-delà. On ne sait jamais, cela pourrait retomber sur votre père.

— Vous n'hésitez pas à jouer la carte de l'émotion, dirait-on ! A votre avis, que va faire Maldonado, maintenant ?

— Quand il s'apercevra que vous êtes en Angleterre, il se saura compromis. C'est alors qu'il sera le plus dangereux. Pas nécessairement pour vous, je ne crois pas qu'il tente quoi que ce soit sur le sol britannique. C'est d'Angel Ramirez que je me méfierais.

— Je le croyais mort, objecta Helen dont les tempes battaient.

— Vous ne l'avez pas tué, Helen. Vous l'avez paralysé. Il est tétraplégique.

Horrifiée, Helen refoula de la bile.

— D'après mes sources, il est encore le cerveau de l'affaire et dirige tout depuis son lit d'hôpital. Il est capable de vous atteindre ici en un rien de temps.

— Maldonado, Angel Ramirez et leurs sbires ont tenté trois fois de m'abattre et trois fois ils ont raté leur coup.

— Si j'étais vous, je jouerais profil bas. La quatrième est toujours la bonne.

La voiture l'attendait dehors.

— Où est Evan ? Est-il encore là ?

— Oui.

— Puis-je lui dire au revoir ?

— Non.

85

Elle n'arrivait pas à dormir. Tout épuisée qu'elle était, elle avait les yeux grands ouverts. Elle ne voulait pas manquer un centimètre du chemin qui la ramenait à la maison.

Le chauffeur muet roulait à vive allure, Helen était installée à l'arrière de la voiture. Ils traversèrent Vauxhall Bridge et longèrent l'Embankment bordé de bureaux puis de logements sociaux. Ils passèrent Chelsea. De hautaines demeures les toisaient de toute leur grandeur. Helen contemplait la Tamise mouchetée de bleu par le soleil levant dont l'éclat bondissait des toits de la pagode dans Battersea Park. Elle abaissa la vitre. Elle renifla l'odeur des algues de ce fleuve pourvu de marées, la fraîcheur des arbres formant une avenue le long de l'Embankment, la poussière sèche qui évoquait une semaine sans pluie, et les vapeurs d'essence qui s'attardaient.

Les odeurs de Londres l'accompagnèrent lorsqu'ils s'infiltrèrent sur l'autoroute M4, pour ne disparaître qu'avec l'arrivée des champs en lieu et place des usines. Alors l'air se vivifia. Ils roulèrent vers l'ouest, traversant de verts pâturages et les collines du Wiltshire. Le soleil poursuivait son trajet long et paresseux dans le ciel. Elle en percevait la chaleur et sentait l'herbe, se régalant du paysage dont elle avait un temps pensé ne jamais le revoir. Elle en avait rêvé.

Enfin, ils tournèrent pour emprunter la petite route qui menait à la grande allée conduisant à la maison de Dai. Il surgit avec ses chiens en haut des marches alors que la voiture était encore à l'autre extrémité. Helen sortit de la voiture avant qu'elle ne fût totalement immobilisée. Les chiens sautèrent, et aboyèrent à qui mieux mieux, elle était dans les bras de Dai. Ils s'étreignirent avec force.

Dai essaya de faire fi du choc qu'il reçut quand il vit le visage abîmé de sa filleule, la maigreur, le regard dans ses yeux ; sauvage, déterminé, implacable. Tous deux essuyèrent des larmes impossibles à dissimuler.

Ils se rendirent dans le bureau de Dai où ils prirent place dans les vieux fauteuils familiers. Le soleil s'infiltra par les fenêtres ouvertes en même temps que la brise dansait autour d'eux. Après avoir accueilli Helen avec une frénésie peu coutumière, les chiens étaient maintenant allongés à ses pieds, manifestant un heureux contentement, pleinement détendus pour la première fois depuis sa disparition. Il arrivait à l'un ou à l'autre d'ouvrir un œil interrogateur à l'adresse de Dai, histoire de s'assurer que le maître allait mieux désormais et que toute tension paralysante avait disparu chez lui. Derek entra, prit Helen par les épaules puis disparut, visage rouge d'émotion, pour préparer le petit déjeuner. Il revint avec des œufs brouillés, du café, du jus d'orange et des toasts dorés à la perfection sur lesquels il avait étalé de la marmelade. Helen se restaura avec un plaisir manifeste. Chaque instant était un baume.

Ne pouvant se contenir davantage, Dai lui demanda ce qu'il s'était passé. Il écouta le récit de Helen avec un mélange d'excitation et d'horreur. Elle avait conscience qu'il essayait d'évaluer les dommages. Il l'interrogea plus avant jusqu'à éliminer toute zone d'ombre.

— Est-ce que ça va, Cariad ? fit-il enfin, se penchant sur elle pour effleurer la pointe de son menton, incapable de comprendre pourquoi, en dépit de toutes ses craintes, elle semblait indemne.

— J'ai du mal à me l'expliquer. Je suis à bout, je n'ai pas dormi correctement pendant des jours, je suis couverte de morsures, coupures et autres égratignures, je meurs de faim, ou presque, je suis déchirée quand je pense à papa, Evan Connor me manque atrocement, alors que nous ne sommes séparés que depuis vingt-quatre heures, mais j'éprouve une joie profonde et irrépressible, nouvelle pour moi.

La tête légèrement inclinée, Dai l'observait, émerveillé, ne se rappelant que trop la sensation d'être encore en vie.

Helen dormit vingt heures d'affilée du sommeil sans rêves réservé à ceux qui sont épuisés. Elle émergea lentement, s'étirant voluptueusement, sentant ses premières forces revenir. Elle prit une douche et enfila un vieux jean que Dai avait déniché dans le grenier. La dernière fois qu'elle avait réussi à le mettre, elle avait quatorze ans. Et voilà qu'elle flottait dedans. Elle marcha dans le long couloir recouvert de tapis. La lumière du soleil entrait par les fenêtres à meneaux, faisant tourbillonner des particules de poussière. Elle sentait la brise estivale sur sa peau, le parfum subtil de la première fenaison.

Elle descendit l'escalier, sortit par les portes ouvertes et s'arrêta devant les vieilles marches de marbre qui menaient dans l'allée. Au-delà, la rangée d'arbres qu'elle avait si souvent vue en rêve quand elle était au Pérou. Elle s'étendait maintenant devant elle : les vieux chênes, véritables monuments, dont la perspective diminuait sous ses yeux attentifs pour se muer en une mer verte suspendue à trente mètres du sol. Attendant de la remmener.

Elle prit son petit déjeuner avec Dai. Lapsang Souchong et pilaf de poisson, dont elle laissa la moitié. Au cours de leur fuite, son estomac s'était rétréci. Avec délicatesse, Dai insista pour qu'elle fît un effort. Munza, le chat de Helen, régnait sur la salle à manger. Inquiets, les dobermans essayaient de rester hors d'atteinte. Le félin sauta en grondant sur les genoux de la jeune femme et se laissa caresser pendant cinq minutes avant de redescendre sans un regard en arrière. Ses yeux verts ne montraient qu'un orgueilleux dédain.

Selon la tradition, les journaux étaient étalés sur une table latérale : *The Times*, le *Daily Telegraph* et le *Daily Mail*. Helen les feuilleta rapidement avant de les reposer, imperméable aux nouvelles du monde quand sa propre histoire n'était pas bouclée.

— As-tu des plans pour aujourd'hui ? s'enquit Dai avec un détachement qui ne trompait personne.

— Petit déjeuner somptueux avec mon parrain préféré, répondit Helen avec malice, puis promenade avec les chiens.

— Que trames-tu encore, Cariad ? insista-t-il d'un ton aigu tant il était attentif, inquiet et respcctueux tout à la fois.

— Je ne peux pas m'en tenir là, tu es d'accord ? Papa a disparu de nouveau, sa vie ne tenant qu'à un fil à cause de moi, si ce n'est pas déjà trop tard. Et je suis censée me planquer, assurer mes arrières, ne pas m'aventurer dans la bonne société, où je suis une petite arnaqueuse, grâce à Wallace, à Rankin et aux articles de Roddy. Criminelle par héritage. S'ils savaient, ajouta-t-elle en riant.

— Tu aurais pu te lancer à leurs trousses tout de suite après avoir découvert le pot aux roses. Cela t'aurait épargné le Pérou et toutes ces souffrances.

— Erreur, Dai. J'ai fait la seule chose possible et je recommencerais sans hésiter. Il fallait que je cherche papa. Ce que ces ordures m'ont fait ne comptait pas devant la possibilité de le retrouver. Je m'étais promis de leur régler leur compte à mon retour. Et je vais le faire. Seulement il faut que j'ajoute Roddy à ma liste.

Elle emmena les chiens au hallier en haut des collines. Elle resta debout un long moment à contempler le paysage verdoyant qui ondulait vers des collines plus basses virant au bleu par quelque tour de magie de la lumière. Les chiens se lancèrent dans une poursuite effrénée et joyeuse. Le soleil grimpait dans le ciel sans nuages. Un jour rêvé. *Où serais-tu en ce moment si tu pouvais choisir ?* avait-elle demandé à Connor pendant leur cavale. Elle avait choisi cet endroit précis, en haut des collines du Wiltshire ; Connor, lui, avait choisi d'y être avec elle. Elle l'invoqua. Il avait un goût de miel, de cidre doux, fort et musqué ; et sa voix, grave, lisse, vitale, pleine d'humour. Son corps, sa peau soyeuse, ses muscles vigoureux. Ses lèvres, celles de la sensualité. Son regard profond, cette rage de vivre que connaissent ceux qui ont survécu. Ils avaient cela en commun, désormais. Le pouvoir de survivre.

87

Se fermant à toute émotion, elle fit ses adieux à Dai et à Derek. Ce dernier était ahuri et accusateur. Dai, lui, comprenait, ce qui était réconfortant. Elle voyait bien qu'il s'efforçait de ne pas formuler les questions et les recommandations de prudence qui lui brûlaient les lèvres. Il possédait assez de sagesse et d'amour pour la laisser partir.

Elle rassembla les reliefs de sa vie londonienne – Munza et son trousseau de clefs, celles de chez elle et celles de chez Roddy. Elle monta dans la voiture de son père, en respira la bonne odeur de cuir et s'installa confortablement dans le siège baquet. L'imaginant à la même place, ses mains fatiguées au volant, elle sentit les larmes surgir et les refoula en hâte. Ce n'était vraiment pas le moment de pleurer ; il y avait encore un espoir, aussi faible fût-il. Elle mit « House of the Rising Sun » par Nina Simone. La voix plaintive du hors-la-loi était un avertissement cruel contre le risque de tout perdre, mais aussi un constat sans appel ; elle aurait refait la même chose.

Helen ne dépassa pas la limite de vitesse. Pas question, vu ce qu'elle s'apprêtait à accomplir, d'attirer l'attention de la police avec des vétilles. Elle avait esquissé les grandes lignes de son plan, laissant le destin donner un coup de pouce dans la bonne direction.

Elle jeta un regard par la vitre. Prairies verdoyantes, frisonnes en train de brouter, moutons éparpillés sur les collines au loin comme des confetti. Des chevaux balançaient la queue au ralenti, leur robe luisant au soleil.

Helen s'arrêta à la station-service juste avant Londres. Comme elle attendait son tour à la boutique, elle s'aperçut qu'on la dévisageait sans vergogne. De retour à sa voiture, elle se regarda dans le rétroviseur, passant le doigt sur l'estafilade de sa joue. Elle se rappela un instant la douleur violente, le fleuve en pleine jungle, les coups de feu explosant dans l'eau autour d'elle, le courant qui l'emportait. Une ombre passa dans ses yeux. Elle mit le contact et fila.

Elle arriva à Campden Hill Square à l'heure du déjeuner. Elle se gara sans chercher à se dissimuler. Elle observa un certain temps l'appartement de Roddy. Il était sûrement au boulot, mais elle préférait s'en assurer. Au bout de dix minutes, elle descendit les marches menant à sa porte et sonna. Personne. Elle sortit ses clefs qui tournèrent aisément dans la serrure. Helen entra d'un pas décidé et referma derrière elle. L'odeur familière de livres et de gin fit remonter les souvenirs comme un raz de marée. Bons et mauvais, Helen les chassa tous, sauf la photographie qu'il avait prise un après-midi d'été, celle qui avait paru dans le *World*.

Une fois dans la chambre, elle ouvrit la penderie, écarta les rangées de costumes, les jeans repassés. Droit sur le coffre-fort, caressant la molette de combinaison, persuadée qu'il ne l'avait pas modifiée. Il la lui avait confiée car, connaissant son excellente mémoire des chiffres, il comptait sur elle en cas d'oubli. Une tentative supplémentaire de l'attirer dans sa vie, comme de lui donner ses clefs d'appartement, tout cela sous l'apparence de la prudence. Helen rit à voix haute en entendant le coffre-fort s'ouvrir avec un bruit sec.

Une autre de ses polices d'assurance consistait à ne jamais laisser au journal des documents étayant ses articles. *Ils pourraient tomber dans de mauvaises mains*. Helen parcourut les deux étagères. Des papiers. Elle les étudia. Sans intérêt. Pas d'argent non plus. L'argent lui brûlait les doigts, de toute façon. Elle fouilla plus avant. Deux cassettes. Elle les empocha, referma le coffre, quitta la chambre, referma la porte d'entrée et rentra chez elle.

Dawson Place scintillait au soleil. Elle resta un moment à se régaler à la vue de sa maison, pleine de joie irrépressible. Les roses étaient épanouies. Mrs Lucas avait dû leur offrir son habituel traitement cinq étoiles. Du crottin des écuries de Hyde Park, à en juger par l'odeur.

Elle se glissa dans son appartement. Elle ouvrit le sac de Munza qui s'échappa sans attendre. Queue dressée, il se déplaçait en tous sens, point d'interrogation ambulant. Maison, sécurité, vie normale, saisons de souvenirs. Le goût en avait changé, mais le retour n'en était pas moins exquis. Helen traversa les pièces, s'arrêta devant son lit, le regard fixe, s'attarda dans la cuisine, imaginant les odeurs perdues. Puis elle écouta les cassettes.

La voix de Zaha Zamaroh retentit. Oreille tendue, yeux écarquillés, Helen partit soudain d'un grand rire secoué de convulsions.

— Allez, Zaha, vas-y, réduis-le en bouillie.

Tout y était : Zamaroh mettant au jour le délit de Wallace et Rankin, la façon dont ils avaient piégé Helen ; les aveux de Wallace, son virement de quinze millions de dollars sur le compte de sa patronne. La preuve de l'innocence de Helen. Une idée commença de se former. Helen alla prendre dans sa réserve de vin une bouteille de Puligny-Montrachet, la déboucha et se servit un verre. Dans le salon, quasi immobile, elle était assise en tailleur sur un tapis de soie. Un rayon de soleil enflammait ses cheveux. Elle regardait par la fenêtre sans rien voir, insensible aux cris des enfants qui jouaient, aux aboiements des chiens. Concentrée, réfléchie, elle tissait fil à fil la toile de son plan.

Elle décrocha le téléphone et appela Victor Maldonado. Voix de Carmen, vigilante, menaçante. Helen parla, entendit respirer à l'autre bout de la ligne, puis plus rien tandis que Carmen la tenait en haleine.

— Doctor Maldonado. Tout de suite. *Espero.* J'attends.

Ce qu'elle fit pendant quelques minutes, imaginant le combiné posé sur la table de bois sculpté sous le regard farouche des chevaux paso au noble visage et aux sabots cruels. Maldonado, fixant l'appareil du regard comme s'il voyait un fantôme.

— Helen.

Elle sursauta au son de sa voix, qu'elle sentait lourde, lente, affligée, comme si tous deux avaient souffert la même tragédie. Accusatrice, aussi, dans la crispation et le silence.

— Vous croyez que je vous ai trahi, dit Helen. C'est faux. J'espère que vous ne m'avez pas trahie non plus.

Maldonado soupira en tremblant.

— Pourquoi êtes-vous venue au Pérou ?

— Pour retrouver mon père.

Elle attendit.

— Vous l'avez trouvé, dit enfin Maldonado.

— Je l'ai reperdu.

Nouveau silence. Helen entendait la pendule ancienne sonner dans le bureau.

— Pourquoi m'appelez-vous ?

— Pour vous demander de ses nouvelles.

Maldonado eut un rire amer, plein de regrets, comme s'il se moquait de lui-même.

— Vous croyez que c'est moi qui l'ai ? Qu'il est en vie ?

— Il a affirmé que vous ne pouviez pas le tuer, dit Helen en s'efforçant de garder son calme. Je crois qu'il avait raison.

— Mais le laisser partir... à supposer que je le détienne, pourquoi le ferais-je ?

— Rappelez-vous ce que je vous ai dit sur le Machu Picchu.

— Vous m'avez menacé, ce me semble, dit-il d'un ton distant comme s'ils évoquaient de pures hypothèses d'école. Seriez-vous en train de réitérer vos menaces ? demanda-t-il, amusé, cette fois.

— Je vous propose un échange.

— Je ne vois pas ce que vous auriez à m'offrir.

88

Helen se rendit chez W.H.Smith pour acheter des cassettes vierges de quatre-vingt-dix minutes. Une fois chez elle, elle copia trois fois chacune des cassettes prises chez Roddy. Elle en fixa un jeu sous un fauteuil à l'aide de ruban adhésif, en plaça un deuxième dans une enveloppe et fourra le troisième dans son sac à main. Elle téléphona ensuite à un service de coursiers afin qu'on passe chez elle chercher l'enveloppe dûment scellée pour la porter chez Dai. Une demi-heure plus tard, le motard arrivait, cuir noir, démarche puissante, cheveux bruns et bouclés s'échappant de son casque. Helen lui tendit l'enveloppe.

— C'est juste après la sortie numéro quinze, précisa-t-elle, prenant soin de lui expliquer le chemin en détail.

— Merci, ma jolie. Ça va me gagner du temps.

— Je vous en prie.

— Sale blessure que vous avez là, remarqua-t-il en désignant la joue de Helen. Comment vous vous êtes fait ça ?

— Je me suis cognée à un arbre, dans un fleuve en pleine forêt amazonienne. J'essayais d'échapper à une bande de passeurs de drogue.

— Mais bien sûr !

— Soyez prudent, dit Helen en refermant la porte avec un sourire amusé.

Le soir venu, elle consulta l'annuaire des numéros personnels de chez Goldsteins et appela Zaha Zamaroh.

— Zaha. Helen Jencks à l'appareil.

— Helen ! Ça alors ! Quelle surprise !

— J'aimerais passer vous voir, Zaha.

— Je crois préférable que vous veniez demain chez Goldsteins. Accompagnée d'un avocat, si vous en avez un.

— Non merci, Zaha. Je doute que vous appréciiez la présence d'un avocat.

— Que j'apprécierais...

— AZC. CILD, Antigua. Compte numéro 2483.

Helen marqua une longue pause avant de reprendre :

— Je continue au téléphone ou j'arrive ?

Elle s'était souvent demandé où vivait Zaha Zamaroh. Un quart d'heure plus tard, elle avait la réponse. Onslow Square dans South Kensington. Appartement au dernier étage, jardin suspendu, parquet de bois clair, murs blancs, peintres scandinaves, un fragment de tapis encadré et accroché - délicat entrelacs couvert d'une profusion de fleurs et de feuillage. Helen s'approcha.

— Un Shah Abbas. Eblouissant, dit Helen qui se pencha sur les tapis réchauffant le sol. Un Saruk, un Seraband et un Ferahan, ajouta-t-elle. Ce vert pâle est si fin, comme la lumière du soleil sur la forêt de la pluie.

Helen ne parvenait pas à détacher son regard des tapis.

— Où avez-vous acquis vos connaissances en matière de tapis persans ?

— Mon parrain est un collectionneur spécialiste de l'Arabie. Il m'a tout appris. Héritage ou provenant de gains illicites ?

La femme lança à Helen un regard furibond, puis opta pour un large sourire. Elle portait une djellaba aux broderies compliquées tissée de fils d'or. Des boucles d'oreilles scintillaient sur sa peau brune. Plus que jamais elle avait l'air d'une déesse. Pourtant, malgré cette dignité tranquille, l'emphase qu'elle déployait dans la salle des marchés avait disparu.

— Aimeriez-vous boire quelque chose ?

— Vous avez demandé une vodka, si je m'en souviens bien, et vous avez bu à l'argent facile. Ça repart aussi facilement que ça vient, Zaha.

Helen ouvrit son sac et tendit les deux cassettes à Zamaroh. Puis elle s'installa dans le canapé bas et blanc. Les *Nocturnes* de Chopin s'égrenaient en arrière-plan. Zamaroh arrêta la musique, s'adossa à un long canapé recouvert de toile et passa la première cassette, puis la seconde.

Son regard errait dans la pièce comme les voix désincarnées l'emplissaient. Ses yeux s'attardèrent sur ses tableaux, sur les mers calmes à la lumière pâle et froide, sur les bouleaux tremblant au vent presque palpable, sur les champs de maïs dont l'or se détachait sur un ciel bleu, sur des plages de galets, désertes. Ses trésors, sa paix. Lorsque mourut sa voix enregistrée, quand la cassette se tut, elle se tourna vers Helen. Elle paraissait détendue comme un serpent, calculant le meilleur angle d'attaque.

— Je n'ai plus de veine jugulaire, Zaha, dit Helen comme si elle lisait en Zamaroh, ni de talon d'Achille.

— Qu'est-il arrivé à votre visage ? Et à vous, qu'est-il arrivé ?

Helen sourit au souvenir de la réaction du coursier lorsqu'elle avait répondu à la même question.

— Vous ne me croiriez pas.

Zamaroh se leva pour se servir un whisky.

— Que prendrez-vous ? fit-elle en désignant délicatement la bouteille.

Helen refusa d'un signe de tête.

— Je reprendrai mes cassettes, s'il vous plaît. Et ne vous faites pas d'illusions, j'ai d'autres copies à l'abri.

Zamaroh tenait les cassettes du bout des doigts comme si elles étaient contaminées. Elle les tendit à Helen et se rassit. Un chat persan tourna en rond dans un coin, dédaigna Helen et sauta sur les genoux de sa maîtresse.

— Pourquoi ne pas me dire ce que vous voulez ? demanda Zamaroh en caressant la fourrure grise de son chat.

— Tout l'argent pris à Wallace et Rankin.

— Quinze millions de dollars ! s'exclama Zamaroh d'une voix aiguë alors qu'un fragment de sa personnalité de salle des marchés reparaissait. Vous êtes folle ! Pourquoi vous donnerais-je tout cet argent comme ça, tout simplement ?

— Parce que sinon je remets les cassettes à Goldsteins et à la Brigade de répression des fraudes.

Zamaroh hocha la tête. Helen était certaine qu'elle se récitait le contenu des cassettes. Elle lisait l'embarras à la rougeur de son visage, imaginait ce qui avait amené Zamaroh à tenir ce discours à Wallace, à révéler ce que représentait pour elle le fait d'être une femme de couleur à la City. Cela la gênait plus que le vol. Le mythe que Zamaroh avait créé, selon lequel rien ne la touchait, rien ne l'atteignait, était ébranlé par ce discours, trahissant son image publique.

Furieuse, elle décocha un regard noir à Helen puis les choses s'apaisèrent quand l'intelligence reprit le dessus.

— Très malin, Helen. Wallace et Rankin vous ont piégée. Les piégiez-vous depuis le début ?

Helen sourit.

— Ç'aurait été quelque chose, non ?

— Qu'allez-vous faire d'eux ?

— La même chose qu'avec vous.

— Vous semblez sûre que nous allons tous obtempérer.

— Quelques années en résidence surveillée, la fin de votre carrière ? Tout votre argent confisqué ?

— L'affaire pourrait ne jamais aller au tribunal. Vous connaissez le degré d'impuissance de la Brigade de répression des fraudes.

— Je ne crois pas que vous soyez prête à prendre ce risque. Ce serait aussi la fin de votre image, non ? Héritage souillé pour une princesse iranienne.

— Petite garce !

— Je ne vous en veux pas personnellement, Zaha.

— Mais alors quoi ? Pourquoi vouloir mon argent ? J'ai toujours eu l'impression que cela ne vous intéressait pas.

— Vous avez raison. Mais ce n'est pas le cas de tout le monde.

89

Helen frappa lourdement à la porte de Hugh Wallace, comptant sur son goût immodéré pour la solitude. Bruits de pas suivis d'un silence. Elle l'imagina l'observer par l'œil-de-bœuf. C'est tout juste si elle ne percevait pas son souffle court, ne voyait pas le rose lui monter aux joues et ses doigts desserrer avec nervosité son col de chemise.

Elle regarda droit devant elle à la rencontre de ses yeux invisibles.

— Ouvre la porte, Hugh. A moins que tu ne préfères que je l'enfonce ?

Le visage de Helen Jencks était à quelques centimètres du sien. Il vérifia les deux verrous. Il voulait tourner les talons, regagner sans un bruit sa tanière, retrouver sa canette de Heineken et ses ordinateurs. Mais de l'autre côté, s'exerçait une force irrésistible.

— Je n'hésiterai pas une seconde, Hugh. Dix, neuf, huit...

Wallace tira les verrous l'un après l'autre. Il entrouvrit la porte et passa le corps dans l'entrebâillement, comme si cela pouvait suffire à lui barrer le chemin. Helen lui décocha un sourire.

— Qu'est-ce que tu veux ? fit sa voix tendue et geignarde.

Il avait le poing sur le chambranle. Helen le saisit, le plia en arrière et poussa Wallace à l'intérieur.

— Le chat a fini par mourir de curiosité, hein, Hugh ? Tu n'as jamais su y résister.

Il puait la peur et avait la main moite. Elle le relâcha une fois dans le salon. Il se réfugia derrière la sculpture de brique. Helen le suivit et le poussa dans le canapé. Il perdit l'équilibre, s'écroula puis se rencogna, genoux serrés, bras repliés.

— Je constate que tu as repris visage humain. J'ai appris que tu avais été agressé.

Wallace frémit. Helen caressa une enceinte.

— Bang & Olufsen. Quadriphonie. J'ai là quelque chose que tu auras peut-être plaisir à entendre.

Elle glissa la première cassette dans l'appareil. Les voix s'enroulèrent autour d'eux, chaque inflexion, chaque suggestion parfaitement restituée comme s'ils étaient au concert. Enregistrement de qualité. Pas un instant elle ne quitta Wallace des yeux, observant son visage s'affaisser, se durcir en même temps que son ego luttait contre la réalité, représentation grotesque de la prise de conscience et de l'incrédulité, de la peur et de la rage, de l'impuissance et de l'affectation. A le voir si pitoyable, elle ne se sentait plus une aussi grande soif de vengeance, mais pour le cas où cela reviendrait, elle força sa mémoire à retrouver ce besoin effréné de destruction.

Helen joua avec la télécommande, s'amusa à monter et baisser le son jusqu'au moment où, le visage tordu, Hugh Wallace éclata en sanglots.

— Arrête ! hurla-t-il. On va nous entendre !

Helen baissa le potentiomètre.

— Très juste, sauf si tu fais exactement ce que je te dis.

90

Le lendemain matin, la pluie réveilla Helen qui s'extirpa du lit et vit un arc-en-ciel. Lui revint le souvenir du double arc-en-ciel, à Cuzco, avec Evan. Avait-ce été un bon ou un mauvais présage ? La moitié du ciel était noire, l'autre scintillait d'or et de bleu. Elle se mit en quête de son carnet d'adresses, téléphona à Damien, son chargé de compte à Jersey, avec qui elle eut une brève conversation. Puis elle enfila un short, un tee-shirt et des baskets et fonça sans le moindre échauffement. La pluie tombait sur son visage, le soleil tremblait sur les trottoirs humides. Le parc, l'herbe mouillée, sa foulée se fit fluide comme la pluie.

L'averse se brûla au soleil de juin. L'herbe était

fumante. Helen regagna en hâte son appartement, prit un bain, passa un jean propre, un tee-shirt blanc et des baskets, puis fonça chez Europa pour faire un grand ravitaillement.

Elle achevait son petit déjeuner composé de mangues et de café colombien lorsqu'on sonna à la porte. Elle alla dans sa chambre, se pencher à la fenêtre pour voir qui c'était. Roddy Clark.

La colère monta en elle, l'embrasant comme un feu avant de s'apaiser. Elle déclencha l'ouverture de la porte par l'interphone. Pas brutaux sur le parquet du hall d'entrée, arrêt devant sa porte. Elle l'ouvrit avec violence. Il recula.

— Helen !

— Qui attendais-tu, Lucrèce Borgia ?

— Je... euh... je ne faisais que passer. Je voulais savoir si tu étais rentrée.

— Comme tu peux le constater, rétorqua Helen en croisant les bras. Tu n'imaginais tout de même pas que tes balivernes allaient me tenir à l'écart ?

— Ecoute, Helen, nous n'allons pas...

— En faire une question personnelle ? C'est ce que tu allais dire ? s'exclama-t-elle en riant. Cette histoire de trader disparu tombe à plat, maintenant, non ? Manque de précision dans les faits. Toutes tes insinuations de délits sont en fait destinées à détourner l'attention sur tes propres méfaits.

— Où veux-tu en venir ?

— Oh, tu as peur que je ne te poursuive en diffamation ! Je me demande si cela vaudrait le coup.

Elle saisit dans ses yeux l'étincelle de la peur. Il savait d'avance qu'il avait perdu.

— Fous le camp, Roddy. Tu n'as jamais eu le cœur pur. Tous tes gribouillages sont souillés. Toi et tout ce que tu écris, tout cela est nul et non avenu, l'a toujours été et le sera toujours.

91

Notting Hill frémissait de vie ; soleil, peaux hâlées, gouttelettes de transpiration, parfums exotiques, cappuccino sur le trottoir, Pimms dans les jardins de la place. Un air de langueur dissimulait une excitation réprimée. Doux parfum de flirt dans les rues. Elle voyait tout cela à travers un filtre mental. Elle ne voulait pas parler à Dai, était incapable d'affronter Joyce, pas tant qu'elle attendait.

Elle avait parié gros. Peut-être avait-elle raison, peut-être tort. Le temps rendrait sa sentence. Le week-end arriva et s'acheva. Mrs Lucas monta lui dire à quel point elle était heureuse de son retour et insista pour qu'elle descendît se réconforter autour d'une tasse de thé et d'un bon gâteau. Tout ce temps, Helen attendait, les yeux rivés au plafond, sur les grands chênes vert foncé mouchetés de lumière. Le lundi matin Damien téléphona de Jersey, très respectueux.

— Vous m'avez demandé de vous appeler au premier virement de fonds sur votre compte. Nous en avons reçu deux, ce matin, nous...

— Quel est le montant total ?

— Vingt millions de dollars.

Elle attendit encore un peu, s'absorbant dans les menues tâches quotidiennes pour recouvrer son calme. Elle moulut du café frais, emplit d'eau le percolateur, versa le café fin comme de la farine et mit l'appareil en marche. Elle écouta Nina Simone, si atrocement désinvolte lorsqu'elle chantait « My Baby Just Cares For Me ». Bientôt, le café fut prêt. Helen s'en porta une tasse bien forte et bien chaude près du téléphone. Elle attendit un peu, puis l'engloutit d'un trait. Le vent s'engouffra par une fenêtre ouverte, soulevant les doubles rideaux, susurrant dans sa chevelure. Helen décrocha le combiné d'une main tremblante et appela Maldonado. Ce fut Carmen qui répondit. Attente interminable. Puis la voix grave. Blessée, impitoyable, curieuse.

— Helen.

— Combien mon père vaut-il ?

— Helen, mais que...

— Les affaires vont bien, n'est-ce pas, dans ce domaine ? Enlèvement contre rançon, j'entends. Disons qu'Angel s'est emparé de mon père...

— De quoi parlez-vous ?

— Il le relâcherait, n'est-ce pas, contre le juste prix ?

— Pourquoi faut-il que nous ayons cette conversation ?

— N'oubliez pas que je suis un escroc de haut vol.

— Est-ce vraiment le cas ?

— Admettons que oui. C'est ce qu'affirment les journaux, en tout cas.

— Ils l'impliquent.

— Est-il vivant ?

— Pourquoi me torturer et vous torturer ainsi ?

— Est-il vivant ?

Maldonado se tut.

— Banco de Panama. BD 1564 831 9929, déclara Helen. Est-ce exact ?

— Où avez-vous obtenu cela ?

— Contentez-vous de me répondre. Est-ce exact ?

— Oui.

Elle rappela Damien.

— J'aimerais faire un virement électronique dès aujourd'hui.

— Certainement, Helen. Donnez-moi les détails. Il me faudra une confirmation écrite par la suite, si cela ne vous ennuie pas.

— Aucun problème.

— Parfait. Je vous écoute.

— Paiement au banco de Panama, compte numéro BD 1564 831 9929.

— Nom du bénéficiaire ?

— Pas de nom.

— Montant ?
— Vingt millions de dollars.

92

Helen téléphona à Joyce et tomba sur le répondeur.

— Salut, Joyce, c'est Helen. Je suis revenue. Je m'apprête à partir dans le Wiltshire. Appelle-moi.

Elle imaginait déjà la joie sur le visage de Joyce lorsqu'elle entendrait son message, tout émoustillée à la perspective de leurs retrouvailles.

Elle appela ensuite Dai à qui elle annonça son arrivée. Elle était en train de fourrer des affaires dans un sac de voyage lorsqu'elle fut interrompue par la sonnerie de l'interphone. Elle resta sans bouger, un tee-shirt suspendu en l'air. Elle le lâcha à la deuxième sonnerie. Lentement, très lentement, elle fit le tour de son lit, longea le mur et jeta un coup d'œil par la fenêtre. Dehors, un homme, grand, bien bâti, en costume gris mal coupé. Il avait de fins cheveux sable peignés en arrière. Il lui rappelait vaguement quelque chose.

— Merde ! Je ne vais pas passer ma vie à me cacher ! chuchota-t-elle en se dirigeant tranquillement vers l'interphone.

— Oui.

— Miss Jencks ?

— A votre avis ?

— Miss Jencks, si c'est bien vous, mon nom est Michael Freyn. Je dirige le service de la Sécurité chez Goldsteins.

Pour toute réponse, Helen déclencha l'ouverture automatique. Elle ouvrit ensuite sa propre porte et regarda Freyn approcher. Il marchait avec la maladresse d'un porteur de mauvaises nouvelles.

— Montrez-moi vos papiers, dit Helen avec un sourire.

Vaguement surpris, il fouilla dans sa poche intérieure.

— Doucement, ordonna Helen en faisant un pas en avant.

Il obtempéra.

Helen vérifia et hocha la tête.

— C'est bon. Vous pouvez entrer.

Elle l'accompagna dans le salon.

— Veuillez vous asseoir, je vous prie.

Il opta pour un fauteuil à dos droit dans lequel il s'installa bien raide, sans la quitter des yeux. Elle évoluait dans la pièce.

— Café, thé, eau ?

— Un peu d'eau, très volontiers.

Helen gagna la cuisine d'où elle revint avec deux verres d'eau gazeuse. Sans un mot, elle en tendit un à Freyn avant de s'asseoir à son tour.

— Qu'est-il arrivé à votre visage ? demanda l'homme.

— Je me suis cognée dans une porte.

— D'accord, dit-il avec un petit soupir. Je vais devoir vous poser quelques questions, si cela ne vous ennuie pas. Votre disparition nous a inquiétés.

— C'était pour raisons personnelles. J'ai dû partir à l'étranger. J'aurais dû en informer le desk. Je n'ai aucune excuse. Désolée.

— Cela ne conviendra pas du tout, miss Jencks.

— Pourtant, il faudra bien. Comment avez-vous su que j'étais rentrée ?

Le sourire de Freyn semblait dire : C'est moi qui pose les questions.

— Pourquoi vous êtes-vous absentée si longtemps ?

— Cela ne vous concerne pas.

— J'aimerais savoir.

— Pourquoi ?

— C'est un sujet intéressant. Même le *World* semble le penser.

Helen éclata de rire.

— Qu'y a-t-il de drôle ?

Helen songea aux balles explosant dans le fleuve, à sa lutte contre le courant dans les bras de Connor.

— Les gens manquent l'essentiel.

— Qui est ?

— Pourquoi ne pas demander au *World* ?

— Puis-je passer un coup de fil ?

— Je vous en prie.

Freyn prit un portable de sa poche, sortit l'antenne et composa un numéro.

— Evangeline ? Pourrais-je parler à James, je vous prie ? C'est urgent. James ? Je suis avec Helen Jencks. Je devais vous prévenir dès que je l'aurais retrouvée. Peut-être aimeriez-vous lui parler vous-même ?

Freyn se tourna vers Helen.

— Cela vous ennuie ?

Helen fit signe que non.

Quarante minutes plus tard, Helen ouvrait la porte à un Savage toujours tiré à quatre épingles et toujours le regard sombre. Dans son jean, son tee-shirt avec un pied nu sur l'autre, il lui trouva l'allure d'une amazone. Elle était plus maigre, plus anguleuse, avec des muscles saillant sous sa peau brune ; ses yeux étincelaient d'une lumière nouvelle. Elle lui donnait l'impression d'avoir remporté une victoire dans un jeu qu'il n'était pas même capable d'imaginer. Elle l'accueillit d'un signe de tête, prononça son nom comme si elle était en train de cocher une liste. Il la suivit au salon.

— Superbes, observa-t-il en posant les yeux sur les tapis. Dommage de marcher dessus.

— Voilà qui ne vous ressemble guère, dit Helen en lui serrant la main.

Il la dévisagea imperturbablement, puis fit la chattemite.

— Vous en prenez à votre aise, déclara-t-il.

— Je suis chez moi...

— Mm. Merci, Michael, ajouta-t-il à l'adresse de Freyn.

Ce dernier comprit et se leva à contrecœur.

— On se retrouve au bureau, dit-il à Savage avant de s'incliner légèrement vers Helen qui le raccompagna.

— Comme tout cela est civilisé, dit-elle en se tournant vers Savage.

Il s'affaissa dans le canapé et croisa une jambe sur l'autre. Elle s'enroula dans son fauteuil de velours saphir.

— Qu'est-il arrivé à votre visage ?

— Mon chat.

— Nous avons découvert pour l'écart de prix.

Aussi extraordinaire que cela puisse paraître, elle rayonna en entendant cela.

— Déshabillez-vous.

— Quoi ?

— Vous avez entendu. Otez vos vêtements, un par un, lentement, que je ne perde rien.

— Helen, ce n'est ni l'heure ni le lieu, me semble-t-il. Malgré tout le désir que j'ai toujours...

Il s'interrompit en la voyant pliée de rire.

— Dieu du ciel, James. Il n'est pas question de sexe. Vous voulez que je vous raconte ce qui s'est passé ?

— Oui.

— Qui me dit que vous ne dissimulez pas un micro ?

— Je vous assure que non.

— Faites-moi plaisir.

Il se mit debout, ôta sa veste qu'il étendit avec soin sur le dos du canapé. Il se pencha et entreprit de dénouer ses souliers.

— Si vous insistez.

— J'insiste.

Quand il eut enlevé ses chaussures, Helen les examina. Belle facture, signées « Lobb, St. James's Street ».

— Sur mesure ? s'enquit Helen tout sourire.

Savage leva les yeux sur elle, une chaussette bleu marine à la main. Il avait un air assassin.

— Comment puis-je être certain que vous n'avez pas déclenché un caméscope ?

— Aucun moyen. Vous êtes obligé de me faire confiance.

Il jeta sa chaussette en ricanant. Il défit sa cravate qu'il balança près de la chaussette molle. Les boutons de manchettes en or, trop voyants, brillaient sur la table basse, il posa sur le dossier du canapé sa chemise blanche légèrement froissée. Bras croisés, Helen observait la scène, patricienne romaine évaluant une éventuelle acquisition.

Savage déboutonna sa braguette. Son pantalon tomba à ses chevilles dans un crissement de soie à cause de la doublure. Il leva un pied, puis l'autre, et le mit dans les plis avant de le poser avec son veston. Il était planté devant la jeune femme, vêtu de son seul caleçon à rayures bleues et blanches. L'âge venant, sa poitrine était moins ferme. Sa peau était pâle. Il avait les genoux saillants. La chair de ses bras était flasque là où autrefois elle avait dû être ferme et musclée. Il aurait dû paraître vulnérable mais la férocité de son regard la révulsait.

— Satisfaite ?

— Mm... Je m'attendais à un caleçon de soie avec un motif cachemire, fit-elle en s'attardant sur son caleçon. Vous pouvez l'enlever.

— Ne soyez pas ridicule.

— Qui sait ce qui peut s'y cacher ?

— Vous vous régalez.

— Absolument. Allez, ôtez-le.

Savage obéit, le balançant d'un coup de pied, et fit une pirouette devant Helen.

— Eh bien, vous voyez, ce n'était pas si difficile.

— Vous allez trop loin, Jencks, vous prenez de gros risques.

— C'est pour cela que vous m'avez engagée.

— Très juste. Ne devriez-vous pas en faire autant, maintenant, vous débarrasser de votre jean au nom du fair-play ? Qui sait ce que vous portez.

— Jolie tentative, James. Rien qu'un plan. Rhabillez-vous.

Pendant ce temps, Helen mit des chaussures.

— Où allons-nous ?

— Faire un tour.

Ils se dirigèrent vers Kensington Gardens où ils s'assirent sur un banc en face de Millionaires Row. Un grand chêne les protégeait du soleil. Les cris d'enfants s'égaillant dans l'aire de jeu déchiraient l'air. Des rollers filaient. Installés à quelques centimètres l'un de l'autre, ils regardaient fixement devant eux comme des amants essayant de se jauger dans le murmure d'une dispute.

— Qu'avez-vous découvert ? demanda Helen.

— Ecart de prix sur des options KOSPI. Nous évaluons le montant à grosso modo cinquante millions. Trente sont un manque à gagner pour Goldsteins, vingt de pertes réelles. Pas trop gourmand. Bougrement difficile à repérer. Astucieux. Votre signature sur chaque ticket frauduleux.

— Et ?

— Et vous vous volatilisez.

— C'est tout ce que vous avez comme preuves ?

— Que des suppositions.

— Vous croyez que c'est moi qui ai fait le coup ?

— Que suis-je censé penser ? Vous avez disparu.

— Et vous voulez la vérité, maintenant ?

— Ce serait chouette.

Helen partit d'un grand rire.

— Vous non plus ne me croirez pas ou vous essaierez de me faire incarcérer.

— Je veux entendre la vérité. Je suis là pour ça.

— Je ne possède pas votre genre de vérité. C'est en dehors de tout ce que j'ai jamais connu.

— Essayez quand même.

— Vous allez le regretter.

Helen parla une demi-heure. Savage ne l'interrompit pas une fois. Il se tortillait sur le banc, se penchait en avant, serrait les genoux, pressait ses doigts sur ses tempes. Son regard passait de Helen au mur d'une des maisons de Millionaires Row.

Lorsque Helen eut achevé, il se redressa, et attendit un long moment comme s'il craignait d'autres révélations. Puis il ponctua le silence d'un profond soupir en se tourna vers Helen.

— Bon, en deux mots, vingt millions de dollars appartenant à Goldsteins sont chez AZC, environ cinq chez Wallace et Rankin, auxquels s'ajoutent vingt millions de dollars désormais entre les mains d'un agent double roi de la drogue en Amérique du Sud.

— Oui, c'est en gros le topo. Et si vous répétez à quiconque ma version de l'histoire, vous passerez pour un fou. Jamais je n'en corroborerai un mot.

— Seigneur ! s'exclama Savage en se tordant les mains de rage tandis qu'il observait Helen avec une rage froide. Qu'est-il arrivé au million et demi de dollars déposé sur le compte de la Banque des Alpes ?

— La Banque des Alpes ? Qu'est-ce que ça vient faire ici ?

Savage chercha à percer le regard de Helen. Elle était calme et détendue, complètement ébahie.

— Bon sang ! Je dois rêver. Tout cela est tellement... absurde serait un qualificatif beaucoup trop faible.

— Je vous avais pourtant prévenu que vous alliez le regretter. Ce qu'il m'est advenu au Pérou est une autre histoire, mais les événements survenus dans votre salle des marchés ne devraient pas vous surprendre. Qu'espériez-vous ? Cet endroit pullule d'esprits aussi brillants qu'avides dotés d'un ego démesuré. Vous lâchez ces gens sur les marchés avec pour mission explicite de s'attaquer sauvagement à toute compétition. Leur boulot est d'être aussi créatifs et féroces que possible pour rapporter gros. S'ils réussissent, on les traite comme des rois et des reines. Ils se croient intouchables. Est-ce étonnant qu'ils s'attaquent à vous avec les mêmes armes ? Qu'ils prélèvent leur part des bénéfices colossaux de Goldsteins ? C'est votre cauchemar, n'est-ce pas ? Le vôtre et celui de chaque président de chaque banque d'ici à Tokyo qu'un de ses jeunes loups affamés aille manger à votre table. Vous, du moins, avez de la chance. Vous pouvez avaler cette perte avant votre petit déjeuner sans même vous en apercevoir. Le *World* a eu vent de l'affaire, mais j'ai le sentiment que le dernier article sur le sujet a paru. Vous avez des chances raisonnables de couvrir la chose, de sauver la réputation de la banque et votre carrière.

— Et votre peau en prime.

— Sincèrement, après tout ce que j'ai vécu vous croyez que je ne me fiche pas de ma peau comme d'une guigne ? Ma peau est vivante. Et c'est ce qui compte. La Brigade de répression des fraudes ne m'impressionne pas, ni la vérité exposée. On m'a accusée quand j'étais innocente, maintenant que je suis coupable, cela m'indiffère à un point !

Elle se pencha sur lui avant de poursuivre.

— Et de quoi suis-je coupable ? Voler les voleurs pour tenter de sauver la vie de mon père...

Savage se leva. Sur le visage de Helen, il lut la douleur, l'espoir, l'amour, le chagrin.

— Je forme tous les vœux pour que cela réussisse.

93

Savage regagna son bureau à dix-huit heures. Freyn attendait. Il observa avec angoisse et impatience le visage pincé de Savage.

— Que vous a-t-elle dit ?

— Le sujet est clos, dès cette seconde et pour toujours. Helen Jencks a démissionné. Andy Rankin deviendra l'assistant de recherche de Hugh Wallace. Tous deux se donneront beaucoup de mal pour inventer de nouveaux produits que nous n'utiliserons jamais. Dans les six mois à venir, ils nous quitteront bien tranquillement. Ni l'un ni l'autre ne remettra les pieds à la City. Je vais semer discrètement des informations concernant AZC. Trois mois suffiront à ce qu'aucun établissement respectable ne traite avec eux.

— Et Zamaroh ? Ne l'avez-vous pas soupçonnée d'avoir trempé dans l'affaire ?

— Si elle l'a fait, Helen a décidé, pour une raison qui lui appartient, de l'épargner. Zamaroh reste.

— Qu'allez-vous dire au Compliance ?

— Vous mettez le doigt sur mon cauchemar personnel.

— Pourquoi nc pas leur dire la vérité ? Répéter les paroles de Helen ?

Savage émit un rire amer.

— Je doute qu'ils soient prêts à l'entendre. Ils ne le seront jamais, d'ailleurs. Fin de l'épisode, l'enquête est close. Retour à la normale. Vu ?

— Euh, oui. Vu.

Freyn s'en alla, déchiré entre obéissance, loyauté et ahurissement. Savage resta seul, debout devant sa fenêtre à regarder l'horizon. Il disposait, Helen l'affirmait, d'une bonne chance de tirer son épingle du jeu. L'un comme l'autre étaient des joueurs-nés.

94

Dans la voiture de son père, Helen roulait vers le Wiltshire, le soleil couchant dans les yeux. Elle traversa Shepherd's Bush en pleine heure de pointe. Il lui fallut presque une heure pour quitter Londres et se retrouver sur la M4. Elle appuya sur le champignon, sentit la puissance du moteur, passa la quatrième, accéléra encore. Le compteur indiquait cent soixante. Elle passa la cinquième et garda sa vitesse de croisière. Le véhicule était toujours aussi maniable, un rêve. Elle accéléra encore, riant intérieurement à l'idée d'une contravention alors qu'elle doublait comme une fusée les lignes de voitures qui semblaient à l'arrêt.

A vingt heures elle était chez Dai. Devant la maison, un quarante tonnes. Contrairement à la plupart des monstres de la route, celui-ci étincelait. On savait le bichonner. Les chromes luisaient, la peinture rouge brillait. Helen descendit de voiture. Peint à la main en italique sur la porte du chauffeur, le mot *Beast.* Helen savait que, si elle ouvrait la portière, le n° 5 de Chanel se répandrait dans l'air du soir. Elle grimpa les marches et sonna. Elle entendit immédiatement des voix.

— Eh, mais c'est la beauté en beige !

La porte s'ouvrit en grand. Joyce sortit en poussant des cris.

— Je n'y crois pas !

Helen la serra dans ses bras.

— Je me disais bien que c'était toi. Tu es la seule personne que je connaisse à conduire ce genre d'engin.

Joyce recula d'un pas et, dévisageant Helen, fronça les sourcils en remarquant l'entaille sur sa joue.

— Laisse *Beast* en dehors du coup.

— Il a l'air en forme.

— Toi aussi, dit Joyce, du bon et du moins bon, dirais-je.

— Ce n'est déjà pas mal, commenta Helen en souriant.

Dai parut derrière les deux femmes. Helen se précipita pour l'embrasser.

— Du nouveau ? s'enquit-il.

— Non.

— Entre boire un verre.

Serrée entre Dai et Joyce, Helen entra au salon.

— Joyce m'a régalé d'histoires allant de la Cornouailles à John o'Groat's, expliqua Dai. Elle donne l'impression d'avoir passé des semaines sur la route.

— Elle s'est arrêtée suffisamment longtemps pour administrer la justice sous une forme un peu rude, commenta Helen avec un regard admiratif pour son amie.

— Et comment ! Sensai aurait honte de moi. Dommage. L'aïkido, c'est conçu pour la justice. Je me suis dit que j'allais en faire une petite distribution de mon cru.

— Bien joué, ma grande.

— Oui, bon. Ce n'est pas tout ça, mais j'aimerais bien comprendre ce qui se passe. Dai s'est fermé comme une huître, il m'a dit que c'était à toi de parler.

Helen lui effleura le bras.

— Tu lui raconteras tout à table, Hel, proposa Dai. Accordons-nous une heure de papotage, bien tranquillement, comme si de rien n'était.

Helen commençait à savoir faire taire le chagrin qui l'habitait pour choisir d'être heureuse un moment. Elle avait cru en être capable depuis des années alors qu'en fait elle s'était jusqu'ici interdit tout sentiment. Profiter de la joie terrestre, accepter la douleur inévitable, cela ne lui semblait pas seulement une possibilité, mais la seule façon de vivre. Les craintes concernant son père la taraudaient. L'absence d'Evan était une blessure lancinante, mais elle souriait, du fond du cœur.

Ils s'attablèrent devant de l'agneau rôti au romarin et à l'ail servi avec des pommes au four dont la peau brune craquait sous les dents. Il y avait aussi de succulents mange-tout du jardin.

— Il va me falloir un mois de dîners successifs pour te raconter mon histoire, déclara Helen, et on n'a pas encore vu le début de la fin.

Joyce écouta avec un mélange d'horreur et de fascination.

— Te rappelles-tu notre déjeuner, juste avant ton départ ? Tu m'as dit que tu allais regarder au-delà des montagnes, ou un truc bizarre de ce style, à la recherche d'un peu de chaos. Eh bien, ma belle, on peut dire que tu l'as trouvé.

— Oui, n'est-ce pas ?

— Que vas-tu faire, maintenant ?

— Attendre.

— Toi ? Mais tu en as toujours été incapable !

— Ça n'a pas changé.

Tard le soir, Joyce et Helen se grisèrent au cognac.

Helen essayait de tout se rappeler et de tout oublier. Son père, Evan, l'amour, l'appel, le deuil.

Joyce dormit là. Elle repartit après le petit déjeuner au milieu d'un grand vrombissement. Dai lâcha les chiens qui se lancèrent à la poursuite du semi-remorque jusqu'au milieu de l'allée.

Tandis que Helen et Dai regagnaient la maison, James Savage téléphona. Derek décrocha.

— Puis-je vous demander de rester en ligne un instant, Mr Savage ?

Il traversa le hall d'entrée.

— Hel, c'est Mr Savage, dit-il, le regard interrogateur.

— Je le prends.

Elle se rendit dans la bibliothèque où elle s'empara du combiné.

— James.

— Helen, écoutez. Il faut vous préparer. J'ai entamé une procédure contre le *World*. Je dois savoir ce qu'ils ont contre nous et le mettre au jour. S'ils détiennent encore un jeu de cassettes, hypothèse que je ne dois pas exclure, il faut que cela sorte maintenant. Cela nous détruira tôt ou tard. Et si c'est inévitable, je préfère que ce soit rapide.

— Ce n'est pas nécessaire.

— Pour vous non, mais pour moi, si. Cela serait ma destruction. Pas question de me laisser rançonner par les Parques.

— Alors vous les invitez à votre table, elles et toutes les Furies.

95

Roddy Clark faisait face à Roland Mudd.

— Petit problème technique, commença Mudd. Goldsteins nous attaque en diffamation. Cela concerne la banque même, ainsi que Helen Jencks.

Vous avez tout faux, Roddy. Jencks est revenue. Elle était tout bonnement en vacances prolongées : stress, supérieur envieux qui met la pression, ce genre de truc. Notre sous-entendu selon lequel elle avait disparu pour ne pas assumer les conséquences de manœuvres frauduleuses ne tenait que tant qu'elle restait invisible ou tant que Goldsteins était prêt à se désolidariser. Là encore, nous nous sommes plantés. Ils sont derrière elle, ils nous poursuivent en justice pour son compte. Or ils disposent de ressources considérables dont, si vous savez compter, vous verrez qu'elles sont un tantinet supérieures aux nôtres. Nous avons pris un pari avec elle, nous avons repoussé les frontières de la légalité parce que cela faisait une série d'articles explosifs. Nous avons perdu. Soit. Ça me débecte, mais c'est le jeu. Bon, mais on possède les cassettes compromettantes, on devrait pouvoir les leur fourrer dans le tromblon en plein tribunal, non ? Le seul problème est qu'on ne les a pas, les cassettes. D'après votre signature sur les registres, vous les avez sorties il y a quinze jours. Ça vous ennuierait de me dire pourquoi et où elles sont ? Enfin, si ce n'est pas trop vous demander !

Clark était assis sur une pelote d'épingles.

— Vous connaissez mon point de vue sur le matériau sensible. J'aime le conserver par-devers moi. Je ne suis pas toujours assuré que ça ne tombera pas en de mauvaises mains.

— Laissez tomber les doubles négations, d'accord ? Ça vous donne l'air pas net.

Mudd se leva et se dirigea vers Clark.

— Vous avez les deux cassettes, je présume ?

— Chez moi, dans mon coffre-fort.

— Allez les chercher.

C'est avec un étrange sentiment de malaise que Clark prit le métro pour Holland Park. Un procès n'était pas rare en soi. Le *World* disposait sans doute d'un mois ou deux. Ça faisait désordre, c'était agaçant ; mais les meilleurs coups reculent les limites de la légalité. Combien de fois, au moment du Watergate, avait-on menacé le *Washington Post* de poursuites judiciaires ? Le monde du journalisme était un champ de bataille où s'affrontaient reporters et avocats. A l'occasion, la presse poussait le bouchon un peu loin et se plantait. Mauvais calcul. Roddy ne parvenait pas à comprendre pourquoi Goldsteins n'avait pas laissé tomber Helen. Avec un nom aussi compromettant, la dernière chose qu'ils auraient dû faire pour la défendre était d'entrer dans l'arène des tribunaux et des journaux. Moins explicable encore était le procès en diffamation les concernant. Avec les cassettes, le *World* gagnerait le procès, alors pourquoi diable l'intenter ? Peut-être ne connaissaient-ils pas l'existence des cassettes, mais l'article du *World* était suffisamment détaillé pour impliquer des sources de premier ordre. Et pourquoi maintenant ? Cela devait s'expliquer par le retour de Helen.

Roddy avait déjà la nausée quand il ouvrit son coffre-fort. Il tendit la main et fouilla fébrilement. Elles avaient disparu. Il sut immédiatement qui les avait subtilisées. Elle avait un trousseau de clefs et connaissait la combinaison du coffre ; il lui avait suffi d'entrer et de se servir. Sa vengeance était totale.

— Disparues ! éructa Mudd une heure plus tard. Comment ça, disparues ?

— Elles n'y sont plus, fit Clark, éteint.

— On les a volées, vous les avez déplacées, elles se sont évaporées ?

Clark détourna les yeux.

— Bon Dieu !

Mudd lança contre le mur son morceau de pâte à modeler qui s'affaissa avec un bruit mat.

— Vous avez remarqué quelque chose ?

— Ça fait plus de huit jours que je n'ai pas ouvert mon coffre-fort.

— Aucune trace d'effraction, je suppose ?

— Aucune.

— Donc, Helen Jencks a volé les cassettes.

— Comment aurait-elle pu ? Elle ne connaît pas la combinaison.

Il se demanda ce qui l'avait poussé à mentir, quelque lubie sentimentale, sans doute.

— Quelqu'un l'a fait, tonna Mudd qui faisait les cent pas dans son bureau. Merde ! On n'a plus rien. Il va falloir cracher au bassinet, et Dieu seul sait à combien ça peut monter. Et encore, l'argent n'est pas ce qui m'inquiète le plus. C'est de savoir qu'ils s'en tirent indemnes. Ç'aurait dû être un scoop de première. Et maintenant nous allons être obligés de nous rétracter totalement et publiquement dans notre propre journal avec excuses à l'appui. Goldsteins reprendra son air satisfait et tout sera bien propret, bien gentil à la City pendant qu'un connard fera valser cinquante millions de dollars.

— Pas Helen.

— Pas Helen. Elle était le parfait bouc émissaire. Personne ne connaîtra jamais la vérité.

— Alors que fait-on ?

— Nos avocats prennent contact avec les leurs. Ils rédigent un protocole transactionnel. On aboule le fric et on publie rétractation et excuses. Vous débarrassez le plancher deux semaines, le temps que je me remette à l'idée de vous voir dans ma ligne de mire. A supposer que j'en sois capable.

Mudd se planta nez à nez devant son journaliste.

— Bravo, Roddy. Les salauds gagnent encore ce coup-là. Encore un grand scandale financier d'étouffé. Un de plus.

96

Helen emmena les chiens pour une longue promenade avant le déjeuner. Cela lui permettait d'être seule, loin des soins attentifs de Dai et de Derek.

Elle courut après eux, tournant, détalant, les laissant la poursuivre à leur tour, roulant dans l'herbe avec eux. Ils furent les premiers à repérer la silhouette solitaire qui s'avançait. Ils se ruèrent vers Helen et se mirent à l'arrêt en direction de l'étranger, grondant.

— Tout va bien, les filles, du calme. Allons voir de qui il s'agit, d'accord ?

Rien ne pouvait lui arriver à Stonehurst. Cet endroit était une forteresse. Elle était libre et en sécurité à l'abri des murs du domaine. Dai avait toujours veillé sur elle, l'avait toujours protégée, jusqu'à ces derniers temps où, refusant le bouclier, elle avait cherché le danger. Elle avait l'aïkido, et quatre chiens bien entraînés qui formaient autour d'elle un cordon. Elle marcha sur l'étranger. C'est toujours ce qu'il faut faire.

Tandis qu'ils s'approchaient, les chiens protestèrent avec plus de force. Son allure avait quelque chose de familier. Helen le regarda intensément : blue-jean ; longue démarche désinvolte, large poitrine, épaules puissantes. Il était maintenant suffisamment proche pour qu'elle pût repérer les détails de son visage, ses lèvres souriantes, ses yeux bleus qui plissaient, la cicatrice sur sa tempe droite. Elle rit de bonheur. Des larmes mouillaient ses joues et salèrent sa langue. Les chiens la regardèrent et cessèrent de gronder. Leurs muscles se détendirent de la voir heureuse.

— Désolé d'être un peu en retard, dit Evan Connor.

— Ce n'est pas grave, puisque je ne t'attendais pas.

Connor éclata de rire, prit Helen dans ses bras et la serra à lui couper le souffle. Ils s'écartèrent enfin et chacun lut la joie dans les yeux de l'autre. Il l'étudia puis s'approcha de nouveau, leurs bouches étaient avides. Le sang afflua aux lèvres de Helen.

Ils marchèrent ensemble vers la maison où Dai apparut en compagnie de Derek. Il perçut tout de suite la joie, l'énergie qui vibrait en eux, le lien très fort qui transcendait leur attirance physique manifeste. L'amour irradiait.

Dai s'approcha en souriant.

— Laissez-moi deviner. Ne seriez-vous pas Evan Connor ?

Evan ne put s'empêcher de rire, puis serra la main des deux hommes.

— Très heureux. Et veuillez me pardonner de débarquer à l'impromptu. Je suis vraiment désolé.

— J'ai du mal à le croire, protesta Dai. Vous n'êtes pas plus désolé que moi. Si j'ai bien compris, Hel et vous avez de la chance d'être là.

— Oui, ce ne fut pas une sinécure.

— Cette enfant, ici présente, est têtue comme un régiment de mules, dit Dai en coulant un regard à Helen. Une fois décidée, rien ni personne ne peut la faire changer d'avis. Il me reste à vous remercier de me l'avoir rendue en un seul morceau.

— Elle y est pour quelque chose. On voit rarement pareil courage. Et pareille volonté. Je crois bien que c'est la première fois que je rencontre quelqu'un d'aussi obstiné.

— Elle a toujours été comme cela. Déjà toute petite. Vous acceptez de déjeuner avec nous, bien sûr ?

— Avec grand plaisir.

Pendant qu'ils s'installaient, Dai étudiait Connor. Le courant passait. Connor avait réussi d'avance tous les tests auxquels Dai l'aurait soumis, et davantage encore.

James Savage téléphona au moment précis où ils s'apprêtaient à sortir de table. Helen prit l'appel dans le bureau.

— Le *World* a offert un arrangement, avec un empressement surprenant, je dois dire.

— Surprenant, approuva Helen. J'étais persuadée que ce genre de choses prenait des mois.

— C'est en principe le cas. Apparemment, ils ont un léger problème avec la corroboration des faits. Une pièce maîtresse du dossier de preuves est manquante.

Helen pouffa de rire.

— Regrettable.

— Croiriez-vous qu'ils n'en avaient pas même un exemplaire ?

— Quel manque de professionnalisme !

— Ils ont tenté d'estimer la valeur de votre carrière qui est bien entendu ruinée à cause de leurs articles diffamatoires. Je les ai informés que chez Goldsteins vous valiez au minimum cent cinquante millions de livres sterling par an, en fonction des bonus. J'ai argué du fait que vous aviez encore au moins cinq ans devant vous comme trader. Le *World* a tenté d'objecter que vous alliez vous marier, avoir des enfants et faire au maximum deux ans. Après tout, vous avez atteint le grand âge de trente ans, ce qui est déjà vieux. Je les ai traités de salopards sexistes.

— Là, vous m'impressionnez.

— Ils ont offert trois cent quatre-vingt mille livres.

— Dites-leur que j'accepte, fit Helen avec un sourire.

— Avec joie.

— J'espère que les Furies vont se tenir à l'écart, maintenant.

— Je l'espère aussi. Et vous ? Du nouveau ?

— Ça va mieux. Mais il y a encore du chemin à faire.

Helen retourna dans la salle à manger.

— Bonnes nouvelles ? demanda Dai en remarquant le large sourire éclairant le visage de Helen.

— Il semble que le *World* ait un problème de preuves manquantes. Ils ont offert un règlement à l'amiable.

— Tu as accepté ?

— Oui.

— C'est une bonne transaction ?

Helen hocha la tête.

— Que vas-tu faire avec l'argent ?

— Acheter un bateau et partir en mer. Je le baptiserai *Liberté*. Vous êtes tous invités.

— Pour où ? demanda Connor.

— Est-ce important ?

— Pas le moins du monde.

Après le repas, Helen et Connor prirent les chiens et se rendirent au hallier de bouleaux au sommet des collines.

— Voici l'endroit dont je t'ai parlé, dit Helen. Tu t'en souviens ? Tu m'as demandé l'endroit que je voudrais revoir si j'avais le choix.

— C'est magnifique, dit Connor qui était allongé sur l'herbe et observait les nuages. As-tu pensé un moment ne jamais le revoir ?

— Je n'ai jamais cessé d'espérer.

— Même dans le fleuve ?

— Peut-être est-ce l'endroit où j'ai eu quelques doutes.

Connor se souvint de ses yeux alors qu'il l'arrachait aux eaux tourbillonnantes. Il avait déjà vu ce regard, chez quelqu'un qui craignait la mort imminente. Il prit Helen dans ses bras et lui fit l'amour.

— Et Tess Carlyle et compagnie ? demanda Helen plus tard, alors qu'ils étaient allongés côte à côte et qu'elle repoussait tendrement les mèches de son visage.

— J'ai passé cinq jours avec eux en pleine campagne à débriefer diverses personnes.

— Ils sont satisfaits ?

Connor haussa les épaules.

— Qui sait ? Ils ont obtenu tout ce que je pouvais leur fournir. Je suis grillé, de toute façon. Je ne leur suis plus d'aucune utilité, du moins dans cette partie du monde. Et je n'ai pas le moindre désir de travailler pour eux ailleurs.

— Pourquoi ?

— Ça a assez duré. Ça ne m'amuse plus. J'aimerais tant disposer de mon temps comme je l'entends.

— Qu'as-tu envie de faire ?

Il s'approcha davantage, l'entoura de ses bras et l'attira contre sa poitrine.

— Faire le tour du monde à la voile avec toi.

97

Le lendemain matin, assis devant leur petit déjeuner, ils lurent la rétractation et les excuses dans le *World.* A côté de l'article, une photographie de Helen qui, disait-on, prenait des vacances chez son parrain, à Stonehurst, dans le Wiltshire. Le journal était ravi de préciser qu'il n'y avait pas eu d'escroquerie chez Goldsteins et souhaitait présenter ses excuses à miss Helen Jencks pour toute suggestion concernant une éventuelle responsabilité de sa part dans une quelconque malversation. Le journal reconnaissait par ailleurs avoir versé de substantiels dommages et intérêts à Goldsteins International ainsi qu'à miss Jencks, en compensation de toute atteinte à leurs réputations respectives. Helen lut, éclata de rire et fit des avions en papier. Connor et elle achevèrent leur petit déjeuner, puis emmenèrent les chiens au bouquet de bouleaux.

Dans le hall des arrivées de l'aéroport d'Heathrow, des mains tremblantes feuilletaient le *World.* Le vieil homme avait oublié le plaisir des journaux britanniques, les meilleurs du monde, malgré leurs jeux. Il avait atterri deux heures auparavant, au lever du jour, avec l'impression que le monde s'éveillait. Si différent, si étrange. Il avait cherché autour de lui quelque chose qui pût le rassurer. En vain. Il avait troqué quelques dollars contre des livres à un bureau de change, acheté le *World,* le *Daily Telegraph* et le *Financial Times* avant de trouver refuge au bar des arrivées. Seul à une table, buvant son cappuccino mousseux, il lisait sur un pays qui, au fur et à mesure, lui redevenait plus familier ou encore plus étranger. C'est alors qu'il remarqua la photographie. Le choc se mua en sourire. Il avala d'un trait le reste de son café, replia le *World* et se leva.

Désorienté, empli d'espoirs et de doutes, il se dirigea vers la file des taxis. Le chauffeur sortit prestement d'un véhicule noir, et aida le vieil homme et sa vieille valise à monter.

— Où on va, patron ?

Helen était en haut à prendre une douche après sa promenade avec Connor. Elle n'entendit pas le taxi se garer devant la maison. Elle ne vit pas l'étranger sortir et se diriger vers les portes imposantes.

Elle se séchait les cheveux lorsqu'on frappa à la porte. Elle ouvrit et se trouva face à Dai qui avait un visage d'outre-tombe. Il luttait visiblement contre une émotion trop forte. Il cherchait ses mots.

Helen lâcha sa brosse et le prit par les bras.

— Dai ? Que se passe-t-il ?

— Quelqu'un désire te voir. Il attend dans mon bureau.

— Qui est-ce ?

Mais il se contenta de secouer la tête et tourna les talons.

Helen dévala l'escalier en repoussant ses cheveux encore humides. Connor et Derek l'attendaient debout dans l'entrée, la guettaient même. La porte du bureau était fermée. Elle essaya d'imaginer ce qui l'attendait de l'autre côté, mais son esprit n'était que vide et peur indicibles.

Elle frappa deux coups puis ouvrit. L'étranger était debout, le sourire hésitant, le vieil homme avec les yeux de son père.

Du même auteur :

L'INITIÉE, roman, collection « Grand Format », Grasset, 1995.

LES MIROIRS SAUVAGES, roman, collection « Grand Format », Grasset, 1997.

Composition réalisée par JOUVE

IMPRIMÉ EN ALLEMAGNE PAR ELSNERDRUCK
Dépôt légal Édit. : 11455-05/2001
LIBRAIRIE GÉNÉRALE FRANÇAISE - 43, quai de Grenelle - 75015 Paris.
ISBN : 2-253-17183-2

31/7183/2